奥斯丁文集

Jane Austen

爱玛

Emma

祝庆英　祝文光　译

上海译文出版社

简·奥斯丁（1775—1817）

Jane Austen

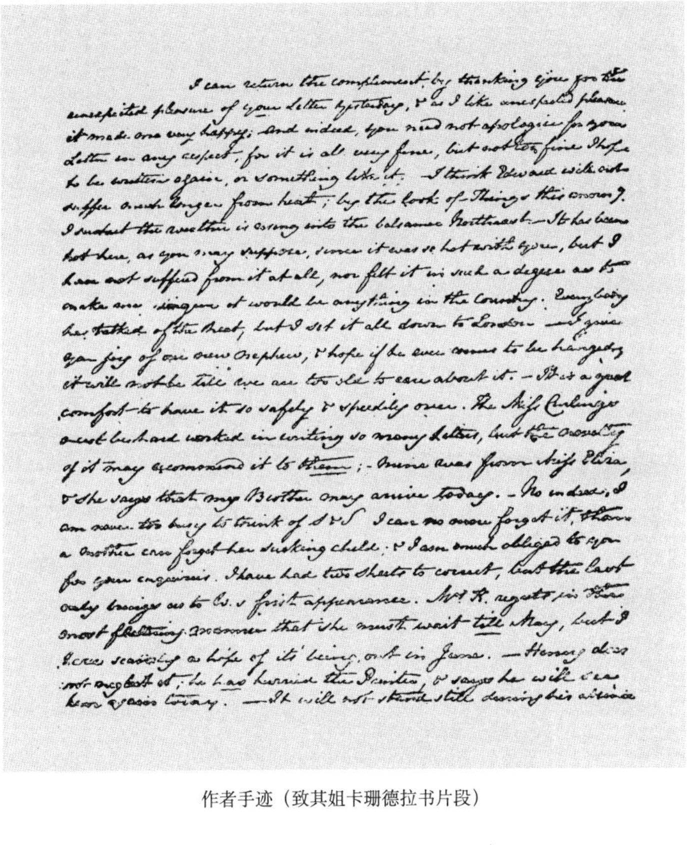
I can return the compliment by thanking you for the unexpected pleasure of your Letter yesterday, & as I like unexpected pleasure, it made me very happy; and indeed, you need not apologise for your Letter in any respect, for it is all very fine, but not too fine I hope to be written again, or something like it. — I think Edward will not suffer much longer from heat; by the look of things this morning I suspect the weather is rising into the balsamic Northeast. — It has been hot here, as you may suppose, since it was so hot with you, but I have not suffered from it at all, nor felt it in such a degree as to make me imagine it would be anything in the Country. Everybody has talked of the heat, but I set it all down to London. — I give you joy of our new nephew, & hope if he ever comes to be hanged, it will not be till we are too old to care about it. — It is a great comfort to have it so safely & speedily over. The Miss Curlings must be hard worked in writing so many Letters, but the novelty of it may recommend it to them; — mine was from Miss Eliza, & she says that my Brother may arrive today. — No indeed, I am never too busy to think of S&S. I can no more forget it, than a mother can forget her sucking child; & I am much obliged to you for your enquiries. I have had two sheets to correct, but the last only brings us to W.s first appearance. Mrs K. regrets in the most flattering manner that she must wait till May, but I have scarcely a hope of its being out in June. — Henry does not neglect it; he has hurried the Printer, & says he will see him again today. — It will not stand still during his absence

作者手迹（致其姐卡珊德拉书片段）

译本序

既无曲折离奇的情节，也无波澜壮阔的场面，小小的天地，普通的男女，但就是这样内容的作品却把它们的作者推进世界文学史上一流作家的行列，甚至被一位评论家誉为“在所有英国作家中，唯独她的声望最为稳固”。[①]

而且这位作者只活了四十二岁，一生只写了六部完整的小说。其中两部在她去世后才出版。她生前出的作品都用笔名，死后才公布了她的真名和身份。

她，简·奥斯丁，一个响亮的名字。

奥斯丁于一七七五年十二月生于英国汉普郡的史蒂文顿，兄弟姐妹八人。父亲在该地担任了四十多年的教区长。他是个学问渊博的牧师，妻子出身于比较富有的家庭，也具有一定的文化修养。因此，奥斯丁虽然没有进过正规学校，但是家庭的优良条件和读书环境，给了她自学的条件，培养了她写作的兴趣。她在十三四岁就开始写东西，显示了她在语言表达方面的才能。一八〇〇年父亲退休，全家迁居巴思，住了四年左右，他在该地去世，于是奥斯丁和母亲、姐姐又搬到南安普敦，一八〇九年再搬到乔顿。一八一六年初她得了重病，身体日益衰弱，一八一七年五月被送到温彻斯特接受治疗，可是医治无效，不幸于同年七月十八日死在她姐姐的怀抱里。她终身未婚，死后被安葬在温彻斯特大教堂。

她的第四个哥哥亨利·奥斯丁写过一篇《奥斯丁传略》，文字不长，可是充满感情，对我们了解这位非凡的女作家很有帮助。它介绍了她的外貌，性格，爱好，鉴赏力，待人接物如何宽厚和真诚，等等。这里，想引用有关她对于文学事业的态度的一段，我觉得这能让我们看到一个多么朴实却又光彩照人的奥斯丁：

“她之所以成为一个女作家，完全是出于兴趣和爱好，她最初的本意，既不是图名，也不是为谋利。……她的好几部作品是在出版以前许多年就创作出来的。她的朋友们费尽唇舌，才说服她出版了她的第一部作品。因为她虽然尊重他们的判断力，却总是怀疑他们对她会有所偏爱。……那些具有识别力的读者对她的称赞不时地传到她耳边，使她感到十分欣慰。不过，她虽然听到这样的称赞，仍然非常害怕落下不好的名声，因此，假如她现在还活着的话，尽管她的声誉愈来愈高，她还是不会同意在自己的任何一部作品上公开署名的。”②

奥斯丁二十一岁时写成她的第一部小说，题名《最初的印象》，她与出版商联系出版，没有结果。就在这一年，她又开始写《埃莉诺与玛丽安》，以后她又写《诺桑觉寺》，于一七九九年写完。十几年后，《最初的印象》经过改写，换名为《傲慢与偏见》，《埃莉诺与玛丽安》经过改写，换名为《理智与情感》，分别得以出版。至于《诺桑觉寺》，作者生前没有出书。以上这三部是奥斯丁前期作品，写于她的故乡史蒂文顿。

她的后期作品同样也是三部：《曼斯菲尔德庄园》、《爱玛》和《劝导》，都是作者迁居乔顿以后所作。前两部先后出版，只有一八一六年完成的《劝导》因为作者对原来的结局不满意，要重写，没有出版过。她病逝以后，哥哥亨利·奥斯丁负责出版了《诺桑觉寺》和《劝导》，并且第一次用了简·奥斯丁这个真名。

---

① 引自中国文联出版公司出版的《奥斯丁研究》第 1 页。

② 同上书第 7 页。

《爱玛》是一八一四年一月开始动笔写的，一八一五年三月底写完。在这期间，《曼斯菲尔德庄园》出版后颇受读者欢迎，于是这部《爱玛》在这年年底顺利地问世了。一年多以后，奥斯丁去世，《爱玛》成了她生前最后一部与读者见面的小说。

英国著名的文艺批评家凯特尔对《爱玛》一书的内容作了这样扼要的概括："《爱玛》是关于婚姻的小说，故事从一件婚事（即泰勒小姐的出嫁）开始，以三件婚事结束，并顺便考虑了其他两件婚事。小说的主题是婚姻，但不是抽象的婚姻。"①

小说的主人公是爱玛。我们看作者是怎样开门见山，把一个活生生的爱玛送到我们面前的：

"爱玛·伍德豪斯，漂亮、聪明、富有，还有舒适的家庭和快活的性情，生活中一些最大的幸福，她似乎都齐备了。她在世上过了将近二十一年，很少有什么事情使她痛苦和烦恼过。……因为姐姐嫁了人，她很早就成了家里的女主人。"（本书第一页）

整部小说的故事并不复杂。爱玛为了排遣寂寞，时常邀附近寄宿学校的寄宿学生哈丽埃特到家里来陪她，并把哈丽埃特置于自己保护之下。哈丽埃特是一个身份不明的私生女，爱玛总以为她出身贵族，因此要她拒绝农夫马丁的求婚，并且一再替她寻找合适的丈夫。爱玛姐夫的哥哥奈特利比爱玛大十六岁，他进入了爱玛的生活环境。爱玛为人撮合，却从不考虑自己的终身大事。奈特利虽然早就爱上爱玛，可是又经常批评她的缺点，对她干预别人的恋爱与婚姻表示不满。但爱玛仍一味鼓励哈丽埃特去爱牧师埃尔顿。在埃尔顿同霍金斯小姐结婚后，她又要哈丽埃特去爱弗兰克·邱吉尔。由于误会，哈丽埃特爱的竟是奈特利。爱玛发觉后大吃一惊。这时她才发觉自己心里一直爱着奈特利。于是这一对有情人

---

① 引自中国文联出版公司出版的《奥斯丁研究》第247页。

终成眷属。弗兰克·邱吉尔和简·菲尔费克斯结为夫妻。哈丽埃特也和马丁成婚，皆大欢喜。

当然这样的介绍太简单，不过读者就要开始读正文，所以这里不详叙了。

《爱玛》被认为可能是奥斯丁最成熟的作品。

凯特尔这样评价说："使《爱玛》产生感人力量的是简·奥斯丁态度背后的感情深度和现实主义，为提出这一看法，我们或许已谈得相当充分了。她以一种一丝不苟，然而又是热情洋溢并具有批判眼光的精确性检验了她的天地中存在的问题。不可否认，这个天地是狭窄的。重要的问题在于其狭窄性到底关系多大。"他接着指出："天地狭小其实毫无关系。重要性是不能用题材大小来衡量的。"①

奥斯丁写的是爱玛和她活动的那个圈子，但是她关心的是当时的妇女问题。凯特尔的分析十分中肯：

"……这部小说中的巨大道德热情，同她的其他小说一样，无疑来自简·奥斯丁对当时社会妇女问题的理解和感受。这种对妇女地位的关注，使她对婚姻问题的看法富有特色和说服力。这种关切是现实主义的，不带浪漫色彩，用正统的标准来衡量，是带有破坏性的。"②

爱玛控制哈丽埃特的婚姻一事，不能说她是从私心出发。她确实关心和爱护哈丽埃特，我们在本书的许多篇章可以看到她总在为哈丽埃特的婚姻操心，而且从中她自己也得到了启发。"她出于叫人无法承受的自负，自以为了解每个人的感情秘密；出于不可饶恕的自大，硬要安排每个人的命运。结果证明，她全都做错了。"她在为人作嫁时，没有想到自己。可是等到她知道哈丽埃特爱上奈特利以后，她才突然发现自己一直

① 引自中国文联出版公司出版的《奥斯丁研究》第255—256页。

② 转引自上海译文出版社出版的《从莎士比亚到奥斯丁》第413页。

爱着奈特利。故事发展在这里有了一个急转弯,她和奈特利成了夫妇。她原来反对哈丽埃特嫁给马丁,后来也对他们终于结合感到高兴。在爱玛看来,马丁不配做哈丽埃特的丈夫和哈丽埃特不配做奈特利的妻子是同样的道理。婚姻应当门当户对,我们今天自然不会同意这种婚姻观,但是要看到这不正揭示了当时社会的婚姻关系吗? 奥斯丁提出的解决妇女问题(自然包括婚姻问题)的办法是严肃的,然而表现在她的作品里又增添了喜剧色彩。在十九世纪初,英国流行着一些感伤小说,奥斯丁现实主义的小说使读者闻到一股清新的气息。

可是当时英国的文坛对于这位女作家的小说态度却很冷淡,有的甚至加以贬低,连夏洛蒂·勃朗特都批评奥斯丁说:"她全然不知激情为何物。"[①]只有历史小说家司各特独具慧眼,他写了第一篇有分量的奥斯丁评论,就是那篇著名的《一篇未署名的关于〈爱玛〉的评论》。他向读者推荐这位女作家,特别介绍了《爱玛》。他指出作品的优点,他说:"作者对人世的了解,以及读者一定会认识到的她那种表现人物的特殊的老练手法,使我们想起了佛兰德斯画派的某些优点。"[②]在他的日记里也有好几处提到奥斯丁,如一八二七年九月十八日的日记就这样写道:"……阅读了奥斯丁女士的一部小说,消磨了整个晚上。她的作品里描绘的真实性总是使我感到愉快。的确,它们所描绘的并没有超出中产阶级社会,但是她在这方面确是无人能够企及的。[③]"

只是像司各特那样评介奥斯丁的评论当时还不多,在十九世纪奥斯丁没有得到她在文学史上应有的位置。直到二十世纪情况有了很大的发展,许多评论家从各个方面深入研究奥斯丁,确定了她经典作家的地位。

---

① 引自中国文联出版公司出版的《奥斯丁研究》第53页。

② 同上书第23页。

③ 同上书第27页。

我国读者喜欢她的《傲慢与偏见》,它的中译本成了最畅销的外国文学作品之一。希望《爱玛》也能受到读者的欢迎。

生命之树常青,有生命力的书也是常青的。

祝庆英　祝文光

蒙殿下恩准

谨以最崇高的敬意

将本书献给

摄政王殿下

殿下的

忠诚、恭顺、卑微的仆人

作者

第一卷

第一章

爱玛·伍德豪斯，漂亮、聪明、富有，还有舒适的家庭和快活的性情，生活中一些最大的幸福，她似乎都齐备了。她在世上过了将近二十一年，很少有什么事情使她痛苦和烦恼过。

她的父亲极其慈爱和宽容，她是他两个女儿当中小的一个；因为姐姐嫁了人，她很早就成了家里的女主人。她母亲去世太早，母亲的种种爱抚，她只模模糊糊记得一些。后来，母亲的地位由一个当家庭教师的出色女人填补了，论起对爱玛的感情来，这个女人并不比一个母亲差。

泰勒小姐在伍德豪斯先生家里待了十六年，说她是个家庭教师，还不如说是个朋友。这两个女儿她都很喜欢，可是特别喜欢爱玛。她俩间的关系更像亲姐妹那样亲密。甚至在泰勒小姐名义上还担任家庭教师的时候，她那温和的性情就已经几乎不允许她对爱玛有任何管束了。如今，权威的阴影早已消逝，她们像相亲相爱的朋友般地生活在一起，爱玛可以爱做什么就做什么；她十分重视泰勒小姐的见解，但是做任何事情却主要还是按照自己的见解。

爱玛处境的真正的不利，其实就在于她有权过于任性，而且对自己的估计往往略微偏高一点；所以她的许多乐事就有可能遭受损害，减少趣味。然而，这个危险目前还没被她发觉，她还根本没有认为这两个缺点是自己的不幸。

悲哀——一种淡淡的悲哀——来临了，但是决不是以任何令人感到讨厌的形式出现的。泰勒小姐结婚了。失去泰勒小姐，她第一次感到了悲伤。正是在这个亲爱的朋友的大喜日子，爱玛第一次一连很久坐在那里，沉浸在悲哀的沉思之中。婚礼结束了，新娘等一行人走了，只有她的父亲和她两人在一起吃饭，看来不像会有第三者来使这漫长黄昏的气氛活跃起来。吃完晚饭以后，她父亲像往常一样，静下心去睡觉了，这时，她却只能枯坐着，想念她所失去的一切。

这件大事完全有希望让她的朋友获得幸福。威斯顿先生品性端正，家境优裕，年龄适中，举止谦和。她怀着克己的精神和慷慨的友情一直巴望这门亲事成功，而且极力撮合，想到这一点，自己感到还有几分满意，可是，对她来说，这却成了一件使她一上午都神情沮丧的事。每一天的每一小时，她都会感到失去了泰勒小姐。她怀念她过去的一片情意——十六年的深情厚谊啊——从她五岁的时候起，就怎样教她念书，和她玩——在她身体健康的时候，怎样竭尽全力地爱她，使她快乐——在她童年生各种疾病时，又怎样照料看护她，一直到病好。这上面她欠了她一大笔恩情；可是，伊莎贝拉出嫁以后，只剩下她们两人在一起，她们平等相待，无话不谈，对于这最后七年的回忆就显得更加可贵、更加亲切了。很少人能有这样一个朋友和伴侣：聪明、渊博、能干、温柔，熟悉所有的家务，关心家里所有的事情，尤其是关心她，关心她的每一种乐趣和每一个打算。她可以把想到的每一个念头都说给对方听，而对方非常宠爱她，以致从来不对她有所挑剔。

她该怎样来忍受这种变化呢？不错，她的朋友搬到了离开他们只有半英里的地方去；可是爱玛意识到，住在只有半英里以外的威斯顿太太同住在家里的泰勒小姐之间，一定会有很大的不同。尽管她在禀赋和家庭方面有那么些有利条件，她现在却面临忍受精神孤独的很大危险。她深深地爱着她的父亲，可是他不能作为她的伴侣。在谈话的时候，不管说正经的还是开玩笑，他都没法使她感到满意。

他们父女之间的实际年龄相差太大（因为伍德豪斯先生结婚并不早），而他的体质和习惯更大大加深了这种年龄悬殊的不幸。他一生体弱多病，身心两方面都缺少活动，论年纪还不怎么大，可已经暮气沉沉了。他心地善良，脾气温和，所以到处受人喜爱，但是他的才智却从来没有使人觉得可取。

爱玛的姐姐结婚以后，虽然相对来说离她还不远，就住在伦敦，只相隔十六英里，但也不是天天可以见面的。伊莎贝拉下一次来将是在圣诞节，她和她丈夫带着他们的小娃娃们回家来过节，使家里又住满了人，并且再次愉快地跟她团聚，可是在这以前，她在哈特菲尔德还得苦苦熬过十月和十一月的许多漫长的黄昏呢。

海伯利这个人口众多的大村子几乎相当于一个镇，哈特菲尔德尽管有它单独的草坪、灌木丛和它自己的名称，其实还是属于这个村子。那儿没有跟她旗鼓相当的人物。伍德豪斯家是那儿首屈一指的人家。大家都尊敬他们。因为她父亲对人一般都客客气气，她在当地也就有了许多熟人，可是她觉得那些人当中没有一个人替代得了泰勒小姐，哪怕替代半天也不行。这真是个令人悲哀的变化，爱玛也只能为此唉声叹气，妄想一些不可能办到的事情，直到她父亲醒来，她才不得不摆出一副快活的神情。他的精神需要支持。他是个神经质的人，动不动就情绪低沉，跟他相处惯了的人他个个都喜欢，不愿意跟他们分手，也不愿意有任何一种变化。而结婚呢，一定会引起变化，所以总是不愉快的事。他自己女儿结婚以来，他思想上始终有疙瘩，虽然那纯粹是情投意合而缔结的婚姻，但是他每次说起她，都还不免要带着怜悯的心情，而如今却又不得不和泰勒小姐也分手了。出于他温柔而自私的习惯，而且又根本想不到别人会有跟他不同的感觉，他就一味地相信，泰勒小姐做了一件对他们和对她自己来说都是可悲的事，她要是把她的余生在哈特菲尔德度过，那她就一定会幸福得多。爱玛尽可能快活地微笑和聊天，免得他去想这些事情；可是，等到茶点端上来时，他却还是忍不住把吃午饭时说过的话再说了一遍：

“可怜的泰勒小姐！——但愿她能回到这儿来。多可惜啊，威斯顿先生竟然看上了她!”

“我不能同意你的看法,爸爸;你知道我不同意。威斯顿先生是那么个性情和善的、讨人喜欢的、出色的人,他完全应该娶上一个好妻子;再说,在泰勒小姐可以有她自己的家的时候,你总不能让她跟我们过一辈子,并且忍受我这一副古怪脾气吧?”

“她自己的家!但她自己那个家有什么好呢?这一个家有三倍大呢,你也从来没有什么古怪脾气,我亲爱的。”

“我们会常常去看看他们,他们也会常常来看看我们!我们会经常见面的!这得由我们先开始;我们得马上去作一些婚礼后的拜访。”

“我亲爱的,那么远的路我怎么去呢?伦多尔斯真太远了。我连一半路还走不了呢。”

“不,爸爸,没有人想要你走路啊。我们当然得坐车去。”

“坐车!可詹姆斯不会愿意套上马去赶那么一小段路的;况且,我们做客时,可怜的马放到哪儿去呢?”

“可以放在威斯顿先生的马厩里,爸爸。你知道这事情我们都已经说定了。我们昨晚跟威斯顿先生都谈妥了。至于詹姆斯,你尽可以放心,他总是巴不得上伦多尔斯去,因为他女儿就在那儿当使女。我怀疑的只是,如果要他送我们上别处他会不会愿意。那多亏你啊,爸爸。你给汉娜找到了那个好差使。你不提起,谁也没想到她啊——詹姆斯对你可感激不尽呢!”

“我很高兴,当时想到了她。这是很幸运的,我无论如何也不愿让可怜的詹姆斯认为自己被人忽视,我肯定她会成为一个很好的用人;这姑娘既懂得礼貌,又能说会道;我对她印象很好。不管什么时候我看见她,她总是行个屈膝礼,向我问好,很讨人喜欢;你叫她上这儿来做针线活儿的时候,我留意到,她总是好好儿地把门锁转上,从来不把门砰地一声关上。我肯定她会成为一个出色的用人;可怜的泰勒小姐能有个过去经常看到的人在身边，也是个很大的安慰啊。不管詹姆斯什么时候去看望他女儿，你知道，泰勒小姐都能听到我们的消息。他可以把我们大家的情况告诉她。”

爱玛千方百计地让她父亲把这些比较快活的想法滔滔不绝地讲出来，还希望靠了十五子棋[①]，让他能够好歹度过这一个黄昏，除了她自己的懊丧以外，不让他受其他不快的想法所困扰。十五子棋桌放好了，可是紧接着走进来一位客人，这就用不着这张棋桌了。

奈特利先生三十七八岁，是个头脑清醒的人，不仅同这家人是认识已久的至交，而且还有着特殊的关系，他是伊莎贝拉的丈夫的哥哥。他住在离海伯利一英里路的地方，是这家人家的常客，他来总是受欢迎的，这一次来比平时更受欢迎，因为是直接从住在伦敦的、他们双方共同的亲戚那儿来的。他出门几天以后，回家吃了顿很晚的晚饭，现在步行到哈特菲尔德来告诉他们勃伦斯威克广场[②]一切均好。这是件令人愉快的事，让伍德豪斯先生高兴了一些时候。奈特利先生的快活的神态一向对伍德豪斯先生有好处；他问了许多有关“可怜的伊莎贝拉”和她的孩子们的情况，都一一得到了极其满意的答复。问过以后，伍德豪斯先生感激地说：

“你真好，奈特利先生，这么晚了还来看我们。我怕你一路走来一定够戗吧。”

“一点也不，先生。今晚月色很美；天气也暖和，我不得不离你们那熊熊的炉火远一点儿。”

“不过，你一定觉得地上又湿又脏。但愿你没着凉。”

“脏，先生！瞧我的鞋，一点泥也没有。”

“啊，那倒真是奇怪，因为这儿下过一场大雨啊。我们吃早饭的时

---

① 一种双方各有15枚棋子、掷骰子决定棋格数的游戏。

② 伊莎贝拉一家住在勃伦斯威克广场。

候，下了半个小时的雨，雨大得真可怕。那时我还要他们把婚礼推迟呢。”

“顺便说起——我还没祝你们快乐呢。我完全了解，你们感到的是怎么样的一种快乐，所以我没急于向你们道喜，不过，我想一切都进行得还顺利吧。你们大家当时怎么样？谁哭得最厉害？”

“啊！可怜的泰勒小姐！这事可真叫人伤心。”

“对不起，我可要说‘可怜的伍德豪斯先生和伍德豪斯小姐’，但是，我绝对不说‘可怜的泰勒小姐’。我对你和爱玛都非常敬重，但是说起自立不自立的问题——无论如何，只需使一个人高兴总比要使两个人高兴来得容易吧。”

“特别是其中之一是那么个富于幻想而又讨人嫌的家伙！”爱玛开玩笑地说。“你脑子里就是这么想的，我知道——要是我爸爸不在旁边，你准会这么说的。”

“不错，我亲爱的，我相信这话说得很对，”伍德豪斯先生叹了口气说。“我怕我有时候是很富于幻想而又讨人嫌。”

“我最亲爱的爸爸！你总不见得以为我会指你，或者设想奈特利先生指的是你吧。这想法多么可怕呀！啊，不！我不过是指我自己罢了。奈特利先生爱挑我的毛病，你知道——是开玩笑啊——这全是开玩笑。我们相互之间总是想说什么就说什么。”

事实上，只有少数几个人能看出爱玛·伍德豪斯的缺点，奈特利先生正是其中之一，而且是唯一向她指出过缺点的人。虽然这在爱玛自己听来并不怎么顺耳，但是她知道，在她父亲听来，会更不顺耳得多，所以她不希望父亲真的起了疑心，以为并不是人人都认为她是完美无缺的。

“爱玛知道我从来不恭维她，”奈特利先生说，“可是我的意思并不是指责哪个人。以前，泰勒小姐要使两个人高兴；如今她只要使一个人高兴了。这对她很可能只会有利。”

“唔，”爱玛说；她宁可放下这个话题，“你要听听婚礼的情况吧，我很乐意讲给你听，因为我们大家的行为举止都很不错。人人都准时到场，人人都容光焕发。没一滴眼泪，也几乎看不到一张忧伤的脸。啊，不！我们都感到只不过要分开半英里罢了，肯定每天都能见面。”

“亲爱的爱玛能很好地忍受一切，”她父亲说。“可是，奈特利先生，失掉了可怜的泰勒小姐，她可真是伤心啊，我肯定，她以后一定会比她现在所设想的更加想念她。”

爱玛掉过头去，一边流泪，一边微笑。

“爱玛不想念这样一个伴侣是不可能的，”奈特利先生说。“如果我们不这样想，先生，我们就不会像现在这么喜欢她了。可是她知道，这门亲事对泰勒小姐是多么有利；她知道，到泰勒小姐这个年龄，是应该在自己的家里安顿下来了，这是多么合情合理的事，而且过得舒适又是多么的重要，所以她不会让自己悲痛得超过了欢乐。泰勒小姐的朋友看到她这样美满地结了婚，没一个会不觉得高兴的。”

“你忘了有一件事使我感到快活，”爱玛说，“而且是一件十分重要的事，那就是，这是我亲自做的媒。你知道，四年以前是我做的媒，当时那么多人都说威斯顿先生决不会再结婚，我促成了这门亲事，而且证明是做对了，这总该叫我感到安慰吧。”

奈特利先生朝她摇摇头。她父亲疼爱地接口说，“啊！我亲爱的，但愿你不要做媒，也不要预言，因为不管你说什么，都会应验。可别再做什么媒吧。”

“我答应你，不给自己做媒，爸爸；可是我确实不得不给别人做媒。这是世界上最有趣的事啊！而且，你知道，又是在获得了这样大的成功以后！当初人人都说威斯顿先生决不会再结婚。啊，天哪，不！威斯顿先生当了那么多年鳏夫，没有妻子的他看上去那么舒适幸福，又经常是那么忙，不是忙于城里的事务就是忙于应酬这儿的朋友，不管上哪儿都受到欢迎，始终是兴高采烈的——如果他不甘寂寞的话，他一年中决不会有一个晚上孤零零地一个人度过。唔，才不会呢！威斯顿先生当然决不会再结婚。有人甚至议论说，他对临终的妻子许过诺言，还有些人议论说，他的儿子和舅舅不让他结婚。在这件事上，有各种各样的胡乱猜测，而且是一本正经地说的，可是我一句也不相信。大约四年以前吧，泰勒小姐跟我在百老汇巷遇到他，从那天起，我就在这件事上打定了主意。当时天下起蒙蒙细雨来，他那么殷勤，急急忙忙赶到庄稼人米切尔家去，给我们借来两把伞。从那一刻起我就计划着要做这个媒；在这件事情上我获得了这样的成功，亲爱的爸爸，你总不会以为我以后要放弃做媒吧。”

“你说‘成功’是什么意思，我不理解，”奈特利先生说。“成功意味着努力。如果过去四年当中你一直在努力促成这门亲事，那你的时间就可以说是没有白过，是花在为别人着想上。一位年轻小姐把脑子用在这上面还是值得的！可是，如果说，我是这么想的，如果说你所谓的做媒只意味着你有过这个计划，有一天你闲得慌，心里想，‘如果威斯顿先生能娶泰勒小姐，那对她说来倒是件很好的事，’而且以后经常一再这样想——那么，你又凭什么说获得了成功呢？你的功劳在哪儿呢？你有什么可骄傲的呢？你碰巧猜中了；顶多只能这么说。”

“难道你从来没体会到碰巧猜中多么有趣和得意吗？我可怜你。我以为你还要聪明一点呢，因为，请相信，碰巧猜中绝不仅仅是碰巧。这里面总有点儿天赋。至于说你不同意我用的那个可怜的字眼‘成功’，那我倒还不知道我居然没有丝毫权利使用它呢。你描绘了两张美丽的图画——可是我想还有第三张——介乎一无功劳和包办一切之间的。要不是我怂恿威斯顿先生来这儿作客，给了很多小小的鼓励，把许多小事情解决得妥妥帖帖，那就根本不可能有什么结果。我想你对哈特菲尔德很熟悉，总不至于不了解这点吧。”

“对一个像威斯顿先生那样爽直、坦率的男人和一个像泰勒小姐那

借来两把伞

样明智、朴实的女人，完全可以放心让他们处理他们自己的事。你去插手，只可能对你自己有害，而不是对他们有益。”

“只要能对别人有益，爱玛从不考虑自己，”伍德豪斯先生只听懂一部分话，这时插嘴说。“可是，我亲爱的，千万别再做什么媒吧；做媒是傻事，把一家人拆散，真叫人伤心。”

“再做一次吧，爸爸；只为埃尔顿先生做一次。可怜的埃尔顿先生！你喜欢埃尔顿先生，爸爸。我得到处留意一下，给他找个妻子。海伯利没有人配得上他，而他来这儿倒已经有整整一年了。他把房子布置得那么舒适，再让他独居下去，真是丢人。我觉得，他在今天为他们举行婚礼的时候，看上去似乎也希望人家给他举行这样的仪式呢！我认为埃尔顿先生人很好，我只有这个方法可以为他效劳。”

“埃尔顿先生是个相貌堂堂的小伙子，这是肯定的，而且也是个很好的青年，我很看重他。不过，你如果要对他表示关怀的话，我亲爱的，那就请他哪天来跟我们一起吃饭吧。那样要好得多。也许奈特利愿意陪陪他。”

“很乐意，先生，任何时候都行，”奈特利先生笑呵呵地说，“我完全同意你的看法，这样要好得多。请他来吃饭，爱玛，请他吃最好的鱼和鸡，可是让他去挑选自己的妻子吧。请相信，一个二十六七岁的男人是能够自己照料自己的。”

第二章

威斯顿先生是海伯利本地人，出生于一个体面的家庭。这个家庭近两三代来逐步上升，进入了上流社会，还有了一笔财产。他受过良好的教育，可是由于早年继承了一小笔足够他维持生活的遗产，他不愿意去从事他几个兄弟所从事的任何一种平凡的行当；而是参加了他所在郡当时组织的国民军，以此来满足他那活跃、快乐的心灵和喜欢交际的性情。

威斯顿上尉是个到处受人欢迎的人物，他的军人生涯的际遇，使他认识了约克郡名门望族的邱吉尔小姐。邱吉尔小姐爱上了他，除了她的哥哥和嫂子，没有人对此感到惊奇。她哥哥嫂子从没见过他，而且孤高自恃，他们认为这门亲事会有损于他们的尊严。

可是邱吉尔小姐已经成年，完全有权支配自己的财产——尽管她的财产同她的家业相比是微不足道的——她不听任何人的劝告，还是要跟他结婚，而且果然结了婚，这却使邱吉尔先生夫妇俩痛苦不堪，他们以顾全面子的方式同她断绝了往来。这种结合因为门第不相称，没有带来多大幸福。威斯顿太太本该获得更多的幸福，因为她的丈夫又热情又温柔，觉得承蒙她一片好心爱上了他，应该千方百计报答她的莫大恩情；可是，她虽然性格刚强，却还算不上最刚强。她的决心足以让她不顾哥哥的反对而按自己的意志行事，但是还不足以阻止她对她哥哥那种无理可喻的愤怒感到无理可喻的遗憾，也不足以阻止她留恋她以前家里的那种豪华排场。他们过的生活已经超出了他们收入许可的范围，可还是远不能同恩斯科姆相比；她仍然爱着她的丈夫，可是她却既要当威斯顿上尉的太太，又要当恩斯科姆的邱吉尔小姐。

不少人，尤其是邱吉尔夫妇，认为威斯顿上尉攀了一门令人惊异的亲事。如今事实却证明，他做了一件最最赔本的买卖；因为在结婚三年后他妻子去世时，他比原先更穷，而且还要抚养一个孩子。不过，他不久就省掉了抚养孩子的这笔费用。这男孩由于母亲缠绵病榻，叫人看着心软，已经成了重归于好的媒介，再加上邱吉尔先生夫妇俩膝下无儿，又没有任何其他相当的嫡亲小辈要关怀照顾，所以在她去世后不久，便提出了小弗兰克完全由他们抚养这个建议。这位丧妻的爸爸想必多少有点迟疑，不太愿意；可是进一步从各方面考虑后，他同意了，让孩子去享受邱吉尔夫妇的照顾和他们的财富，他只消寻求自我安慰和尽力改善自己的境况就行了。

现在他想最好是完全改变一下生活。他脱离了国民军而去经商。他的几个兄弟已经在伦敦扎扎实实地打好了基础，这使他有了一个良好的开端。那是一家商行，他可以大干一番。他在海伯利依旧有一所小房子，他大部分的空闲日子都在那儿消磨。在这以后的十八个到二十个年头，是在有用的工作和赏心的社交生活中快快活活度过的。那时，他已经有了一笔可以让他过优裕生活的收入——足够在邻近海伯利的地区购买一处小小的产业，这是他一直梦寐以求的——足够娶一位甚至像泰勒小姐那样没有陪嫁的女人，并按照他自己那种待人亲切而爱交际的性情去生活。

自从泰勒小姐开始影响他的种种计划以来，已经有一些时候了；不过，这并不是青年人对青年人那种专横的影响，所以并没有动摇他那要等到买下伦多尔斯才成家的决定，而他是早就在盼望伦多尔斯出售了；他朝着这些目标稳步前进，直到达到目的为止。他发了财，买下了房子，娶了妻子，正在开始进入生活的一个新时期，完全可能获得比以往任何时期更大的幸福。他从来不是个郁郁寡欢的人；他的禀性使他如此，即使在他第一次结婚时也不例外，可是他的第二次婚姻肯定让他看到，一位善于判断、真正温柔的女人是多么使人高兴，也一定能给他最最爽心怡神的证明，证明挑选别人要比被人挑选好得多，引人感激要比对人感激好得多。

在挑选对象这件事上，他只要使自己满意就行了，他的财产完全是属于他自己的；因为弗兰克，不仅是心照不宣地作为他舅舅的后裔而被抚养成人，而且是公开言明作为过继，成年后要改姓邱吉尔，所以他需要他父亲帮助的可能性极小。他父亲并不为这件事担心。舅妈是个反复无常的女人，她把丈夫完全控制在自己手里；可是威斯顿先生那种性格的人不会认为，任何反复无常会强烈到足以影响一个这样亲近的人，而且，他深信不疑，是这样一个值得亲近的人。在伦敦，他每年都看到他的儿子；并且为他而骄傲，他喜欢夸奖他儿子是个很好的青年。这使得海伯利也因为有他而感到骄傲。人们完全把他看作本地人，大家都关心他的成就和前途。

弗兰克·邱吉尔先生是海伯利夸耀的人物之一。大家有强烈的好奇心，都想见见他，尽管这种好意从来没有得到过报偿——他出生以来一次也没有来过这儿。常常传说他要来看望他的父亲，可是从来也没有成为事实。

现在，在他父亲举行婚礼的时候，大家提出，他应该作这次拜访了，这是一种最合适的关心。对于这个话题，不管是在佩里太太同贝茨太太母女俩喝茶时，还是在贝茨太太母女俩回访时，都没有人表示过相反的意见。现在是弗兰克·邱吉尔先生来到他们中间的时候了。人们听说他写了封信向他的新母亲道喜，这种希望就更加强烈了。在那几天里，海伯利人每天早上互相拜访时都免不了要提起威斯顿太太收到了那封感人的信。“我想，你一定听说弗兰克·邱吉尔先生写给威斯顿太太的那封感人的信吧？我知道那的确是一封非常感人的信。这是伍德豪斯先生告诉我的。伍德豪斯先生看到过这封信，他说他有生以来还没见到过这样感人的信呢。”

的确，这是一封受到高度珍视的信。威斯顿太太当然对这位青年有了一个极好的印象；再说，这样令人愉快的关心一方面无可否认地证明了他是个十分通情达理的人，另一方面也使她的婚姻更值得祝贺，而且在已得到的祝贺之外再添上了最受欢迎的一份。她认为自己是个非常幸运的女人；她已经有了不少生活经验，知道别人会认为她是多么幸运，她唯一感到遗憾的是，不能一直和朋友们在一起了，他们对她的友谊从来没有冷下来过，而且和她分离他们也觉得恋恋不舍！

她知道他们一定会时常想念她。没有她做伴，爱玛就失去了一种独特的乐趣，或者要忍受一小时的无聊，每次想到这里，她总觉得痛苦。可是亲爱的爱玛不是一个性格软弱的人；她比大多数姑娘更能适应她的处境，她头脑清楚、精力充沛、性格刚强，有了这些，可以指望她能很好地快快活活地克服这些小小的困难和失去朋友的痛苦。再说，令人感到万分欣慰的，一是伦多尔斯离哈特菲尔德很近，甚至一个女人独自步行也很方便，二是威斯顿先生的性情和境况，这会使她们在即将来临的季节里每周都有一半黄昏在一起度过。

威斯顿太太的境况使她多数时间感到感激，而只是偶尔感到遗憾。她心满意足——还不止是心满意足——她兴高采烈，这一切是那么合情合理和显而易见，所以爱玛尽管了解自己的父亲，但有时听到他还在怜悯"可怜的泰勒小姐"，却也不免会感到惊奇。每当他们离开伦多尔斯，把威斯顿太太留在家庭的种种温暖中，或者每当晚上看着她在可爱的丈夫陪同下走上她自己的马车回家时，他总要这么说。她每次离去，伍德豪斯先生总免不了要轻叹一声，并且说：

"唉，可怜的泰勒小姐！她真巴不得在这儿待下去啊。"

要泰勒小姐回来是不可能的了——要不再怜悯她，也不大可能；而过了几个星期，伍德豪斯先生的痛苦就减轻了一些。他邻居们的道贺已经结束，没有人再为这样一件可悲的事向他道喜，惹他伤心了；那个使他看了十分难受的结婚蛋糕也全都吃光了。他自己的胃忍受不了油腻的食物，他也从来不相信别人的胃会跟他自己的有什么两样。他觉得有损健康的东西，他认为对任何别人也同样不相宜；因此，他曾经真心诚意地劝阻别人，叫他们根本不要准备什么结婚蛋糕，这件事没有成功，他又同样真心诚意地劝别人不要吃结婚蛋糕。为了这件事，他还煞费苦心地请教了药剂师佩里先生。佩里先生是个聪明人，具有绅士风度，他经常来访，是伍德豪斯先生生活中的一种安慰。既然请教他，他也就不能不承认（尽管这似乎有点违反他个人的爱好）结婚蛋糕肯定对许多人——或许是对绝大多数人都不相宜，除非是有节制地吃。带着这样一个证实了自己本来想法的意见，伍德豪斯先生希望能影响这对新婚夫妇的每一个客人，可是蛋糕还是吃掉了；在蛋糕完全吃光以前，他的仁慈的神经一直感到不安。

在海伯利有一个奇怪的谣传，说是看到所有的小佩里手里都拿着一片威斯顿太太的结婚蛋糕，可是伍德豪斯先生始终不相信有这回事。

手里都拿着一片威斯顿太太的结婚蛋糕

第三章

伍德豪斯先生喜欢用他自己的方式跟人交往。他很喜欢邀请朋友们到他家来看望他。因为种种凑合在一起的原因,因为他在哈特菲尔德住得久了,生性又很善良,因为他的家产、他的住房和他的女儿,他可以基本上凭自己高兴,想邀请他自己那个小圈子里的哪个客人就邀请哪个。他跟那个小圈子以外的人家很少交往。他害怕晚上的活动时间拖得太晚,也害怕大型宴会,这使他不适合于结交新的朋友,而只适合于同那些能按照他自己的条件来拜访他的人交往。对他来说,幸运的是,海伯利,以及在同一教区的伦多尔斯,还有在毗邻教区的奈特利先生的住处登威尔埃比[①]有许多这样的人。通过爱玛的劝说,他常常有一些经过精挑细选的上宾来陪他进餐,不过他更喜欢的是晚上的聚会;因此,除了他有时感到自己体力不济,无法招待客人以外,一星期里难得有一个晚上爱玛不为他凑满一张牌桌的。

威斯顿夫妇和奈特利先生出于真诚的长期关怀,到这儿来看望他们;而埃尔顿先生,一个不甘寂寞地过着独居生活的青年,却拿他自己寂寞无聊的空闲夜晚去交换伍德豪斯先生客厅里的幽雅环境、在那儿做客的乐趣和他可爱的女儿的微笑;这种特权,他是决不会放弃的。

除了这些人以外,还有另一批人;其中走动得最勤的是贝茨太太母女俩和高达德太太。只要哈特菲尔德一发出邀请,这三位女士几乎总是会来效劳的。她们经常是用马车接送的,以至于伍德豪斯先生认为接送她们,对于詹姆士或马匹说来,都不是什么苦差使了。要是一年只接送一次,那倒会是一件令人伤心的事了。

海伯利前任教区牧师的遗孀贝茨太太是一个年事很高的老太太，除了喝茶和玩瓜德里尔牌[2]以外，什么事也不能干了。她跟她唯一的女儿过着非常简朴的生活。这样一个没有坏心肠的老太太，境况又这样不好，引起了人们极大的关怀和尊敬。她的女儿，作为一个既不年轻又不漂亮，既不富有又没有结婚的女人，她受到的欢迎可说是很不寻常的了。贝茨小姐处在一种十分糟糕的困境里，不可能得到公众的多少好感。她并没有什么智力上的优势来弥补她自己的不足，或者把那些可能憎恨她的人吓唬得在表面上尊敬她。她从来没有美貌或者聪明可以夸耀。她的青春已经无声无息地逝去了，她把中年时期专门用来照料一位日见衰老的母亲，并且尽最大努力用一笔为数很小的收入糊口度日。然而她却是一个快活的女人，人人提到她都不会不带着好意。正是因为她自己对别人也普遍怀着好意，而且又能随遇而安，所以才出现了这样的奇迹。她爱每一个人，关心每一个人的幸福，又能很快地看到每一个人的优点；她还认为自己是个最最幸运的人，而且能有这样一位卓越的母亲，这么多善良的邻居和朋友，还有个什么都不缺少的家，真是太幸福了。她的纯朴和快活的天性，她的知足和感激的心情，人人都觉得是她的可取之处，而对她自己来说，也是个幸福的源泉。她谈论起琐碎小事来，真是滔滔不绝，这对伍德豪斯先生正好合适，她可以谈许多无关紧要的消息和没有妨害的传闻。

高达德太太是个女校长。她办的是一所学校，而不是女子学院，也不是像样的机构，又不是用一长串优雅的废话自称以新原则、新制度来把丰富知识同崇高道德相结合起来的学府；在那种学府里，年轻女士们出了昂贵的学费让自己的健康被摧毁而学得爱好虚荣。她的学校是一所真正的、正派的老式寄宿学校，在这儿，合理数量的才艺以合理的价格出售；姑

① 埃比，意为修道院。此处指原为修道院的乡村住宅。

② 18 世纪英国流行的一种 4 个人用 40 张牌打的牌戏。

娘们被送到这儿来，免得在家里碍手碍脚，在这儿，可以在短时期内受到一点儿教育，而没有在回家时变成学究的危险。高达德太太的学校享有很高声誉——这是受之无愧的；因为海伯利被认为是个对于健康特别有益的地方：她有一所很大的校舍和花园，给孩子们提供大量营养丰富的食物，让她们在夏天常常到处奔跑，而在冬天呢，又亲手给她们的冻疮敷药包扎。难怪现在有二十对小姑娘跟在她后面步行到教堂去。她是个普普通通的、慈母型的女人，年轻时曾经辛辛苦苦地干过一番工作，如今认为自己有权利偶尔放一天假到人家那儿去喝喝茶了。由于欠了伍德豪斯先生好多旧情，她觉得他特别有权要求她在办得到的时候离开她那挂满绣品的整洁客厅，在他炉边赢上或者输上几个六便士[①]。

这些就是爱玛发现自己经常能够请到的几位女士。能为了她爸爸的缘故做到这一点，她感到很高兴；尽管就她自己来说，这还弥补不了失去威斯顿太太所造成的损失。看到她爸爸那副舒适安逸的样子，她十分高兴；居然能把事情安排得这么好，她对自己也非常满意。不过，这样三个女人静悄悄地在一起谈些无聊的话，却使她觉得，这样消磨过去的每一个晚上，实际上就是她以前担心会出现的那种漫长的黄昏。

有一天早晨，她坐着，正在想这一天又要这样过去的时候，从高达德太太那里送来了一张便条，上面用客气非凡的措词请求允许她把史密斯小姐带来。这是个很受欢迎的请求；因为史密斯小姐是个十七岁的姑娘，爱玛看见过她好几次，由于她长得秀丽，爱玛早就对她感兴趣了。于是她发出了很客气的邀请作为回答。这所宅子的美丽的女主人也就不再为这个黄昏担忧了。

哈丽埃特·史密斯是某人的私生女儿。在若干年以前，那人把她送进高达德太太的学校，最近那人又把她从接受津贴的地位升到了住在校

① 6便士为一种通用硬币的面值。此处意为在纸牌戏中的输赢。

长家里的地位。她的经历大家就只知道这一点儿。除了她在海伯利结识的朋友以外,再也看不到她有什么朋友了。她到乡下几个跟她同过学的年轻小姐家去作客,过了很长一段时期,现在刚回来。

她是个非常俊俏的姑娘,而她的美恰好是爱玛所特别喜爱的那一种。她个子矮小,长得丰满,肤色白皙,面颊红润,眼睛是蓝蓝的,头发是浅黄色的,五官端正,模样儿十分可爱。那一个黄昏还没有结束,爱玛就不仅爱上了她的外貌,也爱上了她的举止风度,而且下了决心要继续同她来往。

史密斯小姐谈吐中并没有什么特别聪明的地方给爱玛留下深刻的印象,但是爱玛发现她整个人都很有吸引力,——没有叫人不舒服的羞涩,也并不是不愿意说话——然而却又远远不是爱出风头,她显示出一种那么得体和合宜的温顺。因为能到哈特菲尔德来她流露出令人愉快的感激心情,而且不加掩饰地表示出,这儿每样东西看来都比她过去常见的要来得高超。这些都说明她一定很有头脑,而且是值得鼓励的。是应该鼓励鼓励她。那双温柔的蓝眼睛和所有那些天生的可爱之处,不该白白浪费在海伯利的下层人物和他们的亲友中间。她以前的一些朋友是配不上同她结交的。刚同她分手的那些朋友,虽然都是好人,但是一定会对她不利。他们是马丁家的人,爱玛很了解他们的为人,他们租了奈特利先生的一个大农场,就住在登威尔教区里——她相信他们都非常可靠——她知道奈特利先生很看得起他们——不过,他们一定都粗里粗气,毫不斯文,对于一个只要再多一点儿学问和优雅就可成为十全十美的姑娘来说,他们可不是合适的密友。她要关怀她,使她变得更好;她要把她从那些坏朋友那里拉过来,把她带进上层社会;她要塑造她的见解和她的仪态。那会是一件有趣的事,当然也是一件非常仁慈的事,对于她自己在生活中的地位、她的悠闲和她的能力都是十分相宜的。

她忙于欣赏那双温柔的蓝眼睛,忙于说话,忙于倾听,在这之间还忙于酝酿所有这些计划，这个晚上就异常迅速地飞也似的消逝了。这类聚会的末一项总是晚餐，过去她常常是坐着等这个时刻来到，可是这天，她还没留意，餐具就已经摆好了，餐桌已经搬到了壁炉跟前。在餐桌上招待客人时，她带着一种欣喜的心情，这心情超出了一心要把事事都做得妥善周到的那种一般的冲动，而且还带着一种由衷的好意，这好意是一个人在对自己的想法颇为得意的时候才有的。她劝客人们进食，向客人们推荐鸡肉末和焙牡蛎时，她知道自己的那番盛情是能为那些习惯早睡和因客气而迟疑的客人们所接受的。

在这种场合里，可怜的伍德豪斯先生心里在进行着悲哀的斗争。他喜欢让桌上铺着桌布，因为这是他年轻时的风气，可是他却深信这些晚餐对健康很不利，所以他每看到一道菜端上桌来，就感到抱歉：一方面，他好客，欢迎他的客人吃每一样菜肴；另一方面，他关心他们的健康，他们要是真吃了，他却又感到难受。

他怀着自己十分满意的心情所能推荐的，只是再吃一小盆他自己吃的那种薄粥；但是，在女士们津津有味地把这些更加精美的食物吃光时，他却不得不说：

"贝茨太太，让我劝你尝一个鸡蛋吧。一个煮得很嫩的鸡蛋不会有损健康的。赛尔比任何人都更会煮蛋。我不会劝你吃别人煮的蛋——可是你不用担心——这些蛋都很小，你瞧——吃一个我们的小鸡蛋是不会给你带来害处的。贝茨小姐，让爱玛给你添上一点儿水果馅饼——非常小的一块。我们的饼全都是苹果馅的。你不必担心这儿会有对健康不利的蜜饯。我不劝你吃牛奶蛋冻。高达德太太，来半杯酒怎么样？小小的半杯酒——兑上一杯水好吗？我想这样不至于会使你不舒服。"

爱玛听任她爸爸谈话——可是自己却以令人满意得多的方式招待来客；那天晚上她把客人们送走时，客人们都欢欢喜喜，她也感到特别高兴。史密斯小姐觉得快活，正好遂了她的心愿。伍德豪斯小姐在海伯利是这么一个大人物，她想到自己要被引见，心里又是欢喜又是害怕——不过，这个出身低微、感恩戴德的小姑娘离开时却心满意足；整个晚上伍德豪斯小姐对她一直和蔼亲切，最后还确确实实跟她握了手[①]，这使她非常高兴。

① 在简·奥斯丁时代的英国，握手还没有完全代替鞠躬和屈膝礼，而是一种亲热的表示。

第四章

哈丽埃特·史密斯在哈特菲尔德的亲密关系，很快就成为一件固定不变的事情了。爱玛做事一向当机立断，她不失时机，立即邀请她，鼓励她，要她经常来；随着她们之间友谊的增进，她们对彼此也越来越感到满意了。爱玛很早就预见到，她可以作为自己散步时的一个很好的伴侣。在这方面，失去威斯顿太太是个重大的损失。她父亲散步的范围从不超出那个灌木林，那儿有两块空地，已经够他散步的了。随着四季的变化，这散步有时是长距离，有时是短距离。自从威斯顿太太结婚以来，爱玛的活动已经受到了太多的限制。有一次，她曾经大胆地独自上伦多尔斯去，可是玩得并不痛快。因此，能随时把哈丽埃特·史密斯找来陪她散步，可说是给她增加了一种宝贵的特权。同她更多地接触以后，爱玛在各方面都赞赏她，而且更加坚定地要执行自己所作的那些好心的计划。

哈丽埃特确实并不聪明，可是她有一副可爱的、温顺的、感恩的性情，一点也不自高自大，她只希望能由她所尊敬的任何一个人来开导她。她早年的自尊自爱是非常可爱的。她喜欢好的伴侣，能够欣赏文雅的举止和机智的谈吐，这些都表示她并不缺乏鉴赏力，虽然并不能指望她有多么强的理解力。总之，爱玛完全确信哈丽埃特·史密斯正是她需要的年轻朋友——正是她家里需要的人。要有个像威斯顿太太那样的朋友是不可能的了。绝不会有两个这样的朋友。她也不需要两个。这是截然不同的另一回事，是一种不同的独特的感情。威斯顿太太是她尊重的对象，这种尊重的基础就是感恩和敬意。而哈丽埃特却是作为一个能接受她帮助的人而受到疼爱。对威斯顿太太，她没什么事可做；对哈丽埃特，她却样样事都可以做。

爱玛为了帮助她所作的第一个尝试是，努力去打听出谁是她的父母。可是哈丽埃特却讲不出来。只要办得到，她愿意把每件事情都讲清楚，不过在这个话题上，爱玛却什么也问不出来。爱玛不得不随心所欲地去发挥想象——可是她决不相信*她*要是处在那样境地里，*她*也会发现不了真相。哈丽埃特缺乏钻劲儿。高达德太太愿意告诉她什么，她就满足于相信什么，不愿追究下去了。

高达德太太、教师们、姑娘们，还有学校里发生的一般事情，都自然而然地成了谈话的大部分内容——要不是她认识埃比磨坊农场的马丁一家人，那这些准是谈话的全部资料了。但是她常常想着马丁那一家人。她跟他们度过了极其欢乐的两个月，现在还喜欢谈论她那次访问期间的欢乐，描述那地方的许许多多舒适的设备和奇妙的事物。爱玛鼓励她多谈——听她描述这样一幅另外一群人的图景，觉得很有趣，而且听她用年轻人的那种天真坦率赞扬马丁太太家，感到很有意思。她说马丁太太"有*两间*客厅，两间非常好的客厅，真的；其中一间跟高达德太太的客厅一样大；她有一个侍候了她二十五年的贴身使女；他们有八头母牛，其中两头是奥尔德尼种的，一头是威尔士种的小母牛，是头非常好看的威尔士小母牛，真的；根据马丁太太的说法，就因为她这么喜欢它，应当管它叫*她的*母牛；他们的花园里有一个非常漂亮的凉亭，在明年的某一天，他们全都要在那儿喝茶，那是个非常漂亮的凉亭，大得足足可以容纳十二个人"。

有一阵，她只觉得有趣，除了听她讲以外，没有想过什么别的；可是在进一步了解了这家人家的情况以后，她却又产生了其他一些想法。她想错了，以为那儿母女子媳住在一块儿；可是她发现，那位马丁先生——他是她的叙述中的一个人物，而且提到他时她总要夸奖他脾气非常之好，肯做这做那的——竟然是个单身汉；发现没有年轻的马丁太太，他还没有娶老婆；这时候，她就免不了怀疑起来，认为处在所有这般殷勤和友好的情谊中，她这可怜的小朋友是危险的——要是没有人来关怀她的话，很可能会一失足成千古恨。

有了这个启发灵感的想法，她问的问题数量增加了，意义也更丰富了。她特地引哈丽埃特再多谈谈马丁先生——显然对方也并非不爱这个话题。哈丽埃特很乐意谈论他同她们一起在月下散步，在晚上同她们一起做愉快的游戏，还不厌其烦地细细描述了他那极好的脾气和殷勤的招待。“有一天，他为了给我弄一点胡桃，居然来回走了三英里路，就因为我说过我是多么爱吃胡桃——而在别的每一件事情上，他也都是非常殷勤！有一天晚上，他特意叫牧羊人的儿子上他的客厅里来唱歌给我听。我很爱听唱歌。他自己也能唱一点儿。我认为他很聪明，什么都懂。他有一群品种极其优良的羊；我跟他们待在一起的时候，他的羊毛售价比这一带任何人的都来得高。我相信人人都夸他好。他的母亲和姐妹们都很喜欢他。有一天，马丁太太告诉我，”她讲起这事的时候，脸上飞起一阵红晕，“再没有比他更好的儿子了，因此她肯定，他不管什么时候结婚，都会成为一个好丈夫。这倒不是说她要他结婚。她根本不着急。”

“干得好啊，马丁太太！”爱玛心里想。“我知道你在搞什么花样。”

“我回来的时候，马丁太太那么客气，送给高达德太太一只美丽的鹅——高达德太太从没见过这样好的鹅。高达德太太在一个星期天把它做成菜，请纳希小姐、普灵士小姐和理查生小姐这三位教师来跟她一起吃晚饭。”

“我想，马丁先生除了懂自己的本行以外，什么也不懂。他不读书吧？”

“哦，读的！——那是说，不读——我不知道——不过我想他读过不少书——但不是你看重的那些书。他读《农业报告》,还读放在窗座[①]上的一些别的书——可他都是不出声读的。但是在晚上,有些时候,在我们打牌之前不久,他却朗读《佳作文摘》[②]中的文章——非常有趣。我知道他读过《威克菲牧师传》[③]。他从来没读过《森林的传奇》[④],也没读过《修道院的孩子》[⑤]。在我提起以前,他从来也没听说过这两本书,可他现在决定尽快把这两本书找来。"

接下来问的问题是:

"马丁先生相貌长得怎么样?"

"啊! 不漂亮——一点也不漂亮。起初我认为他长相极其平凡,但是现在倒觉得并不那么平凡了。你知道,人们在过了一段时间以后,就不会觉得平凡了。不过,你从来没见过他吗? 他时常到海伯利来,他每星期骑马上金斯敦去的时候,肯定都路过这儿。他经常从你面前经过。"

"那倒是可能的。说不定我已经看见过他五十次了,可是他的名字,我却毫无印象。一个年轻的庄稼汉,不管他骑马还是步行,是最引不起我的好奇心的。自耕农正是我感到与我无关的那种人。一个地位低一二等而外貌看来还可靠的人可能引起我的兴趣;我可以希望从这个方面或者从另外一个方面给他们家帮点儿忙。不过,一个庄稼汉不可能需要我的帮助,所以在这一层意义上来说,他高于我注意的范围,正如在所有其他各个意义上,他都低于我注意的范围一样。"

"的确如此。哦,说得对! 你是不大可能注意他的——可是他对你却的的确确十分熟悉——我的意思是说面熟。"

---

① 指室内凸窗处的座位。

② 1789 年出版的一本流行的文集。

③ 英国作家哥尔斯密(1730—1774)写的小说。初版于 1766 年出版。

④ 英国作家雷德克利夫夫人(1764—1823)写的小说。

⑤ 英国作家罗奇(约 1764—1845)于 1798 年出版的一部小说。

“他是个非常可敬的青年，这我并不怀疑。我确实知道他非常可敬；既然这样，那就祝愿他一切都顺利吧。你估计他有多大年纪了？”

“今年六月八日，他二十四岁了，而我的生日是二十三日——仅仅相差两个星期多一天！那是多么奇怪啊！”

“才二十四岁。成家未免太早了。他母亲说得完全正确，用不到着急嘛。照他们现在这样，他们的日子似乎过得挺舒适。要是她煞费苦心给他成亲，她或许还会后悔呢。再过六年，要是他能遇上一个跟他门当户对又有一点儿钱的好姑娘，那倒也许是可取的。”

“再过六年！亲爱的伍德豪斯小姐，那他都要三十岁了！”

“嗐，那是绝大多数男人能结得起婚的最小的年龄，他们可不是生来就能独立生活的。依我看，马丁先生还得完全靠自己去挣一份家产呢——眼前手头根本不可能有钱。不管他在父亲去世的时候可能拿到多少钱，不管他可能分到了多少家产，我想那全都像漂在水上一样，全都用来买了牲口什么的了。尽管靠了勤勉，并且如果交上好运的话，他到时候也许会发财致富，但要说目前就已经赚了多少钱，那几乎是不可能的。”

“确实如此。可是他们日子过得挺舒服。他们家里没有男用人——除此以外，他们什么也不缺；马丁太太还谈到，再过一年要雇佣一个小厮呢。”

“我希望，哈丽埃特，不管他在什么时候结婚你都不要陷入困境——我的意思是说，不要跟他的妻子认识——尽管他的几个姐妹受过良好教育，不一定完全不如你的意，但这并不说明他可以娶到值得你注意的人。你的出身已经不幸了，你在同谁交往这方面就应该特别小心。毫无疑问，你是一位绅士的女儿，你一定得尽你最大的力量表明你确有这种身份，否则的话，许多人会贬低你而从中取乐的。”

“对，确实如此——我想是有人会这样。不过，伍德豪斯小姐，我到哈特菲尔德来做客，你待我这么好，我就不担心任何人能拿我怎么样了。”

“你非常了解环境影响的力量，哈丽埃特；可是我要你在良好的社交场合中有一个十分稳固的地位，甚至不要依靠哈特菲尔德或者伍德豪斯小姐。我想看到你永远跟上层人士交往——为了达到这个目的，最好还是尽可能少交几个离奇古怪的朋友；所以我说，等马丁先生结婚的时候，要是你还在这一带，我希望你别因为跟他的姐妹十分亲密而被引诱得去跟他妻子认识，她很可能只不过是个庄稼人的女儿，没有受过什么教育。”

“的确。对。这倒不是因为我认为马丁先生娶不到什么受过教育、有良好教养的人。不过，我并不想反对你的看法——我确实不希望跟他的妻子认识。我将永远敬重那两位马丁小姐，尤其是伊丽莎白；不跟她们来往将会是很大的遗憾，因为她们跟我一样，也受过良好教育。不过，要是马丁先生娶一个十分愚昧庸俗的女人，那么，只要办得到，我当然还是不去看望她的好。”

在这整个感情起伏的谈话中，爱玛一直注视着她，没有看到令人惊恐的爱情的征兆。这个年轻人是第一个爱慕她的男人，不过她相信没有什么其他的瓜葛，而且，在哈丽埃特方面，不会有什么大困难来阻挠她自己作的好心的安排。

第二天，她们在通向登威尔的大路上溜达，碰到了马丁先生。他在步行，对爱玛毕恭毕敬地看了一眼以后便怀着完全真诚的喜悦看着她的同伴。爱玛有这样一个观察的机会，并不感到遗憾。在他们交谈的时候，她朝前走了不多几步路，马上用她那敏锐的眼光充分看清楚了罗伯特·马丁先生。他仪表非常整洁，看上去好像是个很有头脑的小伙子，可是除此以外，他的相貌就没有什么其他可取之处。拿他同绅士们对比一下，她认为他一定会失去在哈丽埃特心中引起好感的全部因素。哈丽埃特并不是不懂得风度的；她曾经自发地注意到爱玛的父亲那彬彬有礼的风度，并且流露出了惊讶和赞赏。马丁先生看上去似乎连什么叫风度也不懂。

因为不能让伍德豪斯小姐多等，他们只在一起谈了几分钟话；然后哈丽埃特满脸笑容，万分激动地奔到她身边，伍德豪斯小姐希望她很快能冷静下来。

“真想不到，我们会正好碰到他！多奇怪。他说，真巧，他没打伦多尔斯那儿走。他没想到我们会走这条路。他还以为我们大多数的日子都是朝伦多尔斯那儿走的呢。他还没能找到《森林的传奇》。他上次在金斯敦实在太忙，把这件事忘得一干二净了，不过，他明天要再去一次。真奇怪，我们居然正好遇上了！呃，伍德豪斯小姐，他是不是跟你想象的一个样？你觉得他怎么样？你觉得他的长相十分平凡吗？”

“毫无疑问，他的长相确实十分平凡——非常平凡——可是，丝毫没有绅士风度，相比之下，长相平凡也就算不了什么了。我没有权利对他抱多大的期望，我也没有对他抱过多大的期望；可是我可没想到，他居然这样土里土气，完全谈不上什么风度。我承认，我原先还以为他多少有一点绅士风度呢。”

“说真的，”哈丽埃特用克制的声音说，“他不像真正的绅士那样文雅。”

“我想，哈丽埃特，自从你认识我们以来，你一再同一些真正的绅士接触，你自己也一定注意到，马丁先生和他们是不同的。在哈特菲尔德，你已经接触过受过良好教育和教养的优秀人物。在看到了他们以后，如果你能再同马丁先生一起，而看不出他是一个十分低下的人——而且也不觉得奇怪自己以前怎么会以为他是个可人心意的人，那我就感到吃惊了。难道你还没开始有这个感觉吗？你没有这个看法吗？我肯定，你一定注意到了他那笨头笨脑的样子和鲁莽冒失的举止——还有粗野的声音，我站在这儿已经听到了，他声音里丝毫没有抑扬顿挫。”

“当然啰，他不像奈特利先生。他没有奈特利先生那样的高雅风度和步态。他们之间的不同，我看得够清楚的。可是，奈特利先生是那么高雅的一个人呀！”

“奈特利先生的风度特别优雅，拿马丁先生跟他相比，是不公平的。奈特利先生身上表现得那么明显的绅士气派，你在一百个人当中都找不到一个。不过，他可不是你最近经常接触的唯一的绅士啊。你觉得威斯顿先生和埃尔顿先生怎么样？拿马丁先生同他们两人当中任何一个比一下看。比比他们的举止、步态、谈吐和缄默吧。你准会看出不同。”

“啊，是不同！是有很大不同。可是威斯顿先生几乎是老头儿了。威斯顿先生准有四五十岁了吧。”

“正因为如此，他的风度就更可贵。一个人年纪越老，哈丽埃特，他就越要注意自己的风度——如果他大声说话，行动粗鲁，或者举止笨拙，那就越显眼，越讨厌。在青年身上表现出来还可原谅的缺点在年纪大的人身上就可嫌了。马丁先生现在笨头笨脑、鲁莽冒失；到了威斯顿先生那个年纪，他会成个什么样子啊？”

“这倒的确很难说！”哈丽埃特相当严肃地说。

“不过，可以猜得到。他将成为一个十足的粗壮庸俗的庄稼汉——完全不修边幅，一心想着利润和亏损，其他什么也不考虑。”

“他真会这样吗？那可太糟了。”

“他忘了去找你推荐的书，这就说明他已经完全埋在生意堆里了。他满脑子想着市场，其他什么也想不到了——对一个家业正在日趋兴旺的人来说，那是不足为奇的。他跟书有什么关系呢？我不怀疑，他家业是会兴旺的，到时候他会成为一个大富翁——我们不必为他的无知无识和粗野无礼烦恼。”

“我奇怪，他怎么会把那本书忘了，”哈丽埃特只是这样说了一句，说的时候，真的有点儿不高兴了，爱玛认为最好不去理会她这种心情。所以，她沉默了一会儿。后来她又开口说：

“就某个方面来说，埃尔顿先生的风度也许要比奈特利先生和威斯顿先生的还要好一些。他更加文雅。拿他作楷模也更加妥当。威斯顿先生直率、急躁，几乎可以说有点生硬，这在他身上表现出来，大家倒也还喜欢，因为他脾气很好——可是这却不能模仿。奈特利先生那种爽直、果断、威严的态度也是如此——尽管对他来说是非常合适的；他的体态、他的面貌和他在生活中所处的地位似乎都允许他这样；不过，要是哪个年轻人要去学他的样，那就会叫人无法忍受了。相反，我想，推荐埃尔顿先生作为年轻人的榜样，也许非常妥当。埃尔顿先生脾气和善、生性愉快、待人亲切，而且举止文雅。我觉得他最近似乎变得特别文雅。我不知道他是否有意用特别的温柔来讨好我们两人当中的哪一个，哈丽埃特，但是我有个印象，他的态度比以前更加温柔了。如果他有什么意图的话，那准是想博得你的好感。那天他谈起你的时候说的话，我不是已经告诉过你了？”

于是她又把自己从埃尔顿先生那里引出来的热烈赞扬重复了一遍，而且夸奖他说得对；哈丽埃特红着脸微笑着，说她一直认为埃尔顿先生很和蔼可亲。

爱玛正是选中了埃尔顿先生，要拿他来把那个年轻庄稼汉从哈丽埃特脑子里赶出去。她想，这真是天造地设的一对；而且她多出些力撮合这门亲事，显然是合人心意的，理所当然的，也是可能办成功的。她担心别人也都想到和预料他们会结合。然而，她打这个主意却比任何人都早，她在哈丽埃特第一次来到哈特菲尔德的那个晚上，就想到了这个主意。她越考虑越感到必须得赶紧办。埃尔顿先生的处境是最合适不过的，本人是个地地道道的绅士，没有什么低三下四的亲戚；同时，他那种人家的人也不会反对哈丽埃特那可疑的出身。他可以给她一个舒适的家庭，而且爱玛还猜想他有一笔尽够他们两人用的收入。虽说海伯利教区并不算大，大家都知道他自己有一些财产。她很敬重他，认为他是个性情温和、心地善良，又值得尊敬的青年，而且也很懂得人情世故。

他呢，也认为哈丽埃特是个美丽的姑娘，对于这一点，她已经很满意了，她相信，这一点再加上经常在哈特菲尔德会面，在他那方面可说是已经有了足够的基础了。而在哈丽埃特这方面，毫无疑问，想到自己被他看中，这个想法是会产生一般常有的那种分量和效果的。他确实是个很讨人喜欢的年轻人，任何一个不太挑剔的女人都会喜欢他的。大家认为他长得俊俏非凡；他的人品受到普遍的赞美，虽然她并不赞美，因为他相貌中并不具备她认为不可缺少的高雅；可是那个姑娘既然会因为罗伯特·马丁骑马到乡下各处去给她找胡桃而感到满意，那就一定会被埃尔顿先生的爱慕所征服。

第五章

“爱玛和哈丽埃特·史密斯这样亲密无间，”奈特利先生说，“我不知道你的看法如何，威斯顿太太，我却认为是件坏事。”

“坏事！你当真认为这是件坏事吗？为什么？”

“我认为她们不论哪一方，对于对方都没有好处。”

“你真叫我吃惊！爱玛肯定会对哈丽埃特有好处的。由于给爱玛提供了一个新的关怀对象，哈丽埃特可以说对她也有好处。看到她们亲密交往，我非常高兴。我们之间感受多么不同啊！你居然认为她们彼此都不会有好处！开了这个头，我们以后肯定要为爱玛的事一再争论了，奈特利先生。”

“你以为我知道威斯顿出去了，你只好单独作战，才故意来跟你争论的吧。”

“威斯顿先生要是在这儿的话，毫无疑问，一定会支持我，因为他在这个问题上看法和我完全一致。昨天我们还谈起过，并且一致认为，爱玛在海伯利有这样一个姑娘同她来往，是多么幸运。我不会承认你在这件事上判断正确。你过惯了孤独的生活，不懂得一位伴侣的价值；而且，一个女人有生以来一直习惯于有女朋友做伴，现在又能有一个女伴是怎样一种安慰，也许没有一个男人能对此作出正确的判断吧。你反对哈丽埃特，这我想象得出。要做爱玛的朋友，应该是比她更卓越的年轻妇女，但她却不是。可是，另一方面，因为爱玛要看到她变得见多识广，爱玛自己就得多阅读一些书。她们会一起读的。她打算这样做，我知道。”

“爱玛从十二岁以来，一直打算多读些书。我看到过许多她在不同时期开的书目单，上面列的都是她打算认认真真读完的书——书目单都非常好——书选择得很恰当，排列得整整齐齐——有时候按字母，有时候根据一些其他的规则。她才十四岁时列的那张书目单——我记得我当时看了认为她很有判断力，因此我把它保存了一个时期；我想现在她也许又列出了一张很好的书目单。不过，我已经不再指望爱玛认认真真地读书了。她永远也不会干任何需要刻苦和耐心的事情，也不会做任何让幻想屈服于理智的事情。泰勒小姐没法叫她干的事，我可以担保，哈丽埃特·史密斯一定也毫无办法。过去你苦口婆心地劝她，可你要她读的书，她连一半也没读完。你知道你劝不了她。”

“我想，”威斯顿太太笑嘻嘻地回答，“当时我也曾经这么想过；不过，自从我们分手以后，我再也想不起来有什么事情是我希望爱玛做而她没有做的。”

“我不是想勾起这样一段回忆，”奈特利先生颇有感触地说；过了一会儿，他平静了下来。“不过，”他马上又补充说，“我还没变糊涂，我还得看看，听听，回忆回忆。爱玛是她家里最聪明的人，因此给宠坏了。她不幸在十岁那年就已经能回答出连她十七岁的姐姐都答不上来的一些问题。她总是思维敏捷而富有自信；伊莎贝拉呢，却头脑迟钝又缺乏自信。从十二岁起，爱玛就成了家里和你们所有人的女主人了。她失去了她的母亲，就失去了唯一能够对付她的人。她继承了她母亲所有的聪明才智，当初一定是顺从母亲的。”

“如果我当初离开伍德豪斯先生家，要另找工作的话，奈特利先生，那么，依靠你来推荐我，结果一定会使我感到遗憾的。我想你不见得会对谁说我一句好话。我相信你一直认为我不适合干我以前的那份工作。”

“对，”他微笑着说。“你还是待在这儿更好一些；做个妻子很合适，可是根本不适合当家庭教师。可是，你在哈特菲尔德的时候，一直在为当一个出色的妻子做准备。根据你的能力来看你本来似乎能给爱玛一个完美的教育,但是也许你并没有做到这一点。可是你却从她那儿受到了很好的教育,学会了很重要的在结婚以后抑制自己的意愿去听从别人吩咐的本领。如果威斯顿当初要我给他推荐一个妻子,我当然会提你泰勒小姐的名。”

“谢谢你。做一个像威斯顿先生这样的人的好妻子,并没有什么了不起。”

“咳,说真的,我还担心你大材小用,你那容忍一切的性情没什么可容忍呢。不过,也不必泄气。威斯顿先生沉溺在舒适中,也许会变得粗暴易怒,他的儿子也会折磨得他烦躁不安。”

“我可不希望那样。这不大可能。不,奈特利先生,别在这方面作令人烦恼的预言了。”

“我哪会这样啊。我不过说说可能出现的情况罢了。我可不会自以为有爱玛那种预言和猜测的天才。我真心诚意地希望那年轻人有威斯顿的品德和邱吉尔的财富。可是哈丽埃特·史密斯——我还没把关于哈丽埃特·史密斯的话谈完呢。我认为,由她来同爱玛做伴,那再糟糕也没有了。她自己什么也不懂,却把爱玛看得什么都懂。她百般奉承她,正因为不是故意的,那就更糟。她的无知时时刻刻都是一种奉承。哈丽埃特处处显得不如她,她看了得意洋洋,那她怎么会想到自己还有东西要学呢?至于哈丽埃特,我敢说一句,她不可能从这种交往中得到什么好处。哈特菲尔德只会使她不再喜欢她应该待的其他一切地方。她会变得高雅,感到跟她那种出身和环境里的人在一起很不舒服。如果爱玛的教导能赋予心灵上的力量,或者能使一个姑娘足以合理地适应生活中的各种处境,那我就大错特错了。她的教导只不过是给她镀一点儿金罢了。”

“我要么是比你更相信爱玛有头脑,要么是比你更急于要让她现在能得到安慰;因为我无法为这种交往痛惜。昨儿晚上她看上去多好啊!”

“啊,你宁愿只谈她的外貌而不谈她的内心,是不是?那很好;我不会否认爱玛长得漂亮。”

“漂亮！还不如说美丽。你能想象得出有什么比整个的爱玛——不论是容貌还是身材——更加完美的吗？”

“我不知道我能想象出什么，可是我承认，我很少看见过有谁的容貌或身材比她的更加使我喜欢。可我是个偏心的老朋友啊。”

“这样的眼睛——真正淡褐色的眼睛——又那么明亮！五官端正，神情坦率，脸色那么红润！啊！多么健康的青春气息，高矮肥瘦是那么适中！身体又那么庄重挺直！不单是她的青春气息里有健康的美，而且她的神情里、头脑里和她眼睛的一瞥里都有。有时候听人说，某个孩子是‘健康的化身’；现在，爱玛总是叫我觉得她是成年人健康的完美化身。她本身就是妩媚。奈特利先生，你说是不是？”

“她在外貌上我觉得无可挑剔，”他回答说。“我认为她就跟你所描绘的一模一样。我喜欢朝她看；而且我要加上一句赞美的话，那就是，我认为她并不为外貌自负。考虑到她是多么秀丽，应该说她对自己的外貌是想得不多的；她的自负在另一方面。威斯顿太太，我不喜欢她跟哈丽埃特·史密斯这样亲密，我担心这样下去对她们俩都有害处，你再怎么说，我也不会改变这种看法。”

“而我呢，奈特利先生，也同样坚持我自己的看法，认为这样下去对她们没有什么害处。尽管亲爱的爱玛有一些小小的缺点，她人可是挺好的。我们在哪儿能看到比她更好的女儿，更亲密的姐妹，更忠实的朋友？不，不，她有一些可以信赖的品德；她永远也不会把任何人引入真正的歧途；她不会坚持过错；即使爱玛做错一件事，但她有一百次是做对的。”

“很好；我不再给你找麻烦了。爱玛就算是个天使。我要把我一肚子的怨气保留到圣诞节约翰和伊莎贝拉来的时候再说。约翰喜欢爱玛，是怀着合情合理的而不是盲目的感情，而伊莎贝拉总是跟他一个看法，除了在有关孩子的事情上她认为他太乐观。我确信，他们的意见会和我的一致。”

“我知道你们都实在太喜欢她了，不会对她不公平或者有恶意。可是请原谅我，奈特利先生，如果我不怕冒昧地说（我认为自己具有爱玛的母亲可能有的某些发言权，你知道），你们这样把她同哈丽埃特·史密斯的亲密关系作为一再讨论的话题，我认为不可能有什么好处。请原谅我；可是就算可以担心这种亲密关系会引起小小的不便吧，只要爱玛自己能从中获得乐趣，那就不能指望她去结束这种关系。爱玛除了对她父亲以外，并不对任何人负责，而她父亲呢，却是完全同意这种交往的。多少年来，给她劝告一直是我的本分。奈特利先生，对于我还保留的这一点儿职责，你不会感到吃惊吧。”

“哪儿会呢，”他大声说道，“你说这些，我对你非常感激。你提出的是很好的忠告，它不会像你以前的忠告那样毫无效果，因为它会被接受的。”

“约翰·奈特利太太很容易大惊小怪，而且很可能为了她的妹妹给惹得不愉快。”

“你放心吧，”他说，“我不会大声叫嚷的。我会把我的坏脾气闷在自己心里。我倒是真心实意地关怀爱玛。伊莎贝拉是我的弟媳，但对我来说，并不比爱玛亲，也从来没有引起我更多的关怀；她得到的关怀也许还比不上爱玛呢。在对爱玛的感情中，有一种焦急，一种好奇。我真不知道她以后会怎么样！”

“我也不知道，”威斯顿太太心平气和地说，“完全不知道。”

“她老是说她永远不结婚，当然，这话不能当真。可是我看她至今还没遇到过一个她所喜欢的男人。如果她狂热地爱上一个合适的人，那倒不是件坏事。我想看到爱玛谈恋爱，并且多少怀疑对方是否同样爱她；如果她恋爱，对她有好处。可是这一带没有人使她倾心；而她又难得出门。”

“说实在的，眼下似乎没有什么人有魔力使她打破自己的决心，”威斯顿太太说，“她在哈特菲尔德这么幸福，我不能指望她跟任何人去谈恋爱，因为可怜的伍德豪斯先生的关系，那会引起一些困难。对于爱玛，现在我并不劝她结婚，尽管我对这事并不忽视，这可以请你放心。”

她说这番话的意思，有一部分是尽可能掩饰她自己和威斯顿先生在这个问题上所喜爱的一些想法。在伦多尔斯，对于爱玛的命运是抱有一些希望的，但是不愿意让别人猜到。不久，奈特利先生悄悄地把话题转到问“威斯顿认为天气怎么样？——会下雨吗？”——这就使她确信，关于哈特菲尔德他再也没有什么话要说，也不想多猜测了。

第六章

爱玛毫不怀疑地认为，自己已经给哈丽埃特的幻想指出了一个正确的方向，并且使这个爱虚荣的年轻姑娘的感恩心情有了一个很好的目标；因为她发觉哈丽埃特显然比以前更加感觉到埃尔顿先生是个相貌出众、风度翩翩的男人。她毫不犹豫地用一些合适的暗示进一步证实他是爱慕哈丽埃特的，她不久就相信，一定能利用一切机会在哈丽埃特这方面也引起同样的好感。她深信，埃尔顿先生即使还没有爱上哈丽埃特，那也已经在开始堕入情网了。她对于他丝毫没有什么怀疑。他谈起过哈丽埃特；而且那么热烈地称赞她，所以爱玛认为只消稍微再过一些时候，就可以大功告成了。他看出，哈丽埃特自从来哈特菲尔德以后，风度已经有了惊人的改进，这是他越来越爱慕她的一个相当可喜的证明。

“史密斯小姐需要的一切，你都已经给她了，”他说；“你使她变得温文尔雅，落落大方。当初她刚到你这儿来的时候，她是个美人儿；可是，在我看来，你赋予她的魅力却远远超过了她的天生丽质。”

“你认为我对她有帮助，我很高兴。可是哈丽埃特只要稍加引导，给很少几个暗示就行了。她本身就生来具有性情温柔和天真无邪的优点。我只帮了很少一点儿忙。”

“要是可以跟一位小姐争辩的话——”爱献殷勤的埃尔顿先生说。

“也许我使她性格变得比以前果断了一点儿，教给她去考虑一些过去从没想到过的问题。”

“的确如此，最使我感动的正是这个。使她的性格变得果断得多！手法可真高超。”

“我确实感到莫大的高兴。我以前从没遇到过比她更加真诚可爱的性情。”

“这点我并不怀疑。”那是用这个情人常用的激动的感叹声调说出来的。另一天，她忽发奇想，要给哈丽埃特画像，他支持她这个想法，使她同样感到高兴。

“有人给你画过像吗，哈丽埃特？”她说，“你有没有坐着让人给你画过像？”

哈丽埃特刚要走出房门，便停下步来，露出非常有趣的天真表情说：

“啊！没有，从来没有。”

她刚走得没了影儿，爱玛就大声嚷了起来：

“给她画一幅好的肖像，那会是一件多么精美的珍品啊！钱再多，我也愿意出。我简直想亲自给她画。也许你还不知道，就在两三年以前，我还很爱画肖像，试着为几个朋友画过。大家说我眼光还可以；不过，为了这样那样的原因，我讨厌画画了，就此不再画了。不过说真的，要是哈丽埃特愿意坐着让我画的话，我还能鼓起勇气试一试。给她画像是件多么快乐的事啊！”

“让我请求你，”埃尔顿先生大声说，“这确确实实是件快乐的事！让我请求你，伍德豪斯小姐，为你的朋友发挥一下如此迷人的才能吧。我知道你的画有多好。你怎么能以为我不知道呢？就在这间屋子里，你的风景画和花卉画不是多得是吗！威斯顿太太在伦多尔斯客厅里不是有些无与伦比的人物画吗？”

对，好人！爱玛心想，可是那跟画像又有什么关系呢？你对画画一窍不通。别假装为我的画陶醉了。你还是把你的陶醉留给哈丽埃特的脸蛋吧。“好吧，承蒙你给我这样的好心鼓励，埃尔顿先生，我想我是会试一下的。哈丽埃特的五官长得非常小巧秀丽，很难画；不过，眼睛的形状和嘴角的线条有些特别的地方。这是应该抓住的。”

“确实是这样——眼睛的形状和嘴角的线条——我相信你一定会画得很成功。请你,请你试试吧。你画的话,这张画一定会成为,用你自己的话来说,一件精美的珍品。”

“不过,埃尔顿先生,我担心哈丽埃特不会愿意坐下来让我画的。她不觉得自己有多美。你没有注意到她回答我的神态吗? 那意思完全是说‘干吗要给我画像啊?’”

“啊! 对,我注意到了,真的。没逃过我的眼睛。不过我还是认为她会被说服的。”

不久,哈丽埃特回来了,这个建议几乎立即就提了出来。她拗不过那两人的热情劝说,稍微犹豫了几分钟便同意了。爱玛希望马上就画,所以把画夹拿出来,里面放着她试画的各种人物肖像,说试画是因为没有一张是完成的。他们将一起从这些画里为哈丽埃特的肖像选定最合适的尺寸。那许多只开了个头的画都摊了开来。小像啊,半身像啊,全身像啊,铅笔画啊,粉笔画啊,水彩画啊,她都一一尝试过。她一向什么都要试试,而且无论是绘画还是音乐,就她所拿得下的那点儿功夫来说,她所取得的进步要比许多人可能取得的大。她又弹琴又唱歌;各种风格的画她几乎都画过;可总是缺乏毅力,没有一件事她达到了卓越的程度,这在她原是乐于达到的,而且也不应该达不到。自己在绘画或者音乐方面的技巧如何,她的估计没有多大错误;可是她却并不是不愿意让别人作错误的估计,也并不因为知道自己被估计过高而感到遗憾。

每张画都有优点——也许在画得最少的画里优点最突出。她的风格是富有生气;不过,如果那种生气减少很多或者增加十倍,她的两个伴侣也会同样喜爱和赞美。他们俩都看得入了迷。人人都喜爱肖像,而伍德豪斯小姐的肖像呢,肯定是第一流的。

“只有这几张脸给你们看,”爱玛说。“我学着画,只好画我家里的人。这是我父亲——又一张画我父亲的——不过他老人家一听说要坐着让我画像，就十分紧张，我只好偷偷地给他画；因此，两张都画得不像。又是一张威斯顿太太的，又是一张，又是一张，瞧。亲爱的威斯顿太太！不论在什么场合都是我最好的朋友。不管我什么时候请求她，她都会坐下来让我画。这是我姐姐；真的跟她自己那娇小优美的身材一模一样！——脸也像。要是她再多坐一些时候，我还可以画得更像；可是她急着要我给她的四个孩子画，她就不耐烦了。你们瞧，这是我试着画的那四个孩子当中的三个——是他们，亨利、约翰和贝拉，从纸的这一头到那一头，其中任何一个都可以说成是其余两个当中的任何一个。她那么迫不及待地要给他们画，我没法拒绝。可是你知道，简直没有办法使三四岁的孩子一动不动地站着；而且除了画画眼神和脸色外，给他们画像并不容易，除非他们的相貌比一般孩子来得粗鲁。这是我为第四个孩子画的速写，他是个婴儿。我是趁他在沙发上睡觉的时候画的。他帽子上的玫瑰花饰像得不能再像了。他很舒适地把头耷拉下来，像极了。我简直为小乔治感到骄傲。沙发的这个角落画得很好。你们瞧，这是我最后一张，"她一边说一边摊开一张很不错的小速写，画的是一位绅士，是全身的——"是我最后的一张，也是我最好的一张——我的姐夫，约翰·奈特利先生——要不了几笔就可以完成。我一赌气就把它丢下了，当时我发誓说再也不画肖像了。不由得我不生气；我尽了最大努力，的确画了一幅挺好的肖像——（威斯顿太太和我看法完全一致，认为画得很像）——只不过太漂亮了——太美了——不过这只是把他画得太好的缺点——尽管如此，可怜而亲爱的伊莎贝拉却冷冷地赞美说，'对，有那么一点儿像——可是，这张画确实没有把他画好。'我们当初费了好大的劲儿才说服他坐下来让我画。那是给了我极大的面子。我实在受不了，所以我永远也不会完成它，不愿为了这张没把他画好的肖像向每个在早上到勃伦斯威克广场去的客人表示歉意。像我刚才说的，我那时候发誓再也不给任何人画像了。可是，我现在要改变决心了，这是为了哈丽埃特，或者不如说是为了我自己,因为这次画像并不牵涉到什么丈夫和太太。”

埃尔顿先生听了她这个想法,似乎大为感动,也很高兴,于是重复她的话说,“正如你说的,这次画像确实并不牵涉到什么丈夫和太太。确实如此。并不牵涉到什么丈夫和太太。”他说的时候似乎有点儿不好意思,这很有趣,所以爱玛开始考虑,是不是最好马上离开他们,让他们单独在一起。可是她一心想画画,所以这事只好等一等再说了。

她不久就确定了画像的大小和种类。跟约翰·奈特利先生的那张一样,那将是一幅全身的水彩画像,要是她画得自己满意的话,就在壁炉架上面占一个极其显要的地位。

哈丽埃特开始坐下来让她画了。哈丽埃特微笑着,脸上泛着红晕,担心没能保持她的姿势和面部表情,在这位凝视着她的画家眼里呈现出一副非常甜蜜的富于青春活力的表情。可是埃尔顿先生焦躁不安地站在爱玛背后,注视着她画的每一笔,这样是没法画画的。她照顾他的面子,让他站在既不妨碍画画又可以一再盯着看的地方;实际上心里却巴不得立即结束这种局面,请他到别的地方去。随后她想到了一个主意,叫他念书。

“你要是能念书给我们听,那真会是件大好事! 这样我们就可以消遣消遣,免得我觉得画画困难,也可以使史密斯小姐不感到过于厌烦。”

埃尔顿先生真是太高兴了。哈丽埃特听着,爱玛平静地画着。她不得不让他仍然常常过来看看。要是连这个都不允许,那对一个情人说来,真是太不应该了。只要画笔略微一停,他就跳起来看看画画的进程,而且看得入了迷——有这么一个人在鼓气,不会感到不高兴,因为他出于爱慕,在几乎还不可能看出像不像之前就看出画得逼真了。她没法尊重他的眼光,但是他的爱情和他的殷勤却是无可指摘的。

哈丽埃特这次坐下来让她画,她画得非常顺利;她对于第一天画的草图感到很满意,希望继续画下去。画得挺像;姿态恰到好处;身材呢,她打

跳起来看看画画的进程

算略微改进一下，画得再高一点儿，还要多添上些优雅的风度。她很有信心，最后无论从哪个方面看，那都会是一张尽善尽美的肖像；挂在预定的地方，会给她们俩都增添光彩。这是一件永久性的纪念品，它显示一个人的美貌，另一个人的技巧和两个人的友谊。另外还可以使人产生许多其他的美好联想，比如，埃尔顿先生那很有希望成功的恋爱。

第二天哈丽埃特还得坐下来让她画；埃尔顿先生理所当然地请求再次让他来做伴，念书给她们听。

"当然可以。能把你作为我们当中的一员，我们再高兴也没有了。"

同样的礼貌和殷勤，同样的成功和满意在第二天出现了，而且还贯穿在整个绘画的过程中。画得既快又好。看到这张画的人个个满意，可是埃尔顿先生却一直欣喜若狂，别人每挑一点毛病，他都要为它辩护。

"伍德豪斯小姐已经把她朋友的美貌中唯一缺少的东西给了她了，"威斯顿太太对他说——丝毫没想到她是在向一个情人说话。"眼睛的表情最逼真，可是史密斯小姐并没有那样的眉毛和睫毛。那正是她脸上的缺陷。"

"你是这么想的吗？"他回答，"我不能同意你的看法。在我看来，脸上每个部分都画得很像，简直到了完美的程度。我从来没有看到过这样好的肖像。我们得考虑到阴影的效果，你知道。"

"你把她画得太高了，爱玛，"奈特利先生说。

爱玛自己也知道把她画得太高了，可就是不肯承认，埃尔顿先生热切地补充说：

"啊，不！肯定不太高；一点也不太高。你想，她是坐着的——自然看上去就不同了——总之，正好合适——比例总得保持啊，你知道。比例，透视——啊，不！这恰好是史密斯小姐的那个高度。真的正好合适！"

"好看极了，"伍德豪斯先生说。"画得这么好看！你画的画总是这么好看，我亲爱的。我不知道还有谁能画得像你这样好。只有一点我不完全喜欢，那就是，她好像是坐在室外，肩上只围了一方小小的披巾——这叫人看了以为她一定会着凉。”

“可是，我亲爱的爸爸，我画的是夏天啊，在夏天的一个暖和的日子里。瞧这棵树。”

“可是，坐在室外总不安全，我亲爱的。”

“先生，不管你怎么说，”埃尔顿先生大声说道，“我可得承认我认为把史密斯小姐安排在室外是很巧妙的构思。这棵树画得多么富于生气，简直无与伦比了！换了任何别的环境就绝不会像这样有特色了。史密斯小姐那天真无邪的神态——所有这一切——啊，真是再美妙也没有了！我的眼睛简直离不开它。我从来没看到过这么好的肖像。”

接下来要办的事就是配个镜框；这办起来有一些困难。得马上办，得在伦敦办，还得由一个审美力强的聪明人去定制。往常有事，总是由伊莎贝拉去办，这次却不能请她去，因为当时正是十二月份，要她在十二月份的浓雾里走出门去，这想法是伍德豪斯先生无法忍受的。可是，这件令人烦恼的事一被埃尔顿先生知道，便迎刃而解了。他随时准备献殷勤。“这件事可以交给我办吗？我将多么乐于去办这件事啊！我任何时候都可以骑马去伦敦。能受托去办这样一件差使，我心头的感激是无法用语言表达的。”

“你太好了！这个主意我不能接受！我决不能把这样一件麻烦的差使交给你去办。”——这番话带来了意料中的一再恳求和保证——只过了几分钟事情就定了下来。

将由埃尔顿先生把画送到伦敦去，挑选镜框，指点怎么装配；爱玛认为她能包扎得确保安全而不使他感到有多大不便，而他呢，却似乎最怕没有足够的不便。

“托给我的东西是多么珍贵啊！”他把画接过来的时候，柔声叹了一口气。

“这个人几乎可以说太殷勤而不可谈恋爱，”爱玛心里想。“要不是我认为谈恋爱也可能有上百种不同的谈法，我准会这么说。他是个出色的青年，配配哈丽埃特正好合适；正像他自己说的，‘正好合适’。不过，他长吁短叹，一副伤感的样子，尽找些恭维话来说，作为主角，我可受不了；作为配角呢，我倒还可以分享美好的一份。不过，他可是为了哈丽埃特才表示感激的啊。”

第七章

就在埃尔顿先生上伦敦去的那一天，爱玛又有了一个给她朋友帮忙的机会。跟往常一样，早饭刚吃过不久，哈丽埃特就到哈特菲尔德来了；待了一会儿回去，然后又来吃午饭。她来得比说定的时间早，脸上露出一副激动而且仓皇的神情，说遇到了一件奇特的事，急于要告诉大家。过了半分钟就把事情全部讲出来了。她一回到高达德太太家，就听说马丁先生在一小时以前到那儿去过，见她不在家，别人也不知道她什么时候回去，便留下一个小包，走了。那个小包是他的一个妹妹托他捎来的。她打开小包，除了她借给伊丽莎白抄的两首歌曲之外，还确实发现了一封给她的信。这封信是他写的，马丁先生写的。他在信中直截了当地提出了求婚。"谁料得到啊！我大吃一惊，不知道怎么办。对，完全是一封求婚的信，而且信写得很好，至少我是这么想的。他写得好像真的深深地爱上了我——可是我却不知道——正因为这样，我尽快赶来问问伍德豪斯小姐我该怎么办。"爱玛见她的朋友那么兴高采烈又那么犹豫不决，不由得有点为她感到羞愧。

"哎呀，"她嚷道，"这个小伙子是决心不让自己因为不好意思开口而失去什么。只要攀附得上，他是不会不攀附的。"

"你愿意看看这封信吗？"哈丽埃特大声说道。"请看看吧，我希望你看。"

她硬要爱玛看，爱玛并不感到不高兴。她看了以后感到吃惊。这封信文笔比她预料的好得多。不仅没有一点语法错误，而且作为一篇文章来说，也不会使一位绅士丢脸。遣词造句，虽然平淡无奇，却刚劲有力，毫不做作，表达的感情，对写信人非常有利。信虽简短，可写得入情入理，热诚体贴，心胸宽大，礼貌周全，而且感情细腻。她看着信顿了一会儿。哈丽埃特站在一旁急于要听听她的意见，说，“怎么样？怎么样？”最后不得不追问她，“这封信写得好吗？还是写得太短了？”

“对，确实写得很好，”爱玛慢吞吞地回答，“写得那么好，哈丽埃特，从各方面考虑，我看准是他的哪个妹妹帮他写的。那天我看见跟你谈话的这个小伙子，要是完全由他自己来写，我简直不相信他能把心里的意思表达得这么好，不过，这封信用的并不是女人的笔调；不，当然不是，太刚劲有力，太简洁明了，并不啰嗦，不像女人写的。毫无疑问，他是个聪明人，我猜想可能天生有一种才能——善于思考，思路清楚——他一提起笔来，他的思想就会自然而然地找到合适的词句。有些男人就是这样。对，这种头脑我是了解的，坚强果断，感情在某种程度上来说，并不粗俗。这封信，哈丽埃特，”她把信交还给哈丽埃特，“写得比我预料的好。”

“呃，”还在等待的哈丽埃特说，“呃——那么——那么我该怎么办呢？”

“你该怎么办！哪方面？你是指这封信？”

“对。”

“可是，你怀疑什么呢？你得回信啊，当然得回——而且得赶快回。”

“对。可是我该怎么说呢？亲爱的伍德豪斯小姐，求你给我出出主意吧。”

“啊，不，不！这封信由你自己来回要好得多。我相信，你会很恰当地表达自己的意思的。别担心你词不达意，这是第一件事。你的意思必须说得清清楚楚；毫不怀疑或犹豫。我相信你脑子里会想出一些合乎礼貌的词句，对他的好意表示感激，并且对你引起的痛苦表示关心。你不必凭着一时冲动写得好像因为他失望，你也觉得难受。”

“这么说，你认为我应该拒绝他？”哈丽埃特垂下眼帘说。

“应该拒绝他！我亲爱的哈丽埃特，你这是什么意思？难道你对这点还有怀疑？我还以为——可是请你原谅，也许我原来估计错了。要是你对自己复信的意图都还怀疑的话，那我一定是对你误解了。我原来以为，你和我商量的只是措辞问题。”

哈丽埃特一声不吭。爱玛带着一点儿冷淡的神情继续往下说。

“我想，你的意思是要回信表示同意吧。”

“不，我不；也就是说，我不是这个意思——我该怎么办呢？你看我怎么办好？亲爱的伍德豪斯小姐，请告诉我，我该怎么办。”

“我不会给你出什么主意，哈丽埃特。这跟我无关。这件事你得根据自己的感情来打定主意。”

“我没想到他竟然这么喜欢我，”哈丽埃特望着那封信说。爱玛沉默了片刻；可是她开始担心，那封信里令人心醉的谄媚奉承可能力量太强了，她觉得最好还是这样说：

“我定了一条总的原则，哈丽埃特，那就是：要是一个女人拿不定主意是不是要接受一个男人的求婚，那她当然就应该拒绝他。要是她对说‘同意’都犹豫不决，那她就应该直截了当地说‘不同意’。这不是一件迟迟疑疑、半心半意就能轻易答应的事。我作为你的朋友，又比你长了几岁，我认为有责任跟你说这几句话。可别以为我要来影响你。”

“啊，不，我相信你待我太好了，不会——不过，你只要给我出点主意，指出我怎么对付最好——不，不，我不是这个意思——正像你说的，一个人是该拿定主意——一个人是该毫不犹豫——这是件极其严肃的事情。也许，说‘不同意’是比较妥当。你是不是认为我最好说‘不同意’？”

“我决不会劝你同意，”爱玛温和地微笑着说，“也决不会劝你不同意。有关你自己幸福的事，最好由你自己做主。如果跟其他人相比，你还是喜欢马丁先生，如果你认为在同你相处的人中间，他最合适，那么，你干吗还犹豫不决呢？你脸红了，哈丽埃特。现在你想到另外什么符合这个条件的人吗？哈丽埃特，哈丽埃特，你不要自己骗自己；你不要因为感激和怜悯就动感情。你现在想的是谁呢？”

征象是好的。哈丽埃特没有回答，而是困惑地转过身去，站在壁炉边沉思。尽管那封信还在她手里，可是现在却被机械地、漠不关心地揉着转着。爱玛耐心等待回答，可并不是不抱着极大希望。最后，哈丽埃特有点犹豫地说话了。

“伍德豪斯小姐，既然你不肯把你的意见告诉我，那我只能自己好好做主了。我现在已经完全决定了，真的差不多已经下定决心了，拒绝马丁先生。你看我做得对吗？”

“完全对，完全对，我最亲爱的哈丽埃特；你做的正好是你应该做的。在你举棋不定的时候，我保留我自己的意见，可是现在，你这样完全作出了决定，那我就毫不犹豫地表示赞同了。亲爱的哈丽埃特，我为这感到高兴。你要是嫁给马丁先生，那我就不能再跟你来往，这会使我感到难受的。在你还有一点犹豫的时候，我不谈这个，因为我不想影响你。不过，你要是嫁给他，那对我来说，就是失去一个朋友。我决不能上埃比磨坊农场去看望罗伯特·马丁太太。现在我永远也不会失去你了。”

哈丽埃特可没有想到过自己处境危险，但是现在想到这一点，却大为震动。

“你不能来看望我！”她大声说道，显然吓呆了。“不能，你的确不能来；这一点我以前从没有想到过。那真太可怕了！真是侥幸啊！亲爱的伍德豪斯小姐，无论如何，我决不放弃跟你亲近的那种快乐和荣幸。”

“确实如此，哈丽埃特，失去你，我也会感到非常痛苦；可这是势所必然的。你会把自己排斥在整个上层社会之外。我也不得不放弃你。”

“哎呀！那我怎么忍受得了！永远也不再到哈特菲尔德来，这会叫我难过得死掉的。”

“亲爱的、深情的人儿！你流放到埃比磨坊农场去！你一辈子都困禁在愚昧无知、庸俗下流的社会里！我真奇怪，这小伙子怎么会这么狂妄自大，竟然来向你求婚。他准是自命不凡。”

“我认为总的说来，他并不自高自大，”哈丽埃特说，她的良心使她不能不反对这样的谴责。“至少他脾气很好，我将永远非常感谢他，非常尊重他——可那完全是另一回事——你是知道的，尽管他可能喜欢我，但这并不是说我就要——当然，我一定得承认，自从我来这儿访问以后，我见到过不少人——要是有人来把他们在人品和举止方面作个比较，那就根本不能相比，一个是多么俊俏清秀、彬彬有礼。不过，我确实认为，马丁先生是个非常和蔼可亲的青年，我对他评价很高；他既然这样对我恋恋不舍——又写了这么一封信——可是，至于说要离开你，那我无论怎么考虑也不会这么做的。”

“谢谢你，谢谢你，我自己的可爱的小朋友。我们不会分开的。一个女人不能单单因为一个男人向她求婚，或者对她恋恋不舍，或者能写一封还过得去的信，就嫁给他。”

“啊，是不能；况且，那也不过是一封短信罢了。”

爱玛感到她朋友的鉴赏力太差，但是不去理会它，只是说：“一点也不错。对她来说，知道丈夫能写一封好信，只会是一个小小的安慰，因为他那土里土气的举止会每天时时刻刻都惹她生气。”

“啊！对，对极了。谁也不会在乎一封信；问题是，要一直同合意的伴侣在一起，过得幸福。我已经完全下定了决心，要拒绝他。可是我该怎么拒绝？我该怎么说呢？”

爱玛叫她放心，回信不会有什么困难，并且劝她立即写回信。她同意立即写，希望获得爱玛的帮助。尽管爱玛还是说这件事不需要帮任何忙，事实上却帮她组织了每一句句子。哈丽埃特在写回信时，把他的来信再从头到尾看了一遍，心又有点软了下来，因此特别需要用几句决定性的话来给她打气。她一想到会使他不愉快，就十分担心，她过多地想到他母亲和他姐妹会怎么想和怎么说，而且又那么急于要他们认为她并不忘恩负义，所以爱玛相信，这年轻人如果在这个时候来到她跟前，她准会答应嫁给他。

不管怎么样，这封信还是写好了，封好了，寄了出去。事情总算告一段落，哈丽埃特也平安无事了。整个晚上她一直没精打采；可是爱玛却能体谅她那情意缠绵的抱憾心情，时而吐露自己对她的疼爱，时而却提到埃尔顿先生，以此来消除她的这种心情。

“他们再也不会邀请我到埃比磨坊去了，”这话是用一种忧伤的声调说的。

“要是你去的话，我就得跟你分离，这我也受不了啊，我的哈丽埃特。哈特菲尔德太需要你了，不能让你上埃比磨坊去。”

“我肯定再也不会上那儿去了；因此除了在哈特菲尔德以外，我决不会感到快活。”

又过了一会儿，她说，“高达德太太如果知道了发生的事情，我想她准会大吃一惊。我肯定纳希小姐也会感到吃惊的——因为她认为她自己的姐姐嫁得非常好；而那不过是嫁了一个布商。”

“看到这个在学校里当教师的竟会有更大的自豪或优雅，一个人会感到遗憾的，哈丽埃特。你有这样一个结婚的机会，纳希小姐说不定还会羡慕呢。即使是这样一次胜利，在她心目中也会显得很宝贵。至于你另有更好的去处，我想她是一无所知的。某人的献殷勤，至少还没能成为海伯利聊天的话题。到目前为止，我想只有你我两人看出他那神情和举止意味着什么。”

哈丽埃特脸上泛起了红晕，微笑了，并且说，她觉得奇怪，人们怎么会这样喜欢她。想到埃尔顿先生，的确能使她高兴起来；可是过了一会儿，她却又对那个被她拒绝的马丁先生满怀柔情了。

“现在他收到我的信了，”她轻声说道。“我真不知道他们现在在干什么——他的姐妹是否知道了——他要是不高兴的话，她们也会不高兴的。但愿他对这件事不太介意。”

“让我们想想那些不在这里而在高高兴兴地为我们效劳的朋友吧，”爱玛大声说道。“现在，埃尔顿先生也许在把你的画像拿给他母亲和姐妹们看，告诉她们真人比画像还要美丽得多，而且在她们问了五六遍以后，才允许她们听到你的名字，你自己的亲爱的名字。”

“我的画像！可是他已经把我的画像留在邦德街了。”

“是吗！那么，我对埃尔顿就完全不了解了。不，我亲爱的、谦逊的小哈丽埃特，在他明天骑上马以前，这张画像肯定不会在邦德街。整整这一个晚上，它会是他的伴侣，他的安慰，他的快乐。它向他的家庭公开了他的计划，它把你介绍给她们，它把我们天性中最愉快的感情、急切的好奇和强烈的偏爱传播给了她们。她们多么愉快，多么活跃，多么善于猜疑，又多么的忙于想象啊！”

哈丽埃特再一次微笑了，笑得更加欢畅。

把你的画像拿给他母亲和姐妹们看

第八章

这天夜里，哈丽埃特就睡在哈特菲尔德。前几个星期，她把一半以上的时间消磨在这里，而且渐渐地有了一间她专用的卧室。爱玛认为，目前尽可能留她同他们待在一起，这从各方面考虑都最好、最安全，也最能表现出她的一番好意。第二天早晨，哈丽埃特不得不到高达德太太家去一两个小时，要在那时候说定，她将回到哈特菲尔德来作一次为期几天的正式访问。

她走了以后，奈特利先生来了。他同伍德豪斯先生和爱玛一起坐了一会儿。伍德豪斯先生早就决定要出去散散步，这时他女儿劝他不要再拖延，于是他在两人的劝说下，尽管出于礼貌有些犹豫，但还是离开了奈特利先生出去散步了。奈特利先生不拘礼节，他那简短而坚定的回答，同另一个人的絮絮叨叨的道歉和彬彬有礼的迟疑形成了有趣的对比。

"好吧，我想，如果你原谅我，奈特利先生，如果你不认为我这样做非常粗暴无礼，那么，我就接受爱玛的劝告，出去一刻钟。太阳已经出来了，我想最好趁我还能走，去走上三圈。我对你熟不拘礼，奈特利先生。我们有病的人都认为自己是有特权的。"

"亲爱的先生，别把我当外人啊。"

"我留下女儿做我出色的代表。爱玛会乐于招待你。所以我想请你原谅，我要去走上三圈——这是我的冬季的散步。"

"你这样做，再好也没有了，先生。"

"我本来想请你一起去散步，奈特利先生，不过我走得很慢，我的步子会使你厌烦；再说，你还要赶长路，上登威尔埃比去呢。"

“谢谢你，先生，谢谢你；此刻我也该动身了；我想你还是越早走越好。我给你拿大衣，给你开花园门。”

伍德豪斯先生终于走了；可是奈特利先生并没有像他那样立即动身，而是又坐了下来，似乎还想再继续聊天。他开始讲到哈丽埃特，主动地赞美起她来。爱玛过去从没听到他这样主动地赞美过她。

“我不能像你那样说她美得不得了，”他说；“可是她确实是个漂亮的小姑娘，而且我还有点认为她脾气很好。她的性格取决于她同什么人在一起；不过，在高手的塑造下，她会成为一个可贵的女人。”

“你这么认为，我听了很高兴；我想，不会没有高手。”

“好吧，”他说，“你急于要听恭维话，那我就告诉你，你已经使她有了进步。你已经把她那种女学生的格格傻笑治好了，她真的给你增了光。”

“谢谢你。事实上，要是我不相信自己还有点用的话，我会感到难受的；不过，在能够赞扬的时候，并不是每个人都会给人赞扬的。你也不大肯多赞扬我。”

“你说，今天早上，你是不是又在等她？”

“差不多时时刻刻在等。她去了很久，已经超过了她原定的时间。”

“准是发生了什么事情把她耽搁了；或许是来了一些客人。”

“海伯利那些碎嘴子！那些讨人嫌的可怜虫！”

“哈丽埃特也许并不像你那样认为人人都讨嫌吧。”

爱玛知道这说的是实话，没法反驳，所以，一句话也不说。他马上又笑吟吟地补充道：

“我并不想肯定时间或者地点，可我一定得告诉你，我有很好的理由相信，你的小朋友马上就要听到对她有利的事了。”

“真的！怎么会呢？是哪一种事呢？”

“是件非常重大的事，我向你保证。”他还是笑吟吟的。

“非常重大！我只能想到一件事——谁爱上了她？谁把他们的秘密

告诉你的?”

爱玛多半希望是埃尔顿先生透露了一点风声。奈特利先生是大伙儿的朋友兼顾问,她知道埃尔顿先生很敬重他。

“我有理由认为,”他答道,“马上要有人向哈丽埃特·史密斯求婚了,而且求婚的是一个最最无可指摘的人——这人就是罗伯特·马丁。她今年夏天去埃比磨坊作客,这简直要了他的命。他没命地爱着她,决心要娶她为妻。”

“他人倒非常诚恳,”爱玛说;“不过,他能肯定哈丽埃特愿意嫁给他吗?”

“好吧,好吧,那么就说他愿意向她求婚。行吗? 前天晚上,他特地到埃比来跟我商量。他知道我非常看重他和他的一家,而且我还相信,他认为我是他最好的朋友之一。他来问我,这么早就成家是不是太草率了,我是不是认为她太年轻了——总之,问我是不是完全赞同他的选择。他有些担心,或许人们认为(尤其是自从你这样关心她以来)她的社会地位比他的高。听了他的话,我非常高兴。我从没听到过有谁说话说得比罗伯特·马丁更加通情达理。他总是说得很中肯、坦率,而且很有判断力。他把一切都告诉了我:他的家境,他的打算,以及他们大家提出来要在婚事中办的事情。不论作为儿子,还是作为兄弟,他都不失为一个优秀青年。我毫不迟疑地劝他结婚。他向我证明,他负担得起办婚事的费用。既然这样,我也就相信他这么做是再好也没有了。我还称赞了这位俊俏的小姐。送他走的时候,他高高兴兴的。要是他以前从来没有重视过我的意见,那么这回,他可是高度重视了。而且在离开我家的时候,说不定还认为我是他生平最好的朋友和最好的顾问。这是前天晚上的事。现在,我们完全可以认为,他不会多耽搁,而会马上去向这位小姐求婚,既然他看来昨天没有提,今天就未必不会在高达德太太家。她可能因为有客,不能来,心里根本不会把他看作是个讨厌的可怜虫。”

“请问,奈特利先生,”爱玛说,她在听这段话的时候大部分时间都在暗暗好笑,“你怎么知道马丁先生昨天没有提?”

“当然,”他感到惊奇,答道,“我不能完全肯定,但是却可以推想出来。她不是整天都跟你在一起吗?”

“好吧,”她说,“你告诉了我这些消息,我为了报答你,也告诉你一些事情。昨天他确实提了——那就是说,他写了封求婚信,遭到了拒绝。”

这番话,她不得不重复一遍,他才相信。奈特利先生怀着极大的愤慨站起身来,又是惊奇,又是不高兴,确实连脸都发红了,他说:

“那么,她真是个我意想不到的大笨蛋。这个蠢姑娘要怎么样呢?”

“啊!当然啰,”爱玛大声说道,“一个女人居然会拒绝求婚,这对于男人来说,总是不可理解的。男人总是以为,只要男人向女人求婚,女人都会一口答应的。”

“胡说!男人决不会这样想。可这是什么意思?哈丽埃特·史密斯竟然拒绝了罗伯特·马丁?要真是这样,那简直是疯了;不过我想是你搞错了。”

“我看到了她的回信,再没有比这更清楚的了。”

“你看到了她的回信!还是你替她写的回信吧。爱玛,正是你干的好事。是你说服她拒绝他的。”

“如果是我干的(这一点,无论如何,我决不能承认),我也不会感到我干错了。马丁先生是个非常可敬的青年,可我认为他配不上哈丽埃特。他居然大胆地写信向她求婚,这确实使我感到惊奇。据你说,他似乎曾经有过一些顾虑。这些顾虑终于给打消了,真是一件憾事。”

“配不上哈丽埃特!”奈特利先生嚷了起来,声音很大,也很激动。过了一会儿,他稍微冷静了一点,厉声接着说,“不,他跟她不配,的确如此,因为他的头脑和地位都远远超过了她。爱玛,你爱那个小姑娘爱得入了迷,使你像瞎了眼似的。哈丽埃特的出身、性格、教育,有哪一样能让她有权嫁一个比罗伯特·马丁高的人？没有人知道她是谁的私生女儿，很可能根本没有固定的生活来源，当然谈不上有什么体面的亲戚了。人们只知道她是一所普通学校里的一个寄住在校长家的学生。她不是个明白事理的姑娘，也没有什么知识。学校里没有教给她什么有用的东西，而且她年纪太轻，头脑太简单，自己也没学到什么。在她这个年纪，她不可能有什么经验；而且，凭她那一点儿智力，也不可能得到什么对她有用的经验。她长得漂亮，性情温和，只不过如此罢了。我在促进这门亲事的时候，只是为了他，才有点犹豫。攀这门亲委屈了他，对他说来，这不是一门好亲事。我觉得，就财产来说，他很可能会财运亨通，作为一个理想的伴侣或者有用的丈夫，他也不差。可是我无法对一个在热恋中的男人这样说理，而且我也愿意相信她并没有什么害处，相信她的性情在像他那样的高手塑造下一定很容易走上正路，变得很好。我觉得这门亲事的好处全让她一个人得了；毫无疑问（我现在也不怀疑），人人都会因为她鸿运高照而大声欢呼。我相信，甚至连你也准会感到满意。我当时立刻想到，你不会为你的朋友离开海伯利感到懊丧，因为她得到了这么好的归宿。我记得我对自己说，'甚至连爱玛，尽管她那么偏爱哈丽埃特，也会认为这门亲攀得好。'"

"你太不了解爱玛，居然说出这样的话来，我真禁不住要感到惊讶了。什么！认为一个庄稼汉是我知己朋友的好丈夫！马丁虽然有头脑，有那些优点，但毕竟只是个庄稼汉。她离开海伯利去嫁一个我永远也不会认作自己的相识的人，我不会感到懊丧！我真觉得奇怪，你居然以为我可能有这样的心情。我向你保证，我的心情完全不是这样。我只好认为你说话太不公平。你对哈丽埃特的权利抱那种看法是不公正的。别人也会跟我一样，对这些权利的估计和你的估计大不相同。两个人比较起来，马丁可能比她富有，但是在社会地位方面，却毫无疑问要比她低。她所处的社会阶层要比他的高得多。嫁给他会是贬低身份。"

“一个愚昧无知的私生女嫁一个既可敬又聪明的、绅士般的庄稼人，算是贬低身份！”

“至于她出生的环境，尽管从法律上看，可以称她为地位低下的人，但是从常情上看，却并非如此。她不该代人受过，不该被认为地位低于和她一起被抚养起来的人们。几乎不容怀疑，她的父亲准是一位绅士——一位有钱的绅士。他给她的津贴非常可观；为了让她学业上进、生活舒适，他从来没有舍不得花钱。她是绅士的女儿，在我看来是不容置疑的；她和绅士的女儿交往，这点我觉得没有人会否认。她比罗伯特·马丁先生强。”

“无论谁是她的父母，”奈特利先生说，“无论谁负起过抚养她的责任，看来他们都没有打算把她引进你所谓的上流社会。在接受了一点极其平凡的教育以后，她被留在高达德太太的手里，自己谋生——简单地说，就是在高达德太太的那一行里活动，和高达德太太的熟人来往。她的朋友们显然都认为这对她已经是够好的了；的确是够好的了。她再也没有什么更高的需求。在你选中她作为你的朋友以前，她心里并不讨厌她自己的那伙人，除此以外，她也没有什么奢望。夏天跟马丁一家在一起，她快活得不得了。她那时候并没有什么优越感。如果她现在有的话，那是你造成的。你算不上是哈丽埃特·史密斯的朋友，爱玛。罗伯特·马丁要不是感到她对他有点意思，是决不会走得这样远的。我对他很了解。他感情真挚，决不会出于自私的冲动去随便向任何一个女人写信求爱。至于自负，在我所认识的人当中，要数他最不自负了。毫无疑问，他是受到了鼓励才这么干的。”

对爱玛来说，最方便的是，不去直接回答他这一番话，她宁可重新拾起自己的话题。

“你是马丁先生的一个非常诚挚的朋友；可是，像我刚才说的，你对哈丽埃特却不公正。哈丽埃特有权攀一门好亲，这并不像你所说的那么可鄙。她不是个聪明的姑娘，可是却比你想象的更有头脑。不应该把她的智力说得那么差。不过，撇开这一点不谈，就算她像你所形容的，不过是长得漂亮，性情温和吧，让我告诉你，就她那漂亮温和的程度来说，这些长处对一般人来说也并不是无足轻重的。事实上，她是个美丽的姑娘，一百个人当中准会有九十九个是这样想的。男人们在对待美的问题上也许会变得比人们设想的更为冷静，他们也许会爱上渊博的头脑，而不是爱上美丽的面孔，可是在那以前，一个像哈丽埃特这样可爱的姑娘，肯定会受到爱慕和追求，肯定能从许多男人当中挑选丈夫，因此，长得漂亮有这个权利。她性情温和也并不是只有微不足道的权利。事实上，性情温和意味着性情和举止都纯真可爱，自己很谦虚，而且乐于跟别人和睦相处。如果你们男人一般都不认为这样的美和这样的性情能赋予一个女人最大的权利，那我就是大错特错了。"

"说真的，爱玛，听你这样滥用你的理智，几乎足以使我也这么想了。没有头脑比你这样乱用头脑还要好些。"

"的确如此，"她嬉皮笑脸地大声说。"我知道那正是你们所有人的心情。我知道像哈丽埃特这样的姑娘正好是每一个男人所喜爱的——既能使他心醉神迷又合他的心意。啊！哈丽埃特可以拣拣挑挑啦。要是你，你自己要结婚的话，那她嫁给你最合适。而且她才十七岁，刚进入社会，刚开始为人们所知，她没有接受她得到的第一次求婚，难道人们因此就觉得她不可理解吗？不——请给她一些时间，让她自己去考虑吧。"

"我一直认为你们这样亲密是非常愚蠢的，"奈特利先生马上说，"不过我把我的看法放在心里，没说出来；可是我现在看出来了，这样亲密，对哈丽埃特是很不利的。你会使她自以为很美，自以为有权攀一门好亲事，就此自命不凡起来，那不消多少时间，她就会觉得周围没有一个人配得上她。虚荣心在一个意志薄弱的头脑里作祟，会惹出各种各样的祸害来。要叫一个年轻小姐抱着过高的期望，那是最轻而易举的事。尽管哈丽埃特小姐长得非常漂亮,她也不一定会有人纷纷赶来向她求婚。有头脑的男人,随便你怎么说,都不会要娶傻里傻气的老婆的。门第高贵的男人不大会乐意去跟这么一个来历不明的姑娘结婚的——深谋远虑的男人会担心一旦她出身的秘密暴露出来,自己会感到不便和丢脸。让她嫁给罗伯特·马丁,那她就太平无事,又受人尊敬,还可以永远幸福;不过,要是你怂恿她一心指望高攀,而且教她非要嫁一个地位高、财产多的男人才心满意足,那她到头来只会在高达德太太家寄宿一辈子——或者至少(因为哈丽埃特·史密斯是个不嫁这个人也要嫁那个人的姑娘)一直寄宿到她一无指望,只好甘心情愿去抓住书法老师的儿子不放的时候为止。"

"对这一点,我们的看法完全不同,奈特利先生,这样讨论来讨论去是没有用的。我们只会把对方惹得更加激动。不过,要我赞成她跟罗伯特·马丁结婚,这万万办不到;她已经拒绝他了,又那么坚决,我认为他不可能再向她求婚。她拒绝了他,不管后果怎么糟都只好忍受。至于拒绝本身,我倒也并不想说我对她毫无影响;不过我向你保证,这事可不是我或者任何人能做多少主的。他的外貌对他太不利了,他的举止又那么粗鲁,即使她过去对他有过好感吧,现在也都没有了。我可以想象得出,她在看到比他高超的人以前,还能容忍他。他是她朋友的哥哥,而且又千方百计地讨好她;她没看到过更好的人(那准是他的一大帮助),她在埃比磨坊的时候,是可能不感到他讨厌。可是,现在情况改变啦,她现在知道绅士是怎么样的人;只有在教养和举止方面都是个绅士的人才能有机会同哈丽埃特结合。"

"胡说,从没听到过这样荒谬的胡说!"奈特利先生大声说道。"从罗伯特·马丁的举止看,他具有通情达理、为人诚恳、性格善良这些值得推荐的地方;他那真正高贵的心灵,可不是哈丽埃特·史密斯所能理解的。"

爱玛没有作答,只是装出轻松愉快、毫不在意的样子,其实内心却很不舒服，只希望他走。她对自己干的事并不后悔。她还是认为，在女性的权利和教养这一点上，她自己的判断力比他强；可是一般事情上，她习惯于尊重他的判断，所以她不喜欢他这样大声反对她。他在盛怒之下站在她的对立面，这使她很不愉快。几分钟在这种不愉快的沉默中过去了，只有爱玛这一边作了一次尝试，想谈谈天气，可他没有回答。他在思考。他思考的结果终于在这些话里表现了出来：

“罗伯特·马丁没有多大损失——要是他能这么想的话，我希望他不久就能这么想。你对哈丽埃特的观点，你自己最清楚。不过，既然你不把你喜欢做媒这一点作为秘密，那么，设想你有你的观点、打算和规划，那也就不能算不公平了；作为朋友，我将只给你暗示一下，如果埃尔顿就是你给她物色的男人，那么，我认为一切都会是枉费心机。”

爱玛哈哈大笑，矢口否认。他继续说下去：

“毫无疑问，埃尔顿不会干的。埃尔顿人倒是非常善良，而且是海伯利教区的一个很值得尊敬的牧师，可是根本不像会草率结婚的样子。他跟任何人一样，懂得有一笔可观的收入是多么重要。埃尔顿讲起话来可能感情用事，可是他行动起来却会是合乎理智的。他对自己的优点正像你对哈丽埃特的优点一样了如指掌。他知道自己是个仪表堂堂的青年，上哪儿都会很受欢迎。在只有男人的场合里，从他在无拘无束的时刻一般说话的情况来看，我相信他决不会不顾自己的利益。我曾经听到他兴高采烈地讲起过一个大家庭，那家人家的几个跟他姐妹来往的年轻小姐每人都有两万英镑。”

“非常感谢，”爱玛又一次大笑着说。“如果我果真有意要让埃尔顿先生娶哈丽埃特的话，那你这样开导我，倒真可以说是一番好心了；可是现在我只不过要把哈丽埃特留在我自己身边。实际上，我已经不再做媒了。我想也不可能再做出像伦多尔斯那样的好媒来。还是趁现在我干得不坏的时候急流勇退。”

"再见，"他出其不意地站起身来边说边离去。他很生气。他体会到那个年轻人的失望，想到自己给了他鼓励，促使他失望，不由得感到难受起来；而且他相信爱玛在这件事上插了一手，这使他十分恼火。

爱玛也一直在生气；可是她生气的原因却不像他那么明确。她并不像奈特利先生那样，自始至终对自己绝对满意，自始至终完全相信自己的看法是对的，对方的看法是错的。他离开她时，比来看她时更加充满自信。不过，她倒也并不是真正那么垂头丧气，只要过一会儿，只要哈丽埃特回来，她就会恢复正常的。哈丽埃特一去竟去了那么久，这使她感到忐忑不安。也许那个青年会在早上到高达德太太家去，和哈丽埃特会面，为他自己的事辩白，一想到这种可能性，她不由得惊慌起来。她怕到头来会这样前功尽弃，感到万分不安。哈丽埃特回来了，而且精神振奋，并没有说她是因为这个原因耽搁了这么久，爱玛这才觉得满意，放下心来。她相信，不管奈特利先生怎么想怎么说，她做的事，从女人的友谊和女人的感情来看，没有一件不是对的。

关于埃尔顿先生，他多少让她有过一点担心。可是她认为奈特利先生不可能像她这样观察过他，不会怀着这样大的兴趣，也不会（她得告诉自己，不管奈特利先生自己怎么说）像她自己在这样一个问题上用这样一个观察家的技巧来观察。她还认为他刚才那番话是在发怒时冲口而出的，所以她相信，他说的与其说是他所了解的事，还不如说是他在气愤之下想当然的事。他听到的埃尔顿先生说的话当然可能比她听到的更加无拘无束，埃尔顿先生在钱财方面，也可能不是个鲁莽的、不会精打细算的人；他自然会对这些事情特别注意。不过，奈特利先生没有适当考虑同所有有关动机发生激烈冲突的强烈感情的影响。奈特利先生看不到这种感情，当然也就不会去想它的作用了。可是这种感情她却看到很多，所以不怀疑它会克服合理审慎所引起的犹豫；她相信，埃尔顿先生的审慎绝不会超过合理和合适的程度。

看到哈丽埃特那副高兴的神情和态度，她也露出了高兴的神情和态度。她回来了，并没有想到马丁先生，只是谈论埃尔顿先生。纳希小姐告诉了她一件事，她马上兴冲冲地复述了一遍。佩里先生上高达德太太那儿去看望一个生病的孩子，纳希小姐看到他。他告诉纳希小姐说，他昨天从克莱顿公园回来的时候碰到埃尔顿先生。使他大吃一惊的是，发现埃尔顿先生正在到伦敦去，要到第二天才回来，尽管这一天晚上是惠斯特[①]俱乐部活动的时间，以前从没听说他缺席过。为了此事，佩里先生还跟他争了一通，说他太缺德，他们最好的牌手居然自己缺席了，还千方百计地劝他把旅行推迟，哪怕只推迟一天。可是不行。埃尔顿先生已经决定了要继续赶路；而且用一种非常特别的样子说，他在办的是一件无论什么也不能诱使他推迟的事；是一项很值得羡慕的差使，他正带着一件极其珍贵的东西。佩里先生听不大懂他的意思，但是却很肯定，准是和一位小姐有关，于是把这看法告诉了他。埃尔顿先生只是显得很不好意思地笑了笑，然后高高兴兴地骑着马跑了。纳希小姐给她讲了这些，又讲了一大堆有关埃尔顿先生的话；还意味深长地瞧着她，对她说，“我不想装得像知道他办的是什么事情。我只知道，任何一个女人如果被埃尔顿先生选中的话，我都认为是世界上最最幸福的女人；因为，不容怀疑，埃尔顿先生的堂堂仪表或温柔性格都是举世无双的。”

---

① 类似桥牌的一种牌戏。

高高兴兴地骑着马跑了

第九章

奈特利先生可以跟她争吵,但是爱玛却不能跟自己争吵。他这一气可真气得不小,比往常隔了较长时间才又来到哈特菲尔德。他们见面时,瞧他那副严肃的神态就知道,他还没有宽恕她。她觉得抱歉,却并不后悔。正好相反,接下来几天出现的总的情况,越来越证明了她的计划和做法是对的,她也越来越喜爱这些计划和做法。

这张肖像配上了精美的镜框,在埃尔顿先生回来以后立即完好无损地送来,已经挂在公用起居室的壁炉架上方了。他理所当然地站起身对着画端详起来,一言半语地发出几声赞叹。至于哈丽埃特的心情,就她那样的年龄和她那样的头脑来说,显然已变成一种最强烈、最坚定的爱。马丁先生只是成了埃尔顿先生的对比,而且最大优势属于后者,除此以外,马丁先生已不在记忆之中了。爱玛很快看到这一情况,感到十分满意。

她打算用大量有益的阅读和交谈来改进她小朋友的头脑,可是只读了开头少数几章,就再也深入不下去了,而且总是想推到第二天再继续读。聊天要比读书容易得多;听任自己的想象力围绕着哈丽埃特的命运奔驰和活动,比起辛辛苦苦地增强她的理解力或者使它运用于严肃的事实来,也要有趣得多。眼下哈丽埃特所从事的唯一的文学研究,她为晚年准备的唯一的精神食粮,只是把她看到的各种谜语收集起来,抄到一个本子上去。那是她的朋友用轧光纸做的一个薄薄的四开本本子,上面用花押字和战利品图案装饰着。

在这个文学时代里,大规模地进行这样的收集并不少见。高达德太太学校里的主任教师纳希小姐至少已经写了三百个谜语。哈丽埃特最早是从那儿得到的启发，这时希望在伍德豪斯小姐的帮助下收集得还要多得多。爱玛为了帮助她，自己创作，一再回忆，精心挑选。哈丽埃特写得一手好字，所以这个集子不论在形式上还是在数量上都称得上是第一流的。

伍德豪斯先生几乎跟这两个姑娘一样，对这件事很感兴趣，常常努力回忆一些值得她们收进去的谜语。“在我年轻的时候，有那么多巧妙的谜语——真奇怪，怎么记不起来了。可我想总有一天能回想起来。”最后他总是说，“基蒂，一个漂亮而又冷酷无情的少女。[①]”

他同他的好朋友佩里谈起此事，佩里一时里也是什么谜语也想不起来。不过，他要求佩里留意收集，因为佩里到的地方多，他认为总可以找一些来的。

他的女儿可决不想把海伯利的聪明人全都问遍。她只请埃尔顿先生一个人帮忙。她请他把他回想得起来的真正好的各种谜语和字谜全都拿出来。看到他在专心回忆，她非常高兴，同时她也看得出，他小心翼翼，决不说什么不是献殷勤或者不是赞美女性的谜语。她们从他那里得到两三则最雅的谜语。最后他欣喜若狂地记起来了，而且带着深情背诵了那首著名的字谜：

> 我的第一部分表示痛楚，
> 我的第二部分注定要受苦，
> 我的全部是解毒良药，
> 能把病痛减轻，把病痛消除。[②]

① 英国演员、剧作家大卫·加里克（1717—1779）写的一个谜语。
② 谜底是 woman（女人）。第一部分是 woe（痛苦），第二部分是 man（男人）。

她听了十分抱歉地说，那首字谜她们早已在几页以前就抄下了。

“你干吗不自己给我们编一首呢，埃尔顿先生？”她说，“只有自己编才能保证新颖；而且对你说来，那是最容易不过的。”

“哦，不！我从来没编过，几乎从来没编过这类东西。真是个最笨的笨人！恐怕连伍德豪斯小姐——”他顿了一顿，“或者史密斯小姐都激发不起我的灵感。”

尽管如此，就在第二天早上发生了一件事，证明他是有灵感的。他来待了不多一会儿，只是为了留一张纸条在桌子上。他说那是他的一个朋友赠给一位年轻小姐的一首字谜，那位小姐是他朋友爱慕的对象。可是从他的神态上，一眼就看出，一定是他自己编的。

“我并不是要让它写在史密斯小姐的集子里，”他说，“正因为是我朋友的，我没有权利拿给大家看，不管多少人看，不过，你也许愿意看看。”

这番话与其是说给哈丽埃特听的，倒还不如是说给爱玛听的，这点爱玛能够领会。他感到很不好意思，觉得同爱玛的眼光相遇还比同她朋友的眼光相遇容易些。说完他就走了。过了一会儿。

“拿去，”爱玛一面说，一面微笑着把纸条推向哈丽埃特，“这是为你编的。把你自己的东西拿去吧。”

可是哈丽埃特却直打哆嗦，碰也不敢碰它；爱玛呢，从来不是个不愿抢在前面的人，只得自己来看了。

给某小姐

字　谜

我第一部分显示大地的主宰
　　——帝王的财富和壮丽，奢华和自在！
我第二部分带来人的另一副模样，
　　瞧，他在那儿，四海之王！

可是，啊！一旦结合，我们就受挫败北！
　　男人自夸的权力和自由，全被摧毁；
大地和海的主宰，成了卑躬屈膝的奴隶，
　　而女人，可爱的女人，独自称王称帝。

您那敏锐的才智能把谜马上解开，
愿那温柔的眼睛发出同意的光彩！

她眼睛看着纸思考着，猜到了含意，为了要完全肯定，完全掌握这些诗句，又把字谜从头到底读了一遍，然后把它递给哈丽埃特，自己坐在那儿得意地微笑着。哈丽埃特满怀希望，但又猜不出谜底，就在这混乱的心情中困惑地对着纸条发愣。爱玛自言自语说，“很妙，埃尔顿先生，的确很妙。我读过的一些字谜都还没有这么妙呢。求婚[①]——这个暗示很好。看了这张字谜，我要赞扬你。你这是在试探，说得非常明白，‘史密斯小姐，请允许我向你求爱。用你的一瞥对我的谜语和我的意愿都表示同意吧。’

愿那温柔的眼睛发出同意的光彩！

哈丽埃特正好如此。温柔，要形容她的眼睛，就要用这个字眼——在所有形容特征的形容词里，用这个字眼最恰当。

您那敏锐的才智能把谜马上解开。

① 原文是courtship。court是“宫廷”，ship是“船”。

呣——哈丽埃特的敏锐的才智！那更好了。的确，一个男人只有在热恋中才会这样描写她。啊！奈特利先生，但愿你能从这里面获得教益；我看，这下总可以使你心悦诚服了吧。你有生以来从不承认错误，现在只好承认了。真是个出色的字谜！说得非常中肯。现在马上要出现高潮了。”

这些非常愉快的自言自语本来还会发展成长篇大论，可是哈丽埃特热切地提出了一连串困惑的问题，把她的话打断了。

“这会是什么呢，伍德豪斯小姐？这会是什么呢？我想不出——我一点儿也猜不出来。这可能是什么呢？真的，你试试看，把它猜出来，伍德豪斯小姐。帮帮我吧。我从没见到过这么难的字谜。是王国吗？我想不出这个朋友是谁——这位年轻小姐又是谁？你觉得这首字谜好吗？会不会是女人？

而女人，可爱的女人，独自称王称帝。

会不会是尼普顿①？

瞧，他在那儿，四海之王！

要不，是三叉戟海神吧？是条美人鱼？还是鲨鱼？啊，不；鲨鱼只有一个音节。这个字谜一定编得非常巧妙，不然的话，他不会带来了。哦，伍德豪斯小姐，你想我们猜得出来吗？”

“美人鱼和鲨鱼！简直是胡扯！我亲爱的哈丽埃特，你想到哪儿去了？他把他朋友给美人鱼和鲨鱼编的字谜带给我们有什么用呢？把纸

---

① 海神。

条给我，你听着：

“给某小姐，应该读成给史密斯小姐。

我第一部分显示大地的主宰
——帝王的财富和壮丽，奢华和自在！

那是宫廷。

我第二部分带来人的另一副模样，
瞧，他在那儿，四海之王！

那是船——清清楚楚。——现在来念精华。

可是啊，一旦结合（求婚，你知道），我们就受挫败北！
男人们自夸的权力和自主，全被摧毁；
大地和海的主宰，成了卑躬屈膝的奴隶，
而女人，可爱的女人，独自称王称帝。

这番恭维话非常得体！——接下来是请求，我看，我亲爱的哈丽埃特，你不难领会吧。你自己去细细地看吧。毫无疑问，是为你编的，而且是送给你的。”

这样令人愉快的说服，哈丽埃特没法再拒绝接受。她读了结尾的几行，直感到兴奋和高兴。她连话也说不出来。可是并不需要她说话。她能感受就够了。爱玛替她说了。

“这番恭维话里有明显的和特别的含意，”她说，“所以，我对埃尔顿先生的意图丝毫没有怀疑。你是他的心上人——对这一点，你马上会得到最充分的证明。我早就料到这是势所必然的。我知道我错不了。可是现在,一切都清清楚楚了。他的心意很清楚,也很坚定,和我认识你以来我对这个问题所抱的希望一样。是啊,哈丽埃特,长久以来,我一直巴望出现这个情况,现在终于出现了。你跟埃尔顿先生相爱,究竟是十分理想的呢,还是很自然会发展起来的,这我从来也说不上来。这件事的可能性和可取性两者确实不相上下!我很高兴。我衷心向你祝贺,我亲爱的哈丽埃特。一个女人能引起这种爱,是很值得骄傲的。这种结合有益无害。这种结合会让你获得你所需要的一切——体贴、自主、一个合适的家庭——它会使你在你所有真正的朋友中间永远处于中心地位,使你接近哈特菲尔德和我,永远保持我们之间的亲密友谊。哈丽埃特,你结这门亲事,我们两人谁也不会脸红。"

"亲爱的伍德豪斯小姐,"又一个"亲爱的伍德豪斯小姐",哈丽埃特起初只说得出这句话,同时一再亲热地拥抱爱玛。可是,等到她们比较像交谈的时候,爱玛就看得很清楚,她已经能像她应该的那样来看待、感觉、预料和记住这件事了。埃尔顿先生的优越地位得到了充分的承认。

"你无论说什么总是对的,"哈丽埃特大声说道,"所以我认为,我相信,我希望一定是这样,要不然,我也不会这样想。我真是受之有愧。埃尔顿先生可以要娶谁就娶谁!对他,不可能有两种看法。他是那么优越。只要想想那些可爱的诗句——'给某小姐'。哎呀,多巧妙啊!真的可能是为我编的吗?"

"对这点,我毫无疑问,也不容别人提出疑问。这是肯定的。相信我的判断,接受吧。这是正戏前面的序幕,篇章前面的题词;紧接着就是平铺直叙的散文了。"

"谁也料想不到会有这样的事。我肯定,一个月以前连我自己也没有想到!最离奇的事终于发生了!"

"就在史密斯小姐和埃尔顿先生相识的时候,——真的发生了——

确实离奇；简直超出了常规，这样显然值得想望的事——本来需要别人来预先撮合——居然自动以恰当的形式立即出现了。你跟埃尔顿先生有缘走到一起来了；由于你们各自的家庭环境，你属于他，他也属于你。你们的婚姻将能同伦多尔斯的那门亲事相媲美。哈特菲尔德的空气里似乎有一种东西，能引导爱情完全朝正确的方向发展，让它在应该流入的渠道里奔流。

> 真正的爱情从来没有平坦的道路。[①]

哈特菲尔德版的莎士比亚戏剧会在这一句上加一大段注解。”

“那位埃尔顿先生当真爱上了我——在所有人当中，居然爱上了我，我在米迦勒节[②]那天还不认识他，没有同他说话。而他呢，却正好是最俊俏的人，而且很像奈特利先生，是个人人尊敬的人！很多人想同他交往，人人都说，如果他不愿意的话，他一餐也不必单独一个人吃；还说，他在一个星期里接到的邀请比一个星期的天数还多。在教堂里又是那么出色！自从他来到海伯利以后，纳希小姐已经把他在讲道时讲的所有经文都记下来了。哎呀！我想起第一次见到他的时候！我怎么一点也没有料到啊！听说他路过的时候，艾博特家那两个学生和我奔进了前面的房间，从百叶窗缝里偷看，纳希小姐过来骂我们，把我们赶走，她自己却留下来偷看。不过，她马上又把我叫了回来，让我也看看，她真好。我们都想，他长得多美啊！他跟柯尔先生手挽着手走着。”

“你的朋友们——不论他们是谁，是干什么的，只要他们还有一点常识，都会认为这门亲攀得好。我们可不会把我们的行动讲给傻瓜们听。

① 引自莎士比亚所著《仲夏夜之梦》第 1 幕第 1 景第 123 行。

② 米迦勒节：9 月 29 日，英国四大结账日之一。

如果他们急于要看到你婚姻美满幸福，那么，这个生性和蔼的人完全可以使这一点得到保证。如果他们要你置身于他们为你选择的那个地区和阶层，那么，将会在这儿达到目的。如果用通俗的话讲，他们唯一的目标是要你攀一门好亲，那么，这儿就有可观的财产、可敬的地位、灿烂的前程，这一切准能使他们满意。”

“对，对极了。你说得多好啊！我就爱听你说。你什么都懂。你跟埃尔顿先生一样聪明。这个字谜多妙啊！哪怕我苦苦思索十二个月，我也绝编不出这样的字谜来。”

“从他昨天拒绝编时的神态来看，我就知道他打算一试身手。”

“我真的认为，毫无例外，这是我有生以来读过的最好的字谜。”

“的确，我从来没有读过一首比这更贴切的。”

“这首字谜差不多比我们以前读过的任何一个字谜都要长一倍。”

“我认为它的突出优点并不在于长度。这类字谜一般不可能写得太短。”

哈丽埃特正全神贯注在看这个字谜，没听见她的话。心里正浮现出十分满意的比较。

“像一般人一样，”过了一会儿她说，脸上透着红光，“在通常情况下很有头脑，逢到有什么话要说，就坐下来写一封信，简单扼要地把要说的话说出来，这是一回事；而写像这样的诗句和字谜，却是另一回事。”

她居然这样强烈地蔑视马丁先生的散文，真是出乎爱玛的意料。

“这样可爱的诗句！”哈丽埃特继续说，“最后这两行！可是我该怎么还他呢，说我已经猜出了？啊！伍德豪斯小姐，我们该怎么办呢？”

“让我来办，你别管。他今天晚上大概会来，到时候，由我来还给他，我们胡扯几句，你不必参加。你的脉脉含情的眼睛将要选择自己的适当时机来闪烁光芒。这事交给我吧。”

“啊！伍德豪斯小姐，多可惜啊，我不能把这首美丽的字谜抄在我的本子里！我肯定我收集到的字谜没有一首有它一半好。”

“删掉最后两行，那你就没有理由不把它抄上你的本子了。”

“啊，可那两行是——”

“——是整首字谜中最精彩的两句。当然啰——为了自己欣赏，那就把它记在心里自己欣赏吧。你把它一分为二，并不因此就减少这首字谜的含义。两行对句还在那儿，意思也没有改变。不过，把这两句去掉，就丝毫也看不出是献给谁的了，剩下的只是一首可以收进任何集子的绝妙字谜。毫无疑问，他不愿让自己的热情受到忽视，同样也不愿意让自己的字谜受到忽视。一个热恋中的诗人在这两方面都必须受到鼓励，要不，就两方面都不受到鼓励。把本子给我吧。我来抄，这样就不可能说你什么了。”

哈丽埃特尽管心里舍不得把那两部分分开，可还是服从了，为的是要肯定她的朋友抄录的不是爱情的宣言。这礼物似乎太宝贵，绝不能公开。

“我将永远珍藏这个本子，”她说。

“很好，”爱玛回答，“有这种感情是很自然的，这感情持续得越久我就越高兴。瞧，我父亲来了；你不会反对我把这首字谜念给他听吧。他听了会非常高兴！这一类谜语他都喜欢，尤其是任何赞美妇女的谜语。他对我们大家都非常体贴、殷勤！你一定得让我念给他听。”

哈丽埃特的神情变得严肃起来。

“我亲爱的哈丽埃特，你别过于看重这个字谜。你要是太害羞，太敏感，显得给它加上了更多的意义，或者甚至把能加上的意义全都加上，那你就会泄露出你的感情，这就不合适了。不要被这样一件表示爱慕的小小礼物弄得神魂颠倒。要是他急于保守秘密，那他就不会当着我的面把纸条留下了。而且，他不是把纸推给你，而是推给我。对这件事我们别太认真。我们不对这首字谜热情赞叹，他也已经受到足够的鼓励来把事情进行下去。”

"啊！对——我希望不要在这件事上让人笑话。随你怎么办吧。"

伍德豪斯先生走了进来，马上又谈到了这个问题，说的还是他常说的那句话："啊，我亲爱的，你们的本子进行得怎么样了？你们有没有得到新的谜语？"

"有，爸爸；我们有个谜语念给你听，非常新鲜。今天早上在桌子上发现一张纸条——（我们猜准是哪位仙女丢下来的）——上面写着一首非常优美的字谜，我们刚把它抄到本子上。"

她念给他听，就用他喜欢别人念东西的那种方式，念得又慢又清楚，重复念两三遍，她一边念一边对每个部分作些解释——他听得非常高兴，果然不出她所预料，结尾的两句赞美尤其使他感动。

"嗳，那的确很公正；说得非常恰当。对极了。'女人，可爱的女人。'这样一首优美的字谜，我亲爱的，我一下子就能猜到是哪位仙女带来的。除了你，爱玛，没人能写得这么美。"

爱玛只是点点头，微微笑了笑。他沉思片刻，便轻轻叹了口气，接着说：

"啊！你像谁，这不难看出来。你亲爱的母亲做起这一类事情来，真是聪明！我要是有她那样的记忆力，那就好了。可是我什么也记不住；甚至连你听我提起过的那首字谜也记不住。我只回忆得起第一节。一共有好几节呢：

基蒂，一个美丽而又冷若冰霜的姑娘，
　　燃起一股火焰，使我至今悲叹不已；
我叫那蒙住眼睛的男孩来帮忙，
尽管我怕他走到我的身旁，
　　对我先前的求爱带来那致命的一击。

我记得起来的就这一点儿——可是整个字谜都写得非常巧妙。可是我亲爱的，好像你说过你已经抄了。”

“是的，爸爸，就抄在我们的第二页上了。我们是从《佳作文摘》上抄来的。你知道，那是加里克的作品。”

“对，很对。但愿我能多记住一些——

基蒂，一个美丽而又冷若冰霜的姑娘。

这个名字使我想起了可怜的伊莎贝拉；因为她差点儿跟她祖母用同一个教名，叫凯瑟琳[①]。但愿她下星期会来我们这儿。我亲爱的，你有没有考虑过，你把她安顿在哪儿——哪间屋子让小孩住？”

“啊！对了——她当然住她自己的屋子，她一向住的那间。有婴儿室给小孩们住——跟往常一样，你知道。干吗要变动呢？”

“我不知道，我亲爱的——可是自从她上次来这儿以后，已经过了这么久了！从上一个复活节以后没来过。就说那次来吧，也只住了几天。约翰·奈特利先生当律师，很不方便。可怜的伊莎贝拉啊！她给带走了，离开了我们大家，真伤心！她来这儿，见不到泰勒小姐，会多么难受啊。”

“她至少不会感到惊奇，爸爸。”

“我不知道，亲爱的。我在第一次听到她要结婚时，确实大吃一惊。”

“伊莎贝拉来了以后，我们一定得请威斯顿先生和威斯顿太太来吃饭。”

“对，我亲爱的，要是有时间的话。不过，”（用一种极其低沉的声调）“她只来住一个星期。时间匆促，干什么事都来不及。”

“他们不能多住些时候，真是不幸——但看来也只能这样。约翰·

① 基蒂是凯瑟琳的昵称。

奈特利先生不得不在二十八日回伦敦。我们应当感到高兴了，爸爸，他们能住在乡下的时间全都住在我们这儿了，而且也不到埃比去住两三天。奈特利先生有权要求同他们一起过这个圣诞节，他放弃了这个权利——虽然你知道，他们已有很久不同他住在一起了，比不同我们住在一起的时间更长。”

“的确，我亲爱的，要是可怜的伊莎贝拉不来哈特菲尔德，而去别的地方，那就叫人受不了了。”

伍德豪斯先生除了认为自己有权留他们以外，从来不认为奈特利先生对他弟弟，或者任何别人对伊莎贝拉有这个权利。他坐在那儿沉思了一会儿，随后说：

“他是不得不回去，可是我却不明白，为什么可怜的伊莎贝拉也不得不这样急急忙忙地回去。爱玛，我想劝她在我们这儿多住几天。她和孩子们会在这儿住得非常愉快。”

“啊！爸爸——这事你以前从没能办到过，我看你以后也办不到。让丈夫走，而自己留下，伊莎贝拉可受不了啊。”

这话说得对，无法反驳。尽管不爱听，伍德豪斯先生也只能顺从地叹一口气。一想到女儿对她丈夫依依不舍，他心里就难受。爱玛看到这光景，连忙把话题岔开，换个一定会使他高兴起来的话题。

“我姐夫和姐姐住在这儿的时候，哈丽埃特一定得尽可能多跟我们在一起。我相信，她一定会喜欢那几个孩子的。我们为那些孩子感到很自豪，是不是，爸爸？不知她会认为谁最漂亮，是亨利呢还是约翰？”

“嗳，我也不知道。可怜的小宝贝儿，要来这儿，他们会多高兴啊。他们都非常喜欢住在哈特菲尔德，哈丽埃特。”

“我看是非常喜欢，先生。我真的不知道还有谁会不喜欢。”

“亨利这孩子长得漂亮，约翰却很像他妈妈。亨利是老大；他的名字是跟着我取的。老二约翰的名字是跟着他父亲取的。我相信，有些人会感到奇怪，大儿子居然不跟他父亲取一个名字，可是伊莎贝拉要给他取名为亨利，我认为她这样做真好。的确，他是个绝顶聪明的孩子。他们全都聪明得出奇，而且还有许多逗人喜爱的地方。他们会走过来，站在我的椅子旁边说，'外公，你能给我一小根绳子吗？'有一次亨利问我要一柄小刀，可我告诉他小刀之类只是给外公们用的。我认为他们的爸爸常常对他们太粗暴。"

"你觉得他粗暴，"爱玛说，"是因为你自己那么温文尔雅。不过，你要是把他跟别的爸爸比较一下，那就不会认为他粗暴了。他希望自己的孩子活泼，勇敢；要是他们调皮捣蛋，就时不时地骂他们一句。可他是个慈爱的父亲——当然，约翰·奈特利先生是个慈爱的父亲。孩子们全都喜欢他。"

"还有，他们的伯伯进来，把他们朝天花板抛，可怕极了！"

"可是他们喜欢这样，爸爸。再没什么别的事情能使他们这样喜欢的了。他们觉得这是一种享受。要不是他们的伯伯定下规矩，要轮流抛，那不管谁先开了头，都是再也不肯让给别人的。"

"嗳，我真不懂。"

"我们全都这样，爸爸。世界上总是有一半人不能理解另一半人的乐趣的。"

快近中午，两个姑娘要分手去准备四点钟的正餐了。就在这时候，那位写出这首无与伦比的字谜的男主角又走了进来。哈丽埃特转过身去；爱玛却用她平时的微笑来接待他。她那敏锐的眼光立刻从他眼神里看出，他认为自己已经推进了一步——已经掷出了骰子。她猜想他是来看看结果的。然而，他表面上借口说是来问一下，如果他不参加，伍德豪斯先生晚上的聚会是否能凑得成，哈特菲尔德是否需要他帮点儿什么忙。如果需要他的话，他一定把别的事情全都搁在一边。如果不需要，那他就到朋友柯尔那里去。柯尔已经说过多次，一定要同他吃饭。他也已经答

把他们朝天花板抛

应，只要能去就一定去。

爱玛向他道谢，不过不让他为了他们而使他的朋友失望。她的父亲却确信会按他的意思办。他再次邀请——她再次谢绝。他刚要鞠躬告辞，她从桌上拿起那张纸，还给了他。

“啊，承蒙你好意给我们留下了这首字谜；谢谢你，让我们能拜读。我们非常喜欢，我不揣冒昧，已经把它写进史密斯小姐的集子了。我想你的朋友不会见怪吧。当然，我只抄了前面八行。”

埃尔顿先生确实不知道说什么好了。他看上去有点迟疑——有点困惑；说了些“不胜荣幸”之类的话——朝爱玛瞥了一眼，又朝哈丽埃特瞥了一眼。随后看到那个本子在桌上打开着，便把本子拿起来，全神贯注地仔细看了。为了打破这一刻的尴尬局面，爱玛笑盈盈地说：

“你务必代我向你的朋友道歉；不过，这么好的字谜绝不能只让一两个人欣赏。他写得那么情真意切，他一定相信能得到每个女人的赞赏。”

“我毫不迟疑地说，”埃尔顿先生回答，虽然他说话时十分迟疑，“我毫不迟疑地说——至少，如果我的朋友跟我一样看法——我毫不怀疑，如果他能像我这样亲眼看到他的小小的抒情作品受人赞赏，（再看了看那个本子，便把它放回到桌子上）他一定会认为那是他生平最值得骄傲的时刻。”

说完这段话，他急急忙忙走了。爱玛并不认为他走得太快，因为尽管他品性温良和蔼，他的谈话里却包含着一种夸耀的口气，使她发笑。她跑开去，放声大笑，把那温柔而崇高的快乐留给哈丽埃特去品尝。

第十章

现在虽已到了十二月中旬，但天气还不太冷，两位年轻小姐勉强还可以像平常一样出去活动活动。就在第二天早晨，爱玛到住在离海伯利不远处的一家贫病交加的人家去作一次慈善性质的访问。

到这所孤零零的小屋去，要沿着牧师住宅巷一直往前走。这条小巷同当地那条不规则的宽阔大街形成直角。从巷名可以推想得出，埃尔顿先生那所舒适的住宅就坐落在这条小巷里。先要经过不多几所简陋的住宅，随后沿着巷子走大约四分之一英里，那儿就耸立着这座牧师住宅。这是一座并不讲究的古老房子，就在路边上。位置并无可取之处，但现在的房主人已把房子修缮得十分漂亮。既然这样，要这两位朋友在路过时不放慢脚步把它端详一番，那是不可能的。爱玛说：

“那儿就是。总有一天你和你那本谜语集子都要到那儿去。”哈丽埃特说：

“啊，多可爱的房子啊！多美啊！黄色的窗帘，正是纳希小姐心爱的那种。”

“现在我不常走这条路，”她们往前走时，爱玛说，“可是以后会有一种力量吸引我来。我会对海伯利这一部分所有的树篱、大门、池塘和截去梢枝的树木都渐渐熟悉起来。”

她发现哈丽埃特从没到这所牧师住宅里去过，而想进去看看的好奇心又那么强烈，所以爱玛一见她那神情就猜出她心里在想什么。爱玛只能认为，她有这种好奇心，正如埃尔顿先生认为她聪颖敏慧一样，都是爱情的明证。

"但愿我们能想出个办法,"爱玛说,"可是我又想不出什么还过得去的借口,让我们可以进去;既没有什么有关用人的事要去向他的管家打听——也没有我父亲要送的信。"

她考虑了一下,可是想不出什么。两人沉默了几分钟,然后,哈丽埃特又开口说:

"我真奇怪,伍德豪斯小姐,你竟然不结婚,也不打算结婚!——你长得那么妩媚动人!"

爱玛大笑起来,回答说:

"我妩媚动人,哈丽埃特,总不能光为了这个就去结婚啊。我不得不认为别的一些人妩媚动人——至少有一个人是这样。我不仅现在不打算结婚,而且我压根儿就不打算结婚。"

"啊!你这话我可不信。"

"我一定要等到看见一个比我以前见过的任何人都好得多的人,我才会堕入情网。埃尔顿先生嘛,你知道,没这个可能,"她镇定了一下自己的情绪,"我不希望找任何像他这样的人。我宁可谁也不爱。我的日子不可能真正比现在好。我要是结婚,我准会后悔。"

"哎哟!一个女人说出这样的话来,听来多奇怪啊!"

"女人通常都想结婚,我可没这种想法。我要是堕入情网的话,那准是另一回事!可我还从没爱过谁。恋爱和我的爱好、我的个性不合。我认为我将来也不会爱上谁。况且,没有爱情而去改变目前的处境,那才是个傻瓜呢。财产,我不需要;工作,我不需要;地位,我也不需要。我相信,结了婚的女人没有谁在丈夫家能有一半像我在哈特菲尔德这样做主的。我绝对、绝对不能指望有哪个男人像我父亲这样疼爱我、重视我,始终把我放在第一位,认为我样样都正确。"

"那到头来你会像贝茨小姐那样,成为个老处女了!"

"你至多也只能说出这么个可怕的形象,哈丽埃特。贝茨小姐那么傻里傻气——那么容易满足——那么满脸堆笑——那么枯燥乏味，那么皂白不分、好坏不辨——而且动不动就把自己周围每个人的事都拿来在别人面前说长道短。我要是认为自己会像她那样，那我宁可明天就结婚。可是我相信，我同她之间，除了都没结婚以外，毫无相似之处。”

“可你还是会成为老处女的！那真太可怕了！”

“别担心，哈丽埃特，我不会成为一个贫穷的老处女的。人穷，过独身生活才被大家看不起！收入很少的单身女人准是个又可笑又讨厌的老处女，是小伙子们和姑娘们恣意嘲笑的对象；可是有钱的单身女人总是受到尊敬的，可以同任何人一样通情达理、受人欢迎！这种区别初看起来似乎违背了世人的公正和常识，其实不然；因为收入少容易使人变得心胸狭窄、脾气乖戾。那些勉强能够糊口的人，生活在很狭小的、一般又极其低下的圈子里，很可能是又小气又粗暴的。不过，这说法并不适用于贝茨小姐。她只是太和善、太傻气，我不喜欢罢了。可是总的说来，她很合大家的胃口，尽管她又是单身，又很贫困。贫困确实没有使她变得心胸狭窄。我真的相信，即使她只有一个先令，她也很可能会拿出六便士来给别人的。而且，也没人怕她。这种魅力真了不起。”

“啊呀！可你怎么办呢？等你老了，你干些什么事呢？”

“要是我还了解自己的话，哈丽埃特，那么我还可以说，我这颗心是活跃而忙碌的，能自己想出许多办法。我看不出为什么到四五十岁就不会像二十一岁那样有事可干。妇女用眼睛、手和脑子常做的事，到那时候还会像现在这样让我去做，或者说，不会有什么重大的改变。如果我少画一点，那我就多看一点书；如果我放弃音乐，那我就织地毯。至于有没有感兴趣的对象，有没有寄托感情的对象，这倒是个不如别人的大问题。的确，不结婚的最大弊端就是没有这样的对象。这方面我倒没有问题，我可以照料照料我疼爱的那几个外甥。孩子多，完全可以满足晚年各种感情上的需要，尽够引起我种种希望和种种担忧。虽然我对任何一个外甥的爱都还比不上母亲对子女的爱，但是我认为，比起较为热烈和较为盲目的感情来，这却比较能使我感到安慰。我的外甥和外甥女真好！我要经常有一个外甥女跟我在一起。”

“你知道贝茨小姐的外甥女吗？这是说，我知道你一定见过她上百次了——不过你们认识吗？”

“哦！认识；每一次她到海伯利来，我都不得不跟她会面。顺便说起，那简直足以叫人不喜欢外甥女。上帝保佑，至少让我在谈所有这些小奈特利时远远不像她谈起简·菲尔费克斯时那样讨人嫌。一提起简·菲尔费克斯这个名字就叫人觉得讨厌。她写来的每封信都被念上四十来遍。她对所有朋友的问候都被一遍又一遍地到处去说。哪怕她只是送了姨妈一张三角胸衣的纸样，或者给她外祖母织了一副吊袜带，那整整一个月里你就别的什么也听不到了。我对简·菲尔费克斯毫无恶意，可是她却使我厌烦死了。”

现在她们正在走近那座村舍，所有闲谈的话题都暂且搁下。爱玛很有同情心；看到穷人受苦，她肯定会解囊相助，也肯定会亲自照料和关心，给予劝告和耐心帮助。她了解他们的生活习惯，能够容忍他们的无知和受到的诱惑。对于那些没有受过多少教育的人，她也不会不切实际地期望他们有什么特殊的美德。她随时都满怀同情地关怀他们的艰难困苦，并且总是用她的聪明才智和良好意愿来帮助他们。这次她去访问的人家贫病交加。她在那里尽可能多给些安慰和忠告。她离开村舍时，那里的情景给她留下了深刻的印象，所以她们一起离开时，她对哈丽埃特这样说道：

“看看这种景象，哈丽埃特，对人是有好处的。看了这些，其他一切都显得多么无关紧要！我现在觉得，在今天这一整天里，我好像会只想着那几个可怜的家伙，别的什么也不想了；而且，谁知道这一切要到什么时候才能从我脑海里消逝。”

“确实如此，”哈丽埃特说，“真是些可怜的家伙！是只能想着他们，别的什么也不想了。”

“真的，我看这种印象还不会马上就消失，”爱玛说，这时她正在跨过低矮的树篱和摇摇晃晃的梯级。梯级就在那穿过村舍花园的又窄又滑的小径尽头，把她们又带进了小巷。“我想是这样。”她停下来再看看村舍外部那副可怜的样子，回想一下里面更可怜的人。

“啊！是啊，亲爱的，”她的同伴说。

她们继续往前走。那条小巷有一个小弯；她们刚拐过这个弯，埃尔顿先生就出现在眼前，而且近得使爱玛只来得及说：

“啊！哈丽埃特，这下来了一个完全出乎意外的考验，要看我们是否还好心想着那家人家。呃，”她边说边微笑，“我想可以这样说：如果怜悯已经对受苦的人们起了鼓励作用，减少了痛苦，那就算达到了真正重要的目的。如果我们同情可怜的人们，为他们尽了力，那么，其余的都不过是空洞的同情，只能使我们自己痛苦。”

哈丽埃特只来得及回答说“啊！亲爱的，对”，那位绅士就来到她们跟前。不过，他们见面后首先谈的还是那家穷苦人家的贫困和疾苦。他原来打算去看望他们。他的访问现在只得推迟了。不过，他们作了一次非常有趣的交谈，谈了他们能做些什么，该做些什么。然后，埃尔顿先生就转过身陪她们走。

“在这样一件事上彼此看法一致，”爱玛心里想，“都打算执行同一个慈善计划，这会使双方都大大增进了爱情。要是这促使他们把自己的爱表白出来，我也不会觉得奇怪。我要是不在这儿，他们准会这么表白的。但愿我在任何别的地方。”

她急于要离开他们，想尽可能走得远点，于是立即走上小巷边上略略高起的人行道，把他们留在路中间。可是她走了没有两分钟，就发现哈丽埃特由于跟随和模仿惯了，也跟了上来。总之，再过一会儿他们两个都会紧跟着她。这样可不行，她立即停下步子，推说要重新系一下她那双半高统靴的带子。她弯下身，把人行道完全拦住，请他们继续往前走，半分钟后她会跟上来的。他们听从她的话，往前走了。等到她认为鞋带应该系好的时候，恰有一个从村舍来的女孩赶了上来；她是奉命提了一个阔口水壶上哈特菲尔德去取肉汤的。能因此多耽搁一些时间，爱玛感到宽慰。跟这个女孩一起走，同她说话并且问她一些问题，这是很自然的，或者说，即使她当时不是故意拖延时间，这样做也是很自然的。用这个方法，那两个人还可以继续走在前面，而没有任何必要等她。然而，她不知不觉地赶上了他们；这孩子的步子走得快，而他们又走得相当慢。他们显然正谈得起劲，这使爱玛更想走得慢些。埃尔顿先生兴致勃勃地谈着，哈丽埃特非常高兴地留心听着。爱玛打发那小孩先走，自己却开始考虑怎样才能离他们再远一些。就在这时，他俩回过头来，她只得赶上去同他们一起走。

埃尔顿先生还在说话，还在说一些有趣的细节。她发现他只是在向他的女伴叙述他朋友柯尔家昨天举行宴会的情况，她自己听到的是斯蒂尔顿干酪、北威尔特干酪、黄油、芹菜、甜菜根和所有的餐后甜食。这时，她不免多少有点失望。

“过一会儿肯定会转到更好的话题上去，”这是她的聊以自慰的想法，“在恋人之间，任何事情都是有趣的，任何事情都可以成为知心话的前奏。我要是能再多避开他们一会儿就好了！”

现在他们三人默默地一起向前走。走到能看见牧师住宅的围栅时，她突然决定，至少要让哈丽埃特到住宅里去看看，于是她再次装得像自己的靴子出了毛病似的，落在后面把靴子再整理一下。这时，她猛地一下把鞋带拉断，迅速丢进水沟，马上说不得不请他们停下，还说自己毫无办法，哪怕勉强凑合着走回家也不行。

“我的鞋带断了，”她说，“我不知道该怎么办。我跟你们俩一起走，真是给你们添了大麻烦。不过，我想我倒并不是经常出这样的事。埃尔顿先生，我只好求你让我到你家去一会儿，问你的管家要一根丝带或者细绳，或者任何东西，只要让我可以把我的靴子系好就行。"

埃尔顿先生听了这个建议，露出满脸笑容。他在把她们带进自己住宅的时候，尽量使每样事物都显得非常出色。他这时真是机敏和殷勤得无以复加了。她们进去的那间屋子就是他常用的那间，方向是朝前的。在这一间后面，是和它相通的另一间。两间之间的门正开着，爱玛随着女管家走进后间，很欣慰地接受她的帮助。她不得不让这扇门仍旧半开半掩，但是一心巴望埃尔顿先生把它关上。然而，这扇门并没有关上，还是半开半掩着。她不断地跟管家交谈，想让他在隔壁房间里说自己心里想说的话题。在十分钟里，她除了听到自己说话以外什么也听不见。不能再拖下去了。她只得结束，走了出来。

两位情人正一起站在窗口，看来进行得非常顺利。爱玛有半分钟觉得计划成功，很得意。可是不行啊；他还没谈到点子上。他很讨人喜欢又很令人高兴；他告诉哈丽埃特说，他就是看见她们路过，才故意跟着她们走的；另外还说了些小小的献殷勤的、含有暗示的话，但是却没有说到正题上来。

"谨慎，非常谨慎，"爱玛心里想道，"他是一英寸一英寸地往前走，没有把握一点也不冒险。"

然而，尽管她那巧妙的安排并没有把事情办成，但是这次相会已经使双方目前都感到非常愉快，而且必定会促成他们的终身大事。想到这一点，她十分得意。

第十一章

埃尔顿先生现在得自己去努力了。爱玛已无法再照料他的幸福或者促进他采取措施了。她姐姐一家即将来临,先是盼望,接下来就是真的来了,从这以后,这成了她最关心的事。他们住在哈特菲尔德的那十天里,她只能偶尔碰巧给这对情人一点儿帮助,除此以外,不能指望她再做什么别的事情了,她自己也并不这样指望。不过,他们如果愿意的话,尽可以自己去迅速进行,不管愿不愿意,总会多少有些进展的。她不大希望有更多的空闲时间来花在他们身上。有些人,你越是多给他们做事,他们自己就越是少做。

约翰·奈特利先生和太太很久没有来萨里[1]了,比以往更久,所以这次来当然特别令人兴奋。他们结婚以后,每个长假都是分别在哈特菲尔德或登威尔埃比度过的;可是今年秋天,所有的假日都用来让孩子们去洗海水浴了;因此有好几个月,他们在萨里的亲友们没能常常看到他们。伍德豪斯先生根本就看不到,他即使为了可怜的伊莎贝拉,也不会跑到像伦敦那么远的地方去;正因为如此,现在他老人家在等待这次过于短暂的访问时,心里十分高兴,但也很紧张,很担心。

她旅途中的种种艰辛,他考虑了很多,他自己的马匹和马车夫的劳累,他也想了不少。马车夫要驾车到半路上去把他们中间的几个接回来。可是,他的大惊小怪都是毫无必要的。十六英里的路轻轻松松地就走完了。约翰·奈特利夫妇俩,他们的五个小孩和为数不少的保姆,全都平平安安地到达了哈特菲尔德。他们的来临引起一阵忙乱和欢乐,来那么多人,要跟他们谈话,表示欢迎,给予勉励,还要一一安排住处,这就出现了一片喧闹和混乱。要是换了任何别的事情,他的神经都会忍受不了;即使为了这件事,他也不能长时间忍受。不过,约翰·奈特利太太十分尊重哈特菲尔德的生活方式和她父亲的情绪,所以,尽管她怀着母亲的关怀,要让她的孩子们毫不耽搁地马上快活起来,自由自在和有人照料,能够吃点东西和喝点东西,能够睡觉和玩耍,像他们可能想望的那样,但是,她却不让孩子们长久地打扰他,不管那打扰是由他们自己引起的还是由无休止地照料他们所引起的。

约翰·奈特利太太秀丽、端庄、矮小,举止文雅娴静,性情十分和蔼温柔,一心想着自己的家,是个忠实的妻子,也是个疼爱子女的母亲,又那样深情地爱着自己的父亲和妹妹,除了爱更亲的亲人外,她最爱的就是父亲和妹妹。她在他们中任何一个人身上都从来看不到一点缺点。她不是个理解力很强,或者感觉很灵敏的人;除了这一点像她父亲以外,她在体质方面也很像他。她自己身体纤弱,又过分关心她的孩子们的身体,时常会担心和紧张。正如她父亲喜欢佩里先生那样,她喜欢自己那在伦敦的温菲尔德先生。这父女俩都生性仁慈,也都有个根深蒂固的习惯,对每个老朋友都很敬重,这些方面也很相像。

约翰·奈特利先生身材高大,具有绅士风度,而且非常聪明;事业蒸蒸日上;家庭观念很强,个人性格方面也颇值得尊敬;可是却沉默寡言,这使他不能普遍地受人欢迎,而且有时候情绪不好。他脾气并不坏,他也不是动不动就无缘无故发怒以至于应该受到这样的责难;不过他的脾气可也并不是好得尽善尽美;而且,的确,有了这样一位崇拜他的妻子,他脾气中原有的缺点就不大可能不加重了。她那极其温柔的脾气一定把他宠坏了。他头脑清楚、灵活,这是她所缺乏的。他有时候会做出一个粗鲁的行动或者说出一句严厉的话来。他那美丽的小姨并不怎么喜欢他。他的缺

① 伦敦南面的一个郡。海伯利和登威尔埃比都在这个郡。

点一个也逃不过她的眼睛。哪怕只是一点儿有损于伊莎贝拉的小事，她马上就能觉察；而伊莎贝拉自己，却从来也觉察不到。如果他对伊莎贝拉的妹妹能采取恭维的态度，那她或许还不至于对这些小事这样斤斤计较。但是他所采取的不过是一个好心但冷静的姐夫兼朋友的那种态度，没有赞美，也不盲目附和她的看法；但是几乎任何恭维话都不会使她不去计较她认为他有时会犯的最大的缺点，那就是对她父亲没有采取尊敬的忍耐态度。在这方面，他并不总是像她希望的那样有耐心。伍德豪斯先生的乖戾和烦躁有时候惹得他以同样讨人嫌的态度提出合理的抗辩和尖锐的反驳。这种事并不经常发生；因为约翰·奈特利先生对丈人确实十分尊敬；一般说来，他很清楚应该采取什么态度；但是爱玛已经觉得太经常了，虽然并未冒犯他丈人，却已超出了她能容忍的限度，尤其是因为她经常担心，已经够痛苦的了。然而，他们每次来访，一开始表示出来的感情总是再合适不过的，而这一次因为只能是一次短暂的访问，很有希望在真诚相处中过去。他们刚坐下来定一定心，伍德豪斯先生就忧伤地摇了摇头，叹了口气，给他女儿谈起她上次离开以后哈特菲尔德发生的变化。

“啊，亲爱的，”他说，“可怜的泰勒小姐！那真是件令人伤心的事。”

“啊，对，爸爸，”她立即用同情的口吻大声说道，“你一定很想念她！亲爱的爱玛一定也是这样！对你们两人来说，这是个多么可怕的损失啊！我一直很为你们难过。我想象不出，没有她你们怎么行。这确实是个令人悲伤的变化。不过我希望她现在过得很好，爸爸。”

“过得很好，亲爱的——但愿——过得很好。我只知道，那地方对她总算还合适。”

约翰·奈特利先生这时候悄悄地问爱玛，是不是对伦多尔斯的气氛有什么怀疑。

“啊！没有——一点也没有。我从没看到威斯顿太太这样好过——气色从没这样好过。爸爸只不过是在谈他自己的懊丧罢了。”

“这对双方都有光彩，”这是约翰·奈特利先生的漂亮的回答。

“还能经常看到她吗，爸爸？”伊莎贝拉问，用的是悲哀的口气，这正好适合她父亲的心情。

伍德豪斯先生迟疑了一会儿，说：“不像我希望的那样经常看到她，亲爱的。”

“啊，爸爸，从他们结婚到现在，只有一个整天我们没有看到他们。除了一天以外，每天，有时在早晨，有时在晚上，我们总能在伦多尔斯或者在这儿看到威斯顿先生或者威斯顿太太，通常是他们两个都看到——伊莎贝拉，你也猜想得到，经常是在这儿。他们每次来看我们，都很亲切，非常亲切。威斯顿先生确实也跟威斯顿太太一样亲切。爸爸，你要是说得那样悲伤，你会使伊莎贝拉对我们大家产生误解的。人人都一定知道我们准会想念泰勒小姐；不过，人人也都应该放心，威斯顿先生和太太确实在千方百计地使我们消除挂念，他们所做到的已经符合我们的期望——这是确确实实的事实。”

“是应该这样嘛，”约翰·奈特利先生说，“我希望从你的来信中看到的也正是这个。她要关心你们，这一点是毋庸置疑的，他又是个空闲的、爱好交际的人，要这样做就更方便了。我不是一直告诉你吗，亲爱的，我认为这个变化对于哈特菲尔德来说，并不像你担心的那样非常重大；现在你听了爱玛的话，我想你总满意了吧。”

“啊，当然，”伍德豪斯先生说，“是的，的确如此——我不能否认，威斯顿太太，可怜的威斯顿太太——是经常来看望我们；可是，她又老是不得不再走。”

“她要是不走，威斯顿先生就会觉得难受了，爸爸。你把可怜的威斯顿先生完全给忘了。”

“说实在的，我认为，”约翰·奈特利先生令人愉快地说，“威斯顿先生有那么一点小小的权利。你和我，爱玛，都会敢于站在这位可怜的丈夫一边。我身为一个丈夫,你还没有过门做人家的妻子,对于威斯顿先生的权利我们可能有同样强烈的同情。至于伊莎贝拉,结婚以来的这段时间已经足以使她懂得尽量不去打扰天底下的威斯顿先生是有好处的。”

“我吗,亲爱的?”她妻子听到丈夫的话,只听懂了一部分,大声说道。“你是说我吗?我肯定,没有人比我更加拥护结婚了,不应该有这样的人,也不可能有这样的人。要不是因为她离开哈特菲尔德是个不幸,我只会认为泰勒小姐是世界上最幸福的女人。至于说忽视了威斯顿先生,那位杰出的威斯顿先生,那我可以说,没有什么是他不配得到的。我相信他是世界上脾气最好的人。除了你自己和你哥哥以外,我不知道还有谁脾气像他那么好。我永远不会忘记,在上一次复活节刮大风的那天,他为亨利放风筝——去年九月,也就是一年以前,他出于一番好意,特地在午夜十二点钟写那封短信,告诉我科布汉[1]没有人患猩红热,让我放心。从那以后,我一直相信世上再也没有谁比他更富于同情心,比他心肠更好了。要是有人配得上他,那人准是泰勒小姐。”

“他儿子在哪儿?”约翰·奈特利先生说。“他有没有来这儿参加婚礼?”

“他还没有来过这儿,”爱玛回答。“原来以为他会在他们结婚以后不久就来这儿,可是结果他没来;最近我没听到谁提起过他。”

“可是你应该把那封信告诉他们,亲爱的,”她的父亲说。“他写了封信给可怜的威斯顿太太,向她祝贺。那是封写得非常得体、非常漂亮的信。她把信拿给我看了。我认为他的确做得很对。至于是不是他自己的意思,你知道,那就说不清了。他年纪还小,恐怕是他舅舅——”

“我亲爱的爸爸,他已经二十三岁了。你忘了时光过得有多快。”

“二十三岁了!他真有这么大了?啊,我可没想到——他那可怜的

① 英国萨里郡的一个小城。这里可能指伊莎贝拉的孩子们去科布汉游览。

他为亨利放风筝

母亲去世的时候，他才两岁。啊，时光的确像飞呀！我的记忆力很差。尽管如此，那还是一封特别好、特别美的信，给了威斯顿先生夫妇俩莫大的欣慰。我记得是从韦默思[1]写来的，日期是九月二十八日——信的开头是，'亲爱的夫人，'可是我忘了底下是怎么写的了；署名是'弗·邱·威斯顿·邱吉尔'。我记得清清楚楚。"

"他多么讨人喜欢，做事又多么得体！"那位好心的约翰·奈特利太太大声说道。"我毫不怀疑，他是个最最和蔼可亲的年轻人。不过，他不跟他父亲一起住在家，太可悲了！小孩被迫和父母分离，又不能住在自己的家里，真叫人吃惊！我一直不理解，威斯顿先生怎么舍得跟他分开。放弃自己的孩子！谁要是建议别人这样做，我决不会对他有好印象。"

"我想，没有人会对邱吉尔夫妇有好印象，"约翰·奈特利先生冷冷地评论说。"可是你也不必以为威斯顿先生的心情会像你要是放弃了亨利或者约翰就会感到的那样。威斯顿先生是个生性随和、心情愉快的人，而不是个感情强烈的人。他安于现状，以这种或者那种方法从中取乐，我猜想，多半还是靠所谓的社交来得到安慰，那就是说，一个星期里能有五次跟邻居吃吃喝喝，玩玩惠斯特，而不是靠家庭情感，或者家庭所提供的任何东西。"

爱玛可不爱听近乎责难威斯顿先生的话，她有点想就这话题说说；可是她竭力忍住，让它过去了。只要可能，她是会保持和睦的；况且，习惯于热爱自己的家庭，对家庭感到自我满足，其中也有一种可敬又可贵的东西，正因为如此，她姐夫才轻视普通的社交生活，轻视认为社交重要的那些人。这就使她很有必要采取容忍态度了。

---

① 韦默思：英国著名游览胜地。

第十二章

奈特利先生将和他们一起吃饭，这可多少有点违反了伍德豪斯先生的意愿。在伊莎贝拉回家的第一天，他不喜欢有任何别人跟他分享欢乐。可是，爱玛觉得奈特利先生有权利被邀请来一起吃饭，所以作出了这个决定；而且，除了考虑应该平等对待这兄弟俩以外，由于最近刚跟奈特利先生争吵过，她还因为能使他受到应有的邀请而高兴。

她指望他们能重修旧好。她认为应该是和解的时候了。和解实在还是不够的。她当然没有错，而他也决不会承认自己错。让步一定是不可能的；但现在是装出忘掉他们曾经争吵过的时候；她希望他在走进屋子的时候看见的是这样一个情景会对恢复友谊很有帮助：她正抱着一个孩子——那最小的，一个约八个月的可爱的小姑娘，现在是第一次上哈特菲尔德来访问，她非常高兴地由她姨妈抱着蹦啊跳的。这的确帮了忙；因为，他尽管开头板着脸，问话简短，但是不久就给引得像往常那样地谈论那些孩子了，他熟不拘礼地把孩子从她怀里抱过去，态度十分友好。爱玛觉得他们又成了朋友；怀着这个信念，她先是感到很满意，然后又有点冒失，忍不住在他赞美这婴儿的时候说：

"我们对这些外甥和外甥女看法相同，真是多大的欣慰！我们对成年男人和女人的看法有时候截然不同；可是对这些小孩，我看我们永远不会有什么分歧。"

"要是你在评价成年男人和女人的时候合情合理，而且在同他们来往的时候，不像你对孩子们那样异想天开，那我们的看法会永远相同的。"

“这倒是真的——我们之间的不同看法一定都是由于我的错误看法引起的。”

“对，”他微笑着说，“讲得很有道理。你出生的时候，我已经十六岁了。”

“那时候，这差别真大，”她回答说，“那时候，你在判断力方面，无疑是远远超过了我；不过，二十一年的光阴消逝了，这难道不会使我们的智力大大地接近了吗？”

“对，大大地接近了。”

“可是，如果我们看法不同，那么这种接近还是不足以使我有机会处于正确的位置上。”

“我还有一点比你强，那就是我有比你多十六年的经验，我不是个漂亮的年轻女人，也不是个宠坏了的孩子。来吧，我亲爱的爱玛，让我们和好，别再说那些了。小爱玛，告诉你姨妈，她应该给你树立一个更好的榜样，别再重提以前那些令人不快的事了，还要告诉她，要是她先前没有错，那么她现在是错了。”

“说得对，”她大声说，“非常对。小爱玛，你长大以后要比你姨妈更好，要聪明得多，而且不要有她的一半骄傲。好吧，奈特利先生，再说一两句，我就结束了。就良好的意愿来说，我们俩都是对的，而且我必须说明，我这方面还没有任何看法被证明是错的。我不过是希望知道那位马丁先生没有非常，非常失望就是了。”

“没有人能比他更失望了，”这是他简短的正面回答。

“啊！我的确感到很遗憾。来，跟我握握手吧。”

双方刚刚满怀热忱地握了手，约翰·奈特利先生就来了；接着而来的是地道的英国式问好，“你好，乔治？”和“约翰，你好？”那种表面上显得冷淡的平静掩盖了真正的手足之情，出于这种手足之情，如果必要，他们当中的任何一个都会为了对方的利益去尽心尽力。

这天晚上安安静静，适于谈话，因为伍德豪斯先生完全拒绝打牌，只想舒舒服服地跟亲爱的伊莎贝拉谈谈心，这一小群人就自然而然地一分为二；一边是他跟他女儿；另一边是奈特利兄弟俩。他们的话题截然不同，或者很少混合起来——而爱玛只不过偶尔跟这边谈谈，偶尔又跟那边谈谈。

兄弟俩谈论着他们自己关心和从事的事情，不过主要是谈谈哥哥的事情。这位哥哥生来就非常健谈，一向话比较多。作为一个地方长官，他一般总有一些有关法律的问题来和约翰磋商，至少有一些离奇古怪的趣闻可讲；作为一个农场主，家里的登威尔农场由他经管着，他还得告诉弟弟明年每块地出产些什么，以及弟弟一定感兴趣的当地消息，因为弟弟一生中大部分时间也是在这个家里度过的，对这个家有强烈的感情。计划开一个水沟啦，换一个围栏啦，砍一棵树啦，以及每一英亩种上小麦、萝卜或者春麦的地的前景啦。约翰虽然态度比较冷静，但也怀着同样的兴趣参加讨论；如果他那乐意的哥哥还留下什么让他询问的话，他那询问的口吻甚至还会是相当热切的。

在他们兄弟俩这样轻松愉快地谈论着的时候，伍德豪斯先生和他女儿正尽情地吐露着既幸福又懊丧、既担忧又深情的感受。

“我可怜的亲爱的伊莎贝拉，”他疼爱地握着她的手说。她正在为她那五个孩子中的某一个忙着，这时只好暂时停下。“自从你上次来这儿以后，你过了这么久才来，真是太久啦！你这么远跑来，一定很累！你得早点睡觉，我亲爱的——在你睡觉以前，我劝你喝一点儿薄粥。——你跟我两人一起喝一盆可口的薄粥。我亲爱的爱玛，我们大家都喝一点薄粥吧。”

爱玛可不会想出这样的事情，因为她知道两位奈特利先生跟她一样，无论如何也不会喝那玩意儿；于是只吩咐送两盆来。他说了几句赞美薄粥的话，而且对并不是每个人每天晚上都喝粥这件事表示了惊奇以后，便露出一种严肃的责怪的神情说：

“亲爱的，今年秋天你不上这儿来，却到绍森德[1]去了，这太不聪明了。对于海上的空气，我是从来没有多大好感的。”

“温菲尔德先生竭力推荐那个地方，爸爸，要不然，我们不会去的。他是为了所有的孩子才推荐去那儿的，特别是因为小贝拉喉咙不好——既需要吸吸海上空气，也需要洗洗海水浴。”

“啊，亲爱的，海能够给她多大好处，佩里可很有怀疑；至于我自己嘛，尽管我以前也许从来没有告诉过你，我却早就深信不疑。海对任何人都不会有多大用处。我肯定，有一次海水差点儿把我淹死。”

“好了，好了，”爱玛嚷道，她感到这个话题有点危险，“我可得请求你们别再谈论海了。那叫我听了又羡慕又难受；我从来没有看到过海！请你们别再谈论绍森德了。我亲爱的伊莎贝拉，我还没听你问起过佩里先生呢；他可从来没有忘记过你啊。”

“啊！好心的佩里先生——他现在怎么样，爸爸？”

“嗯，还不错；可不是很好。可怜的佩里肝气不和，他没有时间照顾自己——他告诉我说，他没有时间照顾自己——太可悲了——不过乡下到处都不断有人请他去。我看，任何地方都没有一个人像他这样忙的。不过，任何地方也都没有一个人像他这样聪明的。”

“佩里太太和孩子们呢，他们怎么样？孩子们都长大了吧？我很敬重佩里先生。希望他不久会来。他看到我的这些小家伙会很高兴的。”

“我希望他明天上这儿来，因为我有一两个有关我自己的重要问题要请教他。亲爱的，不管他什么时候来，你最好让他看看小贝拉的喉咙。”

“啊！我亲爱的爸爸，她的喉咙好多了，我不怎么担心了。要么是海

① 在埃塞克斯，泰晤士河口。

水浴帮了她大忙，要么是温菲尔德先生给的上好搽剂起了作用。自从八月份以来，我们常常用这种搽剂。”

“亲爱的，洗澡居然会对她有用，那不大可能吧。要是我知道你需要一种搽剂的话，我早就会告诉——”

“我看你好像把贝茨太太和贝茨小姐忘了，”爱玛说，“我还没听到你问起她们呢。”

“啊！善良的贝茨一家——我很为自己感到惭愧——可是你在绝大部分来信中都提到了她们。我希望她们身体都很好。善良的贝茨老太太——我明天就去拜访她，把我的孩子们带去。看到我的孩子，她们总是那么高兴。还有那位出色的贝茨小姐！——真是些了不起的人！她们好吗，爸爸？”

“啊，总的来讲，很好，我亲爱的。不过可怜的贝茨太太大约一个月以前患过一次重感冒。”

“真太遗憾了！可是感冒从来没有像今年秋天这样流行过。温菲尔德先生告诉我，除了在发生流行性重感冒的时候以外，他从没看到过比这更普遍或者更严重的感冒。”

“情况大致是这样，我亲爱的，不过还没有达到你说的那种程度。佩里说感冒非常普遍，不过还不像他在十一月常常看到的那样严重。佩里根本不把这称为一个容易发病的季节。”

“不，我知道温菲尔德先生也并不认为那是非常容易发病的季节，除了——”

“啊！我可怜的亲爱的孩子，事实是，在伦敦那总是一个容易发病的季节。在伦敦没有一个人是健康的——没有一个人可能是健康的。你们不得不住在那个地方，太可怕了！——离得那么远！——空气又那么糟！”

“不，的确，我们那儿的空气根本不能算糟。我们住的那一带比大部分其他地方要好得多！我亲爱的爸爸，你可不能把我们住的地方和整个伦敦混同起来。勃伦斯威克广场那一带几乎跟所有其他地方都完全不同。我们那儿空气非常好！我承认，我不愿意住到伦敦任何其他地方去；几乎没有任何其他地方是我愿意让我的孩子们去住的。可是我们那儿空气好极啦！温菲尔德先生认为，要说空气嘛，勃伦斯威克广场一带肯定是最好的了。”

“啊！我亲爱的，那可不像哈特菲尔德啊。你们充分利用了——可是你们在哈特菲尔德住一个星期以后，全都会变个样；你们看上去会跟来的时候不同。现在我不能说我认为你们有哪个人看上去是健康的。”

“听你这么说，我感到遗憾，爸爸；不过我请你放心，除了一点儿神经性头痛和心悸之外，我自己可说非常健康，那头痛和心悸是我到哪儿都摆脱不掉的。如果说孩子们在上床以前脸色有点儿苍白，那也不过是因为他们作了一次旅行，而且来这儿感到高兴，所以比平时略微疲劳一些罢了。我希望你明天会认为他们面色好一些；我请你放心，温菲尔德先生对我说，他认为以前给我们送行时，我们都不像这次这样健康。至少，我相信你不会认为奈特利先生看上去有什么不舒服，”她满怀柔情急切地把眼睛转向她丈夫。

“只好说一般，我亲爱的，我不能恭维你。我认为约翰·奈特利先生看上去离健康还远着呢。”

“什么事，爸爸？你是跟我说话吗？”约翰·奈特利先生听到他自己的名字，大声说道。

“我亲爱的，我父亲认为你面色不好，我感到遗憾——不过，我希望那只是因为略微有点疲劳。可是，你也知道，我本该希望你在离家以前去看看温菲尔德先生。”

“我亲爱的伊莎贝拉，”他急忙大声说道，“请别为我的面色操心了。你就只管医治和照料你自己和孩子们吧，让我爱有什么面色就有什么面色。”

“我刚才没有完全听懂你告诉你哥哥的话，”爱玛大声说道，“你说你朋友格雷厄姆先生打算从苏格兰找一个管家，来照管他的新产业。可是这么做行吗？旧的成见不会太深吗？”

她用这种方式谈话谈了很久，很成功，当她不得不再把注意力转到父亲和姐姐这儿来的时候，她没有听到什么不愉快的话，只听到伊莎贝拉亲切地问起简·菲尔费克斯。虽然总的来讲，她并不怎么喜欢简·菲尔费克斯，但是这时候，她却很高兴去帮着说几句赞美的话。

“那位又可爱又和蔼的简·菲尔费克斯！”约翰·奈特利太太说。“除了偶尔在伦敦碰到以外，我已经好久没有见到她了。她来看望她那慈祥的老外婆和出色的姨妈，她们一定会多么高兴啊！她不能再住在海伯利，我总是为亲爱的爱玛觉得非常遗憾。可是现在，我料想坎贝尔上校夫妇俩因为女儿出了嫁，根本就离不开她了。不然的话，她对爱玛来说，一定是个令人愉快的伴侣。”

这些话伍德豪斯先生全都同意，但是他补充说：

“不过，我们的小朋友哈丽埃特·史密斯，正好是另一个漂亮的年轻人。你会喜欢哈丽埃特的。爱玛可不会有比哈丽埃特再好的伴侣了。”

“听到这话我很高兴；不过大家知道，只有简·菲尔费克斯才是那样才气横溢和高人一等！而且正好跟爱玛同年。”

这个话题大家议论得兴高采烈，接下来又谈论了一些其他类似的话题，也都谈得同样和谐。不过，那个黄昏并不是没有再出现一点小小的波动就结束的。粥端来了，这提供了一大堆谈话资料——许多赞美和许多评论——大家毫不怀疑地肯定，粥对各种体质的人都能增进健康，大家还相当严厉地猛烈抨击许多人家，他们做的粥叫人无法下咽。可是，不幸的是，在女儿不得不举出的一些失败的例子当中，有一个是最近发生因而也是最突出的，那就是，在绍森德，她自己的那个厨娘，一个临时雇用的年轻女人，怎么也不能理解她所说的一盆可口滑腻、薄而不太稀的粥是什么。尽管她常常要喝粥而且要厨娘煮粥，但总是吃不到勉强还可以吃的粥。危险从这儿开始了。

“啊，”伍德豪斯先生一边摇头说，一边用温柔的关心的目光注视着她。这声惊叹在爱玛听来等于在说：“啊！你们到绍森德去的悲惨后果真是没完没了。那就不能谈了。”有那么一会儿，她希望他不要谈这件事，但愿默默地咀嚼将足以使他继续津津有味地品尝自己那份滑腻的粥。可是，几分钟过后，他却开口说道：

“今年秋天，你们不上这儿来，却到海边去，我将永远感到非常遗憾。”

“可是，你为什么要感到遗憾呢，爸爸？你放心吧，那的确给了孩子们很大好处。”

“再说，要是你真的非去海边不可，那最好还是别去绍森德。绍森德是个对健康有害的地方。佩里一听说你们确定去绍森德就大吃一惊。”

“我知道很多人都有这种看法，不过，这实在是一种错误的看法，爸爸。在那儿我们全都十分健康，从没发现泥地有丝毫的不方便，温菲尔德先生说，以为那地方对健康有害完全是一种错误；我相信他是可以信赖的，因为他对空气的性质完全了解，他自己的弟弟和家眷就一再到那儿去。”

“如果你要去什么地方，你就该去克罗默尔[①]，我亲爱的。佩里以前曾在克罗默尔住过一星期，他认为在那地方洗海水浴最好。一片美好的大海，他说，空气非常清新。据我了解，你们在那儿可以租到与海边有相当距离的住宅——离海四分之一英里——非常舒适。你们本该同佩里商量商量。”

① 在英国诺福克郡，是海滨游览胜地。

她总是吃不到勉强还可以吃的粥

“可是,我亲爱的爸爸,旅程不同啊;只要想一想那有多远。不只是四十英里,或许是一百英里。”

“啊!我亲爱的,佩里说,在对健康是否有害的问题上不应该考虑别的。要是一个人去旅行,那么去四十英里远的地方还是一百英里远的地方并没有多大区别。一步也不动,留在伦敦,也要比走上四十英里去那个空气很糟的地方好。佩里就是这么说的。在他看来,去绍森德是很不聪明的行动。”

爱玛想阻止她父亲再说下去,但是没有用;他既然已经讲到这里,她姐夫突然开口,她也就不感到诧异了。

“佩里先生,”他用很不愉快的声音说,“最好还是等到别人问他的时候再发表自己的意见。我做什么事——我带家眷到海边的这个地方或者那个地方去,他干吗要多管闲事?——我希望也能允许我跟佩里先生一样运用自己的判断。我不需要他的药,也不需要他的指点。”他停了下来,隔了一会儿稍微冷静一些,便用讽刺的冷淡口吻补充说:“如果佩里先生能告诉我怎样可以做到送一个妻子和五个孩子到一百三十英里以外的地方而费用不比去四十英里以外的地方多,也没有更大不便,那么,我就会同他一样愿意不到绍森德而到克罗默尔去了。”

“对,对,”奈特利先生立即插嘴说,“非常对。这个意见完全正确。不过,约翰,我刚才告诉你,要把通往兰厄姆的小径移一下,再往右边去一点,免得穿过家门口的牧草地,我想这样做不会有任何困难。要是这对海伯利的居民会带来不便,我就不会去做这个尝试。你如果记得清楚这条小径现在的路线……不过,要证明这样做好,只有来看看我们的几张地图。我希望明天早上能在埃比看到你,然后我们去好好看看地图,你再把你的意见告诉我。”

伍德豪斯先生听见自己的朋友佩里受到这样粗暴的指摘,不由得生起气来。实际上,尽管是不知不觉的,他却把许多自己的感觉和意见都算作是佩里的。但是由于他两个女儿给了他种种安慰，他眼前生的气渐渐消除了，而且由于两位兄弟中，哥哥及时发觉问题，弟弟更好地使激动平静下来，这件令人不快的事才没再继续下去。

第十三章

约翰·奈特利太太这次来哈特菲尔德作短期访问，每天上午带着她那五个孩子到各处去看望她的老朋友，每天晚上同她父亲和妹妹谈谈她做的事情。在这段时期里，世界上几乎再也没有比她更快活的人了。她别的什么都不希望，只希望日子别过得那么快。这是一次令人高兴的访问——样样都好，可惜时间太短。

一般来讲，他们跟朋友们来往总是晚上少于上午，不过有一次正式的宴会，而且要出门赴宴，尽管在圣诞节，却也无法避免。威斯顿先生非要他们参加不可；他们得全体在伦多尔斯待一天，在那儿吃饭，就连伍德豪斯先生都给说服了，也认为宁可去，也不愿让一家人分在两处。

他们这么多人怎么去呢？只要可能，他会拿这作为推托的，不过他女儿女婿的马车和马匹正好都在哈特菲尔德，所以在这件事上，他除了简单地问了一句以外，没有别的办法了。这样问几乎还算不上是怀疑。爱玛没花多少时间就使他相信，他们还可以在其中一辆马车里给哈丽埃特一个座位。

应邀同他们一起去参加的只有哈丽埃特，埃尔顿先生，和奈特利先生，都是他们自己的特殊朋友；人数要少，时间也要早；在做一切安排的时候，都考虑到了伍德豪斯先生的种种习惯和爱好。

伍德豪斯先生居然在十二月二十四日出门赴宴，这真是件非常重大的大事。这件大事的前一天晚上，哈丽埃特是在哈特菲尔德度过的。她患感冒很不舒服，已经回家了，要不是她自己迫切希望由高达德太太来护理的话，爱玛是绝不会让她离开哈特菲尔德的。爱玛第二天就去看她，发现她肯定不能去伦多尔斯了。她体温很高，喉咙很疼。高达德太太心里充满了担忧和爱怜，提起要请佩里先生来。这个安排把哈丽埃特排除在愉快的约会之外了，尽管哈丽埃特一谈起自己的损失就忍不住眼泪直流，但是她病得厉害，情绪低沉，已经无法对这个安排表示反对了。

爱玛尽可能在她身边多坐一会儿，在高达德太太不得不离开她的时候照料她一下，并且说，埃尔顿先生如果得知她的病情，肯定会非常沮丧，以此来安慰哈丽埃特。哈丽埃特也就相信他这次去做客一定很不愉快，他们大家也都会非常想念她，她心里甜滋滋的，所以爱玛走时，她的心情还算好。爱玛出了高达德太太家门还没有走上几步路，就碰上了埃尔顿先生本人。他显然是朝高达德太太家走来。他们一起慢慢往前走，谈起这个病人——他是听说她患了重病，才特地前来探问，以便向哈特菲尔德报告她的病情——他们被约翰·奈特利先生赶上了。他每天照例要去登威尔，这时候带了两个大男孩刚从那里回来。这两个孩子红光满面，显得很健康，说明在乡下跑一段路确实有好处，而且看上去准会急匆匆赶回家去把烤羊肉和大米布丁狼吞虎咽地吃个精光。父子三人来同他们一起走。爱玛正在描述她朋友的病情——"咽喉严重发炎，伴有高烧，脉象弱而速，等等。高达德太太说，哈丽埃特容易患很重的咽喉炎，过去也常常发这种病，使她受惊，我听了很难受。"埃尔顿先生听到这里顿时惊慌失措，大叫起来：

"咽喉炎！——但愿不是传染性的。但愿不是容易传染的坏疽性咽喉炎。佩里去看过她吗？真的，你不但要关心你朋友，还要关心关心你自己啊。求求你别冒险。佩里干吗不去看她呢？"

爱玛自己其实一点儿也不担心。她说高达德太太很有经验，又善于护理，这才使他这种过度的担忧平静了下来；不过，还得留下一定程度的不安，这是她宁可促使它发展而不愿说服他排除的，因此她不久就补充说——好像说的完全是另一个话题似的：

“天气这么冷，冷得真厉害——看起来，感觉起来都像要下雪，要是换了别的地方，或者和别的人去，我今天真的要不去了——还要劝我父亲也别冒险。可是既然他已经下了决心，他自己又似乎并不觉得冷，我也就不想去阻拦了，因为我知道，如果不去，威斯顿先生夫妇俩一定会大为失望。可是，说真的，埃尔顿先生，我要是你啊，就一定推辞不去。我觉得你声音已经有一点哑了；考虑到你明天还要讲话，会感到多么疲劳，我认为今晚你待在家里，好好休息休息，那也不能算过分小心。”

埃尔顿先生看上去好像不大知道该如何回答；情况确实是这样；因为，尽管这样一位漂亮小姐好心关怀他，使他非常高兴，而且他也不想拒绝她的任何劝告，但是，他却真的一点也不愿放弃这次访问。他只是喃喃地承认说：“很冷，真的很冷。”爱玛过于急切地忙着想自己先前的那些想法和看法，没能完全听清他的话，看清他的神情，所以听了他的话，感到心满意足，于是一边继续向前走，一边庆幸已经把他从伦多尔斯摆脱出来，使他这天晚上能每个小时都派人去探问哈丽埃特的病情。

“你做得很对，”她说，“我们会代你向威斯顿先生和太太道歉的。”

可是她这话几乎还没说完，她就发现她姐夫彬彬有礼地说，要是埃尔顿先生只是为了气候关系而不去，那他可以在他的马车里提供一个座位。埃尔顿先生听了十分满意，立即接受了这个提议。这成了既定事实；埃尔顿先生肯定要去了，他那宽阔而又漂亮的脸以前从没比这时显得更快活，他那笑容从没比现在更欢畅，他那双眼睛也从没比他接下来盯着她看时更高兴。

“好啊，”她心里想，“这太奇怪了！我安排得这样好，让他能脱身，他居然还要去参加，把生病的哈丽埃特撇下不管！真太奇怪了！不过我相信，是有许多男人，特别是单身汉，喜欢出去吃饭——有这样一种爱好。他们的娱乐、工作、尊严，甚至应尽的责任都不及应邀赴宴重要，其他事情都只好让路——埃尔顿先生一定也是这样。他无疑是个很值得尊敬的、和蔼可亲的、惹人喜爱的青年，而且深深地爱着哈丽埃特；不过他还是不能拒绝一项邀请，哪儿请他吃饭，他就非上那儿去不可。爱情是多么奇怪啊！他认为哈丽埃特才思敏捷，却又不愿为了她而单独吃饭。”

不一会儿，埃尔顿先生就离开了他们。她只能承认，在他临走前提到哈丽埃特时的神态中，在向她保证他会到高达德太太家打听她好朋友的消息时的声音中，都带着深厚的感情。这是他在再次和她欢叙之前准备做的最后一件事，他希望那时候能报告她一个比较好的消息；他叹了口气，笑了一笑走了，这样总算赢得了爱玛的赞赏。

大家默默地走了几分钟，然后约翰·奈特利先生开始说道：

“我从没见到过有谁比埃尔顿先生更想讨人喜欢了。对女人，他毫不掩饰地一味讨好。跟男人在一起，他可能通情达理，也不装腔作势，但是一有他要想使她们高兴的小姐们，他的眼睛、鼻子就全都动起来了。”

“埃尔顿先生的举止是不能说十全十美，”爱玛答道，“可是只要人家是为了使别人高兴，那我们也就应该原谅他，实际上有许多事都是得到人们原谅的。一个人只要能尽力而为，哪怕能力差，也要比疏忽大意而能力强的人来得好吧。埃尔顿先生脾气好极了，心意也好，我们不能不尊重他。”

“对，”约翰·奈特利先生马上带几分诡秘地说，“他看来对你很有一番好意呢。”

“我！”她诧异地微笑着答道：“难道你以为我是埃尔顿先生的意中人？”

“我承认我脑子里出现过这种想法，爱玛；你要是以前还从没想到过，那现在最好考虑考虑。”

“埃尔顿先生爱上我！想到哪儿去了！”

“我并不是说爱上你；可是你最好考虑考虑究竟是不是这样，然后看情况来调整一下你的行动。我认为你的一举一动是在鼓励他。我是作为一个朋友讲的，爱玛。你最好自己留点神，对你所做的事和打算做的事都不能含糊。”

“谢谢你；不过我向你保证，你完全搞错了。埃尔顿先生和我是很好的朋友，如此而已。”她继续向前走去，心想片面了解情况常常铸成大错，自以为判断力强的人常常造成谬误，想着暗自觉得很有趣；对于她姐夫认为她盲目而无知，需要听听别人的劝告，她感到不大高兴。他没再说什么。

伍德豪斯先生已经完全下定决心要去作这次访问了，虽然天气越来越冷，他却好像丝毫也不想退缩，他终于非常准时地和他大女儿一起坐在他自己的马车里出发了，而且还不像别人那样注意天气。他一心想着自己怎么居然出门作客，想着在伦多尔斯会过得快乐，竟没注意到天冷，而且衣服穿得多，也不觉得冷。然而，天气却冷得厉害；在第二辆马车启动时，已经有几朵雪花飘落下来。天空里彤云密布，好像只要有一丝微风吹来，就可以在很短的时间内装点出一个雪白的世界来。

不一会儿，爱玛就看出她的同伴并不怎么高兴。在这样寒冷的天气里，牺牲了饭后和孩子们在一起的乐趣，来作准备和出门，是件不幸的事，至少是件令人不快的事。约翰·奈特利先生决不会喜欢这样做的。他根本不指望这次访问中会有什么是值得花这么大代价的；他在驱车到牧师住宅去的路上一直在表达自己的不满。

“一个人，”他说，“要别人离开自己的家，在像今天这样的天气里去看望他，他准是个自命不凡的人。他准以为自己是个最可爱的人；我可不会干这种事。荒谬之极——这会儿真的下雪了！不让人家舒舒服服地待在家里——人家明明可以舒舒服服地待在家里，却不让人家这么做，真是愚蠢！要是我们为了职责或者事务而不得不在这样一个晚上出门，我们也会认为那是多么艰苦；——而我们现在在这儿，穿的衣服也许比平常还少，无缘无故、自觉自愿地赶路，和大自然对抗。大自然已经让大家看到和感觉到：最好是都待在自己家里，尽可能不要出去。而我们却还赶到别人家里去度过五个沉闷的小时，所说的和所听到的话只不过是昨天说过听过的，也是明天可能再说再听的那一些话。去的时候天气阴沉，回来的时候可能更糟。四匹马和四个仆人出家门，只不过是为了把五个百无聊赖、冻得发抖的家伙送到比家里更冷的房间和更糟的同伴那儿去。"

爱玛觉得自己无法欣然附和。以往他的旅伴肯定常常附和他说："很对，亲爱的。"他是听惯了这种话的。不过，爱玛已经下定了决心，干脆不接碴儿。她不能同意他的看法，又怕同他争吵，于是她的英勇只能达到保持沉默的程度了。她让他继续说下去，自己却闭口不谈，只是把窗玻璃关关好，把自己的衣服裹裹紧。

他们到了目的地，马车拐了个弯，踏脚板放了下来。埃尔顿先生穿了一身黑衣服，整整齐齐的，立即微笑着来到他们跟前。爱玛高兴了，想到可以转换一下话题了。埃尔顿先生露出一副感激和快活的样子。他彬彬有礼，的确显得很快活，爱玛开始以为一定是他听到了有关哈丽埃特病情的好消息，同她以前听到的不一样。她在梳妆打扮时派人去打听过，那人回说，"还是老样子——没有好转。"

"我从高达德太太那里得到的消息，"她马上说，"并不像我想望的那样好；我得到的回答是'没有好转'。"

他的脸立刻露出了愁容，他回答时的声音也是那种伤感的声音。他说：

"啊！不——我很悲伤，发现——我正要告诉你，我在回去换衣服以前上高达德太太家去了，听说史密斯小姐没有好转，一点儿也没有好转，倒不如说是更糟了。我很悲伤也很担心——我知道早上已经给她用了兴奋剂，我原来还以为她用了这药一定已经好转了。"

爱玛微微一笑，回答说："我想，我去看望她，能解除她精神上的痛苦；可是我却不能治好咽喉炎。那的确是很重的感冒。佩里先生已经去看过她了,你或许听说了。"

"对——我想——那是说——我没有——"

"对她的这些病,他已经习惯了,我希望明天早上我们能听到比较令人放心的消息。不过,要不觉得担心是不可能的。对我们今天的宴会来说,她不来真是个可悲的损失!"

"真可怕! 确实如此。时时刻刻都会惦念她的。"

这句话说得非常恰当;伴随着这句话的那声叹息也是真正值得重视的;不过应当再持久一点。隔了才半分钟,他就已经在用最轻松愉快的声音开始谈论其他的事情了,这可叫爱玛颇为吃惊。

"设计得多好啊,"他说,"把羊皮用在马车上。这样就让人感到多么舒适啊。有了这样的预防措施,就不可能觉得冷了。的确,现代的一些设计,确实已经使绅士的马车十全十美了。人坐在里面给保护得十分严密,受不到天气的侵袭,不让风进来,风就一点也进不来。天气变得完全无关紧要了。今天下午天气很冷——可是坐在这辆马车里,我们一点也不觉得。哈! 我看见了,有一点飘雪花啦!"

"对,"约翰·奈特利先生说。"我看要下大雪啦。"

"正是圣诞节的天气,"埃尔顿先生说。"很符合季节。昨天就可能下雪,要是下的话,今天就来不成了,昨天没下,真可以说是太幸运了。要是地上积了雪,伍德豪斯先生就不大可能冒雪出门了;但是现在无关紧要了。这的确是朋友们聚会的好季节。在圣诞节,人人都邀请自己的朋友来作客,甚至连最恶劣的天气人们也很少考虑了。有一次,我被雪堵住,在一个朋友家里住了整整一个星期。再也没有什么比这个更令人愉快的了。我去的时候只打算住一夜就走的,可没法走,一直住了整整七夜。"

约翰·奈特利先生看上去好像无法理解那种愉快,不过他只是冷冷地说了一句:

"我可不希望在伦多尔斯被雪堵住一个星期。"

换了别的时候，爱玛也许会觉得有趣，可是现在，看到埃尔顿先生居然有别的感受，而且兴致勃勃，她却大为震惊。他等待着参加欢乐的宴会，哈丽埃特似乎被忘得一干二净了。

“炉火一定烧得很旺，”他继续说，“一切都安排得十分舒适。威斯顿先生和威斯顿太太都是可爱的人儿；威斯顿太太的确是无法用语言来赞美的，而他呢，也正是大家尊敬的那种人，那样好客，又那样喜欢交际。这次聚会人不多，可是人虽少却都是精选的，或许是任何宴会中最理想的。威斯顿先生的饭厅至多只能坐十位客人，再多就太挤了。就我来说，在这种情形下，我倒宁可少两个人，也不愿多两个人。我想你会同意我的看法吧。”他温柔地转向爱玛，“我想我一定会得到你的赞同，尽管奈特利先生习惯于参加伦敦的盛大宴会，可能和我们没有同感。”

“伦敦的盛大宴会，我一无所知，先生——我从没跟任何人吃过饭。”

“真的！”他用诧异和同情的声调说。“我没有想到法律是这样一桩苦役。好吧，先生，总有一天你会得到报偿的。那时候你工作少，而享受多。”

“我的第一项享受，”他们走进大门时，约翰·奈特利回答说，“就是看到自己平安地回到哈特菲尔德。”

第十四章

在他们步入威斯顿太太的客厅的时候，每位绅士都要改变一下自己的面部表情。埃尔顿先生的兴奋神情必须收敛，约翰·奈特利先生的恶劣情绪必须驱散。埃尔顿先生必须少笑一点，而约翰·奈特利先生必须多笑一点，这样待在客厅里才合适。只有爱玛可以听其自然，让自己的欢乐心情流露出来。对她来说，跟威斯顿夫妇在一起是真正的乐趣。威斯顿先生是她非常喜欢的人，世界上没有一个人，她能跟他说话像跟他妻子说话那样畅所欲言；没有任何人，她在向他叙述她父亲和她的琐事、安排、困惑和欢乐时能像这样有信心，相信对方能倾听和理解，相信自己讲的东西是对方感兴趣而又听得懂的。她谈哈特菲尔德的事情，没有一件不是威斯顿太太十分关心的。私人生活中日常的欢乐取决于一些琐碎小事，能一连半小时来谈这些小事，是她们俩感到的最大的满足。

这种愉快或许连整天的访问都无法提供，当然就不属于目前这半个小时了。不过只要一见到威斯顿太太，她的微笑，她的触摸，她的声音，都使爱玛感到高兴。她决定尽可能少去想埃尔顿先生的那些奇怪行径，或者任何其他令人不快的事情，而要尽情享受可以享受的一切。

在她到达以前，哈丽埃特感冒这件不幸的事早已谈过了。伍德豪斯先生已经平安地坐了很久，除了谈论自己的近况，伊莎贝拉的到来和爱玛接着就来以外，还谈了哈丽埃特患病的经过。当别人进来的时候，他确实刚说完他对詹姆斯来看他女儿感到满意的话，而威斯顿太太原来几乎全神贯注地照料他一个人，这时也能转身去欢迎她的亲爱的爱玛了。

爱玛本来打算暂时把埃尔顿先生忘了，可是等大家坐下来以后，她却

在他们步入威斯顿太太的客厅的时候

发现他就在她身旁，觉得很遗憾。他不仅紧挨她的胳臂肘坐着，而且不断用他那张笑脸来引起她注意，还拼命找机会跟她说话，这时候要把他对哈丽埃特所抱的奇怪的冷漠态度从她心里驱除掉，就非常困难了。不但不能把他忘掉，他的所作所为还使她难免心里这样想“难道真的像我姐夫想象的那样吗？这个人可能在开始把他的爱情从哈丽埃特身上转到我这儿来吗？——简直荒谬，叫人没法容忍！”——然而，他是那样急于要使她觉得十分暖和，想表现得那样对她父亲感兴趣，跟威斯顿太太在一起又是那样兴高采烈；而且，最后那样热心和那样无知地赞美她的画，看起来完全像个正在堕入情网的情人，这使她必须作一番努力才能不失礼貌。为了她自己，她不能粗暴；为了哈丽埃特，由于希望最后有个圆满的结局，她甚至做到了彬彬有礼。不过这却要她作一些努力才能做到，尤其是因为，在埃尔顿先生一个劲儿地讲废话的时候，别人正在谈论一些她特别想听的事。从她听到的话里，她知道威斯顿先生正在讲他儿子的消息，她听见他说“我的儿子”，“弗兰克”，“我的儿子”，一遍又一遍地重复了好几次。再从另外一些片言只语里，猜想到了大半，威斯顿先生正在宣布他儿子即将来这儿访问。可是她还没有来得及叫埃尔顿先生安静下来，这个话题就已经完全过去了。要是她再问什么问题，那就很尴尬了。

现在是这样的情况：尽管爱玛打定了主意永远不出嫁，可是，只要一提到弗兰克·邱吉尔先生的名字，一想到他，她总是很感兴趣。她时常想——尤其是自从他父亲跟泰勒小姐结婚以来——如果她将结婚，那他就是在年龄、性格和条件各方面都跟她相配的人。由于两家之间有这种关系，他似乎完全是属于她的。她禁不住认为，这是每个熟悉他们的人一定会想到的亲事。她深信不疑，威斯顿先生和威斯顿太太一定已经考虑到这一点了。她不打算受到他或者任何别人的引诱而放弃她目前的环境。她相信，换了任何别的环境都不会像现在这样好。尽管如此，她还是怀有极大的好奇心要见见他；并且一心希望看到他是个令人愉快的人，希望他在某种程度上喜欢她。一想到朋友在想象中把他们配成一对，她心里就感到喜滋滋的。

她有这种想法，埃尔顿先生的献殷勤就太不合时宜了。可是使她感到安慰的是：尽管她心情恶劣，但表面上还能显得彬彬有礼。她还想，在这次访问中，坦率的威斯顿先生不可能不再提起刚才的消息或者这消息的具体内容。事实证明果真如此；因为，在她高兴地摆脱了埃尔顿先生，在威斯顿先生身边坐下用餐的时候，他利用不招待客人的第一个间歇，也就是在吃完羊脊肉时的那第一个空闲时间，对她说：

"我们只要再有两个人，数目就正好了。我很想看到再有两个人来——你那漂亮的小朋友史密斯小姐和我的儿子——那样我就可以说我们人到全了。我相信，你刚才没听见我在客厅里告诉别人我们正在等弗兰克来吧？今天早上我收到他的一封信，不出两星期，他就要跟我们在一起了。"

爱玛用恰如其分的欢乐口吻说话，对他所说的弗兰克·邱吉尔先生和史密斯小姐来了他们人就全了这一点表示完全赞同。

"从九月份起，他一直想到我们这儿来，"威斯顿先生继续说，"每封信都尽说这个，可是他的时间不由他自己支配。他有那些不能不去讨好的人，而且他们（就我们俩之间说说）有时候只有在别人作了许多牺牲以后才感到满意。不过我现在可以肯定，大约在一月份的第二个星期里，一定可以在这儿看到他了。"

"这对你来说，将是一大乐事！威斯顿太太也渴望跟他认识，她一定差不多和你一样高兴。"

"对，她肯定是这样，不过，她认为还会再一次推迟。她不像我这样肯定他会来；可是她对那些人并不像我这样熟悉。这内情你知道，是——不过这完全只是我们两人之间谈谈；在那间屋子里我就只字没提。各家有各家的秘密，你知道——这内情是，他们请了一群朋友在一月份里去恩斯科姆作客。弗兰克能不能来,要看他们的聚会是否延期。如果不延期,他就不能动身。不过我知道他们会延期的,因为那是恩斯科姆一位很有声望的女士特别不喜欢的一家人家;尽管认为每两三年必须请他们一次,但是到时候总是延期。会出现这个情况,我毫不怀疑。所以我相信在一月上旬一定会看到弗兰克在这儿,就像我现在在这儿一样。不过你的那位好朋友(向桌子上首那头点点头),她自己不大发挥想象,在哈特菲尔德也一直没有这个习惯,所以她估计不到发挥想象的效果,而我却是长期习惯于这样做的。"

"这件事情还不能十分肯定,我感到遗憾,"爱玛回答说;"不过,我倾向于同意你的看法,威斯顿先生。如果你认为他会来,那我也是这样认为;因为你熟悉恩斯科姆。"

"对——尽管我有生以来还从没到过那地方,但我还是有权认为自己了解那儿的情况。她是个古怪的女人!可是为了弗兰克的缘故,我从没容许自己说过她的坏话;因为我确实相信她非常喜欢他。我时常想,她除了自己以外,不可能喜欢任何别人;不过,她待他却一向很好(以她那套方式——有点儿异想天开和反复无常,而且一切都要按她的心意)。我觉得,他能博得这种好感,对他来说,是件了不起的好事;因为,尽管我不会对任何别人说起,她对一般人都只是铁石心肠,而且脾气很坏。"

爱玛很喜欢这个话题,所以他们刚进客厅不久,她就开始向威斯顿太太提起这件事,并且祝她快乐——还说,她知道第一次会面一定会是令人大为惊奇的。威斯顿太太同意这个看法;不过补充说,如果肯定能在预定时间经历那初次会面的激动,那她就会非常高兴;"因为我不相信他会来。我不像威斯顿先生那样满怀信心。我很担心到头来会全部落空。也许威斯顿先生已经把事实真相告诉了你吧。"

"对——那似乎完全要取决于邱吉尔太太的坏脾气,我想这是世界上最肯定的事了。"

“我的爱玛！”威斯顿太太微笑着回答，“反复无常有什么肯定可言？”随后转向刚才不在这儿的伊莎贝拉说：“你一定知道，我亲爱的奈特利太太，在我看来，我们决不像弗兰克·邱吉尔先生的父亲那样肯定，认为可以见到他。那完全取决于他舅妈情绪好不好，高兴不高兴；总之，要看她的心情了。对于你们——好比是我的两个女儿——我敢说老实话。在恩斯科姆，邱吉尔太太统治一切，而且是个脾气非常古怪的女人；现在他能不能来，就要看她愿不愿意放他走。”

“啊，邱吉尔太太！人人都知道邱吉尔太太，”伊莎贝拉回答，“我可以肯定地说一句，每次我一想到那个可怜的年轻人，我就非常同情他。经常跟一个坏脾气的人住在一起，一定很可怕。幸亏我们没体会过这种生活，不过，那准是很悲惨的。她从来没生过一男半女，那真是一件幸事！可怜的小家伙，她会使他们多么不幸啊！”

爱玛希望自己单独和威斯顿太太在一起。那样的话，她就可以多听到些内情。威斯顿太太同她说话不大会有什么保留，但对伊莎贝拉却不敢这样；而且，她真的相信，有关邱吉尔家的事情威斯顿太太不大会向她隐瞒什么，除了对那个年轻人的一些看法，而她凭着自己的想象早已本能地感觉到了。不过现在却再也没有什么可说的了。不久，伍德豪斯先生在她们之后也走进了客厅。在饭后长时间地坐着是他老人家不堪忍受的一种禁闭。他不大爱喝酒，也不大爱聊天；他高高兴兴地走到这些总是让他感到欣慰的人身边来。

不过，就在他对伊莎贝拉说话的时候，爱玛找到个机会说：

“这么说，你认为你儿子来这儿，还没有完全肯定吧。我为这感到遗憾。这种序曲，无论在什么时候发生，都一定是件不愉快的事，过去得越快越好。”

“对！每一次延期都使人更加担心会有另一次延期。即使他们推迟邀请勃雷斯威特一家，我还是担心他们会找到一些借口来使我们失望。

我不忍设想是他本人不愿意来；但是我肯定，是邱吉尔家硬要把他留在自己身边。这是嫉妒。甚至他关心他父亲，他们都要嫉妒。总之，我想他不一定会来，我希望威斯顿先生也不要太乐观了。”

“他应该来的，”爱玛说。“哪怕他只能住两天，他也应该来。一个年轻的男子汉连那么一点事都不能做主，简直不能想象。一个年轻女人，要是落到坏人手里，那倒还可能受到别人的戏弄，没法跟自己所喜欢的人待在一起；可是，一个年轻的男子汉居然也被这样管束住，甚至想和自己的父亲在一起过上一个星期也办不到，真不可理解。”

“一个人必须在恩斯科姆待过，熟悉了那家的习惯以后，才能肯定他能干些什么，”威斯顿太太回答。“一个人在判断任何一家人家的任何一个人的举止行动时，也许也必须那样谨慎小心。不过我相信，恩斯科姆肯定不能按一般的惯例来判断；她是那样地不讲人情；什么都得听她的。”

“可是她是那么喜爱这位外甥；他是她非常宠爱的人。根据我对邱吉尔太太的看法，她一切全靠她丈夫，欠了他的情，她不肯作任何牺牲让他过得舒适，她一直反复无常地对待他，而在这同时，她没有欠这位外甥什么情，她就常常受他约束，我觉得这是极其自然的事。”

“我亲爱的爱玛，别凭着你的好性情去瞎猜别人的坏脾气，也不要去为这定什么规律；你得听其自然。他有时候很能影响她，这我并不怀疑；可是什么时候才影响，却是他事先根本不可能知道的。”

爱玛听了以后冷冷地说：“除非他来，否则我是不会满意的。”

“在某些问题上，他可以有很大影响，”威斯顿太太继续说，“可是在其他方面，就几乎没有什么影响了；这次离开他们来我们这儿访问，很可能就是他无法左右她的那些事情中的一件。”

第十五章

不久，伍德豪斯先生就准备好要喝茶了；喝完茶，他又准备好要回家。在另外几位绅士出现之前，陪着他的那三个人尽了最大努力来给他解闷，不让他注意到时间已经很晚。威斯顿先生又健谈，又爱交际，聚会时不论怎样早散，他都不喜欢。最后客厅里终于又来了几个人。埃尔顿先生兴高采烈的，是最早进来的几个人之一。威斯顿太太和爱玛一起坐在一张沙发上。他立刻走到她们跟前，没等她们请他坐，就在她们中间坐下了。

爱玛也兴高采烈，这是因为盼望弗兰克·邱吉尔来访心里感到快活。她愿意忘掉他刚才的举止失当，而像从前一样认为他人还不错。他把哈丽埃特作为他第一个话题，她很乐意地带着最友好的微笑来倾听。

他说自己为了她那美丽的朋友——她那美丽、可爱、和蔼的朋友担心极了。“你知道吗？自从我们来到伦多尔斯以后，你有没有听到过什么有关她的消息？我很担心——我不得不承认她的病情使我大吃一惊。”他用这种方法非常恰当地谈了一些时候，对任何答话都不怎么注意，总之是说他清醒地看到严重咽喉炎的可怕。爱玛认为他还很不错。

可是临了似乎整个翻了个个儿。突然间，好像他担心咽喉炎严重并不是为了哈丽埃特，而更多的是为了她——与其说是关心要防止这种病传染，不如说是关心要她避免传染到这种病。他开始极其诚恳地求她暂时别再上病人的房间去，求她答应他不再冒这个险，要等他看到佩里先生听到他的意见以后再说。尽管她想一笑置之，把话题拉回到正轨上来，他却没完没了地对她过分关心。她听得恼火了。看来——要掩盖也掩盖不住——显然他爱的是她而不是哈丽埃特；如果真是这样，那就是不忠，是最卑鄙、最讨厌的！她已经很难再平心静气了。他转向威斯顿太太，求她帮助："你不愿支持我吗？你不愿帮我说服伍德豪斯小姐在肯定史密斯小姐的病没有传染性以前，别上高达德太太家去？她不答应我，我就不罢休——难道你不愿运用你的影响，劝她答应吗？"

"对待别人那样谨慎小心，"他继续往下说，"可是对她自己，却这样漫不经心！她要我今天待在家里，把我的感冒养好，而她自己却不答应避免那可能传染到溃疡性咽喉炎的危险！威斯顿太太，这公平吗？你倒是给我们俩评评理。难道我没有一点权利抱怨吗？我肯定会得到你的好心的支持和帮助的。"

他说这番话，不论在用词方面还是在神态方面，都表示出他认为自己有权首先对她关心。爱玛看出威斯顿太太听了这话吃了一惊，而且觉得准是大吃一惊，至于她自己，她被他过分地激怒和冒犯了，一时简直说不出什么合适的话来。她只能瞪他一眼；这一眼她想准能叫他清醒过来。随后她就离开了那张沙发，坐到她姐姐身边的一个座位上去，把全部注意力都放在她身上了。

她没有时间去了解埃尔顿先生怎么对待那个谴责，因为另一个话题紧接着跟了上来。奈特利先生去察看了天气，这会儿刚回进屋子。他告诉大家外面已经是满地白雪，而且雪仍然下得很大，还刮着猛烈的大风。他最后对伍德豪斯先生说了这些话作为结束：

"这将是你冬季活动的一个勇敢的开端，先生。你的马车夫和你那些马儿在暴风雪中赶路还是第一次啊。"

可怜的伍德豪斯先生吓得连话也说不出来了。可是别人却都有些话要说；有的人吃惊，有的人不吃惊，有的人问这问那，有的人安慰几句。威斯顿太太和爱玛竭力设法使他高兴起来，把他的注意力从他女婿身上移开。他女婿却还在冷酷无情地乘胜追击：

"我十分钦佩你的决心，先生，"他说，"居然在这样的天气冒险出门，

威斯顿太太，这公平吗？

出门前你肯定已经料到马上会下雪。谁都会看出要下雪。我钦佩你的勇气。也许我们会太太平平地回到家里。再下一两个小时的雪,也不大会使路不能通行;而且我们有两辆马车;如果一辆在公共荒地上给风吹翻了,那还有另一辆可用。也许在午夜之前我们会全都安全地回到哈特菲尔德的。”

威斯顿先生用另一种得意的口吻说,他早就知道在下雪了,可是他之所以只字不提,是免得伍德豪斯先生感到不安而借此匆忙回去。至于说下大雪,或者很可能下得他们回不了家,那不过是说笑话。他还怕他们不会有什么困难呢。他但愿那条路不能通行,那样他就可以把他们全都留在伦多尔斯。他情深意切,向他们保证说,一定能让每个人都住得舒舒服服,还叫他太太同意他的说法,说只要稍微想一点办法,每个人都可以有地方住。其实她心里清楚,这所房子里总共只有两个备用房间,简直不知道怎么办好。

“怎么办,我亲爱的爱玛?——怎么办?”这是伍德豪斯先生的第一次惊慌叫喊,他有半晌别的什么话都说不上来。他向她寻求安慰。她说保证安全,还说那几匹马都很精壮,詹姆斯也很出色,他们周围还有那么多朋友,这才使他的情绪好了一点儿。

他的大女儿和他一样惊慌。她脑子里尽想着自己被困在伦多尔斯,而她的孩子们都在哈特菲尔德。她想现在这条路只有敢冒险的人才能通过,可是情况紧迫,她急于要作出决定,让她父亲和爱玛留在伦多尔斯,而她和她的丈夫立即出发,通过那可能已经堆积起来阻止他们的积雪前进。

“你最好还是马上吩咐备马车,我亲爱的,”她说,“要是我们马上出发,也许还可以过去。要是我们当真遇上什么很糟的情况,我可以下车步行。我一点也不怕。哪怕步行一半路程,我也不把它放在心上。你知道,我一到家就可以换鞋,这种事不会使我着凉的。”

“真的!”他回答,“那么,我亲爱的伊莎贝拉,这倒是世界上最奇怪的事，因为平常什么都能使你着凉。走回家去！——也许，你是穿着合适的鞋，可以走回家去。可那几匹马却够苦的了。”

伊莎贝拉转过身去，希望威斯顿太太同意她的做法。威斯顿太太只得表示赞成。伊莎贝拉接着又走到爱玛跟前；可是爱玛并没有完全放弃大家一块儿回去的希望。他们还在讨论这个问题，奈特利先生回来了。他是听到他弟弟有关下雪的第一个报告以后就立即离开屋子的。他告诉大家，他已经到外面仔细查看过了，可以说，不论他们爱什么时候回家，现在也好，再待一个小时也好，都毫无困难。他走过坡地——在通往海伯利的那条路上走了一段——雪的深度没有一个地方超过半英寸厚——很多地方几乎连地面还没有变白。现在只是稀稀落落地飘着雪花；而且云正在散开，看来这场雪快要停了。他已经去看过那两个马车夫，他们都同意他的看法，认为没什么可担心的。

听了这消息，伊莎贝拉松了一大口气，爱玛为了她父亲的缘故，也同样感到高兴。在这个问题上，她那容易紧张的父亲也马上尽可能地安下心来。可是，只要他还在伦多尔斯，他那被激起的惊恐就不可能平静到让他感到自在。现在，回家已经不存在危险了，他感到满意，可还是没有什么保证能使他相信留下来是安全的。当别人都在七嘴八舌地出主意、提建议的时候，奈特利先生和爱玛三言两语就把这个问题解决了——那就是：

“你父亲留在这儿不放心；那你们干吗不走呢？”

“如果别人都准备好了，我是不成问题的。”

“要我打铃吗？”

“行，你打吧。”

铃打过了，两辆马车接到了通知。隔了不多几分钟，爱玛希望看到一个讨厌的伙伴能回到他自己家去清醒和冷静下来，而另一个在作了这次艰苦的访问以后，能重新平静和高兴起来。

马车来了;伍德豪斯先生由奈特利先生和威斯顿先生小心地扶上他自己的马车。在这种场合大家总是第一个照料他。他看到还在下雪,发现夜色比他预料的还要暗得多,不由得又惊恐起来。这可不是那两个人当中哪一个说几句话就能阻止得了的。"我担心这趟赶车十分艰难。我担心可怜的伊莎贝拉会不高兴。而可怜的爱玛又在后面的车上。我不知道我们该怎么办才好。我们一定得尽可能在一起。"于是吩咐了詹姆斯,叫他走得很慢,等另一辆车来。

伊莎贝拉紧跟着她父亲进了马车。约翰·奈特利忘了他不是坐他们这一辆的,自然而然地跟在他妻子后面上了车。这一来,爱玛就由埃尔顿先生护送和跟随着进了第二辆马车。这时候她才发现车门要理所当然地把他们关在马车里,让他们作一次 tête-à-tête[①] 的旅行了。这事情如果发生在这一天的猜疑之前,那她就一刻也不会感到尴尬,反而会觉得是一种乐趣;她可以跟他谈哈丽埃特,四分之三英里的路会只像是四分之一英里那么短。可是现在,她宁可不要出现这种情况。她相信,他喝威斯顿先生的佳酿喝得太多,肯定会胡言乱语。

为了用自己的态度来尽量约束他,她马上准备极其平静和庄重地来谈论谈论天气和夜晚。可是她刚开口,他们刚走出大门,刚跟上另一辆马车,她就发现她的话题被打断——她的手被抓住——她没法不听他讲话,埃尔顿先生竟然真的向她疯狂地求爱了。他充分利用这宝贵的机会,倾吐那一定早已众所周知的感情,期望——担心——崇拜——要是她拒绝,他就准备去死。他以为自己那热烈的依恋、绝无仅有的爱情和没有先例的爱慕肯定会收到效果。总之,他坚决要她尽快地郑重接受。情况确实如此。埃尔顿先生,哈丽埃特的情人,居然并不犹豫——并不道歉——也并不露出多少明显的羞怯,就自称是她的情人。她制止他,可是没用;他

① 法语,意为两人之间促膝谈心。

偏要讲下去，把话统统讲出来了。她尽管生气，但是由于当时的一个想法，她在说话时还是决心克制住了自己。她觉得这种蠢事一半是酒醉引起的，因此有可能只是暂时的。于是，她认为最好用半认真半开玩笑来对待他的半醒半醉，她就这样回答他：

“我非常惊讶，埃尔顿先生。这话是对我说的！你忘乎所以了，你把我误认为我的朋友了；你要带什么口信给史密斯小姐，我将乐意递送；可是请别再向我说这种话了。”

“史密斯小姐！——带信给史密斯小姐！她算得了什么！”他重复她的话，语气那样肯定，装腔作势的惊讶中流露出那样的自负，她不能不迅速作出答复：

“埃尔顿先生，这种行为太奇怪了！我只能这样解释：你疯了，不然的话，你绝不可能这样跟我说话或者这样谈论哈丽埃特。快管住自己，别再说了，我会尽量忘掉它。”

可是埃尔顿先生喝的酒只够使他兴高采烈，还不够使他精神错乱。他完全知道自己的话是什么意思；他拼命抗辩，说她这样猜疑是伤人的。他还提了提，他对她的朋友史密斯小姐是尊敬的。不过他也承认，她提起史密斯小姐使他感到惊异。接着他又拾起自己的爱慕这个话题，而且急于要她给一个有利的回答。

她越是认为他没喝醉，就越是认为他不忠，而且放肆；她也就不顾什么礼貌了，只是回答说：

“我再也不可能怀疑了。你已经说得太清楚了。埃尔顿先生，我的惊讶远远不是我所能用言语表达的。上个月我亲眼看到你那样对待史密斯小姐——我每天看见你向她献殷勤——现在你却用这种态度对我说话——这是朝三暮四，真的，我万万没想到会有这种事！相信我，先生，你这样向我表白，我不会，我绝不会感到高兴。”

“天哪！”埃尔顿先生大声叫了起来，“这是什么意思？史密斯小姐！

我有生以来还从没想到过史密斯小姐——除了把她看做你的朋友以外，从没向她献过殷勤；除了作为你的朋友以外，她是死还是活，我从没关心过。要是她想到别的地方去了，那是她自己单相思想错了，我非常抱歉——非常非常抱歉。不过，史密斯小姐，真的！啊！伍德豪斯小姐！有伍德豪斯小姐在身边，谁还会想到史密斯小姐！不，用我的名誉来保证，这里面没有什么朝三暮四。我想到的只是你。我抗议，我从没对任何别人献过一丁点儿殷勤。过去的那好几个星期里，我所说的每一句话或者做的每一件事，都只有一个意图，那就是表白我对你的崇拜。对这一点，你不可能真正地怀疑，当真地怀疑。不！"他用讨好的口气说，"我肯定你已经看清我，理解我了。"

爱玛听了这番话，心里是什么感觉，在她所有的不快心情中哪一种最强烈，这是不可能讲清楚的。她气得一时连话都答不上来。两分钟的沉默尽够使埃尔顿先生变得更加乐观，他再次握住她的手，高兴地嚷了起来：

"可爱的伍德豪斯小姐！允许我解释这个有趣的沉默吧。那是承认你早就理解我了。"

"不，先生，"爱玛大声说道，"不是这个。决不是早就理解了你。在这以前，我完全误解了你的看法。至于我自己，看到你这样做了感情的俘虏，我非常遗憾。——这是我最不希望看到的——你爱上我的朋友哈丽埃特——你追求她（看起来是追求），使我十分高兴，我一直真心诚意地希望你成功。可是，我要是想到把你吸引到哈特菲尔德来的不是她，那我一定会认为，你这样经常来访，是判断错误。难道要我相信，你从来没有想特别向史密斯小姐自我推荐吗？——要我相信，你从来没有认真地想过她吗？"

"从来没有想过，小姐，"这回轮到他觉得受了侮辱，他大声说道，"我向你保证，从来没有过。我认真地想史密斯小姐！——史密斯小姐是个很好的姑娘；如果看到她有个体面的归宿，我会感到高兴。我希望她能非常幸福。毫无疑问，有些男人不会反对——各人有各人的标准。不过就我自己来说，我想，我不至于这样毫无办法。我可不是没有希望攀门当户对的亲事而只好去向史密斯小姐求爱！不，小姐，我到哈特菲尔德去只是为了你，而且我受到的鼓励——"

"鼓励！我鼓励你！先生，你完全想错了。我只是把你看做我的朋友的崇拜者。除此以外，我只不过把你看做一个普通的熟人罢了。我太遗憾了；不过，这个错误到此为止，是件好事。要是这种行为再持续下去，那会使史密斯小姐也误解你的意思。也许，你那样强烈地意识到的门第悬殊，她跟我一样没有注意到。可是，事实上，这是单方面的失望，而且我相信，不会再持续下去了。目前我可不打算结婚。"

他气得再也说不出话来。她的态度过于坚定，他没法再恳求。在这种越来越愤怒，而且彼此都十分恼恨的情况下，他们不得不继续再在一起多待几分钟，因为伍德豪斯先生的种种担心把他们限制在步行的速度之内。要不是那样生气，那就会十分尴尬；可是他们怒火冲天，这就不给别别扭扭的尴尬留下什么余地了。他们不知道马车在什么时候拐了弯进入牧师住宅小巷，也不知道它在什么时候停了下来，而是突然间发现自己已经到了他的家门口。他没再说一个字就走出了车子。这时，爱玛觉得向他道声晚安还是必不可少的。他也同样道了声晚安，语气冷淡而傲慢。她在无法形容的恼怒中回到了哈特菲尔德。

她父亲在那儿怀着极大的喜悦欢迎她。他刚才一直在为她的危险担惊心惊。她从牧师住宅小巷回来，车里只有她一个人——还要拐一个他想都不敢想的弯——赶车的不是詹姆斯，而是一个陌生人——只是一个普普通通的马车夫。看来，只要她太太平平地回来，一切就都好了；因为约翰·奈特利先生为自己的坏脾气感到不好意思，现在很亲切，很体贴人；而且特别关心她父亲的舒服，好像——即使不十分乐意和他一起喝一盆稀粥——也深信稀粥是很有营养的。除了她自己以外，对他们一小群人来说，这一天在平静舒适中结束了。——可是，她心里却从没这样乱过；她要作出很大努力，才能显得专心和愉快。最后到了通常分手的时刻，她才松了一口气，能静下心来思考一下。

第十六章

头发卷好了，女用人打发走了，爱玛坐下来思量，心里很不好受。这件事真是可悲！她一直在盼望的事全都这样给推翻了！一切都变得这样讨厌！对哈丽埃特又是这样一个打击！这是最糟糕的。这件事的每个部分都带来了这样那样的苦痛和羞辱；可是跟哈丽埃特所遭受的不幸相比，一切都是微不足道的。倘若她的过错仅仅影响她一个人，那么，即使自己觉得比现在这时候更错误——更荒谬——更加由于判断错误而丢脸，她也会心甘情愿。

"如果我没有说服哈丽埃特去喜欢这个人，那么，一切我都还可以忍受。他也可以对我加倍地放肆——但是可怜的哈丽埃特啊！"

她怎么能这样受骗呢！他辩解说从来没有认真考虑过哈丽埃特——从来没有！她尽量回忆；可是一切都是乱糟糟的。她想，是她先有了这种想法，然后使一切都朝这个方向发展。不过，他的态度一定是含糊的、摇摆的、暧昧的，否则她不可能那样被引入歧途。

那张画像！他对那张画像是多么热心啊！还有那首字谜！加上成百件其他事情。多么明显，那一切看来都是针对哈丽埃特的。肯定的，那首字谜用了"敏锐的才智"这字眼——不过后来又用了"温柔的眼睛"——其实这两者都不合适；这是胡凑，既不高雅又不符合实际。谁能看透这种笨拙的胡说八道呢？

毫无疑问，她常常认为他没有必要对她那样殷勤，特别是最近。不过，她把这看作他的习惯，看作只是判断错误、知识不够、趣味不高，也看做他不是一直生活在最上层社会里的一个证明。所以，尽管他谈吐文静，但他有时却还缺乏真正的高雅。不过，她以前一刻也没怀疑过，他除了把她当做哈丽埃特的朋友对她怀着感激的敬意以外，还可能有什么其他意思。到今天她才明白。

多亏约翰·奈特利先生，她第一次想到这个问题，第一次想到这个可能性。不能否认，他们兄弟俩很有洞察力。她记得奈特利先生有一次跟她谈起埃尔顿先生，提出过警告，并且说他确信埃尔顿先生决不会随便结婚。对于埃尔顿先生的性格，他的评价比她自己的正确得多。想到这里，她脸红了。那真叫人屈辱得可怕。可是，埃尔顿先生却在许多方面都证明同她所认为和相信的他截然相反。他傲慢、骄矜、自负，一心只为自己打算，丝毫不顾别人的感情。

同一般情况相反，埃尔顿先生向她求爱已经使他在她心目中降低了地位。他的表白和他的求婚都对他毫无帮助。她不把他的爱放在眼里，他的希望像是一种侮辱。他要攀一门好亲，却自不量力地看上她，还口口声声地说爱她。可是她十分放心，他不会失望到需要人关心。他的言语和神态都丝毫没有真实的感情。长吁短叹、花言巧语确实不少；但是，她简直创造不出任何词组、想象不出任何声调能比这更缺少真正的爱。她不必自找麻烦来可怜他。他只不过是想提高自己的地位，增加自己的财富；要是哈特菲尔德的伍德豪斯小姐，这位三万英镑财产的继承人，不像他想象的那样容易到手，那他是会马上去尝试追求拥有二万或者一万英镑的某某小姐的。

可是——他居然谈到鼓励，居然认为她知道他的用意，接受他的关心，一句话，打算同他结婚！居然以为自己在门第或者智力方面配得上她！居然瞧不起她的朋友，别人地位比他低几级他看得清清楚楚，别人地位比他高他却看不到，还以为自己向她求婚不是什么自不量力！——这太气人了。

要指望他能觉得自己在才能和心灵优美方面远远赶不上她，那也许是不公正的。正因为有这样的差距，他才看不到这一点；可是他一定知道在财产和声望方面她都比他优越得多。他也一定知道伍德豪斯家已经在哈特菲尔德住了好几代，是这一古老世家的较为年轻的一支——而埃尔顿家族却名不见经传。哈特菲尔德的地产确实是不值一提的，只不过像是登威尔埃比地产的一角。海伯利其余的土地全都属于登威尔埃比所有。可是伍德豪斯家其他来源的财产却使他们在任何别的方面几乎都不亚于登威尔埃比。伍德豪斯家在附近这一带的人们心目中，早已占有极高的地位。而埃尔顿先生两年前才初来到这儿，在尽可能地往上爬，除了干他那一行跟人接触以外，没任何其他来往，除了他的职务和他的彬彬有礼以外，没什么能引起人们的注意。——可是他却以为她爱上了他；显然他一定是这样相信的。态度温文尔雅，头脑却高傲自大，对他这种明显的不相称咕哝了一阵以后，爱玛不得不公正地停下来，承认自己对他殷勤而且恳切，谦恭而且关心（假定她真正的动机没被注意的话），这准会使一个像埃尔顿先生这样观察力平凡而又不大细心的人以为自己肯定是她的心上人。如果她这样误解了他的感情，那么，被自私自利遮住了眼睛的他误解她的感情，她也就没有什么权利觉得奇怪了。

第一个错的，而且是错得最严重的，是她。那样积极地为任何两个人撮合，都是愚蠢的、错误的。应该是严肃的事却拿来当儿戏，应该是简单的事却拿来耍花招，真是过于冒险，过于专断了。她非常担心，非常羞愧，决心再也不干这种事了。

“事实上，”她说，“是我说服了可怜的哈丽埃特，使她深深爱着这个人。要不是我，她可能从来也没有想到过他。要不是我使她确信他爱上了她，她当然也决不会满怀希望地想他，因为她又谦逊又自卑，我原来一直以为他也是那样又谦逊又自卑。啊！要是我满足于说服她拒绝小马丁就好了。在那一点上，我是完全正确的。我干得好；可是我应该就此罢手，把其余的留给时间和机会去决定。我把她引进上层社会，让她有机会讨好一个值得争取的人；我不该再作什么其他尝试。而现在，可怜的姑娘！她要有一段时候不能心情平静了。我只不过帮了她一半忙！即使她不过于失望，我也肯定想不出还有什么对她合适的人。威廉·考克斯——啊！不，威廉·考克斯叫我受不了——一个冒冒失失的年轻律师。”

她想到这里就不再想下去，她脸红了，笑自己又故态复萌。接着她更加严肃、更加沮丧地考虑了已发生的事，可能发生的事和一定会发生的事。她不得不向哈丽埃特作出令人痛苦的解释，可怜的哈丽埃特会感到难受，将来见了面会觉得难堪，还有，要继续或者不再继续来往，要抑制感情，掩盖忿恨和避免冲突都是困难的，这些足以使她懊丧地再思考一会儿。最后她上床睡觉了，除了确信自己已经铸成大错以外，什么也没解决。

像爱玛那样富有青春朝气而又生性欢快的人，尽管在夜里一时感到忧伤，但是一到白天却一定会重新高兴起来。早晨的青春朝气和欢快气氛和她有着巧妙的类似之处，而且对她起着强烈的作用。只要痛苦没有剧烈得使眼睛无法闭上，那么眼睛睁开来时准会看到痛苦已经减轻，希望更加灿烂。

她在第二天早晨起床时比昨天上床时感觉好一些，心里觉得有了一点安慰，觉得面前的不幸将会减轻，而且相信可以比较好地从中摆脱出来。

埃尔顿先生并不是真正爱上了她，也不是对她特别亲切，以至于他的失望会使她震惊；哈丽埃特也不是那种感情十分强烈和持久的性格特好的人；而且，除了三个主要的人，没有必要让任何人知道内情，特别是没有必要让她父亲为这件事感到一时一刻的不安；所有这一些，对她来说是一种莫大的安慰。

这些想法都使她高兴起来。看到厚厚的积雪覆盖在地上，她更加高

一个冒冒失失的年轻律师

兴，因为目前任何可以使他们三人互不来往的事物，她都是欢迎的。

这种天气对她太有利了。尽管是圣诞节，她却不能上教堂。她要是企图做这样的努力的话，伍德豪斯先生准会受不了。因此她是太平的，不至于引起或听到不愉快的和最不合适的想法。地上覆盖着雪，空气变幻不定，又像要结冰，又像要解冻。这是最不适宜于人们活动的。每个早晨都是以下雨或者下雪开始的，每个夜晚挟着霜冻来临。接连好几天，她一直都很体面地关在家里。除了写信以外，跟哈丽埃特不可能有什么来往；在星期天，也和在圣诞节一样，她没法上教堂去；也不需要为了埃尔顿先生的不来访问而找什么借口。

这种天气完全可以使每个人都闭门不出。尽管她希望而且相信他准是同这群人或者那群人在一起过得很快活，但是她很高兴地看到她父亲很满意，他相信埃尔顿先生很聪明，不会出门，而是独自一人待在自己家里。她还听到她父亲对不论什么天气都要来看他们的奈特利先生说：

“啊，奈特利先生，你为什么不像可怜的埃尔顿先生那样待在家里呢?”

要不是她暗自烦恼，这几天闭门不出倒是非常舒服的，因为像这样的隐居生活正好合她姐夫的心意。对于同他在一起的人说来，他的情绪总是极其重要的。再说，他在伦多尔斯已经完全摆脱了他的恶劣心情，所以在哈特菲尔德逗留的日子里就一直和蔼可亲。他始终愉快而且殷勤，谈起每个人都说好话。不过，尽管有希望变得愉快，尽管目前可以拖延，使她有一点安慰，但是，她向哈丽埃特作出解释的时刻还是要来临的，这种不幸威胁着爱玛，使她不可能完全安下心来。

第十七章

约翰·奈特利先生和约翰·奈特利太太没有在哈特菲尔德逗留多久。天气很快好转，该走的人已经可以走了。跟往常一样，伍德豪斯先生竭力挽留他女儿和她所有的孩子再多待一些时候，但是他不得不目送女儿全家出发，而再次为他那可怜的伊莎贝拉的命运悲叹。可怜的伊莎贝拉是和她心爱的人们一起生活，只看到他们的优点，对他们的过错却视而不见，而且总是天真地忙忙碌碌，这也许可说是正当女人的幸福生活的一个典范吧。

就在他们走的当天晚上，他们收到了埃尔顿先生给伍德豪斯先生的一封很有礼貌的、客气的长信。埃尔顿先生在信中表示最大的敬意，说，"我打算明天早上离开海伯利去巴思[①]。我接受了几位朋友的热情邀请，已经答应在那里住几个星期。由于天气和事务的关系，我无法亲自来向你告别，非常遗憾。但是你的深情厚谊，我将永记不忘。如有什么吩咐，乐意为你效劳。"

爱玛感到又惊又喜。埃尔顿先生在这个时候离开，真是求之不得。她佩服他，居然想出了这个办法，虽然她不赞成他通知他们的那种方式。他客客气气地给她父亲写信，但对她却故意只字不提。再也没有什么比这更能说明他的愤懑心情了。甚至在开头的问候中她都没有份。连她的名字都没提起。这一切显然和平时不同，虽然表示感谢，但告别那么严肃却并不明智，因此她一开始认为，这一定会引起她父亲的猜疑。

但是没有。她父亲只是对这次突然的旅行感到十分诧异，而且还担心埃尔顿先生不能安全抵达目的地。他并没有在他的措词中，看出什么特别的地方。这封信很有用处，因为使他们在寂寞的夜晚余下的时间里有新鲜的事可想、可谈。伍德豪斯先生谈起了他的惊恐，爱玛兴致勃勃地像平常那样迅速地把它消除了。

她现在决定不再让哈丽埃特蒙在鼓里。她有理由相信，她的感冒即将痊愈，她最好在这位绅士回来以前尽可能多花些时间来治好她的另一种病。所以，第二天她就上高达德太太家，去经受那必要的说明情况的痛苦，而且是一种极大的痛苦。她不得不把由她辛勤培育出来的希望全都摧毁，不得不以讨厌的角色出现在她喜爱的人面前，而且承认，最近六个星期里，她在这一个问题上的所有见解，所有观察，所有信念，所有预言全都是荒谬绝伦和估计错误的。

这样彻底承认错误使她又感到了开始时的那种羞愧。看到哈丽埃特流泪，她想她将永远也不会再原谅自己了。

哈丽埃特听了这消息，很好地忍受着——并不怪谁——一切都证实了她的纯朴性格和自卑心理，在这一时刻，这些对她的朋友似乎特别有用。

爱玛一心想极力推崇纯朴和谦逊；而且所有可爱的和所有应该是迷人的优点，似乎都不在她这边而在哈丽埃特那边。哈丽埃特并不认为自己有什么可抱怨的。被埃尔顿先生这样的男人所爱，那是太大的荣幸。她从来没觉得自己配得上他。除了伍德豪斯小姐这样偏爱和好心的朋友以外，谁也不会认为有这个可能。

她的泪水涌了出来——她是真的伤心，毫不做作，以致爱玛觉得没有哪种尊贵比这更可敬——她听她说话，并且真诚而且体谅地竭力安慰她——这时候爱玛确实相信她们俩比起来还是哈丽埃特更好——如果她能像哈丽埃特，那她得到的益处和幸福，可就要比所有聪明才智所能给予

① 英国索默塞特郡的一个城市，以温泉著称。

的还要多。

要在这一天开始变得头脑简单和愚昧无知已经太晚了。但是她在离开哈丽埃特时却坚定了决心：从今以后要一直谦虚谨慎，抑制空想。现在除了主要伺候父亲以外，她的第二个责任就是让哈丽埃特过得愉快，用一个比做媒更好的方法来证实自己对她的感情。爱玛把她带到哈特菲尔德来，始终亲切地关怀她，让她有事可做，还能消遣，给她书看，同她聊天，使她脑子里不再去想埃尔顿先生。

她知道，要把这些事情彻底做好必须有时间。她认为自己对这类事，一般说来，是不善于判断的，特别是有谁爱上埃尔顿先生这个人，她是没有资格来表示同情的。可是她觉得，在哈丽埃特这个年龄，而且所有希望都已经完全破灭，自己这样做可以让她在埃尔顿先生回来时心情已经平静下来，他们又可以像一般的普通朋友那样会面，而不致流露出任何伤感或者变得更加伤感。这样做似乎是合情合理的。

哈丽埃特确实把他看得十全十美，而且认为世上没有人在外貌或品德方面比得上他，事实上，还证明了她爱他比爱玛预料的更深。不过，爱玛觉得这种单相思会自然而然地、不可避免地消除的，所以她无法理解这种单相思会一直强烈地持续很久。

她认定埃尔顿先生回来以后，会急于明确无疑地表示出他的冷淡。如果真是这样，她想哈丽埃特也就不会再坚持把她的幸福寄托于看到他或者回想他。

他们住在同一个地方，而且是住定了，这对每个人都不利，对三个人都不利。他们三人中间没有一个人能搬走，或者能真正变换一下社交环境。他们只好见面，只好尽可能随遇而安。

对哈丽埃特说来，更加不幸的是，高达德太太那里的同伴们都用同一种口气来议论；埃尔顿先生是学校里所有女教师和了不起的姑娘们的崇拜对象。只有在哈特菲尔德，她才有机会听到别人在谈论他时作出使人冷静的适当评论，或者看到举出令人反感的事实。创伤如果可以在哪儿治愈的话，那一定是在哪儿受伤就在哪儿治愈。爱玛觉得在看到她治愈以前，自己不可能有真正的安宁。

第十八章

弗兰克·邱吉尔先生没有来。在约定的日子临近时，来了一封道歉的信，证明威斯顿太太的担心不是没有道理的。目前他不能来了，为此“深感歉疚和遗憾；但仍望不久能来伦多尔斯”。

威斯顿太太非常失望——事实上，远比她丈夫更为失望，尽管她原来对能否见到这位青年抱的态度比他冷静得多。可是，乐观的人，虽然想望的好事总是比真正出现的来得多，但失望以后，他的沮丧并不总是同他的希望成正比。他会很快忘记目前的失败，重新开始新的希望。威斯顿先生感到惊奇和遗憾，可是只过了半个小时，他就开始认为弗兰克再过两三个月来，反而更要好得多，季节更好，天气也更好；毫无疑问，和他们待在一起的时间比早来更要长得多。

这些想法使他很快又变得心情舒畅起来。而生来比较爱担忧的威斯顿太太却预料，以后还会一次次道歉和延期。她担心丈夫会感到痛苦，这就使她自己比他还要痛苦得多。

爱玛这时并没有心情去真正关心弗兰克·邱吉尔先生不来这件事，只是把这看做伦多尔斯的一种失望罢了。和他相识，目前对她没有什么吸引力。她宁可安安静静，不受任何诱惑；不过她最好装得跟往常一样，所以她还是特意对这件事表示了很大的兴趣，并且对威斯顿先生和威斯顿太太的失望也很同情，按他们之间的友谊来说，这样做是很自然的。

她第一个向奈特利先生宣布了这件事，对于邱吉尔夫妇不准他来这种行为，还像必要的那样（或者说，由于是装出来的，也许还超过了必要的程度）惊叫起来。随后她言不由衷地继续往下说，说萨里这地方可来往的人太少了，他要是能来，那该多好。能看到一个新来的人那有多么快乐。他的来临会给整个海伯利带来欢乐的日子。末了，再一次责怪了邱吉尔夫妇。这时她发现自己和奈特利先生的意见完全相反。使她感到十分有趣的是，她发觉自己站到了和她自己真正观点相反的一边去了，正在用威斯顿太太的论点来反对自己。

"邱吉尔夫妇很可能是有缺点，"奈特利先生冷冷地说，"不过，他要是真想来，也许是可以来的。"

"我不知道你为什么这样说。他是巴不得要来；可是他舅舅、舅妈不让他来。"

"他如果决心要来，我相信他不会没有办法。他来不了的可能性太小了，没有证据我不会相信这一点。"

"你这人真怪！弗兰克·邱吉尔先生干了什么，你把他看成这样不合情理？"

"我根本没把他看成不合情理。我只是怀疑，他跟那些人住在一起，可能耳濡目染，也以为自己比亲戚朋友都高一等，而且只顾自己享乐，别的什么都不放在心上。由傲慢自大、爱好奢侈、自私自利的人抚养长大的青年，也会是傲慢自大、爱好奢侈、自私自利的，这比人们能想的还要自然得多。如果弗兰克·邱吉尔真心要来看他父亲，他在九月到一月之间就可以设法办到。一个男人到了他那个年龄——他多大了？有二十三四岁了吧——不可能连这么点事都办不到。不可能。"

"像你这样总是自己做主的人，这样说这样想是容易的。奈特利先生，寄人篱下的难处你最不了解。你也不懂对付坏脾气是怎么回事。"

"一个二十三四岁的男人连那点儿身心自由都没有，真是不可想象。他不缺钱用，也不缺时间。我们都知道，正好相反，这两样他都有的是，他甚至还乐于把时间和金钱都花在这个王国里最无聊的去处。我们常听说他在这个或者那个温泉。前不久他还在韦默思。这证明他是可以离开邱吉尔夫妇的。”

“对，有时候他可以。”

“那些时候都是他认为值得，有欢乐在引诱他。”

“不熟悉人家的处境就判断人家的行为，是很不公平的。不在人家家里待过，谁也说不清那家人家的哪一个人有什么难处。我们得先了解了解恩斯科姆的情况和邱吉尔太太的脾气，然后再断定她的外甥能够做些什么。也许他有时候可以做许多事，而有时候却不能。”

“有一件事，爱玛，只要一个人愿意做，总是可以做的，那就是尽他的责任。用不着耍花招，弄手腕，只需要毅力和决心。关心自己的父亲，是弗兰克·邱吉尔的责任。从他的诺言和信件看来，他也是知道这点的。不过，要是他愿意尽这个责任，他是可以尽的。一个理直气壮的人会简单而且坚决地马上对邱吉尔太太说，‘你总是会看到，如果仅仅是娱乐，那么为了你的方便，我会随时放弃。不过，我非得马上去看我父亲不可。我知道，如果我现在不去对他表示孝心，他是会感到难受的。所以，我明天就要走了。’如果他用男子汉大丈夫的坚决口吻马上对她这么说，那她决不会不让他来。”

“是不会，”爱玛大笑着说，“可是，也许会不让他再回去。一个完全寄人篱下的青年居然用这样的语言说话！奈特利先生，除了你以外，谁也不会认为有这个可能。不过，和你处境完全相反的人必须怎么办，你是一点也不知道的。弗兰克·邱吉尔先生对抚养他成人、负担他生活的舅父舅母说出这样的话来！而且，我想，站在屋子中央，尽可能提高嗓门大叫！你怎么能以为可以这样做呢？”

“可以肯定，爱玛，一个有头脑的人不会发现这么做有什么困难。他会觉得自己有理；而且当然是像一个有头脑的人那样，用适当的态度来说明。这样说明比想出一连串权宜之计要好，能提高他的地位，使他和供养他的人感情更深。除了爱以外还会加上尊重。他们会觉得他可以信赖；

外甥既然能待他父亲好，那一定也会待他们好；因为他们同他和全世界的人一样清楚，他是应该去看望他的父亲；况且他们在卑鄙地运用权力来使他延期的同时，心里也并不因为他屈从于他们的奇怪想法，就觉得他好一些。对于正当的行为，人人都会尊敬。如果他这样坚持原则，始终如一，坚定不移，那他们的小心眼儿就会屈从于他。"

"对这我还是有点怀疑。你很喜欢叫小心眼儿屈服，可是，如果这种小心眼儿是属于有钱有势的人，那我认为他们会耍花招，让小心眼儿扩张，一直到像伟大的心灵那样难于管束。我想象得出，奈特利先生，如果就像你现在这种性格，你一下子给送到弗兰克·邱吉尔先生的处境里，那你一定会按照你劝他的方式那样说那样做；而且效果很好。邱吉尔夫妇也许无话可答；但是你没有什么从小服从和长期恭顺的习惯需要打破。对于有这种习惯的人来说，要一下子摆脱它，做到完全独立自主，把他们要求感恩和关怀的权利置之不顾，那可不是件很容易的事。他可能和你一样，具有强烈的是非观，只是在特殊的环境下，没有能同你一样付诸实施罢了。"

"那么，是非观也就不会很强烈。如果不能作出同样的努力，那就不可能有同样的信念。"

"啊！处境和习惯不同啊！一个可爱的青年顶撞自己从小到大一向敬仰的人们，我希望你能知道他心里会有什么感觉。"

"如果你那可爱的青年是第一次实现自己的决心，不顾别人的意愿去做正当的事，那他准是个意志很薄弱的青年。到这个年龄，他应该早已养成尽责任的习惯，而不是采取权宜之计。我能允许孩子担心害怕，可不能允许成年人这样。既然他已经明白事理，那就应该自己振作起来，摆脱他们的权威里所有不值得服从的东西。他们第一次要他忽视他父亲的时候，他就应该起来反对。如果他一开始就像他理应做到的那样，那现在就不会有什么困难了。"

“对于他，我们的看法永远也不会一致，”爱玛大声说道，“不过那也不是什么离奇的事。我一点也不认为他是个意志薄弱的青年；我肯定他不是这样的人。威斯顿先生不会盲目到看不出愚笨，尽管这出现在他自己儿子身上。不过他很可能生性比较谦让、柔顺、温和，不符合你心目中完美的男子汉的标准。也许他是这种性格，虽然这可能对他有些不利，但也会给他许多别的好处。”

“对；好处多啦，在应该动的时候可以一动不动地坐着，可以赋闲享乐，还可以想象自己精于为此找出借口。他可以坐下来写一封辞藻华丽的漂亮的信，满纸表白和谎言，还自以为想出了最好的办法，既可以保持家里的安宁，又可以免得他父亲抱怨。他那些信使我恶心。”

“你这些感觉真是奇怪。他的信别人看了似乎都感到满意。”

“依我看，威斯顿太太看了不见得会满意。她既有头脑又很敏感，处在母亲的地位上，可又没有母亲的感情使她变得盲目。他的信是不可能使这样的女人满意的。正是因为她的缘故，他应当加倍关心伦多尔斯，他没去她一定会加倍地难受。她要是是个举足轻重的人物，也许他早就来了；而且他来与不来，也都无关紧要。你以为你的朋友没有这样考虑吗？你以为她不会时常这样想吗？不，爱玛；你的可爱的青年只有法语中的而不是英语中的那种可爱。他可能非常“aimable①”，彬彬有礼，很讨人喜欢；但是不像英国人那样体贴别人的感情——他没有真正称得上可爱的地方。”

“你似乎非把他看得很坏不可。”

“我！没这回事，”奈特利先生有点不高兴地回答，“我不想把他看得很坏。我确实像别的任何人一样，愿意肯定他的优点；可是我没听到过他

---

① 法语，意思是可爱。这个词同英语中的 amiable 相似，但法语中，意思偏重于讨人喜欢，而英语中却偏重于和蔼可亲。

有什么优点，听到的只是外貌方面的；说他长得健康，相貌不错，态度和蔼，能说会道罢了。”

“好吧，即使他没有什么别的优点可说，他也会成为海伯利的宝贝。我们不大看到受过良好教养又讨人喜欢的好青年。我们可决不能挑剔，要人家具备所有的美德。奈特利先生，难道你想象不出他来了会引起怎样的轰动吗？登威尔和海伯利这两个教区将到处都只谈一个话题，只关心一个人，大家的好奇心都集中在一个对象上；那就是弗兰克·邱吉尔先生；我们不会想到别人，也不会谈论别人。”

“请原谅我不得不直说。如果我发现同他还谈得来，那我会乐于结交他的。不过，如果他只是个喋喋不休的花花公子，那我是不会花多少时间去应酬他，或者用多少脑筋去想到他的。”

“我对他的看法是，他能够使自己的谈话迎合每个人的口味，他想使大家喜欢他，也有能力使大家喜欢他。对你，他会谈谈农场；对我，他会谈谈绘画或者音乐；对每个人他都能应付。不管什么他都懂一点，所以他能按礼节的需要，别人谈什么他也谈什么，别人不谈他也能谈，而且每个话题都谈得非常出色。这就是我对他的看法。”

“而我的看法呢，”奈特利先生激动地说，“要是他真是这样一个人，那他就是最不可容忍的家伙了！什么！才二十三岁，就在他同伴中称王——了不起的人物——老练的政客，能了解每个人的个性，利用每个人的特长来表现他自己高明；向周围的人阿谀奉承，使大家同他相比全都成为笨蛋！我亲爱的爱玛，如果真是这样，那么凭着你那份聪明，碰到这样一个自负的青年，你自己也会受不了。”

“我不再谈他了，”爱玛大声说，“你把一切都说成坏的。我们俩都有偏见！你反对他，我赞成他。在他真的来到这儿以前，我们不可能取得一致意见。”

“偏见！我可没有偏见。”

“可是我很有偏见，而且丝毫不因此感到羞愧。我爱威斯顿先生和威斯顿太太，所以我坚定不移地偏爱他。”

“我永远也不会去想他，”奈特利先生有点儿恼火地说。这一来爱玛立即把话题转到别的事情上去，尽管她不明白他为什么生气。

她一向认为他心胸宽广。现在只不过因为一个青年性情跟他不一样，他就不喜欢对方，这是同他真正的性格不相称的。尽管她时常说他自视过高，但她却一刻也没料到，他对别人的长处居然会这么不公正。

第二卷

第一章

一天早上，爱玛和哈丽埃特在一起散步。在爱玛看来，那天谈论埃尔顿先生已经谈得够了。她认为不论是为了安慰哈丽埃特还是忏悔她自己的罪过，都不需要再多谈了。所以在她们回来的时候，她竭力摆脱这个话题。可是她刚认为已经摆脱了，这个问题却又冒了出来。她谈论穷人在冬天一定很苦，谈了一会儿却只得到一个很悲伤的回答："埃尔顿先生对穷人真好啊！"她觉得只好再想点别的办法。

她们刚好走近贝茨太太和贝茨小姐住的房子。她决定去拜访她们。到人多的地方去可以免得她再提起他。要去看她们总是能找到理由的。贝茨太太和贝茨小姐都喜欢别人去看望她们。她还知道，有极少数人自以为看到了她的不足之处，认为她在这方面疏忽了，她们很少得到安慰，她应该去给她们一些，但她却没有。

关于她的缺点，她已经从奈特利先生那里听到许多暗示，她自己心里也有些觉察，不过这还不足以打消她的一个想法。她总认为去看望她们母女俩是很不愉快的，是浪费时间，她们是讨厌的女人，而且可怕的是，会碰到海伯利一些二三流的人，那些人老是去看望她们，所以她也就很少去了。可是现在，她突然下了决心，不要过门不入——她在对哈丽埃特提出这建议的时候说，她估计这时候去是很安全的，不会有什么简·菲尔费克斯的信。

这所房子是属于一些生意人的。贝茨太太和贝茨小姐住了客厅的那层。在她们仅有的那套不大不小的房间里，这两位客人受到了最热诚，甚至最感激的欢迎。正坐在最暖和的角落里编织的那位安静、整洁的老太太，甚至要把自己的座位让给伍德豪斯小姐。她那个比她活跃、比她健谈的女儿几乎快要叫她们俩受不了了。她对她们表示关心和亲切，为她们的来访千谢万谢，为她们的鞋子担心，焦急地问起伍德豪斯先生的健康，愉快地谈着她母亲的情况，还从餐具柜里拿出甜糕来。"柯尔太太刚来过，只打算待十分钟，可是却很好，跟我们一起坐了一个小时，她还吃了一块糕，还好心地说她很喜欢吃。所以希望伍德豪斯小姐和史密斯小姐也都赏个脸，吃一块。"

提起柯尔夫妇，肯定会紧跟着提起埃尔顿先生。他们俩关系密切，而且柯尔先生在埃尔顿先生离开以后已经收到过他的信。爱玛知道要发生什么事了；她们一定会再谈起那封信，算算他已经走了多久，想想他怎样忙于和别人交际，他不管上哪儿都是怎样地受人喜爱，典礼官的舞会又是怎样地挤满了人。这一切她都应付得很好，怀着必要的兴趣，说了些必要的赞扬，而且总是抢在前面，免得哈丽埃特非说一两句话不可。

她走进这所房子时已经料到了这一点。不过她本来估计适当地谈论过他以后，就不会有什么讨厌的话题来使她们感到不快，而只要泛泛地随意谈谈海伯利的太太小姐们和她们的牌局。她没料到在谈过埃尔顿先生之后会谈起简·菲尔费克斯。可是事实上贝茨小姐匆匆谈了谈他以后，终于撇下了他，一下子跳到柯尔夫妇这个话题上去，把他外甥女的一封信引了出来。

"啊！对，埃尔顿先生，我懂。当然，关于跳舞——柯尔太太告诉我在巴思室内跳的舞是——柯尔太太真太好了，跟我们在一起坐了一些时候，谈起简。她一进门就问起简，简在那儿很受欢迎。不管什么时候她跟我们在一起，柯尔太太总是不知道怎样表达对她的关心才算够。我得说一句，简是配得到这种关心的，她在这方面不比任何人差。所以，她立即开始问起了她，说，'我知道你最近不可能从简那儿收到什么信，因为这不是她写信的时候。'我马上说，'可是我们确实收到了，就在今天早上，我们收到一封信，'我不知道以前是否看到过比她这时更惊奇的人。'是吗，真的？'她说，'啊，那可完全是意想不到的。让我听听她说了些什么吧。'"

爱玛马上露出彬彬有礼的样子，微笑着关心地说：

"你刚接到菲尔费克斯小姐的信吗？我太高兴了。我想她身体很好吧？"

"谢谢。你真好！"这位姨妈信以为真，高兴极了，一面急急忙忙找信，一面回答说。"啊！在这儿。我肯定就在手边；可是我把针线盒放在信上。你知道，我没留意，这就完全看不到了。可是刚才还在我手里，所以我几乎能肯定，一定在桌上。刚才我念给柯尔太太听，她走了以后，我再念一遍给妈妈听，因为她听了觉得很高兴——简写来的信她总是听了再听，听不够。所以我知道这信就在手边，哪，就在我的针线盒下面——承蒙你关心，要听听她说些什么；可是，首先，为了对简公正起见，我真得为她道歉，她写了那么一封短信——只有两页，你瞧——几乎连两页都不到，她一般是写满了一整张纸，再交叉着写半张[①]。我妈妈老是觉得奇怪，我居然能看得清上面的字句。信一打开，她总是说，'啊，海蒂，现在我想你又得认那格子似的玩意儿了。'——是不是，妈妈？然后我对她说，如果没有人给她认，她肯定也会自己设法认出来的——每个字都认出来——她肯定会盯着信看，直到把每个字都认出来为止。的确，尽管我妈妈眼睛不像以前那么好了，感谢上帝，戴着眼镜她还能看得清楚，真叫人惊奇。这是福气！我妈妈的眼睛确实非常好。简在这儿的时候时常说，'我肯定，外婆，你现在能这样看东西，过去眼力一定很好——而且你还做了那么多精细的活儿！但愿我的眼睛也能保持得那么好。'"

---

① 在简·奥斯丁时代的英国，一般信件只用一张信笺，折起来封好，不用信封。一页写不下时就成直角地交叉着写在已写部分上。

啊！在这儿。

这一大段话说得实在太快了，贝茨小姐不得不停下来喘一口气。于是爱玛对菲尔费克斯小姐写的一手好字称赞了几句。

“你实在太好了，”贝茨小姐非常满意地答道，“你真是一位鉴赏的行家，你自己的字就写得那么美。我相信，再也没有什么人的赞美比伍德豪斯小姐的更使我们高兴了。我妈妈听不见。她略微有点儿耳聋，你知道。妈妈，”她对她说，“你有没有听见，伍德豪斯小姐真好，在称赞简写的字呢？”

在那位好心的老太太能够听懂以前，爱玛听到她自己说的拙劣的赞美话已经被重复了两次。她觉得这对她有利。这时，她正在考虑有什么办法可以躲开简·菲尔费克斯的信，而不显得太不客气。她刚要决定找个小小的借口马上离开这里，贝茨小姐就又朝她转过头来，使她不得不注意听。

“我妈妈的耳朵只有一点儿聋，你知道——根本算不了什么。我只消稍稍提高嗓门，说那么两三遍，她就肯定听得见；不过话说回来，她听我的声音听惯了。可是非常奇怪，她听简的话总是比听我的话更容易听懂。简口齿真清楚！尽管如此，她会觉得她外婆一点儿也不比两年以前更聋。在我妈妈这个年纪，能这样说是很了不起的——从她上次来这儿到现在，你知道，真的已经过了整整两年了。我们以前从没这样长久看不到她。像我刚才告诉柯尔太太的，现在我们简直不知道怎么来款待她才算够。”

“你在盼望菲尔费克斯小姐很快来吗？”

“啊，是的；就在下星期。”

“真的！那太叫人高兴了。”

“谢谢你。你真好。对，就在下星期。人人都觉得惊奇；人人都说这句亲切的话。我相信，海伯利的朋友们看到她高兴，她看到他们也一样高兴。对，星期五或者星期六。她说不准哪一天，因为在这两天里有一天坎贝尔上校自己也要用马车。他们真太好了，一路送她来！可是他们一向都送的，你知道。啊，对，下星期五或者下星期六。她信里是这样写的。那就是她破例写信的理由，我们说这是破例；因为在一般情况下，我们要到下星期二或者下星期三才收到她的信。”

“对，我也是这样想。我还怕今天没有机会听到菲尔费克斯小姐的什么消息呢。”

“你真太好了！对，要不是出现这种特殊情况，我们是不会这么早就听到她来的消息的。我妈妈真太高兴了！因为她至少要跟我们在一起住上三个月。三个月，她是肯定地这么说的，我可以马上念给你听。事情是这样的，你知道，坎贝尔夫妇俩要上爱尔兰去。狄克逊太太说服她的父母马上去看她。他们本来打算要到夏天才去，可是她迫不及待地要看看他们——她在去年十月结婚以前，连一个星期也没离开过他们，所以分住在不同的王国里就成了一件非常奇怪的事。我原来是想说不同的王国，可是，不管怎样，还是说不同的地区好，所以她写了一封十分紧急的信给她母亲——或者父亲，我声明我不知道究竟是写给谁的，可是我们马上会在简的信中看到——用她自己的名义，同样也是狄克逊先生的名义，恳请他们马上去。他们会在都柏林[①]接他们，把他们带回他们的乡村住宅，巴里克莱格——我想那准是个美丽的地方。那地方的幽美简已经听到许多了——我的意思是说，听狄克逊先生说的——我想她不会从别人那里听到。不过，你知道，他求爱的时候，自然喜欢谈起自己的家——而且简常常跟他们一起出去散步——因为坎贝尔上校和坎贝尔太太都很小心，不让他们的女儿常常单独和狄克逊先生出去散步，对于这一点我丝毫不责怪他们。他把爱尔兰他自己家的情况告诉坎贝尔小姐，简当然全都听到了。在信里她还告诉我们，他把他自己画的家乡的一些风景画给他们看过。我相信，他是个非常和蔼可亲的、讨人喜欢的青年。听到他的叙述，

① 爱尔兰最大城市。现为爱尔兰共和国首都。

简巴不得能上爱尔兰去。”

这时，爱玛想着简·菲尔费克斯，想着那位迷人的狄克逊先生，想着她为什么不上爱尔兰去，脑子里产生了一个特别而且使她很感兴趣的疑团，她心里暗暗盘算着，要进一步探听一下真相，于是说道：

“简·菲尔费克斯小姐居然能在这时候来看望你们，你们一定感到很幸运吧。她跟狄克逊太太特别好，你们不大可能指望她不陪上校和坎贝尔太太去。”

“很对，很对，真的。我们一直担心的就是这么件事。因为，我们不喜欢她离我们那么远，一去就是好几个月——万一出了什么事也不可能赶来。可是你看，结果是一切都好得不能再好了。他们（狄克逊夫妇）一定要她跟坎贝尔上校和坎贝尔太太一起去。这是毫无疑问的。简说，他们联名邀请这最能看出他们的好意，也最叫人无法拒绝，就像你马上就会听到的。不管哪一种关心，狄克逊先生似乎都毫不落后。他是个非常讨人喜欢的小伙子。他在韦默思救了简。当时他们那一群人正在海上玩。突然几张帆中间有样什么东西飞旋着过来，要不是他脑子机灵，一把抓住她的衣服，她会一下子给撞到海里，真的差点儿连命都送掉了——我一想起这件事就要发抖！可是，自从我们听到了那天的事以后，我就一直喜欢狄克逊先生！”

“可是，尽管她的朋友们坚决邀请，她自己也想去看看爱尔兰，但菲尔费克斯小姐还是愿意把时间奉献给你和贝茨太太，是不是？”

“对——完全是她自己决定的，完全是她自己选择的。坎贝尔上校和坎贝尔太太认为她做得很对，他们原来也想这样劝她。的确，他们特别想要她来试试呼吸她家乡的空气，因为她近来身体不如往常好。”

“听到这个，我为她担心。我认为她们的判断是明智的。不过，狄克逊太太一定会大失所望。我知道，狄克逊太太长得并不怎么美——无论如何也不能跟菲尔费克斯小姐相比。”

"啊！对。你这样说，真太好了——不过，的确不能相比。她们两人不能相比。坎贝尔小姐一向是相貌极其平凡，但是却非常文雅、和蔼可亲。"

"对，那当然啰。"

"简患上了重感冒，可怜的孩子！早在十一月七日就病了（我马上念给你听），从那时起一直就没好过。拿感冒来说，时间太长了，是不是？以前她从没提起过，因为她怕惊动我们。她就是这样！考虑得那么周到！不过，她身体很不好，所以她那两位好心的朋友，坎贝尔夫妇，认为她最好还是回家，试试呼吸一向对她合适的空气。他们相信，在海伯利住上三四个月，她就会完全好了。她身体不好，来这儿当然要比去爱尔兰好得多。没有人能像我们这样护理她。"

"我看，这样安排最好。"

"所以，她下星期五或者星期六就要到我们这儿来啦。坎贝尔夫妇随后在星期一去霍利赫德——你会在简的信里看到的。那么突然！你想，亲爱的伍德豪斯小姐，这使我多么兴奋啊！要不是美中不足，她生了病——我怕一定会看到她瘦了，看上去可怜巴巴的。我得告诉你，这方面我遇到了一件多么不幸的事。我在念信给我妈妈听以前，总是先把简的信看一遍，你知道，就怕信里有什么东西惹她伤心。简要我这么做，所以我总是这么做的，今天我跟往常一样小心，先看一遍。可是我刚看到说她身体不好的那一句，我就吓得嚷了起来，'上帝保佑我！可怜的简病了！'我妈妈正在留心听着，这两句话听得清清楚楚，大吃了一惊。不过，我继续往下念的时候，我发现并不像我先前想象的那么糟。于是我把她的病说得轻一点，她也就不把这件事放在心上了。可是我想不出，我怎么会这样不小心！要是简不能马上恢复健康，我们就去请佩里先生。费用可以不考虑。他为人慷慨，又很喜欢简，也许他不打算收什么诊费，但是，我们可不能让他不收，你知道。他有妻子，有一家大小要养，不能白白浪费他的时间。好吧,现在我已经让你知道了简信里的内容,我们就来念她的信吧。我肯定,她讲她自己的事总要比我代她讲好得多。”

“恐怕我们得走了,”爱玛向哈丽埃特看了一眼说,开始站起身来,“我爸爸会等我们。我刚进这屋时,只打算待五分钟,我想也没法再多待。我只是来拜访一下,因为我不会过门不入,不来向贝茨太太问好。可是我已经很愉快地多待了一些时候!现在,我们无论如何得向你和贝茨太太告辞了。”

所有能说的挽留的话都没有能留住她。她又回到了街上。尽管她很不愿意地听了许多话,尽管事实上她已经听完简·菲尔费克斯信中的全部内容,但是,她能不听这封信本身,她还是感到高兴的。

第二章

简·菲尔费克斯是个孤儿，是贝茨太太最小的女儿的独生女。

步兵某团的菲尔费克斯中尉和简·贝茨小姐的婚姻曾轰动一时，幸福美满、充满希望和情趣盎然，可是现在一切都烟消云散，只剩下他在国外战死疆场、遗下的寡妻随即因肺结核病和忧伤而去世这一类令人忧伤的回忆，以及这一个女孩。

她生来是属于海伯利的。她在三岁那年失去了她的母亲，从此就成了她外婆和姨妈拥有的财产、照管的孩子、获得的安慰和宠爱的宝贝。看来她很可能会永远在这儿定居下去，很可能只受到有限收入所能提供的教育，而且长大以后，除了大自然赋予她的美貌和聪明以及热心、善良的亲属以外，不会有什么亲友提携或者改进提高的有利条件。

可是，她父亲的一个朋友同情她，这就改变了她的命运。这人就是坎贝尔上校。他非常看重菲尔费克斯，认为他是个出色的军官，值得提拔的青年。不仅如此，坎贝尔上校在患斑疹伤寒时，受到过他精心护理，所以相信是他救了自己的命。尽管坎贝尔上校是在可怜的菲尔费克斯死了以后好多年才回英国，才能够做一些什么事，他却并没有忘掉报这个恩。他回来以后，找到了这个孩子，便关心她。他已经结过婚，只有一个孩子还活着，是个女儿，跟简年纪差不多。于是简就成了他们家的客人，在他们家一住就是很久，还受到大家的宠爱。在她还不满九岁的时候，由于他女儿十分喜爱她，他自己也希望尽尽真正的朋友的义务，坎贝尔上校就提出愿意对她的教育负全部责任。这个提议被接受了。从那时起，简就成了坎贝尔上校家的一个成员，而且完全和他们生活在一起，只是时不时来探望一下她的外婆。

他的计划是,把她培养成教师。她从她父亲那里继承到几百英镑遗产,要靠这笔钱独立生活是不可能的。用别的方法为她提供生计,又超出了坎贝尔上校力所能及的范围。因为尽管他在津贴和薪金方面的收入是可观的,他的财产却并不多,而且必须全部归他女儿所有。但是他想,给她受教育就等于给她提供日后维持体面生活的条件。

这就是简·菲尔费克斯的身世。她落到了好人手里,在坎贝尔家得到的尽是恩惠,而且已经受了卓越的教育。经常和淳厚正直、见多识广的人们生活在一起,她的心灵和智力已经受到了训练和陶冶,获益匪浅。由于坎贝尔上校住在伦敦,所以,即使不大突出的天赋也都在第一流老师的指导下充分得到了发挥。她性情好,能力强,没有辜负他们出于友谊所做的一切。到了十八九岁,如果说这样小的年纪就有资格照料孩子,那她已经是完全能胜任教师的职务了。但是大家太疼爱她,舍不得跟她分开。爸爸和妈妈既不愿意催促,女儿也不能忍受。那不幸的日子被推迟了。很容易作出决定,她还太年轻。于是简仍旧跟他们住在一起,像是另一个女儿,分享着上流社会的正当欢乐,既有家庭的温暖,又有愉快的消遣。只有为未来的担心以及她自己那很强的理解力作了清醒的提示,在提醒她:所有这一切马上就要过去了。

简在姿容和学识方面都肯定处于优越地位。从这点看来,全家还那么喜欢她,特别是坎贝尔小姐还深深地爱着她,这对于双方来说,就都格外可贵了。那个年轻小姐不可能不看到大自然赋予的容貌,而父母呢,又不可能不看到她那较高的聪明才智。然而,他们依旧相亲相爱地住在一起,一直到坎贝尔小姐出嫁。在婚姻问题上,机遇和幸运往往出人意料地出现,把吸引力赋予中等的而不是优越的对象。坎贝尔小姐就因为有了这种机遇和幸运,差不多一认识既有钱又可爱的狄克逊先生,就获得了这个年轻人的爱。她满意而幸福地成了家,而简·菲尔费克斯却还要自己去谋生。

这件大事最近刚办好；真是最近才刚刚办好，她那位不如她幸运的朋友都还来不及去找她那谋生之路呢，尽管她现在已经到了自己认为应该走这条路的年龄。她早就决定，应该在二十一岁开始。她怀着虔诚的见习修女的那种坚忍不拔的精神，已经决定在二十一岁那年完成这种献身，放弃所有的人生欢乐、正当交往、平等社交、宁静和希望，来永远忏悔和苦修。

坎贝尔上校和他的太太都是很有头脑的人，不可能反对这种决心，尽管感情上恋恋不舍。只要他们还健在，她就没有必要去自己奋斗，她可以永远把他们的家当做她自己的家。而且为了他们自己舒适，他们也很可以完全把她留下来；不过这样做是自私的。最后免不了要做的事还是早点做好。或许他们开始感到，还是拒绝延期的引诱，不让她再享受现在非放弃不可的悠闲和舒适更加仁慈，更加明智。尽管如此，感情还是乐于抓住任何合理的借口来推迟那不幸的时刻。从他们的女儿结婚那天起，她身体一直不很好。在她完全恢复体力以前，他们非禁止她工作不可。工作对衰弱的身体和纷乱的心情是绝对不相宜的，即使在最有利的情况下，除了身心健康以外，还需要有更多的东西，才能比较愉快地完成。

至于她不陪他们上爱尔兰去这件事，她对姨妈说的全是事实，尽管可能有些事实还没有讲出来。趁他们出门的时候来海伯利，是她自己作的选择。这也许是她能同最亲的两个好心的亲人一起度过的完全自由的最后几个月了。坎贝尔家的人，不管动机是什么，是一个、两个或者三个，总之是马上同意了这个安排。他们还说，他们相信，为了让她恢复健康，再也没有什么比她在家乡过几个月更好了。她肯定要来。海伯利，欢迎不到那早就答应来的全新人物——弗兰克·邱吉尔先生——只好暂时凑合一下，欢迎简·菲尔费克斯，而她却只能带来两年不见以后给人们的那种新鲜感觉。

爱玛觉得遗憾,因为不得不同她讨厌的人敷衍漫长的三个月！不想做的事她总是要多做,应该做的事却总是要少做！她为什么不喜欢菲尔费克斯小姐呢？这也许是个难以回答的问题。奈特利先生曾经有一次告诉过她,那是因为她看到对方是个真正多才多艺的年轻女士。她自己就希望人家把她看成这样一个人。尽管他这说法当场就被她激烈地驳斥了,但是,有时她却也自我反省,她的良心不能使她不感到内疚。可是,"我总是没法同她交朋友。我不知道是怎么回事。不过她总是那样冷冰冰的,沉默寡言;不管她高兴不高兴,总是摆出那么一副显而易见的冷漠态度。还有,她的姨妈总是那样唠叨个没完！人人都讨厌她！人家总以为我们俩亲密无间——就因为我们同年,人家就以为我们一定相亲相爱。"这些就是她的理由,除此以外,她没有什么更好的理由。

这种厌恶太不公正——种种缺点本来就是硬加上去的,又被幻想夸大了,所以每次久别以后第一次看到简·菲尔费克斯,她反而觉得自己好像伤害了她似的。现在,简·菲尔费克斯在隔了两年以后回来,她去作礼节性的拜访,看到简·菲尔费克斯的仪表和风度,特别感到吃惊。在那整整的两年里,她一直在这两方面贬低简。简·菲尔费克斯优雅大方,优雅得引人注目;爱玛自己就最看重优雅。简个子高得恰到好处,几乎人人都会认为她高,却又没有人会认为她太高。她的体态特别娇美。她身材适中,不胖也不瘦,尽管带一点病态,似乎在表明她们两人相比她比较不幸。爱玛不能不觉察到这一切。她的容貌,她的五官,要比她记忆中的更美;并不端正,可是美得很逗人喜爱。她的眼睛是深灰色的,有黑黑的睫毛和眉毛,谁见了都忍不住要赞美。不过肤色,爱玛以前常挑剔她,认为缺少血色,现在却白净而娇嫩,的确不需要什么更多的红润。这种以优雅为主要特点的美,是她根据自己的原则不得不加以称赞的。这种外貌或者心灵上的优雅,她在海伯利很少看到。在那儿,只要不庸俗,就算杰出,就算优点。

总之，在第一次拜访时，她坐在那儿盯着简·菲尔费克斯看，心里怀着双重的满足：既感到高兴，又感到自己是公正的。她还下了决心，以后再也不厌恶简了。她不仅看到简的美，确实还看到她的身世和她的处境。她考虑到所有这些优雅大方注定了会有什么结果，简会从什么地位上降下来，她会怎样生活，这时，爱玛除了感到同情和尊敬之外，似乎不可能再有什么其他的感觉。尤其是，除了使爱玛当然会感兴趣的每个众所周知的细节以外，简还很可能爱上了狄克逊先生，这是爱玛自然而然地想到的。在这种情况下，再也没有什么比她决心作出牺牲更加可怜和可敬的了。爱玛现在愿意改变自己的看法，认为她不会把狄克逊先生的爱从他妻子那里夺过来，也不会做任何她原先凭空想象出来的坏事。即使那是爱，那也可能是她单方面的朴素的、单纯的、不成功的爱。很可能简在和她的朋友一起听他谈话时，不知不觉地吸入了可悲的毒汁；而且，出于最良好的、最纯洁的动机，现在是自己故意不去爱尔兰，而决心马上开始从事她的自食其力的工作，以便有效地跟他、跟他的亲友一刀两断。

总的说来，爱玛在离开她时，就这样怀着温和宽厚的心情。她一边走回家去一边还向四周看看，悲叹海伯利竟没有一个年轻小伙子配得上让简过悠闲的生活；没有谁能够使她可以满足自己为简作些安排的愿望。

这些都是极好的感情——但是并不持久。她刚刚想公开宣布自己要和简·菲尔费克斯终生做朋友，刚刚对奈特利先生说了“她确实漂亮，还不止是漂亮！”还没有做什么更多的事来表示放弃过去的偏见和错误，简就已经跟她外婆和姨妈在哈特菲尔德度过了一个晚上，一切又都在很大程度上回复了原状。以前那些令人恼火的事重又出现了。那位姨妈跟往常一样讨厌；而且更加讨厌了，因为现在除了赞美简的多才多艺之外又加上了为她的健康担心。她们既要看那位姨妈为她母亲和她自己做的一些新帽子和新针线包，又得听她仔仔细细地描述简早点只吃那么一点儿面包和黄油，午餐只吃那么一小片羊肉。于是，简的过错又出现了。她们听音乐；爱玛不得不演奏；而那必然接着而来的感谢和赞美，在爱玛看来，似乎是故意装出来的诚挚，故意装得了不起，只不过是用更高的方式炫耀她自己那十分卓越的表演。除此以外，尤其糟的是，她是那么冷淡，那么谨慎！简直没法听到她的真实意见。她用一层礼貌的外衣把自己裹了起来，似乎下定决心不作任何说错话的冒险。她保持沉默，真是既讨厌又可疑。

一切都到了顶了，如果还有什么可以更进一步，那就是，她在韦默思和狄克逊夫妇这个话题上，比在其他任何话题上更加沉默。她似乎不想谈出自己对狄克逊先生性格的真实看法，或者对同他交往的估量，也不想对这门婚事是否合适发表意见。一切都是一般地表示一下赞同，而且讲得圆滑，没有什么详细的描述或者突出的评语。然而，这对她毫无帮助。她的谨慎只是枉费心机罢了。爱玛看穿了那种诡计，又回到了她原先的猜测上来。也许除了要隐瞒她比较更喜欢什么以外，的确还有一些事情要隐瞒；也许狄克逊先生很可能即将要换一个朋友了，或者，他选定坎贝尔小姐只不过是为了将来可以获得一笔一万二千英镑的财产。

谈到另外的话题，她也同样保持沉默。她跟弗兰克·邱吉尔先生在同一时间到达韦默思。听说他们有点儿认识；可是，他到底是怎么样一个人，却从她嘴里一句真话也套不出来。“他长得漂亮吗？”“我相信，人家都认为他是个非常俊俏的青年。”“他和蔼可亲吗？”“大家都这么认为。”“他看来是个有头脑的青年，是个有学问的青年吗？”“只是在海滨玩玩，或者只是个普普通通的在伦敦认识的人，要在这些方面作出判断是有困难的。一个人的举止，要通过一段较长时间的交往才能正确判断，凭我们跟邱吉尔先生的这点儿交往要作判断是远远不够的。我相信，人人都认为他的举止是讨人喜欢的。”爱玛简直不能宽恕她。

第三章

爱玛简直不能宽恕她，可是当时也在场的奈特利先生既没有看到惹人发火的言行也没有看到怨恨的迹象，看到的只是双方很得体的关心和令人高兴的行为，所以他第二天早晨有事来找伍德豪斯先生时，对一切都表示满意，尽管不像她父亲不在屋里时那样直率，却也说得相当明白，足以使爱玛听懂。他以前一直认为她对简不公正，现在看到她有了进步，非常高兴。

“昨晚过得非常愉快，”他刚同伍德豪斯先生谈过了必须谈的话，向伍德豪斯先生说明白了他的意思，文件也都收拾起来了，他就开始说，“特别愉快。你和菲尔费克斯小姐给我们演奏了非常优美的音乐。自由自在地坐着，整整一个晚上都同这样两位小姐在一起，时而听她们演奏音乐，时而同她们交谈，我不知道还有什么比这更舒服的了。我相信，菲尔费克斯小姐一定认为这一晚过得愉快，爱玛。你招待得无微不至。我很高兴，你让她演奏那么多次，因为她在外婆家没有钢琴，她一定是真的弹了个痛快。”

“能听到你的赞美，我很高兴，”爱玛微笑着说，“不过我想，我招待来哈特菲尔德的客人，并不常常有什么欠缺吧。”

“对，我亲爱的，”她父亲立刻说，“我相信你是不会有什么欠缺。没有人能像你一半那样殷勤款待和彬彬有礼。要说有什么缺点的话，那就是你太周到了。昨儿夜里的小松饼——要是只递一圈，我想也就够了。”

“对！”奈特利先生几乎是在同一个时间说，“你不大有什么欠缺。不论在举止方面还是在理解方面，都不大有什么欠缺。所以，我想你是懂得我的意思的。”

她调皮地看了他一眼好像表示“我完全懂得你的意思”。不过她说出口的只是，“菲尔费克斯小姐太沉默寡言。”

“我以前就一再告诉你她沉默寡言——有那么一点儿；可是你不久就会帮她把不该有的那种沉默寡言改掉。把那出于羞怯的行为改掉。凡是出于谨慎的，都必须受到尊敬。”

“你认为她羞怯。我可看不出来。”

“我亲爱的爱玛，”说着他从他的椅子上起来，坐上一张靠近她的椅子，“我希望，你不是要告诉我你过了一个很不愉快的夜晚吧。”

“啊，不。我能坚持问她问题，我感到高兴；而想到她回答得如此之少，我觉得有趣。”

“这使我失望，”这是他唯一的回答。

“我希望每个人都过了一个愉快的晚上，”伍德豪斯先生以他那从容不迫的方式说。“我过得很愉快。有一次，我觉得炉火太热了些。可是我把椅子往后退了一点儿，非常少的一点儿，我就不再感到不舒服了。贝茨小姐很健谈，心情也好，她一向这样，尽管说起话来未免太快了些。不过，她是令人愉快的，贝茨太太也一样，只是以另一种方式。我喜欢老朋友。简·菲尔费克斯小姐是一位非常秀丽的年轻小姐，的确是一位相貌非常秀丽、举止又非常端庄的年轻小姐。她一定觉得这一晚过得愉快，奈特利先生，因为她和爱玛在一块儿。”

“真是这样，先生。爱玛也过得愉快，因为她和菲尔费克斯小姐在一块儿。”

爱玛看到他在担心，想至少要在目前使他放心；于是用一种没有人能怀疑的真诚说：

“她是个优雅的人，谁都忍不住要把眼睛盯着她看。我老是瞧着她，赞赏她。但我确实打心底里怜悯她。”

贝茨小姐很健谈，心情也好

奈特利先生看上去好像比他想要表示的更为满意。他还没能作出任何回答，一心想着贝茨家的伍德豪斯先生就说话了：

“她们的境况那样窘迫，真太不幸了！确实太不幸了！我常想——可是一个人能做的却是那么少——送一些小小的、微不足道的但却是特别的礼物去。现在，我们宰了一头小肥猪，爱玛想送她们一块腰肉或者一条猪腿。那可是非常小又非常嫩的——哈特菲尔德的猪肉跟其他任何猪肉都不一样——不过它还是猪肉——我亲爱的爱玛，得肯定他们把它做成很好的炸猪排，像我们炸的这样，没一点油腻。不要去烤它，烤猪排谁也没有胃口吃——我想我们还是送猪腿好——你说对不，我亲爱的？”

“我亲爱的爸爸，我把后腿肉连腰肉整个都送去了。我知道你是愿意那么送的。腿可以腌，你知道，那是非常可口的，腰肉可以马上做成菜，随她们怎么做。”

“对，我亲爱的，很对。原先我还没有想到。不过那是最好的办法。她们可不能把腿腌得太咸；要是腌得并不太咸，而且煮得烂熟，就像赛尔给我们煮的，不要吃得太多，放上一些煮熟的萝卜，和那么一点儿胡萝卜或者防风[1]，我看那不会对健康无益。”

“爱玛，”奈特利先生立即说，“我给你带来一个消息。你喜欢听消息——我在来这儿的路上听到一个消息，我想你会感兴趣的。”

“消息！啊！对，我一向喜欢听消息。什么消息？你干吗这样笑嘻嘻的？你在哪儿听来的？在伦多尔斯吗？”

“不，不是在伦多尔斯！我没去伦多尔斯。”

他只来得及说这几句，门就打开了，贝茨小姐和菲尔费克斯小姐走进了屋子。贝茨小姐千谢万谢，还有一肚子的消息，简直不知道先说哪一件好。奈特利先生马上看到他已经失去了时机，再没有插嘴的余地了。

---

① 一种植物，其根可作蔬菜食用。

"啊！我亲爱的先生，你今天早上好吗？我亲爱的伍德豪斯小姐——我真不知如何是好了。这样好的猪肉！你实在给的太多啦！你听到消息了吗？埃尔顿先生快要结婚啦。"

爱玛甚至还没来得及去想埃尔顿先生，听到这话，大吃一惊，禁不住微微一跳，还有点儿脸红。

"这就是我的消息——我想你准会感兴趣的，"奈特利先生说，脸上带着一丝微笑，这意味着对他们两人之间发生过的一些事情加以肯定。

"可是，你在哪儿听来的？"贝茨小姐大声问道。"你可能在哪儿听到呢，奈特利先生？因为我从柯尔太太的信里看到这消息还不到五分钟——不，不可能超过五分钟——或者至少不超过十分钟——因为我已经戴上帽子，披上上衣，准备出门了——我只是为了猪肉的事下楼去再关照派蒂一下——简正站在过道上——是不是，简？因为我妈妈那么担心我们家的腌肉锅不够大。所以我说，我要下去看看，简说，'我替你下去好吗？我看你有点感冒，派蒂正在洗刷厨房。''啊，我亲爱的，'我说——好，正好这时候来了那封信。是和一位霍金斯小姐结婚——我只知道这点儿。巴思的一位霍金斯小姐。可是，奈特利先生，你怎么可能已经听到了呢？因为柯尔先生一把这事告诉柯尔太太，她就坐下来写信告诉我了。一位霍金斯小姐——"

"我在一个半小时以前有事跟柯尔先生在一起。我进去的时候，他刚看了埃尔顿先生的信，他就马上把信递给我看。"

"啊！那真是——我想再也不会有什么消息比这更能引起大家的兴趣了。我亲爱的先生，你真是给的太多啦。我妈妈要给你最好的问候和敬意，还要千谢万谢，她说你真叫她不知如何是好了。"

"我们认为我们的哈特菲尔德猪肉，"伍德豪斯先生回答，"的确比所有别的猪肉都要好得多，所以爱玛跟我都很高兴——"

"啊！我亲爱的先生，像我妈妈说的，我们的朋友们待我们太好了。

如果有人，自己没有偌大的家财，而想要的东西都能得到，我肯定那就是我们了。我们可以说，‘我们命中注定了要有一份美好的产业[①]。’呃，奈特利先生，这么说，你是确确实实看到了那封信了；呃——”

“信很短，只是宣布一下——不过当然也是充满喜悦和令人高兴的。”说到这里，他诡秘地朝爱玛瞥了一眼。“他是那么幸运，将要——我忘记确切的字眼了——没有必要去记住那些。就像你说的，那消息是，他要和一位霍金斯小姐结婚了。从他的口气来看，我想那是刚刚决定下来的。”

“埃尔顿先生要结婚了！”爱玛一能说话就这么说。“人人都会祝他幸福的。”

“他现在就成家，太年轻啦，”伍德豪斯先生说。“他最好不要匆忙行事。依我看，他原来那样，生活很好嘛。在哈特菲尔德看到他，我们总是很高兴的。”

“我们大家要有一位新邻居了，伍德豪斯小姐！”贝茨小姐兴高采烈地说；“我妈妈是那么高兴！她说她不忍心看到那可怜的古老牧师住宅里连个女主人都没有。这确实是件大喜讯。简，你从没看见过埃尔顿先生！难怪你那么好奇，一心想见见他了。”

简的好奇心似乎不是强烈得能占据她整个心灵的那一种。

“对，我从没看见过埃尔顿先生，”她接过这个话题，回答说，“他是不是——他是不是一个高个儿？”

“谁来回答那个问题呢？”爱玛大声说。“我父亲会说，‘对。’奈特利先生会说，‘不。’而贝茨小姐跟我会说他恰好是不高不矮的中个儿。等你在这儿略微待久一些，菲尔费克斯小姐，你就会知道，那位埃尔顿先生

① 参见《圣经·旧约·诗篇》第十六篇第六节：“我的地界，坐落在佳美之处，我的产业实在美好。”

无论在外貌方面还是在心灵方面，都称得上是海伯利的一个尽善尽美的标准人物。”

“说得很对，伍德豪斯小姐，她会知道的。他是最好的男青年。不过，我亲爱的简，如果你记得的话，我昨天告诉过你，他正好同佩里先生一样高。霍金斯小姐！大概是一位出色的姑娘吧。他对我妈妈关心极了——要她去坐在教区牧师住宅的长椅里，让她可以听得清楚些，因为我妈妈略微有一点儿耳聋，你知道——不怎么厉害，可是她不能很快就听清。简说坎贝尔上校也有那么一点耳聋。他以为洗澡对这有好处——洗温水澡——不过她说这给他带来的好处并不持久。坎贝尔上校，你知道，在我们心目中就像天使一样。狄克逊先生看上去似乎是个非常可爱的年轻人，完全配得上做他的女婿。好人结成亲，真是一种幸福——好人也总是同好人结亲。现在，这儿将有埃尔顿先生和霍金斯小姐。那儿有柯尔夫妇，那么善良的人。还有佩里夫妇——我想再也没有哪对夫妇比佩里先生、佩里太太更幸福更美满的了。我说，先生，”她转过头去朝着伍德豪斯先生，“我想没有什么地方能像海伯利这样有这么多好人。我总是说，有这样的好邻居，我们真是幸福。我亲爱的先生，要是我妈妈有什么东西特别喜爱，那就是猪肉——烤腰肉——”

“霍金斯小姐是谁？她是什么样的人？他认识她多久了？”爱玛说，“我想，这些谁也无法知道。只觉得不可能认识多久。他走了才不过四个星期。”

谁也说不出什么情况。爱玛又想了一会儿，说：

“你一句话也不说，菲尔费克斯小姐——可是我想，你对这件新闻是感兴趣的吧？你最近在这些事情上，听得多，看得多，一定还为坎贝尔小姐忙了一阵——现在你对埃尔顿先生和霍金斯小姐却漠不关心，那我们就不能原谅了。”

“等我看到了埃尔顿先生，”简回答说，“也许我会感兴趣的——不过我相信，对我来说，那是需要的。坎贝尔小姐结婚到现在已经有几个月了，有些事情印象不深了。”

“对，像你说的，他走了正好四个星期，伍德豪斯小姐，”贝茨小姐说，“到昨天正好四个星期。一位霍金斯小姐！嗳，我以前还一直以为会是这儿附近的哪位年轻小姐呢。倒不是我曾经——柯尔太太有一次低声跟我说过——可我马上说，‘不，埃尔顿先生是一个很高尚的年轻人——可是——’总之，我认为我不大善于发现这种事。我不想装得善于发现。摆在我眼前的，我才看得到。同时，谁也不会觉得奇怪，如果埃尔顿先生追求——伍德豪斯小姐让我唠叨下去，脾气真好。她知道我再怎么也不会冒犯人。史密斯小姐怎么样了？她现在好像完全恢复健康了。你最近收到过约翰·奈特利太太的信吗？啊！那几个亲爱的小孩子真好玩。简，你可知道，我总是把狄克逊先生想象成约翰·奈特利先生那样？我的意思是说在外貌上——个子高高的，还有他那样的神情——而且不怎么喜欢讲话。”

“完全错了，我亲爱的姨妈。一点也不像。”

“很奇怪！不过在见到本人以前，谁也不可能猜想得很正确。总是有了一个想法，就一直这样想下去。你的意思是，严格说来，狄克逊先生并不漂亮。”

“漂亮！啊！不——一点也不漂亮——当然是相貌平平。我告诉过你，他相貌平平。”

“我亲爱的，你说过那位坎贝尔小姐不肯承认他相貌平平，是你自己——”

“啊！至于我，我的判断是无足轻重的。凡是我敬重的人，我总认为是好看的。不过，我说他相貌平平，是因为我相信一般人对他有这个看法，所以我也这么说。”

“好吧，我亲爱的简。我想，我们得赶紧走了。天气看来不怎么好，外婆会担心的。你太客气了,我亲爱的伍德豪斯小姐。不过我们真的一定得走了。这确实是一个最令人愉快的消息。我要上柯尔太太家去弯一下。可是我不会在那儿待满三分钟。简,你最好直接回家——我可不能让你在外面淋雨！我们觉得她来海伯利已经好多了。谢谢你——我们确实感激你。我本来不会去看望高达德太太,因为我真的认为她除了煮猪肉以外什么都不放在心上,现在我们要煮猪腿,那是另一回事。再见了,我亲爱的先生。啊！奈特利先生也要走了。呃,那真是——我相信,如果简觉得累了,你一定会好心挽着她的胳臂送她的。埃尔顿先生和霍金斯小姐结婚！再见!”

爱玛,独自和她父亲在一起,一半心思放在他身上,这时他正在为年轻人竟然这样急于结婚——而且还是跟素不相识的人结婚——而长吁短叹,另一半心思她可以用来就这个问题好好思考一下。对她自己来说,这是一个有趣的消息,她也很欢迎它,因为这证明埃尔顿先生没有痛苦多久。不过她却为哈丽埃特感到遗憾。哈丽埃特一定会觉得不好受——她所能希望的只是,由她自己来第一个告诉她,免得她从旁人那儿听到觉得突然。现在这时候她很可能来访问。如果她在路上碰到贝茨小姐,那就糟了！天开始下起雨来,爱玛不能不估计天气会把她留在高达德太太家里,她肯定会毫无准备地听到这个消息。

这阵雨下得很大,可也很短。雨停了不到五分钟,哈丽埃特就走进来了,像有什么事急匆匆赶来那样,满脸通红,神情激动,而且马上问道:“啊！伍德豪斯小姐,你猜发生了什么事!”完全可以看出她心神不定。既然她已经受到了这打击,爱玛觉得现在要表示关心,最好还是静听。哈丽埃特没受到阻拦,急急忙忙地一口气把她要说的话说完了。“半小时以前,我从高达德太太家出来——我怕天会下雨——我怕随时会有倾盆大雨——不过,我想也许在下雨以前能赶到哈特菲尔德——我就尽快地赶来。可是,我走过正在给我做衣服的那个年轻女人的家的时候,我想还是进去看看衣服做得怎样了。尽管我在那儿似乎一刻也没有停留,可是我刚出门就开始下雨了。我不知怎么办好。所以就一直尽快地往前奔,到福德店里躲雨。"——福德是一家兼营毛麻布和缝纫用品的综合商店。这家商店在当地是最大的,也是最时髦的。"我就在铺子里坐下来,脑子里什么也不想,也许坐了足足有十来分钟。这时,突然间,你猜谁进来啦——真有那么奇怪!不过他们倒总是去福德买东西——进来的不是别人正是伊丽莎白·马丁和她弟弟!亲爱的伍德豪斯小姐啊!你倒是想想看。我以为自己晕倒了。我真不知道该怎么办。那时我正坐在门口附近——伊丽莎白一眼就看到了我。可是他没有看见,他正忙着收雨伞。我肯定她看见我的,不过她马上掉过眼去看别处,不来注意我。他们两人都朝这家铺子最里面的那头走去。我还是在大门附近坐着!天哪,我简直难受极了!我的脸色肯定像我的衣服这样白。我又走不了,你知道,因为天在下雨,可是我真希望在别的任何地方,就是不要在那儿。天哪,伍德豪斯小姐!咳,最后,我想,他还是回过头来,看见了我;因为他们不是继续买东西,而是低声交谈。我肯定他们在谈论我。我禁不住想,他一定是劝她跟我说话——(你想他是不是这样,伍德豪斯小姐?)——因为她立即朝我走来——一直走到我跟前,向我问好,而且似乎只要我愿意,她就准备跟我握手了。她这样做时跟她往常不一样。我看得出来,她变了。不过,尽管如此,她似乎竭力要表示非常友好。于是我们握了手,站在那儿谈了一些时候。可是我已经忘了我说了些什么——我抖得真厉害!我记得她说,现在一直见不着面,她感到遗憾,我想,她说这话简直太好了!天啊,伍德豪斯小姐,我实在太难受了!就在那时候,雨开始停了,于是我决定,不管怎么样我都得走了——这时——你倒是想想看!我居然看见他也朝我走来——慢吞吞地,你知道,好像他不知道该怎么办才好。就这样他走了过来,还说了话,我也回答了——我站了分把钟,你知道,觉得很尴尬。接着,我鼓起勇气,说雨停了,我该走了。我就这么走了。我出店门走了还不到三码，他在后面追了上来，只是说，如果我要上哈特菲尔德，他认为我最好还是绕道打柯尔先生的马厩那儿去，因为我会发现那条近路让雨水给淹了。天哪，我想若是走近路，可要我的命啦！所以我说，我非常感激他。你知道我不能不这么说。接着他就回到伊丽莎白那儿去，我呢，就绕道打马厩那儿过来——我相信我是这么走的——可是我几乎不知道我在什么地方，简直一点也不知道。啊！伍德豪斯小姐，我宁可干任何事，都不愿碰上刚才这种事。但是，你知道，见他那样愉快，那样友好，我也有点高兴。伊丽莎白也一样。啊！伍德豪斯小姐，你跟我说说话，让我再安下心来吧。”

爱玛倒是非常真诚地希望这么做；可是她一下子却还没法办到。她得停下来思考思考。她自己心里也不怎么安呀。那个小伙子和他姐姐的举动似乎都是出于真挚的感情，她只能同情他们。像哈丽埃特所描绘的，他们的一举一动都流露出一种有趣的感情，其中既有受了创伤的爱，也有真心实意的体贴。可是她以前也相信他们都是心地善良的、值得尊敬的人。但是这会改变这种婚姻的不幸后果吗？为这事烦恼，那有多蠢啊！当然，他失去她，一定会感到遗憾——他们一定全都感到遗憾。野心，也许也像爱情一样成了泡影。他们原来可能都指望跟哈丽埃特交了朋友，自己的地位就可以提高。除此以外，哈丽埃特的描述还有什么价值呢？那样容易高兴，那样缺乏眼力，她的称颂又有什么意义呢？

爱玛振作了一下，要她把发生的这一切只看成一件微不足道的小事，不值得去仔细回忆，试着用这个办法来使她安下心来。

“当时，这也许是令人痛苦的，”她说，“不过看来你应付得很好。事情已经过去了，也许再也不会——再也不会像第一次这样相遇，所以你不必再想了。”

哈丽埃特说，“很对，”然后她就“不再想了”；可是她还是谈这件事——还是不能谈什么别的。最后，爱玛为了不让她再想马丁姐弟，只好

进来的不是别人正是伊丽莎白·马丁和她弟弟

急急忙忙地把那个消息告诉她。她原来打算小心翼翼地告诉她的。看到可怜的哈丽埃特处于这种心理状态，看到自己还认定埃尔顿先生举足轻重，爱玛连自己也摸不清究竟是要高兴呢，还是要生气，要羞愧呢，还是只不过感到有趣！

然而，埃尔顿先生的地位又渐渐恢复了。尽管她一听这消息并没像一天以前或者一小时以前可能的那样难受，但是对这件事的兴趣却马上浓了起来。而且在她们这第一次交谈结束以前，她一直谈着这位幸运的霍金斯小姐，越谈越好奇、惊异、后悔、痛苦和高兴。使马丁姐弟俩在她想象中落到了恰当的次要地位上。

他们有过那次相遇，爱玛反而觉得高兴。这可以使最初的震惊结束而不致留下任何影响来引起惊慌。像哈丽埃特现在这样生活，马丁家的人不去找她是不会看到她的。而他们却没有勇气，也不想放下架子去找她。自从她拒绝了他以后，他的两个姐妹一直没到高达德太太家去过。很可能过了一年还不会有什么必要，或者有什么人的劝说能使他们再聚到一块儿。

第四章

人类的本性，对于处在令人感兴趣的境况中的人往往会产生好感。所以一个年轻人不论是结婚还是去世，人家总会说他几句好话的。

自从霍金斯小姐的名字第一次在海伯利被提起以来，还不到一个星期，人们就用这个或那个方法发现，姿容和心灵方面的优点，她样样具备：相貌秀美、仪态大方、多才多艺，又十分和蔼可亲。埃尔顿先生本人来了以后，在得意洋洋地谈论自己的幸福前景和宣扬她的优点时，除了讲出她的教名，说出她主要演奏谁的乐曲之外，几乎没有什么可做的了。

埃尔顿先生回来时成了一个非常快活的人。他走的时候，遭到了拒绝，受到了屈辱——在获得一连串他觉得是热烈的鼓励以后，眼看快实现的希望却落空了；不仅失去了该娶的小姐，还发现自己降到了得娶一个配不上他的小姐的水平上。他气呼呼地离去——却跟另一个小姐订了婚回来——她的条件当然比第一个优越。在这种情况下，获得的总是比失去的优越。他回来以后，兴高采烈，心满意足，风风火火，忙个不停，根本不去想伍德豪斯小姐，更不把史密斯小姐放在眼里。

这位迷人的奥古斯塔·霍金斯不但具有品貌双全这类一般的优点，还拥有一万英镑的独立财产——这既是一种方便也是一种身价：这故事讲起来真光彩。他并没有自暴自弃——他得到了一个拥有一万英镑或者差不多一万英镑的女人。他是用那样可喜的速度获得的——一经介绍，就立即眉来眼去。他给柯尔太太讲了这件事发生和进展的情况，这段历史真是光辉灿烂：从偶然的邂逅，到格林先生家的宴会，再到布朗太太家的晚会——步子如此迅速——在紧要关头出现的嫣然一笑和泛起红晕——到处出现的害羞和激动——这位小姐如此容易动心——性情又如此可爱；总之，用最明白的话来说，如此乐意接受他，使虚荣心和慎重都同样得到了满足。

他既抓住了实体又抓住了影子——既抓住子财富又抓住了感情，理所当然地成了一个幸福的人。他只谈自己和自己关心的事——等着听别人的祝贺——准备让人家开玩笑——而且，带着真诚无畏的微笑，同当地所有的年轻小姐说话。不多的几个星期以前，他对她们还只能小心谨慎地献殷勤呢。

婚礼为期不远了。因为双方都只要让自己满意就行，所以除了等做好必要的准备工作以外，什么也不需要等待。在他再次动身去巴思的时候，大家都指望着他下次来海伯利就会把他的新娘带来了。柯尔太太的眼色似乎也表示这种指望不会落空。

在他这次逗留期间，爱玛很少跟他见面，不过这已经足以使她感到第一次会面已经过去，足以使她得到一种印象，觉得他现在这样既怄气又做作，并不比以前好。事实上，她开始觉得很奇怪，她以前怎么会认为他讨人喜欢。她一看见他，心里就产生强烈的反感，因此，她只是从道德角度，把这看做一种赎罪，一种教训，一种对她心灵有益的羞辱的办法，要不是因为这些原因，她真希望以后永远也不再看见他。她祝愿他万事如意；可是，他使她痛苦。如果他的幸福能在二十英里以外，那她就会心满意足了。

他继续住在海伯利；这本来会引起痛苦，但是因为他结了婚，这种痛苦肯定会减轻。这样可以免掉许多徒然的担心——缓和许多尴尬的局面。有了一位埃尔顿太太，这可以成为他们改变交往的一个借口。先前的亲密可以烟消云散而没有人会议论。他们可以重新以礼相待。

就这位小姐个人来说，爱玛很瞧不起她。毫无疑问，她配配埃尔顿先生，还是够好的；对海伯利来说，她还是够多才多艺的——也是够漂亮的——可是和哈丽埃特比起来，也许就显得平凡了。至于这位小姐的亲戚怎么样，爱玛倒是完全放心的。他在提出他那自负的要求和蔑视哈丽埃特以后，爱玛觉得他并没有攀上什么了不起的亲戚。在这方面，似乎总是可以看到真相的。她是干什么的，当然还难以肯定；不过，她是谁，也许打听得出来。撇开那一万英镑不谈，她似乎根本不比哈丽埃特强。她并没给他带来好的家族，好的血统，好的姻亲。霍金斯小姐的父亲是布里斯托尔[1]人——不用说，只能把他称作商人。他有两个女儿，她是小的一个。不过，既然他经商的全部收益显得如此之少，那么，猜想他干的不是怎么高尚的行当，也就不是不公平的了。每年冬天，有一部分时间她在巴思度过；可是她的家在布里斯托尔，正好在布里斯托尔的中心。尽管她父母几年以前已经去世，但她有一位叔父还健在。他在司法界——只能说他在司法界，除此以外，就不敢再说他有什么更可敬的职业了。这个女儿就跟他住在一起。爱玛猜他是在某个律师那儿干个苦差使，而且过于愚笨，升不上去。所有亲戚中唯一显贵的就是姐姐。她嫁得非常好，排场很大地嫁给了布里斯托尔附近的一位绅士。他居然拥有两辆马车！那就是霍金斯小姐的历史的结尾，也是她的光荣之处。

她要是能够把自己的感受全部讲给哈丽埃特听的话，那该多好啊！以前她说得哈丽埃特动了情。可是，唉！她却不能那么容易地说得她摆脱那种感情。一个对象的魅力，占据了哈丽埃特心灵上的许多空白，那可不是话语可以说得掉的。也许可以用另外一个人来取代他；当然可以用另外一个人来取代他；再也没有什么比这更清楚的了；哪怕是一个罗伯特·马丁也就够了。可是她担心，再没有什么别的能治愈她的创伤。哈丽埃特是那么一种人，一旦爱上了谁，就永远爱上了。而现在呢，可怜的姑娘，这次埃尔顿先生又回来，她的心情比以前还要糟得多——她老是在

---

① 英国港市，在格罗斯特郡。

这儿或者那儿瞥见他。爱玛只见到过他一次，可是哈丽埃特确实每天有两三回，在惊异和猜测的狂热心情中，恰巧碰上他，或者恰巧发现他刚走，恰巧听到他的声音，或者看到他的肩膀，恰巧发生些什么事，把他一直保持在她幻想中。这还不算，她老是听到别人谈论他；因为，除非是在哈特菲尔德，否则她周围总是那些看不到埃尔顿先生过错的人，他们全都认为再没有什么事比讨论他的事更有趣了。所以，一个个报导，一个个猜测——在他安排自己的事情时已经发生的和可能发生的一切，包括收入、仆人和家具——连续不断地在她的周围谈得沸沸扬扬。听到别人老是赞扬他，她所抱的敬意变得更加强烈。听到别人不断地一再说霍金斯小姐幸福，又不断地谈论他多么爱霍金斯小姐，她感到悔恨，心情也不愉快。他在屋边走过时的那副神情，他的礼帽那样戴着，全都说明他是多么深地沉浸在爱情之中啊！

如果会得到的乐趣是为常理所允许的，如果不会使她的朋友痛苦，如果不会自己谴责自己，那么爱玛看到哈丽埃特的心摇摆不定，就会对它的变化感到有趣。有时埃尔顿先生占上风，有时马丁先生家领先；而且每一方都可以偶尔用来抑制另一方。埃尔顿先生的订婚治好了和马丁先生会面引起的激动。得悉订婚的消息后所产生的不愉快又因几天后伊丽莎白·马丁上高达德太太家访问而暂时抛开。那时哈丽埃特刚好不在家；可是收到一封事先给她准备好了的信。信写得非常感人——大段友好的话中间略带一些埋怨。在埃尔顿先生来以前，她为这件事忙得不可开交，一直在思考怎么写回信。她甚至想做她不敢承认的事情。可是埃尔顿先生本人来了，所有这些心事就一扫而光了。在他逗留期间，马丁一家被忘得干干净净。在他再次去巴思的那天早晨，爱玛想消除这件事引起的一些痛苦，觉得她最好去回访一下伊丽莎白·马丁。

这次拜访会受到怎样的对待？必须做哪些事情？怎么做才最妥善？这些都是她疑虑重重地在考虑的问题。得到了邀请，如果不理睬他的母亲和姐妹，就会显得忘恩负义。决不能那么办。然而，不那么办呢，却又有恢复旧交的危险！

她想了很久，还是想不出更好的办法，只得让哈丽埃特去回访。不过回访时，如果他们能理解，就要让他们相信那只不过是礼节性的往来。爱玛打算用马车送她去，让她在埃比磨坊下车，自己乘车略微再多走一段，马上回来接她。这样他们就没有时间使出什么狡猾的手段或者危险地重提往事，这是很明确地向他们表示，为将来所选定的是什么程度的友谊。

她想不出更好的办法。尽管其中有一些做法，她自己心里也并不赞同——有点儿像只是经过掩饰的忘恩负义——但是非这么办不可，否则哈丽埃特会落到什么地步呢？

第五章

哈丽埃特已经不大有什么心思去回访了。刚好在她朋友去高达德太太家叫她以前半个小时，她的灾星把她引到一个地方。在那儿，她看到一只标着“巴思，怀特哈特，菲力普·埃尔顿牧师收”的大箱子正给搬上肉铺老板的运货马车。运货马车要把箱子送到驿车经过的一个地方。于是，除了那只大箱子和箱子上收件人的姓名地址以外，世界上的一切都成了一片空白。

然而，她还是去了。她们抵达农庄的时候，她在宽阔、洁白的砾石林荫道的尽头下了马车。林荫道在夹道的苹果树中间一直通到大门口。上年秋天给了她莫大喜悦的那一切景象，开始又一次使她激动起来。她们分手的时候，爱玛看到她正带着一种害怕的好奇神情在向四周观看，因此决定她这次访问不能超过预定的一刻钟。她独个儿驱车向前，利用那一段时间去探望一个结了婚住在登威尔的老用人。

扣准一刻钟，她重又回到了那扇白色大门跟前。史密斯小姐听到爱玛来叫她，毫不耽搁地回到了她的身边，而且也没有什么令人惊恐的年轻小伙子陪她出来。她孤零零地独个儿在砾石林荫道上走着——只有一位马丁小姐出现在门口，显然是用礼节性的客套同她告别。

哈丽埃特不能很快就把经过情况讲清楚。她感触太多了。不过，爱玛最后还是从她那里了解到了这次会面的情况和会面引起的痛苦。她只见到了马丁太太和两个姑娘。她们接待她的时候，即使不算冷淡，也可以说是抱着怀疑；而且几乎自始至终都只谈些极其平常的话——直到最后，马丁太太突然说，她认为史密斯小姐长高了，这才提出了一个比较有趣的话题，态度也比较热情了。她们正好待在去年九月她和她的两个朋友比量过身高的那间屋子里。窗户旁的护壁板上还留着铅笔标记和备忘记录。那是他画上去的。她们似乎全都还记得那个日子，那个时刻，那几个人，那个场合——都有着同样的感受和同样的遗憾——都准备恢复同样的良好关系。她们刚恢复常态（正如爱玛一定会料到的，哈丽埃特立即成为她们中间最热诚和最快活的一个），马车就再一次出现，于是一切就都过去了。这种访问的方式，时间的短促，当时都被看做是果断的。不到六个月以前，她感激万分地跟她们一起过了六个星期，而现在只给她们十四分钟！爱玛不难想象出这一切，觉得她们很有理由抱怨，哈丽埃特也自然会感到痛苦。这件事干得不好。她本来可以付出很多代价，或者忍受很多痛苦，来使马丁家的生活地位提高一点。他们是很不错的，只要地位稍微再高一点就够了。可是事实既然如此，她又能有什么别的办法呢？不可能有！她不能后悔。他们一定得分手；可是在分手的过程中有许许多多的痛苦——这会儿，连她自己都感到那么痛苦，所以不久她就觉得需要一点儿安慰，于是决定在回家时，走伦多尔斯那条路，从那儿寻找安慰。她心里对埃尔顿先生和马丁家厌烦透了。到伦多尔斯去清醒一下是绝对必要的。

这个计划很好。可是马车到达那儿门口时，她们听说"男主人和女主人都不在家"，出去已经有一些时候了。那仆人相信是上哈特菲尔德去的。

"太不巧了，"她们转身离开时，爱玛大声说道。"我们现在恰恰碰不上他们；太使人扫兴了！我真不知道有什么时候像这样失望过。"于是她在角落里往后一靠，一个劲儿地咕咕哝哝地抱怨，或者说服自己打消这种抱怨情绪，或许两者都有一点——这是一个并无恶意的人最常用的方法。不一会儿，马车停了下来。她抬头一看，原来是威斯顿先生和威斯顿太太他们俩叫停下的。他们正站住了要跟她说话。一看到他们，她马上高兴

就在那间屋子里她量过身高

起来，但是说话声显得更加高兴；因为威斯顿先生立即走上前来招呼她：

“你好？你好？我们陪你父亲坐了一会儿。——看到他老人家身体硬朗，真是高兴。弗兰克明天要来了——今天早上我收到一封信——我们明天吃晚饭时肯定能看到他——他今天在牛津。他来这儿要住整整十四天——我早料到会这样。他如果在圣诞节来，那就连三天也住不满。他不在圣诞节来，我一直觉得高兴。接下来的天气正好对他合适——晴朗、干燥、稳定。他将完全跟我们在一起。结果一切都正好跟我们想望的一样。”

听了这样的消息不可能不信，也不可能不受到像威斯顿先生那种快活神情的感染。他妻子的话和面部表情也都证实了这个消息。她虽然话少一些，表情也文静一些，但意思同样清楚。知道连她都认为他一定会来，那就足以使爱玛相信了。她打心底里和他们一起高兴。这是给沮丧的心情的一帖最可喜的兴奋剂。陈腐的过去已经沉没在正在来临的新鲜事物中了。她匆匆想了一会儿，认为现在不会再谈起埃尔顿先生了。

威斯顿先生给她讲了他们在恩斯科姆协商的经过。协商的结果是，他儿子保证可以有整整十四天由自己支配。他还讲了他旅行的路线和方式。爱玛听了微微一笑，并且向他们祝贺。

“我会马上带他到哈特菲尔德来的，”最后他说。

爱玛可以想象，她看到他妻子在他说这话时用胳臂碰了他一下。

“我们最好继续走路，威斯顿先生，”她说，“我们耽搁这两位姑娘了。”

“好吧，好吧，我这就走；”这时他再回过头来对爱玛说，“可是你千万不能指望他是个非常高雅的青年。你只不过听了我的描述，你知道。也许可以说他确实没有什么出众的地方。”不过，这时他自己那双闪烁发光的眼睛表示的信念却跟他说的完全不同。

爱玛显得毫不在意和十分天真，用不置可否的方式来回答。

“明天,四点钟左右想想我,我亲爱的爱玛,”这是威斯顿太太临走时的叮嘱,说得有些焦急,而且只是跟她说的。

“四点钟!——他三点钟一定会到这儿,”威斯顿先生赶快修正。一次最令人满意的会面就这样结束了。爱玛变得兴高采烈起来。每样事物都带上了一种和刚才截然不同的气氛。詹姆斯和他的马看来也远远不像先前那样懒洋洋了。她望着树篱,心想至少接骨木一定会不久就长出芽来。她转过头去看哈丽埃特,看到她脸上露出春天般的气息,甚至还露出一丝温柔的微笑来。

不过,“弗兰克·邱吉尔先生会不会不但路过牛津,还路过巴思呢?”这句问话并不能说明多少问题。

可是,地理问题也好,平静的心境也好,都不是一下子能解决的。按爱玛现在的心情,只能认定,这两者到时候都会迎刃而解。

这个令人感兴趣的一天的早晨来到了。威斯顿太太的忠实学生在十点钟,或者十一点钟,或者十二点钟,都没有忘记要在四点钟想想威斯顿太太。

“我亲爱的,亲爱的焦急的朋友啊,”她一边走出自己的房间,走下楼去,一边心里自言自语,“你总是为别人的舒适过于操心,可就是不为自己的舒适操心。我看你现在又坐立不安了,一次又一次地往他屋里跑,去看看一切是不是都已经安排得妥妥帖帖。”她经过门厅的时候,钟正好打十二点。“十二点了。四个钟头以后我不会忘记要想想你。也许,在明天这个时候,或者稍微迟一点儿,我想他们可能全都来这儿访问。我看他们一定会马上就把他带来的。”

她打开客厅的门,看见有两位客人跟他父亲一起坐着——正是威斯顿先生和他的儿子。他们到了才不过几分钟,威斯顿先生几乎还没有来得及说完弗兰克为什么提前一天到,她父亲正在非常客气地表示欢迎和祝贺,她就出现了,她也有了她那份惊奇、介绍和高兴。

大家议论了很久又都很感兴趣的弗兰克·邱吉尔的确就在她面前。他被介绍给她。她认为他受到的赞扬并不过分。他是个非常好看的青年——身材、气派、谈吐，都无可挑剔。他的脸很像他父亲，神采奕奕、生气勃勃。他看起来聪明机灵，又通情达理。她立即感到自己会喜欢他。他具有一种受过良好教养才有的毫不拘束的风度，还喜欢讲话，这使她相信，他是有意来认识她的。他们也一定不久就会熟识。

他是上一天晚上到伦多尔斯的。他急于要来，所以改变了原来的计划，启程早些，歇脚迟些，赶得快些，这样就可以获得半天时间。她为此感到高兴。

“我昨天就告诉你们了，”威斯顿先生得意洋洋地大声说道，“我告诉你们，他会提前到达的。我是想起了自己以前是怎么做的。一个人总不能在旅途上爬行啊；总忍不住要比原来计划的走得快些。能在朋友们开始盼望之前就来到，能获得这种欢乐，即使在旅途上必须稍稍辛苦一点，那又算得了什么呢？”

“来到可以尽情享乐的地方，总是非常高兴的，”那位年轻人说，“尽管到现在为止我还不能指望有多少人家可去；但是回家来了，我觉得我可以爱干什么就干什么。”

家这个字使他父亲又得意地朝他看看。爱玛马上相信，他懂得如何使自己讨人喜欢。接下来发生的事更肯定了这种信念。他非常喜爱伦多尔斯，认为那所房子布置得令人称羡。他几乎不肯承认房子太小。他赞赏那个地点、那条通到海伯利去的小道、海伯利本身，特别是哈特菲尔德，还承认自己一向怀有一种对乡村的兴趣——这种兴趣只有自己的家乡才能引起——并且一向有很大的好奇心，要来乡下看看。他以前从没有过这样可爱的感情，这个怀疑在爱玛的脑海里一闪而过。不过，即使他说的是假话吧，那也是一种使人高兴的假话，而且说得使人高兴。他的态度并不做作，也不夸大。瞧他那神情，听他那谈吐，都好像他真的感到特别高兴似的。

总的说来，他们谈的话题都不外乎人们初次认识时说的那些。在他那方面都是些问话："你会不会骑马？有舒适的林间马路吗？有舒适的散步场所吗？你们有许多邻居吗？也许海伯利有不少社交活动吧？在海伯利和海伯利周围有几所非常漂亮的房子。舞会——你们举不举行舞会？这儿的社交界喜欢音乐吗？"

他在所有这些问题上都得到了满意的答复，他们的熟识程度也随之而加深，这时候，他却趁他们的两位父亲忙于交谈的机会，把话题转到他的继母身上。他谈论她时用了许多好听的赞词，许多热情的称颂，还因为她使他父亲幸福，因为她亲切地接待他，而说了许多感恩戴德的话。这正好又证明了他懂得怎么讨好别人，也证明了他肯定认为讨她喜欢是值得的。他说的赞美话一点也不过分，她知道那完全是威斯顿太太受之无愧的。可是对这一点，毫无疑问，他不大可能知道。他懂得什么话受欢迎，其他方面他却没什么把握了。"我父亲结婚，"他说，"是最明智的措施。每一个朋友都一定会为这高兴的。这个家庭让他获得了这么大的幸福，他也会永远把这看做是他获得的最高恩惠。"

他尽可能表示出泰勒小姐有这些优点，应该感谢她，但似乎并没有忘记，按照常情，与其说伍德豪斯小姐塑造了泰勒小姐的性格，那还不如说是泰勒小姐塑造了伍德豪斯小姐的性格。最后，他似乎下了决心要把他的话转弯抹角地转到正题上，便以惊叹她年轻美貌来收场。

"风度娴雅可爱，我是料到的，"他说，"可是我承认，从各方面考虑，我料想只不过是一位有相当年纪、还算好看的女人，我没想到竟会发现威斯顿太太是个漂亮的年轻女人。"

"你不管怎样把威斯顿太太看得十全十美，我也不会觉得过分，"爱玛说，"要是你猜她才十八岁，我听了也会高兴；可是，你用了这样的字眼，她准会跟你吵起来。千万别让她知道你把她说成一个漂亮的年轻女人。”

“我想我还不至于这样吧，”他回答，“不会的，请放心。”他殷勤地鞠了一躬，“跟威斯顿太太说话的时候，我知道可以称赞谁而没有被认为言过其实的危险。”

爱玛心里一直在猜想，他们互相认识会有什么结果？现在她想，他是不是也有过这种猜想；他的恭维话到底应该看做是赞美的标志呢，还是挑战的证明。她必须再多和他见几次面才能摸透他的习性；目前她只觉得他那种习性还讨人喜欢。

威斯顿先生时常在想什么，她是一清二楚的。她觉察到，他敏锐的眼光一次又一次露出高兴的神情向他们扫来。甚至在他决意不看他们的时候，她相信他也时常在侧耳倾听。

她自己的父亲完全没有这种想法。他丝毫没有这种洞察力或者疑虑，这倒是很令人欣慰的。幸亏他对于婚姻，既不赞成也不能预见。尽管每一桩正在准备的婚事，他都要反对，可是他却从来没有事先为任何婚事担心过。看来在证实以前，他好像不可能把两人之间的相互了解看得那么糟，认为他们打算结婚。这样视而不见是有利无弊的，她感到高兴。现在他可以没有一点不愉快的猜测，也丝毫没有料到他这位客人可能存心不良，而只是一个劲儿地凭着他那副天生的好心肠来礼貌待客。弗兰克·邱吉尔先生不幸在旅途中睡了两夜，他便关心地问起旅途中的饮食起居，而且完全真心地急于知道他是否确实没有着凉——不过，关于这一点，他还得再过一个晚上才能完全放心。

作了一次合乎常情的拜访以后，威斯顿先生要走了，“我得告辞了。我要到克朗去办些有关我的干草的事，还要到福德的铺子里去给威斯顿太太办许多事情。不过，我不必催别人走。”他儿子受的教养太好了，没听懂这个暗示，也立即站起身来，说道：

“既然你要去办些事，爸爸，那我就利用这个机会去作一次访问。反正总有一天要去，还是现在去的好。我有幸认识了你们的一位邻居，”他转身朝着爱玛，“住在海伯利或者海伯利附近的一位女士；姓菲尔费克斯的一家人家。我想，要找到那所房子不会有什么困难。我相信，说姓菲尔费克斯还不够恰当——还是说姓巴恩斯或者贝茨来得好。你认识哪个姓这个姓的人家吗？”

“我们当然认识，”他父亲大声说，“贝茨太太——我们刚才经过她家——我看见贝茨小姐在窗口。对，对，你认识菲尔费克斯小姐。我记得你是在韦默思认识她的。她是个好姑娘。不管怎么样，你去拜访拜访她吧。”

“今天早晨不必去了，”这位青年说，“改天去也一样；可是，在韦默思的熟悉程度——”

“啊，今天去，今天去。别推迟了。该做的事越早做越好。除此以外，我还得提醒你一下，弗兰克；在这儿，千万不能怠慢她。你看到她跟坎贝尔一家在一起，那时候她和她周围的每一个人都是地位相等的，可是在这儿，她却跟一个穷得只是勉强糊口的老外婆在一起。你要是不早些去拜访，那就是看不起她。”

儿子似乎被他说服了。

“我听她说起过认识你们，”爱玛说，“她是个非常文雅的小姐。”

他同意这说法，不过只是轻轻说了一声“对”。她几乎要怀疑他是否真的同意。可是如果认为简·菲尔费克斯的文雅只是一般性的，那么在时髦的上流社会就得有一种非常突出的文雅。

“要是以前她的风度没给你留下特别深的印象，”她说，“我看今天一定会给你留下的。你会看到她的优点；会看到她，听到她——不，恐怕你根本听不到她谈话，因为她有个姨妈，一说起话来就唠叨个不停。”

“你跟简·菲尔费克斯认识，先生，是不是？”伍德豪斯先生说，他老是最后一个说话；“那么请允许我向你保证，你会发现她是个非常可爱的年轻小姐。她是来这儿看望她外婆和姨妈的。她们都是很可敬的人。我认识她们一辈子了。我肯定,她们看到你一定会很高兴。我可以叫个用人给你带路。”

“我亲爱的先生,千万别麻烦。我父亲能带我去的。”

“可是你父亲走不了那么远。他只到克朗去,正好在这条街的另一边。那儿有许多房子;你很可能找不到。那条路脏得很,除非你在人行道上走。不过我的马车夫可以告诉你最好在哪儿过街。”

弗兰克·邱吉尔还是拒绝了,尽量摆出一副认真的样子。他父亲真诚地支持他,大声说道:“我的好朋友,这完全没有必要。弗兰克看到了水潭自己也会知道的,至于上贝茨太太家,他从克朗去,只消来一个三级跳就到了。”

他们获准自己去了;其中一个热诚地点了一下头,另一个大方地鞠了一躬,两位绅士就告别了。这次初次相识,爱玛很满意。她现在时时刻刻都可以想象他们在伦多尔斯的情景,而且深信他们是在欣慰之中。

第六章

第二天早晨，弗兰克·邱吉尔先生又来了。他是跟威斯顿太太一起来的，他似乎打心底里喜欢她，也同样喜欢海伯利。看来他刚才十分亲切地陪她在家坐着，一直坐到她平时出门走动的时候。她要他选择散步的地点，他马上就选定了海伯利。“我毫不怀疑，朝各个方向走，都会有非常愉快的地方可以散步。不过要我选择的话，我就总是选这同一个地方。海伯利，那空气新鲜而又赏心悦目的海伯利，会经常吸引我。”在威斯顿太太看来，海伯利就意味着哈特菲尔德。她相信，对他来说也是这样。他们径直向这儿走来。

爱玛几乎没料到他们会来，因为威斯顿先生想听听别人夸奖他儿子非常漂亮，刚才来过一会儿，他并不知道他们的打算。所以，她看到他们臂挽臂朝这所房子走来，又惊又喜。她本来也想跟他再见见面；尤其想看到他和威斯顿太太在一起。她要看看他对威斯顿太太的态度，才能决定她自己对他该有什么看法。要是他在这方面有欠缺的话，那就没有什么可以弥补了。不过，一看到他们在一起，她就完全满意了。他尽他的义务，并不只是说几句好听的话，或者装出一副恭顺的样子。再也没有什么比他对她的整个态度更加合适或者更加令人高兴的了——再也没有什么比这更加可喜地表明，他希望把她看做一个朋友，希望博得她的喜爱。他们的访问一直持续到上午结束，爱玛这就有充分时间来作出合理的判断。他们三人一起散步走了一两个小时——先在哈特菲尔德的灌木丛周围转了一圈，随后在海伯利各处走走。他什么都喜欢。他把哈特菲尔德大大夸奖了一番，这些夸奖的话伍德豪斯先生听了一定会高兴。在他们决定再往前走的时候,他表示希望熟悉一下整个村子。他不时发现一些值得赞扬和十分有趣的事物,比爱玛料想的还要多得多。

他想看的有些东西说明他怀有非常亲切的感情。他恳求她们指给他看他父亲住过很久的那所房子,那是他祖父的家。而且他一想起那个带过他,而至今还健在的老妇人,就从街的这一头走到那一头,寻找她住的村舍。尽管他寻求的或者观察的一些东西并没有什么真正的价值,但是把这一切都加在一起就可以看出,总的说来他对海伯利怀有好感。这在同他一起散步的人看来,一定很像一种优点。

爱玛观察着,并且断定:既然他现在流露出了这样的感情,那就不能认为他以前是自己故意不来。她断定他不是装假,也不是言不由衷地故意表白。她还断定奈特利先生肯定是对他不公平。

他们第一次歇脚是在克朗旅馆。虽然那是这类旅馆中主要的一家,但房子却并不讲究。那儿养着两对驿马,与其说是为了让它们在大路上奔驰,倒还不如说是为了给附近一带提供方便。他的两位同伴没有指望那儿会有什么引起他的兴趣,使他们在那儿耽搁。她们经过旅馆时,讲了关于那间一看就知道是后来加上去的大屋子的故事。那是好多年以前造来作为舞厅用的。当时,这一带人特别多,又特别爱跳舞,这间屋子有时就用作舞厅。可是这种光辉灿烂的日子早就一去不复返了。如今,至多只是作为本地一些绅士和半绅士组织的惠斯特俱乐部的活动场所。他马上对这发生了兴趣。这是个跳舞厅,这一点把他吸引住了。他没有继续往前走,而是在那两扇打开着的、装了上等框格的窗子跟前站了几分钟,朝里面望望,估量一下可以容纳多少人,并且对于不再派原来的用途表示惋惜。他看不到这间屋子有什么缺点。她们提出的缺点他也不认为是缺点。不,这间屋子够长、够宽、够漂亮啦,容纳所有参加舞会的人绰绰有余。整个冬天,他们应该在那儿举行舞会,至少每两周一次。伍德豪斯小姐干吗不把这间屋子以前美好的景象恢复起来呢?在海伯利,她可是什么都办得到的啊！她们说，当地没有合适的人家，别地方和邻近几个地区也不见得会有人被吸引来参加，可是他听了不以为然。他看到周围有那么多漂亮住宅，他不信会凑不足人数来举行一次舞会。甚至在她们给他讲了详细情形和各家的境况以后，他还是不承认这样贫富同乐会带来多大不便，或者在第二天早晨各自回家后会有丝毫困难。他就像一个热衷于跳舞的青年那样争辩着。爱玛看到，威斯顿家的气质肯定压倒了邱吉尔家的习惯，不由得吃了一惊。看来，他完全继承了他父亲那种生气蓬勃、精力充沛、性情开朗和倾心社交的特点，一点也没有恩斯科姆的那种傲慢和矜持。至于傲慢，也许的确是几乎不够。各阶层的人混在一起，他毫不在乎。这样看来，他的心灵未免有点近乎庸俗了。可是，他判断不出被他低估的这种祸害。那不过是生性活跃的一种表现罢了。

他终于被她们说服，离开了克朗旅馆的前门。这时正好差不多面对贝茨家住的那所房子。爱玛回想起他前一天打算去看望她，于是问他去了没有。

"去了。啊！去了。"他回答说，"我刚要说这件事。这次拜访好极了。三位女士我全都见到了。我当时觉得幸亏你预先提起。如果毫无思想准备遇上那位健谈的姨妈，那可准会要了我的命。事实上，我只是不知不觉地作了一次很不合理的拜访。本来十分钟就尽够了，也许是再适合不过的。我还跟我父亲说过，一定比他先到家——可是一直没法脱身，话讲个不停。我父亲什么地方都找不到我，终于到那儿去接我，我大吃一惊地发现，我实际上已经和她们在一起坐了差不多有三刻钟了。在那以前，那位好心的女士不给我溜走的机会。"

"你觉得菲尔费克斯小姐看上去怎么样？"

"脸色不好，很不好——这是说，要是一位年轻小姐可以被认为脸色不好的话。不过，这个说法几乎是不能接受的。威斯顿太太，你说对不？小姐们不可能看上去脸色不好。说真的，菲尔费克斯小姐生来脸色就这

他停步朝里面望

么苍白，差不多老是显得不健康——脸色不好，真是可怜。”

爱玛不同意这看法，开始激烈地为菲尔费克斯小姐的脸色辩护。“的确从来没有容光焕发过，可是总的说来，不能认为那是生病的脸色。她皮肤娇嫩，使她的脸有一种独特的文雅。”他摆出一副适当的恭敬神情听着，承认说他也听到过好多人都这么说——可是他还得坦白说，他认为缺乏健康的神采是没有什么可以补救的。即使五官长得一般，只要脸色很好，也可以显得美；五官长得好，那效果就——幸亏他不必试着去描述那种效果。

“好了，”爱玛说，“审美观是无可争辩的。至少除了她的脸色以外，你是赞赏她的。”

他摇了摇头，大笑起来。“我可不能把菲尔费克斯小姐同她的脸色分开啊。”

“你在韦默思经常见到她吗？你们经常一起参加社交活动吗？”

这时候，他们快到福德的铺子了。他一下子嚷了起来，“嗨！那一定是人人每天都得去的那家铺子了，我父亲告诉过我。他说，他自己七天中有六天要到海伯利来，总有事要上福德商店。要是对你们没有什么不便的话，我们就进去吧，让我证明自己是这儿的人，是真正的海伯利公民。我得在福德商店买一些东西。这是享受一下我作为公民的权利。这儿也许有手套卖吧。”

“嗯，对，有手套，样样都有。我真钦佩你的乡土观念。你会在海伯利受到敬重。你还没来这儿，就已经很受欢迎了，因为你是威斯顿先生的儿子。不过，只要在福德店里花上半个几尼[①]，你的受欢迎就会有你自己的美德作为基础了。”

他们走了进去。当时髦的、包装得很好的“男式獭皮手套”和“约克

① 英国金币名，值21先令。

皮手套”从货架上取下来，放在柜台上的时候，他说，“对不起，伍德豪斯小姐；就在我忽发 amor patriae[①] 的时刻，你在和我说话，和我说一些事情。别让我失去倾听的机会。请你相信，在公众中享有最大的声誉也不能补偿我在个人生活中失去的任何幸福。”

“我不过是问问，你在韦默思跟菲尔费克斯小姐和她那几个人是不是很熟？”

“现在我知道了你的问话，我可得声明，这话问得很不公平。熟悉的程度，只有小姐才有权利来决定。菲尔费克斯小姐一定早就说过了。她愿说多少就多少，我可不再多说什么。”

“嗳呀，你回答得跟她自己一样谨慎。可是她不管说什么都留下许多让人家去猜。她是那么沉默寡言，那么不愿意谈任何人的消息，哪怕只谈一点儿也不愿意，所以我真的认为，你可以尽情谈谈你跟她认识的情况。”

“真的可以吗？那我就如实说了。再没有什么像这样合我心意了。我在韦默思常遇到她。在伦敦我就有点认识坎贝尔夫妇。我们在韦默思又常在一起。坎贝尔上校是个很和蔼可亲的人，坎贝尔太太也是个友好而且热心的女人。他们两个我都喜欢。”

“我想，你知道菲尔费克斯小姐在生活中的处境吧；知道她注定了要干什么吧？”

“对——（相当迟疑地）——我相信我是知道的。”

“你谈到微妙的话题上去了，爱玛，”威斯顿太太微笑着说，“别忘了我在这儿。你谈起菲尔费克斯小姐在生活中的处境，弗兰克·邱吉尔先生简直不知道怎么回答好。我要稍微走开一些。”

“我确实忘了，”爱玛说，“她除了是我的朋友和我最亲密的朋友以

---

① 拉丁文意为对祖国的爱或对故乡的爱。

外，还有一个别的身份呢。”

他看上去好像完全心领神会，并且对这种感情表示尊敬。

买好手套以后，他们离开商店；“你可曾听到过我们谈起的那位年轻小姐弹琴吗？”弗兰克·邱吉尔问。

“听到过她弹琴！”爱玛重复说。“你忘了她完全是个海伯利人啊。从我们开始学琴起，我每年都听到她弹。她弹得好极了。”

“你是这样想的吗？我要听听真正有鉴赏力的人的意见。我觉得她弹得不错，也就是说，很有风格，可是我自己对此道一窍不通。我很喜欢音乐，可是一点也不会演奏，也没有评论别人演奏的权利。我常常听到别人称赞她弹得好。我还想起一件事，可以证明别人认为她弹得好。有一个人，一个颇有音乐才能的人，他爱上了另外一个女人——跟那个女人订了婚——都快要结婚了——可是，只要我们现在谈起的这位女士能坐下来弹琴，他就决不请那一个女人坐下来弹——只要能听这一位弹，似乎就决不听那一个弹。所以我认为，这个著名的具有音乐天才的人可说是一个证明。”

“证明，的确是的！”爱玛说，觉得很有趣。“狄克逊先生很有音乐才能，是不是？我们在半小时里从你这儿了解的情况，比菲尔费克斯小姐在半年里肯说的还要多。”

“对，狄克逊先生和坎贝尔小姐就是这一对，我认为这是个很有说服力的证明。”

“当然很有说服力。说句真心话，我要是坎贝尔小姐的话，我会觉得那说服力太强了，甚至会叫我不愉快。一个男人把音乐看得重于爱情——耳朵重于眼睛——对于美妙的声音比对我的情绪更敏感，我可不能原谅。那时候，坎贝尔小姐作何感想呢？”

“她是她特别要好的朋友，这是你知道的。”

“可怜的自我安慰！”爱玛一边说，一边大笑起来。“那倒宁可她是个陌生朋友，也不愿是个特别要好的朋友。如果是个陌生人，那也许就不会再出现，可是一位特别要好的朋友却一直近在身旁，做样样事情都比自己高明，那多么不幸啊！可怜的狄克逊太太！嗐，她上爱尔兰去定居，我倒为她高兴。”

“你说得对。对坎贝尔小姐来说，那不是什么很大的恭维。不过，看来她确实没有感觉到这一点。”

“这样就更好——或者说，这样就更糟——我不知道说哪个好。不管这是她的可爱，还是愚蠢——是友情的敏锐，还是感觉的迟钝——我想，有一个人肯定会感觉到的——那就是菲尔费克斯小姐本人。她一定已经感觉到了这种不合适而又危险的区别。”

“这一点——我倒不——”

“哦！别以为我指望从你那儿，或者从任何别人那儿听到菲尔费克斯小姐的感受。我猜想，除了她自己，没有人会知道的。可是，如果她还是这样不管什么时候狄克逊先生请她弹她都弹的话，那别人就可以爱怎么猜就怎么猜了。”

“他们三人之间似乎有一种完美的谅解——”他脱口而出，可是又马上打住，接着补充说，“不过，他们究竟是怎么个关系——内情又是怎么样，我都说不上来。我只能说，表面看来十分融洽。可是，你从小就认识菲尔费克斯小姐，当然比我更了解她的性格，更了解她在关键时刻可能采取什么行动。”

“毫无疑问，我是从小就认识她的。我们小时候在一起，也一起长大成人；人家自然会以为我们是亲密的——不管什么时候她来拜访朋友我们应该都很亲热。可是我们却不是这样。我简直闹不清楚是怎么回事。也许有一点儿是因为我有个坏脾气，她的姨妈、外婆和她们那一伙人过分崇拜和吹捧她，我就讨厌她。还有就是她太沉默寡言——我一向不喜欢任何一个这样完全沉默寡言的人。”

"确实如此，这种性格最讨厌，"他说。"毫无疑问，沉默往往是很方便的，可是决不讨人喜欢。沉默寡言是安全的，可是没有吸引力。谁也不可能爱上沉默寡言的人。"

"除非不再沉默；到那时候，才可能有更大的吸引力。不过，只有我感到比以前更需要一个朋友，或者更需要一个称心如意的伙伴，我才会自找麻烦去克服别人的沉默寡言来获得一个朋友。菲尔费克斯小姐和我是不可能亲密的。我没有理由认为她不好——一点也没有——不过她的谈话和举止都永远是那样地过于谨慎小心，她是那样害怕明确谈出自己对任何人的看法，这却叫人疑心她有什么事瞒着别人。"

他完全同意她的看法。他们在一起走了这么久，看法又这么相像，爱玛觉得自己对他已经很熟悉了。她几乎不能相信这还只是第二次会面。他跟她原先料想的不完全相同；从他的一些见解来看，他不大像是个老于世故的人，也不大像是个娇生惯养的幸运儿，因此比她想象的要好。他的观点似乎更加温和适中——他的感情似乎更加热情奔放。他将要去看教堂，还要去看埃尔顿先生的寓所，他不会跟她们一起去挑那所房子的毛病；他对埃尔顿先生的寓所的这种看法使她吃惊。不，他不可能相信那是一所很差的房子；也不相信住这房子的人值得怜悯。只要能同自己所爱的女人一起住在里面，那么，住在这所房子里就没什么可怜悯的。它完全可以使住在里面的人真正觉得舒适安逸。谁还要求更多，那他准是个笨蛋。

威斯顿太太大笑起来，说他不知道自己在说些什么。他自己住惯了大房子，从没想过房子大带来多少好处和方便，对于小房子不可避免的艰苦，他是无法评论的。不过，爱玛心里却断定他*真的*知道自己在说些什么，而且断定他表现出了一种很好的意向，想早些成家。他想结婚是出于崇高的动机。他可能没有注意到，女管家没屋子住，配膳间很差，都会破坏家庭的安宁，不过毫无疑问，他完全感觉到恩斯科姆不能使他幸福，不论什么时候他爱上了谁，他都会心甘情愿地放弃大笔财富来早日成家。

第七章

第二天，爱玛听说弗兰克·邱吉尔只是为了理发就上伦敦去，她原来对他作出的很高评价，就略微有了一点动摇。他似乎是在进早餐时忽发奇想，叫了一辆四轮马车出发，打算赶回来吃晚饭的，不过只是为了理发，看来并没有什么更重要的事。为这个目的来回各跑十六英里路，当然也不碍事；可是这样做有点儿像纨绔子弟的习气，而且无聊，她无法赞同。昨天她认为自己发现他办事合理，用钱节约，心灵无私而热情，今天他的这种做法却同这些特点不一致。虚荣、挥霍、爱变、不安，这些因素一定都在起作用，不管是好的还是坏的作用；全然不顾他父亲和威斯顿太太是否高兴；毫不在乎自己的举止行为会给人什么总的印象；他可能会受到这一些指责。他父亲只说他是个花花公子，并觉得这是件有趣的事。不过，威斯顿太太却显然不喜欢这种做法，因为她把这件事尽可能快地提了一句，只是说："所有的年轻人都会有他们小小的奇怪想法。"除此以外，不作任何评论。

除了这个小毛病以外，爱玛觉得他的访问到目前为止使他本人给她的朋友留下的都是好的印象。威斯顿太太随时都准备说他是一个多么殷勤和愉快的伴侣——她看到了他的性情中有许多使她喜欢的地方。他看来性格非常开朗——确实是非常愉快和活跃。在他的见解里，她看不到有什么不对，有许多见解肯定是正确的。他谈起他舅舅，总是怀着极大的敬意。他喜欢谈舅舅——说要是没人去干预他舅舅，那他舅舅准是世界上最好的人。虽然他并不爱他舅妈，但他却怀着感恩心情承认她老人家是慈爱的，并且似乎看来会永远在谈论她的时候怀着敬意。所有这些都表明他是很有前途的。要不是有理发这个不幸的怪念头，那就没有什么可以表示他有愧于她在想象中给他的那种殊荣。这种殊荣是，即使他不是真正爱上了她，至少也已经非常接近于爱，只不过这种感情因为她自己的冷淡态度才没发展——（因为她还是矢志永不嫁人）——总之，他们俩共同认识的人都给他这种殊荣，都把他选作她的对象。

威斯顿先生站在他那方面，除了这些解释以外，又加上了一个一定会很有分量的长处。他让她明白，弗兰克非常爱慕她——认为她很美丽，也很可爱。他有了那么多值得称道的地方，她也就觉得自己不能对他妄加评论了。正如威斯顿太太说的，“所有的年轻人都会有他们小小的奇怪想法。”

他在萨里新认识的人当中有一个人对他并不这么宽容。总的说来，在登威尔和海伯利这两个教区里，大家都对他作出了很公正的评价。这样一个漂亮的青年——这样一个笑颜常开、对人毕恭毕敬的青年，即使有点儿稍稍过分的地方，大家也都宽大地原谅他。不过，其中有那么一个人，因为善于指摘，没有被笑容或鞠躬感动——那就是奈特利先生。他在哈特菲尔德听说这件事的时候默不作声。可是，爱玛几乎随后就听见他在看手里拿着的报纸时自言自语，“哼！我早料到他是个轻浮的傻瓜。”她有点想要反驳。不过，稍微观察一下，她就相信，他说那话只不过是发泄一下他自己的情绪，而不是想要惹谁生气；因此她也就不去理会它。

尽管在一个方面，威斯顿先生和太太夫妇俩带来了不好的消息，可是从另一个方面看，他们俩这天早晨的来访却正是时候。他们在哈特菲尔德的时候，发生了一件事，使爱玛需要听听他们的意见；尤其幸运的是，她所需要的正是他们给的那种劝告。

事情是这样的：柯尔一家已经在海伯利定居了好几年，人也很好——友善、慷慨，而且朴实。可是，另一方面，他们却出身低微，是经商的，只是稍具绅士风度而已。他们初来这儿时，过日子量入为出，安安静

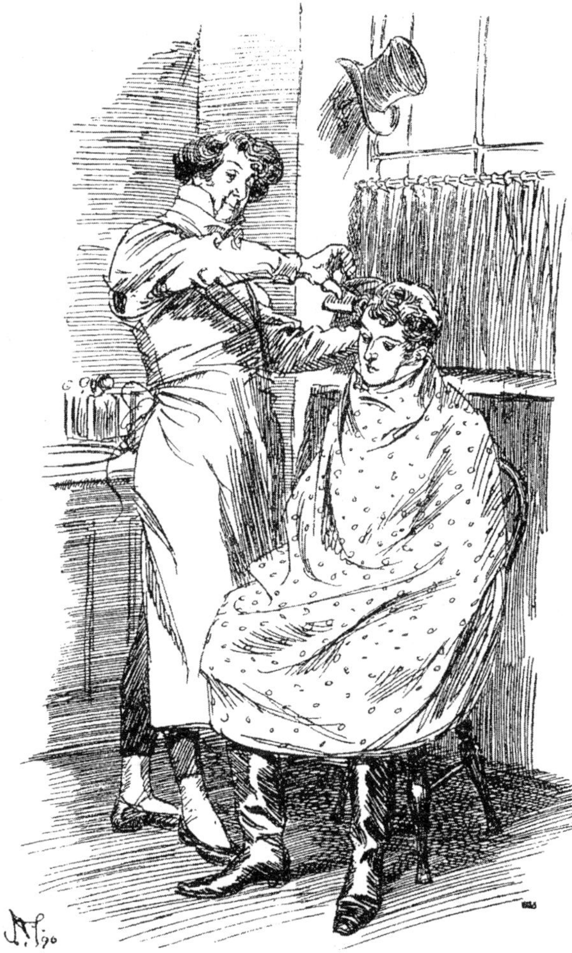

弗兰克·邱吉尔理发

静，很少和人家来往，即使来往也不多花钱。不过，近一两年来，他们的财产大大增加——城里房子上的收益也比以前多，总的说来，命运之神是在朝他们微笑。随着财富的增加，他们的眼界也开阔了。他们需要一所比较大的住宅，他们也想更多地同人家来往。他们扩建了房屋，又添了一些仆人，扩大了各项开支。这时，在财产和生活方式方面仅次于在哈特菲尔德的那一家了。他们喜欢交际，他们新建了餐厅，准备让每个人都可以来参加宴会，而且已经举行过几次宴会，参加的主要是单身汉。爱玛估计他们大概不敢邀请那些正正派派的、数一数二的人家，——不会邀请登威尔，哈特菲尔德，或者伦多尔斯。即使他们邀请了，也不会有什么能引诱她去参加。她感到遗憾的是，人人都知道她父亲的习惯，因此她的拒绝就不会像她所指望的那么有重要意义了。柯尔夫妇俩也有他们的很值得尊敬的地方，不过应该告知他们，他们是无权安排上流人家访问他们的条件的。她很担心，这一点只有她来告诉他们。她对奈特利先生不存什么希望，对威斯顿先生就更不存希望了。

可是她拿定主意将如何对待柯尔夫妇自以为是的行为是在许多个星期以前，等到侮辱终于来临的时候，她的感受却有了很大的不同。登威尔和伦多尔斯都已经分别接到了他们的邀请，而她父亲和她本人却没有收到。威斯顿太太解释说，“我想他们不敢冒昧地来邀请你们。他们知道你们是不到外面去进餐的，”可是这理由不很充足。她觉得自己很想有拒绝他们的力量；可是后来，她想到去那儿的客人正是她最希望与他们相聚的那些人，这想法一次又一次地出现，她简直不知道要是她也接到邀请的话她是不是一定挡得住诱惑拒绝接受它。哈丽埃特晚上要上那儿去，贝茨一家也去。前一天在海伯利附近散步的时候他们已经谈起过了。她不参加，弗兰克·邱吉尔还发出由衷的叹惜呢。那晚不是很可能以舞会结束吗？那是他问的一个问题。仅仅是这么一个可能性，就使她更加觉得心中不悦。剩她一个人孤零零地保持着她那高贵的身份，即使认为不邀请她是表示恭维,那也不过是可怜的安慰罢了。

威斯顿夫妇俩待在哈特菲尔德的时候,请柬送来了。这使她觉得他们都在,真太好了,因为,尽管她看了请柬以后的第一句话是,“当然得拒绝,”她却又马上请他们给她出出主意该怎么办;他们立即劝她去赴会,她同意了。

她承认说,从各方面考虑,她并非完全不想参加。柯尔夫妇俩措辞如此恰当——他们的做法包含着这么多的考虑——对她父亲如此关心。“本拟早日恳请光临,但需等待折叠屏风从伦敦运到。希望有屏风挡风御寒,伍德豪斯先生能更乐于光临。”总的说来,她很快就接受了他们的劝告。他们匆匆商定了该做些什么才不致忽视伍德豪斯先生的舒适——还商定了要有个人陪他,如果贝茨太太不行的话,那就是高达德太太——还要说服伍德豪斯先生,使他同意女儿在近在眼前的某一天出去赴宴,离开他去度过整整一个晚上。至于他也一起赴宴,爱玛不希望他认为有这个可能;时间太晚,参加宴会的人又太多。他不久就爽爽快快地让步了。

“我可不喜欢到别人家里去吃饭,”他说,“我一向不喜欢。爱玛也一样。时间太晚,对我们都不相宜。柯尔先生和柯尔太太这么做,我很遗憾。我想,如果他们今年夏天哪个下午来跟我们喝喝茶——邀我们和他们一起在下午溜达溜达,那就好多了。他们可以这么做,因为我们安排的时间很合理,可以很早回家,不至于到黄昏潮湿时还在外面。我不希望谁让夏天黄昏的露水打湿。不过,既然他们那么盼望亲爱的爱玛去跟他们一起吃饭,你们俩和奈特利先生又都在那儿,可以照顾她,那我也就不想阻拦了。只要天气好,不潮,不冷,也没有风就行。”然后他回过头去朝着威斯顿太太,露出温和的责备神情说:“啊!泰勒小姐,你要是还没有结婚,就可以留在家里陪我啦。”

“啊,先生,”威斯顿先生大声说道,“因为是我夺走了泰勒小姐,只要我办得到,我理应替代她。如果你愿意的话,我一会儿就去找高达德太太。”

可是听说一会儿要做件什么事，伍德豪斯先生非但没有安下心来，反而更加不安。两位女士就比较懂得该怎样来缓和他的情绪。威斯顿先生必须住口。一切都慎重地做好了安排。

由于这样处理，伍德豪斯先生马上就平静了下来，能像平时一样说话了。“我很高兴见到高达德太太。我对高达德太太很敬佩。爱玛应该写封信去请她。詹姆斯可以把这封信送去。不过，首先要写封回信给柯尔太太。”

“你要代我表示一下歉意，我亲爱的，尽可能写得客气些。就说我身体有病，哪儿都不去，所以不能接受他们恳切的邀请。当然啰，一开始要先把我的问候写上。不过你会把一切都办得妥妥帖帖的。我用不着嘱咐你该怎么做。我们得记住通知詹姆斯一声，星期二要用马车。你跟他一起去，我就不担心了。自从修了那条新路以后，我们只去过一次。不过我相信，詹姆斯会平安无事地把你送到的。你到了那儿，可得关照他什么时候再去接你回来。最好把时间讲得早些。你不会喜欢待得很晚。喝过茶，你就会觉得够累了。”

“可是你不会要我还没感到累就离开吧，爸爸？”

“哦，不会，不会，我亲爱的。不过你会很快就感到累的。那么多人同时讲话。你不会喜欢那种闹声的。”

“可是，我亲爱的先生，”威斯顿先生大声说道，“要是爱玛早走，那这个会也会早散的。”

“那也没有多大妨碍，”伍德豪斯先生说。“每一个会都散得越早越好。”

“可是你没有考虑到柯尔家会怎么想。爱玛喝完茶马上走，人家会生气的。他们脾气好，不大会只考虑自己的权利。不过，他们还是会觉得任何人急急忙忙离开是不大恭敬的；特别是伍德豪斯小姐这么做，那要比在场的任何人这么做，更会引起想法。我肯定，先生，你是不想使柯尔夫妇失望和不快的。他们是很友好、很善良的人，这十年来一直是你的邻居啊。”

“是不能，决不能这样做，威斯顿先生。多亏你提醒，我非常感激。给他们任何痛苦，我都会感到十分抱歉。我知道他们都是值得尊敬的人。佩里告诉我，柯尔先生从来没碰过啤酒。看他的外表你不会想到，可是他容易发火——柯尔先生很容易发火。不，我可不愿让他们痛苦。我亲爱的爱玛，这点我们倒是得考虑考虑。我肯定，你会宁可多待一会儿，也不愿去冒伤害柯尔夫妇感情的险。你会不去管它累不累。你知道，跟你的朋友们在一块，你是非常安全的。”

“啊，对，爸爸。我压根儿不为自己担心，威斯顿太太待多久，我也会毫不犹豫地待多久，我不过是为你担心罢了。我怕你坐着等我。我倒不担心你跟高达德太太在一起不很舒服。她喜欢玩皮克牌[①]，你是知道的。不过，她回家以后，我担心你会老是独自坐着等我，而不按时就寝。一想到这个，我就会完全没有兴致玩了。你得答应我，不坐着等我。”

他答应了，条件是，她也答应他一些事，例如，要是她回家时觉着冷，那就一定要使全身暖和过来。要是肚子饿，那就拿些东西吃。她自己的女仆得坐着等她。赛尔和男管家得查看一下屋里的一切是否都和往常一样平安无事。

① 一种两人对玩的纸牌戏。

第八章

弗兰克·邱吉尔又回来了。如果他害得他父亲等他吃晚饭,那也不会让哈特菲尔德的人知道。因为威斯顿太太一心巴望他博得伍德豪斯先生的欢心,纵然他有任何不足之处,只要隐瞒得了,她就决不会泄露。

他理过发回来,泰然自若地嘲笑了自己一番,但是显然根本没有对自己的行为真正感到羞愧。他没有理由希望自己的头发留得长一些来遮掩面部的什么狼狈相;也没有理由希望留着那笔理发的钱来使自己的情绪好一些。他还是跟以前一样无所畏惧,一样生气勃勃。爱玛看到他以后,这样跟自己说理:

"我不知道到底应不应该如此,不过,如果聪明人冒冒失失做了一件傻事,那傻事就肯定不成其为傻事。坏事总是坏事,但蠢事却不一定总是蠢事。那要由那些处置这事的人们的品性来决定。奈特利先生,他不是一个轻浮的傻小子。如果是的话,他就不会这么做了。他会要么为做成这件事感到光荣,要么为这感到羞愧。要么像纨绔子弟那样炫耀,要么像意志过于薄弱、不敢护卫自己的虚荣心的人那样回避。不,我完全相信,他既不轻浮也不傻气。"

随着星期二的来临,她又可以愉快地等着再一次见到他,而且见面的时间比以往要长;可以判断一下他总的态度,并且推测他对她自己的态度到底意味着什么;可以猜出她必须在什么时候摆出冷淡的神情;还可以想象一下,那些将第一次看见他们在一起的人会有什么想法。

地点将是在柯尔家里。她心中老是想着,甚至在她对埃尔顿先生还有好感的日子里,他的缺点中最使她受不了的就是他喜欢跟柯尔先生一起吃饭。尽管如此,她还是打算高高兴兴地去参加。

她父亲的舒适得到了充分的保证。不仅高达德太太能来,贝茨太太也能来。她在离家之前最后尽的一项令人高兴的责任是,在她们吃完饭坐在一起的时候向她们致敬;并且在她父亲正疼爱地欣赏她那件美丽的衣服时,尽力使两位太太得到补偿,给她们大片的蛋糕和斟得满满的酒,因为他关心她们的身体,使她们刚才吃饭时不得不违反自己的意愿少吃一点。她为她们提供了丰盛的一餐;她希望能够知道她们已经被允许尽情地吃喝。

她跟在另一辆马车后面到达柯尔先生家门口。一看原来那辆马车是奈特利先生的,她高兴起来;因为奈特利先生没有养马,没有多少闲钱,而有的是很好的健康、活跃的个性和独立自主的精神,在爱玛的心目中,这个人太爱四处走动,作为登威尔教堂的主人出门本该坐马车,而他却不大坐。他停下脚步,扶她走出马车,她心里感到热乎乎的。这时,她有机会来向他表示赞许。

"这样来才像一位绅士,"她说,"本来就应该这样嘛。看到你,我很高兴。"

他谢了她,说:"我们同时到达,多巧啊! 因为,要是我们先在客厅里见面,我怀疑你是否还会看出我比往常更有绅士风度。你可不能从我的神情和举止上看出我是怎么来的啊。"

"我会看出来的,我肯定我会的。人们在知道自己用了低于他们身份的方式来到的时候,总是有一种不好意思和心慌意乱的神情。也许你自以为很好地装得若无其事;可是总有一种虚张声势和故作镇静的样子。不管什么时候我在这种情况下遇见你,我总是看出这种样子。现在你不必做作。你不用担心人家以为你害羞。你也不用竭力装得比任何人都高。现在我真的很高兴跟你一起走进同一间屋子了。"

"你这姑娘真无聊!"他答道,可是他丝毫没有生气。

爱玛不仅对奈特利先生满意，也有充分理由对其余的人都感到满意。她受到了热诚而尊敬的接待，这只会使她高兴；大家都像她希望的那样重视她。威斯顿一家到达的时候，夫妇俩都以最亲切的疼爱神情看着她，向她表示最热烈的赞美。儿子快活地急忙朝她走来，这表示她是他的特殊对象，而且在吃饭的时候，她发现他就坐在她旁边——正如她深信不疑的，在这一点上，他不能算不机灵。

这个宴会规模相当大，因为还请来了另一家人家——一家正正派派的、无可非议的乡绅之家。柯尔夫妇在他们认识的人中间，以这家人家为荣，此外还有海伯利的律师柯克斯先生家的几位男客。像贝茨小姐，菲尔费克斯小姐和史密斯小姐那些不及他们高贵的女客都要到晚上才来。可是吃饭时，因为人太多，不可能谈一个什么共同的问题。在政局和埃尔顿先生等话题谈过以后，爱玛可以全神贯注地听她邻座说的令人愉快的话。她感到非听不可的第一个从远处传来的声音是简·菲尔费克斯的名字。柯尔太太似乎在讲一件有关她的事，好像十分有趣。她听了一下，发觉很值得一听。爱玛那极其可贵的幻想，有了一个可以发挥想象的有趣题材。柯尔太太在说她去探望了贝茨小姐；一进屋就看见一架钢琴，不由得感到震惊，那可是一架非常讲究的钢琴；不是一架大钢琴，而是一架大尺寸的四方形钢琴。说这个故事的用意，以及说接下来的那一大段她惊讶、询问、祝贺和贝茨小姐解释的对话的目的，就是要说明那架钢琴是前一天从布罗德伍德琴行[①]运来的，这使姨妈和外甥女都大为惊奇——完全出乎意料。根据贝茨小姐的叙述，一开始连简自己也莫名其妙，困惑不解，想不出有谁可能定这样一件礼物。可是现在，她们想出了一个两人都满意的答案：只有一个人可能送——不用说，一定是坎贝尔上校送的。

“谁也想不出还会有什么别的人送，”柯尔太太又说，“如果还有怀

① 伦敦一家著名的琴行。

疑，那我只会觉得吃惊。不过简好像最近刚接到他们的一封信，信里可只字没提啊。她最了解他们的习惯。可是我倒认为，不能因为他们不提，就说这件礼物不是他们送的。也许他们是故意要让她感到意外。”

许多人都同意柯尔太太的看法。在这个问题上发表意见的人，个个都相信一定是坎贝尔上校送的。他送了这样一件礼物，大家都同样高兴。还有许多话要说，让爱玛可以一边按自己的思路去想，一边仍然听柯尔太太讲下去。

“我声明，我不知道还有什么时候听过比这更使我满意的事！简·菲尔费克斯琴弹得那么好听，却没有一架钢琴。这一直叫我难受。尤其是考虑到，有多少人家有了很好的钢琴却搁在一边没人弹，真是丢人。这好像是给了我们一个耳光，的确是这样！昨天我还跟柯尔先生谈起，一看到我们那架放在客厅里的全新的大钢琴，我就感到惭愧。我连一个个音符都分辨不出来，而我们的那几个小女孩还只刚刚开始学琴，也许永远不能成材。而那位可怜的简·菲尔费克斯，她精通音乐，却没有任何乐器，甚至没有世界上最可怜的旧的古钢琴[①]，来让她作为消遣。我昨天还跟柯尔先生谈起，他完全同意我的看法。不过，他特别爱好音乐，所以禁不住把钢琴买了下来，我们自己弹不好，希望我们的哪位好邻居可以偶尔光临好好地弹弹它。他确实是为了这个才买下那架钢琴的——要不然，我们准会为这件事感到惭愧。我们非常希望伍德豪斯小姐今晚能试试这架钢琴。”

伍德豪斯小姐得体地默默表示同意。她看出，从柯尔太太的消息里再也听不到什么，便转过头去朝着弗兰克·邱吉尔。

“你为什么笑？”她说。

“没有啊，你为什么笑？”

---

① 早期的一种有键乐器，似大键琴。

“我！我想我笑的是，坎贝尔上校竟然那么富裕，那么慷慨。那可是件昂贵的礼物啊。”

“很贵。”

“我觉得很奇怪，以前为什么不送。”

“也许是因为菲尔费克斯小姐以前从没在这儿待得这样久啊。”

“或者是，他不让她用他们自己的琴。那架钢琴现在一定在伦敦关着，没有任何人去弹它。”

“那是一架大钢琴。他可能认为太大了，贝茨太太的房子放不下。”

“你可以爱怎么说就怎么说——可是你脸上的表情却证明你对这件事的想法跟我的很相似。”

“我不知道。我相信，你这是过奖了，我没那么敏锐。我是因为你笑，我才笑的。看到你猜疑什么，我或许也会那样猜疑。不过目前我看不出有什么问题。如果不是坎贝尔上校送的，那又可能是谁送的呢？”

“你看会不会是狄克逊太太送的？”

“狄克逊太太！真的，很对。我没想到过狄克逊太太。她跟她父亲一样，一定知道，送钢琴是会受欢迎的，送琴的方式神秘莫测，出其不意，也许更像是一位年轻女人策划的，而不像是老人干的。大概是狄克逊太太吧。我跟你说过，你的猜疑会启发我也这么猜。”

“要是这样的话，你就得把你的猜疑再扩大一点，把狄克逊先生也包括进去。”

“狄克逊先生！很好。对。我马上发觉了，一定是狄克逊先生和狄克逊太太联合送的。那天我们还讲起，你知道，他是那么热烈地赞赏她的演奏。”

“对，你在那个问题上告诉我的情况，使我加强了原先的信念。我倒不是想回过头去想一想狄克逊先生或者菲尔费克斯小姐的好意，可是我总禁不住猜想，要么是他在向她的朋友求了婚以后，不幸地爱上了她，要么是他察觉到她有一点儿爱他。一个人可以猜二十样事情而没有一件猜对。可是我肯定，她不跟坎贝尔夫妇去爱尔兰而偏偏到海伯利来，一定有特别的原因。在这儿，她必须过艰苦的和忏悔的生活；在那儿，却完全是享乐。至于说来试试呼吸一下家乡的空气，我认为那不过是一个借口罢了。在夏天，那倒还说得过去。可是在一月，二月和三月，家乡的空气能对谁有好处呢？熊熊的炉火和讲究的马车，对大部分娇弱的身体会有更大的好处，也许对她的身体也是这样。我不需要你全部接受我的猜疑，尽管你那么高尚地宣布你是这么做的。不过，我老实告诉你我的猜疑是什么。”

“说真的，这倒很有可能。狄克逊先生喜欢听她弹琴，不大喜欢听她的朋友弹琴。我可以说这是千真万确的。”

“再说，他救了她的命。那件事你听说过吗？一次水上聚会；出了一件意外事故，她从船上跌下水去。他一把抓住了她。”

“他一把抓住了她。当时我在场——和他们那些人在一起。”

“真的？啊！可是，你当然没有察觉什么，因为这对你来说似乎是个新的想法。我要是在场的话，我想我是会有一些发现的。”

“也许你会。可是我，头脑简单的我，只看到菲尔费克斯小姐差点儿给撞下船去，狄克逊先生一把抓住了她——那是一刹那之间发生的事情。尽管这引起的震惊很大，而且持续得更久——我确实相信过了半小时我们才又安下心来——可是大家都很惊慌，所以也就看不出有什么人特别焦急。不过，我并不是想说，你就不可能有什么发现。”

说到这儿，谈话给打断了。他们不得不一起忍受两道菜中间相当长的间歇带来的尴尬局面，不得不跟别人一样一本正经、默不作声。等到桌子上重新放满菜肴，每个角落的盆子也都放好以后，大家就又都恢复了原来的活动和自在的心情。爱玛说道：

“送这架钢琴来，我看是有决定意义的。我原来想多了解一些情况，这一来，觉得是够明白的了。你可以相信，我们马上就会听到，这一件礼物是狄克逊先生和狄克逊太太送的。”

“如果狄克逊夫妇矢口否认，说他们一无所知，那我们就只好断定是坎贝尔夫妇送的。”

“不，我肯定那不是坎贝尔夫妇送的。菲尔费克斯小姐知道那不是坎贝尔夫妇送的，要不然，一开始就会猜到他们。她要是敢肯定是他们送的，那就不会这样迷惑不解了。也许我还没说服你，可是我完全相信，在这件事上狄克逊先生是主要人物。”

“要是你认为我还没被说服，那你确实是冤枉我了。我的看法完全是按照你的推理形成的。最初，我以为你认定是坎贝尔上校送的，那时候，我觉得那不过是出于父亲般的仁慈，认为那是最自然的事。不过你提到狄克逊太太，我又觉得那更可能是热情的女友送的礼物。而现在，我只能把它看做是一件爱情的馈赠了。”

没有理由硬要深究这件事。他似乎是真的相信；他看上去也好像真是这样想的。她不再说什么。话锋转到别的题目上去。饭吃过了。接着，甜食端上来，孩子们也进来了。大家像通常那样跟孩子们谈谈，夸奖几句。大家的交谈中，有一些话说得巧妙，有一些话说得显然很蠢，但是绝大多数说得既不妙也不蠢——只不过是日常的议论、单调的重复、陈旧的消息和拙劣的笑话而已。

女士们在客厅里坐了没有多久，其他女宾就三三两两地来到了。爱玛看着她自己特别亲热的小朋友进来。如果说她不能为她的端庄优雅而欢欣鼓舞，那么，她也不能只是喜爱那花一般的娇媚和毫不做作的仪态，而且还要为那轻松愉快、并不多愁善感的性格感到高兴。这种性格使她在失恋的剧痛中获得那么多欢乐来解除痛苦。她坐在那儿——谁会猜到她最近还淌了多少眼泪呢？能和大家在一起，她自己打扮得漂漂亮亮，看到别人也打扮得漂漂亮亮，她坐着微笑，看上去很美，一句话也不说——

能做到这样,眼前这个时刻是够愉快的。简·菲尔费克斯神态举止确实高人一等。不过爱玛猜想,她可能乐于和哈丽埃特交换一下心情,非常乐于用知道自己被朋友的丈夫爱上的那种危险乐趣,去换取爱上——对,甚至是白白地爱上埃尔顿先生的那种痛苦。

在这样盛大的聚会里,并不需要爱玛去接近她。她不愿意谈那架钢琴,她对这个秘密已经完全清楚,认为不应该流露出什么好奇和感兴趣的样子,所以她故意同她保持了一段距离。可是其余的人几乎马上提起了这个话题。她看到了那接受祝贺的人羞得满脸通红,看到那伴随着"我的好朋友坎贝尔上校"这个名字而出现的自己觉得有愧的脸红。

心地善良而又喜爱音乐的威斯顿太太对这件事特别感兴趣,一个劲儿地谈个不休。爱玛不禁觉得好笑。对于音质、弹性和踏板,她有那么多话要问要说,完全没有察觉对方只想尽可能少谈这件事。而爱玛却从这位美丽的女主人公的面部表情上清清楚楚地看出了她的这种愿望。

不久,几位男宾来到她们中间;早来的几位当中,第一位正好是弗兰克·邱吉尔。他走进屋来是第一个,也是最漂亮的一个。他从贝茨小姐和她外甥女身边经过,向她们致候问好,然后就径直向这圈人的那一边,爱玛坐的地方走去;一直站着,直到在她身边找到一个座位才坐下。爱玛猜测每个在场的人一定在想什么。她是他的对象,每个人一定都看得出来。她把他介绍给她的朋友史密斯小姐。后来在方便的时候,听到了他们各自对对方的看法。"我从没看见过那么可爱的脸,我还喜欢她的天真。"而她呢——"只是还得确定一下大家对他的赞美是不是太过分了,可是我确实认为他有些神情有点像埃尔顿先生。"爱玛抑制住了自己的愤慨,只是默默地把头转过去不再看她。

在把眼光第一次扫向菲尔费克斯小姐的时候,她和这位绅士互相会心地笑笑;不过很谨慎,避免讲话。他告诉她,他刚才迫不及待地要离开饭厅——不喜欢坐得太久——只要可能,总是第一个走开——他父亲、奈特利先生、考克斯先生和柯尔先生都还在那儿忙于谈论教区的事务——不过,他在那儿是够愉快的,因为他发现他们总的说来是一群有绅士风度而又通情达理的人。他又赞美整个海伯利——认为这里有许多很好的人家——以致爱玛开始认为自己过去太瞧不起这个地方了。她问他约克郡社交界的情况,恩斯科姆邻居多不多,诸如此类的问题。从他的回答可以知道,就恩斯科姆来说,没有多少活动,他们只去拜访一些大户人家,没有一家是很近的;而且即使确定了日子,接受了邀请,也很有可能邱吉尔太太正好身体不爽或者情绪欠佳,那就不能赴约了。他们还决定不去访问任何新来的人。虽说他有他自己的约会,可是有时候他要去赴约或者留一个熟人住一宿,却不是没有困难的,也不是不费很多口舌请求就能办到的。

她看到恩斯科姆不能令人满意,而海伯利呢,从最好的角度看,当然会使一个不愿老是待在家里的青年觉得高兴。他在恩斯科姆的重要性是显而易见的。他并不自夸,可是这却自然而然地流露了出来——在他舅父无能为力的地方,他可以把他舅妈说服。在爱玛出声大笑和评论这点的时候,他承认说,他相信(除了一两件事情以外)他花些时间是可以说服她做任何事情的。后来他提到了他没法影响她的那两件事当中的一件。他一心想出国——确实渴望能得到允许出去旅行——可是她就是不答应。这是去年的事。现在,他说,他开始不再有这个愿望了。

他没提到的另一件无法说服她的事,爱玛猜想是要好好对待他父亲。

"我很不幸地发现,"他略微踌躇了一会儿,说道,"到明天我已经在这儿待了一个星期了——我的一半时间。我从没觉得日子过得这样快过。明天就一个星期了!而我却几乎还没开始快快活活地玩呢。只是刚刚认识威斯顿太太和其他各位。想起这个我就不高兴。"

"也许你现在开始后悔了吧。总共才那么几天,却花了整整一天去理发。"

“不，”他笑盈盈地说，“那根本没什么可后悔的。要是我不能相信自己会使人看着顺眼，那么我见了朋友也不会有什么乐趣。”

其他几位绅士这时走进客厅来了。爱玛觉得只好离开他一会儿，去听柯尔先生讲话。等到柯尔先生走开，她的注意力又可以回到他这儿来，她看见弗兰克·邱吉尔的眼睛正盯着屋子那头的菲尔费克斯小姐。菲尔费克斯小姐正好坐在对面。

“怎么啦？”她问。

他吓了一跳，“谢谢你叫醒了我，”他回答，“我相信我刚才太无礼了。不过说真的，菲尔费克斯小姐把她的头发做得那么奇特——太奇特了——我禁不住要盯着她看。我从没有看见过那么 outré[①] 的！那种鬈发！这一定是她自己别出心裁想出来的。我看没有谁像她那种样子的。我一定要去问问她，那是不是爱尔兰发式。我可以去吗？对，我要去——我说我要去。你会看到她怎么对付——她会不会脸红。”

他立即去了。爱玛马上看到他站在菲尔费克斯小姐面前，在跟她说话。至于这位年轻女士有什么反应，因为他不小心正好站在她们两人中间，正好站在菲尔费克斯小姐面前，她可就一点儿也看不见了。

他还没回到他的座位上来，威斯顿太太就坐上了那张椅子。

“这就是大宴会的好处了，”她说，“可以要接近谁就接近谁，爱说什么就说什么。我亲爱的爱玛，我真想跟你谈谈。恰好跟你一样，我也一直看看、想想。我得趁这些想法还新鲜就告诉你。你可知道贝茨小姐和她的外甥女是怎么来的？”

“怎么！她们是被邀请来的，可不是吗？”

“嗯，是的——可是她们一路是怎么来的？她们是采取什么方式来的？”

---

① 法语意为奇特的。

“我断定她们是步行来的。除此以外，她们还能怎么来呢？”

“很对。呃，刚才我还在想，深更半夜的，又那么冷，要叫简·菲尔费克斯再步行回家，那多么糟啊。我看着她，尽管我以前从没看见她比现在更好看过，我觉得她现在让火烤得很热，那就特别容易受寒。可怜的姑娘！我简直不忍心让她走回去。所以，威斯顿先生一进客厅，我能跟他说话，我就和他谈了马车的事。你可以料想得到，他很乐意地表示也希望用马车送她。我得到了他的同意，就直接去找贝茨小姐，要她放心，马车在送我们回家以前会先送她回家。我想她听了这话会马上放下心来。好心的人儿！你可以相信，她真是感恩不尽。‘没有人有我这样走运的了！’——可是在千谢万谢之后她说——‘不必打扰你们了，因为奈特利先生的马车把我们接了来，还要把我们送回去。’我感到十分意外。我相信，我非常高兴，可是，确实也感到十分意外。这样好心的关怀——这样无微不至的关怀！这类事情，男人是很少想得到的。总之，因为我知道他平时的习惯，我有点怀疑他是完全为了她们方便才用这辆马车的。我真的疑心他不会为了自己去要一对马拉车的，那只是帮助她们的一个借口罢了。”

“很可能，”爱玛说，“再也没有什么比这可能性更大的了。我不知道还有谁比奈特利先生更可能做这类事情——更可能做任何什么真正好心的、有用的、周到的，或者仁慈的事情了。他不是个爱向女人献殷勤的人，可他却是个很讲人道的人。而这件事呢，考虑到简·菲尔费克斯健康欠佳，他会认为是一种人道的行为。做一件好事而毫不夸耀，我断定除了奈特利先生以外再也没有别人会这么做了。我和他同时到达，所以我知道他今天是乘马车来的。为这件事我还嘲笑过他呢，可是他没有露一丝口风。”

“嗯，”威斯顿太太微笑着说，“在这件事上，你把他的仁慈看得单纯、无私，我可不像你这样；因为我在贝茨小姐说话的时候就起了疑心，再也消除不掉。我越想越觉得可能。一句话，我把奈特利先生和简·菲尔费克斯配成对儿。看同你交谈引出这样一个结果！你对这件事怎么看法？”

“奈特利先生和简·菲尔费克斯！”爱玛惊叫起来。“亲爱的威斯顿太太，你怎么想得出这么样的事来？奈特利先生！奈特利先生决不能结婚！你总不会让小亨利从登威尔被赶出去吧？哦，不，不。亨利一定得继承登威尔。我决不能同意奈特利先生结婚；而且我相信，这根本不可能。你居然想到这件事情上去，真叫我吃惊。”

“我亲爱的爱玛，我已经告诉过你，我是怎么会这样想的。我并不想要他们结婚——我并不想损害亲爱的小亨利——不过当时的情况促使我这样想。如果奈特利先生当真要结婚的话，你总不见得指望他为了亨利就不结婚吧？亨利只是个六岁的孩子，对这种事什么也不懂。”

“不，我会那样指望的。我可不忍心让亨利被别人取代。奈特利先生结婚！不，我从来没有这样的想法，我现在也不能这样想。而且，在所有女人当中，偏偏挑中简·菲尔费克斯！”

“不，她一向是他最喜爱的人，这你是一清二楚的。”

“可是结这样一门亲，太轻率啦！”

“我不是说这门亲事是不是轻率——而只是说是不是可能。”

“我可看不出有什么可能性，除非你还有比你说的更好的根据。他心地善良，又讲人道，就像我跟你说的，尽够说明备马的原因了。撇开简·菲尔费克斯不谈，他对贝茨一家也是十分尊重的，你知道——而且一向乐于关心她们。我亲爱的威斯顿太太，别做媒啦。你这个媒做得很不好。简·菲尔费克斯去做埃比的女主人！哦，不，不——无论如何不行。为他自己着想，我也不能让他做出这样疯狂的事来。”

“对不起，应该说轻率——而不是疯狂。在财产方面不相称，也许在年龄上还略微有点悬殊，除此以外，我可瞧不出有什么不相配。”

“可是,奈特利先生不想结婚啊。我肯定他丝毫没有这个念头。别把这个念头硬塞到他脑子里去。他干吗要结婚呢?他一个人再快活也没有了。他有他的农场,他的羊,他的图书馆,还得治理整个教区。再加上他又很喜爱他弟弟的孩子。无论是为了消磨时间还是为了获得心灵上的安慰,他都没有必要结婚。”

“我亲爱的爱玛,只要他是这么想的,那事情就是这样。不过如果他真的爱上了简·菲尔费克斯——”

“胡扯!他可并不喜欢简·菲尔费克斯。说到恋爱,我相信他是不可能的。他会为她,为她家里人做些好事;可是——”

“好吧,”威斯顿太太一边大笑一边说,“也许他能为她们做的最大的好事,就是给简安排这样一个体面的家。”

“如果那对她是好事,我相信对他自己可就是坏事;结这样一门亲事很丢脸,又降低了身份。贝茨小姐跟他攀上亲戚,他怎么受得了呢?让她常到埃比去纠缠不清,为了他好心娶了简而整天向他道谢?‘心太好了,帮那么大忙!你一向是这么个心地善良的邻居!’随后,说了一半就扯到她母亲那很旧的衬裙上去了。‘倒不是说那条衬裙很旧——因为还可以穿上好一阵子——的确,谢天谢地,我可以说,我们的那些衬裙都是经久耐穿的。’”

“真不害臊,爱玛!别学她了。你逗得我违背良心笑了。说真的,我倒并不认为奈特利先生会觉得贝茨小姐讨厌。小事情不会惹得他发火。她尽可以一个劲儿地往下讲。如果他自己要讲什么,他只消讲得响一点,把她的声音盖住就成了。可是问题不在于这门亲事对他是否不好,而在于他乐不乐意。我认为他是乐意的。我听他说过,你一定也听到过,他对简·菲尔费克斯评价那么高!他对她感兴趣——他关心她的健康——他担心她将来不会幸福!在这几点上,我听到过他热诚地表示过自己的看法。他那样称赞她钢琴弹得出色,称赞她嗓音好听!我听他说过,他能一辈子永远听下去。啊！我差点儿忘了，我想到一个念头——这架什么人送来的钢琴——尽管我们全都认为是坎贝尔家送的礼物，但可不可能是奈特利先生送的呢？我禁不住要猜疑到他。我认为，即使他没在谈恋爱，他也正好是做这件事的人。”

“但也不可能就此证明他爱上了她呀。不过我认为他根本不可能做这样的事。奈特利先生向来不故弄玄虚。”

“我听到过他一再惋惜她没有钢琴。我认为按照常情，他不至于这样经常地想起这件事。”

“很好；他要是打算送她一架，他会这样告诉她的。”

“也许觉得不便直说吧，我亲爱的爱玛。我认定那是他送的。柯尔太太在吃饭时把这件事告诉我们，肯定就他一人特别沉默。”

“你想到一个念头，威斯顿太太，你就抱住不放了，正像你好多次责备我的那样。我丝毫看不出爱的迹象。钢琴的事，我就是不信。只有拿出证明来才能使我相信奈特利先生有任何娶简·菲尔费克斯的想法。”

她们这样争来争去，又争了一些时候。爱玛有点占了她朋友的上风；因为她们两人争起来，往往是威斯顿太太让步。直到房间里面略微有一点儿忙乱，表示茶点已经用毕，正在准备钢琴了，她们才停止争论。就在这时，柯尔先生走过来请伍德豪斯小姐赏光，试弹钢琴。刚才她跟威斯顿太太谈得起劲，一直没看见弗兰克·邱吉尔，只看到他在菲尔费克斯小姐身旁找到了一个座位坐下。这时，他跟在柯尔先生后面，也来帮着请她演奏。从各方面看，爱玛都认为最好还是带个头，所以她就很恰当地一口答应了。

她很清楚自己能力有限，除了弹起来能博得大家好感的曲子，不去尝试别的。一般容易为人接受的小品，她可以弹得不乏情趣或神韵，而且可以很好地为自己的歌声伴奏。她唱歌的时候，有人为她伴唱，使她又惊又喜。原来是弗兰克·邱吉尔轻轻地、正确地在唱低音部。歌一唱完，他就请她原谅，于是一切都按常规进行。大家认为他有一副讨人喜爱的嗓子，还有一套完美的音乐知识。这些话他都适当地否认了。他坦率地说自己在这方面一窍不通，也根本没有好嗓子。他们又合唱了一次。随后爱玛就让位给菲尔费克斯小姐。菲尔费克斯小姐的表演，不论是唱歌还是弹琴，都远远胜过她，这是爱玛决不能欺骗自己的。

她怀着错综复杂的心情，在离钢琴周围的人不远的地方坐下来听。弗兰克·邱吉尔又唱了。看来，他们在韦默思一起合唱过一两次。可是一看到最专心倾听的人中间有奈特利先生，爱玛就不大有心思听了。她陷入了一连串的沉思之中，想着威斯顿太太猜疑的事。那合唱的美妙歌声只不过暂时打断她的思路。她反对奈特利先生结婚，这想法丝毫没有减弱。她只觉得这件事有弊无利。这对约翰·奈特利先生来说，会是莫大的失望，因此对伊莎贝拉来说，也是这样。对孩子们来说是真正的损害——对他们大家都是最痛苦的变化和重大的损失——她父亲的日常安慰也大大减少——至于她自己，一想到简·菲尔费克斯将在登威尔埃比住下来，她就受不了。一个使他们都要让步的奈特利太太！不——奈特利先生永远也不能结婚。小亨利一定得做登威尔的继承人。

不久，奈特利先生回过头来看看，走了过来，在她身旁坐下。一开始，他们只谈论这次演奏。他的赞美确实相当热烈。不过她认为，要不是因为威斯顿太太的关系，她是不会这么想的。然而，为了试探起见，她开始谈到他好心去接贝茨小姐和她的外甥女的事。他简短地答复一下，要把这话头打断。她相信那只是表明他不愿多谈自己做的好事罢了。

"我不敢在这种场合更多地使用我们的马车，"她说，"为这我常常觉得不安。倒不是因为我不想这么做；而是，你知道，我父亲认为要詹姆斯去干这样的事是不可能的。"

"完全不可能，完全不可能，"他回答；"不过我相信，你一定常常想这么做。"他露出笑容，显然对这信念感到高兴，于是她只得采取另外一个步骤了。

“这件礼物是坎贝尔家送的，”她说，“他们真太好了，送了这架钢琴。”

“对，”他回答，毫无窘色。“不过，如果他们事先通知她一声，那就更好。叫人吃惊是愚蠢的。不但不会使人更加高兴，反而会给人带来很大的不便。我原来还以为坎贝尔上校不至于做出这样的事来呢。”

从这时起，爱玛可以起誓，奈特利先生同送钢琴没有关系。可是，究竟他是不是毫无特殊的感情——究竟有没有真正的偏爱——她心头的疑团却还存在了一些时候。简快唱完第二支歌的时候，声音变得沙哑了。

“行了，”歌一唱完，他的想法冲口而出，“今晚你已经唱够了——现在，别再唱了。”

尽管如此，还是马上有人请她再唱一支。“再唱一支。我们怎么也不会要菲尔费克斯小姐疲劳的，只请求再唱一支。”这时只听见弗兰克·邱吉尔先生说，“我想，唱这支歌对于你来说是毫不费力的。第一部分无关紧要。力量在第二部分。”

奈特利先生不由得生气了。

“那家伙，”他愤愤地说，“除了表现他自己的嗓子以外，什么也不考虑。那可不行。”贝茨小姐这时候正好从他身边走过，他轻轻碰了碰她说：“贝茨小姐，你疯了吗？让你外甥女儿这样把嗓子都唱哑了。去啊，去阻止她。他们是不会怜惜她的。”

贝茨小姐真的为简担起心来，几乎没有停一停说句道谢的话，就赶去阻止他们唱下去。这一晚的音乐部分就此结束了，因为只有伍德豪斯小姐和菲尔费克斯小姐这两位年轻女士表演。可是过了不久（不到五分钟）就有人建议跳舞——谁都不清楚是哪儿发动的——柯尔夫妇也赞同。于是所有的东西都迅速挪开了，腾出合适的场地。威斯顿太太擅长乡村舞曲，坐下来，开始弹一个叫人忍不住要跳的华尔兹舞曲。弗兰克·

邱吉尔以最合适的殷勤态度走到爱玛面前,握住了她的手,把她带到首位。

在等待别的年轻人配成对的时候,他称赞她的嗓子和韵味,她顾不上听,而是抽空向四周张望,想看看奈特利先生怎么样了。这会是一种考验。一般说来,他并不善于跳舞。如果他现在急于邀简·菲尔费克斯跳舞的话,那倒是一种征兆。但是一时没什么迹象。没有,他在跟柯尔太太说话——他漠然地在一旁望着。别人请简跳舞,他还在跟柯尔太太说话。

爱玛不再为亨利担心;他的利益是安全的。于是她兴高采烈地领头跳舞了。只凑了五对;就因为人少,又来得突然,这就更加快活,而且她发现自己的舞伴配得很好。他们是值得观看的一对。

令人遗憾的是,一共只能跳两个舞。夜深了,贝茨小姐不放心她母亲,急于回家。因此,在几次试着请求再跳一次以后,她们不得不沮丧地向威斯顿太太道谢,舞会就这样结束了。

"也许还是这样好,"弗兰克·邱吉尔在送爱玛上马车时说。"要不然,我就一定会请菲尔费克斯小姐跳舞。我跟你跳过以后,她那样没精打采的跳法,我会觉得没劲的。"

握住了她的手

第九章

爱玛纡尊降贵去访问柯尔夫妇,并不后悔。这次访问让她在第二天有了不少愉快的回忆。她没有能保持尊严而闭门不出,可能被认为是一种损失,但是这次大受欢迎,出足风头,也就充分补偿了那一切损失。她一定使柯尔一家人很高兴——他们是有身价的人,应该使他们高兴!她还留下了一个不会很快消失的好名声。

完美无缺的快活,纵然在回忆中,也是不常有的。有两件事她还感到不安。她把自己对简·菲尔费克斯的感情的种种猜测泄露给弗兰克·邱吉尔听,她不知道这究竟是不是违背了女人对女人应尽的责任。那样做很难说是正确的。但是这个想法实在太强烈,不由得她不脱口而出。她说什么,他都同意,这等于在赞美她的洞察力,她也就很难肯定,自己是否应该闭口不谈。

另一件使她懊丧的事也是跟简·菲尔费克斯有关的,她对这一点毫不怀疑。她自己演奏和唱歌都不如人,为了这个她确实很后悔。她心里难过,认为童年时不该那么懒散。于是她就坐下来,专心地练了一个半小时琴。

后来,哈丽埃特走进屋来,打断了她的练琴。要是哈丽埃特的赞美可以使她满意的话,那她也许可以马上得到安慰。

"啊!我只要能弹得跟你和简·菲尔费克斯一样,就好了。"

"别把我们俩相提并论,哈丽埃特。拿我的演奏去和她的比,就好像拿灯光去同太阳光比一样。"

"啊,亲爱的——我认为你们俩比起来,还是你弹得好。我认为你弹得一点儿不比她差。我确实宁可听你弹。昨儿晚上,人人都说你弹奏得多好啊。"

"懂行的人肯定会觉得有差别。其实,哈丽埃特,我弹得只是刚刚够配得上让人称赞,可是简·菲尔费克斯却弹得好得多。"

"嗯,我会一直认为你弹得一点儿不比她差,或者说,即使有什么高低,也没有人听得出来。柯尔先生说你弹得多么富有韵味。弗兰克·邱吉尔先生也大谈你的韵味,还说拿韵味和演奏技巧相比,他更加看重韵味。"

"啊!可是简·菲尔费克斯却两者兼而有之,哈丽埃特。"

"你肯定是这样吗?我看出她有技巧,可我不知道她有什么韵味。没人提起过。我讨厌意大利歌曲。没一句听得懂。再说,即使她确实弹得很好,你知道,那她也只是非弹好不可,因为她还得去教别人。考克斯姐妹昨儿晚上在想她会不会到哪家大户人家去。你觉得考克斯姐妹看上去怎么样?"

"还跟以往一样——庸俗不堪。"

"她们告诉了我一些事情,"哈丽埃特有点吞吞吐吐地说,"不过那是无关紧要的。"

爱玛忍不住问,她们告诉她些什么,尽管担心会带出埃尔顿先生来。

"她们告诉我,马丁先生上星期六跟她们一起吃饭。"

"哦!"

"他有事去找她们的父亲,他留他吃饭。"

"哦!"

"她们说了一大堆有关他的话,尤其是安妮·考克斯。她问我,今年夏天我是否再去那儿住,我不知道她是什么意思。"

"她的意思就是无礼的好奇,安妮·考克斯就是这种人。"

"她说他在他们家吃饭的那天,很和蔼可亲。吃饭时他就坐在她旁边。纳希小姐认为，两位考克斯小姐都很愿意嫁给他。”

“这很可能，我认为她们俩都是海伯利最俗不可耐的姑娘，没有一个例外。”

哈丽埃特有事要上福德商店去。爱玛觉得，为慎重起见，最好跟她一起去。很可能再碰巧遇上马丁家的人，从她眼下的情况看来，那可是危险的。

哈丽埃特见一样要一样。人家说上半句，她就动心了，买起东西来总是要花很长时间。她恋恋不舍地看着薄纱，三心二意拿不定主意，爱玛便走到铺子门口去散散心。在海伯利，哪怕最热闹的地区，也不能指望有多少行人车辆。她能指望看到的最活跃的景象也不过是：佩里先生急匆匆地走过；威廉·考克斯先生走进事务所的门口；柯尔先生的拉马车的马出去活动以后刚回来；要不就是偶然看见一个骑在倔强的骡子背上的送信人。而当她看到的只是那个手拿托盘的肉店老板、一个提着满满的篮子从店里走回家去的整洁的老妇人、两条正为了争一根肮脏骨头乱叫乱吠的狗以及围在面包店小凸肚窗外面眼睁睁望着姜汁面包的一排游荡的孩子的时候，她觉得自己没有理由抱怨，而且觉得很有趣；十分有趣，所以她还继续站在门口。一个活跃而又自在的心灵，看不到什么东西也没关系，而且也不会看到什么不顺眼的东西。

她朝着通往伦多尔斯的路放眼望去。景色开阔了；出现了两个人：威斯顿太太和她的继子。他们正步行来到海伯利——当然是上哈特菲尔德去。不过，他们先在贝茨太太家停留一下。贝茨太太家比福德商店离伦多尔斯稍微近一点。他们刚要敲门就一眼瞥见了爱玛。他们马上穿过街向她走来。昨天那场聚会的愉快气氛似乎给眼下的相逢平添了新的欢乐。威斯顿太太告诉爱玛，她正要上贝茨太太家去听听那架新的钢琴。

“因为我的同伴告诉我，”她说，“我昨晚确实答应她们今天早晨来。我自己倒没在意。我不知道我已经约定了日子，可是他说我约过，所以我现在就来了。”

“在威斯顿太太访问的时候，我希望能允许我，”弗兰克·邱吉尔说，“跟你们在一起。如果你马上回家的话，我就在哈特菲尔德等她。”

威斯顿太太失望了。

“我还以为你打算跟我一起去呢。你去，他们一定很高兴。”

“我！我会叫人家感到不便。不过，也许——我在这儿也同样令人感到不便。伍德豪斯小姐好像并不要我留下来。我舅妈在买东西的时候，老是把我打发开。她说我烦得她要命；伍德豪斯小姐看上去好像也会说出这样的话来。我该怎么办呢？”

“我来这儿不是为了我自己的事，”爱玛说，“我不过在等我的朋友。她可能马上就买好了。然后我们就回家。可是，你最好还是跟威斯顿太太一起去听听那架钢琴。”

“好吧——你劝我去我就去。不过，”他微微一笑，“要是坎贝尔上校委托的是个粗心的朋友，要是结果证明音质低劣那我该说什么呢？我对于威斯顿太太就不会是一个支持了。她一个人能很好对付过去。一句不顺耳的真话由她嘴里说出来，也会是好听的。可是我这个人啊，是世界上最不会客客气气地说假话的人。”

“我不相信会有这样的事，”爱玛回答。“我相信，在必要的时候，你会跟你的邻居们一样言不由衷。不过，并没有理由认为那架钢琴质量不高啊。要是昨儿晚上菲尔费克斯小姐谈的看法我没有理解错的话，那么，事实确实正好相反。”

“跟我一起去吧，”威斯顿太太说，“如果你不是很不愿意去。不会多耽搁的。去了以后我们再上哈特菲尔德。她们先去哈特菲尔德，我们随后去。我真希望你能跟我一起去拜访。她们会觉得你去是很大的关心！而且，我一直认为你是想去的。”

他再没有什么可说；心想可以去哈特菲尔德作为补偿，便跟威斯顿太太一起回到贝茨太太家门口。爱玛目送他们进去，然后又来到那有趣的柜台跟前，和哈丽埃特待在一起。她想尽办法来使她相信：如果她要买的是素色薄纱，那么，去看花色料子是毫无用处的。一条蓝色缎带，即使非常美丽，跟她的黄色衣料还是难以相配。最后，一切都决定了，连送包裹的目的地也说定了。

“要我把货物送到高达德太太家吗，小姐？”福德太太问。“对——不——对，送到高达德太太家。不过我的衣服的样子还放在哈特菲尔德呢。不，还是请你送到哈特菲尔德去吧。可是高达德太太要看看。我可以随便哪天把衣样带回家去，不过我马上需要这条缎带——所以，最好还是把它送到哈特菲尔德去——至少把缎带送去。你可以分成两个包，福德太太，行吗？”

“哈丽埃特，不值得麻烦福德太太去分成两个包。”

“那就别麻烦了。”

“一点也不麻烦，小姐，”乐于助人的福德太太说。

“哦，我想还是扎成一包好得多。那么，请把它送到高达德太太家——我不知道——不，我看，伍德豪斯小姐，我还不如让它送到哈特菲尔德去，晚上我自己把它带回家就是了。你说怎么样？”

“你别再在这个问题上花半秒钟了。请送到哈特菲尔德去吧，福德太太。”

“嗳，那再好也没有了，”哈丽埃特很满意地说，“我根本就不喜欢让它送到高达德太太家去。”

有话音在朝商店过来，或者不如说是两个女人和一个话音。威斯顿太太和贝茨小姐在店门口遇到她们。

“我亲爱的伍德豪斯小姐，”后者说，“我急急忙忙跑来，专诚请你光临寒舍，和我们稍微坐一会儿，谈谈你们对我们那架新钢琴的看法。你和史密斯小姐一起去吧。你好，史密斯小姐。”“很好，谢谢你。”“我求威斯顿太太跟我一起来，这样，我就有把握请到你。”

“我希望贝茨太太和菲尔费克斯小姐都——”

“很好，我非常感谢你。我母亲身体很好，真叫人高兴。昨天晚上简没有着凉。伍德豪斯先生身体好吗？听到这样一个好消息，我真高兴啊。威斯顿太太告诉我你在这儿。‘哦，那么，’我说，‘我一定得跑过去。我相信伍德豪斯小姐会允许我跑去请她的。’我母亲看见她一定会很高兴。现在我们已有嘉宾在座，她是不能拒绝的。‘嗳，请吧，’弗兰克·邱吉尔先生说，‘伍德豪斯小姐对这架钢琴的看法是值得听听的。’‘不过，’我说，‘要是你们哪一位跟我一起去的话，我就更有把握请到她。’‘啊，’他说，‘稍等片刻，让我把事情办完。’因为，你相信吗，伍德豪斯小姐？他在那儿用世界上最热心的态度给我妈妈装眼镜上的小铆钉呢。你知道，那铆钉今天早晨脱了出来。那么热心啊！因为我妈妈已经不能用这副眼镜——没法戴了。顺便说一句，人人都应该备两副眼镜；他们确实都应该这样。是简这么说的。我本来打算做的第一件事是把眼镜拿到约翰·桑德尔斯那儿去，可是，不是这件事就是那件事打岔，叫我整个上午都去不成。事情一件接一件来；我也说不上是什么事，你知道。一次是派蒂来说她想厨房的烟囱要扫一扫了。‘哦，’我说，‘派蒂，别把你的坏消息带给我。瞧，你女东家的眼镜铆钉脱出来了。’接着烤苹果又送到家里来了[①]；是沃利斯太太叫她的孩子送来的。他们待我们太客气、太热心了。沃利斯一家一向是这样。我听人家说过，沃利斯太太也会不客气，给人粗暴的回答；不过我们只受到他们最大的关心。这倒不可能是因为我们现在是他们的顾客，能让他们挣钱，我们的面包消耗量能有多少，你知道？我们才三个人。再说，现在亲爱的简——她其实不吃什么——做这么一顿令人震惊的早餐，要是你见了，准会吓一大跳。我不敢让我妈妈知道她吃得

① 当时一般都把苹果送到当地面包店去烤。

那么少——所以我就这么那么地支吾过去了。不过在晌午前后，她肚子饿的时候，她最爱吃的就是这些烤苹果。烤苹果对健康很有益处，因为那天我抓住机会请教过佩里先生。我是偶然在街上碰上他的。倒不是说在这以前我有过什么怀疑。我经常听伍德豪斯先生劝人家吃个烤苹果。我相信，伍德豪斯先生认为只有这样吃苹果才完全对健康有益。不过，我们经常吃苹果布丁。派蒂做得一手精美的苹果布丁。好，威斯顿太太，我想，你已经成功了，两位小姐会赏光的。”

爱玛说了些她“很高兴拜访贝茨太太”等等的话。她们终于走出了铺子。在那以前只是稍微耽搁一下，因为贝茨小姐在说：

“福德太太，你好？请你原谅。刚才我没看见你。听说你从伦敦采购了一批逗人喜爱的新缎带。简昨天回来真高兴极了。谢谢你，那副手套正好合适——只是腕口略微大了些；不过简正在把它改小。”

“我刚才在说什么？”大伙儿都走到街上的时候，她开始说。

在这杂七杂八的一大堆事里，爱玛不知道她要说哪件。

“我声明，我记不起来刚才在说些什么。哦，我妈妈的眼镜！弗兰克·邱吉尔先生那么热心。‘哦！’他说，‘我真的认为我能把那个铆钉装上去。我太喜爱这一类的活儿了。’你知道，这表示他是那么……的确我一定得这么说，尽管有关他的事我以前听了许多，也猜想了许多，可是他却比什么都要好得多……我热烈地向你祝贺，威斯顿太太。他似乎处处都像最慈爱的父母所能——‘哦，’他说，‘我能把那个铆钉装上去。我太喜爱这一类的活儿了。’我永远不会忘掉他那态度。当我从食柜里拿出烤苹果来，希望我们的朋友们能赏光吃一点的时候，‘哦！’他马上说，‘说起水果来，最好的也抵不上这一半好，家里烤的苹果我也从没见过有这样好看的。’你知道，那真是太……看他的态度，我相信了那不是奉承话。那些苹果的确惹人喜爱，沃利斯太太又烤得好，不过我们只烤两次，伍德豪斯先生叫我们答应烤三次——可是伍德豪斯小姐不会提这件事的。毫无疑问，那些苹果本身就是最适合做烤苹果的；都是从登威尔来的——奈特利先生给了我们许多，这是其中的一部分。他每年都送我们一麻袋。他那苹果树结的苹果经久不坏，任何地方都没有哪棵比得上他的那棵——我相信他有两棵。我妈妈说她年轻时这个果园就出名了。不过那天我确实大吃一惊——一天早上，奈特利先生来我们家。那会儿简正在吃苹果，于是我们就谈起了苹果，说她多么喜欢吃，他就问我们贮存的是否快要吃完了。'我肯定你们一定快要吃完了。'他说，'我再给你们送一些来。我有很多，绝对吃不完。今年威廉·拉金斯让我留得比往年多。趁苹果还没坏，我再给你们送一点来。'所以我求他别再送了——因为实际上我们快要吃完了，我可决不能说我们还有很多留着——确实只剩下六个了。不过这几个苹果都得留给简吃。我决不能让他再送我们，他已经送过我们那么多。简也是这么说。他走了以后，她几乎跟我吵了起来——不，我不该说吵，因为我们从没吵过一架——可是，我承认苹果快吃完了，她听了很不高兴。她希望我使他相信我们还有许多留着。'哟，'我说，'我亲爱的，我能说的话，我确实都说啦。'可是，就在那天晚上，威廉·拉金斯送来了一大篮苹果，还是那个品种的苹果，至少有一蒲式耳[1]。我真过意不去，于是走下楼去跟威廉·拉金斯聊了起来。你们能想象得到，什么都说了。威廉·拉金斯是很熟的老相识！看到他我总感到高兴。不过，我事后从派蒂那儿知道，威廉说那种苹果他东家就只有这些；他全都送来了——现在他东家一个苹果也没留下，要烤或者要煮都没有了。威廉自己似乎并不介意，他东家卖掉那么多，他很高兴。因为威廉，你知道，把他东家的利益看得比什么都重。可是他说，霍基斯太太见这些苹果全都送走了，很不高兴。今年春天，她东家不能再吃一个苹果馅饼，这叫她受不了。他把这告诉了派蒂，不过叮嘱她别介意，还要她千万

① 计量谷物等的计量单位，在英国等于 36.368 升。

别告诉我们，因为霍基斯太太有时候会发怒。那么多袋苹果都卖了，那么，剩下的给谁吃也就无关紧要了。派蒂是这样告诉我的，我的确大吃一惊！这件事情，我怎么也不愿让奈特利先生知道！他会那么……我原来打算也不让简知道。可是，不幸的是，我不知不觉地就说漏了嘴。”

贝茨小姐在派蒂开门之前刚把话说完。她的客人们走上楼去，没有什么正经的话要听，只有她随口说的好心劝告从她们背后传来。

“请留神，威斯顿太太，拐弯处还有一级楼梯。请留神，伍德豪斯小姐，我们这楼梯太暗了——比能想象的还要暗还要窄。史密斯小姐，请留神。伍德豪斯小姐，我很担心，我相信你碰了脚了。史密斯小姐，当心那拐弯处的一级。”

第十章

她们进入那间小起居室的时候，屋里显得分外宁静。不能再像平时那样做事的贝茨太太，正在火炉的一边打盹。弗兰克·邱吉尔坐在她附近的一张桌子边，正全神贯注地忙着给她修眼镜。简·菲尔费克斯背朝着他们站在那儿，目不转睛地看着钢琴。

那个年轻人尽管很忙，但是在又一次看到爱玛的时候，还是能露出一脸非常高兴的样子。

"真叫人愉快，"他用比较低的声音说，"比我预料的早到了十分钟。你瞧，我正在试着帮点儿忙；告诉我，你认为我会不会修好。"

"什么！"威斯顿太太说，"你还没修好？照这样的速度，你要是当银匠，那是挣不到钱来过好日子的。"

"我又不是一直在修眼镜，"他回答，"我刚才帮菲尔费克斯小姐把她的钢琴摆摆稳。原来摆得不大稳；我相信是因为地板不平。你瞧，我们已经在一条琴腿底下垫上了纸。你真好，被她们请来了。我还有点担心你会匆匆赶回家去呢。"

他想了个办法让她坐在他身边；还忙着给她找出最好的烤苹果来，又要她给他的工作帮帮忙，或者出出主意，直到简·菲尔费克斯准备就绪，要再一次在钢琴面前坐下来的时候为止。她没有立即准备好，爱玛猜想那是因为她心情不宁的关系。她拥有这架钢琴，时间还不久，不可能弹着它而不激动。她必须让自己的头脑冷静一下才能演奏。这种感情，不管起因如何，爱玛只能觉得可怜，只能决定不让这种感情再暴露在她的邻座面前。

全神贯注地给她修眼镜

简终于开始演奏了,尽管头几小节弹得有气无力,但是这架钢琴的良好性能渐渐充分显示了出来。威斯顿太太以前听了很高兴,这次听了又高兴起来。她一再称赞,爱玛也附和着。这架钢琴通过每种适当的鉴定,被宣布为完全是一架最好的钢琴。

“不管坎贝尔上校托的是谁,”弗兰克·邱吉尔笑着对爱玛说,“这人挑选得不错。在韦默思,我听到许多有关坎贝尔上校的鉴赏力的传闻。我肯定,高音的柔和正好是他和他那些人特别注重的。菲尔费克斯小姐,说不定他仔细叮嘱过他的朋友,或者亲自写信给布罗德伍德琴行。你看是这样吗?”

简并没有回过头来。她不是非听不可。威斯顿太太这时正在对她说话。

“这不好,”爱玛悄悄地说,“我只不过是乱猜。别叫她难受。”

他笑着摇了摇头,好像既不猜疑又不怜悯。不一会儿,他又开始说:

“你这样弹琴快乐,你在爱尔兰的朋友也一定会因此而感到高兴,菲尔费克斯小姐。也许他们常常惦念着你,在想这架钢琴哪一天、哪一个确切的日子能送到。你认为,坎贝尔上校知道就在这时候送到吗?你认为这是他直接托办的结果呢,还是他只发了一个一般性的指示,订了货,没有确定时间,要等有机会,他们方便时才发货?”

他顿了一下。她不能不听,也不能不回答:

“在我收到坎贝尔上校的信以前,”她强作镇静地说,“我还不能肯定。这只能全是猜测。”

“猜测!嗳,人们有时候能猜对,有时候却猜错。但愿我能猜到还要多久我能把这只铆钉装牢。一个人如果在专心干活儿的时候说话,伍德豪斯小姐,那他说的会是什么样的废话啊。我猜想,真正的工人是不开口的。是我们这种绅士工人,只要听到一个字——菲尔费克斯小姐说了些有关猜测的话。瞧,铆好了。我真高兴,太太,”他对贝茨太太说,“把你的眼镜修好了，暂时又好啦。”

母女俩都非常热情地向他道谢。为了稍微避开一下后者，他走到钢琴那儿，恳求还坐在钢琴跟前的菲尔费克斯小姐再弹点儿什么。

“如果你愿意弹，”他说，“那就请你弹一支昨儿晚上我们跳的华尔兹。让我再回忆一遍吧。你昨晚不像我那样尽情享受；你好像自始至终都很疲倦。我相信，我们停下来不再跳的时候，你一定觉得很高兴；可是，只要让我再跳上半小时，我就宁可放弃一切——放弃我所有的一切。”

她弹了。

“再一次听到曾经令人快活的曲调，那是多么幸福啊！要是我没记错的话，在韦默思也跳过这支舞。”

她仰起脸来朝他看了一会儿，脸涨得通红，又弹了一些别的曲子。他从钢琴附近的一张椅子上拿起一些乐谱，转过头来向爱玛说：

“这对我说来，完全是支新的曲子。你知道它吗？克拉默[①]这儿有一套新的爱尔兰乐曲。是一个人可以指望从这么一个出版社得到的。这全都是跟钢琴一起送来的。坎贝尔上校想得很周到，对不？他知道菲尔费克斯小姐在这儿没有乐谱。他在这方面的关心我特别敬佩。这说明完全是出自内心的关心。不是草草了事，也不是考虑欠周。只有真正的感情才能使人做到这点。”

爱玛希望他不要那么尖刻，然而却也禁不住觉得好笑。她瞥了简·菲尔费克斯一眼，看见她脸上还留着一丝笑意，这时候她明白了，简尽管羞红了脸，但是这张脸上却曾经有过暗暗欢喜的笑容，她也就较少顾忌地笑了，对简的内疚感也减少了许多。显然，这位和蔼可亲、为人正直、十全十美的简·菲尔费克斯还有一些很应受指责的感情呢。

他把所有的乐谱都拿到她这儿来，他们两人一起看了一遍。爱玛利

---

① 指德国钢琴教师兼演奏家克拉默（1771—1858）创办的一家著名音乐出版社。

用这机会悄悄地说：

“你说得太露骨了。她一定会听出你的意思来的。”

“我希望她听出来。我要她听出我的意思。我丝毫不为我的意思觉得难为情。”

“可是，说真的，我倒有点儿难为情。但愿我没出现过这个想法。”

“你有这个想法，而且告诉了我，我很高兴。现在我有一把钥匙，可以解开她所有反常的神情和举动的谜。让她去害臊吧。她要是做错了事，她自然该感到羞愧。”

“我看，她倒不是毫不羞愧的。”

“我没看出有这种迹象。她现在正在弹着‘罗宾·阿戴尔’[①]——我最喜爱的曲子。”

过了一会儿，贝茨小姐打窗口附近经过，看到奈特利先生正骑着马在不远的地方走。

“哎呀，是奈特利先生！只要可能，我一定得跟他说话，只是向他道谢。我不会在这儿开窗，那会使你们全都着凉的。不过，你们知道，我可以到我妈妈的屋子里去。他知道了谁在这儿，也许会进来的。太高兴了，有你们大家这样聚在一起！给我们的小屋子添了不少光彩啊！”

她话还没说完就已经到了隔壁房间，在那儿一打开窗户就马上叫奈特利先生。他们俩交谈的每一个音节，别人都听得清清楚楚，好像是在一间屋子似的。

“你好！你好！很好，谢谢你。你昨儿晚上让我们坐马车，真太感谢你了。我们正好及时回到家里；我妈妈刚好在等我们。请进来；进来吧。你会发现有几个朋友在这儿。”

---

① 原是苏格兰乐曲，1750 年左右，卡洛琳·凯贝尔用这一曲调配上歌词献给一个爱尔兰外科医生罗宾·阿戴尔。卡洛琳和罗宾于 1758 年结婚。

贝茨小姐这样开的头；奈特利先生似乎也决心要让大家听见他的回答，因为他用最坚决、最响亮的声音说：

“你的外甥女好吗，贝茨小姐？我向你们大伙儿问好，可特别要向你的外甥女问好。菲尔费克斯小姐好吗？我希望她昨晚没着凉？她今天怎么样？告诉我菲尔费克斯小姐怎么样？”

在他肯听她说其他事情以前，贝茨小姐不得不先直截了当地回答他。这番交谈把听的人逗乐了。威斯顿太太向爱玛使了一个有特殊含义的眼色。可是爱玛还是怀疑地摇了摇头。

“多谢你啊！为了那辆马车，非常非常感谢你，”贝茨小姐继续说。

他打断她的话头说：

“我上金斯敦去。我能为你做些什么事吗？”

“哎呀，金斯敦——你要上那儿去吗？那天柯尔太太倒说起来，她要上金斯敦去买点东西。”

“柯尔太太可以打发用人去；我能为你干些什么吗？”

“不，谢谢你。你还是进来吧。你猜谁在这儿？伍德豪斯小姐和史密斯小姐；真太好了，是来听新钢琴的。请把你的马留在克朗旅馆，进来吧。”

“好吧，”他不慌不忙地说，“也许可以待上五分钟。”

“威斯顿太太和弗兰克·邱吉尔先生也在这儿！太叫人高兴了！有这么多朋友！”

“不，现在不行，谢谢你。我可待不了两分钟。我得尽快上金斯敦去。”

“哦，进来吧！他们见到你，一定非常高兴。”

“不，不，你府上挤得满满的了。我改日来拜访，听听那架钢琴。”

“唉，我很遗憾！哦，奈特利先生，昨儿晚上那个舞会多么叫人快活啊！多么叫人高兴啊！你可曾见到过这样的舞会吗？那不是很叫人快活吗？伍德豪斯小姐和弗兰克·邱吉尔先生；我从没见过那样好的。”

“哦，确实很叫人快活！我不能不这么说，因为我猜想，我们俩说的话，伍德豪斯小姐和弗兰克·邱吉尔先生句句都听见。还有，”他把嗓门再提高一些，“我不知道为什么不也提一提简·菲尔费克斯小姐。我认为菲尔费克斯小姐舞跳得非常好。威斯顿太太又是英国最好的乡村舞曲演奏家，谁也比不上她。现在，要是你的朋友们心里感激的话，他们会大声说一些有关你和我的话作为回答；可是我不能待在这儿听了。”

“哦！奈特利先生，再待一会儿。有重要的事——大吃一惊！为了那些苹果，简和我两人都大吃一惊。”

“怎么了？”

“想想看，你把剩下的苹果全都给了我们！你说你还有许多，而你现在却一个也没留下。我们真的大吃一惊！霍基斯太太可真要生气啦。威廉·拉金斯在这儿说起过。你不该这么做，确实不该这么做。啊！他走了！他一向这样，人家谢他，他就受不了。我还以为他现在不会走，要是不提的话，也太可惜……好吧。”她回到屋里。“我没能请到他。奈特利先生没能留下来。他现在上金斯敦去。他问我有什么事要他干——”

“对，”简说，“我们听到他说了，我们什么都听见了。”

“哦！对，我亲爱的，你知道，那房门开着，窗子也开着，奈特利先生说话的声音又响，也许你们都听见了。你们肯定是什么都听见了。‘我能为你在金斯敦做些什么事吗？’他说；所以我只是提一提……哦！伍德豪斯小姐，你得走了吗？你好像还只刚来呢，你真太好了。”

爱玛觉得真是该回家的时候了；这次访问，时间已经很长。威斯顿太太和她的同伴看了看表，见上午已过去不少时光，也起身告辞，不过他们只能陪两位年轻小姐到哈特菲尔德大门口，随后他们回伦多尔斯去。

哦！奈特利先生，再待一会儿

第十一章

完全不跳舞，可能倒也罢了。我们知道有这种情况：有些年轻人一连好多好多个月没参加任何类型的舞会，而对身心并没什么重大损害。可是一旦开始——一旦尝到了那快速转动的欢乐，尽管只是微微地感到一点吧——谁要是不再要求参加舞会，那他准是个愚钝透顶的人。

弗兰克·邱吉尔已经在海伯利跳过舞了，一心巴望能再跳。伍德豪斯先生听从劝说，同他女儿在伦多尔斯待一个晚上。在那一晚的最后半小时里，这两个年轻人一直在策划再举行一次舞会。弗兰克第一个想出了这个念头，而且满腔热忱地促成这件事；因为这位小姐最了解这里面有什么难处，也最注重场地的大小和形象的好坏。可是她也很想让人家再看看弗兰克·邱吉尔先生和伍德豪斯小姐一起跳舞能使人多么快活——因为在这方面，她拿自己和简·菲尔费克斯相比，是不会脸红的——甚至只是为了跳舞，没有自负给予他的任何邪恶的帮助她也会这么做的——先帮他用步子量出他们所在的房间的大小，看看能容纳多少人——随后又量了量另外那间客厅的大小；尽管威斯顿先生说过这两间房间一样大，他们却还是希望哪间屋子略微大一些。

他的第一个建议和请求，就是在柯尔家开始的舞会应该在这里结束——应该再请那些人参加，也请那位乐师演奏——这个建议大家很乐意地同意了。威斯顿先生兴致勃勃地赞成这个主意，威斯顿太太也很愿意弹琴，他们要跳多久，她就弹多久。接下来就做那有趣的事，想想谁会来参加，算算每对舞伴至少占多少地方。

“你、史密斯小姐、菲尔费克斯小姐，就三个了，加上两位考克斯小姐，就是五个。”这话已经反复讲了很多遍了。“除了奈特利先生，还有吉尔勃特的两位、小考克斯、我父亲和我自己。对，那就尽够痛痛快快地玩一次了。你、史密斯小姐、菲尔费克斯小姐，就三个了，加上两位考克斯小姐就是五个，五对人跳舞，场地够宽敞的了。”

可是不久，一边有人说：

“不过，五对人跳，地方够吗？我真的认为不够。”

另一边有人说：

“五对毕竟太少了，那不值得。认真考虑起来，五对算不了什么。请五对可不行。作为一时的考虑，那还可以。”

有人说，吉尔勃特小姐可能会在她哥哥家，也得把她一起请来。还有个人认为，那天晚上，没有请吉尔勃特太太，如果请的话，她也会跳舞的。又有人为第二个小考克斯说了句话！最后，威斯顿先生又提出一个表兄，必须把他那一家人包括在内，还提出另外一个老相识，他那一家人也不能漏掉。五对至少要变成十对，这是肯定的。他们兴趣很浓地猜测着，用什么方法才安排得下。

两个房间正好门对门。“可不可以两个房间一起用，来回地穿过过道跳呢？”看来这是最好的计划了。不过还不太好，他们当中有好几个人还要想更好的办法。爱玛说那太不方便了。威斯顿太太在为晚饭着急。伍德豪斯先生却为了大家的健康拼命反对。这件事如此使他不愉快，他不能让他们继续下去了。

“哦，那不行，”他说，“太轻率了。为了爱玛，我受不了！爱玛身体并不结实。她会患重感冒的。可怜的小哈丽埃特也会着凉的。你们全都会着凉。威斯顿太太，你会完全病倒的。别让他们谈论这种荒唐的事情啦。求求你，别让他们再谈吧。那个年轻人，”他压低声音说，“太没头脑。别告诉他父亲，不过那个年轻人是有点不对头。他今天晚上就常常去开门，不考虑别人，让门敞开着。他就不想想有穿堂风。我倒不是有意要你反对他，不过，他确实有点不对头。”

听了这个谴责，威斯顿太太感到遗憾。她知道事情的严重性，于是千方百计地解释。现在每扇门都关上了。用过道的计划也放弃了。大家又在讨论最初那个在他们待的这间房间里跳舞的计划。在一刻钟以前还认为这地方容纳不下五对舞伴，现在出于弗兰克·邱吉尔的一片好意，认为完全可以容纳十对。

“我们刚才的计划太庞大了，”他说，“想用那没有必要用的房间。这儿可以宽敞地站上十对舞伴。”

爱玛反对。“都要挤成一团了——太挤。跳舞的时候，连转身的地方都没有，还有什么比这更糟的吗?”

“很对，”他一本正经地回答，“是太糟了。”可是他仍在量房间的大小，最后还是作出了这样的结论：

“我看，这间屋子容纳得下十对。”

“不，不，”她说，“你太不近情理。站得那么近，太可怕了！挤在一块儿——又是在一间小屋子里挤在一块儿跳，再没什么比这更扫兴的了。”

“这倒是不能否认的，”他回答说。“我完全同意你的看法。在一间小屋子里挤在一块儿跳舞。伍德豪斯小姐，你有本领用短短几个字就把景象描绘出来。精彩，真精彩！不过，已经谈到这个地步了，谁也不愿意就此放弃。那会叫我父亲失望的——总之——我不知道——我还是认为这儿可以宽舒地站上十对。”

爱玛看出他那殷勤得有一点儿固执的味道，他宁可提出会减少同她跳舞所带来的欢乐的那种主张，也不愿失去这种欢乐。不过她还是接受了他的恭维而原谅了其他。她要是有意思嫁给他，那倒还值得停下来考虑考虑，了解一下他那种偏爱的价值和他那种脾气的特点。但是不管他们认识的目的怎样，他总是十分可爱的。

第二天还没到中午，他就来到了哈特菲尔德。他笑容可掬地走进屋来，显然还要继续谈那个计划。不久就看出，他是来宣布一项改进措施的。

“我说，伍德豪斯小姐，”他几乎立即开口说，“我想，我父亲的小房间没把你跳舞的兴致完全吓退吧。在这件事上，我带来了一个新的建议，是我父亲出的主意，只要你同意，马上就可以实行。在这次计划中的小小的舞会上，我都有幸跟你跳头两个舞吗？舞会不在伦多尔斯举行，而在克朗旅馆举行。”

“克朗旅馆？”

“对！如果你和伍德豪斯先生觉得没什么可以反对的话，我相信你们不会反对，那么，我父亲希望他的朋友肯赏光到那儿去看他。他估计那儿的设备更好一些，他会像在伦多尔斯一样热烈欢迎大家。那是他自己出的主意。只要你们满意，威斯顿太太也就会觉得没什么可反对的。我们都有这个感觉。哦，你估计得完全正确！不管在伦多尔斯的哪间屋子里，挤上十对都是叫人受不了的！简直可怕！我自始至终一直觉得你是正确的，只是急于要想个什么办法，不肯让步罢了。这个改变不是很好吗？你会同意的——我想，你会同意吧？”

“如果威斯顿先生和威斯顿太太不反对，那我就觉得这个计划谁也不会反对。我认为这个主意很好。就我自己能回答的来说，我会很高兴——看来也只能采取这个改进措施了。爸爸，你不觉得这是个绝妙的改进措施吗？”

她不得不一再重复，作些说明，才使他完全听懂。接着，由于这是个全新的主意，她必须进一步解释，他才能接受。

“不！我认为这绝不是个改进措施——而是个很糟的计划——比原来那个还要糟得多。旅馆里的房间总是潮湿而且危险的，从来没有适当的通风，也不适宜让人去住。你们如果非跳舞不可的话，最好还是在伦多尔斯跳。我这一辈子从没进过克朗的房间——也没看见过旅馆老板。

哦，不行，那是个很糟的计划。在克朗比在任何别的地方更容易患感冒。”

“我刚要说，先生，”弗兰克·邱吉尔说，“这个改变的最大好处是，任何人都不大可能有患感冒的危险——在克朗危险性要比在伦多尔斯小得多！作这个改变，佩里先生也许会有理由感到遗憾，可是别人却不会。”

“先生，”伍德豪斯先生相当激烈地说，“你要是认为佩里先生是那种人，那你就大错特错了。不管我们谁生了病，他都非常关心。可是我不懂，对你们来说，克朗旅馆的房间怎么可能比你父亲的家更加安全。”

“就因为地方大，先生。我们根本不必开窗——整个晚上，一次也不必开。先生，你也很清楚，正是那开窗的坏习惯，把冷风放进来吹上热乎乎的身体，这才叫人感冒的。”

“开窗！可是邱吉尔先生，想必不会有人想在伦多尔斯开窗吧。不会有人那么鲁莽！我从没听到过这种事。开着窗子跳舞！我肯定，不管你父亲，还是威斯顿太太（原来是可怜的泰勒小姐），都不会允许这么做。”

“啊！先生——可是有时候，会有个没头脑的年轻人走到窗帘后面去，神不知鬼不觉地把窗格推上去。我自己就常常知道有人这么做。”

“真的，先生？天哪！我可从来也想不到。不过，我不大出门，对听到的事，常常感到惊讶。话说回来，这倒的确是不同的；也许，我们好好谈谈——不过这类事情得好好考虑考虑。匆匆忙忙是作不了决定的。如果威斯顿先生和威斯顿太太哪天早上肯光临的话，我们倒可以谈谈，看看有什么办法。”

“可是，先生，不幸的是，我时间不多——”

“哦，”爱玛插嘴说，“会有充分时间来讨论每样事情的。根本用不着匆匆忙忙。要是能安排在克朗旅馆，爸爸，那么，马跑起来是很方便的。离马厩那么近。”

“是啊，我亲爱的。那很好。倒不是说詹姆斯抱怨过什么，而是应该尽可能让我们的马省些力气。如果我能肯定房间确实通风很好——不过，斯托克斯太太是不是靠得住呢？我怀疑。我不认识她，甚至都没见过面。”

“这方面的每件事情，我都可以保证，先生，因为是由威斯顿太太来照管。威斯顿太太负责指挥一切。”

“瞧，爸爸！你现在总该满意了吧——我们自己的亲爱的威斯顿太太，她是再小心也没有了。好多年以前，我出疹子的时候，佩里先生说的话，你还记得吗？‘如果由泰勒小姐把爱玛小姐裹起来，那你就用不着担什么心了，先生。’我有多少次听你用这话来称赞她啊！”

“对，很对，佩里先生是这么说的。我永远也不会忘记。可怜的小爱玛！你疹子出得真厉害；那就是说，要不是佩里细心治疗，是会很厉害的。他一天来四次，接连一个星期都这样。一开始他就说情况很好——这是我们莫大的安慰；可是出疹子是一种可怕的病。我希望，不管可怜的伊莎贝拉的孩子什么时候出疹子，她都要去请佩里。”

“我父亲和威斯顿太太这会儿都在克朗旅馆，”弗兰克·邱吉尔说，“正在看看那房子容纳得下多少人。我让他们留在那儿，自己上哈特菲尔德来，急于要听听你的意见，希望能说服你也到他们那儿去，当场提些建议。他们俩都要我这么跟你说。你要是能允许我陪你去，那对他们来说将是最大的快乐。没有你，他们任何事情都不能做得满意。”

人家来请自己去一起商议，爱玛觉得很高兴。她走了以后，她父亲把这件事再细细地考虑了又考虑。这两个年轻人毫不耽搁地出发往克朗旅馆去了。威斯顿先生和威斯顿太太都在那儿，看到她并且知道她同意，十分快活。他们两人都很忙，都很高兴，但是方式不同：她稍微有点苦恼；他却觉得一切都十全十美。

“爱玛，”她说，“墙纸比我预料的要糟一些。瞧！有些地方脏得可怕。护壁板比我能想象到的任何东西都更加黄,更加破旧。”

“我亲爱的,你太挑剔了,”她丈夫说。“那又有什么关系呢? 在烛光下,你会一点儿也看不出来。在烛光下,那会像伦多尔斯一样干干净净。在我们俱乐部活动的那些晚上,我们从来也没看出什么。”

听到这儿,两位女士也许意味深长地交换了一下眼色,“男人们从来就不知道东西脏不脏。”两位绅士也许各自心里在想,“女人们总有她们的无聊琐事和多余忧虑。”

然而,出现了一个难题,那是两位绅士也不能轻视的。就是餐厅的问题。当初建造舞厅的时候,并没把晚餐考虑在内,只在隔壁加了一个小小的牌室。怎么办呢? 这间牌室现在也要派牌室的用处。即使他们四位可以随意地决定不必打牌,要在那儿舒舒服服地吃餐晚饭,不也是太小了吗? 为了这个用途,也许可以找到另一间大得多的房间;可那是在房子的另一头,要上那儿就得走过一道既长又难走的过道。这是个难题。威斯顿太太担心过道里的冷风会使年轻人着凉。一想到吃饭的时候拥挤不堪,爱玛和两位绅士都觉得受不了。

威斯顿太太建议不备正式的晚餐,只在那间小房间里摆一些夹肉面包之类。可是别人认为这个建议太寒酸。私人举行舞会而不请客人坐下来吃晚饭,人家会把这说成是损害男女客人应有的权利的一种不光彩的欺骗行为。威斯顿太太可不能再提它了。于是她另外再想想办法,朝那间可疑的房间里看看,说道:

“我想,它也不见得就那么小。我们的人不会多,你知道。”

威斯顿先生正在轻快地跨着大步穿过过道,在她说话的同时大声说道:

“你老是说这条过道太长,我亲爱的。其实根本算不了什么。楼梯那儿也丝毫没有风吹过来。”

“但愿能够知道,”威斯顿太太说,“我们的客人一般最喜欢什么样的安排。我们的目的必须是让绝大多数的人都感到满意——要是能知道，那有多好。”

“对，说得很对，”弗兰克大声说。“很对。你要听听你的邻居们的意见。我觉得你的想法很自然。只要能够确定他们中间以谁为主——比如说，柯尔夫妇。他们住得不远。要我去看看他们吗？或者贝茨小姐？她住得更近。我不知道贝茨小姐是不是可能最了解其余的人喜欢什么。我想我们需要再多几个人商量商量。我去把贝茨小姐请来怎么样？”

“好——如果你高兴的话，”威斯顿太太有点犹豫不决地说。“如果你认为她有用的话，那就去吧。”

“你从贝茨小姐那儿听不到什么中肯的意见的，”爱玛说，“她只会高兴和感激，可是她什么也不会告诉你。她甚至不会听你的问话。我看不出跟贝茨小姐商量会有什么好处。”

“可是她很有趣，非常有趣！我很喜欢听贝茨小姐说话。我不必把她全家都带来，你知道。”

这时候，威斯顿先生走了过来，一听到他的提议，就坚决表示赞同。

“对，去吧，弗兰克。去把贝茨小姐接来。我们马上把这件事结束了吧。我相信她会喜欢这个计划的。我觉得要解决困难，找她最合适，没有人能超过她。去把贝茨小姐接来。我们有点儿过于挑剔了。她是个教人如何快活的活教材。不过，还是把她们两位都接来吧。把她们两位都请来。”

“两位，先生！那位老太太能——？”

“那位老太太！不，当然是指那位年轻小姐！要是你只接姨妈而不把外甥女接来，弗兰克，那我就要认为你是个大傻瓜了。”

“哦！请你原谅，爸爸。我没一下子就想到。毫无疑问，如果你希望这么办的话，那我就尽力劝她们两位都来。”说完他拔腿就跑。

在他陪着矮小整洁、步履轻快的姨妈和她那娴雅的外甥女重新出现以前，威斯顿太太像个性情温和的女人和贤惠的妻子那样，早就又把过道再查看了一遍。她觉得过道的缺点远远不像她以前想象的那么糟——确实是微不足道。作决定的困难就此解决了。其余的一切都丝毫没有问题，至少推测起来是这样。所有那些次要的安排，像桌子和椅子啦，灯光和音乐啦，茶点和晚餐啦，都不成问题；或者只是作为小事情留着，等威斯顿太太随便什么时候同斯托克斯太太去解决。接到邀请的人当然个个都会来，弗兰克已经写信去恩斯科姆，提出要在预定的两周以后再多待几天，这不可能遭到拒绝。那将是一次令人愉快的舞会。

贝茨小姐来了以后，热诚地表示同意，说必须这么办。作为一个参谋，她是不必要的；可是作为一个赞许者（这个角色要安全得多），她却是受到了真诚的欢迎。她的赞许说得既全面又具体、既热烈又滔滔不绝，只会使人听了高兴。在接下来的半个小时里，他们都在一个又一个房间里走来走去，有的在提建议，有的在倾听，大家都沉浸在未来的欢乐之中。这伙人分别以前，爱玛已经肯定地答应了那天晚上的主角，将同他跳头两个舞。她也听到威斯顿先生向他妻子悄悄说："他已经邀请了她，我亲爱的。很好。我知道他会邀请她的！"

他已经邀请了她，我亲爱的

第十二章

要使爱玛对未来的舞会完全满意，就只差一件事了，那就是日子要定在弗兰克·邱吉尔获准住在萨里的这段时期里。因为，尽管威斯顿先生深信不疑，她还是认为，邱吉尔夫妇不是完全没有可能不让他们的外甥在住满两个星期以后再多住一天。可是，这样定日子却被看做是行不通的。他们得花时间来做准备工作，要到第三个星期开始才能准备妥当，而且，得有几天时间来订出计划，着手进行，作些打算，这些都毫无把握，还有一切都白费心机的危险——在她看来，这种危险还不小呢。

然而，恩斯科姆是宽厚的——即使在言语上并非如此，在实际行动上却是宽厚的。他要多住一阵，这个愿望显然并不使他们高兴，可是他们却没反对。一切都平平安安，顺顺当当。可是排除了一个焦虑以后，往往会出现另一个焦虑。现在爱玛肯定她的舞会要举行了，却又有了新的烦恼。奈特利先生对舞会不关心，这是使她很恼火的。不是因为他自己不会跳舞，就是因为这个计划事先没有同他商量过。他对舞会不感兴趣的态度似乎很坚决，而且决心不让舞会在目前引起任何好奇心，或者在将来给他任何乐趣。爱玛主动把这方面的情况告诉他，他却只是用下面这些话来表示赞成，他说：

“很好。如果威斯顿夫妇认为，为了几个小时的喧闹取乐，值得这样麻烦的话，那我也就没有什么反对的话要说了。我只要说一句，那就是他们不要为我选择娱乐。哦！对了，我非去不可；我没法拒绝；我将尽可能保持清醒，可是我倒宁可待在家里，看看威廉·拉金斯一星期的账目；说实话，我很想待在家里。看别人跳舞而感到开心！真的，我可不会——我从来不看跳舞——我不知道有谁要看。优美的舞蹈，我相信，就跟美德一样，一定只给本身带来酬报。站在旁边观看的人们往往抱着完全不同的想法。”

爱玛觉得这话是针对她说的，不由得十分生气。然而，他这样冷淡，这样气愤，也并不是在恭维简·菲尔费克斯。他反对舞会，并不是受了她的看法的影响；简·菲尔费克斯特别喜欢举行舞会这种想法。舞会使她活跃——坦率起来；她不由自主地说道：

“哦！伍德豪斯小姐，我希望不要发生什么事来阻碍舞会举行。要是发生了，那会多么令人失望啊！我承认，我非常高兴地盼望着它。”

所以说，他宁可同威廉·拉金斯做伴，并不是为了讨好简·菲尔费克斯。不是的！她越来越确信，威斯顿太太的推测完全错了。他对她友好、同情、很有好感——但是却没有爱情。

唉！马上就没有空闲来和奈特利先生吵嘴了。快活和放心地刚过了两天，就前功尽弃。邱吉尔先生来了一封信，催他的外甥立即回去。邱吉尔太太病了——病得厉害，非要他在身边不可。据她丈夫说，两天前她在给外甥写信时，身体已经很不舒服；不过，她一向不愿引起别人痛苦，而且习惯于不是只顾自己，所以她没说起。可是现在，她病重，不能不重视，只好恳求他立即动身回恩斯科姆去。

威斯顿太太立即写了一张便条，把这封信的主要内容转告了爱玛。他要走了，这是不可避免的。尽管他没有真正为舅妈感到惊慌，没有减少对她的反感，他还是得在几小时之内就启程。他了解她的病；不是为了她自己的方便，她从来不发病。

威斯顿太太补充说：“他只能抓紧时间，在吃完早饭以后，赶到海伯利去向他认为关心他的几位朋友告别。可以预料，他马上就会到哈特菲尔德来。”

这张不幸的便条使爱玛早餐吃不下去了。她看完便条，除了悲叹和惊叫以外，就什么事也不能干了。失去了舞会，失去那个年轻人——和那个年轻人心里产生的一切感情！真是太不幸了！那会是一个多么令人快乐的夜晚啊！每一个人都会兴高采烈！她和她的舞伴会是最高兴的一对！“我说过会有这样的结局！”这是唯一的安慰。

她父亲的心情十分明显。他所想的主要是邱吉尔太太的病情，想知道她是怎么治疗的。至于舞会，亲爱的爱玛感到失望，这是令人震惊的。但是他们还是待在家里比较平安。

爱玛等客人等了一些时候，他就来了。但是如果这一点表明了他是急于回去的话，那么，他在来到时的那副悲伤的脸色和懊丧的神情就足以为他赎罪了。他为这次离去非常难受，几乎都没法谈了。显而易见，他情绪低落。在头几分钟时间里，他坐在那儿沉思，确实想得出了神；等到再回过神来时，也不过是说了这么一句：

“所有不幸的事情当中，告别是最可怕的。”

“可你还会再来的，”爱玛说。“你又不是只到伦多尔斯来这么一次。”

“啊！”他摇了摇头，“很难说我什么时候能再来啊！我会努力争取再来！我一心想望的就是这个！如果我舅舅、舅妈今年春天去伦敦——可是我怕——去年春天他们就没走动——我怕这个惯例已经一去不复返了。”

“我们可怜的舞会只得完全放弃了。”

“啊！那个舞会！我们干吗要等待呢？干吗不抓紧时机取乐呢？幸福往往被准备工作，愚蠢的准备工作破坏！你对我们说过，会有这样的结局。哦！伍德豪斯小姐，为什么总是让你说对了呢？”

“的确，在这件事上，让我说对了，我很遗憾。我宁可要快活而不要聪明。”

“如果我能再来，我们还是要举行我们的舞会的。我父亲能肯定。

不要忘记你的诺言!”

爱玛亲切地看看他。

“这样有意思的两个星期!”他接着说,“一天比一天更可贵、更快活!每一天都使我更不愿到任何别的地方去。能够留在海伯利的人真是幸福啊!”

“因为你现在给了我们如此公平的评价,”爱玛笑着说,“我想冒昧地问一声,你刚来这儿的时候,是不是还有一点儿怀疑?我们是不是比你预料的要好?我相信,我们是这样。我相信,你原来没有料到会喜欢我们。如果你以前对海伯利有好感的话,你就不会那样迟迟不来了。”

他不好意思地笑了。尽管他否认有这种想法,爱玛还是相信她说的是事实。

“你今天早晨就非动身不可吗?”

“是的。我父亲要到这儿来接我,我们一起走回去,然后,我得立即出发。恐怕他随时会到。”

“甚至连你的朋友菲尔费克斯小姐和贝茨小姐那儿,你都抽不出五分钟去一下吗?多么不幸啊!贝茨小姐意志力强,爱争辩,也许已经使你的意志也坚强起来了吧。”

“是啊——我已经到那儿去过了。路过那儿,我想还是进去的好。这件事做对了。我进去时本来只打算待三分钟的,因为贝茨小姐不在所以我多耽搁了一会儿。她出去了;我觉得不能不等她回来。她这个人啊,别人见了也许会发笑,一定会发笑;可是别人都不愿意瞧不起她。我最好还是去拜访一下,然后——”

他犹豫了一会儿,站起身子,朝着窗口走过去。

“总之,”他说,“也许,伍德豪斯小姐——我看你几乎不可能丝毫没有怀疑——”

他看着她,仿佛要猜透她心思似的。她几乎不知道该说什么。这好像是个先兆，马上要发生一件极其严重的事情了，而这件事却是她不希望发生的。所以她就迫使自己开口，希望能够借此回避这件事，她平静地说道：

“你做得很对。你去拜访一下是很自然的——”

他没有吭声。她相信他正在瞧着她；也许正在考虑她刚才说的话，想知道她这个态度的意思。她听见他叹了一口气。他自然可以觉得有理由叹气。他没法认为她在鼓励他。尴尬地过了一会儿，他又坐了下来，用比较坚决的语气说道：

“我本来感到，要是能把我所有余下的时间都奉献给哈特菲尔德，那就好了。我很喜欢哈特菲尔德——”

他又住口不说了，又站了起来，看上去局促不安。他比爱玛所想象的更爱她；如果他父亲不来的话，谁能说出会有怎样的结局呢？不一会儿，伍德豪斯先生也来了。由于非努力镇静一下不可，他也就镇静了下来。

然后，只稍微再过了几分钟，就结束了眼前这难堪的局面。威斯顿先生在有事要做的时候，一向是干脆利落的，不会去乱想没有把握的事情，也不会拖延不可避免的灾难。他说：“到时候了，该走了，”这个年轻人尽管可能在叹气，而且确实在叹气，也只得同意，他站起身来告辞了。

“我会听到关于你的一切情况，”他说，“这是我最大的安慰。你们这儿发生的每一件事，我都会听到消息的。我已经请威斯顿太太和我通信。她好心地答应了。哦！在真正思念一个不在身边的人的时候，能有个女人跟他通信，那真是一种福气！她会把一切都告诉我的。读她的信，我会觉得好像又回到了亲爱的海伯利。”

谈话结束时，十分友好地握了握手，又很诚挚地说了声“再见”。门马上就关上了，弗兰克·邱吉尔走了。这次他走是仓促的——他们的见面也是仓促的；他走了。和他分手爱玛感到那么难过，她预料他离开这儿对于他们这个小小的社交圈子来说会有那么大的损失，以致她开始害怕自己会过于难过，过于痛苦。

这是一个不幸的变化。自从他来到这儿以后，他们几乎每天见面。他住在伦多尔斯无疑给过去两个星期增添了快乐——难以形容的快乐；每天早晨都想着并且盼着能见他，而且相信他总是那么殷勤、那么活跃、那么文雅！那两个星期真是快乐极了，现在再来过哈特菲尔德以前那种生活，一定是可悲的。最使人满意的是，他差不多已经告诉了她，他爱她。他的感情是否强烈，是否坚贞，那是另一个问题。但是，目前她不能怀疑，他确实是热烈地崇拜她，有意识地偏爱她。这种信念连同其他种种想法，使她认为自己准是有一点儿爱上了他，尽管以前一再下了决心要防止出现这种情况。

“我肯定是这么回事，”她说，“这样无精打采、百无聊赖、痴痴呆呆，这样不愿坐下来做事，这样感到家里的一切都沉闷乏味！我准是在恋爱了，如果不是的话，那我就是世界上最古怪的人——至少有几个星期是这样。是啊！一些人认为是不幸的事，另一些人看来往往是好事。即使不是为了弗兰克·邱吉尔吧，为了舞会，我也会有许多伙伴同我一起悲叹。可是，奈特利先生会高兴。现在如果他愿意的话，他可以和他那亲爱的威廉·拉金斯一起消磨黄昏了。”

然而，奈特利先生并没有露出得意洋洋的喜悦心情。他不能说是因为自己而感到遗憾。如果他这样说的话，他那非常愉快的神情就会使他自相矛盾。他说，而且很坚定地说，他是因为别人的失望而感到遗憾，还用十分亲切的口气补充说：

“爱玛，你很难得有机会跳舞。你真是运气不好，太不好了！”

她在看见简·菲尔费克斯以前的几天里，一直估计着简对于这不幸的变化一定也真正感到遗憾。可是在她们会面时，她那副沉着的神情却很讨厌。然而，她前一阵身体特别不好，头痛得厉害，她姨妈为此宣布说，即使举行舞会，她认为简也没法去参加。把她那种不合适的漠不关心归咎于身体欠佳引起的慵倦，可说是一种仁慈。

第十三章

爱玛还是深信不疑认为自己正在恋爱。她的想法不过是在程度方面有点变化。一开始她认为爱得很深。后来呢，又觉得只是稍微有点爱罢了。听到人家谈起弗兰克·邱吉尔，她总是非常高兴，而且，因为他的缘故，看见威斯顿夫妇，她也比以往任何时候都更加高兴。她时常想着他，急切地盼着他的来信，为的是想知道他身体怎样，精神如何，他舅母身体好吗，以及他今年春天还有没有机会再到伦多尔斯来。而在另一方面呢，她却又不肯让自己郁郁不乐。在第一个早晨过去以后，她也不肯让自己不像平时那样想做事。她还是很忙，也很快活。尽管他讨人喜欢，但她还是认为他有一些缺点。她时时想着他，而且在坐着画画或者做针线活儿的时候，还为他们之间恋爱的进展和结局定出上千种有趣的计划，想出很有意思的对话，拟出措词优美的信件。虽然如此，她想象中他每次表白的结果都是她*拒绝了他*。他们之间的感情总是降为一般的友谊。他们在分离的时候会表现出种种柔情和依恋；但他们终究还是要分离。她一感觉到了这一点，就认为自己不可能爱得很深。她以前虽然下定了决心，永远不离开她父亲，永远不出嫁，但是，一种强烈的爱却肯定会叫她自己的思想感情产生出她以前没料到的斗争。

"我觉得自己并没有使用*牺牲*这个词，"她说。"在我所有的聪明回答和巧妙否定当中，没有一句暗示过作出牺牲。我是有过这样的猜测，认为我要生活幸福并不真的是非有他不可。这样反而更好。我肯定不会要自己爱得更深。我已经爱得够深了。再深只会使我感到遗憾。"

总的说来，她同样满意于自己对于他的感情所抱的看法。

“他肯定是深深地沉浸在爱情之中——种种迹象都表明了这一点——确实是深深地沉浸在爱情之中！等他再来的时候，如果他的感情还是没变，那我就得留神，千万不能怂恿他。我已经完全作出了决定，要不这样，那就太不可原谅了。这倒不是说，我想象他可以认为我以前一直在怂恿他。不；如果他相信我跟他有同样的感情的话，他就不会这样苦恼了。他要是认为我在怂恿他，那他在告别时的神情和说话，就会完全不同了。不管怎么说，我还是得留神。这是假定说，他对我的爱还继续跟现在的一样。可是我不知道我是否料想还会这样继续下去。我看他不是那种人——我根本不指望他是个坚定不移或者忠贞不渝的人。他的感情是热烈的，但是我认为太容易变。总之，在这个问题上，经过各方面的考虑，我觉得没把自己的幸福更深地卷进去，是值得庆幸的。再稍微过一阵，我就又可以很好了——那时候，这件美好的事情就过去了。据说，一个人一生中都有一次爱情，所以我会很容易地过去的。”

威斯顿太太收到他的信的时候，爱玛看了信。她是怀着有点兴奋和爱慕的心情看的，所以一开始她就对自己的感觉摇头，认为以前是低估了那些感觉的力量。这是一封长信，写得很好，信中提到了一些有关他的旅行和他的感情的细节，用生动而精确的笔调表达了他所有的爱、感激和自然而高尚的敬意，还描述了外地和当地的一切被认为有趣的事情。信中没有可疑的表示歉意和关心的华丽辞藻，只有对威斯顿太太流露真实感情的词句。他从海伯利到恩斯科姆去，就两地最好的社交生活所做的对比，正好足以表示出他在这方面的感受是多么强烈，也表示出，要不是限于礼貌，他要写还可以写很多。信中也不缺少她自己的名字的魅力。伍德豪斯小姐不止一次出现，而且每次出现都带着一种愉快的联想，不是赞扬她的情趣，就是回忆她说过的话。在最后一次看到这个名字的地方，虽然没用这种献殷勤的巨大花环来装饰，但她还是可以看到自己的影响所起的作用，而且承认获得了他所给予的最高赞扬。在信笺最下面的空白处密密麻麻地写着这几句话:“你也知道,我星期二没空去看伍德豪斯小姐的那位美丽的小朋友。请代我致歉并向她告别。”爱玛毫不怀疑,这完全是为了她才写的。他记得哈丽埃特仅仅因为是她的朋友。他那些关于恩斯科姆的报道和展望,同她预料的差不多;邱吉尔太太正在康复之中,他还不敢把再来伦多尔斯的时间定下来,甚至在自己的想象当中也不敢定。

然而,这封信尽管在重要部分,也就是它表达的感情,是令人满意和令人鼓舞的,可是,在她把信折起来还给威斯顿太太的时候,她却发现,这封信激起的热情并不持久——没有这个写信的人,她照样可以生活,而且他也该学会没有她照样生活。她没有改变主意。她想出了一个要使他以后获得安慰和幸福的计划,这就更坚定了她要拒绝他的决心。他提到哈丽埃特,称她为“美丽的小朋友”,这使她有了一个想法,要在她拒绝他以后,让哈丽埃特得到他的爱情。这可能吗? 不。在理解力方面,哈丽埃特无疑是远远不如他的。但是她那可爱的脸和热情而天真的举止却已经打动了他;而且家庭环境和社会关系很可能都对她有利。如果这件事成功了,那对哈丽埃特来说,的确是有利和可喜的。

“我不该多去想它,”她说。“我不该去想它。我知道老是这样推测是危险的。可是还发生过比这更奇怪的呢。我们现在不再相爱了,这倒可以把我们真正无私的友谊巩固起来。我已经能很乐意地盼望这种友谊了。”

能让哈丽埃特得到安慰,是件好事,虽说在这个问题上,最好还是少作幻想为妙。因为在这方面马上要出现一件不幸的事。以前,在海伯利谈论的话题中,弗兰克·邱吉尔的到来接替了埃尔顿先生的订婚,那是由于最新的兴趣完全压倒最初的兴趣,现在也是这样,弗兰克·邱吉尔走了以后,埃尔顿先生的事情就以最不可抗拒的形式出现了。他的大喜日子已经定了。他很快就要回到他们中间来——埃尔顿先生和他的新娘。几乎还来不及好好谈论一下从恩斯科姆来的第一封信，人人嘴里就都在谈“埃尔顿先生和他的新娘”了。弗兰克·邱吉尔给忘得干干净净。爱玛听了很反感。过去三个星期里她很快活，没有埃尔顿先生的干扰。她也一直认为哈丽埃特的心最近已经坚强起来。至少，威斯顿先生的舞会快要举行了，她不至于去想别的什么事情。可是现在看来，她的心情显然还没有平静到可以接受那实际来临的情况——新的马车啦，门铃声啦，等等。

可怜的哈丽埃特心情万分激动，她需要爱玛所能给予的一切劝说、安慰和关心。爱玛觉得不管为哈丽埃特做什么都不会嫌多，她应该千方百计地、耐心地开导哈丽埃特。不过，老是劝说而毫无效果，老是听对方表示同意又不能使她们和她意见一致，这却是件繁重的工作啊。哈丽埃特温顺地听完她的话，说道：“说得很对，确实像你伍德豪斯小姐说的——不值得去想他们——我以后不再想了。”但是换不出别的话题，接下来的半小时里，她又看到哈丽埃特像以前那样为了埃尔顿夫妇焦急不安了。最后，爱玛只得从另一方面去打动她。

“哈丽埃特，你为了埃尔顿先生的结婚这样想不开，这样不高兴，这是你能给我的最强烈的谴责啊。为了我无意中做错的这件事，这是你能给我的最严厉的谴责了。我知道，这都怪我。你可以相信，我没有把这忘记。我自己受了骗，我又很可鄙地骗了你——这对我将永远是个痛苦的回忆。别以为我会把它忘记。”

哈丽埃特感动得话也说不出来，只是惊叫起来。爱玛接着往下说：

“我并没说，为了我振作起来吧，哈丽埃特；为了我，你少想想少谈谈埃尔顿先生吧。因为，我要你这样做是为了你自己。还有比给我宽慰更重要的，那就是，你要养成自制的习惯，要考虑到你的责任，要注意礼节，要避免别人的猜疑，要保持你的健康和名誉，也要让你的心情恢复平静。我是出于这些动机才硬要劝你的。这些都很重要——可是到现在还没引起你足够的重视，你还都没有做到，我感到遗憾。要让我从痛苦中解脱出来，那不过是很次要的。我要你把自己从更大的痛苦中解脱出来。也许我有时候是觉得哈丽埃特不会忘记该怎么做——或者不如说，不会忘记做对我有好处的事。”

这句触动她感情的话比其余的话更起作用。哈丽埃特确实非常喜爱伍德豪斯小姐，只觉得自己忘恩负义，没为她考虑考虑，所以一时间心里很是难受。等到爱玛安慰了她，剧烈的痛苦过去以后，她这个感觉还是很强烈，还足以促使她做应该做的事，并且勉强支持着她去这么做。

“你是我有生以来最好的朋友，我却对你忘恩负义！谁也比不上你！我没爱谁像爱你这么深！哦，伍德豪斯小姐，我是多么忘恩负义呀！”

这些话，再加上神情和态度所能表现的一切，使爱玛感到自己以前从没有这样爱过哈丽埃特，也从没有这样看重过她的爱。

“再没有什么魅力可以和心灵的温柔相比了，”事后她对自己说。“没有什么可以和这相比。心灵的热情和温柔，再加上亲热和坦率的态度，比世上所有的头脑清醒都更有吸引力。对此我深信不疑。正是心灵的温柔使我亲爱的父亲受到普遍的爱戴，也使伊莎贝拉到处受人欢迎。我虽然没有这个优点——但是我懂得如何珍视和尊重它。哈丽埃特比我更具有这种心灵的温柔所带来的魅力和幸福。亲爱的哈丽埃特！我可不愿拿你去换一个头脑最清醒、目光最远大、判断最准确的女人。哦！简·菲尔费克斯多么冷漠！哈丽埃特抵得上一百个这样的人。作为一个妻子——一个通情达理的人的妻子——那是非常可贵的。我不提人名，但是拿爱玛来换哈丽埃特的人是幸福的！”

第十四章

第一次看见埃尔顿太太是在教堂里。一个新娘坐在长椅上，这可以打断别人的虔诚祈祷，可是满足不了好奇心。至于她是确实非常漂亮，或者只是有点儿漂亮，还是根本不漂亮，那可要到以后正式去拜访的时候才能决定了。

爱玛决定不要最后一个去向她致意，这是出于自尊和礼节，而不是出于好奇。她还特地要哈丽埃特跟她一起去，让最尴尬的局面能尽早过去。

再走进那所房子，再走进三个月前她徒然假装系鞋带而退入的那间屋子，她不可能不勾起回忆。千万个令人烦恼的想法会重新涌上心头。那些恭维啦，字谜啦，可怕的过错啦；不能认为可怜的哈丽埃特不也在回忆；不过，她表现得很好，只是有点苍白和沉默罢了。拜访的时间当然很短；局面那么尴尬，心里想的又那么多，只好把拜访的时间缩短。爱玛甚至没让自己有充分的时间来对这位太太形成一个看法，而且在后来谈看法时，除了毫无意义的"穿得漂亮，很讨人喜欢"以外，也不让自己表示什么其他的看法。

爱玛并不是真的喜欢她。她不想急于挑缺点，不过她疑心她并不文雅；随和，但是不文雅。她几乎可以肯定，对于一个年轻女人，一个陌生人，一个新娘来说，那太随和了。她模样儿长得倒还好，脸也不能算不漂亮；可是，她的五官、气派、嗓音、举止，都不文雅。爱玛想，至少以后会证明是这样。

至于埃尔顿先生，他的举止好像并不——不，她不允许自己对他的举止说一句草率的话或者俏皮的话。在婚后接待来访的客人，在任何时候

第一次看见埃尔顿太太是在教堂里

都是个令人尴尬的仪式。新郎必须尽可能地做到落落大方才能应付过去。新娘就比较好办;她可以有漂亮衣服帮助,还可以有害羞的特权;而新郎却只能依靠自己的理智。她想可怜的埃尔顿先生特别不幸。他跟刚娶的女人、原来想娶的女人和别人要他娶的女人,待在一间屋子里。她只好承认,他有理由显得笨拙、做作、局促不安。

“呃,伍德豪斯小姐,”她们走出他家以后,哈丽埃特等她的朋友开口,对方不吭声,只好自己说,“呃,伍德豪斯小姐,”她轻轻叹了一口气,“你觉得她怎么样? 她不是很可爱吗?”

爱玛回答时有点儿迟疑。

“哦! 对——非常——一个非常讨人喜欢的年轻女人。”

“我认为她长得美,很美。”

“穿得很讲究,的确;那件长袍特别漂亮。”

“他爱上她,我一点儿也不惊奇。”

“哦! 对——根本没什么可叫人惊奇的。她有一大笔财产,又正好来到他跟前。”

“也许,”哈丽埃特又叹了一口气,回答,“也许她很爱他吧。”

“大概是这么回事。可是男人并不是个个都能娶到最爱他的人的。大概是,霍金斯小姐想要有个家,并且认为这是她可能攀到的最好的一门亲事吧。”

“对,”哈丽埃特真诚地说,“她可能是这样。没有人能攀到比这更好的亲事。唉,我打心底里祝他们幸福。伍德豪斯小姐,现在我想,以后再看到他们,我就不会介意了。他跟以前一样高人一等;可是结了婚,你知道,那就完全是另外一回事了。不,真的,伍德豪斯小姐,你不必担心。我现在可以坐着欣赏他,而不感到很痛苦。知道他没有降低身份,就是个莫大的安慰! 她看上去真是个可爱的年轻女人,他正应该娶这样一个妻子。幸福的人啊! 他管她叫‘奥古斯塔’。多令人高兴啊!”

他们回访以后，爱玛就打定了主意。这时候，她可以看得很清楚，作出更好的判断。哈丽埃特正好不在哈特菲尔德，她父亲又忙着招待埃尔顿先生。她单独跟那位太太谈了一刻钟，可以安安静静地听她说话。这一刻钟足以使她相信，埃尔顿太太是个爱虚荣的人，沾沾自喜，自以为了不起，只想出风头，要超过任何人，可是她的举止呢，却是在一所坏学校里养成的，蛮横而放肆。她所有的见解都是只从一群人和一种生活方式中得来的。她即使不能算笨，也可说是愚昧无知。跟她在一起过日子，肯定对埃尔顿先生没有好处。

哈丽埃特去配他，要比她好一些。虽然她本人不聪明，也不文雅，可是她却能让他跟聪明和文雅的人来往。霍金斯小姐呢，从她那随和而自负的神态看来，也许可以把她看做是她那群人当中最好的一个。在布里斯托尔附近的那位阔姐夫是这次联姻的骄傲，他的地位和他的马车又是他的骄傲。

坐下来以后，谈起的第一个话题是枫树林，“我姐夫瑟克林先生的住所”——拿哈特菲尔德同枫树林相比。哈特菲尔德的庭园很小，但是整洁漂亮；房子新式，造得很好。埃尔顿太太似乎对房间的大小、人口和她看到和想象到的一切，印象极好。“的确很像枫树林！太像了，我很吃惊！那个房间形状和大小正好同枫树林那间早晨用的起居室完全一样。那是我姐姐心爱的房间。”她问了埃尔顿先生。“不是相像到令人吃惊？我真的以为自己是在枫树林呢。”

“还有楼梯。你知道，我进来的时候就看到了，两处的楼梯多像啊！正好都在房子的同一部位。我简直没法不惊叫起来！你可以相信，伍德豪斯小姐，叫我想起了像枫树林这样一个我特别喜爱的地方，我觉得真是高兴。我愉快地在那儿住了好几个月！”颇有感情地微微叹了口气，“毫无疑问，是个可爱的地方。人人见了都被那儿的美吸引住。可是对我来说，那儿完全是我自己的家。你要是什么时候像我一样换个环境的话，伍德豪斯小姐，你就会理解，看到一个跟以前住过的房子相似的地方，那有多么高兴。我一向说，这就是结婚的坏处之一。”

爱玛尽可能少答话。可是对埃尔顿太太来说，已经很够了，她不过是想自己说话罢了。

“特别像枫树林！不但房子像。我可以告诉你，就我所看到的，庭园也像得不得了。枫树林的月桂跟这儿的一样多，位置也差不多——就在草坪的那一头。我还看见一棵漂亮的大树，一圈长凳围绕着它，这叫我联想起来！我姐夫和姐姐一定会被这地方迷住。自己有大庭园的人，见到类似庭园，总是高兴的。”

这种看法是真是假，爱玛心里还很怀疑。她有个独特的见解，认为自己有大庭园的人不大在乎别人的大庭园。可是这样荒谬的错误，不值一驳，所以只是回答说：

“等你在这一带再多看一些地方以后，恐怕你就会觉得，你对哈特菲尔德评价太高了。萨里处处都美。”

“哦！对，这我已经注意到了。那是英格兰的花园，你知道。萨里是英格兰的花园啊。”

“对。可我们不能独享这种殊荣。我相信，有许多郡跟萨里一样，被称为英格兰的花园。”

“不，我想没有吧，”埃尔顿太太露出非常得意的微笑答道。“除了萨里以外，我从没听到过哪个郡有这样的称号。”

爱玛答不出话来了。

“我姐夫和姐姐答应春天来看我们，最迟在夏天，”埃尔顿太太接着往下说，“那时候我们去游览。他们跟我们在一起的时候，也许我们可以畅游一番。他们当然会坐他们那辆四轮有篷马车来。那辆车子坐四个人绰绰有余。所以，不必用我们的马车，我们就可以很好地到各个风景区去游览。我想，在那个季节里，他们不大会坐他们的两轮轻便马车来。真的，等春天快到的时候，我一定要他们坐四轮有篷马车来，那要好得多。外地人到这种风景优美的地方来，你知道，伍德豪斯小姐，我们当然都希望他们能尽量多看看。瑟克林先生特别喜欢游览。去年夏天，他们刚买了那辆四轮有篷马车不久，我们到金斯威斯顿去游览了两次，就是那样坐车去的，快活极了。我想，伍德豪斯小姐，你们这儿每年夏天都有许多这样的游客吧?”

“不，这儿附近没有。吸引你说的那种游客的风景特美的地方离我们这儿还比较远。我想，我们都很爱清静；宁可待在家里，也不想去游玩。”

“啊！要真正舒适，最好还是待在家里。没有人比我更喜欢待在家里。就为了这个，我在枫树林，简直成了笑柄。塞丽娜在去布里斯托尔的时候说过许多次，‘我确实没办法叫这个姑娘离开家。我毫无办法，只好一个人去，尽管我不喜欢没有伴儿独自关在四轮有篷马车里。可是我相信，奥古斯塔出于好意，决不肯走出花园栅栏一步。’她这样说了好多次；可是我却并不主张完全闭门不出。正好相反，我认为，关起门来完全同社会隔绝，是很不好的。要适当地参加一些社交活动，但是不能过多，也不能过少。不过，我完全了解你的处境，伍德豪斯小姐，”她朝伍德豪斯先生瞧瞧，“你父亲的健康状况一定大大影响了你。他干吗不试试去巴思呢？他真的该试试。我向你推荐巴思。你放心，我肯定那儿对伍德豪斯先生有好处。”

“以前，我父亲试过不止一次，不过没什么益处。佩里先生，也许你听说过他的名字吧，他认为现在也不见得更有可能对他有益。”

“啊！那太可惜了。你可以相信，伍德豪斯小姐，水土服的话，是会叫人心旷神怡，收到奇效的。我住在巴思的那段时间里，看到过好几个这样的例子！那是个赏心悦目的地方，对伍德豪斯先生的心情决不会没有益处。我看，他有时候太沮丧了。至于对你会有些什么益处，我想我也不必多谈了。巴思对年轻人的益处是众所周知的。你过着这样与世隔绝的生活，介绍你进入那儿的社交界，真是太好了。我可以马上给你找几个当地最好的人做朋友。我写封信就可以让你同一小群人认识。我在巴思的时候，一直跟帕屈里奇太太住在一起，我的这个特别好的朋友一定会很高兴地给你一切照料；由她来陪你进入那儿的社交界，也最合适。”

这些话需要爱玛作出最大努力才能忍受下来而不失礼貌。居然想要由埃尔顿太太来做所谓的介绍——要由埃尔顿太太的一个朋友来带进社交界——说不定那人还是个庸俗时髦的寡妇，要靠在家里收几个搭伙的房客才能勉强把生活对付过去！伍德豪斯小姐的尊严，哈特菲尔德的尊严真是一落千丈了！

然而，她竭力克制自己，把可能要说的责怪话都忍住不说，只是冷淡地向埃尔顿太太道谢；“可是要去巴思是完全不可能的。我还不大相信，那地方对我会比对我父亲更合适。”接着，为了免得再受侮辱再生气，她立即转变了话题。

“我不问你是不是喜欢音乐，埃尔顿太太。在这种场合，一位女士的名声一般都是先她而来的。海伯利早就听说你琴弹得很出色。”

“哦！不，真的。谁这样说，我都要提抗议。琴弹得很出色！我可以告诉你，没那回事。你想想告诉你这话的人有多么偏心。我特别喜欢音乐——酷爱音乐。我的朋友们说我并不是毫无欣赏力。至于其他方面，说实话，我的琴弹得最差劲。我很了解，你伍德豪斯小姐弹得很好听。你可以相信，听说能跟喜爱音乐的人在一起，我感到最大的满意、快慰和喜悦。没有音乐，我简直不行。对我来说，音乐在生活中是必不可少的。在枫树林和巴思时，我都习惯于和热爱音乐的人交往。没有音乐将会是个最大的牺牲。以前埃尔顿先生谈起我未来的家，担心我会不喜欢这儿的冷清，我就老老实实地这样对他说过。他知道我以前住惯什么房子，还有点儿怕我嫌这儿的房子差呢。他那样说的时候，我老实对他说，我可以放

庸俗时髦的寡妇

弃社交活动——什么宴会啦，舞会啦，看戏啦——因为我不怕冷清。幸亏我自己有办法消遣，社交活动对我来说不是必不可少的。没有也完全可以。对于不会想办法的人，那就是另一回事了。可是我的办法使我可以不依靠别人。至于房间比我一向住惯的小，那我的确可以连想都不去想它。我认为这种牺牲我根本不放在心上。当然啰，在枫树林，我过惯了奢华生活；但是我跟他说过，要让我过得幸福，不一定要有两辆马车，也不一定要有宽敞的房间。'可是，'我说，'老实说，我看，没有喜爱音乐的人我就没法生活。我不提出什么别的条件；可是，没有音乐，生活对我来说是空虚的。'"

"我们想，"爱玛笑盈盈地说，"埃尔顿先生不会不让你相信海伯利有一些非常喜爱音乐的人。考虑到他的动机，我希望你不要认为他言过其实，不可原谅。"

"的确如此，这方面我毫不怀疑。看到我处在这样一个圈子里，我很高兴。我希望我们能一起多举行几次可爱的小音乐会。我看，伍德豪斯小姐，你我真得组织一个音乐俱乐部，每周一次在你们家或者我们家聚会。这计划不是很好吗？只要我们努力一下，我想不久就会有一些人参加的。这种事能促使我经常练琴，是特别合我的心意的。已婚的女人，你知道，一般说来，人们总爱传播一个对她们不利的可悲的传说。她们太容易放弃音乐了。"

"可是你那么喜爱音乐——当然就没有这个危险啰？"

"但愿没有。不过，说真的，看看我周围的熟人，我也不免要发抖。塞丽娜完全放弃了音乐——虽然琴弹得很好，却一次也不弹了。杰弗里太太——以前的克莱拉·帕屈里奇——两位米尔曼小姐，现在的伯德太太和詹姆斯·库柏太太，人多得我数不过来，她们都是这样。说真的，真够叫人害怕的。我以前常常跟塞丽娜生很大的气；可是我现在真的开始明白了，一个结了婚的女人有许多事情要做。我相信，今天早上我就有半个小时跟我的管家一起关在家里。”

“可是这种事情，”爱玛说，“全都会很快就上轨道的——”

“好吧，”埃尔顿太太一边笑一边说，“我们以后看吧。”

爱玛见她如此坚决地认定会放弃她的音乐，也就无话可说了。停顿了一会儿以后，埃尔顿太太又选了个话题。

“我们到伦多尔斯去了，”她说，“看到他们都在家。他们好像都很和蔼可亲。我非常喜欢他们。威斯顿先生似乎是个出色的人——你可以相信，已经成了我最喜欢的人了。她看上去也真的很好——像慈母一样心地善良，使人马上就对她有了好感。我想，她是你的家庭教师吧？”

爱玛几乎大吃一惊，答不上话来。可是埃尔顿太太不等她回答“是的”就继续往下说。

“虽然早已听说，可是看到她那样像贵妇人，我也有点儿吃惊。不过，她确实完全是位大家闺秀。”

“威斯顿太太的仪态，”爱玛说，“一向特别好。端庄、朴实、优雅，对任何年轻女人来说，都是个最可靠的榜样。”

“我们在那儿的时候，你猜谁来了？”

爱玛猜不出来。听那口气，好像是个熟人，她怎么可能猜得到呢？

“奈特利！”埃尔顿太太继续说，“奈特利本人！不是很巧么？那天他来看我们，我不在，所以我还一直没看见过他。他是埃先生的一个特别好的朋友，我当然就有了很大的好奇心。我经常听他说‘我的朋友奈特利’，我确实很想见见他。我得为我的 caro sposo[①] 说句公平话，他不必为他的朋友害臊。奈特利完全是位绅士，我很喜欢他。我认为，他确实是很有绅士风度的。”

幸亏现在到了该走的时候。他们走了，爱玛这才能够松一口气。

---

① 拉丁文，意为亲爱的丈夫。

"这女人真叫人受不了!"她马上嚷了起来,"比我料想的还要糟。实在叫人受不了!奈特利!我简直不能相信。奈特利!她以前从来没见过他,却管他叫奈特利!还说发现他是位绅士。真是个微不足道的暴发户,庸俗不堪的家伙,还口口声声地她的埃先生,她的 caro sposo,夸口自己有办法,摆出那副傲慢自负的神气,炫耀她那俗不可耐的装饰。居然确实发现奈特利先生是位绅士!我怀疑他是不是会用同样的恭维来回报她,发现她是位淑女。我简直不能相信!还提议她和我一起组织一个音乐俱乐部!人家还以为我们是知心朋友呢!还有威斯顿太太!看到抚养我长大的人是位大家闺秀,居然会吃惊!太糟了,太糟了!我从没见过像她这样的人。万万没想到!同她作任何比较,对哈丽埃特来说都是个耻辱。哦!弗兰克·邱吉尔如果在这儿的话,会对她怎么说呢?他会多么生气,又会觉得多么好笑!啊!瞧,我马上就想到了他。第一个想到的总是他!我抓到了自己的错处!我脑子里常常想到弗兰克·邱吉尔!"

这一切都很快地在她的思想中闪过。等到埃尔顿夫妇告别时引起的一阵忙乱过去之后,她父亲安定下来准备说话的时候,她总算已经可以静心听他说了。

"啊,我亲爱的,"他不慌不忙地开口说,"我们以前从没看见过她,她好像是个很漂亮的年轻太太。她大概很喜欢你吧。她说话稍微太快了一点儿。声音快一点儿,伤人耳朵。可是我想我太挑剔;我不喜欢陌生声音。任何人说话都比不上你和可怜的泰勒小姐。不过,她看起来似乎是位很诚恳、举止又很端庄的年轻女士,肯定会成为他的很好的妻子。但是我看他最好还是别结婚。我没能在这个喜庆场合去祝贺他和埃尔顿太太,我已经尽量解释过了。我说夏天我一定去。不过我早就应该去。不去向新娘贺喜总是不对的。啊!从这点就可以看出,我是个多么可悲的病人!可是我不喜欢牧师巷那个拐角。"

"他们大概接受了你的道歉吧,爸爸。埃尔顿先生了解你。"

“是啊！可是一位年轻女士——一位新娘——只要可能，我总应该向她致敬啊。没去，是很失礼的。”

“但是，我亲爱的爸爸，你是不赞成人家结婚的啊。所以，你干吗那么急于要向一个新娘致敬呢？你总不见得认为这是可取的吧。你要是把新娘看得那么重，那就等于鼓励人家结婚。”

“不，我亲爱的，我从没鼓励过谁结婚，但是我一向总是希望给女士适当的关心——对新娘尤其不能怠慢。她肯定是应该受到更多尊敬的。你知道，我亲爱的，在聚会的人中间，新娘总是占首位，不管别人是什么人。”

“啊，爸爸，要是这还不算鼓励结婚，那我就不知道什么是鼓励了。我可从没料到你竟然同意让这种虚荣的诱饵来引诱可怜的年轻小姐啊。”

“我亲爱的，你不懂我的意思。这只不过是一般的礼貌和良好的教养罢了，跟鼓励结婚毫无关系。”

爱玛住口不谈了。她父亲激动了起来，而且也没法理解她。她又回过头来想埃尔顿太太的那些气人的话，想了很久，很久。

第十五章

爱玛的任何发现,都不需要她改变过去对埃尔顿太太的不良印象。她原先的观察非常正确。她觉得埃尔顿太太在这第二次见面时是这样,后来不管什么时候再次见面时也是这样,给她的印象都是:自大、傲慢、放肆、无知和缺乏教育。她稍有几分姿色,稍有几分才艺,但是却没有什么自知之明,竟自以为见的世面比别人多,要来使乡村一带活跃气氛,改善环境;还认为霍金斯小姐的社会地位不过仅次于埃尔顿太太这个身份罢了。

没有什么理由可以认为埃尔顿先生的想法会跟他妻子的不同。和她一起生活,他不仅感到快活,而且感到骄傲。瞧他那副神气,他是在庆幸自己把一个连伍德豪斯小姐都无法与之相比的女人带到了海伯利来。她结识的人中间大部分人都对她感到满意,有的是喜欢夸奖别人,有的是不习惯于判断,便跟着贝茨小姐好心的评论说上几句,有的是想当然地认为,这个新娘正如她自己表白的,准是又聪明又和蔼。所以,对埃尔顿太太的赞美也就自然而然地传了开去。伍德豪斯小姐没加阻拦,她乐于继续说她第一次说的那点儿赞美话,颇为宽厚地说她"很讨人喜欢,穿得很讲究"。

在某一个方面,埃尔顿太太变得甚至比初来时更糟。她对待爱玛的感情变了。上次她作了要亲近的建议,没受到什么鼓励,也许就因为这个,她生气了。这次轮到她退缩了,渐渐地变得越来越冷淡,越来越疏远。虽说结果并没有什么不好,但是导致这种结果的恶意却必然会使爱玛更加讨厌她。而且,她对待哈丽埃特的态度是令人不快的,埃尔顿先生的态度也是如此。他们嘲笑她,冷落她。爱玛想,这一定会很快把哈丽埃特的痴病治好;可是促成这种举动的情绪却使她们两人都很懊丧。毫无疑问,可怜的哈丽埃特的那片痴情成了他们夫妇间毫无保留的谈话的资料,而她自己在这件事上插手很可能也被谈论了,而且是用对她最不利,对他最可慰的色彩来谈的。他们俩当然都讨厌她。在没有别的话可说时,开始辱骂伍德豪斯小姐总是很容易的。他们敌视她;不敢公开对她不敬,但是却可以轻蔑地对待哈丽埃特,借此来更充分地发泄他们的这种敌意。

埃尔顿太太很喜欢简·菲尔费克斯;而且一开始就喜欢。不只是在因为和一个年轻小姐作对,就喜欢另一位年轻小姐的时候,而是从一开始;她还不满足于表示一番自然的、适度的赞美——而是一定要给简帮助,对简表示友好,人家既没求她,她也没有借口,更没特权这么做。在爱玛失去她的信任以前,大约是她们第三次见面的时候,她就听到了埃尔顿太太在这个问题上所说的颇有义气的话。

"简·菲尔费克斯确实很迷人,伍德豪斯小姐。我完全给她迷住了。一个可爱的、有趣的人儿。那么温和,有闺阁千金的风度——又那样多才多艺! 说真的,我认为她才华出众。我毫不犹豫地说,她琴弹得好极了。我懂音乐,在这点上可以肯定地这么说。哦! 她确实很迷人! 你会笑我过于热烈——可是,说真的,我不谈别的,老是谈简·菲尔费克斯——她的处境太值得同情了! 伍德豪斯小姐,我们得努力给她做些什么事。我们得让她出人头地。她那样的才华不该被埋没。你一定听到过诗人的这两句动人诗句吧:

'许多花儿注定要羞红脸而无人欣赏,
把芳香白白浪费在荒漠的空气中。'[1]

① 引自英国诗人托马斯·格雷(1716—1771)的著名长诗《墓园挽歌》。

我们可不能让这应验在可爱的简·菲尔费克斯身上。”

“我想不会有这种可能，”爱玛平静地回答，“等到你进一步熟悉菲尔费克斯小姐的处境，了解她以前跟坎贝尔上校夫妇一起生活时家里的情况，我想你就不会认为她的才能可能被埋没了。”

“哦！可是，亲爱的伍德豪斯小姐，她现在是这样深居简出、默默无闻、没人理睬啊。不管她以前跟坎贝尔夫妇住在一起时过得有多好，这种好日子显然到此结束了！我看，她感觉到了。我肯定她感觉到了。她很羞怯，沉默。一看就知道，她觉得缺少鼓励。正因为如此，我越发喜欢她。我不得不承认，我觉得这是个优点。我很主张羞怯——我肯定这是不多见的。而在出身低微的人身上，那就格外惹人喜爱。哦！你可以相信，简·菲尔费克斯是个很讨人喜欢的人，她使我感兴趣的程度是言语无法表达的。”

“看来，你很同情她，可是我不知道，你或者菲尔费克斯小姐在这儿的任何一个熟人，任何一个比你认识她更久的人是不是能对她表示一些别的关心，而不只是——”

“我亲爱的伍德豪斯小姐，敢于行动的人，可以做许多事情。你我不必担心。只要我们树个榜样，许多人会尽可能仿效的；虽然并不是人人都有我们这样的家境。我们有马车可以去接她，送她回家；按我们的生活方式，任何时候多一个简·菲尔费克斯都不会有丝毫的不便。要是赖特给我们送上来的晚餐竟会让我后悔为简·菲尔费克斯要得太多了，那我会很不高兴的。我想不会有这样的事。就我以前过惯了的生活来说，我不大可能这样想。就管理家务来说，我最大的缺点也许在截然不同的一面，是做得太多，花钱太不在乎。也许我过多地拿枫树林作榜样——因为，我们根本不能装得有我的姐夫瑟克林先生那么多的收入。不过，我已经下了决心，要关心简·菲尔费克斯。不用说，我要经常邀她来我家，不管什么地方只要可能就介绍她跟别人认识，要举行一些音乐会让她表现表现

你一定听到过诗人的这两句动人诗句

她的才能，还要随时注意给她找个合适的职位。我朋友很多，毫无疑问，不久就会打听到一个对她相宜的职位。在我姐夫和姐姐来我们这儿的时候，我当然要特地把她介绍给他们。我肯定，他们会非常喜欢她的；等到她跟他们稍微熟悉一点儿，她的害怕就会完全消失，因为他们两人的举止，确实都是很和蔼可亲的。说真的，他们住在我这儿的时候，我会常常邀请她来；我们出去游览的时候，也许还可以在有篷马车里给她一个座位。”

“可怜的简·菲尔费克斯！”爱玛想，“你不该受这种委屈。你在狄克逊先生的事情上也许是做错了，可是这样的惩罚却不是你应该得到的啊！居然要接受埃尔顿太太的好意和保护！开口闭口‘简·菲尔费克斯，简·菲尔费克斯！’天哪！可别让我认为她也胆敢到处把我叫做爱玛·伍德豪斯！可是，我用名誉担保，这个女人的贫嘴恶舌简直没有遮拦！”

爱玛不必再听这种夸耀——不必再听这种光对她自己一个人说的——这种讨厌地用“亲爱的伍德豪斯小姐”点缀着的夸耀了。埃尔顿太太那方面不久就起了变化，她这才得以清静一下——不必做埃尔顿太太的挚友，也不必在埃尔顿太太的指导下去当简·菲尔费克斯的什么积极的保护人，而只是跟别人一样，一般地了解一下简觉得怎么样，在想些什么，又做了些什么。

她很感兴趣地在一旁观看着。对于埃尔顿太太关心简，贝茨小姐的感激心情极其真诚而强烈。埃尔顿太太完全是个她所尊敬的人——最最和蔼可亲、令人愉快的女人——既多才多艺，又能纡尊降贵。埃尔顿太太就希望人家把她看作这样一个人。爱玛唯一感到惊奇的是，简·菲尔费克斯居然接受了这种关心，而且好像还能容忍埃尔顿太太。她听说，简跟埃尔顿夫妇一起散步，跟埃尔顿夫妇坐在一起，跟埃尔顿夫妇一起度过一天！这真叫人吃惊！菲尔费克斯小姐的鉴赏力和自尊心居然能够忍受牧师住宅里提供的交往和友谊，她简直不相信可能有这样的事。

“她是个谜，真是个谜，”她说。“偏要一个月又一个月地留在这儿，尝尽艰难困苦！而现在却又偏要忍受埃尔顿太太的关心带来的痛苦，听她那贫乏的谈话，而不是回到一向真诚热烈地爱着她的那些更好的伙伴中去。”

简到海伯利来，原来说只待三个月；坎贝尔一家到爱尔兰去也待三个月。但是现在，坎贝尔夫妇已经答应他们的女儿，至少在那里待到施洗约翰节[1]，而且又一再写信来邀请她到他们那儿去。据贝茨小姐说——都是她提供的情况——狄克逊太太的信写得极其恳切。只要简肯去，交通工具可以解决，仆人可以派来，还可以安排好一些朋友，旅行不会有任何困难；但她还是谢绝了。

“她拒绝这次邀请，一定有什么理由，而且是比表面上看来更加有力的理由，”这是爱玛得出的结论。“她准是在作某种忏悔，或者是坎贝尔夫妇引起的，或者是她自己引起的。她很担忧，很慎重，有时也很坚决。她不能去和狄克逊一家待在一起。准是有谁下过命令了。但是她又何必答应和埃尔顿一家在一起呢？这完全是另外一个谜了。”

有少数几个人知道她对埃尔顿太太的看法，她在他们面前谈出她对这个问题迷惑不解，威斯顿太太大胆地为简辩护。

“我们不能认为她在牧师住宅会有多么快乐——我亲爱的爱玛——但是总比老待在家里好些嘛。她姨妈是个好人；不过经常跟她做伴，那却一定会叫人厌倦不堪。我们不要一见菲尔费克斯小姐到那儿去就批评她趣味低级，我们得先考虑考虑她离开的是什么。”

“你说得很对，威斯顿太太，”奈特利先生殷切地说，“菲尔费克斯小姐像我们中间任何一位一样，是能够对埃尔顿太太作出正确评价的。她如果可以挑选做伴的人，一定不会挑她的。但是，”他用责备的神情朝爱

---

① 6月24日，英国四个结账日之一。

玛一笑，“没有别人关心，她只好接受埃尔顿太太的关心啊。”

爱玛感觉到威斯顿太太朝她瞥了一眼，她自己听了他那番殷切的话心里有所触动。她脸微微一红，立即答道：

“我倒认为，埃尔顿太太的那种关心，与其说会使菲尔费克斯小姐高兴，倒还不如说会使她厌恶。我认为，埃尔顿太太的邀请决不会有什么吸引力。”

“菲尔费克斯小姐的姨妈急于代她接受埃尔顿太太的好意，”威斯顿太太说，“如果她因此作出了违反本意的决定，我也不会感到吃惊。可怜的贝茨小姐很可能强迫和催促她的外甥女显得更加亲密，虽然她自己很有头脑，并不想这么做。当然，她也希望稍稍改变一下环境。”

她们俩都急于要再听他把话说下去，他沉默了几分钟以后，说道：

“还有一点必须考虑——埃尔顿太太当面对菲尔费克斯小姐说的话，跟她背后说起她的不一样。我们都知道‘他’或‘她’这两个代词跟‘您’这个代词之间的差别，这些都是在谈话中用得最多的词。我们都感觉到，在我们相互交谈时，除了一般的礼貌之外，还有些什么别的东西在起着作用——一些更早存在的东西。我们总不能把前一个小时里那些令人不快的暗示去当面告诉任何人。我们对于事物的感受是不同的。除此以外，作为一个一般的原则，你还可以肯定，菲尔费克斯小姐卓越的智力和仪态使埃尔顿太太感到敬畏；埃尔顿太太当面会用她应得的尊敬来对待她。埃尔顿太太以前可能从没遇到过像简·菲尔费克斯这样的女人——不管她怎样自负，都没法不承认自己，相对来说比较渺小，即使心里不承认，行动上也要有所表现。”

“我知道你对简·菲尔费克斯评价有多高，”爱玛说，她心里想起了小亨利，一种又惊恐又微妙的心情使她一时决不定再要说些什么别的话好。

“是的，”他答道，“任何人都知道我对她评价有多高。”

“不过，”爱玛露出了调皮的神情急忙开始说，可是很快就住口不说了——无论如何，最好还是马上就听到最坏的情况——她匆匆地继续说下去，“不过，可能连你自己也不大清楚这究竟有多高。你赞赏的程度，总有一天会叫你自己也大吃一惊的。”

奈特利先生正忙于扣他那厚皮高筒靴的下面一粒扣子，由于竭力想扣上，或者由于什么别的原因，他在回答时脸红了。

“哦！是吗？但不幸的是，你知道得太晚了。柯尔先生在六个星期以前就向我暗示过了。”

他停了下来。爱玛感到威斯顿太太踩了一下她的脚，她自己也不知道该怎么想才好。过了一会儿，他接着往下说：

“我可以向你保证，无论如何不会有这样的事。如果我向菲尔费克斯小姐求婚，我想她也不见得会答应——何况我很肯定，我永远也不会这么做。”

爱玛饶有兴趣地回踩了一下她朋友的脚，很高兴地嚷了起来：

“你不是个自负的人，奈特利先生。我愿意为你说这句话。”

他似乎并没有听见她说了些什么，而是在沉思——不一会儿就用显然不太高兴的神态说道：

“所以，你就认定我要娶简·菲尔费克斯。”

“不，说实话，我没有这样想过。为了做媒的事，你时常责备我，我可不敢对你这样放肆。我刚才说的话并没有什么意思。人们说这种话当然不会认真。哦！不；说真的，我一点儿也不希望你娶简·菲尔费克斯，或者任何叫简的人。你要是结了婚，你就不会这样舒舒服服地来和我们一起坐坐了。”

奈特利先生又一次陷于沉思。他那遐想的结果是：“不，爱玛，我想我对她赞赏的程度永远也不会叫我大吃一惊。我对她从没朝这个方面想过，我可以向你保证。”他很快又说，“简·菲尔费克斯是个非常迷人的姑娘，但是，甚至连简·菲尔费克斯也不是个完人。她有个缺点。她不坦率，而坦率恰恰是男人认为自己的妻子应有的性格。”

爱玛听到他说简有个缺点，非常高兴。“那么，”她说，“我想，你很快就使柯尔先生没话可说了？”

“是的，很快。他悄悄给了我一个暗示，我对他说他误会了；他请求原谅，就不再说什么了。柯尔并不希望自己比邻居更聪明、更机灵。”

“在这一点上，他和亲爱的埃尔顿太太是多么不同啊！她一心想比世界上所有的人都聪明和机灵！我不知道她怎样议论柯尔一家——她管他们叫什么！她太放肆太庸俗，怎么能想出好称呼来叫他们？她管你叫奈特利——她能叫柯尔先生什么呢？所以，简·菲尔费克斯接受她的邀请，答应和她在一起，我并不觉得奇怪。威斯顿太太，我最看重你的意见。我宁可相信她离开贝茨小姐，而不相信菲尔费克斯小姐的智力胜过埃尔顿太太。我不相信埃尔顿太太会承认自己在思想、语言或者行动上不如别人；我也不相信除了她那点儿少得可怜的家教以外，她还受什么别的约束。我想她会继续不断地赞美、鼓励，提供帮助，用这一切来侮辱她的客人；她还会继续不断地详细说出她自己那了不起的意图，从要给她找个永久性的职位一直说到要邀请她一起乘有篷马车出去游览。”

“简·菲尔费克斯是富有感情的人，”奈特利先生说，“我并不指责她缺乏感情。我看，她的感情是强烈的，性情也好，很能宽容、忍耐、自制；但是却并不坦率。她沉默寡言；我认为她比以前更加沉默——而我却喜爱坦率的性格。不——在柯尔提到我的所谓的爱慕以前，我从来不曾有过这种想法。我看见简·菲尔费克斯，总是怀着赞赏和快活的心情同她交谈，但是，除此以外，没别的想法。”

“我说，威斯顿太太，”他离开她们以后，爱玛得意地说，“现在你对奈特利先生娶简·菲尔费克斯有什么看法？”

“嗐，说真的，亲爱的爱玛，我看，他这样老是想着他不爱简，如此过分以致如果到头来还是爱上了她，我倒反而不会感到奇怪了。别打我啊。”

第十六章

在海伯利和海伯利附近，凡是访问过埃尔顿先生的人，个个都想为他的婚事庆祝一番。他们为他和他的妻子举行宴会和晚会；请帖接二连三地送来，她不久就快活地认为，他们决不会有哪一天没有约会。

“我知道这是怎么回事了，”她说，“我知道，我在你们中间，会过怎样的一种生活。说真的，我们会完全沉溺在吃喝玩乐之中。看来，我们真的完全成了红人了。要是在乡下过这样的日子的话，那倒不是什么很可怕的事。你敢说，从下个星期一到星期六，没有一天我们没有约会！哪怕不像我这么有钱的女人，也不必犯愁。”

凡有请帖来，她没有不欢迎的。由于在巴思养成了习惯，她觉得参加晚会是很自然的事，而且，在枫树林里住过以后，她也喜欢参加宴会。可是看到这儿的人家没有两个客厅，做的晚会糕点[①]又是可怜巴巴的很不像样，而且海伯利打牌也没有冰淇淋招待，她就不禁有点吃惊了。贝茨太太、佩里太太、高达德太太和另外一些人，太不了解外面的世面了，可是她不久就会教给她们应该怎么样来安排一切。到春天里，她得举行一次阔气得多的宴会来还还她们的礼，每一张牌桌都要按正规放上各自的蜡烛和没拆封的新牌，除了家里原来的仆人以外，那天晚上还要临时雇一些人来伺候，在适当的时候，按适当的次序给大家送茶点。

这时候，爱玛也非要在哈特菲尔德为埃尔顿夫妇举行一次宴会不可。他们可不能做得比别人少，不然的话，她会遭到讨厌的猜疑，还会被看做是在可鄙地记恨呢。一定得举行一次宴会。爱玛谈论这件事谈了十来分钟以后，伍德豪斯先生就不觉得不愿举行了，他只是跟往常一样，提出不坐在末席，也跟往常一样，决不定该由谁来代他。

要请哪些人无须多费脑筋。除了埃尔顿夫妇以外，还得请威斯顿夫妇和奈特利先生；这都是理所当然的——还有一个几乎同样非请不可的是可怜的小哈丽埃特，她是第八个——不过，发这张请帖时可不像发其他几份时那样乐意。哈丽埃特请求允许她不参加，爱玛由于种种原因，还为此感到特别高兴呢。“只要办得到，我宁可不要跟他在一起。我看到他同他那可爱的快活的妻子在一起，会感到不舒服。伍德豪斯小姐，如果你不生气的话，我宁可待在家里。”这正好是爱玛求之不得的，如果她认为可能有这祈求的话。看到她小朋友的这种克制态度，她很高兴——她知道，哈丽埃特放弃宴会，待在家里，确实是克制；如今她可以邀请她真正想请来凑齐八个人的那个人了，也就是说把简·菲尔费克斯请来。自从她上次跟威斯顿太太和奈特利先生谈话以来，她为了简·菲尔费克斯比以往更加感到内疚。奈特利先生的话老是盘旋在她脑子里。他说，没有别人关心，简·菲尔费克斯只好接受埃尔顿太太的关心。

“这倒完全是事实，”她说，“至少就我来说，是这么回事。这话完全是在指我——真丢脸。我们同年——我又一向认识她——原该对她更友好一些。现在，她再也不会喜欢我了。我怠慢她，已经太久了。不过，往后我会比以前多关心关心她。”

每一份请帖都被接受了。他们全都没有约会，而且也都很高兴。然而，为这次宴会所作的精心准备还没过去，就发生了一件不凑巧的事。奈特利家最大的两个孩子约定了要在春天跟他们的外公和姨妈一块儿住几个星期，他们的爸爸现在提出要把他们带来，在哈特菲尔德待上整整一天——这一天偏偏就是举行宴会的这一天。由于他职业上的一些约会，他无法推迟。父女俩看到事情如此不巧，都心烦意乱起来。伍德豪斯先

① 一种精制的花色小糕点。

生认为，只能八个人吃饭，再多他的神经就受不了——而现在却有九个——爱玛担心，这第九个人来哈特菲尔德，甚至只待四十八个小时就要遇上一次宴会，客人是会不高兴的。

她安慰她父亲，这比安慰她自己还容易些。她说，尽管他来了以后，客人的数目肯定是九个，可是，他素来沉默寡言，不会多添多少噪音。事实上，她认为，他神情严肃，又不大愿意说话，让他坐在她对面，而不是他哥哥坐在她对面，这样替代是可悲的。

这件事对伍德豪斯先生比对爱玛更加有利。约翰·奈特利来了；可是威斯顿先生却出乎意料地被叫到城里去，那天只好缺席了。他有可能在晚上来，但是肯定不能来吃饭。伍德豪斯先生这就放下了心。见他这样，再加上两个小男孩来了，她的姐夫又怀着哲学家的镇静倾听他自己的命运，甚至连爱玛心头最大的烦恼也烟消云散了。

这一天来到了，客人也都准时到齐了。约翰·奈特利先生似乎很早就摆出一副和蔼可亲的样子。在等吃饭的时候，他没把他哥哥拉到窗口去，而是在跟菲尔费克斯小姐说话。埃尔顿太太尽花边和珠宝的可能把自己打扮得华美，他默默地瞅着她——只想看个够，让他可以回去讲给伊莎贝拉听——可是菲尔费克斯小姐却是个老相识，又是个文静的姑娘，他可以跟她谈谈。吃早饭以前，他带着他的两个小男孩出去散步，回来时碰到过她，那会儿天刚开始下雨。就这个话题说上几句客气的关心话还是很自然的，于是他说：

“我想你今天早上没走远吧，菲尔费克斯小姐，要不然，你一定让雨淋湿了。我们差点儿没来得及赶回家。我想你是立即就回家的吧。”

“我只去了邮局，”她说，“雨没下大我就到家啦。那是我每天必办的事。我在这儿的时候，总是由我去取信。这省掉了麻烦，而且又可以让我出去走走。吃早饭前散一会儿步对我有好处。”

“我想，在雨里散步并没什么好处。”

“那当然;可是我出去的时候根本没下雨。”

约翰·奈特利先生微微一笑,答道:

“那就是说,你是故意去散步的,因为,我有幸遇到你的时候,你离家还不到六码;亨利和约翰那会儿早已看到了雨点,而且雨点多得叫他们数都数不过来。在我们一生中的某个时期,邮局确实有很大的魅力。等你到了我这个年纪,你就会开始觉得,信是永远不值得冒雨去取的了。”

她脸上微微泛起一阵红晕,然后这样回答:

“我可不能指望有你那样的处境,亲人们都在身边,所以我想光是年老还不至于使我对信件漠不关心。”

“漠不关心!啊,不——我从没想到过你会变得漠不关心。信件并不是漠不关心的事;而一般说来,真该受到诅咒。”

“你说的是业务上的信件吧;我说的可是表示友谊的信件。”

“我常常认为,两种信件当中,表示友谊的信件更不好,”他冷冷地回答。“你知道,业务上的还能挣点儿钱来,可是表示友谊的几乎却永远也挣不到。”

“啊!你这是在说笑话。约翰·奈特利先生为人我太了解了——我肯定,友谊之可贵,他是跟任何人一样地懂得的。信件对你,无足轻重,不像我看得那么重,这我不难相信;可是,所以有这个不同,并不是因为你比我大了十岁;不是年龄不同,而是处境不同。你最亲的亲人一向都在你身边,而我呢,却也许永远都不能跟亲人再在一起。所以说,除非我活到任何感情都没有了的那个年纪,否则的话,我想,即使在比今天更坏的天气里,邮局还是有力量把我吸引出去的。”

“我刚才说,随着时间的推移,年岁的增长,你会慢慢改变的,”约翰·奈特利说,“我意思是指时间往往会带来处境的改变。我想一个因素中就包含着另一个因素。一般说来,对于不是每天生活在同一个圈子里的人,时间是会使他们之间的感情淡漠下去,一般都是这样——可是,我所想的你的改变，并不是这个。作为一个老朋友，菲尔费克斯小姐，你总会允许我有这样的希望吧，那就是，十年以后，你也会跟我一样，同那么多亲人团聚在一块儿。”

这话说得亲切，丝毫没有冒犯的意思。她说一句令人愉快的“谢谢你”，似乎是打算一笑置之；可是一阵脸红，嘴唇又发抖，眼睛里还噙着泪水，这表示心里感觉的却远远超出了一笑。这当口，她的注意力被伍德豪斯先生吸引去了。他按照他在这种场合的惯例，正在逐个招呼客人，特别向女客们致意，最后轮到了她。他尽可能彬彬有礼地说：

“菲尔费克斯小姐，听说你今天早上出去淋了雨，我很难受。年轻小姐得自己保重身体啊。年轻小姐都是嫩苗，得自己保护健康和皮肤。我亲爱的，你换了袜子没有？”

“换了，先生，我确实换了；你这样亲切关怀，我非常感激。”

“我亲爱的菲尔费克斯小姐，年轻小姐都肯定会得到关怀的。我希望你的善良的外婆和姨妈身体都好。她们都可以说是我的很老的老朋友了。但愿我的健康能让我做一个更好的邻居。我肯定，你今天给我们大大地增了光。我女儿和我都深深感到了你的好意，能在哈特菲尔德见到你，我们真太高兴了。”

这位心地善良、礼貌周到的老先生这时候可以坐下了，心想自己已经尽了地主之谊，向每位美丽的女士都表示过欢迎，并且已经使她们感到心情舒畅。

这时，冒雨散步的事已经传到了埃尔顿太太耳里，于是她开始规劝简。

“我亲爱的简，我听到的是怎么回事啊？冒雨去了邮局！这可不行啊，真的。你这可怜的姑娘，你怎么能做这样的事呢？这说明，我当时没在那儿照料你。”

简十分耐心地要她放心，说她没有着凉。

菲尔费克斯小姐，听说你今天早上出去淋了雨，我很难受

“啊！别对我这么说。你真是个可怜的姑娘，连自己照顾自己都不会。居然上邮局去了！威斯顿太太，你可曾听到过这样的事？你跟我真得好好管管她呢。”

“我确实也忍不住要劝说几句了，”威斯顿太太亲切地用劝导的口气说，“菲尔费克斯小姐，你千万不能冒这个险啊。像你那样动不动就患重感冒，你真的要特别小心，尤其是在这个季节。我一向认为，春天需要特别小心。与其冒险让咳嗽复发，还不如等一两个小时，甚至等半天再去取信。你说是吗？是啊，我肯定你是很理智的。看来，你不会再做这样的事了。”

“啊！她不会再做这样的事了，”埃尔顿太太热切地接口说。“我们也不会让她再这么做，”她意味深长地点点头，“一定得做些安排，非这样不可。我要跟埃先生谈谈。每天早上有人给我们取信（他是我家的一个仆人，我忘了他的名字），让他也问问你们的信，给你们把信捎来。你知道，这就可以省掉一切麻烦；我亲爱的简，我真的认为你可以毫不犹豫地接受我们提供的这种方便。”

“你真太好了，”简说，“可是我不能放弃我早晨的散步啊。医生让我尽可能多到户外去走走；我总得去个什么地方，邮局就是个目的地；说真的，我以前几乎还从没遇到过一个天气恶劣的早晨呢。”

“我亲爱的简，别再说了。事情已经决定了，”她装模作样地大笑着，“这是说，在我不征求我丈夫的同意而敢作决定的范围之内。你知道，威斯顿太太，在发表自己意见的时候，你我都得小心谨慎。不过，我敢自夸，我亲爱的简，我的影响还没有完全消失呢。所以只要我不是遇到不可克服的困难，那就可以认为这件事已经决定了。”

“对不起，”简认真地说，“我决不能同意这样一个安排，所以，不必麻烦你们的仆人了。要是我不觉得这是件乐事，那也可以像我不在这儿的时候那样，让我外婆的仆人去取。”

“啊！我亲爱的，派蒂得做的事太多了！叫我们的仆人们干些事情，那也可说是给我们面子啊。”

简看上去似乎不打算被她说服；可是并没回答，而是又开始去同约翰·奈特利先生说话。

“邮局真是个了不起的机构！”她说。“准时而又迅速！你想想看，有那么多事情要做，又都做得那么好，真叫人吃惊！”

“的确管理得很好。”

“很少有什么疏忽或者差错！成千上万封信在国内送来送去，很少有什么信给送错的——我想，一百万封信里，简直没有一封遗失！想想有那么多不同的笔迹要辨认，而且又是写得那么差的，这就更令人惊奇了！”

“那些职员工作惯了，都成了专家。他们一开始就得眼明手快，经过不断练习，那就更好了。你要是再要进一步解释的话，”他微笑着继续说，“那可以告诉你，他们是拿工资的。许多人有特殊的能力，关键就在这里。大家出钱，他们就得好好干啊。”

他们又进一步谈论了各种各样的笔迹，说了些在这个话题上通常说的话。

“我听说，”约翰·奈特利说，“同一家人往往笔迹相同；由同一个老师教出来，笔迹相同那是很自然的。要不是这个原因，我会认为，相似一定是主要局限于女的，因为男孩除了小时候学一点以外，以后就很少接受训练，而是乱写乱涂形成自己的笔迹。我觉得，伊莎贝拉和爱玛的笔迹就很相似。我总是分辨不出来。”

“对，”他哥哥有些迟疑地说，“是很像。我懂得你的意思——可是爱玛的更加有力。”

“伊莎贝拉和爱玛的笔迹都很秀丽，”伍德豪斯先生说，“一向都很秀丽。可怜的威斯顿太太也是这样——”说着一半叹息一半微笑地看着她。

“我从来没有看到哪位先生的字写得比——”爱玛开始说，也看着威斯顿太太；可是一看到威斯顿太太在听别人说话，她就把话打住了——这一下停顿让她有时间来思考思考。“现在，我怎么来提起他呢？我不能当着这么多人的面一下子就说出他的名字吗？我是不是得用个婉转的说法呢？你那约克郡的朋友——你那从约克郡写信来的人；我想，如果我心里有鬼的话，那就该这么说。不，我可以毫不苦恼地把他的名字说出来。我的心情肯定变得越来越好了。现在就说出来吧。”

威斯顿太太听完了别人的话，爱玛就重新开始说，“弗兰克·邱吉尔先生的笔迹，是我看到过的先生们的笔迹当中最好的。”

“我可不欣赏，”奈特利先生说，“太小了——没有力。就像是女人写的。”

两位女士都不同意他这个说法。她们为他辩护，反对这种卑下的诽谤。“不，决不是没有力——字是写得不大，可是很清晰，肯定也很有力。威斯顿太太身边没带着信让大家看看吗？”没带，她最近刚收到了他的信，已经回了，收好了。

“如果我们在那另一间屋里，”爱玛说，“如果我的写字台在旁边，我就一定能拿出个字样来。我有一封他写的短信。你还记得吗，威斯顿太太，有一天雇他给你写信？”

“是他说的，雇他写——”

“好，好，我有那封信；回头吃完饭拿出来瞧瞧，让奈特利先生可以相信。”

“啊！一个像弗兰克·邱吉尔先生那样爱献殷勤的年轻人，”奈特利先生冷冷地说，“给一位像伍德豪斯小姐这样的美丽小姐写信，当然要尽量把字写得漂亮啰。”

晚餐已经端上桌子。埃尔顿太太不等人家说，已经做好了准备；伍德

豪斯先生还没来得及走到她跟前,请求让他扶她进餐厅,她已经在这么说了:

“我得第一个走吗?老是走在前面,我真不好意思。”

简执意要亲自去取信,这没逃过爱玛的眼睛。这一切她都听到了、也看到了;很想知道今天早上冒雨去走这一趟是否有什么结果。她猜想是有的;除非是一心指望拿到很亲的亲人的信,不然是不会那样坚决要去的,而且一定没有白跑。她觉得简的神情显得比往常快活——容光焕发,兴高采烈。

她巴不得问上一两句,问问去邮局的情况和爱尔兰来的信件邮资多少——这话已经到了嘴边——可是她忍住了没问。她决定,凡是可能伤害简·菲尔费克斯的感情的话,一句也不说;她们跟着另外两位女士走出房去。胳臂挽着胳臂,那种亲亲热热的样子对她俩各自的美貌和风度都非常相宜。

第十七章

吃完晚饭，女士们回到客厅里。爱玛发现，几乎没法让她们不明显地分成两伙；埃尔顿太太既固执己见，又很不礼貌，一味缠住简·菲尔费克斯不放，而对她自己却十分冷淡。她和威斯顿太太几乎一直是两个人在一起，有时说话聊天，有时沉默不语，她们不得不这样。埃尔顿太太不让她们有选择的余地。如果简使她稍微克制一会儿，她又会马上重新开始。虽然她们之间谈的许多话是用半似耳语的声音说的，尤其是埃尔顿太太，她声音更低，但别人还是难免听出她们主要在谈些什么——邮局啦——着凉啦——取信啦——还有友谊，讨论了很久；谈过这些以后，又谈了一个简至少也是同样不愿谈论的话题——问她是否已经听到了什么对她可能合适的职位，还谈了埃尔顿太太考虑的一些活动。

“现在已经是四月了！”她说，“我真为你着急。马上要到六月了。”

“可是我从没定在六月或者别的什么月份——我只是想大致等到夏天。”

“可你真的没听到什么吗？”

“我连打听都没打听过；我到现在还不想打听。”

“啊！我亲爱的，越早打听越好；你不知道，要找个正好称心的，有多难啊。”

“我不知道！”简摇摇头说，“亲爱的埃尔顿太太，谁能像我这样考虑这问题呢？”

“可是你见的世面没有我多。你不知道，最好的职位有多少人去求啊。在枫树林那一带，这样的事我见得可多了。瑟克林先生的表亲布雷格太太，找她求职的多得不得了。人人都想到她家去，她可是在第一流的社交圈子里活动的啊。教室里还点蜡烛！你可以想象，那有多好！在全英国所有的人家当中，我就最希望你到布雷格太太家去。”

“坎贝尔上校夫妇要在仲夏再回伦敦，”简说，“我得跟他们一起过一阵；我肯定他们会要我去；在那以后我也许乐于给自己作个安排。可是我不希望你现在就费神去打听。”

“费神！咳，我知道你的顾虑了。你怕让我费神；可是，我向你保证，我亲爱的简，连坎贝尔夫妇也不见得比我更关心你。过一两天我给帕屈里奇太太写封信，一定要她负责留意找个合适的职位。”

“谢谢你，但我宁可你别向她提起这件事；不快到时间，我不想让任何人为我费神。”

“可我亲爱的孩子啊，时间是快到了。现在已经四月了，六月或者说甚至七月是很近的，我们要办成这样一件大事呢。你太没经验，真叫我好笑！你应该找到个好职位，你的朋友们又愿意给你去找，这种职位可不是天天都有的，也不是说要找就找得到的；真的，真的，我们得马上开始打听。”

“请原谅，太太，可我决没有这样的打算；我自己不想打听，如果我的哪个朋友为我去打听，我也会感到遗憾的。等我完全决定了时间，我根本就不怕会长期找不到职位。伦敦，有一些求职的处所，去找他们总会很快就有结果的——那些办公室，倒不完全是管出卖人的身体，而是出卖人的才智。”

“啊！我亲爱的，身体！你真把我吓死了。如果你的意思是攻击贩卖奴隶这个行当，那你尽可以放心，瑟克林先生是一向赞成废除[1]的。”

---

① 指18世纪后期英国慈善家、政治家威廉·威尔勃福司（1759—1833）开始的一次反对贩卖奴隶的运动。1811年英国议会通过一项禁止贩卖奴隶的法案。

“我不是指这个，我没想到贩卖奴隶这个行当，”简答道，“你放心，我想的只是当家庭教师这个行当。经营这一行的人的罪过，当然是大有不同的；可是受害者的不幸，我却不知道哪儿更严重些。我意思只是说，有登广告求职的处所，我相信，去找他们，一定会很快就找到还不错的职位的。”

“还不错的职位！”埃尔顿太太重复了一遍。“对，你把自己的地位看得太低了，也许觉得那合适——我知道你是多么谦逊；可是，如果你碰到什么职位就接受，接受了一个卑下的普普通通的职位，而雇用你的那家人家并不在某个特定的社交圈子里活动，生活又不优裕，那你的朋友们是不会满意的。”

“你很热心；可是对于这一切，我都不大关心；我的目的，不是要跟富人在一起；我想，跟他们在一起，我只会更加痛苦；只会相形见绌，更加难受。我想找的只是一个绅士家庭。”

“我了解你，我了解你；你什么职位都会接受；我可要比你挑剔一些，我肯定，善良的坎贝尔夫妇一定完全支持我的做法。有你那样卓越的才智，你有权利在第一流的社交圈子里活动。单凭你那音乐知识，你就有资格提出自己的条件，要几个房间就有几个房间，要同那家人家怎样密切相处就怎样密切相处；那就是说——我不知道——如果你会弹竖琴，那么，这一切你都办得到，我很有把握。可是，你钢琴弹得好，也唱得好——对，我真的相信，即使不会弹竖琴，你还是可以按你的心意提出条件的；你一定得而且一定会有个愉快、体面、舒适的职位，不然的话，坎贝尔夫妇也好，我也好，都不会安心的。”

“你是很可以把这样一种职位的愉快、体面和舒适列在一起，”简说，“这些都肯定是同样重要的；不过，我不是说着玩儿，我是真的不希望目前就为我找什么职业。我非常感激你，埃尔顿太太；谁同情我，我都感激，可是我不是说着玩儿，我是真的不想在夏天以前去找。我要在这儿，像我现在这样，再过上两三个月。”

“说真的，我也不是说着玩儿的，”埃尔顿太太快活地回答，“我是真的决心随时留意着，叫我的朋友们也留意，不要错过任何真正的好机会。”

她就这样滔滔不绝地讲下去；直到伍德豪斯先生进了屋子，这才把她的话头彻底打断。她的自负这时又换了一个目标，爱玛听见她用跟以前一样的半似耳语的声音对简说：

“我说，我的这位亲爱的老情人来啦！你想想他多么会献殷勤啊，别的男人还没来他就来了！他真是个可爱的人儿！说真的，我太喜欢他了。所有稀奇古怪的老派礼节我都欣赏，那要比新派的从容随便更加适合我的口味；新派的从容随便常常叫我觉得讨厌。可是这位善良的伍德豪斯老先生，但愿你能听听他在饭桌上对我说的那番献殷勤的话。哎呀！说真的，我都开始担心我那位caro sposo会大吃其醋呢。我想我真成了个宠儿了；他注意到了我的长衣。你觉得这件衣服怎么样？是塞丽娜选的——我想，是很漂亮，但我不知道是否装饰过多了；我最讨厌过多的装饰，华丽得叫人害怕。现在我得用些装饰，因为人家指望我这样。你也知道，一个新娘总得像个新娘啊，可是我生来喜爱朴素；朴素的衣服比华丽的衣服不知要好多少。不过，我相信，像我这样想的人是少数；不大有什么人注重衣着朴素——炫耀和华丽就是一切。我有一个想法，把这种装饰镶在我的白色和银色的毛葛上。你想会好看吗？”

这整个一群人刚重新聚集在客厅里，威斯顿先生就来到了他们中间。他很晚才回家吃晚饭，一吃完就步行到哈特菲尔德来。最善于判断的人早就指望他出现了，此刻看见他不会感到意外——可是大家都感到很高兴。伍德豪斯先生这时看见了他很快活，几乎早看见他会觉得遗憾一样。只有约翰·奈特利默默地感到诧异。一个人在伦敦忙了一天事务以后，本该晚上安安静静待在家里，居然又出门，走上半英里路到另一个人家里，只是为了要跟大家在一起混到就寝时间，为了要在寒暄客套和人声嘈杂中结束他的一天，这样的事使他深为惊奇。一个从早上八点钟起就一直在活动的人，现在可以停下来休息——一个长时间说话的人，很可以沉默下来——一个不止和一群人来往的人，很可以一个人待在家里！这样一个人居然不在自己的炉边独自清静清静，却在一个雨雪霏霏的阴冷的四月之夜再次赶到外面来！如果他只要用手指碰一下，就可以立即把妻子带回家去，那倒还有些道理；可是他这一来，也许只会使这次聚会散得更迟而不是更早。约翰·奈特利惊异地望望他，随后耸耸肩说，“即使是他吧，我也不相信会做出这样的事。”

这时候，威斯顿先生丝毫没想到自己激起了别人的愤慨，而是同往常一样兴高采烈。因为离开家在外面过了一整天，就有了作为主要谈话人的权利，他这时正在充分利用这一权利，使自己受到大家的欢迎。他妻子问起他吃饭的事，他一一做了回答，让他相信仆人没把她仔细嘱咐的话忘记，他还把自己听到的一些公开传播的消息告诉大家，然后，转入夫妻间的交谈，虽然主要是对威斯顿太太说的，但他毫不怀疑，屋里的人对他谈的内容全都感兴趣。他给了她一封信——那是弗兰克写给她的；他在路上收到这封信，擅自把信拆了。

“看看，看看，”他说，“你看了会高兴的；只有几行——要不了多久，念给爱玛听听。”

这两位女士一起看信；他坐在那儿，笑容满面，一直在跟她们说话，声音略微放低一点，可是大家都还听得见。

“嗨，你瞧，他要来了；我想，是个好消息。呃，你觉得怎么样？我不是一直跟你说他不久还要来这儿吗——安妮，我亲爱的，我不是一直跟你这么说，你就是不相信我吗？你瞧，下星期就到伦敦——也许最晚是下星期；因为，要是有什么事要做的话，她就性急得像黑先生[①]似的；很可能他们明天或者星期六就到。至于她的病，当然算不了什么。不过，弗兰克就近在伦敦，能再到我们这儿来，真是大大的好事。他们真的来了，就会住上好一阵子，他会有一半时间都跟我们在一起。这正好合我的心意。嗨，这消息太好了，对不？你看完了吗？爱玛也都看了吗？收起来，收起来；我们另外找个时间好好谈谈，现在不行。这件事我将只是一般地告诉一下大家。”

威斯顿太太这时颇感欣慰。这在她的神情和语言中都毫无拘束地流露了出来。她高兴，知道自己高兴，也知道应该高兴。她的庆贺话说得热情而又坦率；可是爱玛就不能说得那么顺利。她有点儿在忙于衡量自己的心情，竭力想弄清自己激动的程度，她认为是相当激动的。

然而，威斯顿先生过于热切，不可能仔细观察别人，也太爱说话，不可能让别人也说说。他听到她的话，觉得很满意，马上走开，去把整个房间里都早已听见的话，讲一部分给他别的朋友们听，让他们也高兴高兴。

他是很有理由以为人人听了必定都很快活，要不然，他也不会认为伍德豪斯先生或奈特利先生特别开心。在说给威斯顿太太和爱玛听了以后，应该第一个告诉他们俩，让他们听了高兴。再接下来，就是菲尔费克斯小姐；可是她正跟约翰·奈特利先生谈得起劲，去告诉她，肯定是打扰他们。他发现自己就在埃尔顿太太身边，而她正闲着，于是他必然就开始同她谈起这个话题来。

---

① 指魔鬼。

第十八章

“我希望不久就能有幸向你介绍我的儿子，”威斯顿先生说。

埃尔顿太太很愿意把这样一个希望看做是对她的一种特殊恭维，所以露出了亲切的微笑。

“我想，你听到过一个名叫弗兰克·邱吉尔的人吧，”他继续说，“而且知道他就是我的儿子，虽然他并不姓我的姓。”

“啊！对，认识他我将很高兴。我肯定，埃尔顿先生会马上就去拜访他的；如果能在牧师住宅里见到他，那我们俩都会感到是莫大的荣幸。”

“你真太好了。我相信，弗兰克会很高兴去的。即使不能再早，他下个星期也能到伦敦了。在今天的一封信里，我得到了这个消息。今天早上我在路上正好碰到送信的来，一看是我儿子的笔迹，我就把信拆开了——不过，信不是写给我的——是写给威斯顿太太的。不瞒你说，给他的信，主要是由她写的。我几乎从没收到过信。”

“这么说，你当真把给她的信拆开了！哎呀，威斯顿先生，”她装腔作势地大笑着，“我不得不反对你这个做法了。这个先例真太危险！求求你别让你的邻居们也学你的样。说真的，要是我也将碰上这样的事，那我们这些已婚妇女可就要尽力阻止了。啊，威斯顿先生，我简直不能相信，你居然干出这样的事来！”

“唉，我们男人都是些坏家伙。你得自己小心才好，埃尔顿太太。这封信告诉我们——是封短信——匆匆忙忙写成的，只是通知我们一声——告诉我们说他们马上都要到伦敦来了，是为了邱吉尔太太的缘故——她这一整个冬天身体不好，她嫌恩斯科姆太冷，对她不合适——所以他们毫不耽搁，往南方来了。”

“真的！我想是从约克郡来的吧。恩斯科姆是不是在约克郡？”

“对，离伦敦大约有一百九十英里。路程相当长啊。”

“是啊，真的相当长。比枫树林离伦敦还要远六十五英里呢。可是，对富豪们来说，路程远又算得了什么呢，威斯顿先生？我姐夫瑟克林先生有时候赶来赶去的，你听了真会大吃一惊呢。你也许不大相信——他一个星期有两次要和布雷格先生驾着四匹马到伦敦打个来回呢。”

“从恩斯科姆来，”威斯顿先生说，“路远的麻烦在于，邱吉尔太太，正如我们知道的，已经一连有一个星期没能离开沙发了。弗兰克在上一封信里说，她抱怨身体太弱，他和他舅舅不扶着她，她就没法去她的暖房！你知道，这说明她身体已经很弱了——可是现在，她却急于要到伦敦来，只打算在路上睡两夜——所以弗兰克就写信来。当然啰，娇弱的女士们体质是很特别，埃尔顿太太。你得同意我这个说法。”

“不，真的，我什么也不同意你。我总是袒护我们女人的。真的，是这样。我预先告诉你，你会发现，我在这点上，跟你完全针锋相对。我总是帮女人的——你放心吧，要是你知道了塞丽娜觉得在旅馆里过夜是什么滋味，那你看到邱吉尔太太令人无法相信地竭力避免在旅馆里过夜，你就不会觉得奇怪了。塞丽娜说她觉得那真是可怕——我相信我也已经感染到了一点儿她那种娇气。她旅行的时候总要带着自己的被单；这倒是个很不错的预防措施。邱吉尔太太是不是也这么做的？”

“你可以相信，凡是别的有身份的女士做过的事，邱吉尔太太件件都做。在这个国家里，邱吉尔太太决不甘心落在别的女士后面——”

埃尔顿太太急忙打断他的话头说：

“啊！威斯顿先生，你别误会我的意思。不骗你，塞丽娜可不是什么有身份的女士。你别这样瞎猜。”

“她不是个有身份的女士吗？那就不能拿她来衡量邱吉尔太太了。

我姐夫瑟克林先生有时候赶来赶去

邱吉尔太太可是个地地道道的有身份的女士，可以跟任何别的有身份的女士比比。”

埃尔顿太太开始觉得自己不该这么拼命否认。要人家相信她姐姐不是个有身份的女士，这可决不是她原来的意图；也许说姐姐是有身份的需要勇气吧。她正一个劲儿地想着，要怎样才能最巧妙地把话收回来，这时候，威斯顿先生又继续说了。

“我对邱吉尔太太没多大好感，这你也许猜想得到——可是这话只能在我们两人中间说说。她很喜欢弗兰克，所以我也就不想说她坏话。再说，她现在身体不好；不过，据她自己说，她的确一直都是那样。我不会对人人都这么说的，埃尔顿太太，可是我不大相信邱吉尔太太有病。”

“她要是真有病，那干吗不去巴思呢，威斯顿先生？去巴思或者去克利夫顿[①]呢？”

“她认为恩斯科姆太冷，她住在那儿不合适。我想，其实她是在恩斯科姆住腻了。她以前从没一连在那儿住过那么久，她想换换环境。那地方太偏僻。是个好地方，但是太偏僻。”

“对——也许就像枫树林吧。再没什么地方比枫树林离大路更远的了。周围是那么一大片农场！你就像跟一切都隔绝了——是彻底的隔绝——邱吉尔太太也许身体没塞丽娜那么好，也没有她那样的心情来欣赏那种与世隔绝的生活。或者，说不定她自己也没多少办法来使她能适应乡间生活吧。我总是说，一个女人办法越多越好——谢天谢地，我的办法总算还多，使我能独立于社会之外。”

“二月里，弗兰克在这儿住了两个星期。”

“我记得听说过。他下次再来的时候，会发现海伯利社交界有了新的一员；那是说，如果我可以把自己称做新的一员的话。不过，也许他从

① 在英国格罗斯特郡布里斯托尔西部，有温泉。

没听说过世界上有这么个人吧。”

这明明是要别人来恭维她，别人也不会把这个机会放过；因此，威斯顿先生非常乐意地立即大声说道：

“亲爱的太太！除了你自己以外，谁也不会认为可能有这样的事。没听说过你！我相信，威斯顿太太最近写的信里除了写埃尔顿太太以外，几乎没写什么别的。”

他已经尽了他的责任，可以再回过头来谈他的儿子。

“弗兰克离开我们的时候，”他接着往下说，“完全不能肯定我们什么时候再能看见他，这就使得今天的消息加倍地受欢迎了。这完全出人意料。其实，我倒一直坚信他不久会再来。我相信一定会有什么有利的情况出现——可就是没人相信我。他跟威斯顿太太都很泄气。‘我能有什么办法来呢？怎能设想我舅舅和舅妈肯再放我呢？’尽是诸如此类的想法——我一直觉得会有什么对我们有利的情况出现的，你瞧，这不是出现了么？我以前说过，埃尔顿太太，要是这个月里事情不顺心，那下个月里肯定会得到补偿。”

“说得很对，威斯顿先生，完全对。这正是我过去常对跟我在一起的某先生说的话，那还是在求婚的日子里。因为事情进行得不顺当，不像他希望的那么快，他都失望了，直嚷嚷说，按这个速度，婚姻之神还没为我们披上番红色长袍[1]，就已经要到五月了！哦！我费了多少劲才打消这些阴郁的想法，让他乐观些！那马车——为马车的事我们也失望过；我记得，有一天早上，他非常失望地到我这儿来。”

一阵轻微的咳嗽使她不得不停下，威斯顿先生立即抓住机会继续往

[1] 英国诗人弥尔顿（1608—1674）所写长诗《快乐的人》中有这样两句：

婚姻之神常在那儿出现，
穿着番红色长袍，拿着明亮的蜡烛。

下说。

“你说起五月。五月正好是人家嘱咐邱吉尔太太，或者说她嘱咐自己，要到一个比恩斯科姆暖和一些的地方去度过的月份。说简单点，就是要到伦敦去度过的那个月；所以我们有了弗兰克在整个春天会经常来这儿的可喜前景。春天正好是一年当中人们喜欢选来作这种访问的季节；白天几乎是最长的，天气温和宜人，老是吸引着人们到户外去，而且活动活动也不太热。以前他住在这儿的时候，我们充分利用了这个机会。不过那阵子天气多雨潮湿，叫人不快活；你也知道，二月里天气总是那样；我们打算干的事连一半都干不成。现在可是时候了。这次将完全沉浸在欢乐中。我不知道，埃尔顿太太，担心我们是否会见面，今天明天时时都在盼他来，这样是否比他真正来到家里更令人快活。我想是的。我想正是这种心理状况给人以最大的兴致和喜悦。我希望你会对我的儿子感到满意；不过，你可千万不能指望他是个天才。一般人认为他是个好青年，可是不能指望他是个天才。威斯顿太太对他很偏爱，你也猜得到，这叫我看了很高兴。她认为谁也比不上他。”

“你放心吧，威斯顿先生，我不怀疑，我对他肯定会有好感。我已经听到了那么多赞扬弗兰克·邱吉尔先生的话。同时，说句公平话，我是那种总爱自己下判断的人，决不会盲目地让别人牵着鼻子走。我可以预先告诉你，我看到你儿子是什么样人，我就会对他作出什么样的判断。我可不会奉承谁。”

威斯顿先生正在沉思。

“我希望，”他立即说，“对可怜的邱吉尔太太，我没太苛求。如果她确实生了病，而我对她不公正的话，那我会感到抱歉的。不过，她性格上是有一些特点，叫我很难像我希望的那样用容忍的心情来谈论她。埃尔顿太太，我跟这家人家的关系，我受到的对待，你不会不知道；就我们两人之间谈谈，一切都怪她。是她挑起的。要不是她，弗兰克的母亲也决不会受到那样的蔑视。邱吉尔先生是有自尊心的；可是同他妻子的自尊心相比，那就算不了什么了；他那种自尊心是一种悄悄的、和缓的、绅士般的自尊心，不会伤害任何人，只会使自己有点无可奈何，而且令人厌烦。可是她的自尊心呢，却是傲慢无礼！叫人更不能容忍的是，她并没有什么门第和血统可夸耀。他娶她的时候，她是个微不足道的人，勉强称得上是个绅士的女儿；可是自从她嫁到邱吉尔家来了以后，趾高气扬，比邱吉尔家所有的人都更像邱吉尔；可是，不瞒你说，她自己只是个暴发户。"

"想想看！啊，那一定很叫人生气！我就讨厌暴发户，枫树林已经叫我非常厌恶那种人了；因为那儿附近有一家人家，他们摆出的那副架子惹得我的姐姐和姐夫很恼火！你描绘的邱吉尔太太的那副模样叫我马上就想起了他们。那家人家姓特普曼，新近刚搬到那儿，有许多地位低下的亲友，可是他们自己摆的架子可大了，还想跟当地那些世家平起平坐呢。他们在威斯特府至多只住了一年半；他们怎么发的财，谁也不知道。他们是从伯明翰[①]来的，你知道，那可不是个有什么大出息的地方，威斯顿先生。对伯明翰不能抱多大希望。我一向说，那名字听起来就有点儿可怕；可是除此以外，特普曼家的事就不太清楚了。虽然我可以肯定地告诉你，受到人家猜疑的事还是不少的。然而，从他们的行为举止看来，他们显然以为自己甚至和我姐夫瑟克林先生地位不相上下。他正好是他们最近的近邻。这可太糟了。瑟克林先生在枫树林住了十一年，在他以前，他父亲也住那儿——至少我相信——我几乎可以肯定，老瑟克林先生在去世前已经完全办妥了购置那块产业的一切手续了。"

他们的话给打断了。正在送茶点，威斯顿先生已经把要说的话都说完了，马上乘机走开了。

用完茶点，威斯顿先生夫妇，埃尔顿先生和伍德豪斯先生一起坐下来

---

① 英国第二大城，仅次于伦敦，在英格兰中部。是重工业中心。

打牌。其余五个人各自设法消遣，爱玛怀疑他们是否能很好相处；奈特利先生似乎不大想跟人家交谈；埃尔顿太太呢，要人家注意听她说话，而别人又不想听，她自己心里觉得烦恼，宁可保持沉默。

约翰·奈特利先生比他哥哥话多。第二天一大早，他就要离开他们；他马上开始说：

“啊，爱玛，我想孩子们的事我再没什么可说的了。你收到了你姐姐的信，我们可以肯定，那里面把一切都讲得详详细细的了。我的嘱托比她的简要，也许性质也不同；我不得不建议的只不过是，不要把他们宠坏，不要给他们吃药。”

“我很希望在这两方面都让你满意，”爱玛说，“我将尽力使他们快活。对伊莎贝拉来说，这就够了。要快活一定得排除溺爱和服药。”

“你要是觉得他们惹麻烦，那就得把他们再送回来。”

“那倒是很可能的。你是这么想的，是不是？”

“我想。我是觉得，对你父亲来说，他们可能太吵闹了——或者说，如果像最近这样，人来客往越来越多的话，那甚至对你来说，他们也会成为累赘。”

“越来越多！”

“当然啰，你一定也感觉到了，最近这半年里，你的生活方式有了很大的改变。”

“改变！不，真的，我没感觉到。”

“你的社交活动比以前多得多，这是毫无疑问的。这次我就亲眼看到了。我只来一天。你就举行了一次宴会！以前几时有过这样的事，或者这一类的事？你的邻居越来越多，你也越来越多地跟他们来往。最近这一阵，你每次给伊莎贝拉写信都写到刚举行过的欢乐的聚会；在柯尔先生家吃饭啦，在克朗旅馆举行舞会啦。在你的生活中，伦多尔斯，单单伦多尔斯，给你生活带来的变化就很大了。”

“是啊，”他哥哥很快地说，“都是伦多尔斯引起的变化。”

“嗯——我看，伦多尔斯起的影响不可能比以前小，爱玛，正因为如此，我觉得亨利和约翰可能有时候会妨碍你。如果是这样的话，只求你把他们送回去。”

“不，”奈特利先生大声说，“也不一定这么办。把他们送到登威尔得了。我是肯定有空的。”

“说真的，”爱玛嚷了起来，“你这话说得真好笑！我倒想问问，我的这些个约会有多少你没参加？为什么认为我没空来照料小孩呢？我的这些惊人的约会——都是些什么约会啊？在柯尔家吃过一次饭，还谈起过要办一次舞会，可是没办成。我可以理解你——”说着她朝约翰·奈特利先生点点头，“你运气好，一下子在这儿碰到这么些朋友，这使你太高兴了，不会不受到别人注意。可是你，”她转过脸去朝着奈特利先生说，“你很清楚，我是非常难得一连两小时离开哈特菲尔德的，你干吗认为我会有那么一大串消遣呢？这我不能想象。至于我亲爱的小外甥，我得说一句，如果爱玛姨妈没空照料他们，我看，他们在奈特利伯伯家也不见得会过得更好。如果说她有一个小时不在家，那他却要有大约五个小时不在家；而且，他在家里的时候，不是一个人看书就是算他的账。”

奈特利先生好像在竭力忍住笑。这时候埃尔顿太太刚要跟他说话，他这才毫无困难地忍住了笑。

第三卷

第一章

爱玛在听到弗兰克·邱吉尔的这个消息时，心里一阵激动。只消静下心来略微思考一下，她就知道这是什么性质的了。她不久就相信，她之所以担心、觉得尴尬，根本不是为了她自己；而是为了他。她自己的爱确实已经完全消灭；不值得再去想它；可是，他却无疑一直是他们两人当中爱得更深的一个，如果他回来时还跟离去时一样热恋，那就会令人非常苦恼了。如果离别两个月还不能让他冷静下来，那她就会面临种种危险和不幸；对他和她来说，都必须谨慎行事。她不打算再让自己卷入爱情的纠葛之中，她有责任避免他的任何鼓励。

她但愿能够防止他明白地吐露爱情。要是吐露的话，他们目前的友谊就要结束了，那是很痛苦的。然而，她又忍不住期望能发生什么决定性的事。她感觉到，好像在这个春天结束以前，一定会出现一场危机，一个事件，一件大事来改变她目前这种平静安逸的状况。

过了不久，虽然比威斯顿先生预料的时间要长一些，她就有了机会能够对弗兰克·邱吉尔的感情形成一种看法。恩斯科姆那家人家，并没像想象的那么早来到伦敦，可是他到了伦敦不久就到海伯利来。他骑马走了两个小时；他不能再快了。不过，他是从伦多尔斯立即来到哈特菲尔德的，所以她能充分运用她那敏锐的观察力，迅速断定他受了怎样的影响，她该怎样对待。他们极其友好地相会。毫无疑问，他看见她很高兴。可是她几乎马上就怀疑他不再像以前那样喜爱她，对她的情意跟以前不同，程度也不同了。她细细观察他。他显然不像以前那样爱得深了。因为一段时期的分离，也许还因为相信她对他冷淡，所以产生了这种非常自然而又很合她心意的效果。

他兴高采烈，跟以前一样爱说爱笑，似乎乐于谈论他上次的访问，提一些往事。他的心情也不是毫不激动的。她倒不是在他的平静当中看出了他相对的冷淡。他并不平静；他显然兴致勃勃；有一种心神不宁的神情。尽管他很活跃，但是那种活跃好像不能使他自己满足。使她坚定在这个问题上的看法的是，他只待了一刻钟，就匆匆赶到海伯利别处作客去了。“我来的时候在街上看见许多老相识——我只是停一下说一句话，没有也不想再多停留——不过我自认为不去拜访，他们会失望的；尽管我希望在哈特菲尔德多待一会儿，我却非赶紧去不可。”

他不像以前那样爱得深了，这一点她并不怀疑——可是，他那焦急的心情和他的匆匆离去似乎都不是万全之策；她禁不住认为，这意味着他担心她会重新使他堕入情网，还意味着他是谨慎地下了决心，避免长久跟她在一起。

在十天当中，弗兰克·邱吉尔只来过这么一次。他常常希望来，想要来——可总是来不成。他舅妈不让他离开。这是他自己在伦多尔斯作的解释。如果他说的是真心话，如果他真的曾经设想来，那就可以得出个结论：邱吉尔太太来伦敦，并没治愈她那任性和神经质的毛病。她真的有病，这是很肯定的；他在伦多尔斯说过，他自己也相信她有病。虽然可能有不少幻想的成分，但他回想起来，觉得她身体要比半年前弱，这是他深信不疑的。他并不相信，多加珍摄和服用药物会治不好那种病，至少不相信她会不久人世；可是，不管他父亲怎么怀疑，他都不愿说她的病只是凭空想象出来的，也不愿说她还跟以前一样健壮。

不久就看出来了，伦敦对她并不合适。她受不了那儿的喧闹嘈杂。她的神经处在经常的恼怒和痛苦之中。十天结束时，她外甥在寄到伦多尔斯来的信里说，计划改变了。他们马上要住到里士满去。有人向邱吉尔太太推荐那儿一位医道高明的著名医生，要不然，准是她自己想去那儿。他们在一个颇受欢迎的地方租了一所备有家具的房子,希望这样改变一下环境对她能大有裨益。

爱玛听说,弗兰克是在万分高兴的心情中写到这个安排的,而且觉得能有两个月离许多朋友都这么近,真是太幸福了——因为房子租了五、六两个月。她还听说,他信中写得非常肯定,他可以经常同他们在一起,几乎可以想什么时候在一起,就什么时候在一起。

爱玛看出了威斯顿先生对这种欢乐的前景抱着什么看法。他把她看做这种前景提供的一切喜悦的源泉。她倒希望不是这样。两个月的时间一定可以证实了。

威斯顿先生自己的喜悦是不容置疑的。他心里喜滋滋的。这正好是他希望出现的情况。现在,弗兰克真的住在他们附近了。对一个年轻小伙子来说,九英里路又算得了什么呢? 骑一个小时马就行了。他会经常过来。在这方面,里士满和伦敦的不同在于,一个是能经常看见他,另一个却永远看不到他。十六英里——不,十八英里——去曼彻斯特街足足有十八英里——是个重大的障碍。即使他走得开,一个来回也得花上一天。儿子住在伦敦,他得不到什么安慰;跟住在恩斯科姆差不多;可是里士满距离适中,来往方便。再近一点反而没这样好!

这次搬家立即带来了一件好事,那就是在克朗旅馆举行的舞会。倒不是以前忘了举行;而是很快就认为没法确定一个日子。而现在,是肯定要举行了;重新作了种种准备。邱吉尔一家搬到里士满以后不久,弗兰克写了封短信来,说他舅妈换了环境已经觉得好多了,只要定一个时间,他一定能跟他们一起过上二十四小时,要他们把日子尽可能定得早些。

威斯顿先生的舞会真的要举行了,再过不多几个明天,海伯利的年轻人就可以玩个痛快了。

伍德豪斯先生不去参加。一年当中,这个季节对他来说并不太糟。

不管干什么，五月总比二月好。已经约了贝茨太太到哈特菲尔德来陪他度过黄昏；还给了詹姆斯必要的嘱咐，他满怀希望亲爱的爱玛不在家时，亲爱的小亨利和亲爱的小约翰都不会出什么问题。

第二章

没有发生什么不幸的事再来阻止这次舞会的举行。那一天越来越近，终于来临。在大伙儿焦急地等了一上午以后，弗兰克·邱吉尔本人在宴会前来到了伦多尔斯；一切都平平安安。

在那以前，他同爱玛没再见过面。克朗旅馆的舞厅将作为见证；但这要比在大庭广众中的普通相会来得好。威斯顿先生热诚地求她早点到，在他们之后到得越早越好，以便趁别人还没来，先征求一下她的意见，看看房间是否布置得合适、舒适。她没法拒绝，所以只好跟这个青年默默地在一起待一些时候。哈丽埃特由她接来，她们坐车到达克朗旅馆的时候不早不迟，正好伦多尔斯的人们比他们早一步到。

弗兰克·邱吉尔先生似乎已经在等候了；虽说他话不多，可是他的眼神却表明，他打算痛痛快快地玩一个晚上。他们大伙儿一起到各处走走，看看是否一切都安排妥当。过了不多几分钟，从另一辆马车上下来的人也来到他们中间。爱玛一开始听到这辆马车的声音，不由得大吃一惊。"到得太早了！"她差点儿嚷了起来。可是，她立即发现，那家人家是老朋友，也跟她一样，是特地请来帮威斯顿先生查看查看的。紧跟着他们，又来了一车表亲。他们也是受到同样热诚的恳求，来干这同一件事的。看来好像不久就会有一半客人来事先查看似的。

爱玛看出，威斯顿先生并非只相信她一个人的审美观。她觉得，作为一个有那么多好友和知己的人的好友和知己，并不是最光荣的。她喜欢他那坦率的作风，可是如果略微少一点坦率，一定会使他的品格更加高尚。对大家仁慈，而不是同大家都交朋友，他应该是这样一个人。她就喜欢这样一个人。

这一大群人再一次到处走走，看看，夸奖一番。然后，没有别的事可做，便在壁炉跟前围成半个圆圈，以各自不同的口气说，虽是五月，晚上生个火还是很愉快的，直说到开始别的话题为止。

爱玛发现，私人顾问的人数没再扩大，那倒不是威斯顿先生的过错。他们曾经在贝茨太太家门口停下车，请她们乘他们的车来，可是姨妈和外甥女已经约定了由埃尔顿夫妇接来。

弗兰克就站在她身边，但是心神不定；有一种不安的神情，表明他心里不自在。他朝四处张望，走到门口去，在等着听有没有马车的声音——急于等舞会开始，或者说，他怕老是待在她身边。

他们说起了埃尔顿太太。"我想，她该马上就到了吧，"他说。"我很想见见埃尔顿太太，我听到了那么多关于她的情况。我想，她不久就会到的。"

传来了一辆马车的声音。他马上就迎过去；可是又折了回来，说道："我忘了，我还不认识她。我从来没见过埃尔顿先生或埃尔顿太太。我没理由跑上前去。"

埃尔顿先生和埃尔顿太太出现了；所有的微笑和礼节也都过去了。

"可是贝茨小姐和菲尔费克斯小姐呢！"威斯顿先生向四处看看。"我们还以为你们会把她们带来呢。"

这个错误并不严重。现在已经派车去接她们了。爱玛很想知道弗兰克对埃尔顿太太的第一个印象如何；他看了她那精心设计的讲究衣服和亲热的笑容有什么反应。在介绍以后，他立即十分恰当地注意她，因此能对她形成自己的看法。

过了几分钟，马车回来了。有人在谈论下雨。"我要叫他们备几把伞，爸爸，"弗兰克对他父亲说："不能把贝茨小姐忘了。"说着就走了。威斯顿先生跟在后面；可是埃尔顿太太留住他，要把对他儿子的看法告诉他，让他高兴。她一开始就讲得很直率，那年轻人尽管走得绝不能算慢，却还是听到了她的话。

“真是个很好的青年，威斯顿先生。你知道，我坦率地告诉过你，我会有自己的看法的，现在我很高兴地说，我非常喜欢他。你可以相信我。我从来不恭维人。我认为他是个英俊的青年，他的风度也正好是我所喜欢和赞同的那一种——是位地道的绅士，毫不自大，也不自负。你知道，我很讨厌自负的小伙子——这种人我厌恶极了。在枫树林，从来不容忍这种人。瑟克林先生和我对他们都一向没有耐心；我们常常说些很尖刻的话。塞丽娜几乎可以说是过分温和了，远远比我们能够容忍。”

在她谈论他儿子的当儿，威斯顿先生的注意力给吸引住了；可是她一谈到枫树林，他就想起又到了一些女客，得去招呼一下，得带着欢快的笑容匆匆走开。

埃尔顿太太转过身来跟威斯顿太太说话。“我想一定是我们的马车把贝茨太太和简接来了。我们的马车和马都非常之快！我相信我们的车子比任何人的都快。派车去接一个朋友，真是件乐事啊！我听说，你好心提出要派车去接她们，可是下一次就完全没这个必要了。你放心吧，我会永远照料她们的。”

贝茨小姐和菲尔费克斯小姐由这两位绅士陪同，走进屋来。埃尔顿太太似乎认为自己有责任像威斯顿太太一样招待她们。她的手势和动作，任何像爱玛这样的旁观者，一看就知道；可是她的话和每个人的话却立刻淹没在贝茨小姐的滔滔不绝之中。她进来的时候就在说话，直到她在炉前圆圈中坐定了好几分钟还没说完。开门的时候，只听得她说：

“你们真太好了！根本没有雨。没什么了不起的。我自个儿倒不在乎。鞋子挺厚。简说——嗐！”她一进门就嚷道，“瞎！真是灯火辉煌啊！太好了！说真的，设计得挺出色。样样齐全。真想不到。灯光这么好！简，简，瞧——你以前看到过什么？哦！威斯顿先生，你准是真的拿到了阿拉丁的神灯[①]了。善良的斯托克斯太太会再也认不得自己的屋子了。我进来的时候看见她;她就站在门口。‘哦!斯托克斯太太,’我只说了这么一句——来不及再说别的啊。”这时候,威斯顿太太过来招呼她。“很好,谢谢你,太太。我想你身体很好吧。听了很高兴。很担心你头痛!经常看见你路过,知道你一定很忙。听了很高兴,真的!啊!亲爱的埃尔顿太太,谢谢你的车子!时间正好。简和我都完全准备好了。一刻也没让马等着。最舒适的马车。哦!不说假话,我们真该为这个谢谢你,威斯顿太太。埃尔顿太太很热心地给简写了封信,要不然的话,我们就坐你的车了。可是一天里两次有人提出要用车送我们!从没见过这么好的邻居。我跟我妈妈说了,‘说真的,妈妈——’谢谢你,我妈妈身体非常好。到伍德豪斯先生家去了。我让她披上披巾——晚上可不暖和啊——披上她那新的大披巾——是狄克逊太太的结婚礼物。她太好了,还想到了我妈妈!你知道,是在韦默思买的——是狄克逊先生挑的。简说,另外还有三条,他们犹豫不决,考虑了一会儿。坎贝尔上校倒宁可买橄榄色的——我亲爱的简,你肯定你的脚没湿?只下了一两滴雨,可我真担心啊;弗兰克·邱吉尔先生真是太——有一块席子可以让你踩着走——他特别客气,我这辈子永远也忘不了。哦!弗兰克·邱吉尔先生,我得告诉你,我妈妈的眼镜后来一直没出过毛病;那根铆钉没再脱出来过。我妈妈时常夸你脾气好。是不是,简?我们不是时常谈起弗兰克·邱吉尔先生吗?啊!伍德豪斯小姐在这儿。亲爱的伍德豪斯小姐,你好。很好,谢谢你,很好。这完全是在仙境里聚会啊!整个儿变了样!不能恭维,我知道,”她非常得意地瞅着爱玛,“那样是鲁莽的——可是,说真的,伍德豪斯小姐,你看上去真——你觉得简的发式怎么样?你真有判断力。全是

① 阿拉丁是阿拉伯著名民间故事集《一千零一夜》中的人物,他的神灯能使人一切都如愿以偿。

啊！真是灯光辉煌啊！

她自己梳的。她梳头梳得多好啊！我想，伦敦的理发师也没一个梳得出——啊！休斯医生，我想是吧——还有休斯太太。得去跟休斯医生夫妇俩谈一会儿。你好。你好。很好，谢谢你。真是快活，对不？亲爱的理查先生呢？哦！在那儿呢。别打扰他。跟年轻小姐们谈话，要好得多。你好，理查先生。有一天我看见你骑马经过城里。奥特威太太，我敢断定！还有善良的奥特威先生，奥特威小姐，凯罗琳小姐。这么多朋友！还有乔治先生和阿瑟先生！你好。你们大家好。很好，非常感谢你。从没这样好过。我不是听到又有马车来了吗？这可能是谁呢？很可能是可敬的柯尔一家吧。说真的，跟这么多朋友在一块儿，太好了！火真旺啊！我都烤得热死了。我不喝咖啡，谢谢你——从来不喝咖啡。先生，待会儿来点茶吧，不着急——哦！送来了。一切都那么好！”

弗兰克·邱吉尔回到爱玛身边。贝茨小姐一静下来，她就发现自己没法不听到埃尔顿太太和菲尔费克斯小姐两人的谈话。她们就站在她背后不远的地方。他在沉思。是不是也在听呢，她说不准。埃尔顿太太大大夸奖了简的衣服和容貌一番，简很文静也很适当地接受了她这些赞美。在这以后，埃尔顿太太显然要简也夸奖她几句——她这么说：“你觉得我的长袍怎么样？你觉得我的装饰怎么样？赖特给我梳的头发好吗？”还问了许多其他的有关问题，简都耐心而彬彬有礼地一一回答了。然后，埃尔顿太太说：

“一般说来，谁也不会比我更不讲究衣着了——可是在这样一个场合，人人的眼睛都盯着我啊，而且又是为了威斯顿夫妇的体面——我毫不怀疑，他们主要是为了我才举行这个舞会的——我不想穿得比别人差。在这屋子里，除了我的珍珠以外，我看不见还有什么珍珠。听说，弗兰克·邱吉尔舞艺高超。我们要看看我们的风格是否相配。弗兰克·邱吉尔确实是个好青年。我很喜欢他。”

就在这当儿，弗兰克开始兴致勃勃地讲话了，爱玛不由得猜想，他准是听到了人家赞美他，不想再听下去；两位女士的谈话一时间被他的声音盖没了，直到他再一次停顿，埃尔顿太太的声调才重又听得清清楚楚。埃尔顿先生刚来到她们中间，他的妻子嚷道：

“哦！你终于在我们这个僻静的地方找到了我们，是不是？我刚才正在告诉简，我料到你一定不耐烦，要听听我们的消息了。”

“简！”弗兰克·邱吉尔重复说，脸上露出了惊异和不快。“这样称呼太随便了——可是我想，菲尔费克斯小姐没有反对吧。”

“你喜欢埃尔顿太太吗？”爱玛用耳语说。

“一点也不。”

“你真忘恩负义。”

“忘恩负义！你这是什么意思？”接着，皱眉蹙额变成了笑逐颜开。“别，别告诉我——我不想知道你的意思。我爸爸在哪儿？我们什么时候开始跳舞？”

爱玛简直不理解他；他这时好像心情很古怪。他走开了，去找他的父亲，可是很快就同威斯顿先生夫妇俩一起回来。他碰到他们时，他们正感到有点儿为难，不能不向爱玛说说。威斯顿太太刚刚想到，必须请埃尔顿太太来开始这个舞会；埃尔顿太太自己肯定是这么希望的；可这样又违反了他们的本意，他们本来是想给爱玛这个殊荣的。爱玛用坚忍的态度听他们讲述这个可悲的事实。

“我们怎么给她找个合适的舞伴呢？”威斯顿先生说。“她会认为弗兰克应该请她跳舞。”

弗兰克立即回过头来朝着爱玛，要她履行以前的诺言，并且夸口说自己已经有约在先，他父亲看上去完全赞同——这时，威斯顿太太好像要他父亲亲自同埃尔顿太太跳舞，他们帮着说服，他父亲一口答应了。威斯顿先生同埃尔顿太太领头；弗兰克·邱吉尔先生同伍德豪斯小姐跟在后面。尽管爱玛一直认为这次舞会是特地为她举行的，她却不得不屈居第二，跟在埃尔顿太太后面。这几乎已经足以叫她想到结婚了。

这一次，埃尔顿太太的虚荣心完全得到了满足，在这方面无疑是占了上风。虽然她原来想跟弗兰克·邱吉尔先生跳舞，可是换了一个人并无损失。威斯顿先生也许只有比他的儿子好。而爱玛呢，尽管受了这么点小挫折，但是看到这群人排成长得可观的舞队，而且又觉得将有那么多小时不平常的欢乐，她快活得笑了。奈特利先生没有跳舞，这比任何其他事情都更使她不安。他就在那儿，在站着观看的人们当中；他不该站在那儿，而应该跳舞——不该把自己去跟那些做丈夫的、做父亲的和打惠斯特牌的人列为一类。打惠斯特牌的几个人在打牌以前装得好像对跳舞很感兴趣似的。奈特利先生看上去那么年轻！也许，他在任何地方都不会比在他站的地方看上去更加有利。在肥胖臃肿和弯腰曲背的上了年纪的人当中，他个子高高、壮实挺直，爱玛觉得准会把每个人的眼光都吸引过去；除了她自己的舞伴以外，那一长排青年当中没有一个人能跟他相比。他又走近了几步，这不多的几步就足以证明，如果他不怕麻烦肯跳舞的话，那一定是用绅士的风度和天生的优雅来跳的。不管什么时候她遇到他的眼光，她总能使他忍不住微笑；不过，总的说来，他的神情还是严肃的。她希望他能更加喜欢舞厅，也更加喜欢弗兰克·邱吉尔。他似乎常常在看着她。她可不能恭维自己，认为他在想的是她的跳舞；不过，如果他是在批评她的行为，那她也不怕。她同他的舞伴之间毫无调情之意。他们更像愉快自在的朋友，而不像情人。弗兰克·邱吉尔不像以前那么想她，这是毋庸置疑的。

舞会欢快地进行着。威斯顿太太悉心张罗，不断照料，都不是白费精力。看上去人人都很快活。而且从舞会一开始，大伙儿就一再夸奖这是个欢乐的舞会，这种夸奖一般很少在舞会结束以前就听到。这次舞会也不见得比一般舞会更多一些很重要、很值得记载的事情。只是有一件事，爱玛比较重视。宴会前的最后两个舞已经开始了，哈丽埃特没有舞伴；年

在肥胖臃肿和弯腰曲背的人当中

轻小姐当中，只有她一个人坐下来；在这以前，一直是男女人数相等，怎么会有人不跳舞呢，这倒是怪事！可是不久，一看见埃尔顿先生在悠闲地走来走去时，爱玛就不那么觉得奇怪了。只要能避免，他总是不邀哈丽埃特跳舞；她肯定他不愿跳——她料想他随时都会溜进牌室去。

然而，他倒并不想溜。他来到屋子里那些坐在一旁观看的人聚集的地方，跟人说说话，在他们面前走来走去，仿佛表示他自由自在，而且决心这样保持下去似的。他有时候不免走到史密斯小姐跟前，或者跟她身边的人谈上几句。爱玛都看见了。她还没跳舞；她正在舞队的末尾往前走，所以有空向四处看看，她只把头稍微转一下，这一切她就都看在眼里。她在舞队当中走了一半光景，那整个一群人就正好都在她后面，她没法再看了。可是埃尔顿先生却离她那么近，他跟威斯顿太太之间的谈话，她每个字都听得清清楚楚。她还看到，正好在她前面的埃尔顿太太这时不但也在听，而且还意味深长地使了几个眼色鼓励他。心地善良、温和文静的威斯顿太太已经离开座位，走到他身边说："你不跳吗，埃尔顿先生？"他赶紧回答，"威斯顿太太，如果你愿意跟我跳，我很愿意奉陪。"

"我！哦！不——我会给你找个比我好的舞伴。我不会跳。"

"如果吉尔勃特太太想跳的话，"他说，"我肯定，我很乐意跳——尽管我自己开始感到是个已经成了家的老头儿了，而且我跳舞的时代也已经过去，可是，不管什么时候跟吉尔勃特太太这样一位老朋友跳，我都会感到非常快活。"

"吉尔勃特不想跳，不过，还有位年轻小姐没在跳舞，我们很想看她跳，那就是史密斯小姐。"

"史密斯小姐——哦！我没看见。你真太好了——我要不是个已经成了家的老头儿——不过，我跳舞的时代已经过去了，威斯顿太太。请原谅。换了别的事情，我一定乐于遵命——可是我跳舞的时代已经过去了。"

威斯顿太太没再说什么。爱玛想象得出,她回到自己座位上去的时候一定是多么惊异和痛苦。这就是埃尔顿先生!和蔼可亲、温文尔雅的埃尔顿先生。她朝四周看了一下;他在不远的地方正跟奈特利先生谈话,打算深谈,同时,他跟他妻子欣喜万分地相互微笑。

她不愿再看下去。她怒火中烧,担心自己的脸可能气得通红。

过了一会儿,她却看到了一个比较使人愉快的景象——奈特利先生带哈丽埃特朝舞队走去!她从来没有比这一刹那更惊奇、更高兴的了。她为了哈丽埃特和她自己,充满了喜悦和感激,只想向他道谢;虽然离得太远,没法说话,可是一跟他的眼光相遇,她的脸色就表达了许多意思。

结果证明,正如她刚才相信的;他舞跳得好极了。要不是刚才出现了那么残酷的局面,而且哈丽埃特那张笑脸表示出尽情享受和深感荣幸,那哈丽埃特会显得太幸运了。她对此并不是毫无反应的;她跳得比以前还要高,又快又远地跳到中央,而且一直笑容满面。

埃尔顿先生躲到牌室里去了,爱玛相信,他看上去一副可笑的样子。她认为,他虽然越来越像他妻子,可是还没有她那么狠心;她向她的舞伴大声说出了自己的心情:

"奈特利同情那可怜的小史密斯小姐!我说,很厚道。"

宣布进晚餐了。大伙儿开始走动;从这时起,你能听到贝茨小姐滔滔不绝地说话,一直说到在餐桌跟前坐下,拿起汤匙为止。

"简,简,我亲爱的简,你在哪儿呀?这是你的披肩,威斯顿太太要你披上披肩。她说她怕过道里有风,尽管能采取的措施都已经采取了——有一扇门钉了起来——还用了大量席子——我亲爱的简,你真的得披上披肩。邱吉尔先生,哦!你太好了!你给她披上,多好!很感谢!舞确实跳得出色。是啊,我亲爱的,我跑回家去了,我说过的,去把外婆送上床,再回来,没有人发现。就像我告诉你的,我没说一声就去了。外婆很好,跟伍德豪斯先生在一起,这个晚上过得快活极了,聊天聊了很多,还下了十五子棋。她走以前楼下准备了茶点，有饼干和烤苹果，还有酒。有几次掷骰子运气好得惊人。她问了好多有关你的问题，你玩得高兴吗，哪几个人跟你跳舞？'哦！'我说，'我不会抢在简之前告诉你的。我走的时候她在跟乔治·奥特威先生跳舞。她明天会乐于亲自把一切都告诉你的。她第一个舞伴是埃尔顿先生；我不知道下一个舞由谁来请她跳，也许是威廉·考克斯先生吧。'我亲爱的先生，你太好了。你不是还可以扶别人吗？我还不是没法自己走。先生，你真好。说真的，一手扶着简，一手扶着我。停停，停停。让我们退后一点儿，埃尔顿太太要走过去。亲爱的埃尔顿太太，她看上去多高雅啊——漂亮的花边。现在，我们大伙儿都在她后面。简直是今晚的皇后！好啦，我们到了过道里了。两级台阶，简，小心两级台阶。哦，不，只有一级。啊，我听说有两级。多么奇怪！我相信有两级，原来只有一级。我从没见过这么舒适，这么体面的——到处是蜡烛。我刚才在跟你讲你外婆，简——她稍微有一点儿失望。烤苹果和饼干都做得挺出色，你知道；可是一开始还端上来一道精美的炖膵脏芦笋，好心的伍德豪斯先生认为芦笋没煮透，叫人又把它整个儿端下去了。外婆最爱吃炖膵脏芦笋——所以她有点儿失望；可是我们都说定了，不把这事讲给任何人听，怕传到亲爱的伍德豪斯小姐耳朵里，她会大为不安的！咳，真是灯火辉煌！我都惊呆了！想不到！这么讲究、这么豪华！我没看见过这么好的——啊，我们坐在哪儿呢？我们坐在哪儿呢？只要简吹不到风，什么地方都行。我坐在哪儿都没关系。哦！你说坐在这边吗？咳，我肯定，邱吉尔先生——只是看来太好了——不过随你便。在这房子里，你的指挥准没错。亲爱的简，这么多菜，我们连一半菜也记不住，怎么去告诉外婆啊？还有汤！天哪！我现在还吃不下，可是闻上去香极了，我忍不住要吃了。"

爱玛直到用毕晚餐才有机会同奈特利先生说话。等到大家重又回到舞厅里，她使了个叫他无法抗拒的眼色，请他到她跟前来，她向他表示感谢。他猛烈谴责埃尔顿先生的行为;那么粗暴,简直不可饶恕;埃尔顿太太的神情也受到了应有的批评。

“他们还不仅是要气气哈丽埃特,”他说。“爱玛,他们干吗要跟你作对呢?”

他目光敏锐地含笑看着她;见她不回答,便又补充说,“我想,不管他怎么样,她都不该跟你生气。对这个猜测,你当然不说什么;可是,爱玛,坦白说吧,你确实曾经打算要他娶哈丽埃特的。”

“是啊,”爱玛回答,“他们不能原谅我。”

他摇摇头;同时露出宽容的微笑,他只是说:

“我不责怪你。我让你自己去考虑。”

“你能信任我,让我来评论这些奉承者吗?我的自负精神告诉我说我做错了吗?”

“不是你的自负精神,而是你的认真精神。如果一种精神把你引入歧途,我肯定那另一种精神准会这样告诉你。”

“我承认,对于埃尔顿先生,我完全看错了人。他为人卑鄙;你发现了,我却没有;我还一心以为他爱上了哈丽埃特呢。那都是一连串的荒唐错误造成的!”

“你这样认错,我倒要说句公平话了,你给她选的人要比他自己选的好。哈丽埃特·史密斯有一些第一流的品质,那是埃尔顿太太完全没有的。一个毫不做作、头脑单纯、天真朴实的姑娘——任何一个有头脑、有审美力的男人都宁可要她,也不要像埃尔顿太太那样的女人。我发现,哈丽埃特比我预料的要健谈。”

爱玛高兴极了。威斯顿先生忙着请大家再开始跳舞,打断了他们的话,他说:

“来,伍德豪斯小姐,奥特威小姐,菲尔费克斯小姐,你们都在干什么?来,爱玛,给你的同伴带个头。人人都懒得动!人人都像睡着了似的!”

“什么时候需要我,”爱玛说,“我都乐意从命。”

“你跟谁跳?”奈特利先生问。

她迟疑了一会儿,随后回答,“要是你邀我的话,就跟你跳。”

“是吗?”说着他伸出手来。

“当然啰。你已经证明了你能跳,而且你也知道,我们并不是真正的兄妹,并不是不能一起跳的。”

“兄妹!不,确实不是。”

第三章

同奈特利先生作了这番小小的解释以后,爱玛感到非常快活。这是这次舞会留下的美好回忆之一。第二天早上她在草坪上一边散步一边回忆。她很高兴,他们对埃尔顿夫妇有同样的感觉,他们对那个丈夫和那个妻子的看法又很相似:他夸奖哈丽埃特,作了让步,对她有了好感,这些都特别使她满意。埃尔顿夫妇的傲慢无礼,曾有几分钟使她感到那一晚要在扫兴中度过,可是却又成了她最满意的事的起因。她还指望着另一个美好的结果——把哈丽埃特的一片痴情治好。听了她们离开舞厅以前哈丽埃特说起此事的口气,她抱着极大的希望。好像她的眼睛突然睁开,看清了埃尔顿先生并不像她相信的那样是个杰出的人物。狂热过去了,爱玛可以不必担心会有什么有害的殷勤再来加速脉搏的跳动。她断定埃尔顿夫妇出于恶意,必定会尽量故意怠慢哈丽埃特。哈丽埃特头脑清醒了,弗兰克·邱吉尔不太爱她,奈特利先生又不想跟她吵架,展现在她面前的肯定是个多么快活的夏天啊!

今天早上她不会看到弗兰克·邱吉尔。他告诉过她,他中午要赶回家,不能让自己享受一下到哈特菲尔德来弯一弯的乐趣。她并不感到遗憾。

她把所有这一切都好好考虑,细细想过,妥善解决以后,兴高采烈地刚要回屋去照看两个小男孩和他们的外祖父,大铁门却打开了,走进来两个人,她怎么也料想不到会看见他们两个在一起——弗兰克·邱吉尔,哈丽埃特靠在他胳臂上——确实是哈丽埃特!她一下子就知道了,准是出了什么事。哈丽埃特脸色苍白,惊慌万分,他正在安慰她——铁门离前门不到二十码;不一会儿,他们三个就都到了门厅里;哈丽埃特马上倒在一张椅子上,昏厥过去。

年轻小姐昏厥过去总得救醒过来;总得问她一些问题,要她把受的惊吓说个明白。这种事情是很有趣的;可是谜也不能久久不解开啊。只过了几分钟,爱玛就知道了事情的全部经过。

史密斯小姐、高达德太太和学校里另一个也参加了舞会的寄宿生毕克顿小姐一起出去散步。她们沿着去里士满的路走。这条路看上去来往的人多,还算安全,可是却让她们受了惊。在海伯利再过去大约半英里的地方,路突然转一个弯,两边都是榆树,浓阴遍地,有很长一段十分僻静。这两位小姐在这段路上没走多远,突然发现前面离她们不远,有一群吉普赛人在路边的一大片草地上。一个正在望风的男孩走过来向她们要钱。毕克顿小姐过于惊慌,大叫一声,要哈丽埃特跟她一起逃跑。说着奔上一个陡坡,跳过顶上的一道小树篱,拼命奔,抄一条近路回到了海伯利。但是可怜的哈丽埃特却没法跟上。跳舞以后,脚抽筋抽得厉害,她第一次往陡坡上奔,脚就抽筋,她毫无力气;而且遇到这种情况,吓得要命,她不得不留下。

要是两位年轻小姐再勇敢一些,这些游民会怎么样,那肯定是难以逆料的。可是,既然她这样听任他们袭击,他们也就不会放过机会。哈丽埃特马上遭到了五六个孩子的围攻。为首的是一个壮实的女人和一个高大的男孩,他们都吵吵嚷嚷的,虽然没说什么凶恶的话,神情却很凶恶。她越来越害怕,只得马上答应给钱。她拿出钱包,给了他们一个先令,求他们别再要了,也别对她粗暴。这时,她已经能够走路了,虽然还只能走得很慢,所以她就走了——可是她的恐惧和她的钱包对他们却有着大大的诱惑力。那一群人全跟着她,或者不如说包围着她,要她再给些钱。

弗兰克·邱吉尔就是在这种情况下发现她的。她哆嗦着正在跟他们讲条件,他们却大叫大嚷,蛮横无理。幸亏他耽搁了一下迟一点离开海伯

哈丽埃特马上遭到了围攻

利，这才能够在这样危急关头来解救她。早上天气爽朗，他忍不住要步行，他让马儿在海伯利再过去一两英里的另一条路上等他；正好前一天晚上他向贝茨小姐借了把剪刀，忘了还，只得在她家门口停步，进去几分钟；所以比他原来打算的迟了一点。他是步行去的，一直走到他们跟前，那群人才看见她。原先那个女人和男孩使哈丽埃特心里害怕，这下却变成他们自己害怕了。他离开他们时，他们胆战心惊。哈丽埃特死死抓住他，简直连话都说不出来，勉强在精神完全崩溃以前走到了哈特菲尔德。是他出的主意，把她送到哈特菲尔德来；他没想到别的地方。

根据他所讲的，以及哈丽埃特在苏醒过来能再说话以后所讲的情况，整个经过大致如此。他见她神志恢复了，就不敢再耽搁。这几次耽搁使他一分钟也不能再丢失了。爱玛说一定会去告诉高达德太太哈丽埃特平安无事，并且通知奈特利先生附近有一群吉普赛人。她为了她朋友和她自己向他祝福，表示感激，他就带着这种祝福出发了。

这样一种奇遇——一个漂亮的年轻小伙子同一个可爱的年轻姑娘这样相遇——几乎不可能不使最冷漠的心灵和最冷静的头脑都出现一些想法。至少爱玛是这么想的。一位语言学家，一位语法学家，甚至一位数学家，如果看见了她看到的情景，亲眼目睹他俩一起出现，亲耳听见他们叙述事情的经过，难道会认为这件事不至于促使他们相互间产生特别的好感吗？一个像她那样爱好幻想的人不是肯定会更起劲地猜测和预卜吗？尤其是她心里早已有了预感，为这种猜测和预卜打好的基础。

真是件非常奇特的事！在她记忆中，当地任何一个年轻小姐都没遇到过类似的事情；没有这种 rencontre[①]，也没这种惊吓；现在却偏偏是这样一个人，偏偏在这样一个时刻遇到了，偏偏那另外一个在这个时刻正好路过，把她救出来！确实是非常奇特！正因为她知道这时两人都处于有

① 法语，意为相遇。

利的心理状态之中，她就更觉得奇特。他正在竭力克制对爱玛的爱，她呢，却正在摆脱对埃尔顿先生的一片痴情。看来好像一切都凑在一起要促成最美妙的结果。这件事不可能不强烈地使双方互相萌发好感。

哈丽埃特半昏迷时，她跟他谈了几分钟话，他觉得有趣而且高兴地谈到哈丽埃特在一把抓住并且紧紧挽着他胳臂时露出的恐惧、naïveté[①]和热情。最后，哈丽埃特自己讲了事情的经过以后，他用最激烈的词句对毕克顿小姐那可恶的蠢笨表示愤慨。然而，只能让一切自然发展，不去推动也不去帮助。她不会采取一个步骤，也不会给予一点暗示。不会，她以前已经干预得够了。作一个计划，一个被动的计划，总不会有什么害处吧。那不过是一个愿望罢了。她决不会越过这一范围。

爱玛下的第一个决心是，不让她父亲知道发生的事情，她知道那会引起他不安和惊慌。可是不久，她又觉得瞒也瞒不了。不到半小时，整个海伯利全知道了。这件事正好叫那些最爱说话的人——那些年轻人和下层人忙碌一番。当地所有的年轻人和仆人马上都沉浸在可怕消息带来的快乐之中了。昨晚的宴会似乎被吉普赛人淹没了。可怜的伍德豪斯先生坐着直发抖，正如爱玛预料的，一定要她们答应以后最远不走过灌木丛，他才满意。这一天余下的时间里，许多人都来问候，不仅问候史密斯小姐，也问候他和伍德豪斯小姐（因为他的邻居知道，他喜欢别人问候），这对他是个安慰。他很高兴地回答说，他们都不把病放在心上。这话虽然说的并非事实，因为她身体很好，哈丽埃特也不怎么差，可是爱玛并不想去干涉他。作为这样一个人的孩子，她的健康状况总是不会好的，其实她几乎不知道什么是病；他要是不给她想象出一些病来，她也就无法成为信里的一个人物了。

吉普赛人并没有等待法律的制裁；他们匆匆逃跑了。海伯利的年轻

① 法语，意为天真。

小姐们几乎还没开始惊慌，就又可以平平安安地出门散步了。整个事情马上就变得无关紧要，只有爱玛和她的外甥不是这样看。她还在想象中保持着它的地位；亨利和约翰还是每天都要她讲哈丽埃特和吉普赛人的故事，要是她在哪个最小的细节上讲得跟原先的不同，他们还固执地给她纠正呢。

第四章

这件事过去以后不多几天的一个上午，哈丽埃特手里拿了个小包裹来看爱玛，坐下以后稍一犹豫，便这样开始说：

“伍德豪斯小姐——如果你有空的话——我有件事想告诉你——要作一种坦白——然后，你知道，这件事就算过去了。”

爱玛大为惊讶；不过，只是求她快说。哈丽埃特神情严肃，同她的话一样，使她有了思想准备，她知道一定是有什么不寻常的事。

“在这个问题上，什么也不瞒你，”她继续说，“这是我的责任，我肯定也是我的愿望。我在某一个方面幸好已经完全变了一个人，所以应该让你知道这件事，让你满意。我只想把非说不可的话说出来——我以前没控制住自己的感情，我感到惭愧，也许你能谅解我吧。”

“对，”爱玛说，“我希望如此。”

“我怎么可能这样长久地想入非非啊！……”哈丽埃特激动地大声说道。“看上去简直是发疯！现在，我在他身上根本看不到特别的地方。看见他也好，不看见他也好，我都不在乎——只是这两者相比，我宁可不看见他——的确，为了躲开他，不管绕多远，我都愿意——不过，我一点也不忌妒他的妻子；不再像以前那样羡慕她、忌妒她。也许她是很妩媚，有诸如此类的优点，可是我认为她脾气很坏，又很讨厌——我永远也忘不了那天晚上她的那副神情！不管怎样，我向你保证，伍德豪斯小姐，我对她没有恶意。没有，让他们幸福地一起生活吧，这可不会再使我感到片刻的痛苦了。为了让你相信我说的是实话，我现在要毁掉——我早就该毁掉的东西——我根本不该保存的东西——这一点我很清楚，”说着她脸上泛起了红晕。“不管怎么样，现在我要把它全都毁掉——我特别希望当着你的面这样做，让你看看我变得多么理智。难道你猜不出这小包里是什么吗？”她露出不好意思的神态说道。

“一点儿也猜不出。他给过你什么东西吗？”

“没有——我不能称这些为礼物；可是这是些我十分珍爱的东西。”

她把小包举到她跟前，爱玛看了上面写的字“最珍贵的宝贝”。她的好奇心被大大激发起来。哈丽埃特打开小包，她在一旁焦急地望着。在很多层锡纸里面，有一个滕布里奇[1]小盒。哈丽埃特把盒子打开，里面很好地衬着最柔软的棉花；可是，除了棉花以外，爱玛只看见很小的一块橡皮膏。

“现在，”哈丽埃特说，“你一定想起来了。”

“不，我确实想不起来。”

“天哪！我们最后几次在这儿相聚时有一次就在这屋里发生了一件有关橡皮膏的事，我真想不到你居然忘了！就在我喉咙痛以前几天——就在约翰·奈特利先生夫妇俩来以前——我想就在那个晚上吧。你不记得他用你那把新的小刀，划破了手指，你叫他贴橡皮膏吗？因为你身边没有，知道我有，你就叫我给他；所以我就把我的拿出来，给他剪了一块；可是太大了，他又把它剪小，剩下的那点儿，他在还给我以前拿在手上玩了一会儿。所以后来，我太荒唐，忍不住把它当成宝贝——所以我把它收起来，不再用它，而是时常看看它，把它作为一个很大的乐趣。”

“我最亲爱的哈丽埃特！”爱玛用手捂着脸，跳起来嚷道，“你叫我羞愧得无法忍受了。记得吗？对，我现在完全想起来了；除了你保存这种纪念品以外，我全都想起来了——我到现在才知道这件纪念品——我记得他划破手指，我叫他贴橡皮膏，说我身边没有。啊！我的罪过，我的罪过！

---

① 指英国肯特郡的滕布里奇韦尔斯；此小盒是当地出产的一种用硬木镶嵌的工艺品。

那时候我口袋里有很多！我的一个愚蠢的花招！我真该脸红一辈子了。好吧——”她又坐了下来，“说下去吧——还有什么？”

“你那时真的自己身边有吗？我肯定从没想到过，你装得那么自然。”

“这么说，你当真是为了他的缘故把这块橡皮膏收起来了！”爱玛说，她摆脱了她的羞愧状态，只觉得又惊异又有趣。她暗自想道，“天哪！我什么时候会想到把弗兰克·邱吉尔拉着玩儿的橡皮膏放在棉花里收起来！我可从来不会干这种事。”

“这儿，”哈丽埃特又转向她的盒子继续说，“这儿是更加珍贵的东西，我意思是说以前是更加珍贵，因为这的确是一度属于他的，橡皮膏却不是。”

爱玛急于要看看这件更好的宝贝。那是一个旧铅笔头——没有铅的那一部分。

“这的确是他的，”哈丽埃特说。“你不记得有一天早上吗？不，你大概不记得。可是有一天早上——我忘了确切的日子——不过也许是那个晚上以前的星期二或者星期三，他要在笔记本里记些东西免得忘掉；那是关于云杉啤酒的事。奈特利先生告诉他一些有关酿云杉啤酒的事。他要把它记下来；可是他拿出铅笔来的时候，那里面却只剩一点儿铅，他很快就把铅全都削光，不能用了，所以你另外借了一支给他，这个铅笔头就作为无用的东西留在桌上了。不过，我眼睛一直盯住它。我一有机会敢拿，就把它拿起来，从此再也没有跟它分过手。”

“我想起来啦，”爱玛大声说道，“我完全想起来啦。那是在谈云杉啤酒的时候。啊！对了。奈特利先生和我都说我们喜欢云杉啤酒，埃尔顿先生似乎决心要学着也喜欢它。我完全想起来啦。慢着，奈特利先生就站在这儿，是不是？我有个印象，他就站在这儿。”

“啊！我不知道。我想不起来。很奇怪，可是我想不起来。我记得，埃尔顿先生坐在这儿,差不多就在我现在这个地方。”

“好吧,说下去。”

“啊! 就这点儿。我没有什么别的可以拿给你看或者告诉你——除了我现在要把这两样东西都扔到火里,我希望你看着我扔。”

“我可怜的亲爱的哈丽埃特! 你珍藏起这些东西,真的感到快活吗?”

“像我这样的傻瓜,我是感到快活啊! 可是现在,我为这件事感到十分羞愧,但愿我能像把它们烧掉一样容易地把它忘掉。他结婚以后,我还保存纪念品,你知道,我这样做是非常错误的。我知道是非常错误的——可就是下不了决心把它们扔掉。”

“可是,哈丽埃特,是不是非把橡皮膏烧掉不可呢? 对于那个旧铅笔头,我没话要说,可是橡皮膏还可以用啊。”

“把它烧掉,我更快活,”哈丽埃特回答。“我看了讨厌。我得把一切都摆脱掉。去它的,谢天谢地! 埃尔顿先生的事就到此结束了。”

“什么时候邱吉尔先生的事才开始呢?”爱玛想道。

不久,她就有理由相信,这事已经开始了,而且不禁希望能证明那个吉普赛人已经给哈丽埃特带来了好运,虽然她没有算过命。在那次受惊以后大约两个星期,他们十分偶然地作了一次长谈。爱玛当时没想到此事,这就使她听到的情况更加可贵。在闲聊时,她只是说了句,“我说,哈丽埃特,不管你什么时候结婚,我都要给你出出主意”——说过之后,也就不再想它了。沉默片刻以后,她听见哈丽埃特用非常严肃的口气说,“我永远也不结婚。”

爱玛抬起头来,立刻看出了是怎么回事;考虑了一会儿是否应该把这句话放过去,不去理会它,然后答道:

“永远不结婚! 这是个新决定。”

“然而却是个我永远不会改变的决定。”

又迟疑了片刻以后，"我希望不是因为——我希望不是为了埃尔顿先生吧?"

"什么，埃尔顿先生!"哈丽埃特气愤地大声说道。"啊！不!"——爱玛只听到了这一句，"跟埃尔顿先生不相干!"

爱玛接着再多考虑了一会儿。她应该不再谈下去吗？她应该放它过去，装得毫不猜疑吗？如果她这样做，哈丽埃特也许会认为她冷淡或者生气吧；如果她完全保持沉默，那也许只会逼得哈丽埃特要她听太多的话吧。她完全下了决心，不想再像过去那样毫无保留，那样坦率而经常地讨论希望和机会。她相信，她还是把要说的话要打听的事一下子说出来打听出来比较明智。开诚布公总是上策。她事前曾在心里作出决定，要是哈丽埃特请她出主意的话，她将把话说到什么程度；她自己脑子里要迅速定下个合适的准则，这对双方都比较安全。她作出了决定，便这样说：

"我不想装得好像怀疑你的意思。你那永远不结婚的决心，或者不如说希望，是由这样一个想法产生的，那就是：你可能会选中的人地位比你高得太多了，不会考虑你。是不是?"

"啊！伍德豪斯小姐，相信我，我不会放肆到作这样的设想。我确实没有疯狂到这样的程度。可是，怀着任何人特别是我理所当然会有的那种感激、惊异和崇敬之情，远远地以钦佩的目光看着他——想想他比任何人都要好得多，那对我来说是一种乐趣。"

"我对你一点也不感到惊奇，哈丽埃特。他帮你的那个忙尽够你感到心里热乎乎的了。"

"帮忙！啊！那真是一种无法用言语表达的恩惠！回想一下这件事，回想一下我当时的感受，那时候，我看见他过来——他那高贵的神情——和我以前那可怜的样子。这样的变化！顷刻之间发生这样的变化！从最悲惨转为最幸福!"

"那是很自然的。那是很自然的，也很值得尊敬。对，我想，作这样美好、这样可喜的选择，是值得尊敬的。不过，这喜爱是否会带来好运，我可不能保证。我不劝你让它保持下去，哈丽埃特。我决不保证这能受到报答。想想你自己在干些什么。也许你最好还是趁现在还来得及，控制住你的感情。无论如何，不要让你的感情把你带得太远，除非你肯定他喜欢你。要留神观察他。让他的行为作你的感情的向导。我现在给你这个告诫，是因为在这个问题上，我决不会再跟你说什么。我决心不作任何干涉。从此以后，我对这件事不闻不问。我们不要再提什么名字。过去我们完全做错了，现在要谨慎。毫无疑问，他地位比你高，看来是会有人竭力反对和阻挠的。可是，哈丽埃特，比这更奇妙的事情都发生过，地位更悬殊的人都配成了对。不过，你自己要小心。我不希望你太乐观；不管结局如何，你可以相信，你想高攀他，就表示你有眼力，这我永远会知道该怎么尊重的。”

哈丽埃特默默地怀着驯顺的感激之情吻了吻她的手。爱玛深信不疑，对她朋友来说，这样一种爱并非坏事。这趋向会使她的心灵变得高雅——而且这一定会把她从堕落的危险中拯救出来。

第五章

在这种计划、希望和默许的情况下，六月来到了哈特菲尔德。总的说来，它并没有给海伯利带来什么重大的变化。埃尔顿家还在谈论瑟克林家的来访，谈论要使用他们的四轮四座马车。简·菲尔费克斯还住在她外祖母家。由于坎贝尔夫妇从爱尔兰回来的日期再次推迟，不是在施洗约翰节，而是定在八月，所以她很可能在这儿再住上整整两个月，只要她至少能挫败埃尔顿太太为了帮助她而进行的种种活动，而且使自己能做到不违反本意匆匆接受可喜的职位。

奈特利先生，出于他自己最清楚的原因，当然早就嫌恶弗兰克·邱吉尔了，现在只是越来越嫌恶他。他开始怀疑，他追求爱玛是耍两面手法。爱玛是他的意中人，这看来是无可争辩的。一切都表明了这一点：他自己献的殷勤，他父亲的暗示，他继母的小心保持的沉默，全都是一致的；言语，行动，谨慎，疏忽，全都说明是这么一回事。可是，在这么多人都认为他倾心于爱玛，而爱玛自己把他转移给哈丽埃特的时候，奈特利先生却开始疑心他有玩弄简·菲尔费克斯的倾向。他不能理解；可是，他们两人之间有心照不宣的迹象——至少他是这么想的——他那方面有爱慕的迹象，他一旦注意到了，就没法使自己相信那是毫无意义的，不过，也许他希望避免犯爱玛犯的那种想象错误。他最初产生怀疑时，她并不在场。他跟住在伦多尔斯的那一家人和简一起正在埃尔顿家吃饭。他看到过一次，不止一次，那人瞧着菲尔费克斯小姐，那种目光出自伍德豪斯小姐的追求者，显得不合适。当他再跟他们在一起时，他不禁又想起了看到的情景。他也不可能不再次观察；这种观察，除非像暮

色中的考柏[1]和他的火，

> “我自己创造了我见到的景象，”

使他更加相信，弗兰克·邱吉尔和简之间有着私下的好感，甚至还有私下的默契。

有一天饭后，他跟往常一样，步行到哈特菲尔德去度过黄昏。爱玛和哈丽埃特正要出去散步；他就跟他们一起去。回来时，他们遇到人数更多的一群人。那些人跟他们自己一样，认为天好像要下雨了，最好还是早点儿去散步。威斯顿先生夫妇俩和他们的儿子，贝茨小姐和她的外甥女，她们是偶然相遇的。他们全都聚合在一起；爱玛知道这种访问正好是她父亲欢迎的，所以，他们一到哈特菲尔德门口，她就硬要大家都进去跟他一起喝茶。伦多尔斯的那一伙立即同意了。贝茨小姐喋喋不休地谈了很久，几乎没有人去听她啰嗦，后来她也认为可以接受亲爱的伍德豪斯小姐的盛情邀请了。

就在他们转身走进庭园时，佩里先生骑马路过。几位绅士就议论起他的马来。

“顺便问一声，”弗兰克·邱吉尔随即向威斯顿太太说，“佩里先生备马车的计划怎么样了？”

威斯顿太太显得吃惊似的说，“我不知道他有过这样的计划啊。”

“不，我是听你说过的。你三个月以前写信给我谈起这件事。”

“我！不可能！”

“你确实写信谈起过。我记得清清楚楚。你把这说成是肯定能马上

---

① 威廉·考柏（1731—1800）：英国诗人。下面这行诗引自他的主要作品《任务》中的《冬日黄昏》。

佩里先生骑马路过

办到的事。佩里太太告诉过什么人,还为这件事感到非常高兴。是她劝他买的,因为她认为他在恶劣天气出去对他身体很有害。现在你总该想起来了吧?”

“嗳呀,在这以前我从没听到过这件事。”

“从没听到!真的从没听到!我的天啊!这怎么可能?那我准是做梦做到的——可是我完全相信有这事——史密斯小姐,看你走路的样子,好像你累了。你到了家就会好的。”

“什么?什么?”威斯顿先生大声说,“是说佩里和马车吗?佩里要备一辆马车吗,弗兰克?他备得起,我很高兴。你是听他自己说的,是不是?”

“不,爸爸,”他的儿子大笑着说,“我好像没从任何人那儿听到过。真奇怪!我的确相信好几个星期以前,威斯顿太太在写到恩斯科姆去的信里谈了所有这些细节。可是,既然她声明这件事她以前甚至连半个字也没听到过,那当然就是个梦了。我是很会做梦的。我不在这儿时,梦见海伯利的每一个人——在每一个特别好的朋友都梦见过以后,我就开始梦见佩里先生和佩里太太。”

“这是够奇怪的,”他父亲说,“你居然会经常梦见你在恩斯科姆不大可能想到的一些人。佩里备马车!他妻子为了他的健康劝他备马车——我不怀疑,总有一天会办到的;不过太早了点儿。有时候梦看上去可能应验!有时候却是一堆荒诞无稽的东西!啊,弗兰克,你的梦确实证明了你人不在这儿,心里却想着海伯利。爱玛,我想,你是很会做梦的吧?”

爱玛听不见。她已经赶在客人之前匆匆去告诉她父亲,说他们来了;她听不见威斯顿先生的暗示。

“咳,说实话,”贝茨小姐大声说道,刚才两分钟里,她一直要人家听她说话,可是没人听,“如果一定要我在这个问题上说几句,那就不可否认,弗兰克·邱吉尔先生也许——我意思不是说他没梦见——我肯定,我有时候也做一些最稀奇古怪的梦——不过,要是问我这个问题的话,那我得承认,今年春天是有这么个想法;因为,佩里太太亲口对我妈妈提起过,柯尔夫妇跟我们一样,也知道这件事——不过那完全是个秘密,别人都不知道,而且只考虑了大约三天光景。佩里太太急于要让他有一辆马车。一天早上,她兴高采烈地来找我妈妈,因为她以为已经说服了他。简,你还记得不?我们一到家里,外婆就告诉我们。我不记得我们是上哪儿去的——很可能是去伦多尔斯;对,我想是去伦多尔斯。佩里太太一向特别喜欢我妈妈——说真的,我不知道会有谁不喜欢她——她是偷偷告诉她的;当然,她并不反对她告诉我们,可是不能再外传。从那天到现在,我一直没有向任何熟人说起过。同时,我并不绝对保证我从没漏出一点暗示,因为我知道,我有时候说滑了嘴,不知不觉地会冒出一句。我喜欢说话,你知道;我非常喜欢说话;时不时地我会漏出一件我不应该说的事。我可不像简;我倒希望像她。我可以保证,哪怕最小的事她也从不泄漏。她在哪儿?啊!就在后面。记得清清楚楚,佩里太太来过。的确是奇特的梦!”

他们正步入大厅。奈特利先生的眼睛比贝茨小姐的先瞟了简一眼。他是不自觉地把眼光从弗兰克·邱吉尔的脸上转到她脸上去的。他想他看到弗兰克·邱吉尔脸上有一种强忍住或者强作笑容的困惑神情。而她确实是在后面,正忙于理她的披肩。威斯顿先生已经走进去了。另外两位先生在门口等着让她进去。奈特利先生猜想弗兰克·邱吉尔是决心要她看他一眼——他似乎在目不转睛地盯着她——然而,如果真有这样的决心,那也是徒然的——简从他们两人中间穿过,进了大厅,对他们哪一个也不看一眼。

没有时间再进一步议论或者解释了。梦只好搁下,奈特利先生只好跟大伙儿一起围着那张新式的大圆桌坐下。这张桌子是爱玛弄到哈特菲尔德来的。除了爱玛,谁也没有力量把它放在那儿,并且说服她父亲来用它，而不用那张小折面桌[1]。他一天两餐吃的东西挤着放在那张小折面桌上已经有四十年了。大家愉快地喝过了茶，好像现在谁也不急于要走。

"伍德豪斯小姐，"弗兰克·邱吉尔细细看了看他背后那张他坐着够得着的桌子说，"你外甥把他们的字母——他们那盒字母拿走了吗？以前它一直是放在这儿。现在哪儿去了？今晚看来有点阴沉，应该不是作为夏天而是作为冬天来对待。有天上午，我们玩那些字母玩得很有劲。我想再让你猜猜。"

爱玛听了他这想法，很高兴；于是拿出盒子。桌子上很快就摆满了字母。别人似乎谁也不像他们俩这样对此感兴趣。他们俩迅速地排出字来让对方猜，或者让任何别的愿意猜的人猜。玩这种游戏静悄悄的，对伍德豪斯先生特别适宜。威斯顿先生偶然提出过一些更活跃的游戏，常常闹得他很苦恼。伍德豪斯先生这忽儿不愉快地坐着，慈爱地哀叹"可怜的小孩"都走了，要不就拿起任何一张放在他附近的字母，充满爱意地指出爱玛字写得多美。

弗兰克·邱吉尔在菲尔费克斯小姐面前排了一个字。她朝桌子周围微微扫了一眼，便专心猜起来。弗兰克就坐在爱玛旁边，简坐在他们对面——奈特利先生坐的位置正好可以看见他们三人。他的目的是，尽可能看得清楚，而又尽可能不露出在观察的样子。那个字给猜着了，而且被微微一笑推开了。要是她想把它立刻和别的字混在一起，不让大家注意，那她就该看着桌子而不是看着对面，但它没有给混起来。而哈丽埃特每次看到新排出一个字，都急于要猜，因为一次也没猜到过，便立即把字拿起来，开始苦苦思索。她坐在奈特利先生旁边，于是求他帮忙。那个字是"错"；哈丽埃特狂喜地大声说出来的时候，简的脸颊上泛起了红晕，这就给了这个字一个原来并不明显的意思。奈特利先生把它同梦联系起来；

① 一种桌面可以向边上翻下的折叠桌。

但是，这一切究竟是怎么回事，他却没法理解。他喜爱的人的高雅、谨慎怎么会都处于这种沉睡状态呢！他担心她与此必有牵连。他似乎处处都看到诡诈和伪装。这些字母仅仅是献殷勤和耍花招的工具罢了。这是儿童的玩意儿，却用来掩盖弗兰克·邱吉尔这方面的一种有更深含义的花招。

他怀着极大的愤慨继续观察他，怀着极大的惊诧和怀疑观察他的两个被蒙在鼓里的伙伴。他看到为爱玛排了个字母很少的字，带着一种狡猾而严肃的神情给她猜。他看到爱玛一下子就猜出来了，而且觉得很有趣，虽然那是个她认为应该加以谴责的字；因为她说，“无聊！真丢脸！”他听见弗兰克·邱吉尔在瞟简一眼时说，“我给她——行吗？”他也同样清楚地听见爱玛大笑着竭力反对。“不，不，你不该给她；真的，你不能给她。”

然而，还是给了她。这个谈恋爱而不带感情、自我推荐而毫不恳切的爱献殷勤的年轻人，立刻把这个字递给了菲尔费克斯小姐，而且特别严肃而客气地请求她研究。奈特利先生非常好奇，只想知道那是个什么字，于是尽可能抓住每一刹那盯着那字看，不久就看到那是“狄克逊”。简·菲尔费克斯似乎跟他同时看到。她的理解力当然更能看出五个这样安排的字母的内在含义和巧妙意图。她显然不高兴了；抬起头来，看见别人注视着她，脸红得比他以往看到过的任何时候都红，她只是说了句“我不知道专用名字也可以猜”，甚至气呼呼地把那些字母推开，看上去好像打定主意，不管再给她猜什么，她都不猜。她掉过头去，躲开捉弄她的人们，把脸朝着她的姨妈。

“啊，说得很对，我亲爱的，”虽然简一句话也没说，她姨妈却这样大声说道，“我本来也想这么说。我们真该走了。天色不早，外婆要等我们了。我亲爱的先生，你真太好了。我们真的该向你道晚安了。”

简的动作之迅速证明了她就像她姨妈预料的那样急于要走。她马上站起身，要离开桌子；可是那么多人也都要走，她走不掉。奈特利先生想，他看到又有一组字[1]急急忙忙地推到她面前，可是她看也不看就坚决地一挥手把它推开了。随后她就找她的披巾——弗兰克·邱吉尔也帮着找——天越来越暗，屋子里一片混乱。他们是怎么分手的，奈特利先生就不得而知了。

在别人都走了以后，他还留在哈特菲尔德。他脑子里想的尽是刚才看到的情景；尽是想着这些，等到蜡烛拿来帮助他观察的时候，他作为一个朋友——一个焦急的朋友——不得不——对，他当然不得不——给爱玛一些暗示，问她一个问题。他不能眼看她陷于危险的处境而不去保护她。这是他的责任。

"请问，爱玛，"他说，"我可不可以问一声，给你和菲尔费克斯小姐的最后那个字有什么可以觉得十分有趣，觉得十分气愤的？我看到了那个字，觉得很好奇，想知道它怎么可能使一个人感到那么有趣，而使另一人感到那么不快。"

爱玛完全不知道如何是好。她不能把真正的原因告诉他；因为，虽然她的猜疑绝没有消除，但她真为自己把它们泄露了出来而觉得羞愧。

"啊！"她显然十分尴尬，嚷道，"这一切都没有什么意思；只是我们中间的一个玩笑罢了。"

"这个玩笑，"他严肃地回答，"似乎只局限于你和邱吉尔先生之间吧。"

他原来希望她再说话，可是她没有。她宁可忙别的任何事情，也不愿说话。他满腹狐疑地坐了一会儿。种种不祥的事情闪过他的脑海。干涉——无效的干涉。爱玛的困惑、承认的亲密关系，似乎都在宣布她的爱情已有所属。然而，他还是要说话。他对她有责任，宁可冒任何卷入不受

---

① 这个词是"原谅"。

欢迎的干涉的危险,也不能让她的利益受到损害;宁可遭到任何不测,也不能在这样一件事上留下个疏忽的回忆。

“我亲爱的爱玛,”他终于恳切地说,“你认为你完全了解我们所谈的那位先生和那位小姐之间的熟悉程度吗?”

“你是说弗兰克·邱吉尔先生和菲尔费克斯小姐之间吗?啊!对,完全了解。你干吗怀疑呢?”

“难道你从来没有觉得有理由认为他爱她,或者她爱他?”

“从来没有,从来没有!”她十分坦率地急忙嚷道,“我从没有过这样的想法,丝毫不曾有过。你怎么可能这样想呢?”

“我最近认为我看到了他们相爱的迹象——一些意味深长的眼色——我相信,那是不打算公开的。”

“啊!你这人真叫我觉得好笑。我很高兴看到你居然胡思乱想起来——可是这不行——很遗憾,在你第一次尝试时就阻止你——可是这的确不行。我向你保证,他们并不相爱;你看到的表现是某种特殊情况引起的——是一种性质完全不同的感情。这的确无法解释。这里面有许多无聊的成分——可是,能够表达的合理部分是,世界上再没有两个人比他们更不相亲相爱了。那就是说,我相信她这方面是这样,我能保证他那方面也是这样。我保证那位先生毫无此意。”

她说话时,那自信的口气使奈特利先生大为震惊,那满意的神情使他无话可说。她兴致勃勃,还想继续谈下去,想听听他的猜疑的细节,描述的每一个眼色,以及她颇感兴趣的每个情景的来龙去脉;但是他的兴致却没她的那么高。他觉得自己帮不上忙,情绪激动使得他不想说话。伍德豪斯先生有个非保持不可的习惯,一年到头几乎每天晚上都得生火。奈特利先生怕待在炉火旁边,心里的怒火会烧得很旺,所以过了不久就匆匆告辞,步行回家,回到登威尔埃比的凉爽和寂寞中去。

第六章

海伯利的人们早就听说瑟克林先生和瑟克林太太即将来访，在长期抱着这个希望以后，听说他们秋天以前不可能来，不免感到失望。目前，再没有这类新鲜事可以丰富他们的精神生活了。在每天交换新闻时，他们只得再次局限于一度和瑟克林夫妇来访有关的其他话题，诸如有关邱吉尔太太的最新消息，她的健康似乎每天都提供了不同的报道，又如威斯顿太太的情况，可以预料她将和她的邻居们一样，因为一个孩子出世而更加幸福。

埃尔顿太太大失所望。这等于是推迟大量的欢乐和炫耀。她的介绍和推荐也都只好等一阵再说，而且每一个计划中的聚会仍然只是空谈而已。一开始，她是这样想的，可是再一想，她就相信不必把每件事都推迟。尽管瑟克林夫妇没来，他们干吗不去游博克斯山呢？到秋天，他们还可以再同他们去一次嘛。事情就这样决定了，他们要到博克斯山去。要有这样一次活动，大家早就知道了；这甚至还引起了另一个人的想法。爱玛从没到博克斯山去过；她想看看人人都认为值得一看的景物。她跟威斯顿先生已经谈好，拣个晴朗的早晨坐车去那儿。除了原定的人以外，只能再有两三个人和他们同去，要安静，不铺张，而且高雅，那可要比埃尔顿家和瑟克林家那种喧闹和准备正规的宴饮和野餐的炫耀不知好多少。

对于这一点，他们俩相互之间已经完全了解对方的看法。可是威斯顿先生却说，他已经向埃尔顿太太提议，既然她姐姐姐夫没能来，那么，两群游山的人不妨合起来一块儿去，还说埃尔顿太太一口答应，如果她不反对，那就这么办。爱玛听了不由得不感到吃惊和有点不高兴。她之所以反对，也不过是因为非常讨厌埃尔顿太太罢了，这种讨厌的心情威斯顿先生一定十分清楚，所以，现在不值得再提出来。要提的话那就势必要责怪他，而责怪他呢，又会伤他妻子的心。因此，她不得不同意一种原来千方百计避免的安排。这安排也许会让她降低身份，被人说成甘愿与埃尔顿太太为伍！她心里极不痛快；她表面上顺从，但这种克制态度更使她暗暗谴责威斯顿先生那难以对付的善意。

“你同意我的做法，我很高兴，”他颇感欣慰地说。“不过，我也料到你会同意的。像这样的计划人不多就没意思了。人越多越好。人多就肯定有它特有的乐趣。况且，她毕竟是个性情和善的人。总不能不邀她参加。”

爱玛嘴里没有否认，心里却也没有同意。

现在是六月中旬，天气很好。埃尔顿太太正急于定日期，和威斯顿先生商定有关鸽肉饼和冷羊肉的事，这时，一匹拉车的马儿腿跛了，使一切都变得无法确定了。也许要过几个星期，也许只要几天，那匹马才能使用，可是，不能冒险作任何准备，只好停滞不动，真扫兴。埃尔顿太太办法虽多，却还不足以应付这样的意外。

“这可不叫人很恼火吗，奈特利？”她大声说道。“正好是游览的天气！这样一次次耽搁和失望真是讨厌。我们怎么办呢？像这样下去，一年过去了都还做不成一件事情。我向你们保证，去年还在这个时候以前，我们就已经从枫树林到金斯威斯顿去痛痛快快地游览过了。”

“你最好还是到登威尔去游览，”奈特利先生回答。“那用不着马儿就可以去。来尝尝我的草莓吧。它们熟得很快。”

如果奈特利先生开始说的时候并不认真，那么，他说下去的时候可不得不认真了，因为他的提议被愉快地抓住不放了。“啊！这是我最喜欢的了，”说话的态度和说的话一样明白。登威尔是以它的草莓圃出名的，这似乎是邀请的一个借口。可以不必有什么借口；卷心菜圃也足以吸引这位太太,她只是要到个什么地方去罢了。她一遍又一遍地答应去——次数多得叫他无法怀疑——她把这看做一种亲密的表示,一种特别的恭维,为此欣喜万分。

“你可以相信,”她说。“我肯定会来。定个日子,我会来的。你会让我把简·菲尔费克斯也带来吧?”

“我想再邀请些人同你见面,”他说,“在跟他们说好以前,我没法定出日子。”

“啊!这一切都由我来办吧。只要全权委托我。我是赞助人,你知道。这是我的聚会。我会带朋友来的。”

“我希望你带埃尔顿来,”他说,“可是我不想麻烦你去邀请别人。”

“啊!现在你显得多狡猾啊。可是,想一想,委托我来办,你不必害怕。我可不是任性的年轻小姐。你知道,托已婚妇女办事是靠得住的。这是我的聚会。一切都交给我吧。我会给你邀请客人的。”

“不,”他平静地答道,“世界上只有一个已婚妇女,我能让她随意邀请客人来登威尔,那就是——”

“我想是威斯顿太太吧,”埃尔顿太太有点委屈地打断他的话说。

“不,是奈特利太太——在她存在以前,这类事我要自己来办。”

“啊!你真是个怪人!”她大声说道,看到并没有人比她更受欢迎,很是满意。“你真幽默,可以爱说什么就说什么。真是个幽默家。好吧,我把简带来——简和她的姨妈。其余的让你去请。我决不会反对和哈特菲尔德一家见面。不用迟疑。我知道你喜欢他们。”

“只要我说服得了,你肯定会同他们见面的;我回家的时候,顺路去拜访一下贝茨小姐。”

“完全没有必要;我天天看见简。不过,随便你。就安排在上午,你知道,奈特利,十分简单。我将戴一顶大帽子,胳臂上挎一只我的小篮子。哪,也许就用这个有粉红缎带的篮子。再没有什么更简单的了,你知道。

啊！现在你显得多狡猾啊

简也会带这么个篮子。不拘形式也不炫耀——就像吉普赛人的那种聚会。我们要在你园子里逛逛，亲手采草莓，坐在树下；不管你还想提供些什么，都要是户外的——树阴底下放张桌子，你知道。一切都尽可能简单朴素。你是不是这样想的？”

“不完全是这样。我认为的简单朴素，是把桌子放在餐厅里。先生们、女士们，连同他们的仆从、家具，要做到简单朴素，我认为最好是在室内就餐。等你在花园里吃厌了草莓以后，屋子里还有冷肉。”

“好吧——随你的便；只是不要大摆筵席。顺便问一句，我或者我的管家能出点儿主意帮你准备吗？请直说吧，奈特利。如果你想要我去跟霍基斯太太说说，或者查看什么——”

“我一点儿也不想，谢谢你。”

“好吧——不过，要是有什么困难的话，我的管家可是绝顶聪明的。”

“我可以保证，我的管家也认为自己是绝顶聪明的，不要任何人帮忙。”

“但愿我们有一头驴子。我们大家都骑驴子来，那多好，——简、贝茨小姐和我——我的 caro sposo 在旁边走着。我真要同他谈谈，要他买一头驴子。在乡下生活，我看这是必不可少的；因为，不管一个女人能有多少消遣的办法，总不可能要她老是关在家里啊；而很长距离的步行，你知道，夏天尘土飞扬，冬天呢，又泥泞不堪。”

“在登威尔和海伯利之间，这两样你都看不到。登威尔巷从来没有尘土，现在完全是干的。不过，如果你愿意的话，就骑驴子来吧。你可以借柯尔太太的。我希望一切都尽量让你满意。”

“我肯定你会这么做的。我对你有正确的评价，我的好朋友。尽管从外表上看，你冷淡生硬，举止奇特，但我知道，你的心是最热情不过的。我对埃先生说过，你是个地道的幽默家。是啊，相信我，奈特利，在这整个计划中，我完全感觉到了你对我的关心。你正好做了件使我高兴的事。”

奈特利先生反对把桌子放在树阴下，还有个理由。他不但想说服爱玛，还想说服伍德豪斯先生来参加。他知道，要是让他们中间的任何一个坐在户外吃东西，肯定会使他不安的。万万不能在上午驾车出游、去登威尔玩一两小时这样的借口下害得他怏怏不乐。

他受到热诚的邀请。不会有任何暗藏的恐怖来责怪他轻信。他确实同意了。他已经有两年没上登威尔去了。“在一个天气十分晴朗的上午，我、爱玛和哈丽埃特很可能去一次。亲爱的姑娘们到花园里去逛逛的时候，我可以跟威斯顿太太在一起安静地坐坐。我想，在现在的中午花园里不会潮湿。我很想再看看那所老房子，也很高兴会见埃尔顿先生、埃尔顿太太和任何一个别的邻居。我、爱玛和哈丽埃特可以在一个天气十分晴朗的上午去那儿，我看不出有什么理由反对这么做。我想，奈特利先生邀我去，很好——非常友好，非常明智——比在外面吃饭聪明得多。我可不喜欢在外面吃饭。”

奈特利先生很幸运，每个人都很乐意地接受了邀请。请帖到处都受到欢迎，看来他们像埃尔顿太太一样，都把这计划看做是对于他们自己的特别恭维。爱玛和哈丽埃特说肯定会玩个痛快。威斯顿先生主动许诺，只要可能，一定要叫弗兰克也来参加。这是表示赞同和感激，其实大可不必。这样，奈特利先生就只得说他乐于见到他了。威斯顿先生立即写信，提了各种理由劝他来。

与此同时，那匹跛腿马很快复原了。人们又在愉快地考虑去博克斯山游览的事了。最后决定在登威尔玩一天，第二天去博克斯山——天气似乎正好合适。

在快近施洗约翰节的一个中午，伍德豪斯先生在灿烂的阳光下安全地坐在拉下一扇窗子的马车里，去参加这户外的聚会。他在埃比一个最舒适的房间里愉快地安顿下来，那儿特地生了一早上的火，为他作好准备。他舒适自在，直想高高兴兴地谈谈为他作好的安排，劝大家都坐下来，不要受暑。威斯顿太太是步行来的，似乎故意要走累，以便一直坐着陪他，在别人接受邀请和劝说到外边去了的时候，耐心地听他说话，并且向他表示同情。

爱玛已有很久没来埃比，看到父亲给安顿得舒舒服服，觉得很满意，便高兴地离开了他，到四处看看；急于要把她和她整个一家人一向都很感兴趣的房子和庭园更加仔细地观察观察，更加真切地了解了解，让她的记忆重新鲜明起来，而且记错的地方可以得到纠正。

那所房子的大小和式样都令人肃然起敬，而且地势适中、相宜而又有特色，低低的，处于隐蔽之中——花园很大，一直延伸到由一泓溪流灌溉的牧草地，由于从前不注重眺望，从埃比几乎看不到这条小溪——那儿还有一排排、一行行茂密的树木，并没有因为讲究时髦或挥霍无度而把这些树连根拔掉。看着这一切，爱玛想到自己同目前的和未来的业主之间的亲戚关系，自然觉得骄傲和得意。这所房子比哈特菲尔德大，而且完全不像它，占地很多，不规则地向四周扩展开去，有许多舒适的房间和一两间漂亮的屋子。它恰到好处，而且朴实无华——它作为一个血统和思想都纯洁无瑕的真正绅士世家的住宅，爱玛越来越对它怀着敬意。约翰·奈特利的脾气有些缺点；可是伊莎贝拉和他们家攀亲却是无懈可击的。她家的亲属、名声和地位并没有使他们脸红。她心里怀着这些愉快的感觉，四处溜达，沉溺在这种感觉中，直到不得不像别人一样到种草莓的地方去采草莓为止。除了弗兰克·邱吉尔以外，大家都到齐了。人们正盼着弗兰克·邱吉尔随时从里士满赶来。埃尔顿太太，所有合适的装备全用上了，戴着她的大帽子，挎着她的篮子，正准备去带头采草莓、接受草莓或者谈论草莓。现在大家心里想的、嘴上谈的全是草莓，只有草莓。“英国最好的水果——人人喜爱——始终是营养丰富的。这是最好的草莓圃，最好的品种。自己采才有趣——这样吃起来才真正有滋味。上午无疑是最好的时间——决不会感到累——每一种都好——麝香草莓比别的不知要好多少——没有能跟它相比的——别的简直不能吃——麝香草莓很少——大家喜欢辣椒——白木草莓最香——伦敦的草莓价格——布里斯托尔产得多——枫树林——培育——草莓圃什么时候整新——各个园丁的想法完全不同——没有一般的规定——永远没法叫园丁改变自己的做法——鲜美的水果——只是多吃太腻——不如樱桃——红醋栗更能使人恢复精神——采草莓的唯一缺点是弯腰——太阳耀眼——累死了——再也受不了啦——得去树阴里坐坐。"

有半个小时,谈的就是这些;只有一次被打断,威斯顿太太关心儿子,出来问问他有没有来。她有点不放心。她有点为他的马担心。

大家在树阴里找到了还可以坐坐的地方。现在爱玛没法不听到埃尔顿太太正在同简·菲尔费克斯谈论的话题。谈的是一个职位,一个最理想的职位。埃尔顿太太那天早上得到消息,高兴得不得了。不是在瑟克林太太家,也不是在布雷格太太家,但是就幸福和显赫而论,那也仅次于这两家。那是在布雷格太太的表姐家。她是瑟克林太太的一个熟人,在枫树林颇有名气。她快活、可爱、高尚,她的阶层、环境、职业、地位、一切都是第一流的。埃尔顿太太急于要简立即接受这个提议。她这方面,热烈、起劲、得意——她决不让她的朋友拒绝;尽管菲尔费克斯小姐还是向她保证,目前不想做任何工作,她仍然重复以前已经听到她说过的劝简去的理由。埃尔顿太太坚持要代她写封同意的信第二天寄出。这一切简居然忍受得了,爱玛觉得吃惊。她的神情确实显得恼火了,她说话也确实变得尖锐了——最后,她采取了一个在她来说并不寻常的坚决行动,建议再走动走动。"干吗不散散步呢?奈特利先生不是会让我们看看花园——整个花园吗?我想整个都看看。"她朋友的那股执拗劲儿似乎叫她受不了啦。

天气很热。人都分散开了,几乎没有三个人在一起的,大家在花园里溜达了一会儿以后,无意中一个接一个地来到阔而短的菩提路那一片凉爽的浓阴下。这条路在花园外边，同河平行，似乎是游乐场地的尽头。沿着这条路走到底，看不到什么别的，只看到一道有高柱子的低矮石墙。在建造柱子时，似乎是打算让人觉得那是一所房子的入口，其实那儿并没有房子。安排这样一个尽头从审美角度看是否好，还值得争论，但是，这条路本身却是迷人的，周围的景色美不胜收。埃比差不多就坐落在那一大片斜坡的脚下，斜坡到了庭园外边，就渐渐地越来越陡；在半英里以外的地方成了一道巍然耸立的陡坡，上面覆盖着树林，陡坡下是埃比-密尔农场，地势适宜而隐蔽，前面是牧草地，河就在旁边，绕着牧场蜿蜒而过。

景色美丽——真是赏心悦目。英国式的树木、英国式的农艺、英国式的舒适，在灿烂阳光下，毫无令人抑郁之感。

爱玛和威斯顿先生发现别人全都聚集在这条路上。她朝那儿望去，一眼就望见了奈特利先生和哈丽埃特，他们与众不同，静静地走在最前面。奈特利先生和哈丽埃特！那真是奇怪的 tête-à-tête[①] 啊；可是看到这个景象她却十分高兴。过去有一个时期，他不屑同她做伴，而且不大礼貌地撇下她走开。现在他们却似乎谈得很愉快。过去也有一个时期，哈丽埃特如果站在这样一个对埃比-密尔农场十分有利的地点，爱玛看了准会感到遗憾；可是她现在不担心了。现在让哈丽埃特欣赏它那兴旺美丽的附属设施，它那丰饶的牧场，遍地的羊群，花儿盛开的果园和袅袅上升的轻烟，不会发生什么问题。她在石墙那儿走到他们身后，发现他们正一心谈着话儿，没有欣赏周围的景色。他在告诉哈丽埃特各种耕作方法等等。爱玛看到他的微笑，那意思似乎是说："这是我自己的事。我有权谈谈这些事而不被疑心是在推荐罗伯特·马丁。"她并不怀疑他。这是个过于陈旧的故事。罗伯特·马丁也许已经不再想哈丽埃特了。他们在这条路上又走了一会儿。浓阴很使人神清气爽，爱玛认为这是这一天中最快活

① "两人私下独处"的意思。

的一段时间。

接下来就是到房子里去；他们都得进去吃东西。大家都已坐下，正在忙着；弗兰克·邱吉尔还是没来。威斯顿太太徒然地一再张望。他父亲不肯承认自己的不安，还嘲笑她的担心呢。可是她没法不巴望他不要骑他的黑马。他自己非常肯定地表示过要来。“我舅妈身体大大好转，毫无疑问，我一定来。”不过，正如许多人提醒她的，邱吉尔太太的身体状况很可能突然变化，那就自然只能依靠她外甥来照料，使他大失所望。威斯顿太太最后终于被说服，她相信，或者她说，准是邱吉尔太太发病，使他来不成。在考虑这个问题时，爱玛看看哈丽埃特；她表现得很好，没有泄露任何感情。

用过冷餐之后，大家再一次出去，看看还没有看到过的景物，老埃比的鱼池；也许一直走到将在明天刈割的苜蓿地，或者，至少是去尝尝时而热时而重又凉爽的乐趣。伍德豪斯先生已经在花园高处兜了一小圈，连他自己都认为那儿没有小河的潮气，这时他不再走动。他女儿决意留下来陪他，让威斯顿先生可以说服他太太去活动活动，散散心，看来她已需要这样调剂一下精神。

为了让伍德豪斯先生消遣，奈特利先生已经竭尽全力了。一本本版画册啦，一个个放纪念章、浮雕宝石、珊瑚、贝壳的抽屉啦，他私室里其他种种家藏的珍品啦，全都给他的老朋友准备好，让他消磨这个上午。这番好意已经完全起到了作用。伍德豪斯先生很感兴趣。威斯顿太太已经把所有的东西都拿给他看过，现在他要把它们拿给爱玛看。幸好，除了对看到的东西毫无鉴赏力以外，他没有别的地方像小孩，因为他行动迟缓，呆滞古板，有条不紊。然而，在他开始看第二遍以前，爱玛就走到门厅里，去随意观察一下房子的入口和平面图。她刚到那儿，简·菲尔费克斯就匆匆从花园里进来，一副想溜走的神情。她没料到会这么快就碰见伍德豪斯小姐，起先不免吃了一惊；可是她要找的却正是伍德豪斯小姐。

“人家想起我的时候，”她说，“可不可以请你说一声我回家去了？我这会儿就走。我姨妈没想到天色晚了，也没想到我们离家很久了——不过，我想，家里需要我们，我决定马上就走。我没对任何人说。说了只会引起麻烦和担心。有些人上鱼池去了，有些人到菩提路上去。在他们全都回来以前，不会想起我；想起的时候，可不可以请你说一声我回家去了？”

“当然可以，只要你愿意；可是，你总不见得一个人步行去海伯利吧？”

“是一个人步行去，这对我有什么害处？我走得快。二十分钟就到家了。”

“不过，一个人走太远了，确实太远。让我爸爸的仆人送你去吧。让我去叫马车。五分钟就来。”

“谢谢你，谢谢你，千万别叫。我宁可步行。我怎么会怕一个人走路！说不定我马上就要去照料别人了！”

她说时十分激动。爱玛很同情地答道，“你总不能因此就现在去冒险啊。我得去叫马车。甚至炎热也是够危险的。你已经累了。”

“是的，”她答道，“我是累了；但并不是那种累——快步走会让我心情振奋的。伍德豪斯小姐，我们有时候都知道心烦意乱是怎么回事。我承认，我已经心烦透了。你能向我表示的最大好意就是让我按我自己的心意去做，你只消在必要时说我已经走了就行了。”

爱玛再没有什么反对的话可说。她明白了一切；她同情她，催她快走，而且怀着朋友的热忱目送她安全离去。她那告别的神情充满了感激，她那告别的话“啊！伍德豪斯小姐，有时候一个人待着真是舒服！”似乎是从一个负担过重的心里爆发出来的，多少可以看出一点她长期的忍耐，甚至对于最爱她的人也要忍耐啊。

“这样一个家，真是！这样一个姨妈！”又回进门厅时，爱玛说。“我确实可怜你。你当然会感到她们可怕，你越是流露出这个心情，我越是喜欢你。”

简走了不到一刻钟，他们刚看了威尼斯圣马克广场的几张风景画，弗兰克·邱吉尔就进了屋子。爱玛并不在想他；她忘了想他——可是看到他却很高兴。威斯顿太太可以放心了。黑马是无可指责的。归因于邱吉尔太太生病的那些人说对了。他耽搁是由于她一时病情加重——一次神经性发作，持续了几个小时——他都完全放弃了来的念头了，直到很晚。他要是早知道一路上骑马那么热，而且尽管他拼命赶还一定会到得那么晚，他相信他就根本不会来了。天太热；他从没忍受过像这样的炎热——简直希望自己待在家里——再没有什么像炎热那样要他的命了——天不管怎么冷，怎么糟，他都能忍受，可是天热，他就是受不了。他坐了下来，尽可能离伍德豪斯先生火堆里那点儿很弱的余烬远一点儿，看上去一副可怜相。

“你静静地坐坐，马上就会凉快下来，”爱玛说。

“等我一凉快下来，我倒又要回去了。我真是走不开啊——可是又非要我来不可！我看，你们都快走了吧；聚会散了。来的时候我碰到一个——在这种天气里真是发疯！确确实实是发疯！”

爱玛听着，看着，不久就看出，弗兰克·邱吉尔的心境最好用“情绪不佳”这个富有表现力的词来形容。有些人在热的时候总是发火。也许他的体质就是这样。她知道吃点喝点东西常常可以治好这种偶然的抱怨，所以就劝他去吃点东西；他可以在餐厅里看到大量食物，而且应有尽有。她还好心地指了指那扇门。

“不——我不吃。我不饿；吃了只会更热。”可是两分钟以后，他缓和了下来，叽里咕噜地说了句有关云杉酒的话，就走了。爱玛让自己的全部注意力又回到父亲身上，暗自说道：

“幸亏我不爱他了。我可不喜欢这种因为上午天热就烦躁不安的人。哈丽埃特那温柔随和的性格不会在乎的。”

他去了很久，足够他舒舒服服地吃上一餐，回来时好多了——完全冷静了下来，又像他平时那样彬彬有礼了——能够拉张椅子坐到他们身边，对他们正在做的事发生了兴趣，而且适当地为自己来晚了表示歉意。他的心情还不是最好，但他似乎竭力使心情好转；最后终于使自己能令人愉快地说一些无聊话了。他们正在看瑞士风景画。

“等我舅妈身体一复原，我就要到国外去，”他说。“这些地方我不去看它几个，我怎么也不会甘心的。总有一天，你们会看到我的速写——或者读到我的游记——或者我的诗。我要做些什么来表现表现自己。”

“也许是这样——但决不是用在瑞士画速写来表现。你决不会去瑞士。你舅舅舅妈决不会让你离开英国。”

“也许可以说服他们也去。医生可以劝她到气候温暖的地方去。我还抱有很大希望，我们会全部都去。我向你保证，我是有这个希望。今天早上我深信自己不久就会到国外去了。我应该去旅行。这样无所事事，我都厌烦了。我需要变换一下环境。我不是开玩笑，伍德豪斯小姐，不管你那双敏锐的眼睛在想什么——我对英国可是腻烦了——只要办得到，我明天就离开它。”

“你是对荣华富贵和恣意享乐腻烦了！你就不能给自己想几件艰苦的事儿，心满意足地留下来吗？”

“我对荣华富贵和恣意享乐腻烦！你完全想错了。我可不认为自己享有荣华富贵，也不认为自己恣意享乐。我在物质上处处受到挫折。我根本就不认为自己是个幸运者。”

“不过，你也不像你刚来时那么可怜啊。去再吃一点儿，喝一点儿，你就会很好了。再吃一片冷肉，再喝一口兑水马德拉葡萄酒，你就差不多可以同我们其余的人一样了。”

“不——我不想动。我要坐在你身边。你是我最好的良药。”

对他们正在做的事发生了兴趣

“我们明天上博克斯山去；你跟我们一块儿去。那不是瑞士，可是对于一个急需变换环境的年轻小伙子来说，那会是个好地方。你留下来呢还是跟我们去？”

“不，当然不去；我要趁今晚凉快回家去。”

“可是你可以趁明天早上凉快再来啊。”

“不——那划不来。要是来的话，我会发火的。”

“那么，请留在里士满吧。”

“不过，要是我留在那儿，我会更加发火。想到你们都在那儿而我不在，我可受不了。”

“这些难题得由你自己解决。你自己选择发火的程度吧。我不再勉强你。”

这时其余的人回来了，马上全都聚集在一起了。看到弗兰克·邱吉尔，有些人很高兴，有些人却很平静；可是，听说菲尔费克斯小姐走了，大家都感到沮丧和不安。已经到了每个人都该走的时间了，这个问题也就到此结束。简短地最后安排了一下明天的计划，他们就分手了。弗兰克·邱吉尔越来越不想让自己排斥在外边，所以，他对爱玛说的最后一句话是：

“好吧，如果你要我留下，同大家一块儿去，我就照办。”

她用微笑表示欢迎；除非里士满来命令，不然他不会在第二天黄昏以前赶回去。

第七章

他们到博克斯山去的那天，天气好极了；安排、装备、准时等等所有其他外部因素也都有利于作一次愉快的游览。整个活动由威斯顿先生指挥，他在哈特菲尔德和牧师住宅之间奔走，稳妥地执行了他的任务，人人都准时到达。爱玛和哈丽埃特同车；贝茨小姐、她外甥女和埃尔顿一家同车；先生们则骑着马去。威斯顿太太和伍德豪斯先生一起留下。什么也不缺少，只要到了那儿快快活活地玩就是了。七英里的旅程在期待欢乐的心情中走完了。一到那里，人人都禁不住赞叹起来；可是这一天总的说来使人感到美中不足。有一种倦怠沉闷的气氛，兴致不高，也不够融洽，这是无法克服的。他们过于分散。埃尔顿夫妇俩一块儿散步；奈特利先生照料贝茨小姐和简；爱玛和哈丽埃特却跟弗兰克·邱吉尔在一起。威斯顿先生试图让他们处得和谐一些，但没有用。最初似乎是偶然分开，可是后来实际上一直没有变过。埃尔顿先生和埃尔顿太太确实并非不愿和大家在一起，也并非不愿尽量显得随和些；但是，在山上度过的整整两小时里，其他几群人之间似乎有一个原则，要相互分开，这种原则太强烈了，任何优美景色，任何冷点心，或者任何快活的威斯顿先生都无法把它消除。

一开始，爱玛简直感到意兴索然。她从没见过弗兰克·邱吉尔如此沉默、如此迟钝。他说的话没有一句值得一听——他视而不见——他赞叹而毫无内容——他倾听而不知她说些什么。他如此沉闷，难怪哈丽埃特也一样沉闷；他们两人都叫她无法忍受。

等到他们都坐下来时，情况有所好转；在她看来，要好多了，因为弗兰克·邱吉尔变得健谈而且快活，把她作为第一个对象。能给予的特殊注意，全都是给予她的。他所关心的似乎只是使她高兴，在她眼里显得和蔼可亲——而爱玛呢，受到了鼓舞满心喜欢，听到了奉承并不遗憾，也变得快活、随和起来，而且给了他所有友好的鼓励，听任他献殷勤。在他们交往的最初和最热烈的阶段里，她曾听任他献过殷勤；可是现在，她自己认为，这种殷勤毫无意义，虽然大部分旁观者都认为，除了“调情”以外，没有一个英语词能恰如其分地把这描绘出来。“弗兰克·邱吉尔和伍德豪斯小姐在一起过分地调情。”他们让自己受到了这样的非议——一位女士把这件事写在信里寄到枫树林去了，另一位却寄到爱尔兰去。并不是因为爱玛真正感到幸福，快活得忘乎所以。倒是因为她感到并不像预料的那样高兴。她放声大笑就因为她失望了；虽然由于他献了殷勤她喜欢他，而且认为这种殷勤不管是出于友谊、出于爱慕还是出于玩笑，都是极其明智的，但是这已经不能把她的心再赢回来了。她还是希望他做她的朋友。

“你叫我今天来，”他说，“我多感激你啊！要不是你，我肯定会失去所有这次游山的乐趣。我原来已经下定决心要再走了。”

“是啊，你那时气冲冲；我不知道你为的是什么，除了你到得太晚，采不到最好的草莓。你不配有我这样好心的朋友。可是你谦逊。你一个劲儿地央求我命令你来。”

“别说我怒气冲冲。我是累了。热得受不了了。”

“今天更热啊。”

“我倒不觉得。我今天非常舒服。”

“你接受了命令，所以才觉得舒服。”

“你的命令吗？是的。”

“也许我是想要你说这句话，不过我的意思是自己的命令。你昨天不知怎么的，像脱缰的野马，控制不住自己，可是今天，你又控制住了——我不能老是跟你在一起，最好还是相信你的脾气接受的是你自己的命令而不是接受我的命令。”

“反正那是一回事。没有动机我也不可能接受自己的命令。不管你说不说话，都由你给我下命令。你可以一直跟我在一起。你是一直跟我在一起。”

“从昨天下午三点钟起是一直在一起。我的永恒影响不可能更早开始，要不然，在那以前，你不会那么生气。”

“昨天下午三点钟！那是你的日期。我想我第一次看见你是在二月。”

“你这样奉承人，真叫人无法回答。可是，”她压低了声音说，“除我们俩以外，没人说话。说些无聊话给七个沉默不语的人解闷儿，真叫人受不了。”

“我没说什么叫我害臊的话，”他嬉皮笑脸、没羞没臊地答道。“我第一次看见你是在二月。让山上的每个人都听到我说吧，只要他们听得见。让我的声音一面传到密克尔汉姆，另一面传到多金[①]吧。我第一次看见你是在二月。”然后他悄声说，“我们的伙伴都笨透了。我们做些什么来使他们兴奋起来呢？任何无聊的话都行。一定要他们说话。女士们，先生们，我奉伍德豪斯小姐（不管她在哪儿，一切都由她主持）之命说，她希望知道，你们都在想些什么？”

有人哈哈大笑，快活地做了回答。贝茨小姐说了很多；埃尔顿太太听说伍德豪斯小姐主持一切，激动起来；奈特利先生的回答最明确。

“伍德豪斯小姐是不是肯定想听听我们大家在想什么？”

“啊！不，不，”爱玛尽可能显得毫不在乎地大笑着大声说道，“决不。现在我绝对受不了这种罪。让我听听任何别的，可不要听你们大家在想什么。我不想说我不想知道你们所有人的想法。也许有一两位，”她瞟

① 伦敦西南22英里处的一个地区。

了威斯顿先生和哈丽埃特一眼，“我并不怕听他们的想法。”

“这种事情，”埃尔顿太太强调地大声说，“我就不会认为我有权过问。虽然，也许，作为这次游览的保护人[1]——我从没加入过任何圈子——游览——年轻小姐——已婚妇女——”

她这番嘟嘟哝哝的话主要是对她丈夫说的；他也喃喃地回答。

“说得很对，我亲爱的，很对。正是这样，的确——没听到过——可是有些小姐什么话都说。最好把它当作笑话，别去理会。人人都知道你应受的尊敬。”

“这不行，”弗兰克对爱玛窃窃私语。“他们大部分都给得罪了。我要更巧妙地向他们进攻。女士们，先生们，我奉伍德豪斯小姐之命说，她取消要知道你们大家确切想法的权利，只是一般地要求你们每人说一段很有趣的话。你们一共七个，我不在内（她高兴地说我已经说得很有趣了），她只要求你们每人，或者说一段绝妙的话，散文也好，诗歌也好，自己想出来的也好，转述别人的也好；或者说两段还算巧妙的话；或者说三段确实很笨拙的；她保证，听了以后，她都会痛痛快快地大笑一番。”

“啊！很好，”贝茨小姐嚷了起来，“那我可就不必感到不安了。‘三段确实是很笨拙的。’我看这么办就行了，你知道。我一开口就会说三段笨拙的话，是不是？”她兴致勃勃地环顾四周，相信人人都会同意。“你们不都认为我会这么说吗？”

爱玛忍不住说话了。

“啊！太太，不过，可能有个困难。请原谅，数目上得有个限制——一次只能讲三段。”

贝茨小姐被她装出来的客气神态蒙住了，没有一下子就领会她的意思；可是，一旦领会了，她虽然不能发火，脸却微微一红，可以看出这使她

① 指陪伴少女参加社交活动的年长妇女。

感到痛苦。

"啊！好吧——真的。对，我领会她的意思了，"她转过头去对奈特利先生说，"我就闭口不谈。我准是使自己十分让人讨厌，不然，她不可能对一个老朋友说这样的话。"

"我喜欢你的计划，"威斯顿先生大声说道。"同意，同意。我将尽力而为。我现在出一个谜。一个谜怎么样？"

"我怕谜低级，爸爸，太低级，"他儿子回答，"不过，我们会宽容的，特别是对任何一个带头说的人。"

"不，不，"爱玛说，"不算低级。威斯顿先生说一个谜，他和他的邻座就都可以过去了。来吧，先生，请说给我们听听。"

"我自己也不大相信它是绝妙的，"威斯顿先生说。"太实了；不过，是这样一个谜——哪两个字母表示完美？"

"哪两个字母表示完美？我肯定我不知道。"

"啊！你永远也猜不着。你，"他对爱玛说，"我肯定，永远也猜不着。我告诉你吧。M和A[①]。爱玛。你明白了吗？"

她一明白就感到满意。这种机智没什么了不起，可是爱玛却发现其中有很多好笑和有趣的东西；弗兰克和哈丽埃特也这样想。别人似乎并无同感；有人看上去好像迷惑不解，奈特利先生一本正经地说：

"这说明了所需要的是这种巧妙话，威斯顿先生自己干得很好，他一定已经把别人都打败了。完美不该这么早就说出来。"

"啊！至于我自己，我声明你们一定得让我免了，"埃尔顿太太说，"我真的不能尝试——我根本就不喜欢这种东西。有一次，人家送我一首谜底是我名字的离合诗[②]，我就一点也不喜欢。我知道是谁给我的。

---

① M和A这两个字母的读音连起来很像"爱玛"。

② 几行诗句头一个词的首字母或最后一个词的尾字母能组合成词的一种诗体。

一个讨厌的傻瓜！你知道我指谁——”她对丈夫点点头。“这种东西，在圣诞节坐在炉边玩玩还很不错；可是，在夏天郊游的时候，我觉得就不合适了。伍德豪斯小姐一定得把我免了。我可不是那种不管谁吩咐就说出聪明话来的人。我并不装得聪明。我非常活跃，我有我的方式来表现它，可是真的一定得让我自己来决定什么时候说话，什么时候沉默。邱吉尔先生，请放过我们吧。放过埃尔顿先生，奈特利，简和我。我们没有什么巧妙话可说——我们都没有。”

“对，对，请放过我，”她丈夫带着一种讥嘲口吻补充说，“我没有什么可以让伍德豪斯小姐或其他年轻小姐觉得有趣的话可说。一个已经结了婚的老头儿——一无用处。我们要走吗，奥古斯塔？”

“我完全赞成。在一个地方玩这么久，我真腻烦了。来吧，简，挽着我另一条胳臂。”

然而，简拒绝了，他们夫妻俩就自己走开了。“真是幸福的一对！”等他们走远，听不见说话时，弗兰克·邱吉尔说，“天造地设的一对！太幸运了——只是在公共场合认识就结婚！我想，他们只是在巴思认识了几个星期！幸运得出奇！至于要说在巴思或者任何公共场合对人的品性有真正的了解——那是空谈；不可能有什么了解。只有看到女人们像平时那样在她们自己家里，在她们自己人中间，你才能够作出任何正确判断。不看到，那一切都是猜测，都是碰运气——而且一般都是坏运气。有多少男人凭着短暂的相识就结婚，然后抱恨终身！”

以前除了跟自己的伙伴以外很少说话的菲尔费克斯小姐，这会儿开口了。

“毫无疑问，是会有这种事情的。”她的话被一声咳嗽打断了。弗兰克·邱吉尔朝她转过脸来，听她说。

“你接着说吧，”他郑重其事地说。她的嗓子又恢复了正常。

“我只是要说，虽然有时候男人和女人是会遇到这种不幸的情况，但是，我认为这种情况并不是很多。是可能有匆促而轻率的恋爱——但事后一般都有时间弥补其不足。我意思是说，只有软弱的、不坚决的人（他们的幸福一定总是取决于运气），才让不幸的结识成为一种永久的不便和苦恼。”

他没有回答；只是看着，驯顺地鞠了一躬；然后马上用活泼的声调说：

“啊，我对自己的判断太没信心，不管什么时候我要结婚的话，我希望有个人为我选个妻子。你愿意吗?”他转身对爱玛说。“你愿意为我选个妻子吗？我相信，不管你选中谁，我都会喜欢的。你善于撮合，你知道，”他朝他父亲笑笑。“给我找个人吧。我不急。收养她，教育她。”

“而且使她跟我自己一模一样。”

“完全可以，只要你办得到。”

“很好。我接受这个委托。你会有一个可爱的妻子的。”

“她一定得十分活泼，有淡褐色的眼睛。我不喜欢别的。我要到国外去两年——等我回来的时候，我就找你要我的妻子。记住。”

爱玛不可能忘记。这是个完全合她心意的委托。哈丽埃特不正是所描写的那个人吗？淡褐色的眼睛除外，再过两年也许可以使她完全中他的意了。甚至于也有可能，他现在心里想的就是哈丽埃特；谁说得准呢?向她提起教育，似乎就是给了这个暗示。

“啊，姨妈，”简对她姨妈说，“我们到埃尔顿太太那儿去好吗?”

“好吧，我亲爱的。我完全赞成。马上就走。我刚才就准备跟她走，不过这样也行。我们马上就可以赶上她。她在那儿——不，那是另外一个人。是爱尔兰马车旅游队里的一位小姐，一点儿也不像她。呃，我声明——”

他们走掉了；半分钟以后，奈特利先生也跟着走了。只剩下威斯顿先生、他儿子、爱玛和哈丽埃特；那位年轻人的情况这时变得几乎令人不快了。甚至连爱玛也终于对奉承和娱乐感到了厌倦，只希望自己能和任何一个别人安安静静地四处溜达溜达，或者，不要人陪同，独自坐着，静下心来，观赏观赏下面的美丽景色。仆人们来找他们，通知马车准备好了，这倒是件令人高兴的事。想到马上可以安安静静地坐车回家，结束这欢乐的一天的颇成问题的享受，甚至连收拾东西和准备动身的那阵忙乱，以及埃尔顿太太要自己的马车第一个走的那种急切心情，爱玛都高高兴兴地忍受了下来。她希望以后再也不要上当，参加这种由这么多互相格格不入的人组成的活动了。

在等马车时，她发现奈特利先生就在她身边。他四下里望望，仿佛要肯定附近没有人似的，然后说：

“爱玛，我得再一次像以前那样，跟你谈谈；也许这种特权是被容忍，而不是被容许，可是，我还是得使用这种特权。看到你做出错事，我不能不劝劝你。你对贝茨小姐怎么能那么无情呢？你是聪明人，怎么能对一个像她那样性格、年龄、处境的人那么无礼呢？爱玛，我没想到可能有这样的事。”

爱玛回想了一下，不由得脸红了，感到遗憾，可是竭力想一笑置之。

“哎，我怎么忍得住不那么说呢？谁也忍不住。没那么严重。也许她还不懂我的意思呢。”

“我向你保证，她懂。她完全懂得你的意思。从那以后，她一直在谈。我倒希望你听听她是怎么谈的——多么坦率，多么宽容！希望你能听听她怎样敬重你的涵养，她跟你在一起，你肯定觉得很讨厌，可是你和你父亲却还是经常这样关心她。”

“啊！”爱玛大声说道，“我知道世界上再没有比她更好的人了；可是你得承认，在她身上，善良的东西同可笑的东西混合在一起，真太不幸了。”

“是混合在一起，”他说，“我承认；如果她境况很好，我完全可以容许让可笑的成分偶尔超过善良的成分。如果她是个有钱的女人，即使闹点无害的笑话，我也会听之任之；我不会为了你的任何任性行为同你争论。如果她同你处境相同——可是，爱玛，你想想，实际情况远非如此。她穷；她出生时环境舒适，后来败落下来；如果她活到七老八十，说不定还会继续败落下去。她的处境应该得到你的同情。这件事干得不好，真的！你还是个娃娃的时候，她就认识你。当初，受到她的关怀还被看做是一种光荣呢，从那时起她看你长大——而你现在，冒冒失失地凭着兴致，凭着一时傲慢，却嘲笑她，奚落她——还当着她外甥女的面——当着别人的面。这些人当中有许多（当然是几个）会完全学着你的样来对待她。这对你来说是不愉快的，爱玛——对我来说，很不愉快；可是，在我还办得到的时候，我必须，我要——我要把实话告诉你；用非常忠实的劝告证明我是你的朋友，让我自己满意，我还相信，总有一天你会比现在对我作出更公正的评判。”

他们一边谈一边朝马车走去；马车已经准备好；没等她再开口，他就把她扶上了车。他误解了那种使她一直把脸朝着别处、一直沉默不语的心情。那只不过是对自己生气、感到屈辱又十分担心的复杂心情罢了。她说不出话；一上马车，就身子往后靠，心里十分难受；然后，她责怪自己没有告别，没有承认错误，而是在显然不快的心情中和他分手。她朝外边看，跟他说话，并且伸出手去，急于想表示她不是处在那种心情中；可是太晚了。他已经转过身去，马已经在跑了。她不断往后看，可是没有用；速度似乎特别快，不一会儿，他们就到了半山，把一切都远远地抛在后面。她苦恼得无法用言语表达——几乎无法掩饰。她一生中，从没在任何情况下感到这样激动、屈辱和伤心过。她受到了极大的打击。他那一席话说得中肯，那是无法否认的。她打心底里感到这一点。她怎么能对贝茨小姐那么粗鲁、那么残酷呢！她怎么能在任何一个她敬重的人心中引起这样的反感呢！她怎么能不说一句表示感激、同意和一般表示好意的话就让他离开呢！

时间也没能让她平静下来。她似乎越想越难受。她从来没这样沮丧过。幸好不必说话。身边只有哈丽埃特。哈丽埃特好像也兴致不高，觉得很累，很愿意保持沉默；几乎一路上爱玛都觉得眼泪在顺着她的脸颊往下淌，尽管很奇怪，她却并不把眼泪强行忍住。

第八章

博克斯山之游那令人懊丧的情景整晚都在爱玛脑海里萦回不去。别人有什么想法，她不知道。也许他们正在各自的家里以各自的方式愉快地回忆着它；可是在她看来，她以前还从没哪个上午像这个上午这样完全是浪费时间，当时毫无应有的乐趣，事后回想起来又只感到厌恶。与此相比，整晚同她父亲玩十五子戏真可算是一件乐事。其中倒还有点真正的乐趣，因为她把一天二十四小时中最美好的时刻用来给父亲解闷；而且觉得，尽管他的宠爱和信赖使她受之有愧，但她的行动总的说来却不可能遭到任何严厉的责备。作为女儿，她希望自己不是没有孝心的。她希望没有人能对她说，"你怎么能对你父亲那么无情呢？在我办得到的时候，我必须，我要把实话告诉你。"贝茨小姐决不会——决不会！如果未来的关心能弥补以往的过错，那么她也许能希望得到原谅。她常常怠慢别人，她扪心自问，知道是这样；也许更多的是思想上的怠慢，而不是行动上的；她目中无人，傲慢无礼。可是，以后再也不能这样了。在真诚悔恨的驱使下，她将在明天早上去看望贝茨小姐。就她这方面来说，这将是一种正常、平等、友好的交往的开端。

到了第二天早上，她还是很坚决，于是一早就去了，什么也阻挡不了她。她心里想，很可能会在路上看到奈特利先生；或者，在她访问时，他也许会进来。她并不反对出现这种情况。她不会为她那如此正当而又真诚的忏悔感到羞耻。她一边走一边朝登威尔看，可是没看见他。

"太太小姐都在家。"以前听到这声音，她从没感到高兴过；以前进入过道，走上楼梯，除了履行义务以外，从没希望过会给予她们什么别的快乐，除了接下来取笑一通以外，也从没希望过会从她们那里得到什么别的快乐。

在她走近的时候，她们房里有一阵忙乱；有大量的走动和说话。她听到贝茨小姐的声音；她们在匆忙地做什么事；女仆显得惊慌和尴尬；说希望她等一忽儿，接着又过早地把她带了进去。姨妈和外甥女两人都像是逃到隔壁房间里去似的。她清清楚楚地瞥见了简。简看上去好像病得厉害；在关门以前，她听见贝茨小姐说，“啊，亲爱的，我就说你躺在床上，我肯定，你是病得够厉害。”

可怜的贝茨老太太，跟往常一样客气而又谦卑，似乎不太明白是怎么回事。

“恐怕简身体不太好，”她说，“可是我确实不知道；她们告诉我说她身体是好的。我女儿也许马上就来，伍德豪斯小姐。我希望你找个椅子坐下。但愿海蒂没走开。我不大会——你有椅子吗，小姐？你坐的地方好吗？我肯定，她马上就会来的。”

爱玛倒也是一心巴望她来。有一刹那，她担心贝茨小姐是故意避开她。可是，贝茨小姐不久就来了——“非常高兴，也非常感谢”——不过，爱玛却意识到，并没有以前那种愉快的滔滔不绝——神情和举止也不像以前那么自在。她想，友好地问候一下菲尔费克斯小姐，也许能恢复以往的感情。这一招似乎立即生效。

“啊，伍德豪斯小姐，你真好！我想，你已经听说了——来贺喜的吧。这在我说来，真的不大像喜事，”她眨巴着眼睛，掉了一两滴眼泪，“她跟我们一起住了这么久，要跟她分手，我们都很难受。她写了一早上的信，现在头痛得厉害。那么长的信，你知道，是写给坎贝尔上校和狄克逊太太的。‘我亲爱的，’我说，‘你会把眼睛弄瞎的，’——因为她一直眼泪汪汪。这也难怪，这也难怪。是个大变化啊；尽管她幸运得令人惊奇——这样一个职位，我想并不是以前哪个年轻小姐一出去工作就能找得到的；伍德豪斯小姐，别以为我们有了这样惊人的好运气还不知感激，”她又掉下了眼泪，“但是，可怜的亲亲！你只要看看她头痛得多么厉害就知道了。一个人在有很大病痛的时候，你知道，有了应该感到高兴的喜事也不会高兴。她的情绪低透了。瞧她那副模样，谁也不会认为她找到了这样一个职位是多么欣喜和高兴。她不来见你，请你原谅——她没法来——她到她自己屋里去了——我要她躺在床上。‘我亲爱的，’我说，‘我就说你躺在床上。’可是，她并不是躺在床上；她在屋里走来走去。不过，现在她已经把信都写好了，她说她马上就会好的。她没见到你，会感到很遗憾，伍德豪斯小姐，不过你心好，会原谅她的。刚才让你在门口等了一忽儿——我很不好意思——可是，刚才不知怎么的，有点儿忙乱——因为我们正好没听到敲门——直到你走到楼梯上，我们才知道有人来了。‘只是柯尔太太，’我说，‘没错。别人不会这么早来。’‘唉，’她说，‘总有一天要忍受这痛苦，还不如现在忍受的好。’可是这时候，派蒂进来了，说是你。‘啊！’我说，‘是伍德豪斯小姐，我肯定你会想见她的。’——‘我任何人也不能见，’说着，她站起来要走；这就是为什么我们让你在门口等了——我们非常抱歉，很不好意思。‘你要是非走不可的话，我亲爱的，’我说，‘你就走吧，我就说你躺在床上。’”

这些话引起了爱玛由衷的关心。对于简，她的心早就变得比以前仁慈了；这番对简目前忍受痛苦的描述，消除了以往一切褊狭的猜疑，使她只感到怜悯。想起自己过去对简不够公正、不够温和，她不得不承认，简不能见她，而决定见柯尔太太或者任何别的忠实朋友，这是很自然的。她怀着真诚的后悔和关怀把自己心头的想法说了出来——衷心希望贝茨小姐说的那件实际上已经决定的事会给菲尔费克斯小姐带来尽可能多的利益和安逸。“这对我们大家准是一场严重的考验。我想要等到坎贝尔上校回来才去吧。”

“你真好！”贝茨小姐答道，“可是你一向都好。”

这个“一向”叫她受不了;为了打断这种可怕的感谢,爱玛直截了当地问:

“请问,菲尔费克斯小姐要到哪儿去?”

“到一位斯莫里奇太太家——可爱的女人——人好极了——去照管她的三个小女孩——讨人喜欢的孩子!不可能再有什么职位比这更舒适的了;也许只有瑟克林太太自己家和布雷格太太家除外;不过,斯莫里奇太太跟她们俩都很熟,而且是住在同一个教区里——离枫树林才四英里。简离枫树林将只有四英里。”

“我想,是埃尔顿太太给菲尔费克斯小姐介绍——”

“对,我们的好心的埃尔顿太太。最肯帮忙的忠实的朋友。她不让你拒绝。她不让简说个‘不’字;因为,简第一次听到这件事(那是前天,我们在登威尔的那天早上),简第一次听到这件事的时候,坚决要拒绝,就是为了你说的那些原因;正像你说的,她下定决心,在坎贝尔上校回来以前,什么也不接受,什么也不能使她在目前接受任何聘用——她就这样一遍又一遍地告诉埃尔顿太太——我肯定我没想到她会改变主意!可是那位好心的埃尔顿太太,她判断事情从未错过,却看得比我远。可不是人人都会这样好心地站出来拒绝接受简的答复的;可是她昨天斩钉截铁地宣称,她决不按照简的意思写信把这件事回掉;她要等待——果然不错,昨天晚上,一切都决定了,简要去。真叫我吃惊!我一点儿也没想到!简把埃尔顿太太拉到一边,马上告诉她说,在考虑了斯莫里奇太太那个职位的好处以后,已经决定接受了。在一切都决定以前,我一句话也没听说过。”

“你们晚上跟埃尔顿太太在一块儿?”

“对,我们全都跟她在一块儿;埃尔顿太太邀我们去的。是我们跟奈特利先生一起散步时,在山上约定的。‘今晚你们大家都得到我们家来聚聚,’她说——‘我一定要你们全部都来。’”

“奈特利先生也去了,是吗?”

“不,奈特利先生没去;他一开始就拒绝了;虽然我想他会来的,因为埃尔顿太太说不会放过他,可是他没来。我妈妈、简和我都去了,这个晚上过得挺愉快。那么好的几个朋友在一起,你知道,伍德豪斯小姐,你总是会觉得愉快的,虽然在上午游了山以后,人人都感到相当累。甚至连欢乐都是累人的,你知道——而且我也不能说有谁玩得很痛快。然而,我将永远认为这是一次十分快活的游览,而且非常感谢邀我参加的好心朋友们。”

“我想,虽然你没注意,菲尔费克斯小姐却一整天都在下决心吧?”

“当然。”

“这件事不管什么时候发生,对她和她所有的朋友来说,一定都是不受欢迎的——但是我却希望,她的工作会让她的心情可能好些——我意思是说,那家人家的性格和态度。”

“谢谢你,亲爱的伍德豪斯小姐。的确是这样,凡是世界上能使她快活的东西,那儿样样都有。除了瑟克林家和布雷格家以外,在埃尔顿太太所有的熟人当中,再也找不到一个这样宽敞、高雅的婴儿室了。斯莫里奇真是个讨人喜欢的女人!生活方式同枫树林的几乎完全一样——至于孩子,除了瑟克林家和布雷格家的孩子以外,任何地方都找不到这样文雅可爱的孩子了。简会受到极大的尊敬和很好的对待!只有欢乐,一种欢乐的生活。她的薪金——我真不敢把她的薪金告诉你,伍德豪斯小姐。尽管你看惯了大数目,可是,甚至连你都很难相信,居然会给像简这样的年轻人那么优厚的报酬。”

“啊,小姐,”爱玛嚷了起来,“我记得小时候我自己挺难伺候,要是别的孩子也像我这样,那我认为,即使把我听到过的这种工作的最高薪金加上五倍作为报酬,也是不够的。”

“你很有见地!”

“菲尔费克斯小姐什么时候离开你们?”

“很快,的确很快;这是最糟糕的。两个星期以内。斯莫里奇太太很着急。我可怜的妈妈还不知道怎么来忍受。所以我尽量不让她想这件事,我说,‘得了,妈妈,我们别再想它了。’”

“她走了以后,她的朋友们一定都会感到遗憾的;她在坎贝尔上校夫妇回来以前就找到了工作,他们知道了,不会感到遗憾吗?”

“是啊,简说他们准会感到遗憾的,可是这么好的职位,她自己也觉得不该拒绝啊。她第一次把她对埃尔顿太太说的话告诉我,正好这时埃尔顿太太跑来祝贺我,我真是大吃一惊!那是在吃茶点以前——慢着——不,不可能在吃茶点以前,因为我们刚要打牌——不过,是在吃茶点以前,因为我记得我在想——啊,不,现在我想起来了,现在我肯定了;在吃茶点以前是发生了一件事,可不是这件事。吃茶点以前,埃尔顿先生给叫到屋子外面去,老约翰·艾布迪的儿子要跟他说话。可怜的老约翰,我很尊重他;他给我可怜的父亲当了二十七年文书;而如今,可怜的老头儿,他卧床不起了,关节患了风湿性痛风,可怜得很——我今天得去看看他;简要是出去的话,我肯定,她也会去的。可怜的约翰的儿子来找埃尔顿先生谈谈有关教区救济问题:他在克朗旅馆当领班,马夫之类的——自己日子过得还挺富裕;可是,没有救济,他还养不活他的父亲。所以,埃尔顿先生回来的时候,把马夫约翰对他说的话告诉了我们,然后说起已经派车去伦多尔斯送弗兰克·邱吉尔先生到里士满去了。那是吃茶点以前发生的事。简是在吃完茶点以后才跟埃尔顿太太说的。”

爱玛想说这情况对她来说完全是新鲜的,可是贝茨小姐却几乎不给她时间说话。她没想到爱玛居然可能对弗兰克·邱吉尔先生离开的详情一无所知,所以把一切都讲了出来,并且认为这是无关紧要的。

在这个问题上,埃尔顿先生从马夫那儿听到了马夫自己陆续知道的和伦多尔斯的仆人们知道的情况,那就是,在游博克斯山回来以后不久,有一个送信的人从里士满来，不过，也料想得到是哪一个来送信。邱吉尔先生给他外甥送信来，信的大致内容是邱吉尔太太身体还可以，只是希望他至迟在明天清晨回去；可是弗兰克·邱吉尔先生决定立即回家，根本不再等，他的马似乎着了凉，汤姆马上就被派去叫克朗旅馆的马车。马夫站在外面，看见它驶过，那小伙子赶得飞快，车子驾得很稳。

这一切并没有什么令人诧异或者感兴趣的地方，它之所以引起爱玛的注意，只不过因为它跟她脑子里想的那件事联系了起来。邱吉尔太太和简·菲尔费克斯之间社会地位之悬殊使她感触很深；她们一个是主宰一切，而另一个却是微不足道——她坐在那儿默默思考着妇女命运之不同，根本不知道自己的眼睛看着什么地方，直到听见贝茨小姐说话，这才回过神来。

"啊，我知道你在想什么了，在想钢琴。钢琴怎么办呢？很对。可怜的简刚才还在谈起它。'你得走了，'她说。'你得跟我分手了。你在这儿也没什么事情。不过，就让它留在这儿吧，'她说，'把它摆在放东西的房间里，等坎贝尔上校回来了再说。我将跟他谈谈；他会给我安排的；我的困难他全都会帮我解决的。'我相信，直到今天，她还不知道这钢琴是他送她的呢，还是他女儿送的。"

现在爱玛只好去想钢琴了；想起自己以前作的那些不公正的胡乱猜测，心里感到不是滋味，以致马上认为这次访问时间已经够长了，于是，把她真正想说而又敢说的良好祝愿再说了一遍，就告辞了。

看见克朗旅馆的马车驶过

第九章

爱玛在步行回家时，她的沉思没被打断；可是一进客厅，她就看到了两个一定会使她清醒过来的人。她不在家时，奈特利先生和哈丽埃特来了，正跟她父亲坐在一起。奈特利先生立即站起来，用比往常肯定要严肃的态度说：

“不看见你我不能走，可是我没时间，所以现在得马上就走。我要上伦敦跟约翰和伊莎贝拉过几天。除了谁也不能带的‘爱’以外，你有什么东西或者口信要带走吗?”

“什么也没有。可是，这计划不是很突然吗?”

“对——是有点儿——我考虑了不长一段时间。”

爱玛肯定他还没有原谅她：他看上去跟往常不一样。不过，她想，时间会让他知道他们应该再成为朋友。他站着，仿佛要走，却又不走——这时，她父亲开始问她了。

“啊，我亲爱的，你是平安地到达那儿的吗？你看到我可敬的老朋友和她女儿怎么样？你去看她们，她们大概很感激吧。奈特利先生，我告诉过你，亲爱的爱玛刚才去看望了贝茨太太和贝茨小姐。她一向是那么关心她们!”

听了这不恰当的赞扬，爱玛脸红了起来；她意味深长地笑了笑，摇了摇头，望着奈特利先生。这仿佛立即给他留下一个对她有利的印象，仿佛他的眼睛从她眼睛里看到了真实情况，她心头闪过的美好感情立即被抓住了，而且受到了尊敬。他热切地注视着她。她心里乐滋滋的。过了一会儿，由于他的一个非同一般的友好动作，她更加高兴了。他握住她的手。究竟是不是她先伸出手去，她说不清楚——也许是她先伸出手去——但是他握住她的手，紧紧握了一下，肯定是要把它放到他嘴唇上去——可就在这时，出于某个想法，他突然把她的手放下了。他为什么这样犹豫呢，为什么在吻以前又改变主意了呢，她不明白。她想，如果他不停下，他倒是判断得更正确些。然而，他的意图是毋庸置疑的；究竟是因为他一般说来不大会献殷勤呢，还是有什么别的情况，不过她认为他这么做是最适合的了。他生性就是如此纯朴和高贵。她一想起这个企图，就满心喜欢。这说明他们完全和好了。这以后，他立即离开了他们——一下子就走了。他行动一向果断，不可能迟迟疑疑、拖拖拉拉，可是现在却走得比平时更突然。

爱玛并不后悔自己去看了贝茨小姐，但是她希望早十分钟离开她——跟奈特利先生谈谈简·菲尔费克斯的职位，将是一大乐事。他要去勃伦斯威克广场，她也不遗憾，因为她知道他这次访问会是愉快的——不过，本可以在一个更好的时间去——早一点通知，还能叫人高兴些。但是，他们分手时已经完全成了朋友；对于他那脸色，他那未完成的殷勤，她不可能误解其含义；这两者都是用来向她保证，她已经重新博得了他的好评。她发觉，他已经跟他们一起坐了半个小时。要是她早点儿回来该有多好。

奈特利先生去伦敦，又这样突然，而且还将是骑着马去，她知道这样去很糟。为了让她父亲分心，不去为这些事情烦恼，爱玛把她那有关简·菲尔费克斯的消息告诉他。果然不出所料，这生效了，起了很有用的遏制作用——使他感兴趣，却又没有感到不安。他早就认定简·菲尔费克斯应该出去当家庭教师，而且能愉快地谈论这件事，可是奈特利先生去伦敦是个出乎意料的打击。

“我亲爱的，听到她这样舒适地安定下来，我的确很高兴。埃尔顿太太性情温柔，和蔼可亲，也许她的熟人都是好人。我希望那儿气候干燥，她的健康能得到很好的照料。这应该是首要的目的,我肯定可怜的泰勒小姐跟我在一起的时候就一直是这样。你知道,我亲爱的,她跟这位新太太在一起就像以前泰勒小姐跟我们在一起一样。我希望在某一方面她能过得好一点,而且在长期把那儿作为自己的家以后,不要受到引诱而离开。”

第二天从里士满传来了压倒一切的消息。一封快信送到伦多尔斯,宣布邱吉尔太太去世了!虽然她外甥并没有什么特别理由要为了她而赶回去,但是在他回去以后,她却至多只活了三十六个小时。她是突然发病的,这个病跟她一般身体状况预示的任何病都不同,在她挣扎了一会儿以后便夺去了她的生命。伟大的邱吉尔太太不再存在了。

不可避免的,大家都为这事感到难受。人人都有几分严肃和悲哀,对死者怀着深情,对活着的朋友表示关怀;过了一段适当的时候,又都好奇地想知道她将葬在哪里。哥尔·史密斯告诉我们说,当可爱的女人堕落到干出蠢事来的时候,她只好一死了之;当她堕落到惹人厌恶的时候,也只好以死来消除坏名声。[①] 邱吉尔太太讨人嫌至少已有二十五年了,现在人们谈论起她来却抱着同情的容忍态度。在这一点上她完全洗刷干净了。以前从来没有人承认她患着重病。这件事证明了她决不是胡思乱想,也决不是出于自私想象出一些病来。

“可怜的邱吉尔太太!毫无疑问,她一定忍受了很多痛苦;比任何人想象的还多——经常受病痛的折磨对脾气是个考验。真是件悲哀的事——令人震惊——尽管她有种种缺点,可是没有了她,邱吉尔先生怎么办呢?邱吉尔先生真是损失惨重。邱吉尔先生会伤心一辈子的。”甚至连威斯顿先生也摇摇头说,“啊,可怜的女人,谁料得到呢!”他决定他的丧服要做得尽可能漂亮;她妻子一边做着宽阔的折边,一边怀着真诚可靠

---

① 这段话出自英国作家哥尔·史密斯的小说《威克菲牧师传》第24章。

的同情和理智唏嘘叹息，谈论此事的教训。两人一开始就想到了这件事对弗兰克会产生什么影响。爱玛也很早就思考着这个问题。邱吉尔太太的性格，她丈夫的悲痛——她心灵的眼光带着敬畏和同情掠过他们俩——然后较为轻松地停在弗兰克身上，看看这件事会给他什么影响，他会怎样获得好处，怎样变得自由。她一下子就看出了所有可能获得的好处。现在，他对哈丽埃特·史密斯的爱情不会受到任何阻力了。邱吉尔先生没有了妻子，谁也不怕他；他是个平易随和、容易让人牵着鼻子走的人，他外甥可以说服他干任何事情。唯一还要希望的是，那个外甥应该酝酿这种爱情，因为，爱玛尽管在这件事上怀着一片好意，却丝毫不能肯定这种爱情已经产生。

这一次哈丽埃特表现很好，很有自制力。不管她可能感到有了怎样美好的希望，她都一点也不流露出来。这证明她的性格变得坚强了，爱玛看了满意，而且避免作任何可能妨碍这种性格保持下去的暗示。所以，她们谈论邱吉尔太太逝世这件事，双方都抱着克制态度。

伦多尔斯收到了弗兰克的几封短信，信中谈了他们的处境和计划中所有紧要的事情。邱吉尔先生的心情比预料的要好。在到约克郡举行葬礼以后，他们第一个去的地方是温莎[1]的一个认识很久的朋友家，过去十年里，邱吉尔先生一直答应去访问他。目前，没什么事可以为哈丽埃特做的；爱玛这方面只可能对未来抱着美好的希望。

更迫切要做的事是对简·菲尔费克斯表示关怀。在哈丽埃特的前景展现的同时，简的前景却结束了。现在她接受了聘请，这使海伯利想对她表示好意的任何人都立刻向她表示——在爱玛心里，这件事已成了第一愿望。想到自己过去的冷淡态度，她的后悔几乎超过了为任何事情的后悔。好几个月来她一直怠慢的那个人，如今却成了她要百般关怀和深表

① 英国伯克郡一个地区，位于伦敦西面泰晤士河南岸。

同情的人了。她要对简有用，要表示自己在简交往的朋友中的重要地位，而且要证明自己尊重和体谅简。她决定说服简到哈特菲尔德来过一天。于是写了封短信请简来。可是这个邀请被用一个口信拒绝了："菲尔费克斯小姐身体欠佳，无法写信。"从当天早上佩里先生来哈特菲尔德访问时说的情况看来，她病得很重，他没经她本人同意去看了她，她头痛得厉害，还发着高烧，他怀疑她是否能在原定日期去斯莫里奇太太家。她的身体这时似乎完全垮了——胃口消失；虽说没什么绝对令人惊骇的症状，没有全家一直担心的肺病的迹象，佩里先生却为她感到不安。他认为她承受得太多，无法胜任。她尽管自己不承认，却也觉得确实如此。她的精神似乎支持不住了。他没法不认为，她目前的家对一个神经出了毛病的人是不利的——老是守在一间屋子里——倒希望不要这样——而她那好心的姨妈，虽然是他的好友，他却不得不承认，并不是这种病人的最佳伴侣。她的照料和关注是没有问题的；事实上，只是过了分。他很担心，这对菲尔费克斯小姐弊多利少。爱玛极其关切地听着；越来越为她难受，于是往四处看看，急于要找出个什么办法来使自己对她有用。把她从她姨妈那儿接来——哪怕只是一两个小时也好——让她换换空气，换换环境，安安静静、合情合理地交谈交谈，哪怕是一两个小时，也可能对她有好处。第二天早上，她又写了封信，用她能使用的最深情的语句写，不管简说个什么时间，她都可以乘车去接她——还提了一下，征得佩里先生肯定的意见：这种活动对他的病人有好处。回答只是这样一张简短的条子：

"菲尔费克斯小姐表示敬意和感谢，但是无法作任何活动。"

爱玛觉得自己的短信应该受到更好的对待；但是，不可能就文字来争论，颤抖不匀的字迹明显地表示出简是有病，于是她只想着自己怎样才能最好地消除简那种不愿见人又不愿接受帮助的心情。所以，她尽管收到了这回信，还是吩咐备车，乘车到贝茨太太家，希望能说服简跟她一块儿出去——可是不行——贝茨小姐来到车门前，满怀感激，真心诚意地同意她的看法，认为出去透透空气是有很大好处——口信所能做的一切都已经试过了——可全是白费气力。贝茨小姐不得不一无成果地走了回来；毫无办法说服简；一提出去似乎就使她的情况变得更糟。爱玛希望能见见她，试试自己能不能说服；可是，几乎没等她把这个希望暗示出来，贝茨小姐就使她明白，已经答应了外甥女决不让伍德豪斯小姐进去。"事实的确是，可怜的亲爱的简没法见任何人——根本没法见任何人——埃尔顿太太的确不能被拒绝——而柯尔太太又硬要坚持——佩里太太说了那么多话——可是除了她们，简真的什么人也不愿见。"

爱玛不愿人家把她同埃尔顿太太、佩里太太和柯尔太太相提并论，这些人到处硬要去。爱玛也不觉得自己有什么优先权——所以就屈服了，只是再问一下贝茨小姐她外甥女胃口如何，吃些什么东西，她希望在这方面提供些帮助。在这个话题上，可怜的贝茨小姐很不高兴，而且话很多；简几乎什么也不吃。佩里先生推荐她吃一些营养丰富的食物；可是她们能办到的（还从来没有谁有过这么好的邻居）都不合口味。

爱玛一回到家里就立即叫管家去查看一下储藏的食物；很快打发人送去一些质量上乘的葛粉，还附了一张十分友好的便条。半小时以后，葛粉退回来了，贝茨小姐千谢万谢，但是说道："亲爱的简一定要把它送回来才罢休，她不能吃葛粉——而且，她坚持说她什么也不要。"

事后爱玛听说，就在简·菲尔费克斯推说不能作任何活动，断然拒绝同她一起乘车出去的那天下午，简却在离海伯利稍远的牧草地上徜徉。她把这一切串联起来考虑，深信简是下定决心不接受她的任何好意。她很难受，十分难受。她精神受了刺激、行动前后不一致、对简无能为力，这些使她目前的处境比以前更加可怜，她的心为此感到悲痛；而且，简不相信她会有良好的感情，不把她作为可靠的朋友，她也感到屈辱；然而，有一

贝茨小姐来到车门前

点她却可以自慰，那就是，知道自己的意图是好的，还能对自己说，奈特利先生如果能知道她为了帮助简·菲尔费克斯而作的种种努力，如果甚至能看到她心里，那么这一次他就无可指责了。

第十章

大约在邱吉尔太太去世以后十天的一个早上，爱玛给叫下楼去会见威斯顿先生，他“五分钟都不能待，要跟她个别谈谈”。他在客厅门口迎接她，刚用自然的声音向她问了好，就立刻压低声音，不让她父亲听见，说道：

“今天早上，你有空来伦多尔斯吗？如果可能，你就来吧。威斯顿太太要看看你。她一定得看看你。”

“她不舒服吗？”

“不，不；一点也没有；只是有点儿激动。她本来可以坐马车来看你，不过她得单独看你，你知道，”他朝她父亲点点头，“唔！——你能来吗？”

“当然。如果你愿意，这会儿就去。你这样邀请，不可能拒绝啊。不过，是什么事呢？她真的没生病吗？”

“你放心，别再问了。到时候你一切都会知道的。真是最无法解释的事情！可是，嘘，嘘！”

甚至对爱玛来说，要猜出这一切是什么意思都是不可能的。从他的神情看，似乎是有什么真正重要的事情；可是，既然她的朋友没有生病，她也就不再感到不安了。于是，她同她父亲说好，她现在要去散步。她同威斯顿先生马上就一块儿走出了宅子，匆匆往伦多尔斯走去。

“现在，”他们出了大门走了一大段路以后，爱玛说，“现在，威斯顿先生，告诉我发生了什么事情吧。”

“不，不，”他严肃地回答。“别问我，我答应了我妻子，一切都让她来谈。她透露给你这个消息会比我好。别着急，爱玛；马上就一切都会知道的。”

“告诉我这个消息!”爱玛吓得停下脚步,嚷了起来。“天哪！威斯顿先生,马上告诉我。勃伦斯威克广场出了什么事。我知道是出了事。我要你告诉我,这会儿就告诉我出了什么事。”

“不,真的,你猜错了。”

“威斯顿先生,别跟我开玩笑。你想想,现在我有多少最亲爱的朋友在勃伦斯威克广场。是他们当中的哪一个？我用一切神圣的名义请你别再瞒我。”

“凭着我的誓言,爱玛。”

“你的誓言！为什么不是你的名誉！为什么不说凭着你的名誉担保,跟他们当中的任何一个都没有关系？天哪！还有什么跟这家人家没有关系的消息可以透露给我呢?”

“凭着我的名誉担保,”他十分认真地说,“是没有关系。和奈特利家的任何人都毫无关系。”

爱玛的勇气恢复了,她继续往前走。

“我说把消息透露给你,”他继续说,“说得不对。我不该这样说。事实上,与你无关——只跟我自己有关;那就是说,我们希望如此。呣！总之,我亲爱的爱玛,没什么可让你感到不安的。我不是说这不是件令人不快的事,可是事情本来还可能要糟得多。我们走得快的话,马上就可以到伦多尔斯了。”

爱玛发现她非等待不可;现在不需要什么努力。所以她也就不再多问,而只是发挥自己的想象。她不久就想到,说不定与钱有关——在家境方面,暴露出了什么不愉快的事情——是里士满最近发生的事引起的。她的想象非常活跃。也许有五六个私生子——可怜的弗兰克的权利被剥夺了！这种事虽然很讨厌,但是却不会引起她痛苦。它只是激起了强烈的好奇心而已。

“骑在马上的那位先生是谁?”他们继续往前走时,她说;说这话不是为别的,而是多找些话来说说以帮助威斯顿先生保守秘密。

“我不知道。是奥特威家的一个人吧。不是弗兰克。我向你保证,那不是弗兰克。你不会看见他的。这时候,他去温莎已经走了一半路了。”

“这么说,你儿子刚才跟你在一起?”

“啊!对,你不知道吗?呃,呃,没关系。”

他沉默片刻;然后用比刚才谨慎和严肃得多的声调补充说:

“是啊,弗兰克今天早上来过,只是来问问我们好。”

他们继续匆匆赶路,很快就到了伦多尔斯。“啊,我亲爱的,”他们走进屋子时,他说,“我把她带来了,现在我希望,你马上就会好了吧,我让你们两个谈。再耽搁也没有用。如果你要叫我的话,我不走远。”他离开屋子以前,爱玛清清楚楚听见他低声补充说,“我遵守诺言。她一点儿也不知道。”

威斯顿太太脸色很不好,好像十分烦恼似的,爱玛越来越不安了;一到只剩她们两人时,她就急忙说:

“什么事,我亲爱的朋友?我看出,发生了很不愉快的事情;快告诉我是什么事。我这一路走来,整个心都一直挂虑着。我们俩都讨厌挂虑。别再让我挂虑下去。不管是什么,把你的痛苦说出来,对你有好处。”

“你真的一点儿也不知道吗?”威斯顿太太用一种发抖的声音说。“你猜不着,我亲爱的爱玛——你猜不着要听到什么吗?”

“只要是同弗兰克·邱吉尔先生有关,那我就猜着了。”

“你猜对了。是跟他有关,我马上告诉你,”她又继续做她的活计,似乎决心不抬起眼来。“他来过了,就在今天早上,为了一件挺特别的事。简直没法表达我们的惊奇。他来跟他父亲谈一个问题——宣布他爱上了——”

她停下来喘口气。爱玛先是想到了自己，然后又想到了哈丽埃特。

“确实还不只是爱上了，”威斯顿太太继续说，“而且订了婚——确确实实的订婚。知道了弗兰克·邱吉尔和菲尔费克斯小姐已经订了婚——不，他们早已订了婚，你会怎么说呢——别人会怎么说呢？”

爱玛惊奇得甚至跳了起来——吓呆了，嚷道：

“简·菲尔费克斯！天哪！你不是当真吧？你不是这个意思吧？”

“你是很可以感到惊异，”威斯顿太太说，仍然把眼光避开她，急忙继续往下说，让爱玛可以有时间恢复平静——“你是很可以感到惊异。但是事情确实如此。早在十月份，他们就庄严地订了婚——是在韦默思订的，严守秘密，谁也不告诉。除了他们自己以外，谁也不知道——坎贝尔家、她家和他家全都不知道。真是奇怪，我完全知道这是事实，可我自己觉得这简直不可相信。我简直不能相信。以前我还以为我了解他呢。”

爱玛几乎没听见她说的话。她心里忙着想两个念头——她以前跟他谈论菲尔费克斯小姐的几次谈话以及可怜的哈丽埃特。一时间她只能惊叹，而且需要人家证实，一再证实这件事。

“咳！”她终于说话了，竭力要恢复平静，“这事我得想上半天才能理解。什么——跟她订婚，已经有整整一个冬天了——在他们两人当中任何一个来海伯利以前就订婚了？”

“十月份就订婚了——秘密订婚。这大大伤害了我的感情，爱玛。这也同样伤害了她父亲的感情。他的有些行为是我们无法原谅的。”

爱玛沉思片刻，然后回答：“我不想装得好像不了解你；为了尽我所能来安慰你，请你放心，他对我献的殷勤并没有产生你所担心的那种效果。”

威斯顿太太抬起头来看看，不敢相信；可是爱玛的神情跟她的话一样镇定。

“我可以夸口，我目前毫不在乎，为了使你更容易相信起见，”她继续说，“我要进一步告诉你，在我们最初相识的时候，是有一个时期我喜欢他，我很想爱他——不，是爱上了他——后来怎么停止的，也许是件怪事。不过，幸亏停止了。真的，我已经有一段时期——至少这三个月——对他毫不关心。你可以相信我，威斯顿太太。这完全是事实。”

威斯顿太太流着喜悦之泪吻了吻她；等到能说出话来时，就向她保证，这个声明比世界上任何其他东西都更加对她有好处。

“威斯顿先生会同我几乎一样放心，”她说。“在这一点上，我们感到很痛苦。以前我们衷心希望你们能相爱——而且我们相信是这样。你想想，我们为你感到多么难受啊。”

“我逃过了；我居然能逃过，这对你们和对我自己来说，也许都是件可喜的怪事。可是这并不能给他开脱，威斯顿太太；我不得不说，他太不应该：他明明爱上了别人，又跟那人订了婚，还有什么权利装得像完全没有这回事似的到我们中间来？他其实已经属于了别人，还有什么权利来像他那样竭力讨好哪一个年轻女人——像他那样特别向她一再献殷勤呢？他怎么知道他干的是什么样的恶作剧？他怎么知道他不会使我爱上他？真是大错特错。”

“根据他说的话，我亲爱的爱玛，我认为——”

“她怎么能容忍这种行为！亲眼目睹了还泰然自若！他当着她的面一再向另一个女人献殷勤，她却袖手旁观，毫不抱怨。平静到这种程度，我不能理解，也不能敬佩。”

“他们之间有了误会，爱玛；他说得很明白。他来不及多作解释。他在这儿只待了一刻钟，而且当时他心情激动，不能充分利用在这儿逗留的时间——不过，他肯定地说，是有误会。目前的紧张局面的确是这些误会引起的；而这些误会，又很可能是他的行为不当引起的。”

“行为不当！啊！威斯顿太太——这样的谴责太轻描淡写了。远远超过了行为不当！这使他在我心目中降低了身份，我说不出降得多么低。

完全不像一个男子汉大丈夫！一个男子汉大丈夫应该事事都表现得正直诚恳，坚持真理和原则，蔑视花招和卑鄙，可是这些优点他一点儿也没有。”

“不，亲爱的爱玛，现在我得帮他说几句；尽管他在这件事上是错了，可是我了解他已有很久，可以担保，他有很多很多优点；而且——”

“天哪！”爱玛不听她的，只顾大声说道，“还有斯莫里奇太太！简确实就要去当家庭教师了！他采取这样可怕的轻率行动是什么意思？居然让她去应聘——甚至让她考虑采取这样的措施！”

“他不知道这件事啊，爱玛。在这点上，我可以说，他完全没有过错。这是她私自决定的，没跟他谈过——或者说至少没有用可信的方式谈过。我知道，他说在昨天以前，他一直蒙在鼓里，不知道她的计划。他突然知道了，我不知道他是怎么知道的，是接到了信呢还是口信——正是因为发现了她在干什么事，发现了她的这个计划，他才决定马上向他舅舅坦白一切，求他宽恕，总之，结束这隐瞒如此之久引起的痛苦状态。”

爱玛开始比较注意听了。

“我马上会收到他的信的，”威斯顿太太接着往下说。“分手时，他告诉我说他会马上写信来的；从他说话的态度来看，他似乎要告诉我许多现在不能说的详细情况。所以，我们就等他来信吧。也许那封信会带来许多辩解。也许会使许多目前无法理解的事变得可以理解和可以原谅。我们别太严厉；别急于谴责他。让我们耐心些。我必须爱他；现在我在一点上，重要的一点上，是满意了，我真的急于要让这件事有个好结局，而且一心希望能够这样。他们遮遮掩掩，一定都忍受了不少痛苦。”

“他的痛苦，”爱玛冷冷地说，“似乎对他并没多少伤害。呃，邱吉尔先生听了这消息怎么样？”

“对他外甥很有利——几乎毫无困难地就同意了。你想想，一个星期里发生的事使那家人家起了多大的变化啊！我想，在可怜的邱吉尔太太在世时，没有一点希望、一点机会、一点可能；可是她的遗体刚葬入他家的墓穴，她丈夫就被说服了去做出违反她意愿的事。人进了坟墓，其不良影响也就随之消失，这多么幸运！只稍微劝说一下，他就同意了。”

“啊！”爱玛想，“换了哈丽埃特，他也会这样同意的。”

“这是昨夜说定的，弗兰克今天早上天一亮就走了。我想，他在海伯利，在贝茨家待了一会儿——然后再走过来；可是他急于要回到现在比以前更需要他的舅舅那儿去，所以，就像我告诉你的，他只能跟我们待一刻钟。他非常激动——的确非常激动——激动得使我觉得跟以前的他完全不同了。除开别的原因，先前他看到她病得那么厉害，大吃一惊，他以前没想到她生病——看来他曾经非常难受。”

“你真的相信这件事完全是那么秘密地进行的吗？坎贝尔家，狄克逊家，他们一个人也不知道他们订婚吗？”

爱玛说出狄克逊这个名字时，脸不由得微微泛起了红晕。

“一个人也不知道；没一个人知道。他斩钉截铁地说，世界上除了他们俩自己以外，没一个人知道。”

“呃，”爱玛说，“我想我们会渐渐想通的，我祝愿他们美满幸福。可是我将永远认为这种做法十分可恶。除了一系列的虚伪和欺骗——刺探和背叛以外，又能是什么呢？到我们中间来的时候把自己说得坦率朴实，可是暗地里却勾结起来评论我们每个人！我们在这儿整整一个冬天和一个春天，完全受了骗，还以为我们大家都是同样地正直老实呢，可是我们中间却有两个人传来传去，比这比那，坐在一旁评论那些不是给他们听的感想和话语。如果他们相互听到了别人议论对方的不大悦耳的话，那他们得自食其果！”

“那方面我倒很放心，”威斯顿太太说。“我完全肯定，我从没对他们中间的哪个人议论过另一个，说什么不该让他们两人听到的话。”

“你真幸运。你唯一的错误是，在你以为我们的某个朋友爱上这位小姐时，你把你的想法告诉了我。”

“这倒是真的。不过，我对菲尔费克斯小姐一向只有好评，决不可能无意中说她的坏话；至于他的坏话，那我肯定是不会说的。”

这时，威斯顿先生在离窗口不远处出现了，显然是在守望着。他妻子朝他使了个眼色，邀他进来。他走过来的时候，她补充说：“现在，最亲爱的爱玛，我恳求你，让你的说话和神情都尽可能使他安心，使他对这门亲事感到满意吧。让我们尽可能往好处想——的确，一切都完全可以说是对她有利。这门亲事并不令人满意；可是，既然邱吉尔先生不这样想，我们又何必这样想呢？对他来说——我指弗兰克——爱上这样一个性格坚定、颇有见地的姑娘，也许是件非常幸运的事。尽管严格说来，她这件事做得大错特错，但是我一向认为并且仍然认为她有上面那些优点。她处于那个地位，即使犯了那个过错，还是有许多话可以为她辩解！”

“的确，是有许多话可以为她辩解！”爱玛激动地大声说道。“如果一个女人只想到自己还可以被原谅的话，那她准是处在像简·菲尔费克斯小姐那样的地位。对于这种人，你几乎可以说，‘世界不是他们的，世界的法律也不是他们的。’[①]”

威斯顿先生走进房来时，她满脸笑容地大声说道：

“嗳呀，你跟我开的玩笑可真不错啊！我想，你是想出这个花样来逗弄我的好奇心，看看我猜不猜得出。可你真把我吓坏了。我还以为你们至少已经损失了一半财产呢。可是这件事不但不需要安慰，反而需要祝贺。我衷心祝贺你，威斯顿先生，你就快有一个全英国最可爱、最多才多艺的年轻女人作你的媳妇了。”

他同他妻子互相看了一两眼，他就相信一切都跟这番话所表明的那样顺利；这番话还立即使他高兴起来。他的神态和嗓音又恢复了往常的

① 出自英国戏剧家、诗人莎士比亚所著悲剧《罗密欧与朱丽叶》第5幕第1景。

爽朗;他真诚而感激地跟她握手,跟她谈这个问题时的态度也证明了:他现在只需要时间和说服,就能相信这门亲事不是件什么很坏的事。他的两个同伴说的只是些能为弗兰克的鲁莽行为辩解或者使他不致反对这门亲事的话。等到他们一起谈这件事谈完了,他在送爱玛回哈特菲尔德途中同爱玛再谈了一次以后,他已经完全想通了,快要相信这是弗兰克可能做的最好的事了。

第十一章

“哈丽埃特，可怜的哈丽埃特！”正是这些话包含着令人痛苦的想法，这些想法，爱玛无法摆脱，而且构成了这件事情的真正可悲之处。弗兰克·邱吉尔对她很不好——从许多方面看来都很不好——可是，惹她如此怨恨他的，倒不是他的行为，而是她自己的行为。使他的过错显得最严重的是，他引诱她为了哈丽埃特的缘故落入了圈套。可怜的哈丽埃特！又一次成了她的误解和吹捧的牺牲品。这给奈特利先生说中了，他有一次说，“爱玛，你不是哈丽埃特·史密斯的朋友。”她担心自己只是给她帮了倒忙。不错，在这件事上不像前一次，她不能指控自己是这个恶作剧的唯一的和最早的制造者；不能指控自己促使哈丽埃特产生了原来不可能有的感情；因为在她还没在这一问题上给过一点暗示以前，哈丽埃特就承认自己爱慕和喜欢弗兰克·邱吉尔。可是她感到，她鼓励了她本该压制的感情，在这方面她是完全有过错的。她本该阻止哈丽埃特放纵和增强这种感情。她只消施加影响就够了。如今，她深深意识到，她应该加以阻止——她觉得自己已经毫无根据地拿她朋友的幸福冒了险。本来，单凭常识就应该告诉哈丽埃特：千万不能听任自己去想念他，五百对一的可能是，他是不会喜欢她的。“可是恐怕，”她又想道，“我没考虑什么常识。”

她很生自己的气。如果她不能也生弗兰克·邱吉尔的气，那就太可怕了。至于简·菲尔费克斯，她至少现在可不再为她担心。哈丽埃特已经够她心烦的了；她不必再为简苦恼，她那由于同一原因产生的烦恼和疾病，一定也同样得到了治疗。她卑微和不幸的日子已经过去了。她马上就会恢复健康,幸福而又优裕。爱玛现在想象得出为什么她的种种关怀都受到蔑视。这个发现使许多小事情都容易理解了。毫无疑问,那是出于嫉妒。在简的眼睛里,她是个情敌;她提供的任何帮助、表示的任何关心,自然都会遭到拒绝。乘哈特菲尔德的马车出去兜风准是件苦事,哈特菲尔德储藏室里的葛粉准是毒药。她一切都明白了。她尽可能使自己的想法摆脱生气时的不公正和自私心理,她承认简·菲尔费克斯的地位和幸福不会超出她应得的范围。但是,可怜的哈丽埃特却需要她用全副精力来照料!再没什么同情可以用在别人身上了。爱玛十分忧伤,担心这第二次失望会比第一次更加严重。考虑到在这件事上所抱的极大希望,必然会如此;再看看这件事在哈丽埃特心里产生的显然更强烈的影响,使之沉默和自制,那也会是如此。然而,她必须尽快地把这令人痛苦的事实真相告诉哈丽埃特。威斯顿先生在分手时说的话当中,有几句是说要严守秘密。"目前,这整个事情都得严守秘密。邱吉尔先生特别强调这一点,这是为了表示尊重他最近失去的妻子;人人都认为这只是为了适当遵守礼节而已。"爱玛答应了,可是哈丽埃特还是得当作例外。这是她最大的责任。

她尽管烦恼,却不由得不感到这简直可笑,她要对哈丽埃特做的可悲而又微妙的事,正是威斯顿太太刚刚对她做的。人家焦急地向她宣布的消息,她现在要焦急地向另一个人宣布了。她一听到哈丽埃特的脚步和嗓音,她的心就不由自主地怦怦直跳;她想,她走近伦多尔斯的时候,可怜的威斯顿太太一定也有同感。要是也能像那样宣布就好了!——可是,不幸的是,没这个可能。

"嗐,伍德豪斯小姐,"哈丽埃特急急忙忙走进屋来,"这不是最奇特的消息吗?"

"你是说什么消息?"爱玛回答,她根据神情和嗓音猜不出哈丽埃特是否真的得到了任何暗示。

“是关于简·菲尔费克斯的消息啊。你听到过这样奇怪的事吗?啊!你不必怕告诉我,威斯顿先生已经亲口告诉我了。我刚才碰到他。他对我说,这是件很大的秘密;所以,除了你以外,我不能向任何人提起这件事,不过,他说你知道了。”

“威斯顿先生告诉你什么?”爱玛还是困惑不解,说道。

“啊!他全告诉我了;简·菲尔费克斯和弗兰克·邱吉尔先生要结婚了,他们早就私自订了婚。多么奇怪!”

的确奇怪,哈丽埃特的行为是非常奇怪,以致爱玛都不知道该怎么来理解她了。她的性格似乎完全变了。她似乎要表示,对这个发现并不激动,并不失望,也不特别关心。爱玛瞧着她,简直说不出话来。

“你可曾想到过他爱她吗?”哈丽埃特大声说道,“也许你想到过。你——”她说话时脸红了,“能看到每个人心里;可是别人却不能——”

“哎呀,”爱玛说,“我开始怀疑我是否有这样的天赋。你是不是当真问我,哈丽埃特,在我——如果不是公开地那就是巧妙地——鼓励你听任自己感情发展的同时,却又认为他爱着别的女人?一小时以前,我还丝毫没想到过弗兰克·邱吉尔先生居然会对简·菲尔费克斯有一点儿好感。你完全可以肯定,我要是想到过,我就会因此而劝你小心行事了。”

“我!”哈丽埃特红着脸惊叫道。“你干吗要劝我小心行事呢?你总不见得以为我喜欢弗兰克·邱吉尔先生吧?”

“听你在这个问题上说得如此理直气壮,我很高兴,”爱玛含笑答道,“可是,有过一个时期——而且还是不久以前——你给了我理由认为你喜欢他,这你总不打算否认吧?”

“他!从来没有,从来没有啊。亲爱的伍德豪斯小姐,你怎么能这样误解我?”她痛苦地转过头去。

“哈丽埃特,”爱玛顿了一会儿以后,大声说,“你这是什么意思?天啊!你这是什么意思?误解你!那么,是要我——?”

她再也说不下去了。她发不出声音;她坐了下来,怀着极大的恐惧等哈丽埃特回答。

哈丽埃特在稍远的地方站着,脸避开她,没有马上说话;等到她说话时,她的声音几乎跟爱玛的一样激动。

“我没想到你居然会误解我!”她开始说,“我知道我们俩都同意不再提他的名字,可是考虑到他比任何别人都不知要好多少,我就不会想到可能被误会为指任何别人。弗兰克·邱吉尔先生,真的!他们俩在一起时我真不知道会有谁去看他。我希望我的鉴赏力还不至于会去想到弗兰克·邱吉尔先生。在他身边,弗兰克·邱吉尔先生就像个微不足道的人。你这样误解,真是令人吃惊!我肯定,要不是相信你完全赞成而且打算鼓励我爱他,我会一开始就认为,连想想他都可说是过于放肆。一开始,如果你不告诉我,以前有过比这更奇妙的事,门第更悬殊的人都结合了(这是你的原话)——我就决不敢听任——我就决不会认为有这个可能——可是如果你,你一向跟他熟悉——”

“哈丽埃特,”爱玛坚决地振作起精神来大声说,“现在让我们说说清楚吧,免得可能再误会下去。你是说——奈特利先生吧?”

“我当然是说他。我从来不可能想到别人——我还以为你知道呢。我们谈论他的时候,那是再清楚也没有了。”

“不完全是这样,”爱玛强作镇静地答道,“你当时说的话,在我听来是指另一个人。我几乎可以说,你提过弗兰克·邱吉尔先生的名字。我肯定是谈起过弗兰克·邱吉尔先生帮助你的事,在吉普赛人那儿保护过你。”

“啊,伍德豪斯小姐,你真健忘!”

“我亲爱的哈丽埃特,我完全记得我当时说的话。我告诉你说,我对你的爱情并不感到奇怪;考虑到他帮助过你,那就是非常自然的了;而你也同意,你十分热烈地谈了对于他帮助你这件事的感想,甚至还说了你看见他跑来救你时你的感觉。在我记忆里这印象很深。”

“啊，天哪，”哈丽埃特嚷道，“现在我想起来你是指什么了；可是我当时想的完全是另一回事。我指的不是吉普赛人——不是弗兰克·邱吉尔先生。不是！”她嗓门儿略微提高了一点儿，“我想的是一件还要可贵得多的事——埃尔顿先生不肯站起来跟我跳舞，而屋里又没有别的舞伴，奈特利先生来请我跳。正是这么好心的行动，这崇高的仁慈宽大，这帮助，使我开始觉得，他比世界上任何人都不知要好多少。”

“天哪！”爱玛嚷道，“这真是个太不幸——太可悲的误会！现在怎么办呢？”

“这么说，你要是理解了我的意思，你就不会鼓励我了？不过，我的处境至少还不算太糟，如果换了那个人，我的处境可就更糟了；现在——有可能——”

她停了几分钟。爱玛说不出话来。

“伍德豪斯小姐，”她继续说，“你觉得，对我来说或者对任何人来说，这两人之间是有极大的不同。你这样想，我并不奇怪。你准是觉得，这两个人都比我优秀，其中一个比另一个还要高出五万万倍。可是我希望，伍德豪斯小姐，要是——如果——看来似乎奇怪——可是你知道，那是你的原话，以前有过更奇妙的事；比弗兰克先生和我门第更悬殊的人都结合了；所以，看来好像以前也有过这一类事——如果我非常幸运，幸运得无法言喻——如果奈特利先生真的——如果他不在乎这种悬殊，我希望，亲爱的伍德豪斯小姐，你不要反对，不要从中阻挠。不过，我肯定，你太善良了，不会做这种事的。”

哈丽埃特站在一扇窗子跟前。爱玛惊异地转过头去看她，匆匆说道：

“你想奈特利先生回报了你的爱情了吗？”

“是啊，”哈丽埃特谦逊地、不无恐惧地答道：“我不能不说我是这样想的。”

爱玛的眼光立即收了回来；她一动不动地坐着默默沉思了几分钟。几分钟尽够她了解自己的心了。像她那样的心，一旦起了猜疑，就很快猜疑下去；她触及了——接受了——承认了整个事实。为什么哈丽埃特爱上奈特利先生就比爱上弗兰克·邱吉尔糟得多呢？为什么哈丽埃特有了一点儿得到回报的希望，那不幸就变得更加可怕呢？奈特利先生除了跟她本人结婚以外不能跟别人结婚，这个念头像箭一样在她心头飞快地闪过！

在这几分钟里，她自己的行为，正如她自己的心一样展现在她眼前。这一切她看得清清楚楚，以前从没这样清楚过。她对待哈丽埃特的态度是多么不适当啊！她的行动是多么轻率、多么粗暴、多么不合情理、多么冷漠无情！以前引导着她的是什么样的盲目，什么样的疯狂！这给了她可怕而剧烈的打击，她恨不得用世界上每个难听的名称来诅咒它。然而，尽管有这些过错，但是爱玛要保持一点自尊心——要使外表平静并且对哈丽埃特公正。对一个自以为获得奈特利先生爱情的姑娘不必同情，但是为公正起见，现在不能冷淡她，使她扫兴。这一切促使爱玛下决心镇静地坐着，继续忍受下去，甚至还要露出一副好心肠的样子。的确，为了她自身的利益，是应该把哈丽埃特的希望寻根究底地打听清楚。哈丽埃特并没做出什么事可以使爱玛取消自动形成和保持的关怀和兴趣，或者可以使从没给过她正确劝告的人蔑视她。所以，爱玛从沉思中醒来，抑制住自己的感情，又转向哈丽埃特，用比较热情的声调继续交谈；因为那最早谈论的简·菲尔费克斯的奇妙故事已经给忘得一干二净。两人都只想着奈特利先生和自己。

哈丽埃特刚才站在那儿一直沉浸在并非不愉快的幻想中，现在像伍德豪斯小姐这样一个善于判断的朋友以鼓励姿态把她从幻想中唤醒，她还是很高兴的。只消稍加询问，她就会把她那希望的来龙去脉喜悦而颤抖地讲述出来。爱玛在询问和倾听时也在颤抖，虽然比哈丽埃特掩饰得好，但是同样抖得厉害。她的声音没有失去平稳，她的内心却焦躁不安。这样的自我发展，这样的凶险爆发，这样的突然而复杂的感情混乱，肯定会产生这种焦躁不安。她内心痛苦不堪而外表却极其平静，倾听着哈丽埃特讲述的细节。不能指望哈丽埃特讲得有条有理，头头是道，或者有声有色；可是把叙述中无力和累赘的成分去掉以后，这些话却包含着使她情绪低沉的内容——特别是她自己想起了奈特利先生对哈丽埃特的看法大为好转的那些情况，更证明了哈丽埃特说的是实情。

在那两次决定性的跳舞以后，哈丽埃特感觉到他的态度不同了。爱玛知道他当时认为哈丽埃特比他意料中的要好得多。从那个晚上起，或者至少从伍德豪斯小姐鼓励她想念他的时候起，哈丽埃特开始感到他跟她谈话比以前多，而且对她的态度也确实和以前完全不同，是一种亲切可爱的态度！后来，她越来越注意到这一点。当大家一起散步，他常过来在她身边走，而且非常快活地谈话！他似乎要熟悉她。爱玛知道是这个情况。她常常看到这种变化，变化的程度也正是那样。哈丽埃特一再重复他所说的赞同和夸奖的话——而爱玛觉得这些话同她所知道的他对哈丽埃特的看法是完全一致的。他夸奖她毫不虚伪做作；夸奖她有纯朴、真诚、宽大的感情。她知道他在哈丽埃特身上看到这些优点；他不止一次对她细细谈论过这些优点。留在哈丽埃特记忆中的许多事情，她从他那儿得到的许多小小的关注，一个眼神，一段话，一个从一张椅子坐到另一张的动作，一个含蓄的赞美，一种暗示的爱，这一切，爱玛由于毫不猜疑，都没有注意到。有些事可以大谈特谈地说上半个小时，而且包含了她看见的许多明证，她却都忽视过去，直到现在才听见。不过，提到的最近发生的两件事——哈丽埃特最抱希望的两件——却不是她完全没有亲眼目睹的。第一件是，他在登威尔的菩提路上远离大家跟她一起散步，爱玛来以前，他们已经散步了一些时候了，而且他是煞费苦心（她相信是这样）把她从别人那儿拉到他自己身边去的——而且一开始，他就用以前从未有过的特别方式跟她谈话——的确是非常特别的方式！（哈丽埃特回想起来还禁不住要脸红。）他似乎差一点要问她，她的爱情是否已有所属。可是，一见她（伍德豪斯小姐）好像是在朝他们走来，他就改变话题，开始谈论农事。第二件是，他最后一次来哈特菲尔德的那个早上，爱玛出去访问回来以前，他坐着跟她谈了将近半个小时——虽然他一进来就说他连五分钟也不能待——他们谈话的时候，他告诉她，他非去伦敦不可，但是要离开家他却是颇不情愿的（正如爱玛感觉到的），这可比他告诉爱玛的要多得多。这件事表明，他对哈丽埃特更加推心置腹，这使她痛苦万分。

沉思片刻以后，她就这两件事里的第一件提出了下面的问题："他是不是可能？是不是有这样的可能，他像你认为的那样，问起你的爱情状况时，他可能指马丁先生——他可能是为马丁先生着想呢？"可是哈丽埃特情绪激昂地否定了这个猜测。

"马丁先生！不，真的！没提起马丁先生。我希望，我现在不至于会喜欢马丁先生，或者被怀疑有这样的事。"

哈丽埃特结束了她这两句带证明性质的话以后，请求她亲爱的伍德豪斯小姐说说，她是不是有充分根据希望成功。

"一开始，"她说，"要不是因为你的关系，这件事我连想都不敢想。你叫我仔细观察他，拿他的行为做我的准则——我就这么办了。可是现在，我似乎觉得我配得上他；他要是选中我，那也不会是什么很奇怪的事。"

这番话引起的痛苦感情，许许多多的痛苦感情，使爱玛这方面必须作很大努力才能这样回答：

"哈丽埃特，我只想冒昧说一句，世界上要数奈特利先生最不可能故意向任何女人夸大自己对她的感情了。"

听到这句如此令人满意的话，哈丽埃特似乎马上要对她朋友顶礼膜拜了。这当口，响起了她父亲的脚步，爱玛这才从狂喜和亲热中给解救了出来——在这种时刻，狂喜和亲热将只可能是可怕的惩罚。他穿过门厅过来。哈丽埃特太激动，不能跟他见面。“我平静不下来——伍德豪斯先生会受惊的——我最好还是走。”所以，她朋友一怂恿，她就从另一扇门走掉了。她刚走，爱玛的感情就自动爆发了：“天哪！要是我从没看见她该有多好。”

这一天余下的时候，接下来的那一夜，还不够她用来思考的。过去几小时里向她涌来了那么多事情，她在这一片混乱中困惑不解。每时每刻都带来了新的惊异；而每一次惊异又都使她感到屈辱。怎么来理解这一切呢！怎么来理解她加在自己身上、使自己蒙受的欺骗呢！她自己的头脑和心灵的过错和盲目！她一动不动地坐着，她走来走去，她在自己屋子里踱步，她在灌木丛里徘徊——每个地方，每个姿势，她都看到自己的行动太软弱无力；她极其屈辱地受了别人的骗；她更极其屈辱地骗了自己；她苦恼，也许还会发现，这一天只是苦恼的开始。

她作的第一个努力是，要理解，彻底理解自己的心。照料父亲之余的每一个空闲时刻以及不知不觉心不在焉的每一个时刻，她都用在这一点上了。

她现在完全感觉到自己爱上了奈特利先生，她爱他有多久了呢？他的影响，这样的影响是什么时候开始的呢？在她的爱情中，他是什么时候继承了弗兰克·邱吉尔一度暂时占据过的那个位置的呢？她回顾了一下；她把他们两人作了比较——就按照自从认识后者起他们在她评价中一向所占的地位来比较——她本来任何时候可以对他们作这样的比较，如果——啊！如果她灵机一动，想到要在他们中间作这样的比较。她看出，她一向认为奈特利先生要高超得多，一向认为他对她的关怀要可贵得多。她看出，在说服自己、在想入非非、在作出相反行动的时候，她完全是处于一种错觉之中，完全不了解自己的心——总之，她压根儿就从没有真正喜欢过弗兰克·邱吉尔！

这是第一阵思考所得到的结论。这是在探究第一个问题时她对自己的认识;而且不是花了很长时期才得到的。她非常悲哀,而且气愤;对自己每一种激情都觉得羞愧,除了她发现的那一种——她对奈特利先生的爱。她心灵的其余部分都是讨厌的。

她出于叫人无法忍受的自负,自以为了解每个人的感情秘密;出于不可饶恕的自大,硬要安排每个人的命运。结果证明,她全都做错了;而她并不是完全没干什么事的——因为她干了些恶作剧。她给哈丽埃特、给自己带来了不幸,她十分担心,还给奈特利先生带来了不幸。万一所有婚姻中最门不当户不对的这门亲事成为事实的话,那所有的责备都得由她来承受,因为是她开的头;因为她相信,他的爱情只可能是由于意识到哈丽埃特的爱情才产生的;即使并非如此,那么,要不是因为她的愚蠢,他也不会认识哈丽埃特。

奈特利先生和哈丽埃特·史密斯!这门亲事会把任何这类怪事都抛得老远。相比之下,弗兰克·邱吉尔同简·菲尔费克斯的恋爱就变得普通、一般、平淡了,激不起惊讶,看不出悬殊,也没什么可议论和多想的了。奈特利先生和哈丽埃特·史密斯!她这方面是平步青云!他那方面呢,却是一落千丈!想到这件事会使他在众人眼里降低地位,预见到嘲笑、讥讽、拿他取乐、他弟弟的屈辱和蔑视、他自己的种种不便,爱玛觉得真是可怕。这可能吗?不!这不可能。然而,却又决不是,决不是不可能。一个有第一流才能的男人被才能远低于他的人迷住,这难道是一件新鲜事吗?一个忙得无法追求的人被一个追求他的姑娘赢得了,这难道是新奇的吗?这个世界上有些事情不平等,不统一,不一致,或者机遇和环境(作为第二位的原因[①])指挥人的命运,这难道是新奇的吗?

啊!要是她不把哈丽埃特带来,那该多好!要是她让哈丽埃特待在

① 上帝被称为是万物的第一位的原因。

应该待的地方，他对她说的哈丽埃特应该待的地方，那该多好！要不是她用了难以描述的愚蠢，阻止哈丽埃特去嫁一个普普通通的、能使她快活而体面地过她应该过的生活的年轻人，一切都会平平安安，也不会有这一连串可怕的事情发生。

哈丽埃特怎么胆敢妄想高攀奈特利先生！她怎么敢在确实肯定以前就幻想自己被这样一个人选中！可是话说回来，哈丽埃特不像以前那么自卑、顾虑重重了。无论是她心灵上还是地位上的低下，她似乎都不觉察。看来，她认为埃尔顿先生娶她是降尊纡贵，而奈特利先生娶她却不是。唉！这不又是她自己促成的吗？除了她以外，还有谁费尽心思去给哈丽埃特灌输妄自尊大的思想呢？除了她以外，还有谁会教给哈丽埃特，要尽可能提高自己的地位，自己完全有权利进入豪门呢？如果说，哈丽埃特从出身卑微而变得自高自大，那也是她促成的啊。

第十二章

爱玛从来不知道，她的幸福在多大程度上取决于她在奈特利先生心中占第一位，在关怀和感情方面都占第一位；如今她眼看有失去幸福的危险了，这才明白。她对此感到满意，觉得这是她应得的，她曾经不加思考地享受了这种幸福；只是在怕被别人取代的心情中，才发现这原来重要得连言语都已无法表达。很久，很久以来，她一直感到她是占第一位的；因为，他没有自己的女亲戚，只有伊莎贝拉，伊莎贝拉的权利还可以同她的比比，她一向很清楚，他是多么喜爱和敬重伊莎贝拉。在过去许多年里，她自己一直在他心里占第一位。她受之有愧；她常常是粗心的，执拗的，无视他的忠告，甚至故意反对他，对他的优点有一半没有注意，还跟他争吵，就因为他不赞成她对自己作的那种错误和傲慢的评价——可是，由于亲戚关系和习惯，还由于心地高尚，他喜爱她，从她小时候起就关心她，竭力促使她进步，还巴望她品行端正，这种心情是别人根本没有的。尽管她有种种缺点，她知道她对他来说是亲爱的；她难道不能说非常亲爱吗？然而，在必然会随之而来的希望果真出现了一些迹象的时候，她就无法任其发展下去了。哈丽埃特·史密斯也许认为自己并非不配得到奈特利先生那特别的、专一的、热烈的爱的。她却不能。她不能自以为他盲目地爱着她。她最近就得到一个证明，说明他是不偏不倚的——看到她对贝茨小姐的行为，他是多么吃惊！在这个问题上，他向她说出了多么直率、多么强烈的看法！倒不是说，对于她的这个过错他的态度太强烈了——而是说，他的这种态度如果是出于比正直的公平和明智的善意更为温柔的感情，那就未免太强烈了。她并不希望，也没什么可以让她配得上去希望：

他会对她怀着此刻她头脑中在思考着的爱情。但是她(时弱时强地)希望哈丽埃特是在自己欺骗自己,是过高地估计了他对她的关怀。她必须怀着这样的希望,这是为了他——不管后果如何,她都无所谓,只要他一辈子不结婚。的确,只要能保证他永远不结婚,她相信自己就完全心满意足了。让他对她和对她父亲来说都还是这同一个奈特利先生,对全世界来说都还是这同一个奈特利先生;让登威尔和哈特菲尔德都不要失去他们那宝贵的友谊和信任的交流,那么她就完全能平静地生活下去。事实上,对她来说,结婚也不行。结了婚她就不能报答她父亲的恩情,也不能对他尽孝心。不应该有什么把她同她父亲分开。她不能结婚,哪怕奈特利先生向她求婚也不行。

她只能一心巴望哈丽埃特会失望;她希望,等到能再看到他们两人在一起时,至少要能肯定一下是否有这个可能。从今以后,她要密切注意观察他们,尽管以前她甚至不幸误解了她所观察的人们,她却不知道该怎样来承认自己在这一次竟然也会是盲目的。她每天都盼他回来。观察力很快就会得到运用——在她尽朝一个方向想的时候,看来会快得吓人。在这期间,她决定不同哈丽埃特见面。见面对她们俩都没好处,再继续谈论下去,对这件事本身也没好处。她决定,只要还可以怀疑,她就不去相信,可是她却没有根据可以打消哈丽埃特的信心。谈话只会惹得生气。所以她就用亲切而又坚决的语气写了封信,请她目前不要上哈特菲尔德来;说她相信,最好还是不要继续推心置腹地就一个话题讨论下去;希望过几天再见面,除了在有旁人的场合——她只是反对 tête-à-tête——那样他们就可以只当把昨天的谈话忘了。哈丽埃特顺从了,赞同了,心里很感激。

这件事刚安排好,就来了一个客人,把爱玛的思想从过去二十四小时里不管是睡是醒都想着的问题上岔开了一点儿。威斯顿太太刚去拜访了她那被选中的儿媳妇,在回家途中弯到哈特菲尔德来,一方面是因为有责任来看看爱玛,一方面也是为了让自己散散心,她把如此有趣的一场会见的详情细节都讲了出来。

威斯顿先生陪她去贝茨太太家，很出色地表示了他那份必不可少的关怀。他们在贝茨太太的客厅里尴尬地坐了一刻钟，本来没有多少话可对爱玛说，但她曾说服菲尔费克斯小姐同她一起出去兜风，现在回来了，要说的话，要满意地说的话，可就多得多了。

爱玛有几分好奇，趁她朋友叙述的时候尽量把情况打听清楚。威斯顿太太出发去作这次访问时很是激动。一开始，她希望目前根本就不要去，让她只是写封信给菲尔费克斯小姐，等到过些时候，邱吉尔先生对宣布订婚这件事能够想通了，再去作这次礼节性的拜访；因为她在各方面都细细考虑以后，认为作这样的访问必定会传得沸沸扬扬。可是威斯顿先生却不这样想：他急于要向菲尔费克斯小姐和她家的人表示赞同，认为这样做不可能引起什么猜疑，即使引起，也没什么了不起；因为他说"这档子事总是要传开去的"。爱玛笑了，觉得威斯顿先生这么说很有道理。总之，他们去了；那位小姐显然很苦恼很窘。她几乎连一句话都说不出来，每一个眼神，每一个行动都流露出她是多么不好意思。老太太的默默的、出自心底的满意，她女儿的狂喜——她快活得甚至无法像往常那样说话，这是一个令人高兴的，几乎是令人感动的场面。她们俩的快活劲儿是那么可敬，每一种感情是那么无私；那么多地为简着想；那么多地为每个人着想，而不为自己打算，以致所有亲切的感情都表现了出来。菲尔费克斯小姐最近生病，正好让威斯顿太太有了邀她兜风的借口。一开始，她还退缩、拒绝，但是在对方坚邀之下让步了。在兜风的时候，威斯顿太太温柔地鼓励她，大大消除了她的局促不安，还使她谈起了这个重大话题。首先，她当然是道歉，他们第一次来，她却显然不礼貌地保持沉默；接着，她极其热情地谈起她心里一向感激威斯顿太太和威斯顿先生。在说过了这些心里话以后，她们谈了很多有关订婚的现在和未来的情况。威斯顿太太深信，她的游伴把一切闷在心里已有那么久，这样交谈把心里话说出来，一定感到如释重负；而且对她在这个问题上说的话感到很满意。

“她隐瞒了好几个月，忍受了不少痛苦，”威斯顿太太继续说，“从这点看来，她还是坚强的。她是这样说的，‘我不能说订了婚以后我没高兴过，但是我可以说，我一刻也没安宁过。’说这话的她嘴唇颤抖，爱玛，这使我从心底里相信她说的是事实。”

“可怜的姑娘！”爱玛说。“这么说，她认为同意私自订婚是做错了？”

“做错了！我想，没有人能比她自己更严厉地责备她了。‘对我来说，’她说，‘后果是永远的痛苦；是应该这样。可是，在经受了错误行为带来的所有惩罚以后，错误行为并不会减轻其错误程度。痛苦并不能抵罪。我永远也不再是无可指摘的了。我的行为违反了我的是非观；一切事情上出现的转机、我现在受到的恩惠，都是我良心告诉我受之有愧的。太太，’她继续说，‘别以为我自小受到的教育不好。别让抚养我长大的那些朋友的原则和操劳受到非议。错全在我自己；我向你保证，尽管目前的处境似乎可以给我借口，但我还是不敢把这件事告诉坎贝尔上校。’”

“可怜的姑娘！”爱玛再一次说道。“我想她当时一定是太爱他了。只有出于爱情她才会同意订婚。准是她的感情压倒了她的判断。”

“对，我不怀疑，她一定是很爱他。”

“恐怕，”爱玛叹了口气说，“我经常惹得她不高兴。”

“在你这方面，我亲爱的，那完全是无意的。可是在谈及他以前给予我们暗示的那些误会时，她心里也许是有这样的想法。”她说，“她卷入不幸所引起的自然后果之一，就是使自己变得不合情理。自己意识到做错了事，使她万分不安，使她吹毛求疵、容易发怒，到了一定会使他——已经使他——难以忍受的地步。她说，‘我不像应该的那样，原谅他的脾气和心情——他那使人快活的心情，那股子欢乐劲儿，那爱开玩笑的生性，要是处在别的情况下，我肯定，这一切准会像一开始那样，叫我入迷。’然后，她谈起你，谈起你在她生病期间表示的深情厚意；她脸红了，这让我明白了是怎么回事,她要我一有机会就向你致谢——我不管怎么感谢你都不会过分——要我感谢你为她做好事的每一个愿望和每一次努力。她知道你从来没从她那儿得到过应有的感谢。”

“我知道她现在很快活,”爱玛严肃地说,“尽管由于她那审慎的良心,打了些折扣,她一定还是快活的,要不是这样,我就没法接受这些感谢;因为,啊! 威斯顿太太,如果要算一笔我为菲尔费克斯小姐做的坏事和好事的账! 嘻,”说到这儿她停住了,竭力要快活点,“把这一切都忘了吧。你真好,给我带来了这些有趣的细节。这些极好地显示出她的长处。我肯定,她很善良——我希望她很幸福。幸运理应在他那方面,因为我想优点都在她这方面。”

这样一个结论,叫威斯顿太太没法不回答了。在她看来,弗兰克·邱吉尔几乎各方面都好;不止如此,她还很喜爱他,所以她竭力为他辩护。她说得很有理智,至少也同样地有感情——可是对爱玛的注意力来说,她要说的话却太多了。爱玛的注意力不久就转到勃伦斯威克广场或者登威尔去了。她忘了要注意听;威斯顿太太最后说,“你知道,我们还没收到我们盼望的信呢,不过,我希望很快就会来的,”爱玛在回答以前,不得不顿一下,最后不得不在还没有想出她们盼的是什么信的时候就随便作了回答。

“你身体好吗,我的爱玛?”这是威斯顿太太告辞时的问话。

“啊,很好。我一向很好,你知道。你一定要尽快给我那封信的消息。”

威斯顿太太说的情况,使爱玛更加敬重和同情菲尔费克斯小姐,也使她更加感觉到过去对菲尔费克斯小姐太不公平,因此,她那不愉快的沉思也就有了更多的内容。她深深后悔,没有主动同菲尔费克斯小姐更亲密地来往,她为自己的嫉妒脸红。在一定程度上,正是嫉妒妨碍了她们的亲近。要是她听从奈特利先生表示的希望,去关心菲尔费克斯小姐,这不管从哪方面说，本来都是她应该做的；要是她试图更好地了解她，要是她在跟她亲近这方面尽了她的力，要是她努力跟她而不是跟哈丽埃特·史密斯交朋友，那么，她完全可能免去目前压在她心头的痛苦。出身、才能、教养都同样地表明一个是值得她怀着感激心情去结交的朋友，而另一个呢——她是什么人呢？即使他们没有成为亲密的朋友，即使她没有听到菲尔费克斯小姐在这件重大事情上的心里话——这是很可能的——而像她应该的和可能的那样了解她，那么她也绝对不能可恶地猜想菲尔费克斯小姐对狄克逊先生有什么不正当的感情。她不但心里这样愚蠢地猜想和相信，而且还告诉了别人，这是不可原谅的。她非常担心，由于弗兰克·邱吉尔的轻率或粗心，这个想法给简的脆弱感情带来了极大的痛苦。她相信，自从简来到海伯利以后，在这包围着简的种种不幸的起因中，最坏的一定要数她自己了。她准是个永久的仇敌。每次他们三人在一起，她总是无数次地刺得简·菲尔费克斯不得安宁；在博克斯山上，她那颗心也许已经痛苦得再也无法忍受了。

在哈特菲尔德，这一个黄昏是漫长的忧伤的。天气又尽量增添了阴郁气氛。阴冷的暴风雨袭来，除了从叶子正被狂风摧残的树丛和灌木上，从只是延长这种惨相的白昼的长度上，丝毫看不出七月的迹象。

天气影响了伍德豪斯先生。他女儿几乎一刻不停地照料着他，作了超乎平时一倍以上的努力，这才使他还算觉得舒服。这使她想起了他们在威斯顿太太结婚那天晚上凄凉的第一次 tête-à-tête；不过，那一次，用过茶点以后不久，奈特利先生就走了进来，驱散了每一种忧思。唉！这种访问表示哈特菲尔德是有吸引力的，可是这样可喜的证明也许马上就要结束了。她当时曾为正在临近的冬天描绘出一幅冷冷清清的景象，结果证明她错了；没有一个朋友抛弃他们，他们也没失去任何欢乐。可是她担心目前的不祥之兆就不会有类似的相反结果。现在她眼前出现的前景在一定程度上预示这不可能被完全消除——甚至不可能部分地变得光明起来。如果她的朋友中间能发生的事都发生的话，哈特菲尔德准会比较寂寞，她只能怀着幸福被破坏的那种心情来给她父亲解闷。

在伦多尔斯，论关系，那即将出世的孩子肯定比她更亲；威斯顿太太的心灵和时间会给那孩子占去。他们会失去威斯顿太太；说不定在很大程度上还失去她的丈夫。弗兰克·邱吉尔再也不会回到他们中间来；菲尔费克斯小姐呢，势所必然，很快就不再属于海伯利。他们将会结婚，在恩斯科姆和那儿附近定居下来。一切美好的事物都没有了；要是除了失去这一切以外，再加上失去登威尔，那么，欢乐而合理的社交还剩下什么让他们可以得到的呢？奈特利先生再也不会来度过愉快的黄昏！不会再仿佛甘愿拿他的家来换他们的家似的随时走来！这怎么受得了呢？要是他为了哈丽埃特就不再同他们来往；要是想到他以后只要同哈丽埃特待在一起；要是他选中哈丽埃特作为最重要的人，最亲的人，朋友，妻子，并且从她那里寻求生活所有的幸福；那么，除了一直在她心头的那个认为这都是她自作自受的想法以外，还有什么能增加她的痛苦呢？

想到这里，她不由得惊跳了一下，又长叹了一声，甚至在屋子里来回走了几秒钟；唯一能带来安慰和宁静的是，决心自己好自为之，并且希望，不管在下一个冬天和她这辈子里未来的每一个冬天，情绪和欢乐都怎样地不如以前，她都要更加理智，更有自知之明，以便冬天过去之后能够留下较少的让她后悔的事。

第十三章

第二天整个上午，天气仍然像前一天一样；同样孤独、同样忧伤的气氛似乎笼罩着哈特菲尔德——可是到了下午，天空转晴，风势变小，乌云散开，太阳出来，又是夏天了。爱玛怀着天气好转引起的迫切心情，决定尽快到户外去。暴风雨过后，平静、暖和、灿烂的大自然的优美景色、芳香和感觉从没这样吸引过她。她渴望着这一切也许会渐渐带来的安宁。午饭后不久，佩里先生来访，把空闲的一小时用来陪陪她父亲，她就抓紧时间匆匆来到灌木林里。她神清气爽，心里也宽慰了些，刚在那儿兜了几圈，就看见奈特利先生穿过花园门朝她走来。她这才知道他已从伦敦回来。刚才她还一直在想，他无疑是在十六英里以外呢。只来得及以最快的速度把脑子转过来。她必须镇定、沉着。半分钟以后，他们就在一起了。双方互道“你好”时都说得平静而又拘谨。她问起他们共同朋友的近况；他们都很好。他什么时候离开他们的？就在那天早上。他准是冒雨骑马来的。对。她发现他打算和她一起散步。“我刚才朝餐厅里看看，那儿不需要我，所以我宁可在户外。”她觉得他的神情和口吻都显得不大愉快；她由于担心，想出的第一个原因就是，他把他的计划告诉了他的弟弟，他的弟弟听说这些计划时的态度使他感到痛苦。

他们一起散步。他一声不吭。她想，他是在时不时地瞅着她，想更清楚地仔细瞧瞧她的脸，她觉得这样不合适。她的这种想法又引起了另一种担忧。也许他想跟她谈谈他爱哈丽埃特吧；也许他在等待，要得到她的鼓励以后才开口。她没有先开口谈这个问题，也不可能先谈。一切都得由他来开头。然而，这种沉默，她却又受不了。这在他是很不寻常的。她想了一下，下定了决心，竭力要露出笑容，开始说道：

“现在你回来了，你可以听到一个消息。那会叫你吃惊的。”

“是吗？”他看着她，平静地说；“什么样的消息？”

“世界上最好的——结婚。”

他等了一会儿，仿佛要肯定她不想往下说似的，然后答道：

“如果你是指菲尔费克斯小姐和弗兰克·邱吉尔的话，那我已经听说了。”

“怎么可能呢？”爱玛嚷了起来，她把红红的脸蛋转向他；因为，她说的时候，想起他可能已经在半路上弯到高达德太太家去过了。

“今天早上我收到威斯顿先生为教区的事写来的信，他在信末简短地说了这件事。”

爱玛大大舒了一口气，立即就能用稍微平静一点的口气说：

“你也许不像我们任何一个人这样吃惊吧，因为你已经猜到了。我没忘记，你有一次试图给我一个警告。我要是听了就好了——可是——”她嗓音低了下去，又深深叹了一口气，“我似乎注定了要视而不见。”

有一两分钟没再说话，她没想到这可能引起特别的关心，直到发现自己的胳臂给拉到了他的臂弯里，并且放到了他的心口，还听得他用深情的语调低声说：

“时间，我最亲爱的爱玛，时间会治好创伤的。你自己那杰出的理智——你为你父亲作的努力——我知道你不允许自己——”她的胳臂又被紧紧握了一下，在这同时，他用更不连贯、更加压低的声音说，“最热烈的友情——愤慨——讨厌的无赖！”他用稍微响一点也稍微稳定一点的声调结束说，“他马上就要走了。他们马上要到约克郡去了。我为她感到遗憾。她应该有更好的归宿。”

爱玛理解他；她一摆脱这种温柔体贴激起的欢乐的激动，就答道：

“你心真好——可是你误会了——我必须纠正你。我不需要那样的同情。我对发生的事情视而不见,竟用了会使我永远羞愧的态度对待他们,我真傻,给引得说了和做了许多可能会引起人家对我种种不愉快猜测的话和事,可是,我所后悔的只是我没早点儿知道这个秘密。”

“爱玛,”他一边热切地盯着她看,一边大声说道,“你真是这样吗”——可是立即控制住自己——“不,不,我理解你——原谅我吧——即使你就说这些话,我也很高兴了。确实不值得为他后悔!我希望,你不久将不只是理智上承认这些。幸亏你的感情还没进一步卷进去!坦白说,从你的态度上,我从来摸不准你感情的程度——我只能肯定是一种喜爱——我一向认为他不配得到这种喜爱——对男人的名声来说,他是一种耻辱——难道要让他得到那位可爱的姑娘吗?简!简!你将成为一个可怜的人。”

“奈特利先生,”爱玛说,竭力要显得热情些,其实心里却很乱,“我处在一个很不寻常的处境里。我不能让你继续误会下去;不过,既然我的态度给人家这样的印象,我也许就有许多理由羞于承认我根本就没爱过我们所说的那个人,正如一个女人在承认爱某人时自然会害羞那样。可是我从没爱过他。”

他默默地听着。她希望他说话,可是他不说。她以为她得再说些话才能得到他的宽容;可是非得在他眼里再降低自己的身份不可,那真是难啊。不过,她还是继续往下说:

“对于我自己的行为,我没多少可说的。我受到他的殷勤的诱惑,让自己显得很满意。这种事也许是司空见惯的——是毫不稀奇的——只不过是成百上千个女人都有过的事;可是,发生在一个像我这样自以为判断力强的人身上,那就不能因此而变得更可以原谅。许多情况助长了这种诱惑。他是威斯顿先生的儿子——他经常在这儿——我老是发现他很和蔼可亲——总之,因为,”她叹了口气,“即使让我巧妙地夸大种种原因,最后还是集中到这一点——我的虚荣心受到了恭维,我听任他向我献殷勤。不过,后来——确实有一段时期了——我想不出这样献殷勤是什么用意。我认为是一种习惯、一种花招,不需要我认真对待。他欺骗了我,可是他没伤害我。我从来没爱过他。现在我总算了解他的行为了。他从没想爱我。那不过是一个掩盖他跟别人的真正关系的幌子。他的目的是要遮住他周围所有人的眼睛;我肯定,没有人能比我更有效地被遮住眼睛——只是我的眼睛并没有被遮住——那是我的运气——总之,不知怎的,平安无事,没上他的当。"

说到这儿,她希望能听到一个回答——听到几句话,说她的行为至少是可以理解的;可是他没吱声;就她所能判断的,他在沉思。最后,他总算用他平时的声调说话了:

"我对弗兰克·邱吉尔从来没有高的评价。不过,我认为我可能低估了他。我跟他交往不多。即使我直到现在没有低估他,最后他也还会是好的。跟这样一位女士在一起,他是有希望的。我没什么理由要希望他坏——她的幸福同他的良好品行密切相关,为了她,我也当然希望他好。"

"他们在一起能过得幸福,我不怀疑,"爱玛说,"我相信他们是真心相爱。"

"他真是个很幸运的人!"奈特利先生有力地回答说。"那么年轻——才二十三岁——一个人在这种年龄选择妻子,一般都选得不好。二十三岁就选中了这样一位好妻子!就各方面考虑,有多少幸福的年头在等待着这个人啊!他有这样一位女士爱他——无私的爱,因为简·菲尔费克斯的性格保证了她的无私;一切都对他有利,地位相同,我是指社会地位,和一切主要的习惯和举止;每一点都相同,除了一点,而那一点,由于她心地的纯洁是不容置疑的,一定会使他更加幸福,因为把她所缺少的给予她将是他的幸福。一个男人总希望给一个女人安排个比她娘家更加好的家；只要她的敬重是无可怀疑的，那么我想能够办到这一点的人一定是最快活的人。弗兰克·邱吉尔的确是命运的宠儿。一切都对他有利。他在温泉碰到一个年轻女人，获得了她的爱情，甚至连怠慢她都没能使她厌倦——哪怕他跟他全家跑遍世界去给他找个十全十美的妻子，他们也不可能找到比她更好的。他的舅妈阻挠他。他的舅妈去世了。他只消开口就行。他的朋友们都急于促成他的幸福。他对不起每一个人，而他们却全都乐于原谅他。他确实是个幸运的人！”

“你说得倒好像嫉妒他似的。”

“我是嫉妒他，爱玛。在某一方面，他是我嫉妒的对象。”

爱玛再也说不出话来。他们似乎再说半句就要说到哈丽埃特了。她马上感觉到，只要可能，就要把这个话题岔开。她想出个办法。她要谈些和这完全不同的事——勃伦斯威克广场的孩子们；她只等喘一口气就要开始说了，这时，奈特利先生说出下面的话，使她吃了一惊。

“你不愿问我嫉妒的那一点是什么。我知道，你是下了决心，不要好奇地打听。你聪明，可是我却没法变得聪明。爱玛，我得把你不愿问的事情告诉你，虽然我可能马上就后悔不该说。”

“啊！那么，你就别说，别说，”她急忙嚷道。“别着急，考虑考虑，别叫自己后悔。”

“谢谢你，”他用十分痛苦的语气说，接着就一声不吭了。

爱玛不忍心让他痛苦。他想跟她说知心话——也许想跟她商议商议；不管要她付多少代价，她都愿意听。她可以帮他决定，或者使他想通；她可以恰当地赞美哈丽埃特，或者向他指出他可以独立作主，让他摆脱那犹豫不决的状态。对于他那样的心灵来说，这种状态比任何别的更不能容忍。他们走到了房子跟前。

“我想，你要进去了吧？”他说。

“不，”爱玛回答，看到他还在用沮丧的态度说话，她十分坚定，“我想再兜个圈子。佩里先生还没走。”走了几步以后，她接着说，“刚才我无礼地打断了你的话，奈特利先生，而且我担心，引起了你的痛苦。可是，如果你希望像朋友那样跟我坦率地谈谈，或者就你正在考虑的问题征求我的意见——那么，作为一个朋友，你的确可以吩咐我。不管你想说什么，我都愿意听。我会把我的想法如实告诉你。”

“作为一个朋友！”奈特利先生重复说。“爱玛，我怕那是一个字眼——不，我不希望——慢着，对，我干吗犹豫不决呢？我已经说得太多，掩盖不了了。爱玛，我接受你的提议——尽管看来很不寻常，我还是接受，把我自己作为你的一个朋友。那么，告诉我，难道我没有成功的希望吗？”

他停住脚步，眼中现出热切询问的神色，他的眼睛使她受不了。

“我最亲爱的爱玛，”他说，“因为，不管这一小时的谈话结果如何，你将永远是最亲爱的，我最亲最爱的爱玛——快告诉我。如果要说‘不’的话，你就说吧。”她真的说不出话来。“你不说话，”他万分兴奋地大声说道，“一句话也不说！现在我就不再问了。”

爱玛一时激动得差点儿要瘫倒了。她生怕被从这最幸福的美梦中惊醒，这也许是她最强烈的感觉。

“我不会长篇大论地说，爱玛，”他马上又接着说下去，声调里充满了诚挚、肯定和明显的柔情，颇使人信服。“要是我不像这样爱你，我就可以说得多一些。可是你知道我的为人。你从我嘴里听到的只是真话。我责怪过你，训斥过你，在英国再没有什么别的女人能像你那样忍受下来。最亲爱的爱玛，听了我现在要告诉你的真话，你就像以前那样忍受下来吧。也许我的态度还不足以使你相信我说的是真话。天知道，我是个很冷淡的情人。可是你了解我。对，你知道，你了解我的心情——如果可能的话，你还会报答它们。眼下，我只想听听——听一听你的声音。”

他说话时，爱玛的脑子忙个不停，但是尽管思想快得出奇，却还是能

他停住脚步，眼中现出询问的神色

够——而且一字不漏——抓住和领会这一切的全部真情;她看出哈丽埃特的希望是毫无根据的,是一个误会,一个幻想,跟她自己的任何想入非非一样,完全是幻想——哈丽埃特不在他眼里,他眼里只有她。她关于哈丽埃特所说的话,全都被认为是表达她自己的感情;她的激动、她的疑虑、她的勉强、她的沮丧,全都被看作出自她自己内心的沮丧。不但有时间来相信这一切,带着所有随之而来的幸福感,而且还有时间庆幸自己没泄露哈丽埃特的秘密,她决定不必也不应该泄露。如今她只能在这一点上帮助她那可怜的朋友了,因为她没有那种义气,可以使她求他把爱情从她自己这儿转到哈丽埃特那儿,认为两人中后者更配得上他——她也没有那种更纯朴的崇高精神,可以使她下决心一劳永逸地拒绝他,不说出任何理由,因为他不能同时爱她们两个。她同情哈丽埃特,感到痛苦而且后悔;可是她脑子里的慷慨想法并没有疯狂到足以反对一切可能的和合理的事情。她把她的朋友引入了歧途,她将永远为此责备自己;可是,在斥责他和哈丽埃特结婚是最不相配、最降低身份这一点上,她的判断同她的感情一样强烈,也同过去的判断一样强烈。她的道路是清楚的,虽然并非十分平坦。既然他这样恳求她,那就说话吧。她说了什么呢?当然是她应该说的话啰。小姐总是这样说的。她说了很多,表示不必失望——要他自己再多说一点。他一度曾经失望过,他得到过要小心谨慎、沉默不语的命令,当时这一点使一切希望都破灭了——她一开始就拒绝听他说话。这个改变也许有点突然;她提议再兜一个圈子,她重新开始了她打断的谈话,这也许有点特别!她感到这样做前后矛盾,可是奈特利先生很有礼貌,没有理会,也不要求进一步的解释。

人类在谈出秘密时很少、很少会把事实和盘托出,很少会丝毫没有掩饰、丝毫不被误解;可是像在这个例子里,虽然行为是被误解了,感情却没被误解,这也就无关紧要了。奈特利先生不可能要爱玛有一颗比这时更宽容的心,或者有一颗更倾向于接受他的心。

事实上，他丝毫没想到自己会有那么大的影响。他跟着她走进灌木林时，并没想到要试一试这种影响。他来是急于要看看她听了弗兰克·邱吉尔订婚的消息以后怎么样，并没有什么自私的想法，根本没有什么想法，只是想，如果她允许的话，就安慰安慰她，或者劝劝她。其余的事是当时发生的，是听到有关他感情的想法以后的直接后果。她说她对弗兰克·邱吉尔毫不关心，她的心跟她毫不相干，这可喜的保证使他产生了一个希望，那就是他有朝一日能得到她的爱情；可这并不是眼前的希望——他只是在冲动暂时压倒理智的时候，想知道她并不禁止他作爱她的尝试。这渐渐展现的最大希望可要迷人得多。他一直在请求让他培育的那种感情（如果允许他培育的话）已经属于他了。不到半个小时，他就从万分痛苦的心情中转到了简直是美满的幸福中去，这种心情只能用这几个字来形容。

她也经历了同样的变化。这半个小时使两人都有了同样的深信他们彼此相爱的宝贵信念，让两人都打消了同样的隔阂、嫉妒或猜疑。在他那方面，已经嫉妒了很长一个时期，那要追溯到弗兰克·邱吉尔来到的时候，甚至追溯到盼望他来到的时候。大约就从那个时候起，他就爱上了爱玛，而且嫉妒弗兰克·邱吉尔，也许是一种感情使他明白了那另一种感情。他正是因为嫉妒弗兰克·邱吉尔才离开乡下的。博克斯山之游让他决定了要离开。他要使自己不再目睹这种被允许、被鼓励的殷勤。他去，是想学得淡漠。可是他跑错了地方。他弟弟家融融乐乐的气氛太浓厚了；在那儿，女人是个太可爱的形象；伊莎贝拉太像爱玛了，所不同的只是那些显然不如爱玛的地方，这些地方往往使更加光辉灿烂的爱玛泛现在他跟前，即使他待得更久，那也只会更加痛苦。然而，他还是顽强地一天又一天地继续待下去，直到这天早上的邮件送去了简·菲尔费克斯的消息。那时候，他当然会欣喜万分，不，他确实马上就欣喜万分，因为他一向认为弗兰克·邱吉尔根本不配得到爱玛。他那么关怀她，为她担心，这就再也待不下去了。他冒雨骑马赶回来;吃过午饭马上步行过来,看看这个最可爱的、最好的、尽管有她那些缺点但还是完美无缺的人听了这消息以后怎么样。

他发觉她又激动又沮丧。弗兰克·邱吉尔真是个无赖。他听到她说从来没爱过他。弗兰克·邱吉尔的性格还不是不顾一切的。他们回进屋去的时候,他握着她的手,得到了她的许诺,她已成了他自己的爱玛;如果这时他会想起弗兰克·邱吉尔,那他一定会认为他是个很好的家伙。

第十四章

爱玛带回屋去的心情同带出屋来的真是迥然不同啊！当时，她只敢希望稍微缓解一下痛苦；而现在，却处于幸福的极大兴奋之中——不仅如此，她相信，在兴奋过去以后，一定会感到更加幸福。

他们坐下来喝茶——坐在同一张桌子周围的同一些人——他们过去是怎样经常地相聚啊！她的眼光是怎样经常地停落在草坪上的同一些灌木上，并且观看西方落日的同一种瑰丽景色啊！可是却从来没有处在这样的心情之中，从来没有类似的心境；她好不容易才稍微恢复了一些常态，勉强能像往常那样当一个仔细周到的家庭主妇，甚至当一个仔细周到的女儿。

可怜的伍德豪斯先生没想到，自己由衷欢迎，又一心希望在骑马途中没有着凉的那个人心里正酝酿着对他不利的计划。他要是看透了那颗心，那就不大会去关心那个肺了；可是他万万没想到会有这种近在眼前的不幸，丝毫没有觉察出他们俩的神情和举止有什么异常之处。他轻松自在地把从佩里先生那儿听来的消息一股脑儿告诉了他们，心满意足地继续谈着，完全没想到他们很可能告诉他什么消息作为回答。

奈特利先生和他们在一起时，爱玛的兴奋一直持续着；可是他走了以后，她就开始稍微冷静和克制一点儿。在这样一个黄昏带来的不眠之夜里，她发现有一两个颇为严重的问题要考虑，觉得甚至她的幸福都一定是掺有杂质的。她的父亲——还有哈丽埃特。在一个人待着的时候，她没法不感到他们不同要求的沉重压力；问题在于，怎样来尽力安慰他们两人呢？至于她父亲，这个问题很快就有了回答。她几乎还不知道奈特利先生会要她怎么做；可是她心里忖量了一会儿，就严肃地作出了决定，永远不离开她父亲。一想到离开，她甚至都哭了，把这看做是一种罪恶的想法。只要他活着，那就只能订婚；可是她又自慰说，如果摆脱了把她拉走的危险，他倒反而可能得到更大的安慰。怎样为哈丽埃特尽力呢，这就更难决定了。怎样让她免除任何不必要的痛苦呢？怎样尽可能地给她补偿呢？怎样尽可能使自己显得不像是她的情敌呢？在这些问题上，她是非常困惑和痛苦的；她的心不得不一遍又一遍地经历曾经包围过它的每一个痛苦的自责和悲哀的后悔。她最后只能决定，她还是得避免和哈丽埃特见面，把必须让她知道的事写在信里告诉她；现在让她离开海伯利一个时期，是个无法言喻的好办法，而且——还在酝酿另一个计划——几乎已经决定了；为哈丽埃特要一张请帖，让她去布伦斯威克广场，这是切实可行的。伊莎贝拉喜欢哈丽埃特；在伦敦待几个星期，哈丽埃特准能玩得快活。她想，按照哈丽埃特的性格，她到了那新奇的环境中，有了丰富多彩的活动，逛街道，逛商店，和孩子们玩，决不会不从中获益的。无论如何，这会证明自己是关怀她，对她怀有好意的，自己安排的一切都是合适的；暂时分离；避开她们又得相聚的那个不幸的一天。

她很早就起身，写了封信给哈丽埃特；做完这件事以后，她觉得非常烦闷，几乎到了忧伤的地步，以致觉得奈特利先生步行到哈特菲尔德来吃早饭的时候根本不能算太早；她偷空半个小时，同他在那同一个庭园里再兜了一圈，这无论是按字面来理解还是作为比喻来考虑，对于让她适当重温昨日傍晚的幸福，都是十分必要的。

他离开她不久——决没有久得会让她想起任何别人——就有一封信从伦多尔斯送来——一封很厚的信。她猜到信里写的是什么，认为没有必要去读它。她现在对弗兰克·邱吉尔可真是十分宽容；她不需什么解释，她只要让自己好好安心想想。至于要理解他写的东西，她肯定自己是没有这个能耐的。然而，总得勉为其难地浏览一下吧。她拆开信封；一点不错，是那么回事；是威斯顿太太给她的一封信，还附了弗兰克给威斯顿太太的信：

“我亲爱的爱玛，我怀着莫大的喜悦，给你附上这封信。我知道你会非常公正地对待它，毫无疑问，它会产生愉快的效果。我想，我们对写这封信的人不会再有重大的分歧了；但是我不想用一篇冗长的前言来耽搁你读信。我们都很好。这封信治好了我最近感到的小小的不安。我不大喜欢你在星期二那天的神色，可那是个令人不快的早晨；尽管你自己决不会承认是受了天气的影响，可是我却认为，人人都会感到刮东北风是不舒服的。在星期二下午和昨天早上的暴风雨中，我很为你亲爱的父亲担忧，可是昨晚听佩里先生说，他没有因此生病，我就放心了。

你的，

安·威

[致威斯顿太太]

亲爱的夫人：

如果我昨天把意思说清楚了，那你就会在等这封信；可是不管是否在等，我知道，你会用公正和宽容来读它的。你整个的人就是善良，我相信，你甚至得用你全部的善良，才能容忍我过去的一些行为。可是我已经被一个更有理由可抱怨的人所原谅。我写信时勇气增加了。兴旺发达的人要谦卑是很困难的。我两次请求宽恕，两次都很成功，这就使我有可能会处于一种危险之中，会过于自信能获得你的以及你朋友中有理由生气的人们的原谅。请你们务必理解我初到伦多尔斯时的处境；请你们务必想想我有一个无论如何都得保守的秘密。这是事实。至于我是否有权让自己处于这种需要如此掩饰的处境，那是另一问题。我不想在此讨论。如果要知道是什么引诱了我使我认为有这权利，那我就请每一个挑剔者去看看海伯利的一所砖屋，下面的框格窗和上面的窗扉。我不敢公开向她求爱；我在恩斯科姆的困难处境太明显了，毋需再作说明；我们在韦默思分手以前，我很幸运，使世界上最正直的一个女人在宽容中屈尊秘密订婚。如果她拒绝，我早就会发疯了。可是你会问，‘你这样做，抱的是什么希望呢？’——‘你指望什么呢？’指望任何事物，每样事物——指望时间、机会、环境、缓慢的效果、突然的爆发、坚毅和厌倦、健康和疾病。一切美好的可能性都在我面前，初步的幸福得到了，她答应忠贞不渝并且同我通信。如果你需要进一步的解释，我亲爱的夫人，我有作为你丈夫的儿子的荣幸，也有继承他那乐观性情的优点，那价值可不是继承房屋田产所能比拟的。所以，你看，我就在这种情况下到伦多尔斯来作第一次访问的。现在我知道自己错了，因为那次访问很可以提早一些。你回忆一下，就可以看到，我是在菲尔费克斯小姐到了海伯利以后才来的；由于你是被忽视的人，请你马上原谅我吧；可是我得请求我父亲的同情，要提醒他，我离开他的家那么久，我失去认识你的幸福那么久。在我跟你们一起度过的非常愉快的两周里，我希望，除了在一个问题上以外，我的行为没有让我有什么可指摘的地方。现在，我要谈谈这一主要问题，这也就是和你们在一起的时候，我行为中唯一重要的一部分，它引起了我自己的不安，或者说，需要作非常详细的解释。我怀着最大的敬意和最热烈的友情提到伍德豪斯小姐；也许我父亲会认为，我应该再加上一句，怀着最深切的惭愧。他昨天随口说的几句话表明了他的看法，我承认我是应该受到责备。我相信，我对伍德豪斯小姐的行为表现得过了分。为了有助于这种对我十分重要的掩饰，我禁不住过多地利用了我们一开始就产生的亲昵。我不能否认，伍德豪斯小姐是我表面上的对象。可是我肯定你会相信这个声明：如果我不确信她无意于我，我就不会抱着任何自私的想法这样继续下去。尽管伍德豪斯小姐又可亲又可爱，她却从没让我认为是可以让我为之倾心的年轻女人；她完全不可能倾心于我，这是我的信念和希望。她用一种随和、友好、快活的戏谑对待我献的殷勤，这对我正好合适。我们似乎相互了解。从我们相互的处境来看，这种殷勤是她应得的，而且也被认为是这样。至于伍德豪斯小姐是否在两周结束以前就真正开始了解了我，我说不准；我记得，我去向她告别时，差点儿向她吐露真情，当时我想，她并非毫不猜疑；不过我深信从那以后，她对我有些觉察——至少在某种程度上有些觉察。她也许没有猜到整个情况，可是她的敏锐一定看出了一部分。对这一点我毫不怀疑。你会发现，不管什么时候这件事公开出来，不再是秘密时，她都不会大吃一惊。她常常就此事给我一些暗示。我记得她在舞会上告诉我，埃尔顿太太关怀菲尔费克斯小姐，我应当感谢她。我希望，你和我父亲会认为，我对她的态度的这段历史可以大大减轻你们看到的过错。只要你们还认为我做了对不起伍德豪斯小姐的错事，我就不应该从你们那里得到原谅。现在原谅我吧，在可能的时候，代我取得上面所说的爱玛·伍德豪斯的原谅和良好祝愿吧。我对她怀着很深的兄妹之情，希望她同我一样深深地，幸福地沉浸在爱情中。不管我在这两周中说了什么奇怪的话，或者做了什么奇怪的事，你们现在都可以理解了。我的心在海伯利，我要做的事总是尽可能经常到那儿去而不引起丝毫的怀疑。如果你们还记得任何古怪之处，那就把它们纠正过来吧。至于大家议论纷纷的那架钢琴，我觉得只需说一下，定那架钢琴是菲——菲小姐完全不知道的。如果让她选择，她决不会让我送。在这整个订婚过程中，我亲爱的夫人，她那心灵的高雅远远超出了我描述的能力。我真诚地希望，不久你自己就会完全了解她的。没有一种描写能把她描写出来。她得自己来告诉你她是怎样一个人——然而不是用言语，因为再也没有一个人会像她那样故意贬低自己的长处了。这封信写得比我预料的要长,从我开始写信以后,我已经收到她的信。她详细谈了自己的健康状况;可是因为她从来不说自己有病痛,我不敢相信。我要知道你对她的脸色有什么看法。我知道你不久就会去看她;她就怕这次访问。也许你已经去过了。请不要耽搁,马上给我写信吧;我急于要听听许多详情细节。回想一下我在伦多尔斯只待了那么少的几分钟,回想一下我当时是处于一个多么困惑、多么疯狂的状态;现在我比那时候还没好多少;还是由于高兴或者痛苦,处于疯狂状态。当我想起我受到的好意和恩惠,想起她的卓越和耐心,和我舅舅的宽大的时候,我快活得发疯了;可是当我想到我给她带来的所有不安,想起我真不该得到原谅的时候,我又愤怒得发疯了。只要我能再看见她就好了!可是我现在还不能提。我舅舅太好了,我不能再向他提要求。这封长信我还得写下去。你该听的情况还没听完呢。昨天我没法把有关的详细情况告诉你;这件事爆发得太突然,而且就某一方面来说,又不合时宜,这需要解释;因为,虽然上个月二十六日那件事,正如你会认为的那样,立即为我展开了最幸福的前途,我却不该这样早就采取措施。我只是出于那迫使我一小时也不能耽搁的非常特殊的情况才这么干的。我自己原本不会这样仓促行事,她也会用加倍的坚强和体贴同意我的审慎。可是我别无他法。她匆忙接受了那个女人的聘约——写到这里,我亲爱的夫人,我不得不突然停下,让我自己振作和镇定一下。我已经在田野里散了步,希望我现在已经冷静下来,让我可以把这封信的余下部分写得像应该写的那样。事实上,这对我来说是个最痛苦的回忆。我的行为可耻。现在我承认,我对伍小姐的态度,使菲小姐不高兴,是应该受到狠狠责备的。她不赞成,这就足够了。我说这是为了掩盖真相,她认为这借口是不够的。她不高兴;我认为没有理由要这样;在许多场合,我认为她没有必要那么谨慎小心;我甚至认为她冷淡。但她总是对的。如果我听从了她的意见,把我的情绪抑制到她认为适当的程度,那我就可以避免我最大的悲哀了。我们吵了嘴。你记得在登威尔度过的那个上午吗?在那儿,以前出现过的每一种不满发展成了一种危机。我迟到了;我在她独自走回家时碰到了她,要跟她一起走,可是她不愿意。她断然拒绝了我,当时我认为是很不合情理的。不过,现在我看出,那只是很自然的、一贯的谨慎罢了。刚才一个小时里,我为了向大家隐瞒我们的订婚,还在用令人厌恶的体贴来对待另一个女人,难道在这一个小时里就要她同意一个可能使种种小心谨慎前功尽弃的建议吗?万一我们让人家撞见在登威尔和海伯利之间一起走,那么,人家就一定会猜到事实真相。不过,当时我真是发了疯,还抱怨呢。那时我怀疑她的爱情。第二天在博克斯山,我更加怀疑。我可耻而又无礼地故意怠慢她,还明显地向伍小姐表示忠贞,这是任何通情达理的女人都无法忍受的。她被我这种举动激怒了,于是用我完全听得懂的话来宣泄她的愤恨。总之,我亲爱的夫人,这种吵嘴,在她那方面是无可指摘的,而在我这方面,却很可恶。虽然我很可以跟你们一起待到第二天早上,但是我当天晚上就回里士满去了,这只是因为我要尽可能生她的气。甚至在那时候,我也并没有傻到不打算到时候跟她和好;可是,我是个被伤害的人——被她的冷淡所伤害,我走的时候下定决心,要让她先表示和好。你没参加博克斯山之游,我一直为此庆幸。如果你看到我在那儿的行动,我几乎可以认为你不可能对我再有什么好评。这在她身上产生的后果是:这促使她马上下了决心。她一发现我真的离开了伦多尔斯,她就接受了好管闲事的埃尔顿太太的提议。顺便说一说,埃尔顿太太对待她的那一套,使我又气又恨。我不能跟一个对我如此宽容的人争吵;可是,要不是这样的话,我肯定会公开反对那个女人在这件事上插手。'简,'真是!你会看到,我还没放肆到用这个名字称呼她，甚至在你面前也没有。那么，想想吧，埃尔顿家的人庸俗不堪，一再重复这个名字，自以为高人一等，傲慢无礼，听他们把这个名字老是挂在嘴上，我准是多么难受啊。请耐心听我说下去，我马上就要结束了。她接受了这个提议，决心跟我决裂，第二天就写信告诉我，我们永远也不要再见面了。她觉得这个婚约对双方来说都是个后悔和痛苦的源泉；她把它解除了。这封信我是在可怜的舅母去世那天早上收到的。我在一小时之内就写了回信；可是由于我心烦意乱，而且许多事情一下子落在我身上，我的回信没跟当天许多别的信件一起发出去，而是锁在我书桌里。我相信，虽然只是短短几行，我却相信已经写得够多了，可以让她满意，所以我不再感到什么不安。我没很快收到她的回信，相当失望；可是我为她找借口，我也太忙，而且——是否可以再加上——太乐观，不会吹毛求疵。我们搬到温莎。两天以后，我收到她的一个包裹——我自己的信全都退回来了！同时还寄来了短短几行字，说我对她上一封信只字没回，她感到非常惊奇；还说在这样一个问题上保持沉默是不可能误解的，尽快做好一切随后必需的安排，对双方来说，一定都是同样可取的，现在她把我所有的信通过可靠途径退还，还提出要求，如果我不能马上把她的信在一个星期之内寄到海伯利，那就在那以后给她寄到。总之，斯莫里奇先生在布里斯托尔附近的详细地址很刺眼地出现在我面前。我知道这个名字，这个地方，我知道有关它的一切，因此立即看出她干了什么事。这跟她那坚决果断的性格是一致的，我知道她就是那种性格；她以前信里秘而不谈这个计划，也同样说明了她十分细心。她决不愿意显得像是在威胁我。你想想那震惊吧，想想在发觉自己过错以前，我是怎样地大骂邮局出了差错。怎么办呢？只有一个办法。我得同我舅舅谈谈。不得到他的同意，我就没有希望再使她听我说话了。我谈了，形势对我有利；最近发生的事使他的自尊心减弱了，我没料到他那么快就完全想通并且同意；最后，他，可怜的人！深深叹了一口气说，他希望婚后能像他那样幸福。我觉得，那将是另外一种幸福。我在跟他谈这个问题时，没法不感到痛苦，在孤注一掷时没法不感到担心，你会为我当时这心情怜悯我吧？不，还是等我到海伯利，看到我害得她病到什么程度时再怜悯我吧。等我看到她面色苍白，一副病容的时候再怜悯我吧。我知道她们早餐吃得迟，可以肯定她什么时候独自一人待着，我就在这个时候到达海伯利。我没失望；最后，我还达到了这次旅行的目的，这方面也没有失望。我不得不说服她打消许多完全合情合理、理所当然的不快。可是成功了；我们重归于好了，比以前爱得更深，爱得深多了，我们两人之间再也不会出现一刻的不安。我亲爱的夫人，现在我将让你不必再往下看信了；可是我没法早一点结束啊。我要上千遍上千遍地感谢你对我的好意，上万遍上万遍地感谢你好心给她的关怀。如果你认为，在某一方面来说，我不配得到这样的幸福，那我也完全同意你的看法。伍小姐把我称为幸运儿。我想她是对的。在某一方面，我的幸运是毋庸置疑的，那就是把自己作为你的感恩的、深情的儿子。

弗·邱·威斯顿·邱吉尔

七月于温莎”

第十五章

这封信不可能不感动爱玛。尽管她先前作出了相反的决定，她还是不由得不像威斯顿太太预言的那样公正地对待它。一读到自己的名字，那简直是没法不往下读了；有关她的每一行都是有趣的，几乎每一行都令人愉快。等到这个魔力停止以后，由于她原先对这个写信人的敬爱自然而然地恢复了，由于此时此刻任何爱情描绘都会对她有强烈的吸引力，所以她仍然对这封信很感兴趣。她直到读完全信才停下来；虽然不可能不感到他错了，但是并不像她想象的那么严重——而且他忍受了痛苦，又深感歉疚——再说，他那么感激威斯顿太太，那么深深爱着菲尔费克斯小姐，她自己又那么幸福，因此就没有什么严厉的指责了：如果他这时走进屋来，她准会像以前一样热情地同他握手。

她对这封信印象极好，所以等到奈特利先生再来时，她要他读一读这封信。她肯定威斯顿太太是希望把这封信给大家看的；特别是给像奈特利先生这样，认为他的行为大可谴责的那些人看。

“我很高兴看一遍，”他说，“可是信似乎很长。还是我晚上带回家去看吧。”

可是这不行。威斯顿先生晚上要来，她得让他把信带回去。

“我宁可跟你聊聊，”他回答说，“不过，看来是应该看一下，那就看吧。”

他开始看信了——不过，几乎马上就停了下来，说道：“要是几个月以前让我看这位先生给他继母的一封信，爱玛，我可不会这样漠不关心。”

他又往下看了一点儿，默念着；然后，微笑地说，“嗬！一开头就是漂亮的恭维。不过，他就是那样。一个人的风格可不一定就是另一个人的准绳。我们不能过于严厉。”

“一边读一边发表我的意见，”他立即补充说，“在我是很自然的。这样做，我就觉得在你身边。这就不会浪费那么多时间了；可是，如果你不喜欢——”

“没有不喜欢。我希望这样。”

奈特利先生比刚才轻快地再去读信。

“说到引诱，”他说，“他可是开玩笑了。他知道他错了，没什么在理的话可说。不好。他不该订婚。‘他父亲的性情’——不过，他这样评论他父亲是不公正的。威斯顿先生一向为人正直、高尚，他生性乐观是件好事；可是威斯顿先生是该不费力气就得到目前的种种安慰。一点儿也不错；他是在菲尔费克斯小姐来这儿以后才来的。”

“我没忘记，”爱玛说，“你当时是多么肯定，说他只要愿意，是很可以再早一点来。你很宽容地把这放过了——可是你说得完全正确。”

“我的判断并不完全公正，爱玛。不过，我想，要不是与你有关，我就还会不信任他。”

当他读到写伍德豪斯小姐的地方，他禁不住把整个部分——所有与她有关的部分——都大声念了出来，同时还按内容的需要，时而微微一笑，时而瞧她一眼，时而摇摇头，时而说一两句话表示同意或者不同意，或者只是表示爱；不过，在沉思了一番以后，他就严肃地这样结束道：

“很不好——虽然还可能更不好。玩了一个非常危险的游戏。为了给自己开脱，他过多地把责任推到客观事件上去。他对你的态度，可不能由他自己来判断。事实上，他总是被自己的希望所欺骗，只顾自己方便，除此以外什么也不顾。居然想象你猜到了他的秘密！那当然啰！他自己满肚子阴谋诡计，就以为别人也是这样。神秘——手腕——真叫人摸不透！我的爱玛，这一切不都越来越证明了，我们俩彼此的交往上有忠贞和诚恳的美吗？”

爱玛同意这个看法，而且想到哈丽埃特，不由得脸上泛起了一阵红晕，那是她没法作出任何真诚的解释的。

“你最好再读下去，”她说。

他往下读，可是马上又停了下来，说道：“钢琴！啊！那是一个非常、非常年轻的人做的事，年轻到甚至不考虑它的不便是否会大大超出快乐。一个幼稚的计划，真是！一个男人明明知道一个女人宁可不要那爱情的明证，却硬要给她，我真不理解他为什么要这样；他不知道，她如果办得到，一定会阻止他把这架钢琴送去。”

在这以后，他一直往下看，没有停顿。弗兰克·邱吉尔承认行为可耻，是第一件他不能只说一句话就可以放过去的事。

“我完全同意你的说法，先生，”他这时候评论说。“你的行为是很可耻。你从没写过一句比这更真实的话。”信上紧接着写的是他们意见分歧的原因以及弗兰克·邱吉尔坚持反对简·菲尔费克斯的是非观，奈特利先生在看了那两段以后，比较长久地停顿了一下，然后说，“这很不好。他引诱她为了他的缘故让自己处在极困难、极不安的处境中；他的首要目的应该是不让她忍受不必要的痛苦。在保持通信方面，她的困难肯定比他的还要来得多。即使她有什么不合理的顾虑吧，他也该尊重才是；可是她的顾虑倒全是合理的。我们得看到她的一个缺点，而且还得记住，她同意订婚，就是做了件错事，应该受到这样的惩罚。”

爱玛知道他现在看到游博克斯山的那一段了，她感到不安起来。她自己的行为就很不检点！她深感羞愧，有点怕他再一次朝她看。然而，他却平静而专心地把信看完，丝毫没再作什么评论；只是瞟了她一眼，由于怕引起她的痛苦，马上就把眼光收回来——他似乎已经把博克斯山忘了。

“至于我们的好朋友埃尔顿夫妇俩的热心帮助，说得倒不算过分，”

这是他说的下一句话。“他有那样的感觉，是很自然的！什么！真的要跟他决裂！她觉得订婚对他们双方来说都是个后悔和痛苦的源泉——她要解约。她对他的行为有什么感觉，从这点可以看得多么清楚啊！嗐，他准是个最特别的——”

“不，不，再往下看吧。你会发现他有多么痛苦。”

“我倒希望他这样，”奈特利先生冷冷地接口说，再继续看信。“‘斯莫里奇！’这是什么意思？这一切是怎么回事？”

“她接受了聘约，去给斯莫里奇太太的孩子当家庭教师。斯莫里奇太太是埃尔顿太太的好朋友，枫树林的邻居；顺便说说，埃尔顿太太的希望成了泡影，我不知道，她会怎么样？”

“你一定要叫我看下去，我亲爱的爱玛，那就别说话——连埃尔顿太太也别提。只剩一页了，我马上就看完了。这人写的是什么样的信啊！”

“我希望你怀着对他比较仁慈的心来读这封信。”

“啊，这儿有了感情了。发现她生病，他似乎觉得痛苦。当然，他爱她，对这点我并不怀疑。‘比以前爱得深，爱得深多了。’我希望他能持久地感觉到这样重归于好的可贵。他向人道谢倒是十分慷慨的，几千遍几万遍感谢。‘我不配得到这样的幸福。’咳，他这才有了自知之明了。‘伍德豪斯小姐把我称为幸运儿。’这是伍德豪斯小姐说的原话，是吗？结尾写得不错——就到结束了。幸运儿！这是你给他的名字，是吗？”

“对他的信，你似乎不像我这样满意；不过你看了这封信还是应该，至少我希望你应该，对他印象好一点。我希望就你这方面来说，这封信对他有些好处。”

“对，当然是这样。他有很大过错——考虑不周和轻率大意的过错。我完全同意他的看法，他很可能是不配得到这样的幸福；不过，既然他无疑是真心爱着菲尔费克斯小姐，而且可以希望，他不久将有跟她朝夕相处的有利条件，我倒也乐于相信，他的性格会变好，会从她性格里得到他性格里缺少的坚定和谨慎。现在，让我跟你谈谈别的吧。目前我还关心着另一个人，我没法再想弗兰克·邱吉尔了。自从今天早上我离开你以后，爱玛，我脑子里一直在苦苦思索着这一个问题。”

接下来就谈这个问题；那是用明白、朴实、高雅的英语谈的，奈特利先生甚至对自己的情人也是用这种英语谈话。他谈的是怎样才能要她嫁给他而不影响她父亲的幸福。爱玛在听到第一个字的时候就准备好了回答。“只要我亲爱的父亲在世，我就不能改变现状。我永远也不能离开他。”然后，这个回答只有一部分得到了承认。她不可能离开她父亲，奈特利先生和她一样深有同感；至于不可能有任何其他改变，他却不能同意。他已经非常深入、非常专注地考虑过这个问题了。一开始，他希望说服伍德豪斯先生跟她一起住到登威尔去；他想相信这是行得通的，可是他了解伍德豪斯先生，这就不能长久地自骗自了。现在他承认，这样搬家，是拿她父亲的安乐，也许甚至是拿他的生命来冒险，万万不能冒这个险。伍德豪斯先生离开哈特菲尔德！不，他觉得不能这么做。可是，为了不这么做而想出来的那个计划，他相信他的最亲爱的爱玛决不会觉得有什么可反对的。这计划就是，他搬到哈特菲尔德来！只要她父亲的幸福——换句话说，他的生命——需要哈特菲尔德继续作为她的家，那它也就是他的家。

至于他们全家搬到登威尔去，爱玛自己也想到过。跟他一样，她考虑过这个计划，把它放弃了；可是这样一个变通办法，她却没想到过。她领会到了这个办法所表明的一片深情。她觉得，离开登威尔，他一定会牺牲大量独立的时间和习惯；经常陪着她父亲，又不是在自己家中，要忍受许多许多的不便。她答应考虑考虑，要他也再多考虑考虑；可是他深信，再考虑也不会改变他在这个问题上的希望或看法。他可以向她保证，他已经冷静地考虑过很久了；他避开威廉·拉金斯，单独思考了一个上午。

避开威廉·拉金斯

“啊！有一个困难没料到，”爱玛嚷了起来。“我肯定威廉·拉金斯不愿意这样。你在征求我意见以前，必须先得到他的同意。”

不管怎样，她还是答应考虑考虑；而且，几乎是答应要把这看做一个很好的计划来考虑。

奇怪的是，爱玛现在开始从许多不同的角度来考虑登威尔埃比，居然没想到这会对她的外甥亨利不利。以前她是一直尊重他那作为未来继承人的权利的。她必须考虑这可能影响那可怜的小男孩；然而，她却只是调皮地一笑置之，她看出了原先拼命反对奈特利先生娶简·菲尔费克斯或者娶任何别人的真正原因，觉得很有趣。当初，她还把这完全说成是做妹妹和姨妈的亲切关怀呢。

他的这个建议，这个结婚并且继续住在哈特菲尔德的计划——她越想越觉得中意。他的不幸似乎减轻了，她自己的利益似乎增加了，他们共同的好处似乎超越了每一个障碍。在未来的不安和欢乐的时刻，有这样一个伴侣多好！随着时间的推移，她应尽的责任和应有的操劳必然会变得更加令人担忧，那时有这样一个伙伴多好！

若不是为了可怜的哈丽埃特，她真会太高兴了；可是她自己的每一种幸福似乎都包含着和加速着她朋友的痛苦。这个朋友现在甚至得排斥在哈特菲尔德之外了。爱玛为自己获得了融融乐乐的家庭，出于善意的谨慎，必须让可怜的哈丽埃特同她家保持一定的距离。不管从哪方面说，哈丽埃特都是个失败者。以后她不来看她们，爱玛也不会认为是损失了一种乐趣。在这样一个家庭里，哈丽埃特只会是一种沉重的精神负担，而不会是别的；可是对这可怜的姑娘自己来说，不得不处在这种境地，忍受不应受的惩罚，那却是特别残酷的。

当然，到时候，奈特利先生会被忘记，也就是说，由别人来替代；但是，不能指望很早就做到这一点。奈特利先生自己可不会做什么事来帮助治疗她的心病；他不像埃尔顿先生。奈特利先生总是那么心地善良，那么富于同情心，那么真正为每一个人考虑，人家对他的景慕决不该减少；而且，即使是哈丽埃特吧？要她在一年里爱上三个以上的男人，那也确实太过分了。

第十六章

爱玛发现哈丽埃特像她自己一样希望避免见面，这才松了一口气。她们通信都已经是够痛苦的了。如果不得不见面，那就更要糟得多！

哈丽埃特就像可以猜想得到的那样表白了自己，没有责备，也没有明显的受愚弄的感觉；可是爱玛总以为有怨恨的味道，在她的文笔上有点这种口气，这更使得她们俩最好分开。这也许只是她自己的感觉；可是看来，只有天使才会受到了这种打击而毫不怨恨。

她轻而易举地为哈丽埃特弄到了伊莎贝拉的邀请；她很幸运，有个充分的理由来提出这个要求，而不需要编造一个。有一个牙齿出了毛病。哈丽埃特真的希望去找一位牙医，而且早就有这个希望了。约翰·奈特利太太乐于帮忙；只要是生病什么的，她都愿意出力——虽然她喜欢一位牙医不如喜欢一位温菲尔德先生，她还是急于要哈丽埃特到她那儿去，由她来照料。在姐姐这方面作好了这样的安排以后，爱玛便向她的朋友提出这个建议，而且发现她很容易被说服。哈丽埃特要去了；伊莎贝拉邀请她至少住上两个星期。她将坐伍德豪斯先生的马车去。一切都安排好了，都完成了，哈丽埃特平安地住在勃伦斯威克广场了。

现在，爱玛可以真正享受奈特利先生来访的乐趣了，现在她可以真正快活地谈话，并且听他说话，而没有那种不公平的、内疚的、非常痛苦的感觉妨碍她。过去，每想到附近有一颗多么失望的心，想到由她自己引入歧途的感情正在不远的地方忍受着多大的痛苦，那种感觉总是来骚扰她。

哈丽埃特待在高达德太太家和待在伦敦不同，这使爱玛也感到了不同，这种不同也许并不合理；可是爱玛想到她在伦敦不会没有新奇的东西吸引她，不会没事干，这样不但可以让她不再老是想着过去，还可以把她从沉思中拉出来。

她不想让任何其他焦虑马上占据哈丽埃特过去在她心里的地位。摆在她面前的是，要宣布订婚，这件事只有她才能胜任，那就是要向她父亲承认自己订了婚；可是她目前还不想干。她决定，要等到威斯顿太太平安无恙了，再宣布。在这期间，不能给她心爱的人们添加新的激动——也不能不到预定时间就过早地给自己带来不幸。在比较让人感到舒心然而也比较令人激动的种种快乐之后，她应该有至少两个星期的空闲和心灵的安宁。

不久，她就决定，要从这让精神休息的假期中拿出半个小时去拜访一下菲尔费克斯小姐，这是一种责任，也是一种乐趣。她应该去——她渴望去看她；她们目前相似的处境更激发了种种其他的良好动机。这将是一种秘密的喜悦；可是，由于意识到两人前途相似，她自然会怀着更大兴趣来倾听简可能说的任何话。

她去了——她以前曾经一度坐车到了那门口，但是没有去成，自从游博克斯山的第二天早晨以来，她还没到那所房子里去过。那天早上，可怜的简忍受着很大痛苦，爱玛虽然没猜到她最大的痛苦，却已对她满怀同情。她生怕这次还不受欢迎，所以，尽管明明知道她们在家，还是决定在过道里等候，只是把名字通报上去。她听见派蒂通报她的名字；可是没有可怜的贝茨小姐以前告诉她的那种忙乱。不；她只听见马上回答："请她上来。"过了一会儿，简亲自匆匆赶到楼梯上来迎接她，仿佛觉得不这样就不足以表示欢迎似的。爱玛从没看见过她像现在这样健康，这样可爱，这样迷人。她显得不好意思、活泼而热情；她的容貌和举止中以前可能缺少的一切这时都有了。她伸出手向前走来，用低低的但是很有感情的声调说：

"真太好了！伍德豪斯小姐，我没法表达——我希望你相信——请原谅，我完全说不出话来了。”

爱玛很高兴，若不是埃尔顿太太的声音从起坐间传来，阻止了她，使她赶紧把她所有的友好感情和良好祝愿压缩在一阵非常、非常热诚的握手之中，她真会马上就表示不是没话可说。

贝茨太太和埃尔顿太太在一起。贝茨小姐出去了，这说明了刚才为什么那么安静。爱玛本来很可能会希望埃尔顿太太在什么别的地方；可是她这时的心情让她对任何人都有耐心；因为埃尔顿太太特别客气地迎接她，她希望这次见面对她们俩都没有害处。

她不久就相信自己看透了埃尔顿太太的心思，明白为什么埃尔顿太太也跟她自己一样兴高采烈；那就是因为受到了菲尔费克斯小姐的信任，认为自己知道了别人还不知道的秘密。爱玛立即从她脸上看出了这种迹象；在向贝茨太太问好，并且现出在聆听这位善良老太太答话的神态时，爱玛看见她露出急切而神秘的神情把她显然在念给菲尔费克斯小姐听的那封信折起来，放回身边那个金紫两色的网袋，意味深长地点点头说：

“我们改天再把它念完吧，你知道。你跟我有的是机会。事实上，主要的部分你已经全都听到了。我只是想向你证明，斯太太接受了我们的道歉，没有生气。你瞧，她信里写得多么叫人愉快。啊！她真是个可爱的人儿！你要是去的话，一定会喜欢她的。一句话也不再说了。让我们小心行事——我们处处得谨慎小心。嘘！你记得那几行——这忽儿，我把那首诗忘了：

‘因为在关系到一位女士的情况下，
你知道，其他的一切都让位。’[1]

---

① 引自英国诗人、剧作家约翰·盖伊(1685—1732)所著《寓言》中的《野兔和许多朋友》。

我说，我亲爱的，在我们这情况下，女士，读——呣！对聪明人说的话。我兴致很高，是不是？可是我要让你在斯太太这件事上放下心来。你瞧，我讲的情况已经让她完全心平气和了。”

在爱玛只是回过头去看看贝茨太太的织物时，她用半似耳语的声音又补充说：

“你会看到，我没提名字。啊，没有！谨慎得像个大臣。我处理得好极了。”

爱玛没法怀疑。这显然是夸耀，一有机会就重复。在大家融洽地谈论了一会儿天气和威斯顿太太以后，她发现埃尔顿太太突然对她说：

“伍德豪斯小姐，你看我们这位漂亮的小朋友不是完全复原了吗？你看，她的病治好了不是给了佩里最高的声望吗？”说到这里，她意味深长地瞟了简一眼。“说真的，佩里让她复原，快得真是惊人！啊，要是你像我这样，在她病得最重的时候看到过她那就好了！”趁贝茨太太同爱玛说话时，她又耳语道，“我们一字不提佩里可能得到的帮助；一字不提从温莎来的某一位年轻医生。啊！不，佩里会得到全部的声望。”

“在游博克斯山以后，伍德豪斯小姐，”她马上又开始说，“我几乎不曾有幸看到过你。那次游山真是快活。但是我想也有些欠缺。看起来并不——那就是说，有一个人的情绪似乎蒙上了一点儿愁云。至少我是这样看的。但是也许我看错了。不过，我想，还是达到了目的，可以引诱人们再去游览。趁天气好，我们原班人马再重游一次博克斯山，你们看怎么样？一定得是原班人马了，你们知道，完全是原来的几个，一个也不例外。”

说完后不久，贝茨小姐进来了，爱玛见她回答自己的第一句话时困惑不安，不由得感到有趣。她想，那也许是因为不知道说什么好，而又急于要把一切都说出来的缘故。

“谢谢你，亲爱的伍德豪斯小姐，你真太好了。没法说——对，真的，我完全理解——最亲爱的简的前途——那就是说，我不是那个意思。不过她是完全复原了。伍德豪斯先生好吗？我真高兴。我完全无能为力。你看我们这儿几个人真是快活。对，真的。可爱的年轻人！那是说——那么友好；我意思是指善良的佩里先生！对简那么关心！”埃尔顿太太能来这儿，她显得特别高兴，从这一点，爱玛猜出，一定是牧师家对简有过不满，现在和好了。她们又耳语了几句，至于谈的什么，那就没法猜了。然后埃尔顿太太用稍大一点的声音说：

“对，我来了，我的好朋友；我来了很久了，要是换了别的地方，我可就要认为非道歉不可了；不过，事实上，我是在等我的丈夫。他答应到这儿来找我，向你们致敬。”

“什么！我们能有幸看到埃尔顿先生光临？那真是个恩惠啊；因为我知道绅士们不喜欢早上到人家去访问，而埃尔顿先生又是那么忙。”

“说真的，这倒是事实，贝茨小姐。他真是从早忙到晚。没完没了的人来找他，不是为这件事就是为那件事。地方长官啦，管救济的人啦，教堂执事啦，老是要征求他的意见。没有他，他们好像什么事也干不成。‘说真的，埃先生，’我常说，‘幸亏是你，而不是我。——我要是有一半人来找我，那我的画笔和钢琴就不知会怎么样了。’的确很糟，在这两方面我都完全荒疏到了不可原谅的地步了。我相信，这两个星期里，我连一个小节都没弹过。不过，他要来的，你们放心好了；对，确实是特地来为你们大家效劳的。”她抬起手，遮住嘴，不让爱玛听见她的话，“来道喜的，你知道。啊！对，不能不来啊。”

贝茨小姐向四周看看，心里喜滋滋的！

“他答应从奈特利先生那儿一脱身，马上就来找我；可是他跟奈特利先生一起关在屋子里深入商议事情呢。埃先生是奈特利的右手啊。”

爱玛一点儿也不想笑，只是说，“埃尔顿先生是步行去登威尔的吗？他走去，太热了。”

“啊！不，是在克朗开会，一次例会。威斯顿和柯尔也将在那儿；可是人们自然只是说那些带头儿的。我想，埃先生和奈特利做任何事都是自己想怎么办就怎么办。”

“你没把日子搞错吗？”爱玛说，“我几乎可以肯定，克朗的会要到明天才开。奈特利先生昨天还在哈特菲尔德，说是星期六开会。”

“啊！不，这个会肯定是今天开，”她粗暴地回答，表示埃尔顿太太不可能搞错。“我确实相信，”她继续说，“这是个最麻烦的教区。我们在枫树林从没听说过这种事情。”

“你们那儿的教区很小，”简说。

“说真的，我亲爱的，我不知道，我从没听说过这事情。”

“可是从学校小这一点就可以证明了，我听你说起过，这学校是你姐姐和布雷格太太办的；就那么一所学校，总共才二十五个孩子。”

“啊！你这个聪明的人儿！那倒完全是事实。你真会动脑子！我说，简，要是我们俩可以混合在一起，那你跟我将会造成一个多么完美的性格啊。我的活泼加上你的稳重，就十全十美了。不过，我倒也不是想暗示说，有人也许认为你还不够完美。可是，嘘！请别出声。”

这似乎是个不必要的警告；简不是要向埃尔顿太太说，而是要向伍德豪斯小姐说，这一点伍德豪斯小姐看得很清楚。简想要在礼貌许可的范围内尽可能地对她表示尊敬，这一点是显而易见的，虽然她的表达方式往往充其量只是一个眼神。

埃尔顿先生来了。他太太用她那俏皮的活泼劲儿招呼他。

“先生，你倒真是不错；把我打发到这儿来，拖累我的朋友们，你自己却过这么久才来！可是你知道你所吩咐的是个多么尽责的人。你知道我要等到我的丈夫来了才走。我在这儿坐了一个小时了，给这些年轻小姐树了一个服从丈夫的榜样——因为，你知道，谁说得清几时用得着这种服从啊！”

埃尔顿先生又热又累，似乎根本没理会这句俏皮话。他得向那几位太太小姐问候致意；可是他接下来就只顾抱怨自己受了热，又白白跑了路。

“我到登威尔的时候，”他说，“找不到奈特利。真奇怪！真没法解释！我今天早上送了封信给他，他又回了信，他当然应该等到一点钟。”

“登威尔！”他妻子嚷了起来。“我亲爱的埃先生，你没去登威尔！你是说克朗；你从克朗开了会回来吧。”

“不，不，那是明天的事；我就是为了那件事特地在今天去看奈特利的。这个上午热得这么可怕！我还是穿过田野去的呢——”这是用很不好听的语调说的，“所以热得更厉害。后来竟然发现他不在家！老实说我很不高兴。没留下句道歉的话，又没信给我。管家说他不知道我要去。真是奇怪！谁也不知道他是往哪个方向去的。也许上哈特菲尔德，也许上埃比磨坊，也许到他的树林子里去。伍德豪斯小姐，这可不像我们的朋友奈特利干的啊。你能解释吗？”

爱玛心里觉得好笑，说的确很奇怪，她没什么话要为他说。

“我想象不出，”埃尔顿太太说，作为妻子，她当然觉得气愤，“我想象不出，在所有人当中，他怎么能偏偏对你干出这样的事来！你是最不应该被人忘记的！我亲爱的埃先生，他一定留了信给你，我肯定他一定留的。哪怕是奈特利，也不可能这样古怪——是他的用人把它忘了。没错，准是这么回事；登威尔那几个用人啊，很可能做出这种事来，我常常看到，他们都笨手笨脚，丢三落四的。我肯定，我不愿意有一个像他的哈莱那样的人来站在餐具柜旁边侍候。至于霍基斯太太，赖特确实很瞧不起她。她答应给赖特一张收条，可就是一直没送去。”

“我走近奈特利家的时候遇到威廉·拉金斯，”埃尔顿先生继续说，“他告诉我说，他主人不在家，可是我不相信。威廉似乎情绪不好。他说，他不知道他主人最近发生了什么事，他几乎没法叫他说话。威廉要什

这个上午热得这么可怕

么，与我无关，但是我今天非见到奈特利不可，那却是极其重要的；所以，我在这个大热天白跑一趟，就成了非常麻烦的事了。”

爱玛觉得她最好马上回家。很可能这会儿，奈特利先生正在那儿等着她；她也可以使奈特利先生不至于再引起埃尔顿先生的不满，即使不是引起威廉·拉金斯的不满。

告辞的时候，看到菲尔费克斯小姐决定送她走出房间，甚至送她下楼，她很高兴。这给了她一个机会，她马上利用这机会说道：

“我刚才没机会说话，倒也很好。要不是你被其他朋友包围，我会忍不住谈一件事，问一些问题，过分坦率地说话。我觉得我一定会失礼的。”

“啊！”简大声说道，脸红了一阵又迟疑了一下，爱玛认为这比她往常那种冷冰冰的文雅对她更要合适得多。“不会有这种可能。可能的倒是我让你厌烦了。你最使我高兴的是你表示了关心。的确，伍德豪斯小姐，”她比较镇定地说，“我意识到自己做错了——大错特错——使我特别感到安慰的是，我有些朋友，我最看重他们对我的好感，他们并不觉得这件事可恶到——我要说的话连说一半我也没有时间。我要道歉，解释，为我自己说些话。我觉得这完全是应该的。可是不幸——总之，如果你不同情我的朋友——”

“啊！你对自己太严格了，的确，你是这样，”爱玛热情地抓住她的手大声说道。“你没什么可向我道歉的；你认为应该接受你道歉的那些人都非常满意，甚至都很高兴——”

“你真太好了，可是我知道我对你是什么态度。那么冷淡、那么虚伪！我老是像在演戏。这是一种欺骗的生活！我知道我一定让你觉得讨厌。”

“请别再说了。我觉得所有的道歉应该由我来作。让我们马上互相原谅吧。我们还得做那些应该尽快做好的事，我想我们的感情在这方面不会浪费时间。我看你已经从温莎听到了好消息了吧?”

“很好的消息。”

“我想,下一个消息将是我们要失去你了——正好在我刚开始了解你的时候。”

“啊!这一切都还没什么可考虑的呢。我要在这儿一直待到坎贝尔上校夫妇要我去的时候。”

“也许,目前还没什么可决定的,”爱玛含笑答道,“可是请原谅我,这总得考虑啊。”

简一边回答一边报以微笑。

“你说得很对,是考虑过了。我老实跟你说(我肯定这没有什么不好),我们跟邱吉尔先生一起住在恩斯科姆,这一点是决定了。至少得服三个月重丧;可是服丧完毕以后,我想就再没什么要等待的了。”

“谢谢你,谢谢你。这正是我想知道的。啊!你要是知道我多么喜欢一切都明确而坦率就好了!再见吧,再见!”

第十七章

威斯顿太太的朋友们都为她的平安分娩感到高兴；爱玛知道她身体健康很是满意，如果这种满意还能再增加的话，那就是知道她成了一个小女孩的母亲。她一心巴望有一个威斯顿小姐。她不愿承认那是因为以后可以给她做个媒，把她嫁给伊莎贝拉的哪一个儿子，但是她坚信：一个女儿对父亲和母亲来说都是最合适不过的。威斯顿先生年老以后——甚至威斯顿先生也许十年以后也会变老的——有一个永远不离开家的孩子[1]用嬉戏、废话、任性和幻想来活跃他炉边的气氛，那将是他的一大安慰。对威斯顿太太也是个安慰，有个女儿对她来说是最好的，这点没人可以怀疑；而且，任何一个那样善于教育孩子的人，不再一次发挥发挥自己的才能，也是很可惜的。

"她已经有了在我身上实践的有利条件，你知道，"她继续说，"就像德·让丽夫人[2]所写的《阿黛莱德和西奥多》里的达尔曼男爵夫人在道斯达丽女伯爵身上实践那样，现在我们将可以看到她用更完美的计划来教育自己的小阿黛莱德了。"

"那就是说，"奈特利先生回答说，"她对她，甚至会比对你更加纵容，而且相信自己根本没纵容她。这将是唯一的不同。"

"可怜的孩子！"爱玛大声说道，"那样的话，她会成为什么呢？"

"不会太坏。那是成千上万人的命运。小时候是讨厌的，随着年龄的增长，会改正过来的。我渐渐失去了对娇生惯养的孩子的厌恶心情，我最亲爱的爱玛。我的一切幸福都是你给我的，要是对他们太严厉了，那岂不是忘恩负义吗？"

爱玛大笑着回答:“可是我得到了你的帮助啊,是你竭力抵消了别人的纵容。我怀疑,没有你的帮助,我自己的理智是否能让我改正过来。”

“是吗? 我倒并不怀疑。造物给了你理解力,泰勒小姐给了你原则。你肯定会很好的。我的干预对你有益,但也很可能有害。你很可以说,‘他有什么权利来教训我?’我怕你也很可以觉得这样做讨厌呢。我不相信我对你有什么益处。益处都是我自己得的,使你成了我热恋的对象。我一想起你就禁不住爱你,包括缺点和一切;而且,因为想象出许多错误,至少从你十三岁起,就爱上了你。”

“我肯定你对我有益,”爱玛大声说道。“我经常受到你的良好影响——比我当时承认的还要经常。我完全肯定你对我有益处。如果说,可怜的小安娜·威斯顿会给宠坏的话,那么,除了在她十三岁的时候爱上她以外,你像以前待我那样来对待她,那将是最大的仁慈了。”

“你小时候有多少次露出你那副调皮的神情对我说——‘奈特利先生,我要做这个;爸爸说我可以做的,’或者说‘泰勒小姐同意的’,你明明知道我不同意。在这种情况下,我的干预使你起了双重恶感而不是一重。”

“我当时是个多么可爱的人儿啊! 难怪你要这么深情地记住我的话了。”

“‘奈特利先生,’——你总是称呼我‘奈特利先生’;而且,出于习惯,听起来并不那么一本正经。然而现在却是正经的。我要你对我用别的称呼,可我又不知道用什么称呼好。”

“我记得有一次,大约十年以前吧,我一时亲热起来,叫你‘乔治’。

---

① 一般来说,男孩要进寄宿学校。

② 让丽夫人(1746—1830):法国作家、奥尔良公爵菲利浦·埃加利代的孩子们的教师,写有关于教育的作品。

我这样叫,是因为我以为这样可以惹你生气;可是,你没反对,我也就不再这么叫了。”

“现在你不能叫我‘乔治’吗?”

“不可能!我永远只能叫你‘奈特利先生’。我甚至不能答应你用埃尔顿太太那种漂亮的简短叫法,称你‘奈先生’。可是我会答应,”她马上一边大笑一边红着脸补充说,“我会答应用你的教名叫你一次。我不说在什么时候,可是你也许可以猜到在什么地方;在不管处于顺境还是处于逆境,N.娶M.[1]的那所房子里。”

他的高超见解本来可以帮她一个大忙,可以给她一个劝告,把她从她所犯下的女性最蠢的蠢事——她跟哈丽埃特·史密斯的那种任性的亲密关系——中解救出来,可是她没有坦率而公正地对待他的这一重要帮助,她为这感到悲哀;但是这个问题太微妙了。她没法谈。他们两人之间很少谈论哈丽埃特。这在他那方面,也许只是由于没想到她;可是爱玛却宁可把它归因于问题棘手,归因于他已经从表面现象猜出她们的友谊不如以前。她自己注意到,如果换了在别的情况下分手,她们的通信肯定会更多,她的消息来源也不可能像现在这样几乎完全依靠伊莎贝拉的信件。他也许看出了这一点。不得不向他隐瞒,这痛苦并不亚于使哈丽埃特悲伤而感到的痛苦。

伊莎贝拉像预期的那样,很好地写了有关她客人的情况;认为她刚到时神情沮丧,这看来完全是自然的,因为要去看牙医;可是那件事干完以后,她似乎觉得哈丽埃特并没跟她先前看到的有什么不同。当然,伊莎贝拉并不很善于观察;但是,如果哈丽埃特没心思跟孩子们玩,她一定也会看出来的。哈丽埃特能多住一个时期,她的两个星期很可能要延长到至少一个月,这使爱玛的宽慰和希望能很好地保持下去。约翰·奈特利夫

[1] 《祈祷书》“婚姻仪式”一节中,N和M代表即将结婚的男女双方。

妇俩将在八月份来，他们留她住到他们能把她带回来的时候为止。

“约翰甚至没提到你的朋友，”奈特利先生说。“如果你想看看的话，这就是他的回信。”

这是听到他打算结婚的消息以后他弟弟写给他的回信。爱玛急忙伸手去接信，迫不及待地想知道他对这件事会怎么说，听说没提到她的朋友也一点没理会。

“约翰怀着兄弟情谊为我高兴，”奈特利先生接着说，“可是他不会恭维人；同样的，尽管我知道他对你怀着最亲切的兄弟情谊，他却决不会说得天花乱坠，换了任何别的女人，也许会以为他的赞美太冷淡了。不过我不怕让你看看他写了些什么。”

“他是像一个通情达理的人那样写的，”爱玛看过信以后回答。“我敬佩他的真诚。显然他认为订婚的幸运全都在我这方面，可是他还是抱着希望，认为到时候我会配得上你的爱，正如你已经认为我配得上那样。他要不是这样说，我倒还不相信他呢。”

“我的爱玛，他不是这个意思。他的意思只是——”

“如果我们可以毫不客气，毫无保留地就这个话题讨论的话，那么在对两人的评价方面，他和我分歧很小，”她认真地微笑着打断他的话说，“也许比他注意到的还要小得多。”

“爱玛，我亲爱的爱玛——”

“啊！”她更加快活地嚷了起来，“要是你认为你弟弟对我不公正，那只要等到我亲爱的父亲知道这个秘密以后，听听他的意见吧。毫无疑问，他对你会更加不公平。他会认为所有的幸福，所有的利益都在你那方面；所有的优点都在我这方面。但愿我不要马上就听到他说‘可怜的爱玛’。对于受委屈的好人，他的怜悯不过如此。”

“啊！”他嚷道，“但愿你父亲能像约翰一半那样容易被说服，相信我们俩同样好，完全有权利在一块儿过幸福的生活。我觉得约翰信里有一个部分很有趣——你注意到了没有？他说我的消息并没有使他完全感到惊奇，他有点料到会听到这样的消息。”

“如果我了解你弟弟的话，那么，我看他只是指你打算结婚这件事。他没想到是我。对这一点，他似乎完全没有思想准备。”

“对，对，可是我觉得有趣的是，他居然能这么深地看出我的心情。他凭什么判断的呢？在我的情绪和谈吐中，我没觉得有什么可以使他现在比任何别的时候更想到我要结婚啊。可是，我想，是这个情况。也许是，那天我待在他们那儿，显得跟以往有些不同吧。我相信，我跟孩子们玩得不像平时那样多。我记得有一天晚上，那几个可怜的男孩说，‘伯伯现在好像老是很累。’”

现在到时候了，应该把消息进一步传播开去，试试别人听到以后的反应。威斯顿太太体力一恢复到可以接待伍德豪斯先生的访问，爱玛就想到要在这件事上运用一下她那委婉的说理，决定先在家里宣布，然后再在伦多尔斯宣布。可是如何向她父亲说毕竟是个问题！这件事得由她自己在奈特利先生不在的时候办，否则的话，一谈到这个问题，她会失去勇气，那就又要推迟了；可是奈特利先生在这样一个时刻会来到的，会接着她开的头把话说下去。她不能不说，而且还得快快活活地说。她决不能自己用悲哀的语调，使这件事比较肯定地成为他的一个痛苦的话题。她不能显得自己认为这是件不幸的事。她鼓足勇气，先是让他有个思想准备，知道要发生什么奇怪的事，然后，再用几句话说，如果能得到他的同意和赞许——她相信这是不难得到的，因为那是个促使大家更加幸福的计划——她和奈特利先生打算结婚；这样，他就可以经常在哈特菲尔德做伴，她知道她父亲除了爱自己的女儿和威斯顿太太以外，就最爱这个人了。

可怜的人！一开始，他大为震惊，真心劝她别这么做，还一再提醒她，她过去一向说她永远不结婚，并且要她相信，对她来说，独身要好得多；还谈起可怜的伊莎贝拉和可怜的泰勒小姐。可是不行。爱玛亲亲热热地缠住他不放，笑盈盈地说非要结婚不可；还说，他不能把她归入伊莎贝拉和威斯顿太太那一类；她们一结婚就离开哈特菲尔德，的确起了可悲的变化；可是她并不离开哈特菲尔德呀；她将永远留在这儿；除了人数多一点，日子过得更舒适以外，不会有任何变化；她肯定，他一旦习惯了这个想法，有奈特利先生经常在身边，他只会快活得多。他不是挺喜爱奈特利先生吗？她知道，对这一点他不会否认。他有事总是跟奈特利先生商量，除了他以外，还跟谁商量呢？还有谁对他这样有用，这样乐于给他写信，这样高兴帮助他呢？还有谁这样愉快，这样体贴，这样爱他呢？难道他不希望他老是在身边吗？对。这一切全都是事实。奈特利先生来，他不会嫌多的；每天都看到奈特利先生，他只会高兴；可是现在他们已经每天都看到奈特利先生了。为什么不能像以往那样继续下去呢？

伍德豪斯先生一时说不通；可是最大的困难已经克服，这个想法已经告诉了他，余下的只好由时间和不断重复来解决了。奈特利先生紧接着爱玛也作了一番恳求和保证，他充满爱意地赞美她，甚至使这个话题受到了欢迎；不久，两人都一有适当机会就跟他谈这个问题，他也就听惯了。他们得到了伊莎贝拉所给予的一切帮助，她写来了信，表示极力赞成；威斯顿太太在第一次会面时，就从乐于助人的角度来考虑这一问题——首先把这看做一件已经决定了的事，其次是看做一件好事——她很清楚，要说服伍德豪斯先生，这两点几乎是同样重要的。正如安排的那样，大家都一致同意；过去他信赖的几个人个个都向他保证，说这是为了他的幸福；而他自己呢，也有点儿想承认是这么回事，所以他就开始认为，如果一定要结婚的话，那么过一阵子——或许过一两年——结婚，可能并不是件那么坏的事。

威斯顿太太在说服他时，并没装假，流露出的感情都是真的。在爱玛第一次把这消息告诉她时，她从没比这时更吃惊过；可是她觉得这只会使

爱玛亲亲热热地缠住他不放

大家更加幸福，所以毫不犹豫地竭力劝他同意了。她很尊重奈特利先生，认为他甚至配得上娶她最亲爱的爱玛；而且从各个方面考虑，这都是一门如此合适、般配和完美的亲事，而且在某一方面，在最重要的一点上，是特别适当，特别幸运，她现在似乎觉得，爱玛要是爱上了别人，就不可能安全，她还觉得自己是个最笨的人，居然没能早想到这门亲事并且祝愿他们成功。有地位的人当中，能够向爱玛求爱而又愿意放弃自己的家，搬到哈特菲尔德来住的，是多么少啊！除了奈特利先生，有谁能够了解并且容忍伍德豪斯先生，作出这样一个可取的安排！她丈夫和她自己在为弗兰克和爱玛策划婚事时，老是感到可怜的伍德豪斯先生难以安排。如何解决恩斯科姆和哈特菲尔德的权利，一直是个障碍——威斯顿先生不像她想的那么困难——可是甚至连他也至多只能说这么句话来结束这个话题："这些事情自会解决的；年轻人总是会想出办法的。"可是现在，并没什么要推到以后去碰运气解决。一切都正当、坦率、平等。双方都没什么值得一提的牺牲。这门亲事本身就很有希望获得幸福，没有什么真正的、合理的困难来阻挠或者推迟它。

威斯顿太太把她的婴儿抱在膝上，沉浸在这样的思考中。她是世界上最快活的女人。如果说还有什么能使她更加高兴，那就是看到这婴儿长得快，她的第一批帽子马上就要嫌小了。

这个喜讯传到哪里，就在哪里引起了惊奇；威斯顿先生也惊奇了五分钟；可是他思想敏锐，五分钟就足以让他了解一切了。他看出这门婚事的好处，怀着他妻子一贯的信念为这件事高兴；可是惊异马上就过去了；一个小时以后，他都快相信自己早就料到有这一步了。

"我断定，这件事还是个秘密，"他说。"这些事情在被人发现、传得人人皆知以前，总是个秘密。只有在我可以说出去的时候才告诉我。我不知道，简有没有猜测过？"

第二天早上，他去海伯利，把这个问题弄清楚了。他把消息告诉了她。她不就像是个女儿，他的长女吗？他非告诉她不可，当时贝茨小姐在场。她当然立即把消息又告诉了柯尔太太、佩里太太和埃尔顿太太。这也不过是两个当事人意料中的事罢了；他们已经估计过了，在伦多尔斯知道这个消息以后，要过多久会传遍海伯利；他们正在十分敏锐地想象自己成了许多人家在黄昏时惊诧地议论的中心。

一般说来，大家都赞成这门亲事。也许有人认为他很幸运，而另外一些人却认为她很幸运。也许有些人建议他们住到登威尔去，把哈特菲尔德让给约翰·奈特利；另外一些人也许会预料他们的仆人中会出现不和；不过，总的说来，除了一家人家——牧师家以外，没有什么真正的反对。在牧师家，惊奇没有被欣喜所软化。同他妻子相比，埃尔顿先生对这件事并不关心；他只是希望"这位小姐的傲慢现在可以得到满足了"；而且认为"她一直是想尽可能勾引奈特利"；谈到住在哈特菲尔德这个问题时，他可以大胆地嚷道，"他能这样，我可不能！"可是埃尔顿太太却真的感到十分不安——"可怜的奈特利！可怜的家伙！对他来说，这是件可悲的事。我很关心，因为他尽管十分古怪，却还是有许多优点。他怎么会上这个当呢？根本没想到他会谈恋爱，一点也没想到。可怜的奈特利！以后不可能跟他愉快地来往了。以前不管什么时候请他，他都会多么愉快地来跟我们一起吃饭啊！可现在这一切都要结束了。可怜的家伙！再也不会为我准备去登威尔游玩的聚会了。啊，不会了；有一个奈特利太太会给一切都泼冷水。讨厌透顶；那天我骂过那个管家，一点也不后悔。住在一起，真是个叫人震惊的计划。这样是绝对不行的。我知道枫树林附近有一家人家尝试过的，一个季度还没过完就不得不分开了。"

这消息告诉了柯尔太太、佩里太太和埃尔顿太太

第十八章

时间一天天过去。再过几个明天，从伦敦来的那伙人就要到了。这是个惊人的变化；一天早上爱玛正在想，那一定会使她非常激动和痛苦，这时奈特利先生走了进来，于是，这些令人痛苦的想法就给撇在一边了。他起先快活地聊了一会儿，然后沉默下来；接着，用较为严肃的语调开始说：

"我有件事要告诉你，爱玛，一个消息。"

"好消息还是坏消息？"她赶紧抬起头来看他的脸，问道。

"我不知道应该说是好消息还是坏消息。"

"啊！我看准是好消息。我从你脸上看出来。你在竭力忍住笑。"

"我担心，"他使脸色平静下来，说道，"我很担心，我亲爱的爱玛，你听了以后就不会笑了。"

"真的！为什么？我简直不能想象，有什么事能使你高兴或者好笑而不能使我也高兴或者好笑的。"

"有一件事，"他回答道，"我希望只有这一件，我们的看法不同。"他停了一会儿，又笑了，眼睛盯着她的脸。"你没想到吗？你没想起来吗？哈丽埃特·史密斯。"

她一听到这个名字，脸颊就红了起来，她觉得害怕，虽然自己也不知道究竟怕的是什么。

"你今天早上接到她的信了吗？"他大声说道。"我相信，你一定接到了，一切都知道了。"

"不，我没有，我什么也不知道。请告诉我吧。"

“我看,你是准备听到最坏的消息了——的确很坏。哈丽埃特·史密斯要嫁给罗伯特·马丁了。”

爱玛吓了一跳,看来她好像没有思想准备——她急切地瞪眼看着他,那眼神在表示,“不,这不可能!”可是她的嘴巴却紧紧闭着。

“是这样,真的!”奈特利先生继续说,“是罗伯特·马丁亲口告诉我的。他离开我还不到半个小时。”

她还是露出那最说明问题的惊异神态望着他。

“正如我担心的,我的爱玛,你不喜欢这件事。但愿我们的看法能一致。可是到时候会一致的。你可以肯定,过些时候,我们两人当中准会有一个人改变看法的;在这以前,我们不必多谈这个问题。”

“你误解了我,你肯定误解了我,”她竭力表白说,“倒不是这件事现在会使我不高兴,而是我不能相信。看起来不可能！你不会是说哈丽埃特·史密斯已经答应嫁给罗伯特·马丁了吧！你不会是说他已经又向她求过婚了——已经！你只是说他打算这么做吧!”

“我是说他已经这么做了,”奈特利先生微笑着斩钉截铁地说,“而且她已经答应了。”

“天哪!”她嚷了起来。“咳!”然后求助于她的活计篮,借此低下头去,不让他看见她的脸,她知道脸上一定流露出了又高兴又觉得好笑的微妙表情。她补充说,“好吧,把一切都告诉我吧,把这给我说说明白。怎么样,什么地方,什么时候？让我全都知道吧。我从来没有比现在更惊奇过——可是这并没使我不高兴,你可以放心。这怎么——怎么可能呢?”

“事情很简单。三天以前,他有事进城去,我要他把我要送给约翰的信件带去。他到约翰家里把信件交给了他,约翰请他那天晚上同他们一起去阿斯特利剧场。他们要把两个大男孩带去。同去的有我们的弟弟、姐姐、亨利、约翰——还有史密斯小姐。我的朋友罗伯特没法拒绝。他们顺路去找了他;大家都玩得很痛快;我弟弟请他第二天跟他们一起吃饭——他去了——(我想)就在那次访问中,他有机会同哈丽埃特说话;肯定是没有白说。她答应了他,使他高兴得不得了,是应该高兴啊。他乘昨天的车子回来,今天早上一吃好早饭就跟我在一起,谈了他办的事情;先是我的事,然后是他自己的。怎么样,什么地方,什么时候,我能说的都说了。你看到你的朋友哈丽埃特的时候,她会把经过情况给你讲得详细得多。她会把所有的详情细节都讲出来,只有女人的语言才能讲得有趣。我们在交谈时只讲大的。不过,我得说一句,在我看来,罗伯特·马丁似乎激情澎湃。他说起过,说得很不得要领,他们在阿斯特利离开包厢时,我弟弟照料着约翰·奈特利太太和小约翰,他跟史密斯小姐和亨利跟在后面;有一个时候人很拥挤,使史密斯小姐感到相当不安。”

他住口不说了。爱玛不敢马上接口。她肯定,一说话就会泄露出一种非常不近情理的喜悦。她得等待片刻,不然的话,他会认为她发疯了。她的沉默使他担心起来;他朝她观察了一会儿,然后说下去:

“爱玛,我亲爱的,你刚才说这件事现在不会使你不高兴,可是我担心,这给你的痛苦比你预料的要多。他地位低是个不幸——但是你得把这看成是使你朋友满意的事。而且,我担保,你跟他熟悉了以后,会越来越觉得他好;他的良好理智和良好原则会使你高兴的。论人品,你不能希望你的朋友嫁一个比他更好的人了。只要我办得到,我定会改变他的社会地位;这就很说明问题了,你可以放心,爱玛。为了威廉·拉金斯,你笑我;可是我也同样离不开罗伯特·马丁啊。”

他要她抬起头来笑笑,由于现在已经能使自己不笑得过分——她便照办了——快活地答道:

“你不必煞费苦心地来说服我赞成这门亲事。我想哈丽埃特做得好极了。她的亲戚很可能还不如他的呢;至于可敬的品性,他们无疑是不如他的。我沉默,只是因为惊奇——太惊奇了。你想象不到我觉得这件事来得多么突然!我多么奇怪,毫无准备!因为我有理由相信她最近比以前更坚决地反对他，要坚决得多。”

“你应该最了解你的朋友，”奈特利先生回答，“不过，我得说，她是个性情和善、心地温柔的姑娘，不大可能坚决反对任何向她吐露真情的年轻人。”

爱玛回答时忍不住大笑起来，“说真的，我相信你跟我一样了解她。可是，奈特利先生，你是不是完全相信她已经肯定而又爽直地答应了他呢？我想，到时候她也许会答应——但是已经答应，这可能吗？你不会误会了他的意见吧？你们俩都在谈论别的事情，谈论生意啦，牲口展览啦，或者新的播种机啦——这么多事情混在一起，你不会误会了他的意见吧？他能肯定的，不是哈丽埃特答应嫁给他——而是某条良种公牛的身体有多大吧。”

这时，爱玛强烈地感觉到了奈特利先生和罗伯特·马丁两人之间，在容貌和风度方面的鲜明对比。她还清楚地回想起了哈丽埃特最近的情况。哈丽埃特用强调语气说的那些话，“不，我希望我还不至于会去想罗伯特·马丁，”还在耳边回响，所以她真的希望这个消息能在某种程度上被证明是不可靠的。不可能不是这样。

“你敢这么说话吗？”奈特利先生大声说道。“你敢认为我是那么个大傻瓜，连别人说的什么都不知道吗？你该得到什么回报呀？”

“啊！我总是应该得到最好的对待，因为我从来不能容忍别的；所以，你得给我一个明白的，直截了当的回答。你完全肯定你了解马丁先生和哈丽埃特现在的关系吗？”

“我完全肯定，”他回答，说得一清二楚，“他告诉我她已经答应他了；他用的词句里没有什么晦涩和含糊的地方；我想我还可以给你一个证明，证明事实就是这样。他征求我的意见，问我他现在该怎么办。除了高达德太太以外，他不认识什么人，可以让他去打听她亲戚朋友的消息。除了建议他去高达德太太家以外，我还能提出什么更合适的建议呢？我向他保证我提不出来。他说，那他只好今天就去看她。”

“我完全满意了，”爱玛露出最欢快的笑容回答，“最衷心地祝愿他们幸福。”

“从我们上次谈论这个问题以来，你的变化真大。”

“我希望如此——因为那时候我是个傻瓜。”

“我也变了；因为我现在愿意把哈丽埃特的优良品质全都归功于你。为了你，也是为了罗伯特·马丁（我一向有理由认为他跟以往一样爱她），我已经作出努力去熟悉她。我常常跟她长谈。这你一定看到了。有时候，我的确以为你有点怀疑我在为可怜的马丁的事辩护，其实决不是这回事；可是，根据我所有的观察，我相信她是个毫不虚伪的、和蔼可亲的姑娘，有很好的见解，很严肃的良好原则，把她的幸福寄托在家庭生活的情感和美满之中。我不怀疑，这里面她有许多都要向你道谢呢。”

“我！”爱玛摇摇头说。“啊，可怜的哈丽埃特！”

然而她马上就突然停住，默默接受略微有点过分的赞美。

不久，她父亲过来了，他们的谈话就此结束。她并不感到遗憾。她要一个人待着。她心里又是激动又是惊异，没法镇定下来。她处于那种要跳舞，要唱歌，要大叫大嚷的心情之中；她要在四处走动、自言自语、放声大笑和默默沉思以后，才能做出什么合理的事情来。

她父亲进来是要告诉他们詹姆斯去备马了，为他们每日一次的乘车去伦多尔斯访问作准备；她这就立刻有了一个可以脱身的借口。

她感到的快活、感激和极度喜悦是不难想象的。哈丽埃特将来的幸福中可能会遇上的唯一的痛苦和不快就这样消除了，她的确有可能过分高兴的危险。她还希望什么呢？什么也不希望，只希望更配得上他，他的意向和判断一向都比她自己的高超。什么也不希望，只希望她过去的蠢举带来的教训能使她以后谦虚谨慎。

她真诚，非常真诚地满怀感激，下定决心；然而，有时在这中间还忍不住大笑起来。她准是为这样一个结局而大笑！五个星期以前那么悲痛失望，竟然有这样一个结局！这样一颗心——这样一个哈丽埃特！

如今，她回来将是一大乐事。一切将都是乐事。熟悉罗伯特·马丁也将是一大乐事。

在她那最真诚、最由衷的幸福当中，有一个想法占着主要地位，那就是，不久以后，她就没有必要再向奈特利先生隐瞒任何事情了。她很讨厌的掩饰、含糊、神秘，也马上可以过去了。她现在能够指望对他完全推心置腹了，这是她的性情很乐于作为一项责任来履行的。

她在最欢快的心情中，跟她父亲一起出发了，并非一直在听，却一直在对他说的话表示同意；或者是出声地表示同意，或者是默许，反正她纵容父亲对自己婉言相劝，说他每天都得去伦多尔斯，否则可怜的威斯顿太太会失望的。

他们到了。威斯顿太太一个人在会客室里。可是他们刚听到了婴儿的情况，伍德豪斯先生刚得到了他要的、对他来访所表示的感谢，就隔着百叶窗瞥见有两个人在窗口附近经过。

"是弗兰克和菲尔费克斯小姐，"威斯顿太太说。"我刚要告诉你们，看到他今天一早就来，我们又惊又喜。他要待到明天，菲尔费克斯小姐被说服了，来跟我们一起过一天。我想，他们要进来了。"

半分钟以后，他们就到了屋里。爱玛看见了他很是高兴——但是双方都有几分困惑——都有许多令人发窘的回忆。他们乐意地含笑见了面。但是都有点不好意思，所以一开始没说什么话。等到大家重又坐了下来以后，又是一阵沉默，这使爱玛开始怀疑：原先早就希望再看到弗兰克·邱吉尔，希望看到他同简在一起，现在看到了是否会感到应有的高兴呢？但是等到威斯顿先生来了，婴儿也抱进来以后，这就不再缺乏话题和热闹了——弗兰克·邱吉尔也不再没有勇气和机会来走到她跟前说：

"我得感谢你，伍德豪斯小姐，威斯顿太太在信里说你好心宽恕了我。我希望时间并没使你减少对我的原谅;我希望你不要收回你当时说的话。”

“不会的,真的,”爱玛很高兴能开始交谈,大声说道,“绝对不会。能看见你,跟你握手,并且亲自祝你幸福,我特别快活。”

他由衷地向她道谢,又怀着真诚的感谢和快活的心情继续说了一会儿。

“她看上去不是很健康吗?”他把眼光转向简,说道,“不是比她以前还好吗?你瞧我父亲和威斯顿太太多么疼她。”

可是不久他的兴致又高了起来,在提到正在等坎贝尔一家回来以后,他露出含笑的眼神说出了狄克逊的名字。爱玛羞红了脸,不许他在她面前说这个名字。

“我一想到它,”她嚷道,“就感到非常羞愧。”

“羞愧全是我的,”他答道,“或者说应该是我的。可是你真的没猜疑吗?这是可能的吗?——我是说最近。我知道,早些时候,你是没有猜疑。”

“我向你保证,我一直丝毫没有猜疑。”

“那似乎很奇怪。我有一次差点儿——我倒希望那么做——那样会好一些。不过,我常常做些错事,很荒谬的错事,对我毫无用处。要是我向你透露秘密,把一切都告诉你,那么这个过错就会小得多。”

“现在不值得后悔了,”爱玛说。

“我希望说服我舅舅来伦多尔斯访问,”他重又说道,“他想看看她。等坎贝尔一家回来以后,我们将去伦敦跟他们见面,我想,在那儿要待到我们可以把她带到北方去的时候。可是现在,我离她那么远——这不叫人难受吗,伍德豪斯小姐?从和好的那天以来,我们直到今天早上才见面。你不可怜我吗?”

爱玛非常亲切地表示了她的怜悯,他竟然一阵高兴,嚷了起来:

“啊！顺便问一声，”然后他放低声音，一时显得一本正经，“我想，奈特利先生身体好吗？”他顿住不说了。她脸上泛起了红晕，大笑着。“我知道你看了我的信，我想你也许还记得我对你的祝愿。让我也向你祝贺吧。说实话，我听到这消息，很是关心，也很满意。他是个我不敢妄加赞美的人。”

爱玛很高兴，只希望他继续这样说下去；可是他的心一下子就转到了他自己关心的事情和他自己的简身上去了，他接下来说的话是：

“你看到过这样的皮肤吗？这样光滑！这样娇嫩！而又不是真正的白皙。你不能说她白。这是一种不平常的肤色，黑黑的睫毛和头发——一种非常特别的肤色！小姐有这样的肤色，真是特别。正好有适合美人儿的那点儿红润。”

“我一向羡慕她的肤色，”爱玛调皮地说。“可是，难道我不记得，你以前还挑三挑四地嫌她皮肤苍白呢？那是在我们第一次谈起她的时候。你完全忘记了吗？”

“啊！没有——那时候我真是不懂礼貌！我怎么竟敢——”

可是他一想起这个，不由得哈哈大笑起来，爱玛忍不住说：

“我猜，你当时在窘困之中，拿我们大家开玩笑，一定觉得很有趣吧。我肯定准是这么回事。我肯定这对你说来是一种安慰。”

“啊！不，不，不——你怎么能猜想我做出这种事来呢？那时候，我真是个最可怜的人啊。”

“还没可怜到不会取乐的地步。我相信，你觉得把我们大家都蒙在鼓里，一定很快活吧。也许，我比较喜欢猜测，因为，老实告诉你，我想，要是处在你那个地位，我也会觉得这很有趣。我想，我们之间，是有点儿相像。”

他鞠了一躬。

“即使我们在性情方面不相像，”她露出深有感触的神情马上补充说,“我们的命运还是相像的;这命运将把我们同两位比我们自己高超得多的人结合在一起。”

“对,对,”他热情地回答。“不,就你那方面来说,不是这样。没有人再比你高超了,可是在我这方面来说,那完全对。她是个十全十美的天使。瞧她。她的一举一动不都像个天使吗?你瞧她喉部的形状。瞧她看着我父亲时的那双眼睛。你听到了一定会很高兴,”他低下头,一本正经地用耳语说,“我舅舅打算把我舅母的珠宝全都给她。要把它们重新镶嵌一下。我决定用其中一些做成一个头饰。戴在她那黑头发里不是很美吗?”

“真的很美,”爱玛答道;她说得那么亲切,以致他感激地脱口而出:

“又看到了你,我是多么高兴!还看到你脸色这么好!我再怎么也不愿错过这次见面的机会。你要是不来,我也肯定要到哈特菲尔德去看你的。”

别人都在谈论孩子,威斯顿太太讲了昨晚那娃娃似乎不舒服,她受了点儿惊。她相信自己太傻,可是这确实使她受了惊,她差点儿派人去把佩里先生请来。也许她应该感到羞愧吧,可是威斯顿先生几乎也跟她自己一样不安。不过,十分钟以后,孩子就完全好了。这是她讲的经过情况;伍德豪斯先生听了特别感兴趣,她想到了派人去请佩里,他大大夸奖,只是她没派人去,他却感到遗憾。“如果孩子看上去有一点儿不舒服,哪怕只是一会儿,她也应该去把佩里请来。她再早惊慌也不可能嫌早,再多请佩里也不可能嫌多。他昨晚没来,也许很可惜;因为,虽然孩子现在看上去好了——可以说很好——但是如果佩里来看了,也许会更好。”

弗兰克·邱吉尔听到这个名字。

“佩里!”他对爱玛说,同时想引起菲尔费克斯小姐的注意。“我的朋友佩里先生!他们说佩里先生什么?他今天早上来过?他现在怎么旅行?备了马车没有?”

爱玛马上回想起来，听懂了他的意思；她也跟着大笑起来，这时，简的脸色表明：尽管她装作没听见，其实也听到了他的说话。

“我的那么奇特的一个梦！”他嚷了起来。“我每次想到它都忍不住要笑。她听见我们说话，她听见我们说话，伍德豪斯小姐。我从她的脸颊，她的微笑，她那副徒然要皱起眉头的样子上看得出来。瞧她。你看不出来吗？这忽儿，她信里告诉我这件事的那一段正在她眼前闪过——这整个过错都展现在她面前——尽管她假装在听别人说话，她却不能注意别的事情。”

简一时忍不住大笑起来；等到她朝他转过身来时，脸上还留着笑意，她不好意思地用低沉而平稳的声音说：

“你怎么还留着这些记忆，真叫我吃惊！记忆有时候是会冒出来——可是你怎么还勾起这些回忆呢！”

他可以用许多很有趣的话来回答她；可是爱玛在这场争辩中，主要同情的却是简。在离开伦多尔斯的时候，她自然而然地把这两个男人作了个比较，尽管她看见了弗兰克·邱吉尔感到很高兴，而且也确实把他作为朋友看待，可是，她以前却从没比现在更感到奈特利先生品格高超。作了这个比较，她不由得深深地思考起他的高尚品质来，这就使这最快活的一天快活到了顶点。

第十九章

如果说,爱玛有时还为哈丽埃特担心,还有片刻怀疑她是否可能真的不再想念奈特利先生,真的心甘情愿答应嫁给另一个男人,那么,她不久就不再这样时常怀疑了。只过了几天,那伙人就从伦敦来了。她一有机会单独同哈丽埃特在一起待一个小时,就完全满意了——确实难以解释!罗伯特·马丁先生已经完全代替了奈特利先生,正渐渐成为她将来幸福的全部。

哈丽埃特一开始有点儿苦恼——看上去是有点儿傻呵呵的;可是,一旦承认了她过去的放肆、愚蠢和自欺以后,她的痛苦和困惑似乎随着言语消失了。她对过去不再关心,而是对现在和未来充满了喜悦。至于她朋友的赞同,爱玛一跟她见面就向她热烈祝贺,这就打消了她在这方面的一切担忧。哈丽埃特乐滋滋地把在阿斯特利剧场度过的那个晚上和第二天那餐饭的每个细节都告诉了她;她真可以欣喜若狂地把全部经过都详细谈出来。可是这种详情细节说明了什么呢?爱玛现在承认了,事实是:哈丽埃特始终是喜欢罗伯特·马丁的;他也一直爱着她,这就叫她没法拒绝了。如果不是这样,爱玛倒会完全无法理解了。

然而,这件事是很令人高兴的;她每天都有更多的理由来这样想。哈丽埃特的家世已经打听出来了。原来她是一个商人的女儿,他有钱,能供给她维持以往那种舒适生活,他顾全面子,一直希望掩盖这种关系。这正是爱玛以前乐于保证的上等人的血统!也许,那本来也可能像许多绅士的血统一样没有污点;可是,她一直为奈特利先生——或者邱吉尔一家——或者甚至埃尔顿先生准备的是一种什么样的亲友关系呢!私生这个污点，没有高贵身份或者财富来粉饰，确实会是个污点。

父亲这方面没提出什么反对；这个青年受到宽大的对待；事情就像应该的那样发展：罗伯特·马丁现在被介绍到哈特菲尔德来了，随着爱玛对他越来越熟悉，她完全承认，他看上去很有头脑，品德也好，这些都能使她的小朋友将来生活得很幸福。她不怀疑，哈丽埃特跟任何一个性情温和的男人生活在一起都会获得幸福；可是跟他生活在一起，住在他的家里，却有希望更加幸福，更加安全、稳定，而且进步更大。她会生活在那些既爱她又比她更有头脑的人们中间；退隐得安全，忙碌得愉快。她永远不会被引诱，别人也不会让她受到引诱。她会受到人们敬重，而且生活得幸福；爱玛承认她是世界上最幸运的人，在这样一个男人心里培养出了如此忠贞不渝的爱情；或者说，即使不能算最幸运，那也只不过是不如爱玛自己幸运罢了。

哈丽埃特必然常到马丁家去，所以来哈特菲尔德的次数越来越少了；这没什么可感到遗憾的。她跟爱玛之间的亲密的关系只能淡漠下去；她们的友谊只能转变为一种比较冷静的关心；好在，应该做和必须做的事似乎都已经在开始做了，而且是用很自然的方式逐渐做的。

在九月底以前，爱玛陪哈丽埃特上教堂去，满心喜欢地目睹她跟罗伯特·马丁结合，任何一种回忆，甚至同站在他们面前的埃尔顿先生有关的回忆，都不能损害这种喜悦。那时，她也许真的几乎不把他看作埃尔顿先生，而只把他看做是下一次可能在祭台上为她祝福的牧师。罗伯特·马丁和哈丽埃特·史密斯，这三对情人当中最后订婚的一对，是第一对结婚的。

简·菲尔费克斯已经离开海伯利，回到了同坎贝尔夫妇一起生活的那个可爱家庭的舒适环境中去了。两位邱吉尔先生也在伦敦；他们只是在等待十一月来临。

这中间的那个月是爱玛和奈特利先生敢于选定的月份。他们决定，应该趁约翰和伊莎贝拉还在哈特菲尔德的时候成婚，这样他们就可以按计划离开两周，到海滨去游览。约翰、伊莎贝拉和其他朋友们，都一致赞成。可是伍德豪斯先生——怎样才能使伍德豪斯先生同意呢？到现在为止，他每次提起他们的婚事都还认为那是很久以后的事。

第一次就这个问题探他的口气时，他是那么痛苦，叫他们简直都绝望了。第二次提起时，引起的痛苦确实小了一些。他开始认为，是要结婚了，他阻挡不了——这是他的思想趋向屈服的很有希望的一步。不过，他还是不高兴。是啊，他看上去那么不高兴，使他的女儿都泄气了。她不忍心看他痛苦；不忍心知道他认为自己被忽视。两位奈特利先生都叫她放心，说事情一过去，他的痛苦也就会很快过去的。虽然她心里也同意这个看法，她却还是迟疑不决——不敢进行。

在这种悬而不决的状态中，他们得到了帮助，倒不是因为伍德豪斯先生突然心里明白过来，也不是因为他的神经系统有了什么神奇变化，而是因为这个系统用另一种方式起了作用。有一天夜里，威斯顿太太家禽房里的火鸡全给偷走了——显然是有人用了巧计干的。附近一带的另一些禽栏也有了损失。对于伍德豪斯先生的恐惧心理来说，偷窃等于破门而入的抢劫。他非常不安，要不是感到有他女婿在保护，他真会每一夜都胆战心惊。两位奈特利先生的力量、果断和镇定得到了他充分的信赖。只要他们两人当中有一个人在保护他和他的一切，哈特菲尔德就会平安无事。可是约翰·奈特利先生在十一月的第一个周末非回伦敦不可。

这样苦恼的结果是，由于他比他女儿当时敢于希望的更加自愿更加愉快地同意了，她得以定下大喜的日子。在罗伯特·马丁夫妇结婚后不到一个月，埃尔顿先生就给请来为奈特利先生和伍德豪斯小姐举行了婚礼。

这个婚礼和其他男女双方都不爱讲究和排场的婚礼非常相像。埃尔顿太太根据她丈夫详细讲述的种种细节，认为这个婚礼太寒酸，远远赶不上她自己的。“很少雪白的缎子，很少精美的面纱；太可怜了！塞丽娜听了以后，准会目瞪口呆的。”可是，尽管有这些不足之处，目睹婚礼的那一小群忠实朋友的祝愿、希望、信心、预料，在这美满幸福的婚姻中全都成了事实。

图书在版编目(CIP)数据

爱玛 /(英)奥斯丁(Jane Austen)著;祝庆英,
祝文光译. —上海:上海译文出版社,2017.7(2024.3 重印)
(奥斯丁文集:经典插图本)
书名原文:Emma
ISBN 978-7-5327-7513-2

Ⅰ.①爱… Ⅱ.①奥… ②祝… ③祝… Ⅲ.①长篇小
说-英国-近代 Ⅳ.①I561.44

中国版本图书馆 CIP 数据核字(2017)第 101143 号

Jane Austen
EMMA

爱玛
EMMA

Jane Austen
简·奥斯丁 著
祝庆英 祝文光 译

责任编辑 王洁琼
装帧设计 张志全工作室

上海译文出版社有限公司出版、发行
网址:www.yiwen.com.cn
201101 上海市闵行区号景路 159 弄B座
浙江新华数码印务有限公司印刷

开本 890×1240 1/32 印张 15.75 插页 5 字数 294,000
2017年 7 月第 1 版 2024 年 3 月第 2 次印刷
印数:5,001-7,000 册

ISBN 978-7-5327-7513-2/I·4586
定价:78.00 元